Le château à Noé

Tome 1 : La colère du lac

1900-1928

ANNE TREMBLAY

Le château à Noé

Tome 1 : La colère du lac

1900-1928

Guy Saint-Jean Éditeur
3440, boul. Industriel
Laval (Québec) Canada H7L 4R9
450 663-1777
info@saint-jeanediteur.com
www.saint-jeanediteur.com

· · · · · · · · · · · · · · · ·

Catalogage avant publication de Bibliothèque et Archives nationales du Québec et Bibliothèque et Archives Canada
Tremblay, Anne, 1962-
Le château à Noé
Édition originale: 2005-2010.
Sommaire: t. 1. La colère du lac, 1900-1928, et, La chapelle du diable, 1925-1943 – t. 2. Les porteuses d'espoir, 1938-1960, et, Au pied de l'oubli, 1957-1961.
ISBN 978-2-89455-998-7 (vol. 1)
ISBN 978-2-89455-999-4 (vol. 2)
I. Tremblay, Anne, 1962-   . Colère du lac, 1900-1928. II. Tremblay, Anne, 1962-   . Chapelle du diable, 1925-1943. III. Tremblay, Anne, 1962-   . Porteuses d'espoir, 1938-1960. IV. Tremblay, Anne, 1962-   . Au pied de l'oubli, 1957-1961. V. Titre.
PS8639.R434C43 2015   C843'.6   C2015-940421-5
PS9639.R434C43 2015

· · · · · · · · · · · · · · · ·

Nous reconnaissons l'aide financière du gouvernement du Canada par l'entremise du Fonds du livre du Canada (FLC) ainsi que celle de la SODEC pour nos activités d'édition. Nous remercions le Conseil des Arts du Canada de l'aide accordée à notre programme de publication.

Canada   ▮✦▮ Patrimoine Canadian   SODEC   Conseil des Arts 🌳 Canada Council
               canadien Heritage   Québec 🏛   du Canada   for the Arts

Gouvernement du Québec — Programme de crédit d'impôt pour l'édition de livres — Gestion SODEC

Cette édition spéciale est une compilation intégrale des ouvrages suivants:
Le château à Noé, tome 1: La colère du lac (© Guy Saint-Jean Éditeur inc. pour l'édition originale, 2005) et *Le château à Noé, tome 2: La chapelle du Diable* (© Guy Saint-Jean Éditeur inc. pour l'édition originale, 2008).

Conception graphique: Christiane Séguin
Photo de la page couverture: Sunny Forest/Shutterstock.com

Dépôt légal — Bibliothèque et Archives nationales du Québec, Bibliothèque et Archives Canada, 2015
ISBN 978-2-89455-998-7

Imprimé et relié au Canada

1re impression, mai 2015

▮▮ Guy Saint-Jean Éditeur est membre de
l'Association nationale des éditeurs de livres (ANEL).

À Mimi, je dis merci infiniment.

À Jean-Marc et Lise, merci aussi.

À Pierre, je ne dédie pas ce livre, mais ma vie... oui.

Prologue

De toute sa vie, jamais, non jamais, Dieu en est témoin, il n'avait ressenti une si grande colère… Et cela l'effrayait au plus haut point. Mais trop, c'était trop! Depuis deux ans qu'il se contenait, se disant, se répétant que tout redeviendrait certainement normal. Les hommes ne pouvaient pas tous être aussi stupides, ils se rendraient compte de leurs erreurs et tout rentrerait dans l'ordre. Mais non, ils s'étaient joués de lui… jusqu'à ce qu'il n'en puisse plus. Pourtant, personne ne pouvait l'accuser de ne pas avoir été patient, oh non! Au contraire! Il en avait enduré de toutes les couleurs et, la plupart du temps, il avait réussi à garder son calme. Bon, bon, il est vrai qu'il se devait d'avouer quelques sautes d'humeur passagères, voilà qui est fait. Il est vrai également qu'il était d'un caractère un peu changeant, cela aussi il pouvait l'admettre. Mais enfin, il avait toujours été sensible aux variations du temps. Alors, par jour d'orage, il lui était peut-être arrivé d'être un peu plus maussade que d'habitude, mais la perfection n'est pas de ce monde, n'est-ce pas? Et puis d'abord, il n'était responsable de rien de ce qui arrivait! RIEN! Tout était de leur faute, de leur faute à EUX! Il n'avait pas à se justifier, encore moins à se sentir coupable de quoi que ce soit.

Franchement! Mais on le prenait pour qui à la fin? Un trou béant pouvant engloutir n'importe quoi, n'importe comment? Ils s'attendaient à quoi? À ce qu'il ravale toujours, sans jamais réagir? Il l'avait déjà trop fait. Mais il y a une limite à tout! Le lac en a ras, le lac en a plein le bol. Le trop bon, trop doux, trop malléable lac Saint-Jean déborde et va tout inonder autour de lui! Et tant pis pour les innocents! La coupe est pleine! De toutes ses forces, il va cracher à la face du monde son mécontentement. L'écume à la bouche, il vomira son fiel sur le bord des champs blancs de peur. Le flot de sa rage bouillonnante sévira partout aux alentours. Hargneusement, sans relâche, il grondera et éclaboussera d'injures tout ce qui osera le narguer. Fini le bon vieux temps où l'on pouvait faire ce qu'on voulait de ce pauvre vieux lac Saint-Jean. Qu'il se réveille! Qu'il sorte de son lit et qu'il se tienne debout enfin! Qu'il déploie ses armes et qu'il riposte! Jamais vous n'aurez vu plus grande armée. Son intarissable infanterie de vagues n'aura aucune crainte de mourir sur la grève du débarquement et foncera, crête baissée, rugissant son cri de guerre, glaçant de terreur tout ce qui s'aventurera à entraver sa progression. Son escadrille de vent mènera l'attaque de tous côtés. Il bombardera d'une pluie assourdissante tout sur son passage. Sans discernement, il cassera des branches d'arbres, renversera des murs de granges, pulvérisera des parties de toits, fragiles remparts pour tous ces gens qui se retrouveront devant l'ampleur et la détermination de leur ennemi: Moi.

C'est mon mille neuf cent vingt-huitième printemps, depuis la naissance de Celui qui a marché sur mon semblable, le lac de Tibériade, mais ce printemps-ci ne passe vraiment pas. Les morceaux de glace me restent pris en travers de la gorge. Je ne peux plus rien avaler de leurs mensonges, de leurs promesses. C'est la débâcle, une gigantesque débandade. Mon seul regret sera pour ceux qui m'ont témoigné du respect, de l'amitié. Je pense surtout à ceux de la presqu'île, la Pointe-Taillon comme ils l'appellent, que je portais dans le creux de mon bras. Et aussi, à quelques gens de Roberval où j'adorais m'étirer au coucher du soleil... Je pense surtout à cet homme, mon ami... À toi, je dis que... je n'aurais jamais voulu en arriver là, mais on ne m'a pas laissé le choix, non pas le choix...

Première partie

Campé devant la fenêtre de la cuisine d'une petite maison de Roberval, un homme épiait une aube à moitié noyée. Une pluie diluvienne ne cessait de tomber depuis l'avant-veille au soir. L'inquiétude se lisait sur son visage. Pour une fois, on aurait pu croire aux vingt-huit ans de l'homme. D'ordinaire, on aurait juré, avec son long corps mince et ses joues à la peau de bébé, qu'il avait à peine vingt, vingt et un ans au maximum, et encore ! Ah ! Qu'il rêvait d'une épaisse barbe qui lui fournirait les clés de la respectabilité, s'imaginait-il. Mais non, il avait beau, chaque année, prendre la décision de ne plus se raser, il devait immanquablement, quelques mois plus tard, faire face devant son miroir au flagrant échec de sa tentative et rayer, de quelques rageurs coups de rasoir, un semblant de barbe clairsemée ici et là. Mais pour le moment, peu lui importait son air juvénile, c'était même le dernier de ses soucis. Soupirant profondément, il se détourna de la fenêtre, hésita à faire quelques pas, changea d'idée et revint à son poste d'observation.

Comme lui, les habitants de cette petite ville n'avaient guère dormi de la nuit. En temps ordinaire, c'était un joli endroit où il faisait bon vivre. Les maisons à deux étages étaient charmantes, avec leurs deux lucarnes sur la façade du toit en bardeaux de cèdre, telle une paire d'yeux de commère de village, aux sourcils froncés de désapprobation pour ses voisins, mais ne voulant jamais rien rater du spectacle. Quelques maisons avaient vue sur le lac Saint-Jean qui bordait la ville, d'autres pouvaient suivre les saisons d'après les couleurs de la forêt au loin. On y retrouvait une fromagerie, un magasin général, une banque, des écoles, un couvent et même un hôpital! Tout ce petit monde bien simple s'était regroupé autour de leur belle et fière église, reine à la couronne crucifère et au long cou paré d'une magnifique cloche qui riait aux éclats lors des mariages et des messes dominicales, mais qui avait la gorge serrée les jours, hélas trop fréquents, de deuil. Malgré l'éloignement des grandes villes mouvementées comme Québec et Montréal, et même si les hivers, aux chutes de neige abondantes et aux bateaux hibernés, semblaient n'offrir que réclusion, ses habitants étaient, en contrepartie, chaleureux, débrouillards et toujours prêts à s'entraider. Ils savaient s'amuser, conter, giguer, turluter, accompagnés du voisin violoneux ou de l'autre avec sa musique à bouche ou, mieux, des deux. À Roberval, on avait une fanfare, une bibliothèque remplie seulement de livres de bonne lecture, il va sans dire, un magasin général pourvu de toutes les marchandises nécessaires et un grand hôtel, occupé l'été par des touristes venus en grand nombre pêcher la ouananiche et la truite, faire des excursions en canot et essayer d'apercevoir un Indien ou deux. Oui, on pouvait dire que c'était vraiment une jolie ville où il faisait bon vivre… Mais pas ce matin-là.

Ce matin-là, on commençait à évacuer les malades de l'hôpital, une bourrasque ayant jeté par terre une partie de la véranda. Ce matin-là, l'eau recouvrait complètement la cour du couvent des Ursulines et s'apprêtait à s'infiltrer dans la cave où les chaudières ne feraient plus long feu. Ce matin-là, le clocher de l'église avait peine à tenir le coup… Dans les maisons, qui craquaient sous la tension des événements, les enfants avaient peur et se bouchaient les oreilles. Les plus grands priaient à genoux avec leurs parents, les aïeuls se signaient et recommençaient un rosaire. Personne ne savait vraiment quoi faire, personne n'avait jamais connu une crue aussi dévastatrice. Derrière les carreaux, l'homme bougea un peu et, soupirant de nouveau, il leva une main aux grands doigts fins avec l'intention machinale de la passer dans ses cheveux roux. Mais son geste resta en suspens et son bras retomba mollement le long de son corps. Comme il se sentait impuissant ! Et si las…

« Pour moé, toute cette eau va faire de ben gros dégâts » se dit-il.

Harassé par sa nuit blanche, lentement, pour ne pas faire de bruit et réveiller ainsi le reste de la maisonnée, il fit glisser vers lui la chaise berçante. Aussi bien s'asseoir et attendre que le jour se lève complète-ment ; peut-être qu'ainsi, il y verrait un peu plus clair, autant dehors que dans sa vie. Sa vie… De nouveau, il émit un immense soupir qui sembla résonner dans la pièce, au point que l'homme se retourna pour s'assurer qu'il était toujours seul dans la cuisine.

« Idiot, tu t'étais pas rendu compte que depuis des mois, tu respirais que de cette façon, à grands coups d'air ! »

À force d'écouter la nuit, on peut entendre des choses que nul autre ne perçoit. La vérité, par exemple. Et la vérité, c'était qu'il étouf-fait ! Oui, voilà, il étouffait ! Toujours cette sensation de ne pouvoir inspirer jusqu'au fond, que quelque chose repoussait l'air.

Dans sa tête, tout allait si vite. Sans cesse, des images apparais-saient, des pensées s'imposaient.

« Allons, voir si ç'a de l'allure de déraisonner de même… »

Il essaya de se concentrer sur le bruit régulier des patins de la chaise, frappant à chaque bercée les lattes du plancher de pin en un petit coup sec, qu'il se mit à compter silencieusement.

« Un, deux, trois, quatre…

Bon voilà, oui, huit, neuf, dix… »

Bien vite, il perdit le fil du compte des va-et-vient de sa berçante et s'immobilisant, il se mit à scruter l'horizon. La pluie était loin de diminuer.

« Ouais ! De ben gros dégâts… » se répéta-t-il.

Il plongea sa main dans une des poches de son pantalon à bretelles et en ressortit une petite croix de bois.

La retournant entre ses doigts, il pria pour que le saint objet dissipe les ombres de sa nuit intérieure. Puis, tout à coup, l'homme se recroquevilla sur la chaise et éclata en sanglots. Il n'en pouvait plus de cette angoisse, de cette oppression à la poitrine, comme si un géant s'amusait à lui broyer le cœur. Il n'y a pas de plus grande souffrance que celle de l'âme, il l'échangerait sur-le-champ contre mille tortures... Reprenant sur lui, il se releva, en soupirant évidemment, et vint appuyer son front sur l'une des traverses qui séparaient les carreaux de la fenêtre.

« Mon pauvre vieux lac Saint-Jean, toé aussi t'en peux pus ? Toé aussi tu étouffes, hein, mon vieux ? Je l'sais, mais épargne ma belle grande maison, j't'en supplie... »

Le lac avait toujours été pour lui comme un ami, une sorte de confident, et l'homme avait pris l'habitude de s'adresser à lui comme à une personne. Le lac avait été témoin de ses jeux d'enfant qu'il avait souvent partagés, de ses amours qu'il avait contemplées, de ses rêves qu'il avait aidé à réaliser, de ses déceptions qu'il n'avait pu lui éviter. La vue, l'odeur, le chant, les caresses de l'eau du lac l'apaisaient, le ressourçaient et étaient devenus le sens, les sens, l'essence même de sa vie. Ils avaient les mêmes reflets gris bleu, lui au fond des yeux, l'autre à la surface de ses eaux. Il se souviendrait toujours de leur première rencontre. Il avait quatre ans.

~ ~ ~

Pour cet homme, rien de plus facile que de se rappeler son âge puisqu'il était né en même temps que le nouveau siècle ! 1900... C'était presque le seul bon côté du jour de sa naissance, étant donné que la nuit même, il avait été déposé au pied de l'Hôtel-Dieu-Saint-Vallier, l'hôpital de Chicoutimi, une ville toute en hauteur sur le bord de la rivière Saguenay. Tout comme Roberval, c'était une jolie petite ville où il faisait bon vivre, sauf que pour François, du nom qu'on lui avait donné à l'orphelinat en l'honneur du saint que l'on célébrait en ce 2 avril, ses souvenirs de petite enfance n'avaient rien de réjouissants. Ils se résumaient à de sombres robes cléricales se mouvant le long de gigantesques murs blancs, entre lesquels on écoulait ses jours avec d'autres orphelins, mais aussi des vieillards, des infirmes, des indigents et des idiots de village, ces erreurs de la nature et de la vie, tous pensionnaires de cet hôtel du Seigneur. Par malheur ou par chance, François était plutôt d'un caractère insoumis. Indocile, il tenait tête aux religieuses et rien ne pouvait les mettre plus hors d'elles que cette résistance, surtout venant d'un si petit être dont elles avaient sauvé la vie et l'âme, c'était inadmissible ! Il devait reprendre le bon chemin, à coup de baguette s'il le fallait ! En prière, à genoux, toute la journée, sans manger, il finirait certainement par entendre la voix de la raison, à défaut de celle du Seigneur. Mais le malin devait lui boucher les oreilles et s'être entiché de lui, car malgré tous les efforts qu'elles déployaient, elles continuaient à chercher désespérément certains objets disparus mystérieusement et à retrouver sur les murs d'étranges dessins faits d'une écœurante texture brune et malodorante facilement reconnaissable. François restait toujours imperméable à la pluie d'accusations que les religieuses déversaient sur lui. Il n'avouait jamais ses méfaits et, peu à peu, elles abandonnèrent tout espoir de le sauver et commencèrent à lui vouer une indifférence totale, pour ne pas appeler cela une haine silencieuse. Ainsi, à peine âgé de trois ans, il se retrouvait déjà privé d'affection, d'attention et d'amour.

Une fois, François avait essayé d'entrer dans les bonnes grâces des religieuses. Un plus grand, qui avait connu l'autre vie, dehors, lui avait expliqué, *grosso modo*, ce qu'était une maman. Cela semblait si merveilleux, une maman qui prenait son petit gars dans ses bras, le berçait en chantant des chansons, le consolait quand il tombait. Une maman… François en voulait une, lui aussi. Après avoir étudié les différentes possibilités qui s'offraient à lui, il opta pour le visage religieux le moins rébarbatif et partit à sa conquête. Repérant son élue, qui se dirigeait d'un pas pressé vers la chapelle, François ne fit ni une ni deux et se mit à courir derrière elle. Un peu essoufflé, les joues rouges, il la rattrapa. S'agrippant à la tunique, au risque de la déchirer, ne sachant comment lui annoncer la grande nouvelle, l'orphelin leva les yeux vers celle qu'il avait choisie pour devenir sa maman et lui offrit un sourire extatique. Sœur Jeanne-de-la-Miséricorde se retourna, étonnée devant le comportement soudain de François. Elle abaissa sur l'enfant un regard incrédule. Celui-ci se mit à croire à la réussite de son projet. Il se força à élargir son sourire, mais ne réussit qu'à donner l'impression d'un rictus forcé et ironique. La religieuse porta une main à son cœur, y trouva son chapelet et l'étreignit pour ne pas défaillir. Lentement, elle réussit à soulever son autre main et l'approcha de la tête rasée du garçonnet. Reprenant tout à coup ses sens, sœur Jeanne-de-la-Miséricorde lui envoya une de ces taloches, spécialité maison, qui jeta littéralement François par terre, et lui dit :

— Toi, touche-moi plus jamais, pis va faire tes niaiseries ailleurs !

Et elle reprit sa course vers la prière, la tête haute, tout en défroissant sa robe chiffonnée par la poigne du garçonnet. François se releva, lentement, les larmes aux yeux, la joue brûlante d'humiliation, regardant s'éloigner sa terrible désillusion. Serrant les dents et les poings, il remarqua tout à coup la jolie statuette de la sainte Vierge qui lui souriait tristement de l'autre côté du corridor, seul témoin de sa mésaventure. Reniflant, se mouchant le long de sa manche, il s'approcha doucement. Sainte Marie, mère de Dieu, mère de Dieu… C'est pas juste, même Dieu a une maman ! Alors, sans prendre la peine de vérifier l'éventuelle présence de spectateurs gênants, sans hésitation, il délogea l'icône de sa niche. De toute la force de ses petits bras, il la fracassa violemment contre le sol avant de s'enfuir à toutes jambes dans la direction opposée aux éclats de plâtre. Bof, après tout, il n'avait pas besoin d'une mère ! Puisqu'il s'en était passé jusqu'ici, il pouvait s'en accommoder encore.

Il reprit donc son quotidien. Entre la prière du matin et celle du soir et les mauvais coups qu'il pouvait imaginer entre les deux, François grandissait. « Comme de la mauvaise graine », disait sœur Thérèse. « Sans aucune chance qu'il ne soit jamais adopté », renchérissait sœur Bernadette. Mais pour François, quelle importance ! Il n'avait jamais rien connu d'autre. Le gruau était toujours plein de grumeaux, les patates souvent froides et prises au fond, mais il avait le ventre rempli trois fois par jour et une couverture de laine pour dormir ! Alors, ce petit bonhomme ferma son cœur aux autres et il aurait probablement été incapable d'aimer à son tour si ce n'avait été de la providentielle arrivée à l'orphelinat, quelques mois plus tard, de Joséphine Mailloux.

~ ~ ~

Joséphine Mailloux avait vingt-six ans environ et venait d'être engagée comme aide à tout faire. La directrice de l'orphelinat avait été séduite par la robustesse, les mains rougies et cornées par les travaux ménagers et surtout l'esprit effacé de la jeune femme. Sûrement que cette Joséphine ne causerait aucun souci à la communauté, contrairement à ces jeunes écervelées aux bonnes manières oubliées qu'elle rencontrait trop souvent. À ses cheveux raides d'un noir jais et un peu à la forme de son nez, on devinait que cette fille avait manifestement du sang indien qui coulait dans ses veines. Cet héritage était synonyme de vaillance et de soumission. Et puis le curé l'avait chaudement recommandée. Oui, certainement une bonne affaire. Pour un salaire de misère, cette véritable bête de somme abattrait un énorme travail... Et ces yeux baissés, ces cheveux ramassés en chignon, sans aucune coquetterie, cette peur qu'elle entendait dans cette petite voix fluette lui certifiaient qu'elle faisait le bon choix.

— C'est d'accord, mademoiselle Mailloux, vous débuterez lundi matin. Vous serez logée et nourrie, comme convenu, et vous aurez un dimanche de congé par mois.

Si la religieuse avait pu se douter, lors de cette entrevue, que sous cette difforme robe de coton grossier se cachait un cœur immense qui allait éclater d'amour à la vue de tous ces petits orphelins, ses petits poussins comme elle les appelait (elle se croyait dans une basse-cour ou quoi?), probablement qu'elle ne l'aurait jamais prise à son service. Quoique cette grosse fille était travaillante comme dix... Ah, cette Joséphine, toujours prête à aider, à pardonner, à cajoler, quelle plaie, ces excès de sensibilité! Ah, ce grand rire aigu qui venait vous écorcher les oreilles à tout moment! Si elle ne pouvait se retenir, qu'elle ait au moins la décence de se cacher! Par contre, jamais une plainte, même devant les tâches les plus ingrates... Ah, cette transpiration qui auréolait ses emmanchures... Ah, ces bras dodus toujours prêts à attirer un enfant... et ces seins énormes qui le recevaient confortablement... quelle répugnance! Elle communiquait même son laisser-aller aux autres sœurs plus naïves et faibles. Ah, la nature humaine! Être mère supérieure demandait vraiment une force de caractère, une droiture sans faille, une vigilance à toute épreuve. Elle devait se résigner et souffrir la présence de cette Joséphine. Seigneur Dieu Tout-puissant, qu'on lui en donne la force! On ne pouvait jeter à la rue cette pauvre esseulée... Et puis, il faudrait la remplacer... Allons, un peu de charité chrétienne tout de même!

Oui, Joséphine Mailloux était vaillante. Cela lui était facile, elle adorait son travail! Jamais la jeune femme ne se serait attendue à cela. Fini le grand vide, le sentiment d'inutilité qu'elle éprouvait avant d'entrer au service de l'orphelinat. Elle qui avait tellement rêvé d'avoir une famille, des enfants, elle était gâtée. Mais, comme Dieu prenait parfois de drôles de chemins pour réjouir ses ouailles. Que d'heures elle avait passées à genoux, implorant le ciel de lui donner un mari. Toutes ses sœurs en avaient un, même les deux plus jeunes, pourquoi pas elle? Elle savait qu'elle n'était pas belle, elle ne se faisait pas d'illusions. Mais elle saurait rendre un homme heureux, tout lui donner, tout faire pour lui, le servir, le vénérer, n'importe quoi. Qu'on lui en donne seulement la chance! Était-elle condamnée à rester vieille fille, à tenir maison pour un père veuf et malade? Aucun prétendant pour ses dix-sept ans et pas le moindre rendez-vous pour ses vingt ans. Prières, larmes, supplications, rien n'y faisait. À vingt-deux ans, elle commençait à se résigner et à espacer les neuvaines quand elle avait cru la réponse à ses prières enfin arrivée.

~ ~ ~

Il s'appelait Patrick O'Connor et il venait d'un pays lointain, l'Irlande. Avec sa tignasse rousse et ses taches de rousseur, on n'avait aucune difficulté à deviner ses origines sans besoin d'entendre son nom. Depuis maintenant cinquante-deux ans que des familles complètes d'Irlandais s'étaient réfugiées au Québec, fuyant la famine, alors il n'était pas rare d'en croiser. Mais si Patrick O'Connor se retrouvait en 1899 dans la petite ville de Chicoutimi, loin de chez lui, ce n'était pas par manque de nourriture mais seulement par goût de l'aventure. Aussi avait-il quitté sa terre natale, avec pour toute fortune son sac de marin, de maigres économies et sa bonne humeur. Arrivé à Montréal, il s'engagea sur un bateau qui transportait toutes sortes de marchandises destinées au bien-être des habitants de Chicoutimi. Le marin avait commencé la tranquille descente du fleuve Saint-Laurent en pleine forme. Cependant, à la hauteur de la ville de Québec, il s'était senti légèrement étourdi. Il avait mis cela sur le compte de la splendeur du tout nouveau château Frontenac qui dominait le fleuve du haut de son escarpement et qui donnait le vertige vu d'en bas. Mais à l'embouchure de Tadoussac, les oreilles bourdonnantes, la tête prête à éclater, il dut se rendre à l'évidence, quelque chose n'allait vraiment pas. Titubant, tanguant, il voulut en aviser son capitaine, mais la cabine de celui-ci sembla tout à coup s'évanouir dans un brouillard tout noir. Il fut transporté, inconscient, jusqu'à une couchette isolée, sur laquelle, fiévreux, il délira dans sa langue natale tout le long du Saguenay. Il souffrait d'un mal aussi étrange que son nom et son accent. Le capitaine fut plus que soulagé d'accoster enfin au quai de Chicoutimi. S'il fallait que cet Irlandais soit porteur du typhus comme ses aïeuls, se dit le capitaine en frissonnant. Il ne voulait pas d'embarras pour le voyage de retour, encore moins d'un moribond et celui-là semblait sur le bon chemin d'en devenir un. On ne lui connaissait aucune famille, aucun ami, rien. Comme le capitaine l'avait engagé illégalement, il ne pouvait guère le déclarer sur les listes des sœurs de l'Hôtel-Dieu-Saint-Vallier. Si l'ancien hôpital maritime n'avait pas fermé ses portes aussi, sans doute l'aurait-il fait transporter jusque-là. On ne posait jamais trop de questions là-bas, tandis que les sœurs étaient si pointilleuses… Non, décidément, la meilleure solution était de s'en débarrasser au plus sacrant, de le confier aux mains du Seigneur ou tout au moins à son représentant, au cas, peu probable, où le marin ne trépasserait pas. Peu importait, ce ne serait pas le premier matelot que l'on retrouverait abandonné sur les marches d'un presbytère en pleine nuit. Encore heureux qu'il n'ait pas passé, par accident, par-dessus bord avec son sac.

C'est ainsi qu'un matin, Patrick O'Connor ouvrit les yeux dans un lit inconnu, un homme d'Église penché sur lui. Petit, bedonnant, des petites lunettes rondes sur le bout du nez, une calvitie importante, l'homme à la soutane se tenait au pied du lit, silencieux, semblant compter chaque tache de rousseur du malade. La gorge en feu, l'Irlandais essaya de demander à boire. Le curé comprit le besoin du malade et, lui soulevant la tête, l'aida à avaler une ou deux gorgées d'un verre d'eau qu'il avait pris soin de faire déposer sur la table de chevet. Le marin le remercia des yeux et retomba sur l'oreiller, complètement épuisé par ce seul effort. Le curé avança une petite chaise droite près du lit, s'y assit et regarda longuement cet étranger qui semblait vouloir défier la mort. Il lut dans son regard, outre la souffrance, de l'inquiétude et surtout de l'incompréhension.

— C'est ma servante qui vous a trouvé à l'aube, expliqua le curé. Vous étiez sans connaissance sur notre perron. Vous comprenez ce que je dis au moins, mon brave? Bon, reprit-il, soulagé par le signe d'acquiescement du malade. Parce que vous n'êtes pas d'ici, n'est-ce pas? Non, non, n'essayez pas de répondre, vous allez vous fatiguer pour rien. Le docteur a dit que si la fièvre tombait, tout rentrerait dans l'ordre. D'ailleurs, c'est déjà bon signe que vous ayez repris vos esprits, n'est-ce pas mon brave? Il ne sera pas dit que je refuse mon aide aux brebis égarées qui viennent frapper à ma porte! Nous allons vous faire transporter à l'hôpital, on saura…

— NON… NON! Pas hôpital!!!

Patrick O'Connor s'agita dans son lit, essayant de se relever, répétant:

— Pas hôpital!

Pour le marin, comme pour la plupart de ses contemporains, hôpital était synonyme de mouroir et il n'était pas question qu'on le fasse mourir plus vite que son heure. Il était fort, âgé d'à peine trente ans et il en avait vu d'autres, là-bas, dans son pays, il avait seulement besoin de repos. Le curé, surpris par la violente réaction du marin, essaya de lui faire entendre raison.

— Allons, mon brave ! Qu'est-ce que ça veut dire ? Ils vont vous soigner à l'hôpital !

— NON, PAS HÔPITAL !

Paniqué, Patrick avait martelé chaque mot et agrippé vigoureusement le poignet de l'ecclésiastique.

— Allons, ne vous échauffez pas les sangs comme ça, d'accord, d'accord, pas l'hôpital, concéda le prêtre désarçonné par cet accès de panique.

— Merci, dit le malade, soulagé, en relâchant sa prise. Moé sais moé déranger vous, mais moé tout donner, moé travailler pour vous, quand moé debout !

— Ah non, mon brave, il n'est pas question que je vous garde ici ! Ma servante ne rajeunit pas, monter tous ces escaliers pour vous soigner, non… non… Laissez-moi réfléchir… je vais vous trouver une bonne famille qui vous hébergera le temps qu'il faudra. Reposez-vous en attendant.

Patrick ne se le fit pas dire deux fois. Sa tête était si lourde… Comme il était bon de pouvoir refermer les yeux et de s'abandonner à la torpeur qui l'envahissait. Il pouvait compter sur cet homme de Dieu, il ne se réveillerait pas à l'hôpital, il pouvait dormir en paix.

~ ~ ~

Quand le marin reprit conscience, ce fut de nouveau dans un lit inconnu, mais cette fois il était seul dans la pièce. On l'avait donc transporté sans qu'il ne s'en rende compte. Il devait être encore plus souffrant qu'il ne le croyait. Lentement, il regarda autour de lui. La nuit obscurcissait la chambre, mais la lueur d'une chandelle, posée sur une commode de pin, éclairait suffisamment pour lui permettre de discerner des murs lambrissés, une catalogne aux motifs d'étoiles aux couleurs éclatantes placée sur le dossier d'une petite chaise droite, un coffre de bois recouvert d'un joli napperon brodé, un gros crucifix au-dessus d'une porte entrouverte sur un corridor d'où lui parvenaient des voix. Il reconnut celle du curé, mais par contre, l'autre lui était complètement étrangère. Patrick O'Connor tendit l'oreille. Une chance qu'il avait appris le français très rapidement malgré son exécrable façon de le parler. Le curé s'exprimait avec autorité. Son interlocuteur lui répondait d'un ton geignard, d'une vieille voix, usée, aux cordes vocales malmenées par une toux persistante.

« Certainement un vieillard » se dit le marin, qui s'amusa à habiller la voix d'un corps décharné et voûté, de la recouvrir d'une peau ridée et de la garnir de cheveux blancs avant de l'appuyer sur une canne de bois.

Il verrait bien, plus tard, s'il avait raison, mais pour le moment ce petit jeu l'aidait à suivre la conversation.

— Mais, m'sieur le curé, j'sais ben qu'en tant que chrétien, j'ai pas pu vous refuser de prendre cet homme chez nous, mais c'est un étranger ! se plaignait le vieil homme. On sait rien pantoute de lui, pis si c'est un voleur ou ben un tueur, ma maison est ben loin du village, pas personne pourrait nous entendre crier pis…

— Allons, mon brave monsieur Mailloux, l'interrompit le curé d'un ton sévère, cessez de discuter avec moi. Ce pauvre hère est si faible, il ne pourrait pas faire de mal à une mouche.

— C't'encore drôle… bougonna le vieil homme avant d'ajouter : Vous savez que chus pas ben ben fort de santé, moé, m'sieur le curé, j'pourrais pas défendre la vertu de ma fille si…

D'un geste de la main, le curé fit taire son interlocuteur.

— Allons, Joséphine c'est plus une jeunesse. Elle a quoi maintenant… vingt-deux ans ? C'est une brave fille, elle va savoir se faire respecter, j'en suis certain, puis je passerai tous les jours vous rendre visite, promit-il.

— Chus pas ben ben riche non plus... continua à maugréer l'homme.

— Vous allez me faire fâcher, monsieur Mailloux, menaça le curé. Tout le monde sait que depuis que vous avez vendu votre magasin, reprit-il d'un ton doucereux, votre bas de laine est bien rempli. D'ailleurs, j'ai trouvé votre contribution à l'Église pas mal faible, dimanche dernier...

Un court silence plana, pendant lequel les deux hommes se toisèrent.

— Bon, bon, c'est d'accord, j'dis pus rien, on va vous le soigner, votre perdu, abdiqua monsieur Mailloux, mais c'est ben par charité chrétienne !

Un grand sourire de satisfaction éclaira le visage du curé. Il tapota l'épaule du vaincu en lui disant :

— Là, vous parlez, mon brave, ça vous sera rendu au centuple. Je dois vous quitter astheure, je repasserai demain comme promis.

— J'vous raccompagne, monsieur le curé.

Ainsi, il était hébergé chez une famille nommée Mailloux, drôle de nom qui rime avec caillou, se dit Patrick O'Connor tandis que le bruit des pas s'estompait au rythme des marches que les hommes descendaient. Une insoutenable soif le tenaillait et il aurait voulu qu'on lui apporte à boire. Peut-être que c'eut été cette Joséphine censée s'occuper de lui, qui lui aurait tendu un verre d'eau, la main passée derrière sa tête... le buste penché sur lui... Joséphine... une jeune fille pure, vierge probablement, de beaux grands cheveux blonds, une taille fine, des seins ronds et fermes... Oh, oui il l'imaginait, cette Joséphine... Peut-être qu'il n'était pas si malade après tout, se dit-il en se rendormant, un rêve érotique pointant sous les draps.

~ ~ ~

— Monsieur, monsieur, il faut vous réveiller, monsieur, monsieur…

Monsieur… monsieur… quels étaient ces mots qui le tiraient de son sommeil ?

— Ah, y se réveille enfin…

Patrick O'Connor ouvrit péniblement les paupières qu'il avait tenues résolument closes pendant presque vingt longues heures. Allons, où était-il ? Ah oui ! le bateau, la fièvre, oui, le curé, il était là debout devant le lit. À ses côtés, un vieil homme, qui correspondait parfaitement à l'image qu'il s'était forgée, à n'en pas douter c'était monsieur Mailloux, son hôte, mais la jeune fille en retrait, près de la porte, oh, là, là, il s'était trompé du tout au tout. Elle était rougeaude, boulotte et loin d'être blonde, il n'aurait pu imaginer pire ! Finis les beaux rêves ! À moins que ce ne soit pas la Joséphine en question… Ah, pourvu que ce ne soit pas elle !

— Alors, mon brave, ça va mieux ? demanda le curé d'un air satisfait.

— Oui, merci, répondit Patrick, gêné.

Ils étaient là, tous les trois à le regarder, des inconnus, des étrangers, et lui, vulnérable. Tout à coup, il en eut assez de ce pays, de ces gens, il eut une envie folle de se retrouver chez lui avec sa famille.

— Vous avez longtemps dormi, reprit le curé. Je vous présente monsieur Mailloux, qui a eu l'obligeance de vous accueillir dans sa maison, et voici sa fille Joséphine, qui vous traitera aux petits oignons, j'en suis certain.

Et voilà, plus aucun doute ! « Oh, là, là, souhaitons au moins qu'elle sache cuisiner ! » se dit le marin tout en souriant poliment à la jeune femme, qui baissa les yeux en rougissant.

— Allons, ma fille, ne sois pas timide, enchaîna le curé. Va chercher un peu de ce bouillon que tu as préparé pour notre malade. Il doit s'alimenter, ordre du docteur, ajouta-t-il en retournant son attention vers Patrick, tandis que la jeune fille obéissait et partait à la cuisine. Maintenant que nous sommes entre hommes, tous les trois, nous allons régler certains points. Vous savez que la situation est délicate. Joséphine est une jeune fille comme il faut et je ne veux pas de commérages dans ma paroisse. Je me suis porté garant de son honneur, je me fais bien comprendre, n'est-ce pas mon brave ?

Prenant son air le plus sévère, le curé attendit la réponse.

— Oui, mon père, moé être sans reproche, assura le marin tout en pensant : «Si vous craignez pour la vertu de cette baleine, pas de danger ! Il faudrait être mal pris pour songer à cette possibilité.»

— Vous parlez drôle, intervint pour la première fois monsieur Mailloux. D'où c'est que vous venez ?

Patrick le sentit méfiant. Il lui fit son plus honnête sourire et lui répondit :

— Irlande. Beau pays, mais très loin. Moé aimer aventure, moé travailler sur bateau.

Tout à coup, il se rappela l'existence de son sac. Où était-il ? Toutes ses précieuses affaires ?

— Mon sac, où être mon sac ? demanda-t-il anxieusement.

— Un sac ? répéta le curé. Oh non, mon brave, on vous a retrouvé avec seulement votre linge sur le dos. Allons, ajouta-t-il devant la mine déconfite du convalescent, bénissez le Seigneur d'être encore en vie et d'avoir été recueilli par de si braves gens. On doit se détacher des biens matériels de la terre, sermonna-t-il tout en lançant un regard sévère au vieux monsieur Mailloux.

— Oui, ben sûr, dit Patrick repentant, mais déçu par la perte de sa seule possession. Moé vous remercie beaucoup, monsieur le curé, vous aussi, monsieur Caillou, euh… Mailloux.

— Ouais, ouais, on sait même pas comment il s'appelle, grommela le vieillard en se détournant face à la fenêtre.

Cet étranger ne lui plaisait pas. Pas foutu de parler leur langue comme il faut. Qu'il s'en retourne donc chez lui !

— Ah, revoici Joséphine et votre bouillon, monsieur… ? interrogea le curé tout en s'écartant pour laisser passer la jeune femme qui alla déposer le bol fumant sur la table de chevet.

— O'Connor, Patrick O'Connor, se présenta celui-ci.

— Bon, astheure que tout le monde a fait connaissance, je vais retourner à mes visites paroissiales. Prenez garde à vous, mon brave. Je vous laisse aux bons soins de mademoiselle Mailloux, dit-il en regardant Joséphine redresser son patient à l'aide d'oreillers dans le dos.

— J'vous suis, m'sieur le curé, annonça le père de Joséphine, tout en toussant à s'en décrocher le cœur. J'va aller m'étendre un peu. Oublie pas, ma fille, de venir me porter mes gouttes t'à l'heure.

Et les deux hommes quittèrent la pièce, l'un extrêmement satisfait, sachant déjà sur quoi porterait son prochain sermon. Prêcher l'exemple de charité et d'entraide que les Mailloux offraient tout en donnant généreusement à l'Église. Oui… il les donnerait en modèles, parlerait de ce pauvre marin venu de si loin et qui avait trouvé asile dans leur belle ville de Chicoutimi, oui, oui… Quant à l'autre, il bougonnait intérieurement, se demandant ce que ce jeune homme avait pu faire de mal dans son pays du bout du monde pour se sauver jusqu'ici. Et peut-être faisait-il seulement semblant d'être malade, pour profiter de la situation, pour être nourri gratuitement, le fainéant, le bon à rien… Ah, curé de malheur, qui décidait toujours tout pour tout le monde !

~ ~ ~

Joséphine approcha la chaise près du lit. Assise à côté de son malade, elle se mit à souffler doucement sur une cuillère à soupe remplie d'un bouillon trop chaud. Elle n'osait regarder directement dans les yeux cet homme si proche d'elle et se concentrait sur le léger frisson qu'elle provoquait sur le liquide pour oublier celui qu'elle ressentait en raison de la présence de l'étranger. Il y avait quelque chose d'intime dans cette situation, lui étendu, à moitié nu, dans son propre lit de jeune fille et elle, s'apprêtant à le nourrir comme un bébé. Oui, quelque chose d'intime qui la mettait terriblement mal à l'aise, mais qui lui faisait un drôle d'effet aussi, une sorte d'excitation, de tension, un frémissement… troublant… Elle avait eu peine à dormir la veille, tandis que son protégé restait inconscient. Elle s'était installée dans l'ancienne chambre de ses sœurs, inoccupée depuis leur mariage, et qui jouxtait la sienne. Est-ce que son insomnie était due à l'inconfort de dormir par terre sur un vieux matelas que ses sœurs avaient négligé d'emporter avec leurs trousseaux, ou par la lourde responsabilité de devoir soigner cet inconnu ? Il sentait encore l'odeur de la mort qui l'avait caressé de près, au dire du docteur qui était venu la conseiller et l'informer des soins à donner. Vingt fois au moins elle s'était levée silencieusement pour aller surveiller son malade. Elle restait de longues minutes, immobile, épiant le moindre changement de respiration, le plus petit mouvement. Elle en profitait pour détailler le visage, remarquant l'infime détail, la minuscule cicatrice sur l'arcade sourcilière gauche, le nez un peu retroussé, les lèvres et les joues disparaissant sous une forte barbe de la même couleur automnale que les cheveux trop longs sur la nuque et que la sueur avait collés aux tempes. Joséphine se rendit compte qu'elle avait été perdue dans ses pensées et que sa cuillerée de soupe était certainement amplement refroidie. En souriant, elle approcha l'ustensile de la bouche du patient.

Patrick O'Connor était bien embarrassé. Comment expliquer à cette grosse fille timide qu'il avait un besoin beaucoup plus urgent que celui d'avaler cette soupe qu'elle lui tendait. S'il ne se sentait pas si faible aussi. Il se serait levé pour aller faire son besoin naturel. Mais on aurait juré qu'une vague immense l'avait roulé pendant des heures, s'amusant à le broyer, à l'essorer pour le rejeter comme une vieille guenille. Il n'en pouvait plus, il allait uriner dans ce lit.

— Mademoiselle… dit-il les dents serrées.

Joséphine ne comprenait pas, elle restait là, la cuillère en suspens. Il semblait souffrir… devait-elle envoyer chercher le docteur ?

— Mademoiselle ! gémit de nouveau le marin.

Il avait le bas-ventre en feu, une pression inimaginable qui lui donnait peine à respirer. Avec ses yeux, il l'implora de comprendre l'urgence de la situation. Mais elle restait là, la bouche ouverte d'incompréhension. Tout à coup, son visage s'éclaira. Elle déposa abruptement la cuillère dans le bol, prit le verre d'eau et le tendit à son malade. Pauvre homme, comme elle était bête, il devait mourir de soif.

— Non, non pas eau ! s'impatienta Patrick.

Aux grands maux les grands moyens. D'un geste brusque, il repoussa les couvertures, apparaissant en caleçon long à la jeune fille ahurie. À travers le tissu, sans aucune pudeur, il pressa son membre tout en le pointant énergiquement de l'index de sa main libre. Si elle ne comprenait pas maintenant, c'est qu'en plus d'être laide, elle était idiote ! Si Patrick n'avait pas eu besoin de toute son énergie pour retenir ce qu'il ne pouvait plus contenir, il aurait éclaté de rire en voyant la fille devant lui se transformer en une grosse tomate rouge. Confuse, honteuse, traversant en courant la pièce, Joséphine prit sur la commode son pot de chambre fleuri, hésita quelques secondes avant de le tendre au convalescent et de s'enfuir dans le corridor. Mortifiée, elle s'appuya sur le chambranle de la porte. Quelle idiote elle faisait ! De ses deux mains, elle se boucha les oreilles pour ne plus entendre le puissant jet d'urine qui résonnait bruyamment dans le pot. Comment trouverait-elle le courage de retourner dans la chambre ? Elle aurait voulu disparaître sous terre, ne plus jamais revoir cet homme. Mais, elle n'avait pas le choix. Elle devait vider le pot, lui donner son bouillon, le raser, le laver ? Oh non ! Elle n'avait pas une minute songé à tout ce que son nouveau rôle comportait ! Pourquoi le curé avait-il pensé à elle pour cette besogne ? Elle manquait de sommeil, elle se sentait toute bouleversée, elle avait envie de pleurer et lui qui n'en finissait pas de pisser !

« Ah ! Ça fait du bien ! » se dit Patrick en fermant les yeux de contentement, après s'être enfin soulagé.

À part une grande faiblesse, il se sentait beaucoup mieux. Les murs ne tournaient plus autour de lui, il avait cessé de trembler comme un vieillard. Tout à coup, il revit la réaction de cette grosse bêtasse, son visage cramoisi, et cette fois, il laissa libre cours à son hilarité.

Il riait d'elle, à n'en pas douter, il se moquait d'elle ! La tête baissée, se jouant nerveusement avec les ongles, telle une victime se rendant à l'échafaud, Joséphine revint piteusement dans la chambre. Face à la détresse évidente de la jeune fille, le rire de l'homme s'éteignit. Joséphine leva les yeux vers ce silence inattendu. Il la regardait d'un air désolé, tenant le pot de chambre, en précaire équilibre, sur son ventre. Le ridicule de la situation et la puérilité de son attitude précédente lui apparurent soudain comme la chose la plus cocasse qu'elle ait vécue. À son tour, elle éclata de rire. Un rire franc, merveilleux, profond, généreux. Jamais Patrick O'Connor n'avait rien entendu de plus suave. Il n'eut même pas cru possible qu'un si beau son puisse exister. Cela rappelait la plus pure des clochettes, une sorte de roucoulement d'un oiseau d'or… une merveille.

— Attendez, j'va vous débarrasser, bredouilla Joséphine, suffoquant de rire en désignant le récipient, cause de ce débordement.

Patrick lui tendit le pot. Soudain elle remarqua qu'il ne cessait de la dévisager. Un court instant, quelques secondes à peine, leurs yeux s'accrochèrent. Le temps devint irréel. Les sons s'estompèrent. La lumière se tamisa, un peu comme ce moment privilégié qui précède le sommeil et qui nous coupe du monde entier… Étonnés, essayant de saisir l'étrangeté de ce qui se passait, mais apeurés aussi devant ce sentiment inconnu, tous deux, fuyant cette nouvelle dimension, se réfugièrent dans un grand rire confortable qui ramena la paix dans la chambre.

— J'm'en va jeter ça, dit-elle en empoignant le pot de chambre. J'donne le médicament à mon père, ajouta-t-elle en couvrant le contenant d'une vieille guenille, pis je reviens tusuite, dit-elle tout en se dirigeant vers la porte. Si vous pensiez vous sauver de mon bouillon, reprit-elle malicieusement en se retournant vers son malade, vide comme vous êtes astheure, vous allez le boire jusqu'à la dernière goutte, parole de Joséphine !

Et elle s'envola, le cœur léger, laissant derrière elle un Patrick O'Connor médusé. Il ne pouvait être attiré par cette grosse fille ! Et pourtant… Il avait eu la pulsion de l'embrasser… Certainement cette fièvre qui lui avait dérangé l'esprit.

~ ~ ~

À partir de ce moment, une complicité s'installa entre eux et les jours de convalescence devinrent des jours d'un bonheur simple, gai, un de ces bonheurs qui, mine de rien, tisse autour de lui un cocon de bien-être tranquille duquel on ne désire plus jamais sortir. Patrick en vint à trouver joli le contour rond du visage de Joséphine, excitante la poitrine généreuse. Il rêvait de s'étendre sur ce ventre en forme de coussin et de s'y enfoncer mollement. Mais surtout il adorait son rire, aussi faisait-il tout son possible pour le déclencher, allant même jusqu'à sciemment se tromper lorsqu'il s'exprimait en français, provoquant ainsi d'étranges jeux de mots. Comme cet avant-midi-là, alors qu'il venait de faire ses premiers pas dans la chambre et qu'il contemplait le chemin boueux qui serpentait de la maison jusqu'au bas de la ville. Joséphine, qui le soutenait par le bras, admira, avec lui, le cœur de Chicoutimi qui s'étendait devant eux.

— On a une moyenne belle vue, vous trouvez pas ? Là-bas, c'est le port où votre bateau a accosté, en face c'est notre belle cathédrale, un peu à côté c'est le couvent pis l'hôpital, oui, j'sais, monsieur le curé nous a raconté votre peur. Moé itou j'voudrais pas y aller… le rassura-t-elle avec un doux sourire.

Puis elle indiqua l'emplacement du presbytère.

— Penchez-vous un peu, à cause que les arbres y nous cachent. Vous voyez, près de l'église, c'est là qu'on vous a retrouvé y a deux semaines.

— Moé être trop salade pour me souvenir.

— Salade ? Ah, vous voulez dire malade…

— Salade, malade, moé avoir face verte dans les deux cas.

Ah ! ce rire… Il le huma, s'en imprégna, le dégusta. Joséphine se doutait bien que la plupart du temps il la taquinait exprès. Elle le voyait à ses yeux qui brillaient de malice.

— Vous avez encore vos yeux malcommodes, m'sieur O'Connor… le sermonna-t-elle gentiment.

— Malcommode ? Moé pas comprendre… Mes yeux pas mal… Les yeux de mademoiselle Mailloux, très beaux… complimenta le convalescent en se penchant vers la jeune fille.

— Euh… ben… Moé j'pense que vous êtes mieux de vous recoucher, lui dit-elle, timide.

— Ah non, moé pas envie, refusa l'homme.

Et pourquoi ne pas tenter sa chance et essayer de l'embrasser… Il avait la forte impression qu'elle y consentirait.

— Moé avoir envie de…

Et il se pencha un peu plus encore.

Joséphine insista :

— C'est pas bon d'aller trop vite… quand on a été ben malade comme vous… Y faut pas trop en faire les premières fois.

Et elle l'entraîna précautionneusement mais fermement vers le lit. Le marin en profita pour s'appuyer un peu plus qu'il en avait réellement besoin. Peut-être pousserait-il l'audace jusqu'à lui frôler un sein par accident. Mmm… Oui…

À ce moment, monsieur Mailloux fit irruption dans la pièce.

— Joséphine, fit sèchement celui-ci, descends tusuite à cuisine. J'ai vu de la vaisselle sale qui traînait. Pas question que ma maison devienne une soue à cochon à cause de c'te charge-là. Si t'arrives pas dans ton ouvrage, j'va parler à monsieur l'curé.

— Pas besoin, son père, répondit la fille en rougissant de honte de se faire admonester ainsi devant leur invité. J'avais juste pensé la faire en même temps que celle du dîner, ajouta-t-elle avec un soubresaut de rébellion.

— Jo-sé-phine ! répéta le père d'un ton incisif.

Enfin, sa fille se décida à obéir sans rouspéter davantage et sortit de la chambre, un air coupable ravageant ses traits. Bon, il avait encore un peu d'autorité sur elle. Il avait trop laissé les choses aller aussi. Ah, curé de malheur qui se mêlait de tout et dérangeait leur vie ! Ce matelot d'eau douce était une malédiction. À ce qu'il avait pu voir et deviner surtout, ce satané bougre semblait récupérer pas mal vite, oui, il fallait s'en débarrasser rapidement. Si cet étranger pensait mettre la main sur sa Joséphine, il allait frapper le nœud de sa vie. Sa fille, c'était son bâton de vieillesse, et pas question qu'il s'en passe ! Qui prendrait soin de lui, lui ferait à manger, qui s'occuperait du ménage, du lavage ? Il serait obligé d'aller vivre chez une de ses cadettes et d'endurer ses petits-enfants qui crieraient et brailleraient à longueur de journée dans ses oreilles, non merci! Lentement, il s'approcha du lit du malade. Levant sa canne, qu'il tenait le plus fermement possible, il menaça sourdement le marin.

— Toé, t'es mieux de pas toucher à ma fille, parce que j'te jure su'a tête de ma défunte que chus encore capable de t'faire avaler tes dents!

Sans un mot de plus, le vieillard s'en retourna rejoindre sa fille. Il la trouva occupée à pomper l'eau et s'apprêtant à remplir la bouilloire. Elle faisait comme s'il n'était pas là. Elle ne lui adressa pas la parole. Par tous les saints, sa fille le boudait! Était-il trop tard? Est-ce que sa Joséphine était déjà sous l'emprise de ce mâle couché en haut dans sa propre maison? Doucement, il voûta son dos, encore plus que d'habitude, et se laissa choir péniblement sur la chaise du patriarche trônant au bout de la longue table de bois. Il fallait agir avec sagesse et prudence. Mais il savait comment la prendre, sa Joséphine, oui, il n'avait qu'à resserrer son emprise…

Une bonne quinte de toux pour commencer… Oui, voilà, elle lui jetait un coup d'œil en coin tandis qu'elle déposait le canard de fonte sur le poêle à bois. Tousser encore, un peu plus fort, à s'étouffer… Elle remplit un verre d'eau, même pas besoin de le lui demander… Elle le déposa devant lui… La retenir par le bras, tousser de plus belle en refermant la poigne. Le style du grand pêcheur! Lancer sa ligne, attirer le poisson…

— Assis-toé à côté de moé, ma fille.

Ne pas lâcher le bras… Respirer difficilement, parler tout doucement… Agacer sa proie…

— Ton vieux père est rien qu'un embarras, hein, ma fille?

Elle ne répondit pas.

— Mais t'auras pus ben ben longtemps à l'endurer…

— Ben voyons, vous, parlez pas de même, s'indigna Joséphine en levant le regard sur son paternel.

Et voilà le poisson qui mordait !

— Non, non, ma fille, j'sais que chus en train de m'éteindre à p'tit feu.

Ne restait qu'à donner le coup fatal sur la ligne… un coup sec et précis qui permettait une prise infaillible.

— Ce matin, j'ai craché du sang.

— Oh, non ! s'écria Joséphine. Vous auriez dû m'avertir ! Y faut dire au docteur de venir tusuite !

— Allons, ma grande fille, calme-toé, pis écoute ton vieux père. Le docteur, y pourra pas rien faire. Y faut laisser la vie suivre son chemin, pis la mienne, ben, elle arrive au boutte.

Il n'avait jamais craché de sang de sa vie, à part la fois où il s'était battu en revenant d'une veillée bien alcoolisée. Mais c'était il y a longtemps, quand il n'était encore qu'un jeunot. Pour garder sa fille, il était prêt à bien des mensonges. De toute façon, il était passé maître dans l'art de maquiller la vérité. On ne mène pas un magasin pendant des années sans mentir, c'est impossible ! Le génie résidait dans le fait de paraître l'homme le plus franc du monde ! Que personne ne se méprenne, il n'avait pas volé ses clients, jamais ! Les comptes avaient toujours été au sou près ! Non, cela se révélait utile dans des petits détails, comme faire croire que la belle étoffe de soie avait été payée un prix de fou alors qu'il l'avait dégotée pour une bouchée de pain. Ou pour donner des explications à sa femme lorsqu'il désirait prolonger son séjour à Québec un peu plus longtemps que l'achat de marchandises ne le justifiait… D'ailleurs, on appelait ça déformer la vérité, ce n'était pas pareil ! Comme avec Joséphine ! C'était vrai qu'il était malade, ses poumons étaient en train de le lâcher, petit à petit, inexorablement, et probablement que viendrait le temps où il cracherait effectivement rouge dans son mouchoir, alors où était le mal ?

— Vois-tu, Joséphine… continua le père en lâchant le bras pour se concentrer cette fois sur la main potelée de sa fille qu'il recouvrit de la sienne.

« Ah la vieillesse ! » pensa-t-il en remarquant sa peau transparente, veinée, tachetée, une main plus bonne à grand-chose d'ailleurs. Quand était-ce arrivé ? Comment ? Est-ce qu'on se lève un matin et tout d'un coup on est vieux ? Il se sentait ainsi… Probable que si Joséphine avait eu un prétendant sérieux, disons juste l'année dernière, il n'aurait émis aucune objection et l'aurait laissée partir, avec son trousseau, ses meubles et ses souvenirs, fonder sa propre famille. L'année dernière, il se sentait fort, indépendant, invulnérable… jeune.

— …oui, vois-tu, quand on sent son heure arriver, y faut savoir se remettre entre les mains du Bon Dieu. Pis c'est le temps aussi de mettre sa vie su'a balance. J'ai toujours été un bon père…

— Ben sûr, admit Joséphine.

— J'ai toujours pourvu à tous vos besoins, vous avez toujours eu quelque chose su'a table…

— Ben oui, voyons, pourquoi vous parlez de même à matin, vous là ? s'inquiéta-t-elle.

— Parce que j'veux que tu m'promettes de pas m'laisser. De rester avec moé… jusqu'à la fin.

— C'est ben certain son père que …

— Laisse-moé finir, l'interrompit-il. J'le sais que j'te demande un ben grand sacrifice, mais j'pense que c'est pas pour rien que le Bon Dieu t'a faite vieille fille.

Une petite quinte de toux… Accentuer la pression sur la main…

Il avait toujours obtenu tout ce qu'il désirait en manipulant les gens… Depuis qu'il était tout petit d'ailleurs… Cela venait probablement du fait que sa naissance était survenue quatre ans après celle de la septième et dernière fille. Très tôt, il s'était rendu compte que ni sa vieille mère ni ses grandes sœurs ne résistaient aux suppliques de l'unique garçon de la famille. Au fil des ans, il était passé maître dans l'art du chantage émotif.

Bon, ce n'était pas tout de ferrer le poisson, encore fallait-il le sortir de l'eau sans l'échapper !

— J'm'en va te dire un secret, ma fille… Les dernières paroles que ta pauvre mère m'a dites avant de mourir…

Joséphine avait les larmes aux yeux. Ainsi, le fait qu'un mari ne se présente jamais pour elle n'aurait pas été dû à son manque de beauté, mais à la volonté de Dieu qui en appelait à son esprit de sacrifice ? Elle n'avait jamais vu les choses sous cet angle… Elle s'était toujours dévouée à sa famille. Elle avait secondé sa mère de son vivant et l'avait tout naturellement remplacée lors du décès de celle-ci. Qu'avait-elle pu confier à son père ? Elle n'en avait aucune idée… Elle essuya furtivement une larme qui s'était échappée et se concentra sur le secret que son père s'apprêtait à lui dévoiler.

— T'avais quoi, douze ans à la mort de ta mère ?

Joséphine acquiesça silencieusement.

— Ta mère t'appelait son rayon de soleil… A me disait tout le temps : «Cette enfant-là est pas comme les autres. A l'a si bon caractère, une vraie bonne pâte. Pour moi, c'est un ange».

Un silence se fit. Le père semblait parti dans le monde de ses souvenirs. Enfin, il reprit :

— Le jour de sa mort, ta mère m'a dit : « Maudite maladie, j'me sus battue autant que j'ai pu… Au moins j'pars pas inquiète. J'te laisse mon rayon de soleil, notre Joséphine, pour prendre soin de vous autres. Astheure, chus sûre que c'est un ange, pis a va veiller sur toé jusqu'à ce que tu viennes me rejoindre au ciel. »

Pour la première fois, il se sentit un peu coupable et même mal à l'aise de mentir ainsi à propos d'une défunte. Mais il chassa bien vite ses soupçons de remords pour revenir à l'essentiel pour lui. S'assurer que ce marin ou n'importe quel autre homme ne représente jamais une menace, si petite soit-elle, pour la quiétude de ses vieux jours.

— Promets-moé, ma fille, de toujours rester avec moé. Promets-le-moé... supplia-t-il.

Joséphine plongea son regard dans celui de son paternel et solennellement, sans hésitation, du fond de son cœur, elle promit.

— Merci ma fille, merci ben. Ah, ton eau commence à bouillir, fit-il remarquer. Tu en garderas pour me faire une tasse de thé. Pis tu viendras me la porter dans ma chambre, j'ai besoin de me recoucher un peu.

Joséphine le regarda quitter la cuisine et se diriger vers sa chambre à coucher. Un nouvel accès de toux le faisait marcher courbé en deux. Pauvre père... Comme il devait souffrir. Il n'aurait même pas eu à lui faire une telle demande. De toute façon, cela avait toujours été clair, elle s'occuperait de lui. À elle aussi sa mère avait parlé avant de mourir et lui avait demandé de veiller sur les siens. C'était son devoir de fille, tout simplement. Pour elle, tout cela n'avait jamais posé problème... Si elle s'était mariée avant ses sœurs, elle les aurait emmenées avec elle, son père également... Maintenant, ce serait encore plus facile, si jamais un prétendant se déclarait, si... un étranger, par exemple, qui n'aurait pas de maison à lui... ce prétendant... si jamais il se déclarait... il serait probablement heureux de se voir offrir, en guise de dot, une nouvelle demeure... si ce prétendant était un marin malade... s'il se déclarait... si... « Oh mon doux, Joséphine ! Tu vas te faire du mal à rêvasser comme ça. Allez, à la vaisselle ! Ça sert jamais à rien de se triturer les méninges » se dit-elle en retournant à sa besogne.

~ ~ ~

Après les fameuses confidences de son père, Joséphine redoubla d'ardeur et se partagea entre les quatre volontés de celui-ci et les soins prodigués à son protégé qui ne cessait de la courtiser. En dépit de l'inquiétude qui la prenait à chaque quinte de toux paternelle, Joséphine nageait dans le bonheur. Elle voyait bien que le marin s'intéressait à elle. On n'avait pas besoin de grande jugeote pour décrypter les sous-entendus, les caresses furtives mais bien réelles. Caresses que Patrick O'Connor s'enhardissait à diriger de plus en plus vers la poitrine de la belle Joséphine. Tiens, voilà qu'il la qualifiait de beauté maintenant. Ah, si le vieux monsieur Mailloux croyait l'intimider avec ses menaces. C'en était trop drôle ! Il était presque guéri maintenant et avait recouvré ses forces. D'ailleurs, il ne pourrait plus longtemps donner le change au curé lors de ses inévitables visites. Il lui faudrait se résigner à quitter ce nid douillet. Quels doux moments ! Se faire dorloter ainsi… De bons petits plats… Et surtout, il devait se l'avouer, des jours de vrai bonheur qu'il n'aurait pas cru possible de partager avec une femme. Ses expériences passées se résumaient à des filles faciles qu'il embarquait dans son lit de passage, soit grâce à ses légendaires sourires, soit, quelquefois, à l'aide d'un peu d'argent. Mais jamais il n'avait connu une telle intimité et pourtant, Joséphine ne partageait pas sa couche… C'était plutôt cette connivence, cette sorte d'amitié qui s'était développée entre eux qui lui plaisait énormément. Joséphine n'était pas une fille compliquée ; toujours de bonne humeur, elle semblait dépourvue de cette habituelle et détestable complexité féminine propre aux filles comme il faut, dont Joséphine faisait pourtant indéniablement partie. Et ce corps, qui le narguait depuis des semaines… Tiens le voilà encore, qui se courbait vers lui, pour réajuster les oreillers.

« Ah Joséphine, tu vois pas l'effet que tu produis sur moé ! C'est ça, sauve-toé vers la commode pour mettre de l'ordre… »

L'Irlandais n'en pouvait plus de désirer la jeune femme, de l'avoir si près de lui, tentante...

«Oui, tourne-moé le dos, penche-toé vers un tiroir... Quelle croupe! Rebondie, large, comme il serait bon de s'y agripper fermement... Ah... Un corps si généreux, oui, retourne-toé, échappe ce mouchoir par terre... plie-toé pour le ramasser...»

Quelle poitrine! Un corsage plein... Le marin s'imaginait y puiser à deux mains les rondeurs enfermées, les faire jaillir vers la liberté pour les emprisonner dans ses propres mains cette fois... s'y enfouir le visage, s'y étouffer...

«J'en peux vraiment pus... Allons, Patrick, concentre-toé... T'as pas entendu du bruit en bas tout à l'heure?»

L'homme ferma les yeux. Oui, il était certain que quelqu'un venait de quitter la maison en claquant la porte. Et comme Joséphine était ici même, cela ne pouvait être que monsieur Mailloux... ce qui voulait dire... qu'il était seul... avec... oui, oh oui...

— Joséphine, interpella le marin en s'assoyant sur le rebord du lit.

Au ton de la voix, la jeune fille figea et sentit qu'il arrivait quelque chose. C'était la première fois qu'il ne lui donnait pas du mademoiselle Mailloux gros comme le bras et puis, les yeux de l'homme brillaient comme si la fièvre était revenue, pourtant c'était impossible...

— Vous avez besoin de quelque chose? demanda-t-elle timidement.

— Oui... répondit Patrick en se levant et en s'approchant d'elle. Moé... avoir besoin... de vous... de toé... ajouta-t-il en la prenant dans ses bras.

Elle ne broncha pas, paralysée par l'intensité du moment. Sans la quitter des yeux, Patrick déposa ses lèvres sur la bouche entrouverte de Joséphine. Celle-ci se souviendrait toujours de la sensation unique et incroyable de ce premier baiser: un contact d'une douceur sans nom, d'une fraîcheur surprenante, d'une chaleur sans pareille. C'était comme si l'eau et le feu pouvaient enfin danser ensemble. Patrick l'embrassa, longuement. Comme il était bon de serrer ce corps tout contre le sien. Il n'avait que trop tardé.

Enfin, il s'était décidé à l'embrasser, enfin elle connaissait ce moment. Elle ne savait plus quelle excuse inventer pour tourner autour de lui. C'était encore mieux que dans ses rêves. L'Irlandais mit fin au baiser pour se mettre à chuchoter des mots doux à l'oreille de Joséphine.

— Oh Joséphine, toé être si belle… moé devenir fou…

Patrick ferma les yeux et revint s'intéresser aux lèvres de la jeune femme pour un autre baiser. La jeune fille se laissait aller, se collait, tout naturellement. Lentement, sans la délaisser, il recula jusque vers le lit, où il se laissa choir, emportant avec lui son précieux butin.

— Oh Joséphine… répétait inlassablement l'homme.

L'accent la faisait vibrer autant que d'entendre son nom. Les caresses se firent de plus en plus osées… Leurs souffles rapides devinrent une musique aux oreilles de Joséphine, et quand Patrick empoigna un de ses seins, elle chantonna un gémissement de plaisir que l'amant prit pour une plainte.

— Ma belle Joséphine… Laisse-moé t'aimer, partout… laisse-moé… supplia-t-il tout en lui remontant les jupes et en lui caressant les fesses.

— Mais… haleta Joséphine, non… Patrick…

Joséphine essaya de trouver la volonté de mettre fin à ces caresses, mais son corps refusait de repousser une minute de plus l'heure de son accomplissement.

— De toute façon, tu vas m'épouser, n'est-ce pas ?

Quoi ? Il venait de la demander en mariage ! Joséphine était si heureuse ! Elle éclata d'un grand rire de bonheur et tout en acceptant la grande demande, elle laissa Patrick conquérir ce corps dont elle avait désespéré qu'il inspire un jour du désir.

~ ~ ~

À l'heure du souper, lorsque le père Mailloux rentra de sa visite hebdomadaire à un vieil ami, il trouva la table recouverte de la belle nappe des grandes occasions, et trois couverts mis.

— T'as sorti la vaisselle du dimanche ? s'étonna-t-il.

Joséphine vérifia pour la troisième fois la cuisson de son bouilli qui mijotait doucement depuis plus d'une heure. Nerveusement, elle s'essuya les mains sur son tablier et osa affronter son père. Elle avait une peur bleue que sa nouvelle condition de femme paraisse sur son visage. Même si Patrick lui avait promis le mariage, il n'en restait pas moins que son père désapprouverait certainement le fait qu'il ait été consommé avant même d'avoir été célébré. S'il fallait que cela se sache, sa réputation serait finie et une fille sans réputation, c'était une condamnée. Elle ne regrettait rien cependant. Ce moment magique appartenait à elle et à Patrick. Elle se retint pour ne pas se mettre encore à rire, cela aurait été si inconvenant devant son père et il fallait vraiment qu'il ne se doute de rien. Déjà, l'image que lui avait retournée son miroir tout à l'heure, tandis que pour une des premières fois de sa vie, elle se pomponnait pour un homme, risquait à tout moment de la trahir.

— Oui je... euh... Monsieur O'Connor va descendre manger avec nous à soir.

— Ah oui ? Pis c'est pour lui que tu te mets en frais de même ?

— Ben, j'me suis dit que c'était une grande occasion.

— Tu trouves pas qu'on a déjà assez fait pour lui !

— Allons, arrêtez de chicaner. Donnez-moé votre manteau, pis venez vous asseoir, ça va être prêt à servir, fit-elle en s'empressant de débarrasser son père de sa veste, qu'elle pendit sur un des clous plantés en rangée près de l'escalier et qui servaient de crochets.

Puis, tandis que son père s'installait en maugréant à sa place attitrée, elle prit son air le plus naturel et pria son invité de bien vouloir descendre.

— Es-tu obligée de crier aussi fort, ma fille ? fit remarquer le père. Y est-tu sourd en plus, cet étranger ? Pis sers-moé tusuite. J'ai faim !

Joséphine prit l'assiette de son père et, à l'aide d'un gros torchon, souleva le lourd couvercle du chaudron. Une odorante vapeur s'en dégagea.

— Mmmmm, ça sent vraiment très bon icitte !

Joséphine se retourna brusquement et faillit se brûler tant elle perdit contenance devant l'arrivée de son amant. Qu'il avait fière allure dans son linge fraîchement lavé et repassé.

— Asseyez-vous m'sieur… bredouilla Joséphine en désignant du menton une chaise à la droite de son père.

Qu'elle était nerveuse ! Son cœur battait la chamade et elle transpirait tellement que déjà sa robe était toute mouillée aux aisselles. Elle n'avait pas dû mettre assez de cette poudre que sa mère utilisait ! Fébrilement, elle prit la grande louche et se mit à remplir l'assiette de son père en prenant soin de choisir les plus beaux morceaux de viande comme il les préférait tandis que Patrick obéissait et prenait place à la table. Gêné, il se mit à jouer nerveusement avec ses ustensiles. La tension était si forte dans la pièce que le marin eut envie de retourner se mettre à l'abri dans sa chambre de malade. Mais ces jours bénis étaient maintenant chose du passé.

Monsieur Mailloux ne lui adressa pas la parole et se mit à manger dès que sa fille eut déposé son plat devant lui. Comment, dans ces conditions difficiles, lui demander sa fille en mariage ? Il savait que le vieil homme n'avait aucune sympathie pour lui, d'ailleurs, c'était réciproque, mais de là à lui battre froid… Ah! il détestait les situations compliquées! Furtivement, il jeta un coup d'œil à Joséphine qui le servait à son tour.

— Merci, dit-il en osant lui adresser un sourire qu'il essaya de faire rassurant.

Ses pensées revinrent aux événements de l'après-midi, un frisson de plaisir lui rappela clairement la bonne entente qu'il avait eue avec cette fille. Oui, cela valait la peine d'affronter le vieux renard qui, de toute façon, devait être bien inoffensif. Il attendit que sa promise soit également assise et face au silence pesant qui régnait, il fut évident pour lui que rien ne servirait de tergiverser plus longtemps. Valait mieux en finir tout de suite. Il avait passé la dernière heure à se préparer mentalement et même à pratiquer à haute voix la formulation de sa demande. Il voulait que son français soit le plus impeccable possible.

— Euh… monsieur Mailloux… commença le marin en se raclant la gorge. Moé être guéri maintenant…

— J'vois ben ça, répondit sèchement celui-ci. Comme ça, on a pus d'affaire à vous garder icitte.

— Non, moé guéri mais…

— Alors, le coupa le vieil homme, on règlera ça avec monsieur l'curé tantôt.

Joséphine regarda Patrick d'un air désespéré. Son père n'avait même pas daigné lever les yeux de son assiette et était bête comme ses deux pieds. Elle savait qu'il n'avait jamais été d'accord pour héberger le malade et que monsieur le curé lui avait forcé la main, mais Patrick ne lui avait jamais rien fait. Pourquoi tant d'animosité? Elle devait aider son prétendant.

— Papa, interpella timidement la jeune fille, Patrick a quelque chose à vous dire…

— Patrick ? s'étonna le père en levant son regard vers sa fille. Tu l'appelles par son p'tit nom ?

— Monsieur Mailloux… s'interposa le jeune homme.

— Toé, j't'ai rien demandé ! se fâcha le père. C'est à ma fille que j'parle.

— Monsieur Mailloux, répéta Patrick en élevant la voix à son tour. Moé vouloir votre fille !

— En mariage, s'empressa de rectifier Joséphine. Y m'a demandée en mariage !

« Ah ! quelle situation délicate ! » se dit Patrick. Mais dans quoi s'était-il embarqué !

Estomaqué, le père Mailloux resta un instant interdit, assimilant ce que sa fille venait de lui annoncer. Où s'était-il trompé ? Il était sûr d'avoir bien manœuvré pourtant pour éviter justement que cela ne se produise. Il avait averti le marin, sa fille… Il devait vraiment se faire vieux ! Mais il avait encore des atouts. S'ils pensaient s'en tirer si facilement ces deux-là et lui jouer dans le dos, ils se trompaient lourdement. Il avait décidé qu'il finirait ses vieux jours dans cette maison, que sa fille prendrait soin de lui, et c'était ainsi que cela se passerait. Et si ce maudit embarras de matelot pensait partager ces années-là, il allait déchanter le pauvre ! Il n'endurerait pas d'étranger chez lui. Jamais !

— Jamais ! explosa-t-il en se levant brusquement.

Brandissant sa canne, qu'il avait toujours à proximité de lui, il en asséna un violent coup sur l'assiette pleine de légumes et de viande de Patrick.

La vaisselle de faïence explosa sous l'impact, barbouillant de bouillon le visage d'un Patrick O'Connor complètement sidéré par la réaction violente du père.

Mais la rage du vieil homme ne faisait que commencer.

— Jamais ! fulmina-t-il de nouveau.

Toujours à l'aide de sa canne, il fustigea le prétendant de sa fille à grands coups, sous lesquels Patrick dut se lever et reculer afin de se protéger.

— Papa ! supplia Joséphine, en allant se placer comme bouclier devant Patrick. Non, papa, faites pas ça ! Je l'aime !

— Ôte-toé de mon chemin ! la menaça son père sans l'écouter. Quant à toé, sors de ma maison tusuite, ordonna-t-il en lui désignant la sortie. Pis j'veux pus jamais te revoir rôder dans le boutte. Retourne-toé donc chez tes pareils. On veut pas de toé par icitte !

— Mais monsieur Mailloux… tenta une nouvelle fois Patrick.

— J't'avais averti de pas approcher de ma fille, t'aurais dû m'écouter ! J't'ai dit de sacrer ton camp, tu vas-tu comprendre le français, maudit de sale Irlandais !

Enragé, le père Mailloux tassa sa fille et alla ouvrir grand la porte. Puis, comme on chasse un chien galeux à coups de bâton, le vieil homme fonça sur le marin qui n'eut que le temps de crier :

— Moé être chez le curé, Joséphine, chez le curé ! Moé va t'attendre ! avant de se faire violemment pousser dehors.

Le père claqua la porte sur les cris désespérés du marin et se retourna vers sa fille à moitié affaissée sur le bord du mur.

— Pourquoi vous avez fait ça, j'comprends pas… larmoya Joséphine.

— Y a jamais un bon à rien de sale étranger qui va mettre la main sur mes affaires, gronda le père. Quand j'serai pus là, tu marieras qui tu voudras, mais en attendant, c'est encore moé qui mène icitte !

Joséphine se redressa :

— J'va aller le rejoindre d'abord. On se mariera sans vous, pis s'il le faut, j'irai vivre dans son pays ! se révolta la jeune fille. Pis, c'est pas vous pis votre sale canne qui vont m'en empêcher ! s'écria-t-elle tout en empoignant son châle qu'elle mit n'importe comment sur ses épaules.

Le vieil homme, resté dos à la porte, ne broncha pas. Redevenu très calme, il s'adressa froidement à sa fille :

— Pis les dernières volontés de ta mère pis ta promesse, que c'est que t'en fais, ma fille ?

Joséphine, estomaquée, resta sans voix devant ces arguments. Elle était sous le choc. Tout s'était déroulé si vite. Trop d'événements dans une seule journée… Passer du plus grand bonheur au plus grand désespoir… C'était trop… Elle s'écroula sur une chaise et se mit à sangloter, les franges de son châle trempant dans les restants d'un repas que personne ne mangerait.

— J'savais que ma fille était la droiture même ! dit le père devant la défaite de Joséphine. J'veux pus jamais en entendre parler.

Et il s'en alla tranquillement dans sa chambre, sans un regard pour sa fille éplorée. Pour lui, la question était maintenant définitivement réglée. Il pouvait aller faire une petite sieste l'esprit en paix.

~ ~ ~

Patrick n'en revenait pas. Il s'était fait jeter dehors sans ménagement. Le jeune Irlandais frissonna. C'était le début du mois de juillet et pourtant, l'air était encore frais. Il y avait si longtemps qu'il n'avait mis le nez dehors… se disait-il, tandis qu'il se dirigeait à grands pas vers la maison du curé, celle que Joséphine lui avait indiquée un jour. Joséphine… Elle devait être dans tous ses états. Rageant, il enfouit ses mains dans ses poches. Il revit le père de Joséphine, sa hargne, sa fureur… Le vieil homme l'avait blessé, non pas avec sa vulgaire canne de bois, non, il aurait pu la lui casser sur le dos s'il l'avait voulu… Non, c'était sa haine pour ses origines qui l'avait cruellement touché. Depuis qu'il avait quitté son Irlande, ce n'était pas la première fois qu'on l'attaquait à coups d'injures, qu'il subissait des injustices à cause de sa nationalité et qu'il devait faire face au racisme bête et méchant. Il avait appris à hausser les épaules, à ne pas trop s'en occuper, mais là, c'était différent. Il n'était pas assez bien pour eux, pour marier une de leurs filles, pour y faire une descendance peut-être ! La colère l'étreignait à son tour. Jamais il ne pardonnerait au père de Joséphine de l'avoir humilié ainsi. Foutu pays, où ses habitants n'aimaient que ceux leur ressemblant... Non, ce n'était pas vrai... Joséphine l'avait aimé, elle trouvait même charmant son accent... Joséphine...

Quel avenir avaient-ils ? Il n'avait plus d'argent... Il se sentait perdu, rejeté et avait, plus que jamais, le mal du pays. Il voulait retourner chez lui... Qu'est-ce qui lui avait pris cet après-midi de promettre le mariage à cette Canadienne ! Il avait été enfermé trop longtemps. Ce n'était pas bon pour un homme de rester à ne rien faire ainsi, seul avec une femme à longueur de journée en plus. Il aurait été inhumain qu'il résiste encore... Et puis, il avait été sérieux, il l'avait demandée en mariage, oui ou non ? Il aurait bien pu la posséder, sans promesse ! «Allons, Patrick O'Connor, la colère te fait déparler... Tu l'aimes ben, la Joséphine...» Oui... Et s'il ramenait une femme sur sa terre natale ? Une épouse. C'était peut-être la solution. Il demanderait au curé de les aider. Ils auraient besoin d'argent pour le voyage... Où trouveraient-ils une telle somme ? Peut-être que Joséphine avait des économies ? Il le lui demanderait. Il ne doutait pas qu'elle serait au rendez-vous.

— Bonjour, mon brave !

Concentré dans ses réflexions, Patrick O'Connor n'avait pas remarqué l'homme à la soutane qui traversait le chemin pour venir à sa rencontre.

— Je m'en allais justement vous rendre visite ! dit le curé tout essoufflé.

Il venait d'avaler un gargantuesque souper. Ayant plusieurs familles à visiter ce soir-là, il s'était mis en route sans avoir pris le temps de digérer un peu. Il remontait péniblement la grande côte qui menait à la demeure des Mailloux quand il avait été intrigué par une haute silhouette qui dévalait la pente à grandes enjambées. Devant la mine sombre de l'Irlandais, le curé s'informa :

— Il y a quelque chose qui ne va pas ?

Patrick s'était arrêté de marcher et regardait le curé sans un mot.

— Mais répondez, voyons ! Je commence à craindre le pire. Que s'est-il passé ? questionna le curé en déposant par terre le lourd sac qu'il transportait.

Retrouvant la voix, le marin lâcha d'un ton plein de ressentiment :

— Monsieur Mailloux a mis moé à la porte !

— Allons bon ! s'exclama le curé. Ce n'est pas ça qui était convenu ! Je devais vous reprendre en charge quand vous auriez été guéri… dit-il en fronçant les sourcils. Puis, retrouvant son sourire, il enchaîna : D'ailleurs, je vous apportais justement un sac rempli de tout le nécessaire pour pourvoir à vos besoins personnels. Un bon chandail de laine, un peigne… commença fièrement à énumérer le prêtre.

— Pour moé ? s'étonna Patrick, en remarquant le volumineux bagage.

— Mais oui, mon brave ! Croyiez-vous qu'on allait vous laisser éternellement aux bons soins des Mailloux ? Je n'abandonne jamais une de mes brebis.

— Merci, merci beaucoup, balbutia Patrick, ému par tant de gentillesse.

— Mais je ne comprends toujours pas pourquoi monsieur Mailloux a défié mes directives…

— C'est Joséphine… balbutia le marin en baissant les yeux. Elle pis moé… avoua-t-il, nous… nous…

— Quoi, nous, nous… ? répéta le curé, ne comprenant pas immédiatement ce que le jeune homme voulait dire par là…

Mais rapidement, l'explication la plus plausible à toute cette histoire lui vint clairement à l'esprit. Et rien qu'à voir l'air coupable de ce jeune homme… Oh non… Jamais le père Mailloux ne lui pardonnerait… Et il serait en dette désormais envers lui… Il détestait perdre le contrôle d'une situation ainsi. Lui qui dirigeait sa paroisse de main ferme, épiant chaque faux pas, sachant tout ce que chacun pensait, disait, confessait. Il savait quand madame Tremblay refusait de faire son devoir conjugal ou quand monsieur Turcotte buvait un peu trop et il les remettait rapidement sur le droit chemin. Que ce jeune blanc-bec, là devant lui, lui ait fait perdre la face ainsi, et qu'il l'ait mis en position de faiblesse face à Mailloux, l'un de ses plus coriaces paroissiens, oh non, ce marin ne l'emporterait pas au paradis !

— Tu as trahi ma confiance ! Vaurien ! explosa le curé.

— Mais…

— Il n'y a pas de mais ! C'est ainsi que tu mords la main qui te nourrit !

Le curé s'emportait et gesticulait dans la rue, tout en essayant de ne pas élever la voix, pestant contre tous les ingrats de la terre, tous ces gens pour qui vous vous fendez en quatre, et qui vous poignardent dès que vous avez le dos tourné.

— Profiter d'une pauvre et faible créature, pure, toute dévouée à son père et à son curé, une des meilleures âmes de ma paroisse ! ragea-t-il les dents serrées. Malgré mes avertissements ! Essaies-tu de nier ? Oserais-tu ? ajouta-t-il, comme Patrick tournait la tête de gauche à droite en signe de découragement.

— Non, non, mais…

— Tu apprendras qu'on ne peut se jouer de Dieu, le sermonna le curé. Quand je pense que je t'ai recueilli, soigné ! De mes propres mains, je t'ai abreuvé, toi, un pur étranger !

Retrouvant tout à coup sa fierté, Patrick défia le curé :

— C'est ça ! Moé être rien qu'un étranger ! Moé pas assez bien ! Ni pour monsieur Mailloux ni pour le curé ! cria-t-il. Eh ben, l'Irlandais dit à vous d'aller chez le diable ! En plus, moé pas vouloir de votre pitié ! ajouta-t-il en envoyant valser le sac d'un coup de pied.

O'Connor sentait bouillir une telle violence en lui qu'il serrait les poings, tous ses muscles bandés, et il eut peur de perdre le contrôle, une folle envie de frapper le tenaillant.

Le curé recula devant cette agressivité et essaya de calmer le jeune homme.

— Allons mon brave… Nous allons retrouver notre sang-froid…

— Non ! hurla Patrick. Moé pus rien vouloir entendre ! Moé quitter ce pays, tout de suite ! Pour toujours !

Et il s'enfuit en courant vers le bas de la ville.

« Nul doute que ses pas le conduiront vers le port, se dit le curé en regardant s'éloigner le marin. Il va probablement se faire engager sur un bateau. Il y en a tellement au port en ce moment, cela ne lui posera certainement aucun problème. » Tous ces marins qui grouillaient en ville, cela n'était jamais de bon augure… Comme il regrettait les mois de froidure ! Tout se compliquait dès la reprise de la navigation. Cette saison s'annonçait plus difficile encore que les autres. Pas plus tard que la semaine dernière, il y avait eu une bataille dans un bar du port. Il avait dû administrer les derniers sacrements à un jeune matelot qui avait reçu un coup de couteau entre les côtes. Et ces filles de petite vertu qui ne cessaient d'apparaître il ne savait d'où ! Tout avait mal commencé par plusieurs coups frappés à sa porte et un marin à moitié mort.

« Oh ! bon débarras ! » pensa-t-il en voyant disparaître complètement de sa vue celui qu'il avait pris sous son aile. Il ne l'avait pas gardé chez lui, il craignait trop de se faire voler, on ne peut faire confiance à cette racaille qui sillonne les mers. Il réalisait maintenant que jamais

Joséphine n'était présente lors de ses visites. Elle se retirait dans la cuisine, les laissant seuls à bavarder… Il n'avait pu voir les signes précurseurs… et le père Mailloux ne lui avait jamais fait part d'inquiétudes après la première fois… Oh, il se sentait fatigué ce soir… Le prêtre regarda autour de lui. C'était l'été, il faisait beau, le soleil avait nettoyé la boue et la neige sale du printemps et maintenant sa ville rayonnait et était belle. C'était le temps des rires, de l'insouciance, des belles robes fleuries, des enfants qui jouaient dehors jusqu'à la noirceur…

Dans la maison de la veuve Collard, en face, un rideau bougea. Des fois, il n'avait plus le cœur à la vocation… Il aurait aimé être un fermier, suant, sans se poser de questions, de l'aube jusqu'au crépuscule. Une petite vie de labeur tranquille, avec une famille, une femme, un fils, sans porter sur ses épaules toute la misère du monde pour recevoir si peu en retour… Oui, peut-être aurait-il pu naviguer, comme ce Patrick O'Connor, sans attache, la liberté pour seul bagage. Il devait couver une grippe, celle qu'il avait combattue tout l'hiver… « Vaut mieux rebrousser chemin, se dit-il en ramassant le sac et en retournant lentement vers le presbytère. Ma servante m'apportera un bouillon chaud et demain, je ferai mes visites prévues… »

~ ~ ~

Tôt le lendemain matin, la servante frappa timidement à la porte du salon privé du presbytère.

— M'sieur le curé, excusez-moé de vous déranger, dit-elle en entrouvrant légèrement la porte. Mais y a là Joséphine Mailloux qui veut absolument vous voir. J'lui ai dit qu'y était ben trop de bonne heure à matin, mais a reste là… A dit que c'est ben important…

Le curé cessa ses prières et se signa avant de se relever du prie-Dieu où il était agenouillé depuis plus d'une demi-heure. Il avait eu besoin de se recueillir, de réfléchir ce matin. Il avait si mal dormi, des pensées impures dérangeant son sommeil. Une tentation non pas physique mais sentimentale le tenaillait au cœur, depuis la veille, en fait, depuis l'altercation avec le marin… Il avait déjà entendu parler de ces histoires d'horreur que l'on se chuchotait au séminaire, celles des prêtres que le démon essayait de détourner par divers moyens de l'amour du Christ. Était-ce ce qui lui arrivait ? Est-ce que le Malin tentait de le faire défroquer ? Le curé frissonna tandis qu'il se retournait vers sa servante. Oui, il devait se l'avouer, en demander pardon au Seigneur, mais hier, il aurait aimé suivre ce jeune homme, changer de vie… Cette sensation était difficile à expliquer, lui-même tentait d'y voir clair à la lueur de la ferveur chrétienne, mais tout ce qu'il pouvait dire, c'était que jamais sa soutane ne lui avait paru si lourde et son collet si étouffant…

— Fais-la entrer, ordonna-t-il à sa domestique. Et tu nous apporteras du café.

Allons, il devait chasser toutes ces mauvaises pensées… reprendre contenance, ne pas laisser paraître son désarroi, redresser les épaules, affirmer sa voix, saluer avec autorité.

— Bonjour Joséphine, assieds-toi, dit-il sèchement à la jeune fille qui entrait.

— Bonjour m'sieur le curé, répondit-elle d'une petite voix en lissant nerveusement les plis de sa plus jolie robe.

Pauvre Joséphine, elle avait tant pleuré depuis hier, son visage était tout boursouflé. Elle avait longuement réfléchi et avait décidé de venir rejoindre l'homme qu'elle aimait. Elle avait pesé le pour et le contre et avait conclu que c'était son père qui était en faute. Elle s'était donnée à Patrick, il avait fait d'elle sa femme, l'engagement était trop sérieux. Elle était prête à tout, le suivre au bout du monde s'il le fallait. Mais son plus grand espoir reposait sur monsieur le curé. Il allait parler à son père, lui faire entendre raison. Mais comment aborder un sujet si délicat, pensait-elle en prenant timidement place sur une des belles chaises droites qui bordaient le petit salon. Elle était venue une seule fois auparavant dans cette pièce, se souvint-elle en regardant autour d'elle. Le décor était aussi majestueux et aussi intimidant que dans son souvenir. C'était un peu comme entrer dans l'antre d'une bête mystérieuse. Une bête à la robe noire, pleine de pouvoirs…

« Cette petite semble mourir de peur » se dit le curé en jetant un coup d'œil à la jeune fille. Il avait toujours été mal à l'aise avec ses paroissiennes, comme si elles n'oubliaient jamais qu'il n'était en fait qu'un simple homme de chair et de sang… Souvent, il s'était buté à deux yeux féminins reflétant le doute sur sa capacité de compréhension face à leurs problèmes, le mépris devant les solutions qu'il apportait… Et en plus, jeunes ou vieilles, ces créatures semblaient éprouver un malin plaisir à essayer le pouvoir de leurs charmes sur lui. Comme s'il représentait un défi. Combien de fois avait-il été irrité par ces têtes penchées légèrement de côté, ces sourires sensuels, ces bustes projetés en avant… Ah provocation, ah tentation, démon de démon !

Brusquement, le curé se détourna et, les mains jointes derrière le dos, alla se placer devant la fenêtre, le regard au loin. Joséphine ne savait plus quoi penser ! Le prêtre semblait fâché ! Que savait-il ? Qu'est-ce que Patrick lui avait confié en se réfugiant au presbytère ? S'était-il confessé ? Avait-il dit qu'ils… qu'ils ? Le curé savait-il qu'elle… Ah, du bruit dans le passage ! Patrick, ce doit être Patrick ! Il l'attendait, il l'avait entendue arriver ! Lui et monsieur le curé allaient tout arranger. « On va se marier, Patrick, j'me suis tant ennuyée de toé, mon cœur bat à l'idée de te revoir, chus amoureuse de toé, j't'aime ! »

— Le café, m'sieur le curé, annonça la servante en passant la tête par la porte restée entrouverte. J'me suis permis d'apporter des petits pains et de la confiture aussi. Vous avez même pas eu le temps de déjeuner à matin, le réprimanda-t-elle en lançant un regard mauvais à Joséphine.

— Allons, laisse-nous maintenant, lui répondit sèchement le prêtre sans même se retourner.

Offusquée, la servante déposa abruptement le plateau sur le guéridon et s'en retourna à la cuisine. Hum, il y avait quelque chose de louche dans ce tête-à-tête entre la fille Mailloux et le curé... Tout à coup, elle se souvint qu'il y avait un important époussetage à faire près du salon du curé. Elle devait se mettre à l'ouvrage tout de suite et si, par hasard, elle entendait des choses intéressantes, ce ne serait pas de sa faute ! Dieu ne l'avait pas privée de ses oreilles !

« Patrick, où es-tu ? Que se passe-t-il ? » D'instinct, Joséphine sentait que quelque chose clochait, l'absence de son amoureux, le silence du prêtre... Un long frisson d'appréhension lui parcourut l'échine.

— Une tasse de café ? offrit le curé en sortant enfin de son mutisme.

Joséphine refusa poliment. Soulevant les épaules d'indifférence devant ce refus, le curé se décida finalement à regarder sa visiteuse.

— Tu voulais me voir ? questionna-t-il. Je suppose que cela a rapport avec ce marin, enchaîna le prêtre d'un air supérieur.

Joséphine répondit aux deux questions par un timide signe affirmatif de la tête.

— Comment se fait-il que ton père ne soit pas avec toi ? reprit l'homme d'Église. C'est avec lui que je devrais régler cette histoire, décréta-t-il, méprisant.

Il sentait la colère revenir en lui... Ah, que cette situation était déplaisante !

— J'ai honte de toi ma fille ! explosa-t-il. Moi qui étais certain que tu saurais tenir ta place !

Joséphine rougit violemment ! Il savait, le curé savait ! « Mon Dieu Seigneur, pardonnez-moi… Mais je l'aime pis y m'aime ! Ah Patrick ! Pourquoi t'es pas icitte ? »

— Tu aurais dû remettre cet étranger à sa place et t'arranger pour qu'il ne s'approche pas de toi. Je ne sais pas exactement ce qui s'est passé, mais si ton père a mis cet O'Connor dehors, c'est certainement pour une bonne raison. Un homme a des besoins naturels, ma fille, tu devrais savoir cela, non ? Si tu t'es mise à te pavaner devant lui et à porter ta jolie robe, comme aujourd'hui, je comprends ton père d'avoir mis un terme à cette provocation. Tu devras te repentir, ma fille !

— Mais monsieur le curé…

— Il n'y a pas de mais ! Tu m'as mis dans une situation embarrassante ! Ah, les jeunes filles d'aujourd'hui ! Tu devrais plutôt songer à te trouver un époux au lieu de…

— Mais Patrick m'a demandée en mariage ! s'écria désespérément Joséphine en se levant abruptement de sa chaise.

Un lourd silence suivit cette déclaration. Dans le salon, le curé, abasourdi, dévisageait la jeune fille qui, les larmes aux yeux, l'affrontait courageusement. Dans le corridor, la servante en échappa presque son plumeau et retint sa respiration pour entendre la suite. « C'est la bonne femme Savard qui va pâlir de jalousie quand a va apprendre ça. Elle qui se vante de toujours tout savoir en premier… Allons, écoutons comme il faut, y faudrait pas perdre un précieux détail ! »

— Je ne comprends plus rien… souffla le prêtre. Allons, ma fille, reprenons depuis le début, ordonna-t-il en avançant un fauteuil devant la chaise de Joséphine tout en l'invitant à se rasseoir.

« Que c'est qui se passe ? Mais que c'est qui se passe ? Voyons Joséphine, prends une grande inspiration, assis-toé comme le curé te l'a demandé… reste calme… Pourquoi Patrick lui a pas parlé de sa demande ? J'comprends pus rien non plus… »

— Donc, tu me dis que le jeune marin a demandé ta main ? récapitula doucement le curé.

— Oui... répondit Joséphine. Oui, répéta-t-elle, en raffermissant sa voix. Oui, nous... nous avons découvert... que... nous... nous ressentions une entente certaine entre nous deux... pis, ben, y a dit qu'on allait se marier pis j'ai dit oui comme de raison... Ça fait qu'hier, y a demandé ma main à mon père... mais, mon père... y s'est mis à crier, pis y l'a battu à coups de canne pis... Oh, monsieur le curé ! Papa, y veut pas que j'me marie ! Y veut que j'prenne soin de lui, pis... oh, monsieur le curé !

Joséphine n'en pouvait plus. Se cachant le visage dans ses mains, elle éclata en sanglots.

« Ah ben, on aura tout entendu » jubila la servante. Elle se retint pour ne pas éclater de rire, imaginant le vieux père Mailloux avec sa canne... Elle ne pourrait attendre la fin de son service pour courir raconter sa nouvelle. Elle trouverait bien un prétexte pour sortir du presbytère. Une commission à faire au magasin général. Une bobine de fil noir... oui... pour repriser...

— Quelle histoire, dit le curé.

Une écrasante fatigue le submergea de nouveau.

— Ainsi, les intentions du marin auraient été honnêtes... murmura-t-il pour lui-même.

Joséphine releva la tête pleine d'espoir.

— Oh oui ! s'écria-t-elle. Y est très gentil pis y va faire un bon mari, j'en suis sûre. Pis rien m'empêche de prendre soin de papa, vous le savez, m'sieur le curé, que chus ben travaillante.

— Oui, je sais, tu es une brave fille... Mais une brave fille qui s'est laissé tourner la tête... ajouta le curé sévèrement.

Il devait se rendre complice de monsieur Mailloux... C'était la seule façon de sortir gagnant de cette malencontreuse affaire. Ainsi, tout ne serait pas perdu… hum oui… Ah, qu'il aimait cette sensation de pouvoir, de contrôle, qui revenait en lui. Il se sentait renaître. C'était comme si sa clarté d'esprit lui était revenue tout à coup. Finis les épuisants moments d'égarement. La voix du Seigneur le guidait encore. Il avait gagné sa bataille contre le Malin. Il savait de nouveau quoi penser, quoi faire et quoi dire. Il ne perdrait ni la face ni l'argent du père de Joséphine…

— Mais oui, ma fille, tu t'es laissé prendre aux belles paroles de cet étranger ! Une chance que ton brave père a la tête sur les épaules, lui, et qu'il a su discerner le vrai du faux, le clinquant du joyau ! Non, laisse-moi parler. Tu ne seras pas la première à qui ce sera arrivé. Les créatures sont faibles, tout le monde sait ça. Ton père n'a fait que son devoir paternel et j'irai l'en féliciter, pas plus tard que tout de suite. Viens ma fille, rendons-nous chez toi.

— Non, c'est pas vrai ! J'aime Patrick pis on va se marier ! affirma Joséphine avec véhémence.

— Cesse immédiatement de crier, ma fille ! Comment oses-tu élever le ton devant moi !

— Où est Patrick ? J'veux le voir ! défia la jeune fille, debout de nouveau, regardant nerveusement vers la porte comme si son amoureux allait apparaître.

Pourquoi n'arrivait-il pas ? Pourquoi ne venait-il pas dans le salon, la prendre dans ses bras et l'emmener loin ? Loin de ce curé qui la rejoignait, qui la regardait comme une pestiférée, qui n'ouvrait la bouche que pour dire des énormités, énormités qu'elle ne voulait plus entendre…

— Cela va être bien dur, à moins qu'en plus d'être impertinente avec ton curé, tu saches aussi nager, ma fille.

— Nager ?

— Oui nager, car lorsque j'ai rencontré ton cher matelot hier, il

criait haut et fort qu'il s'embarquait sur le premier bateau en partance.

— Patrick, parti ? Vous mentez !

— Oh, tu dépasses les bornes ! Le curé s'étouffa d'indignation.

— Vous mentez ! Vous mentez ! aboya-t-elle.

— Joséphine Mailloux ! Rassieds-toi tout de suite !

— Non ! Patrick doit m'attendre au quai. J'm'en va le retrouver,
déclara-t-elle en sortant du salon.

D'un geste brusque, Joséphine repoussa la servante qui malgré elle
lui barrait le passage et, sans un regard pour le curé, s'enfuit du presbytère. Le curé la suivit en lui criant :

— C'est ça, cours, cours ma fille, tu vas voir qui était le menteur.
Et je t'attends à la confesse ce soir, tu m'entends, Joséphine Mailloux ?
À la confesse ce soir ou j'irai te chercher par les oreilles !

Mais il avait beau s'époumoner, sous le porche de sa maison, la
jeune fille ne se retourna même pas.

— Elle le regrettera, maugréa-t-il, songeur, tout en la regardant
courir à sa déconvenue.

« Bon, c'est assez de se donner en spectacle en public » se dit-il en
revenant à l'intérieur du presbytère.

— Qu'est-ce que tu fais là, toi ? dit-il devant sa servante dont il
n'avait pas remarqué la présence dans tout ce tumulte.

— Ben, j'enlève la poussière c't'affaire ! ironisa-t-elle en lui mettant le plumeau sous le nez.

— Bon, bon donne-moi mon chapeau, je sors pour le reste de la
matinée.

— Oui m'sieur le curé. Euh… Avec votre permission, moé, j'va en
profiter pour aller faire quelques commissions… J'ai ben du reprisage
à faire pis j'ai peur de manquer de fil… ouais du fil noir qu'y me
faudrait.

~ ~ ~

— Maudit Patrick O'Connor, j't'haïs! Tu m'entends, j't'haïs, j't'haïs… ah!!! gronda Joséphine.

Une si grande douleur ne pouvait pas exister, c'était impossible. Pourtant, durant les neuf derniers mois, elle n'avait été que souffrance. Elle aurait dû être immunisée, endurcie. Mais… Ah! encore une! Au fil des mois, son cœur et son ventre étaient devenus de pierre, alors pourquoi cela faisait si mal! «Mon Dieu, est-ce que c'est normal? Maman, vous qui êtes au ciel, aidez-moé j'vous en supplie, aidez-moé! Venez m'chercher, oh oui, venez m'chercher… ça fait mal, maman… pis chus toute seule… pis j'en veux pas, de ce bébé… Venez nous chercher, tous les deux, venez maman, j'vous en supplie!»

Joséphine roula la tête de gauche à droite sur l'oreiller. Elle n'avait pas allumé et elle gisait, souffrante, dans le noir, en plein travail depuis des heures, sur le lit même où ce bébé avait été conçu. Malgré elle, les souvenirs refirent surface. Elle qui les avait enfouis au plus profond d'elle-même dut se résigner à les revivre encore une fois, la douleur annihilant toute volonté.

Elle se revit, dévalant la côte jusqu'au port, les paroles du curé la poursuivant. Tout le long de sa course, elle avait prié au rythme de ses pas. «Sainte Marie, Mère de Dieu, faites qu'y soit pas parti, Sainte Marie, Mère de Dieu, faites qu'y soit pas parti, Sainte Marie…» Elle avait eu beau parcourir, dans tous les sens, les installations portuaires, aucune trace de son amoureux. C'était un ouvrier du port qui avait mis fin à sa recherche. L'ayant remarquée et la voyant bouleversée, il s'était permis de lui proposer son aide. La même qu'il avait offerte la veille à un jeune homme à l'accent étranger qui cherchait du travail sur le premier bateau à lever l'ancre. Petite, Joséphine avait reçu un coup de sabot au ventre de la part d'un cheval. Les paroles de l'homme lui avaient fait le même effet que la ruade. Quelques secondes, son cœur avait cessé de battre, elle avait perdu le souffle et était devenue tout étourdie. Mais aucun doute, il s'agissait de Patrick. La description, l'habillement... Il s'était embarqué à l'aube. Il était parti, il l'avait quittée... De ses mains, elle avait exercé une pression sur sa poitrine puis d'une voix éteinte, elle avait réussi à remercier l'homme pour le renseignement. Elle ne sut comment elle avait trouvé la force de s'en retourner chez elle où son père et le curé l'attendaient. Elle les avait fixés, l'un et l'autre, attablés, de connivence... Ah! leurs regards vainqueurs... Ils avaient convenu de l'admonester comme il se devait. Le curé avec un bon sermon sur le respect chrétien, le père sur le devoir familial. Mais à la vue de la jeune fille livide et du regard froid et lointain qu'elle leur avait envoyé, ils n'avaient pu que la suivre des yeux lorsque, sans un mot, elle s'était décidée à gagner sa chambre. Depuis ce jour, elle n'avait plus adressé la parole ni à l'un ni à l'autre. Au début, elle avait conservé l'espoir de recevoir des nouvelles de Patrick, une lettre ou un retour... Mais au fil des semaines, elle s'était emmurée dans une profonde dépression. Elle ne mangeait presque plus et ne faisait que le nécessaire dans la maison. Son père ne pouvait pas vraiment se plaindre d'être mal soigné sauf que dès sa besogne terminée, elle se retirait en haut dans sa chambre. Elle ne pleurait pas, elle restait là, assise dans sa chaise, près de la fenêtre, immobile. Au village, elle faisait ses courses juste quand cela était vraiment nécessaire et restait imperméable aux commérages qui fusaient autour d'elle. Elle ne savait pas comment cela se faisait, mais tout le comté semblait au courant de sa mésaventure. Elle ne s'en était pas fait. Elle était habituée aux commentaires des autres. Elle et ses sœurs avaient toujours été tenues un peu à l'écart. Leur grand-mère maternelle, une pure Indienne, n'avait pas seulement légué à ses descendantes ses beaux cheveux noirs, mais également l'impardonnable faute d'être différentes. On tolérait leur père parce que celui-ci, avec son magasin, avait été prospère et quasi indispensable. Joséphine n'avait donc jamais vraiment eu d'ami et s'était habituée à vivre repliée sur elle-même. Même avec ses sœurs, elle gardait ses distances. Elle avait dû être un substitut de mère si jeune, il n'y avait pas eu de place pour les jeux et les confidences. Quand elle s'était rendu compte qu'elle était enceinte, elle en avait été presque indifférente. Grâce à son embonpoint, personne ne discernait sa honteuse condition. L'hiver avait passé, son ventre caché sous son épais manteau. Elle n'avait pas essayé de tuer la preuve de son péché. Elle savait comment faire. Elle aurait pu essayer le vinaigre ou la broche à tricoter. Mais à quoi bon ? De toute façon, elle était morte elle-même, c'était seulement son corps qui continuait à fonctionner, malgré elle. Un matin viendrait bien où lui aussi abandonnerait la partie… et tout serait réglé…

Pendant l'été, le curé avait essayé, à quelques reprises, de venir la sortir de sa torpeur, mais à chaque visite, il s'était buté à son impassibilité et comme il avait d'autres chats à fouetter que les états d'âme d'une jeune idiote, il s'était désintéressé de son cas. De toute façon, avec le sang de sauvage coulant dans ses veines, Joséphine était d'avance une brebis galeuse et nul ne pouvait blâmer le curé de l'abandonner à son triste sort. Le voisinage avait oublié rapidement cette histoire de marin et avait préféré se délecter des détails croustillants à propos du jeune Duchesne qu'on avait surpris, disait-on, avec une femme mariée ! Au printemps, le père Mailloux, n'en pouvant plus du silence pesant de Joséphine, avait accepté avec gratitude l'offre d'une de ses filles d'aller passer quelques mois chez elle. Jamais il n'aurait cru cela possible ! Lorsqu'il avait reçu l'invitation de faire le voyage jusqu'à Saint-Jean-Port-Joli, où son gendre avait hérité de la terre paternelle, il avait sauté sur l'occasion et n'avait eu aucun remords à laisser Joséphine derrière lui. Il avait appris qu'avec les femmes, mieux valait laisser couler l'eau sous les ponts…

C'est ainsi que, sans même avoir planifié quoi que ce soit, le destin ou la providence l'avait fait se retrouver fin seule dans la maison le 2 avril 1900 lorsqu'elle avait crevé ses eaux. Un linge à vaisselle sur l'épaule, elle se préparait à essuyer la tasse et l'assiette qu'elle venait négligemment de laver. Longtemps elle était restée immobile, laissant l'écoulement suivre son chemin naturel le long de ses jambes. Puis, d'un air détaché, elle avait déposé la serviette sur le dossier d'une chaise de la cuisine et lentement, mais résolument, avait gravi les marches de pin menant à sa chambre. Sans hâte, avec des gestes mécaniques, elle s'était déshabillée et étendue sur son lit, nue, se recouvrant d'un simple drap. Elle avait croisé les mains et fermé les yeux. Dans son linceul, elle était prête à accueillir sa délivrance. Elle croyait fermement que si elle ne faisait aucun effort pour l'expulsion du bébé, celui-ci mourrait, là dans son ventre, l'entraînant avec lui dans la mort, enfin…

La douleur sourde qui lui tiraillait les reins depuis le matin explosa soudain en une violence inouïe. Elle serra les dents. Puisqu'elle avait ignoré les nausées du début et plus tard les coups de pied qui la frappaient de l'intérieur, elle réussirait également à ne pas réagir à cette nouvelle torture.

— Ah ! que j't'haïs ! hurla Joséphine sous l'effet d'une contraction qui lui déchirait les entrailles. Maman, j'vous en prie, exaucez ma prière, faites que ça achève… Oh maman… sanglota-t-elle doucement, tandis que la vague de douleur refoulait enfin.

Trempée de sueur, épuisée, elle réalisa soudain que c'était la première fois qu'elle pleurait depuis très longtemps… très très longtemps. Elle n'eut pas le temps de penser plus longuement, le mal revenait, plus fort encore. Cette fois, de son poing gauche, sans s'en rendre compte, elle tordit un bout de son drap tandis que du droit elle martelait de petits coups secs le matelas de son lit. Elle n'avait presque plus aucun répit. Tout à coup, une irrésistible envie de pousser la prit. Elle ne pouvait faire autrement… Une fois de plus, son corps la trahissait et faisait fi de sa volonté qu'il réduisait en miettes. De ses deux mains, elle empoigna les barres de métal de son lit, ramena les genoux vers elle, et força, força, bloquant sa respiration… son visage devenait tout rouge. Une fois…

— Ça fait mal… ça fait mal, se lamenta-t-elle.

Une deuxième fois.

— Maman, maman…

Une troisième poussée. Et là, une chose gluante fusa entre ses cuisses, rapidement, trop facilement par rapport à l'étroitesse du passage. Joséphine haleta et reprit son souffle, les yeux tournés vers le plafond. Puis, lentement, elle descendit ses mains vers le bas de son ventre. Rien ne bougeait… Elle se souleva sur ses coudes et essaya de discerner le minuscule être gisant entre ses jambes. Un imperceptible miaulement, une légère plainte s'en échappa. Hésitante, maladroite, la nouvelle mère souleva son enfant. Tout à coup, une seule chose importa, que ce nouveau-né vive. Joséphine ne pensa plus. Paniquée, craignant que son bébé ne meure, elle se mit à le frictionner vigoureusement. Avec le drap, elle essuya sans ménagement le petit visage, dégageant le plus possible le nez et la bouche du liquide gluant qui les obstruait.

— Allez, respire, respire ! implora-t-elle.

Il ne fallait pas que son bébé meure, non, pitié ! Celui-ci laissa enfin sortir le pleur primal. Soulagée, Joséphine éclata en sanglots. Puis, précautionneusement, elle détailla son nouveau-né éclairé par un rayon de lune qui passait par la lucarne. Émue, elle réalisa qu'elle venait de donner naissance à un garçon. Le plus beau petit garçon du monde entier, et que déjà… malgré elle… malgré tout… enfin, elle l'aimait, oui pas de doute, elle l'aimait. Elle éclata d'un grand rire nerveux. Amoureusement, elle colla son fils sur son cœur.

— Mon bébé, mon p'tit bébé à moé…

Elle ne pouvait le garder… Elle serait bannie et ne pourrait subvenir à ses besoins… Oh, comment se résoudre à se séparer de lui? Tristement, elle dirigea son regard vers la lucarne et, mentalement, fit le chemin qui menait jusqu'à l'Hôtel-Dieu, l'hôpital… l'orphelinat… Elle se cacherait, passerait par la porte arrière… Elle qui, innocemment, avait cru ce jour être la fin de ses souffrances, sut, au plus profond d'elle-même, qu'au contraire, il en marquait le début et que la peine d'amour et les douleurs de l'enfantement qu'elle avait endurées ne seraient rien, non rien, à côté de ce qui l'attendait.

~ ~ ~

— Qui c'est qui veut que j'raconte une belle histoire? demanda Joséphine à la ribambelle d'enfants qui l'entouraient, sachant à l'avance la réponse enthousiaste et unanime qui ne manquerait pas de saluer cette proposition.

Les mains sur les hanches, elle sourit en voyant tous ces petits garnements courir d'un bout à l'autre de la grande salle commune pour venir la retrouver. «Quelle bande de chenapans» se dit-elle en prenant place dans son fauteuil berçant. Combien de fois leur avait-elle dit de ne pas se chamailler ainsi! Mais non, c'était toujours à qui serait assis le plus en avant, le plus près d'elle. S'ils avaient pu lui grimper sur la tête, au lieu de s'installer par terre en demi-cercle, les jambes repliées à la manière indienne, ils l'auraient fait.

Comme elle était heureuse! Voilà plus d'un an qu'elle travaillait à l'orphelinat et elle bénissait chaque jour passé depuis ce temps. Elle avait retrouvé son fils et peu importait qu'il ne sache pas la vérité, elle pouvait au moins le voir grandir et en prendre soin. Oh, cela n'avait pas été facile, se rappela-t-elle, alors que les souvenirs de trois années d'enfer remontaient à sa mémoire. Trois longues années, à s'occuper de son père et à ne cesser de penser au précieux trésor qu'elle avait dû se résigner à abandonner quelques heures à peine après sa venue au monde. Elle se revit, profitant de l'obscurité, affaiblie par son accouchement, se rendre en cachette à l'orphelinat, passant discrètement par les champs, contournant les habitations, marchant difficilement dans les sillons de neige et de terre mélangées, tenant son enfant fermement contre son sein. Elle avait enfilé un long manteau gris sous lequel son fils dormait à poings fermés, à la chaleur, inconscient de l'infini courage dont sa mère faisait preuve. À bout de forces, Joséphine était parvenue en vue de la bâtisse des religieuses. Après une brève hésitation et après s'être assurée que l'endroit était désert, elle avait délicatement déposé son nouveau-né, emmailloté dans un châle, sur le seuil de la porte cochère de l'Hôtel-Dieu (là où les miséreux et les quêteux pouvaient frapper à n'importe quelle heure et être certains d'avoir une réponse). À genoux près de son bébé dont elle n'avait pas relâché l'étreinte, la jeune femme avait déposé un long et doux baiser sur le front de celui-ci comme pour y tatouer son amour et y laisser la marque indélébile de son appartenance. Puis avec l'esprit de sacrifice que seule une mère peut démontrer, Joséphine s'était relevée prestement et sans hésitation avait fait sonner la cloche d'entrée avant d'aller rapidement se cacher dans un recoin sombre de la bâtisse. Longtemps, elle avait sangloté, à moitié accroupie dans l'embrasure, tandis qu'une religieuse désabusée avait pris tout son temps pour ramasser ce colis échappé par une cigogne incompétente.

Au milieu de l'été, monsieur Mailloux était revenu du bas du fleuve. Au premier coup d'œil lancé à sa fille, le père avait perçu le changement. Joséphine avait énormément maigri mais surtout, son regard recelait une nouvelle expression. C'était elle qui lui avait adressé la parole en premier, lui souhaitant la bienvenue, poliment, sans animosité ni joie.

— Bonjour son père, l'avait-elle salué. Vous voulez une tasse de thé ou y fait trop chaud ?

Le vieil homme s'était installé à la table, perplexe, et avait accepté l'offre.

— Tout le monde sait qu'y faut combattre le feu par le feu, ma fille.

Joséphine avait pris la bouilloire déjà remplie d'eau et était allée la porter sur le poêle de la cuisine d'été. Quand elle était revenue du bas-côté, la jeune femme était allée s'asseoir près de son père.

— Pendant que l'eau chauffe, avait-elle commencé sans préambule, j'veux vous parler.

Le père Mailloux était resté sans voix. L'attitude de sa fille appelait au respect et il devinait que le bon vieux temps de la manipulation n'aurait plus cours dans sa maison. En quelques mois, sa fille avait vieilli de cent ans. Ayant toute l'attention de son père, Joséphine avait repris :

— J'ai ben réfléchi à tout ce qui s'est passé pis j'me dis que si Patrick m'avait vraiment aimée... ben, j'me dis qu'y serait pas parti. Ça veut pas dire que j'vous pardonne, ça veut dire que j'accepte ce qui est arrivé. Vous êtes mon père pis j'va prendre ben soin de vous si vous êtes toujours d'accord comme de raison.

Elle avait parlé calmement, presque sans émotion, comme si elle discutait de choses anodines et non d'un cœur brisé.

L'homme avait dévisagé la jeune fille devenue une inconnue à ses yeux. Il n'avait perçu aucune colère mais aucun amour également. Médusé, il n'avait pu qu'acquiescer silencieusement.

— Bon ben, le canard chante, avait annoncé Joséphine en entendant le sifflement de la bouilloire. Restez là, son père, j'vous ramène votre thé dans pas long.

~ ~ ~

Ainsi s'étaient écoulées les trois années suivantes entre un père ayant perdu tout ascendant et une fille devenue simple servante.

Quand son père était décédé, la délivrant ainsi de sa promesse, Joséphine n'avait même pas attendu la fin de son deuil. Elle avait mis sa part d'héritage à la banque, avait cassé maison, vendant ou donnant tout, ne gardant qu'un maigre bagage et s'était rendue chez monsieur le curé. Elle avait un plan dans la tête… En échange d'un substantiel don à la paroisse que la jeune ouaille avait offert à son curé, celui-ci n'avait pu refuser de faire pression afin de lui assurer un travail à l'orphelinat. Prendre soin des orphelins était l'apanage des sœurs Augustine, mais il arrivait fréquemment que celles-ci fassent appel aux services de jeunes filles pauvres en échange de leur subsistance. Première étape du plan : réussite complète. Deuxième étape : retrouver son fils, beaucoup plus facile qu'elle ne l'avait imaginé. Troisième étape : elle verrait plus tard. Pour le moment, elle voulait reprendre le temps perdu et lui donner le plus d'amour possible.

Étrangement, c'était cette partie qui lui avait donné du fil à retordre. Pendant les trois années de séparation, il ne s'était pas écoulé une seule journée sans qu'elle ne pense à son fils. Elle s'était imaginé son premier sourire, le cœur déchiré qu'il n'ait pas été pour elle… Chaque jour elle s'était demandé s'il n'avait pas eu mal au ventre ou s'il avait percé sa première dent, s'il marchait déjà à quatre pattes… « Aujourd'hui y a un an… P't-être qu'y fait ses premiers pas… Ce matin, y a dû connaître sa première neige… Le petit voisin va avoir deux ans ce samedi, mon bébé lui ressemblerait… p't-être un peu plus grand… et probablement roux » s'était-elle dit au souvenir des reflets cuivrés qui couronnaient la tête de son nouveau-né… Son fils avait certainement hérité de la couleur de cheveux de son irlandais de père.

Son fils… Combien de fois avait-elle eu envie de grimper sur le toit de la maison et de se mettre à crier à pleins poumons : « Moi,

Joséphine Mailloux, j'ai un bébé ! » Parfois, elle ne savait plus ce qui faisait le plus mal, la séparation d'avec son enfant ou le silence… le secret… si lourd. Personne ne se doutait que son mutisme et la perte de sa joie de vivre résultaient non pas du départ du marin, mais d'un enfant qu'elle avait eu et qu'elle ne pouvait cajoler, caresser, étreindre… Si elle avait quitté la ville chez une parente éloignée on s'en serait douté, on aurait additionné les événements, les dates, mais Joséphine ne s'était jamais absentée… Et comme cette fille avait toujours été solitaire et qu'on oubliait presque son existence, Joséphine avait pu rêver en paix au jour où, enfin, ses mains retrouveraient la douceur unique de la peau de son fils…

Elle était loin de se douter que ce serait lui qui refuserait tout contact. Elle revoyait encore son air buté, renfrogné, et le regard mauvais qu'il lui avait lancé… C'était sa première journée de travail, une des religieuses, elle ne se souvenait même plus laquelle, lui faisait visiter les installations et lui expliquait les divers modes de fonctionnement ainsi que les règlements. Joséphine la suivait silencieusement, les yeux grands ouverts, le cœur battant, étudiant chaque visage enfantin, éliminant ceux manifestement trop jeunes ou trop vieux, à la recherche d'une petite tête rousse. P't-être lui ?… Non, la couleur des cheveux… Ou lui ? Il avait son nez… Heureusement, la sœur n'avait rien remarqué de son trouble. C'était un véritable moulin à paroles et elle inondait Joséphine de détails et de recommandations. La nouvelle employée essayait de se concentrer sur ce que la religieuse lui disait :

— Ah, je dois vous dire, mademoiselle Mailloux, qu'on est ben contentes que notre mère supérieure ait décidé de vous engager. C'est pas qu'on n'aime pas nous occuper de tous ces pauvres orphelins, vraiment, j'veux pas me plaindre là, mais y a tellement de travail ! C'est un réel soulagement que de vous savoir ici… Mais, si vous voulez pas vous faire manger la laine sur le dos, ben, suivez mon conseil pis ayez la poigne ferme… Sinon… D'ailleurs, je vous mets en garde, surtout à propos de cet enfant-là. Celui-là, assis dans le coin là-bas, le poil de carotte… C'est une mauvaise tête! Rien à faire avec… C'est le mouton noir. Que voulez-vous, il y en a toujours un, même dans les meilleures familles. Méfiez-vous de lui, y fait rien que des mauvais coups…

— Y semble pourtant ben tranquille… fit remarquer Joséphine, le cœur en chamade à la vue du petit garçon aux cheveux roux.

— « Méfiez-vous de l'eau qui dort… »

— Oui, oui ben sûr, mais quand même…

— Si vous saviez tout ce qu'il nous a fait subir! C'est une pomme pourrie dans le panier. Tenez-vous en loin, c'est mieux pour vous.

— Allons, ma sœur, dit Joséphine, tremblante, vous êtes ben dure.

— Oh oui, je sais, mais son cas est spécial… Ce François, eh ben, on l'a trouvé sur le pas de notre porte… Y avait à peine quelques heures… Y avait même pas été lavé… imaginez! Allez donc savoir d'où cet enfant peut ben venir! Certainement pas d'une bonne terre, n'est-ce pas? Pis, regardez-le! Y passe ses journées à donner des coups de pied dans le vide… ou à tout ce qui bouge d'ailleurs. Y a pas un autre enfant qui ose l'approcher pis pourtant, y vient d'avoir trois ans au mois d'avril, imaginez. En plus, il mord! Y a déjà mordu sœur Joseph-de-L'Eucharistie jusqu'au sàng… D'ailleurs, reprit la volubile religieuse avec le ton d'une conspiratrice, entre vous pis moi… eh ben… hésita-t-elle, eh ben moi, j'ai pour idée que c'est le diable en personne qui est en arrière de tout ça, souffla-t-elle d'une traite en se signant précipitamment. Enfin, vous verrez ben vous-même, conclut-elle, en se désintéressant subitement du diabolique enfant pour reporter son attention sur la jeune fille. Bon, mademoiselle Mailloux je crois que… Mais vous avez l'air toute bouleversée! C'est à cause de ce que je vous ai dit? Ah moi pis ma grande trappe aussi! Notre bonne

mère me le reproche souvent. Allez, vous en faites pas. Occupez-vous-
en pas pis tout va ben aller. Les autres enfants sont ben gentils, pis eux,
nous connaissons tous, au moins, leurs origines… dit la nonne en plissant le nez de mépris en direction de l'enfant détesté. Tenez ! Ces deux
petits jumeaux, reprit-elle. Eh ben, leur mère est morte en laissant
quatorze enfants… Imaginez… Les plus vieux ont été recueillis par la
parenté, mais les petits derniers nous ont été confiés. Nous les desti-
nons à la vocation, soyez très vigilante, aucun retard à la chapelle,
n'est-ce pas… Notre mère supérieure a le supporterait pas ! En plus, y
est ben important qu'ils gardent le silence au réfectoire. Bon, je pense
que j'ai rien oublié… Si vous avez pas de questions, je m'en va vous
laisser… Ah, j'ai déjà pris du retard dans mon horaire… oh, là… Que
je suis bavarde, que je suis bavarde ! Je devrai encore faire pénitence…

Et tout en continuant à marmonner, la religieuse avait quitté la
pièce, sans même s'être rendu compte que Joséphine n'avait pas écouté
un traître mot de ce qu'elle venait de dire, toute son attention étant
portée sur le petit François… François, son fils, aucun doute… Elle le
savait, le sentait, le ressentait… Son fils, elle avait retrouvé son fils !
« Merci mon Dieu, merci, merci ! » Elle avait tant prié pour qu'il n'ait
pas été adopté. « Merci mon Dieu ! Merci ! » Oh ! elle savait qu'il était
très rare qu'un bébé soit choisi par une famille. Qui voudrait s'embarrasser d'une bouche supplémentaire à nourrir, à moins d'y être obligé ?
Des enfants plus vieux, d'accord; les garçons sont aidants sur une
ferme, et les filles utiles dans une maison, mais un bébé, abandonné par
surcroît, il était presque certain qu'il serait encore à l'orphelinat.
Joséphine avait eu beau retourner tous ces arguments dans sa tête, elle
ne pouvait prendre aucune chance et elle avait prié, prié pour que son
fils l'attende et soit là lorsqu'elle le retrouverait…. Et ce jour était
arrivé et son vœu exaucé. « Ah merci mon Dieu, merci ! » C'était
presque trop beau. « J'dois pas pleurer non, j'dois pas… » s'était

71

exhortée Joséphine complètement sous le choc de ces retrouvailles. Elle avait eu beau s'y préparer, elle ne savait plus comment réagir... Elle hésitait entre un besoin de s'enfuir et une irrésistible envie de courir jusqu'au petit garçon, de le prendre dans ses bras, de l'étouffer de pleurs, de joies, de rires, de regrets... « Oh oui, des regrets » se disait-elle en voyant son enfant si malheureux, se remémorant les paroles hargneuses de la religieuse. « Mon bébé, que c'est qu'y t'ont fait ? Que c'est que j'ai fait ? » s'était dit Joséphine en s'approchant doucement du garçonnet. À ce moment, François, subitement conscient qu'une inconnue le dévisageait en silence, lui avait foudroyé le cœur en lui plantant un dur et méchant regard droit dans les yeux. « Non, non mon bébé, avait-elle plaidé silencieusement à l'aide d'un timide sourire. Tu sens pas que chus ta maman ? J'ai pas le droit de te le dire à haute voix, mais tu m'entends pas avec ton âme, ton sang ? C'est moé ta maman ! Souris-moé en retour... J't'en supplie, mon bébé... »

Timidement, Joséphine avait salué l'enfant.

— Bonjour... avait-elle réussi à articuler, étouffant sous un faux air avenant toute la détresse de ne pouvoir dévoiler la vérité.

— J'te connais pas, toé ! avait répondu sèchement le petit garçon.

Joséphine s'était accroupie devant lui.

— J'm'appelle Joséphine... C'est moé... euh, qui va travailler icitte.

François l'avait toisée un long moment avant de déclarer le plus sérieusement du monde :

— T'es grosse !

Ahurie, Joséphine s'était relevée. Puis, comme lorsque son amour avait éclos dans toute sa splendeur pour Patrick O'Connor, la jeune femme était partie d'un immense éclat de rire. Et comme son père avant, François en avait été estomaqué. Lui non plus n'avait jamais entendu rien de comparable. La grosse madame ne s'était pas fâchée, au contraire, elle riait et dans ce son résonnait une telle tendresse que François en avait eu peur. Ce n'était pas normal… Il devait y avoir une attrape quelque part. Valait mieux prendre les devants et contrôler la situation. Alors, François lui avait envoyé un de ses fameux coups de pied dans les tibias en lui criant :

— T'es grosse, pis t'es pas belle !

Et il s'était enfui en courant, loin de la nouvelle employée qui se frottait la jambe en gémissant de douleur, son rire éteint abruptement.

Songeuse, Joséphine avait regardé l'enfant aller se terrer dans un autre coin de la salle. « Hum, ça prendra le temps qu'y faudra, mais j'va l'apprivoiser. Y a rien de plus fort que l'amour d'une mère… Tu l'apprendras malgré toé, mon beau p'tit François, tu verras ! »

~ ~ ~

C'est ainsi que jour après jour, patiemment, Joséphine avait amadoué son fils, à coup de sourires et de douceurs, sans jamais se fâcher ou perdre son calme, malgré les centaines de bonnes raisons qu'il lui donnait de le faire. Au début, il l'avait poussée à la limite, lui faisant des grimaces, harcelant les autres orphelins, s'obstinant à lui désobéir. Un midi, il lui avait même craché au visage ! Elle rétorquait simplement :

— C'est pas ben de faire ça, chus certaine que t'es désolé pis que tu recommenceras pus, hein mon p'tit poussin ? T'es un gentil garçon, toé… Pis Joséphine t'aime beaucoup, beaucoup !

Cette dernière phrase, elle la lui répétait sans cesse, sans jamais essayer de le prendre dans ses bras… Et tous les soirs, lorsque enfin elle pouvait se reposer les jambes, enflées un peu à cette heure-là, dans la chaise berçante, elle invitait le petit François à venir la retrouver.

— Tu viens t'faire bercer à soir, mon p'tit poussin ? Non ? Alors p't-être ben demain…

Et tous les jours, elle réitérait sa demande, sans jamais insister. Elle attendait qu'il vienne de lui-même.

— Est-ce que tu viens t'asseoir sur moé aujourd'hui, François? Non, alors p't-être ben demain.

Et une bonne fois, il y avait eu un demain. Joséphine venait encore une fois de poser son éternelle question et s'attendait à l'habituelle indifférence en retour quand soudain, comme s'il avait fait cela toute sa vie, François s'en était venu d'un pas décidé et, tel un conquérant, s'était installé carrément sur ses genoux, la tête haute, défiant quiconque de venir le détrôner. Elle avait réussi! Lentement, pour ne pas l'effaroucher, comme si c'était la chose la plus naturelle au monde, quand au fond d'elle-même, elle criait au miracle, elle avait passé tendrement les bras autour de l'enfant pour le caler confortablement contre elle. Quel effort elle avait dû déployer pour ne pas se mettre à l'embrasser tout en lui chuchotant des mots d'amour! Ce soir-là, elle avait instauré l'heure du conte. C'était tout ce qui lui était venu à l'esprit afin de retenir son fils le plus longtemps possible sur elle et ainsi ne pas négliger les autres enfants dont elle avait la charge. Elle ne pouvait le bercer tranquillement, en lui fredonnant des berceuses et rattraper ainsi le temps perdu. Les autres enfants auraient été jaloux et se seraient sentis délaissés. En plus, les sœurs n'appréciaient pas beaucoup ces moments de tendresse. Pour elles, c'était une perte de temps. Enfin, jusqu'ici les religieuses l'avaient laissée faire. Il faut dire que le silence qui régnait lors de son activité était accueilli avec soulagement par celles-ci.

— Qui veut que j'raconte une belle histoire? avait-elle offert joyeusement.

Un ou deux enfants, elle ne se souvenait plus desquels, s'étaient approchés.

— Il était une fois… avait-elle commencé en se raclant la gorge.

Elle avait cherché les mots dans sa tête, dans sa mémoire, essayant de retracer des bribes d'histoires entendues ici et là, puis ceux-ci, petit à petit, avaient coulé doucement, s'enchaînant, se collant les uns aux autres en une histoire charmante et palpitante où des canots de la chasse-galerie survolaient d'immenses châteaux dans lesquels de belles princesses aimaient un peu trop danser... Elle avait découvert qu'elle avait un réel talent de conteuse. Elle captivait les enfants, les ravissait par un original mélange de contes de fées, dont une maîtresse d'école lui avait déjà montré les images dans un grand livre précieux hérité des vieux pays, et de légendes indiennes racontées par sa grand-mère. François adorait ces instants privilégiés. Il ne vivait plus que pour l'heure où enfin sa Fifine, comme il l'appelait désormais, se décidait à arrêter sa besogne pour s'asseoir dans la chaise à bascule afin de raconter une histoire. Il avait toujours gardé le privilège d'être le seul à s'y faire bercer, et profitait pleinement de ce droit acquis, se pelotonnant comme un chaton dans un couffin.

Si les religieuses avaient pris la peine de s'intéresser, d'un peu plus près, à leurs pensionnaires, elles auraient été stupéfaites de voir le changement survenu chez le jeune garçon. Finies les fameuses colères survenant à la moindre frustration, fini le vandalisme sur les murs, les bouderies pendant des heures. Oh, il survenait encore de petits incidents avec les autres enfants, surtout quand ceux-ci le traitaient de chouchou à Joséphine mais, dans l'ensemble, plus personne n'aurait pu le traiter d'émule du diable. Grâce à l'amour inconditionnel de Joséphine, François avait ouvert son cœur au monde. Il était capable, maintenant, de mettre ses petits bras autour du cou de Joséphine et de la faire rire en lui donnant le plus gros bec mouillé du monde ! Il pouvait croire qu'à l'avenir il pouvait être fin et gentil, lui aussi. Il commençait à rechercher des compagnons pour partager ses jeux et y trouvait du plaisir. Il ressentait le remords de s'être mal comporté et savait maintenant s'excuser et demander pardon. Tel Pinocchio, il avait été transformé en un vrai petit garçon par une bonne fée.

— Joséphine est dans la lune! Joséphine est dans la lune! se moquèrent les enfants en sortant la jeune femme de ses pensées.

Oui, depuis un an, elle était follement, merveilleusement heureuse! Son fils l'aimait et même si elle ne pouvait se faire appeler maman, elle pouvait enfin agir comme telle, et en prime être celle de toute une ribambelle d'enfants! Que demander de plus?

— Bon, si j'comprends ben, tout le monde est prêt pour l'histoire?

— OUI, OUI! crièrent en chœur les enfants.

— Aujourd'hui, Joséphine va vous raconter l'histoire d'un chevalier… Hum, comment qu'on pourrait ben l'appeler, ce chevalier…

— François, François!

— Ah ben non, mon poussin… On a déjà choisi ton nom hier. Y me semble que ce serait plus juste de lui en donner un autre.

— S'il te plaît, Fifine, j'veux qu'y s'appelle encore comme moé!

— Mais…

— Dis oui, Fifine! Je… j'passerai cent fois mon tour après! s'exclama François, certain d'avoir trouvé là un argument de taille.

— Bon, d'accord, céda Joséphine en riant de l'exagération enfantine.

— Chouchou! s'offusquèrent les enfants.

— Mais ça va être la dernière fois pour un bon boutte de temps, l'avertit-elle. Bon, j'commence. Il était une fois, un chevalier qui s'appelait… François. T'es content, là?

— Oh oui! fit-il en la remerciant d'un gros bisou sur la joue.

— Donc, le chevalier François, y habitait dans un beau gros château, avec un roi et une princesse. Un beau château qu'on avait construit avec les plus belles pierres rondes du monde. Pis le château, y avait une grande tour de chaque côté. Le chevalier, y devait se battre contre un esprit méchant qui se cachait sous la peau d'un gros loup noir qui venait tout le temps voler la nourriture du château. Un jour, le gros loup noir décida d'enlever la princesse pis de l'emmener sur l'étoile des loups pour la marier. Mais le chevalier François l'avait vu rôder près du château pis y avait reconnu les oreilles en forme de cornes de l'esprit-loup, ça fait qu'y avait décidé de le chasser. Alors, le chevalier François prit son courage à deux mains, pis y a mis sur son dos son armure. Parce que, comme tous les chevaliers, y avait une armure. Mais l'armure du chevalier François, a l'était pas comme les autres... a l'était magique!

— Oh! réagirent les enfants subjugués par le récit.

— Oui, oui, magique! renchérit la conteuse. À cause que, quand le chevalier la portait, rien pouvait le toucher. Le feu le brûlait pas, l'eau le mouillait pas. S'il recevait un coup de hache, ben c'est la hache qui cassait!

Joséphine laissa planer un court silence avant de reprendre :

— Y avait juste une place où l'armure, a l'était pas magique... pis a pouvait pas le protéger. J'gage que vous savez pas où? Non? Et ben c'était où les yeux.

— Les yeux? s'étonna le jeune auditoire.

— Mais oui, les yeux! Voyons, vous êtes ben durs de comprenure! Eh que vous connaissez rien dans le ventre du bedeau! C'est parce que si l'armure avait caché les yeux du chevalier François, y aurait pus rien vu! Pis, un chevalier qui voit rien pantoute, ben, qu'y soit très fort ou pas, c'est pas bon à grand-chose!

— Mademoiselle Mailloux? l'interrompit la mère supérieure, en faisant subitement irruption dans la salle.

Joséphine se releva prestement et repoussa François loin d'elle. Elle se sentait toujours nerveuse en présence de la religieuse. Elle craignait toujours que quelqu'un découvre la supercherie, qu'on la condamne et la montre du doigt en public… Sa vie serait finie, elle devrait s'enfuir ou… Elle alla au-devant de celle qui l'employait. Qu'est-ce qui se passait ? Cela l'intriguait et l'inquiétait en même temps.

— Oui, ma mère ? demanda poliment Joséphine.

— Faites aligner les enfants, en silence et en ordre, ordonna la religieuse.

— Faire aligner les enfants ? s'étonna la jeune fille. Mais pourquoi ?

— Ce n'est pas le temps de discuter, mademoiselle Mailloux, répliqua la religieuse sèchement.

Puis, claquant dans ses mains :

— Allons, dépêchons, dépêchons ! Les filles d'un côté, les garçons de l'autre. J'espère que ces petits ont les ongles et le visage propres, mademoiselle Mailloux ?

— Euh, oui ma mère.

Joséphine s'empressa de mettre les enfants en rang, rectifiant une tenue ici et là, passant un doigt mouillé de salive sur une joue tachée, lissant une mèche rebelle. Ce devait être une visite importante, peut-être celle de l'évêque ? Mais non, c'était impossible.

— Mais dépêchez-vous, voyons ! s'impatienta la mère supérieure. Monsieur et madame Rousseau sont pressés… Bon, allez, ça suffit. Que l'on fasse le silence, exigea-t-elle.

Une fillette se mit à pleurnicher. La religieuse lui lança un regard mauvais. Joséphine se hâta et prit place derrière la petite fille, la réconfortant par une douce pression sur l'épaule. Les garçons, en face, réussirent tant bien que mal à se tenir en ligne droite, les plus vieux fanfaronnant et jouant du coude en se demandant qui étaient ces Rousseaux.

— Pour la dernière fois, je veux le silence, gronda la directrice de l'orphelinat.

Tous les enfants, en rang d'oignons, obéirent et cette fois se tinrent silencieux. Puis, tous les regards convergèrent vers l'homme et la femme que la religieuse invitait poliment à entrer dans la pièce. Joséphine examina le couple. À leur allure, ils ne devaient pas être bien, bien riches, des colons sûrement. Le pantalon de laine foulée de l'homme et la robe sans dentelles de la femme en témoignaient. Assez âgés aussi, bien que... enfin, ils avaient certainement une dizaine d'années de plus qu'elle. Le monsieur, plutôt petit, les cheveux bruns frisés, semblait très mal à l'aise et ne cessait de tripoter une blague à tabac, qui pendait mollement, accrochée à l'une de ses bretelles de pantalon. Tantôt il l'enfouissait dans sa poche, pour la ressortir à peine deux secondes plus tard, comme s'il résistait à une terrible envie de fumer à laquelle il passait proche, à tout moment, de succomber. C'était un homme à l'allure ordinaire mais qui avait un visage honnête et sympathique. Son épouse, au contraire, était flamboyante. Très belle, une magnifique chevelure rousse la couronnant, la femme d'une trentaine d'années époustouflait par son allure royale. Cependant, Joséphine détesta d'emblée madame Rousseau. Elle était étrange, manquant de naturel. Toute habillée de noir, elle ressemblait à une de ces corneilles qui, du haut d'un poteau de clôture, vous regardent et dont Joséphine s'était toujours demandé s'il ne s'agissait pas là d'un autre déguisement du diable... Joséphine ne put réprimer un frisson de répulsion envers cette femme. La façon qu'elle avait de passer devant les enfants, leur prenant le visage, l'un après l'autre, le scrutant, comme si elle cherchait à reconnaître quelqu'un.

Mais, que voulait dire tout ce manège? s'interrogeait Joséphine. Il ne pouvait y avoir qu'une explication: ce couple, ces Rousseau, venait adopter un enfant. Et comme ils se désintéressaient complètement des filles, il était évident que seul un garçon les intéressait. Son cœur se serra d'appréhension. C'était la première fois depuis son engagement qu'un tel événement se produisait... Oh, il y avait eu des plus grands qui étaient partis au noviciat, pris en charge par les écoles des frères ou par les trappistes, mais que la mère supérieure fasse montrer les enfants, c'était une première. Elle eut la confirmation de ses doutes lorsque l'homme du couple s'adressa à la religieuse :

— C'est ma femme qui va décider quel p'tit gars on va prendre, si ça vous dérange pas…

— Mais non voyons, mon cher monsieur Rousseau. Que votre dame prenne tout son temps.

« Oh, non, c'est ben ça ! Y veulent adopter un garçon. Joséphine, reste calme… Allons, sur tout le lot, y faudrait être malchanceux pour que ça tombe sur François. » Silencieusement, elle alla se placer derrière son fils, et le tint par les épaules, comme pour marquer sa possession. Pendant toute cette année écoulée, elle s'était cachée la tête dans le sable, elle s'en rendait compte maintenant. Elle enfouissait toujours plus creux ces sempiternelles questions sur ce qui se passerait plus tard si… Oh non, elle ne pouvait l'imaginer, c'était trop dur… Et elle s'était coulée confortablement dans la sécurité du jour présent.

— Vous comprenez, ma mère, reprit l'homme. J'viens de m'acheter une bonne terre, pis j'va avoir besoin de bras… Ça fait que ça m'prend un bon p'tit gars robuste pis franc, aussi, j'veux pas avoir de problèmes, moé.

« Y vont certainement opter pour le gros Joseph… Y est bâti comme un cheval pis y a presque huit ans… Allez, choisissez Joseph… C'est lui qu'y vous faut… Sainte Mère de Dieu… faites qu'y prennent Joseph ! »

— J'voudrais qu'y soit en bonne santé, c'est ben important… reprit l'homme tandis que sa femme continuait de passer en revue, scrupuleusement, l'un après l'autre, chaque orphelin de la rangée des garçons.

« Faites qu'y choisissent Joseph » ne cessait de prier Joséphine.

Mais la femme avait passé tout droit devant lui et s'y était même moins attardée qu'aux précédents. Oh, elle approchait inexorablement de François. Peut-être n'en trouverait-elle aucun à son goût, tout simplement. «Sainte Mère de Dieu, faites qu'y en trouvent pas...» Tout à coup, arrivée devant François, qui se dandinait d'un pied à l'autre, en ayant hâte de retourner à l'histoire du chevalier, la femme se figea. Joséphine resserra son étreinte. «Va-t-en, va-t-en! Reste pas plantée devant mon fils, tu m'entends, c'est mon fils... Oh! Jésus, Marie...»

Mais la femme ne se rendait pas compte de la muette supplique de la servante, toute son attention étant portée sur ce petit visage boudeur qui avait quelque chose de familier.

— Celui-là est ben beau... murmura-t-elle.

Son mari s'approcha à son tour et jeta un coup d'œil à l'intéressé.

— Oui, reprit la femme en s'agenouillant devant François. Y m'rappelle mon p'tit Xavier. Que c'est que t'en penses, mon mari?

— Ben, c'est toé qui décides comme de raison, mais y me semble un peu chicot...

— Oh, non, non, n'ayez crainte, intervint la mère supérieure.

Jamais elle n'aurait souhaité que les Rousseau remarquent ce François, cette plaie, mais elle ferait tout pour les encourager et ainsi assainir l'orphelinat.

— Cet enfant, s'empressa-t-elle de continuer, après s'être avancée près du couple, est fort comme un roc! Il n'a jamais été malade, il est d'une excellente constitution! les rassura-t-elle.

— C'est un vrai p'tit homme, déjà... dit la femme Rousseau en caressant délicatement les cheveux roux de François qui se détourna de ce geste.

— Comment y s'appelle? questionna le mari.

— François, répondit la sœur, et il a quatre ans. Je ne peux que vous le recommander, mon cher monsieur Rousseau, en plus votre dame semble l'aimer.

— Viens voir ta nouvelle maman… susurra la femme en jetant les bras autour de l'enfant.

Mais François refusa ce contact et voulut le fuir en cherchant protection auprès de Joséphine.

Joséphine le prit vivement dans ses bras et eut l'impulsion de partir à courir, loin, très loin, emmenant son fils avec elle. Elle pourrait s'embarquer sur un bateau, atteindre l'Irlande et rechercher le père naturel de François… ou se cacher avec lui dans la forêt et vivre à la manière de ses ancêtres ou…

— Mademoiselle Mailloux, posez immédiatement ce garçon par terre !

Le commandement claqua comme un coup de fouet, ramenant le silence et l'ordre dans la pièce. Les yeux de la mère supérieure brillaient de colère.

Ce fut l'homme qui prit la situation en main.

— Non, non, laissez faire, ma mère. De toute façon, on doit partir. Viens Rose-Élise, dit-il en aidant sa femme à se relever. Tu l'sais que tu relèves de maladie, c'est pas raisonnable de t'fatiguer longtemps comme ça, pis on a un grand voyage demain.

— Mais, j'veux cet enfant… c'est celui-là que j'préfère. Y est roux lui aussi !

— Oui, oui… chus ben d'accord pour ce garçon. Bon, j'sais pas si y a des affaires à régler ou à payer… demanda-t-il en s'adressant à la religieuse.

— Allons dans mon bureau, répondit-elle, heureuse du choix.

— On va venir le chercher ben de bonne heure demain. On prend le train à sept heures. Viens Rose-Élise, j'ai plein de détails à régler encore… Allons, viens, insista-t-il.

— Suivez-moi, ça ne sera pas très long, juste quelques formalités et j'vous raccompagne, mon cher monsieur Rousseau, offrit la religieuse.

— Merci pour toute, ma mère. Viens Rose-Élise, s'impatienta-t-il.

— On va être heureux ensemble, mon Xavier, tu vas voir, souffla la femme à l'enfant avant de suivre son mari et la religieuse hors de la salle.

Joséphine était déchirée et restait là, debout, son fils dans les bras, complètement estomaquée. «Non, c'est pas vrai, c'est pas vrai! se répétait-elle. C'est un mauvais rêve… Non… »

— Fifine, c'est qui la madame? C'est-y ma maman?

Mais François s'interrompit brusquement en voyant les larmes jaillir des yeux de Joséphine.

— Tu pleures?

Les autres enfants les entouraient maintenant et tous se tenaient cois devant la peine évidente de leur protectrice. Ils étaient désemparés, ils ne l'avaient jamais vue pleurer et en plus personne ne comprenait pourquoi. Parce que François se faisait adopter? Mais c'était le rêve de tous ici! François se tortilla et descendit par terre. Attrapant le bord de la jupe de Joséphine, il la tira vers la chaise berçante, quittée un peu plus tôt.

— Viens Fifine, viens finir de conter l'histoire du chevalier. J'me souviens où t'étais rendue.

Atterrée, Joséphine se laissa entraîner, puis pousser dans la chaise. François regrimpa sur ses genoux, tandis que les autres enfants reprenaient également leur place par terre.

Doucement, François essuya maladroitement les larmes coulant sur le visage défait de Joséphine et de sa petite voix, il la consola:

— Fifine, pleure pas, moé j'veux pas qu'a soit ma maman. Pleure pus… Moé, j'veux que ce soit toé, ma maman…

Elle baissa les yeux sur son enfant…

Son fils, son fils était adopté, ils viendraient le lui prendre demain matin et elle ne pouvait rien faire pour les en empêcher, rien. Elle ne le reverrait jamais plus, oh Seigneur, non! Lentement, elle regarda autour d'elle et comprit l'image pitoyable qu'elle offrait en remarquant l'état d'inquiétude dans lequel ses petits poussins étaient. Elle devait se reprendre… «Seigneur Dieu tout puissant, donnez-moi la force d'accepter cette nouvelle épreuve. Aidez-moi à trouver les bons mots à dire à François. Pardonnez-moi d'avoir été égoïste pis d'avoir voulu le garder pour moi, enfermé, dans cet orphelinat… Oui, je l'aime assez pour le laisser partir, oui, comme dans l'histoire de Salomon… »

— T'en fais pas, François, parvint-elle à répondre avec un sourire vacillant. Joséphine pleure presque pus maintenant… C'est juste qu'a l'est ben contente pour toé, parce que tu vas avoir enfin une famille… Un papa, une… maman.

Joséphine ravala un sanglot. Que ça faisait mal, on lui arrachait le cœur, les entrailles, une deuxième fois. Être éventrée vivante eut été moins souffrant.

— On va faire une prière au p'tit Jésus, tous ensemble, pis on va y demander que François, y soit ben heureux dans sa nouvelle vie…

~ ~ ~

Pauvre François, il ne comprenait rien à ce qui lui arrivait! Et c'est à contrecœur et apeuré qu'il suivait, malgré lui, ses nouveaux parents. Les Rousseau, originaires de La Malbaie, avaient tout vendu pour acquérir, trois ans auparavant, cinq lots sur la Pointe-Taillon, une presqu'île du lac Saint-Jean. La Pointe, comme on la désignait communément, était un endroit de colonisation très recherché. On y venait des États-Unis et même de l'autre continent pour y faire son avenir. Les dépliants vantaient la beauté exceptionnelle du site, la richesse de sa terre gorgée d'alluvions, l'abondance de sa faune et de sa flore, une réussite certaine, y promettait-on ! Longtemps avant que les bottes des colons n'y sillonnent profondément le sol, les légers mocassins des Indiens, eux, y avaient dansé, remerciant les esprits pour cette merveilleuse création. Ces Montagnais, doux peuple nomade, en avaient fait le point de rencontre idéal pour leurs différents clans. Leurs cheveux noirs libres de toutes plumes flottant dans le vent, ils vivaient simplement. Mais c'était avant que leurs pas de danse ne tournent en rond dans leur réserve de Pointe-Bleue, avant que tout ne soit compliqué et qu'ils ne sachent plus comment exister... Le petit François, lui, ignorait tout de l'histoire des Indiens, du lac Saint-Jean et de sa Pointe-Taillon et, ce jour-là, tandis que ces deux étrangers lui intimaient de se calmer et de marcher plus vite, peu lui importait de l'apprendre. Tout ce qu'il voulait, c'était retourner là-bas et retrouver Joséphine. Il lui avait promis de faire ça comme un grand, de ne pas pleurer et de ne pas donner de coups de pied, mais il n'aimait pas cette madame, elle serrait trop fort son poignet et ça lui faisait mal ! Il avait pourtant essayé de la repousser de toutes ses forces, mais elle ne cessait de vouloir l'attirer contre elle. Sa Fifine lui avait expliqué que maintenant, il avait un papa et une maman, et qu'il devait être gentil, parce qu'il était chanceux qu'ils aient voulu de lui, mais elle ne sentait pas bon sa nouvelle maman, ça lui levait le cœur !

— Non, j'veux Fifine !

Mais son corps entier avait beau crier, se révolter, rien n'y faisait, les griffes de la bête étaient solides. Il ne pouvait pas s'enfuir. Tout était si étrange ! C'était la première fois qu'il quittait la sécurité de l'orphelinat. Il y avait plein de bruits qu'il ne connaissait pas et les Rousseau couraient presque maintenant, par crainte de rater leur train. François se mit à pleurer et essaya encore une fois de dégager son bras. La femme le tira violemment par en avant.

— C'est pas le temps de niaiser à matin, j'ai mal à tête, tiens-toé tranquille un peu !

Alors François oublia toutes ses belles promesses et avec un grand élan de la jambe, il flanqua le plus grand coup de pied de sa vie ! V'lan, en plein tibia de la femme ! Rose-Élise Rousseau hurla de douleur et lâcha la main de l'enfant pour se frotter la jambe sur laquelle elle sentait déjà une bosse poindre. Le mari, qui marchait en avant, se retourna brusquement. François réalisa qu'il était libéré de la poigne de la femme. Il eut le temps d'enregistrer que l'homme déposait les bagages qu'il transportait pour revenir vers lui, le reprendre, l'emprisonner, non !

— Non ! cria-t-il avant de prendre ses jambes à son cou et de courir le plus vite possible.

— Baptême de baptême ! s'exclama Ernest Rousseau avant de partir à la poursuite de son fils adoptif.

L'homme ne fut pas long à rattraper le petit fuyard. Il l'attrapa par le collet et le retourna vers lui. François était déchaîné et se mit à frapper l'homme de toute la puissance de ses poings et de ses pieds.

— Ça suffit ! lui commanda Ernest d'une voix tonitruante.

François n'avait jamais eu affaire à un homme encore, son monde était celui de religieuses et de servantes. La voix grave et forte de son père adoptif lui fit le plus grand effet. Instinctivement, il sentit l'autorité de l'homme et sut qu'il devait s'y soumettre. Il se calma immédiatement.

— Bon, écoute-moé ben, mon p'tit bonhomme. J'le sais que c'est pas facile, tu nous connais pas encore. Mais tu vas voir, on va être une bonne famille pour toé, si t'es un bon fils pour nous, comme de raison. Maintenant, t'es François Rousseau, pis, y a pus rien qui peut changer ça. C'est moé ton père astheure pis c'est moé qui décide, pis toé, tu obéis. T'as ben compris ça ? Bon, ben viens-t-en sinon on va finir par le rater, ce baptême de train !

François acquiesça et accepta de suivre docilement son père adoptif. Les Rousseau accueillirent avec soulagement ce changement d'attitude. Rose-Élise avait mal à la tête de ces cris perçants et Ernest remettait en question leur choix. Mais, enfin, ils approchaient de la gare et le petit s'était finalement calmé, sûrement que le reste du voyage se passerait mieux. Ernest se détourna vers son fils et lui fit un sourire rassurant, mais celui-ci avait le regard comme éteint et n'eut aucune réaction en retour. Jamais Ernest n'avait vu un enfant dans cet état, mais, pensa-t-il, comme tous les petits garçons, celui-ci ne résisterait certainement pas au plaisir de découvrir l'énorme locomotive noire qui soufflait d'impatience de partir. Cependant, même la nouveauté du long voyage en train qui reliait Chicoutimi à Roberval ne dérida pas l'enfant. Ils allèrent souper et dormir dans une auberge de la ville. Là aussi, le mutisme du petit garçon en dérouta plusieurs, mais on mit cela sur le compte de la fatigue.

Ce n'est que le lendemain, rendu au quai de Roberval pour s'embarquer sur le bateau qui les mènerait de l'autre côté du lac, que François cessa d'être apathique. Jamais il n'aurait soupçonné que quelque chose d'aussi merveilleux puisse exister. Ce lac était immense, à perte de vue. Il s'en dégageait une légère brise qui vous chatouillait le visage et vous donnait envie de rire. Une odeur inconnue, mais en même temps familière vous engourdissait l'esprit de bien-être. Ce lac vous clapotait une berceuse que vous n'aviez jamais entendue auparavant, mais que vous connaissiez par cœur. Ce lac était le ventre de la mère retrouvée, le sang du père aimé. Ernest, près de lui, sentit cette subtile métamorphose. Encouragé, ne voulant surtout pas que l'enfant ne se referme de nouveau sur lui-même, inquiet d'avoir été trop dur la veille, le père adoptif se mit à lui expliquer, en long et en large, le reste du voyage avec le plus de gentillesse et de douceur possible. Bientôt « le Nord » les prendrait à son bord. Après une longue traversée, le vapeur accosterait sur la rive d'en face, au village de Péribonka. Puis un deuxième bateau, plus petit, leur ferait traverser la rivière et… Mais François ne l'écoutait pas. Il était occupé à autre chose. Debout, sur le bout du grand quai, face à cette immensité bleue, François se réconciliait avec sa vie qui avait si mal débuté.

~ ~ ~

Le soleil brillait fort en cette chaude journée du mois d'août, mais pas autant que les yeux de François, lorsqu'il foula pour la première fois la terre de son nouveau chez-lui. Depuis l'embarquement, au quai de Roberval, tout n'était qu'émerveillement. Il se gavait de tant de beauté qu'il ne sentait même pas la fatigue l'envahir. Sur le bateau, le vent avait fouetté son visage et il avait adoré cela ! Du haut du pont, il essayait de scruter le fond de l'eau et essayait d'apercevoir des poissons. Un des matelots lui avait dit qu'on pouvait en pêcher des longs de même ! Il regardait la terre au loin disparaître de sa vue, fermait les yeux quelques secondes, et se concentrait sur le bruit des vagues frappant la coque. C'était fantastique, comme s'il avait toujours appartenu à ce monde marin ! Il se sentait léger, détendu tout à coup. La journée d'hier lui semblait si loin… Pourtant, il avait eu tellement de difficulté à s'endormir la veille, il aurait tout donné pour se retrouver à l'orphelinat, dans son petit lit… Il s'était senti si malheureux, les larmes coulant sur cet oreiller inconnu et trop dur. Il avait mal… Il avait peur… Il s'était réveillé en sursaut, perdu dans cette chambre qu'il ne connaissait pas, puis avait fait docilement ce que les Rousseau lui demandaient.

— Xavier, habille-toé pis fais pas de bruit, j'ai encore mal à tête… Xavier, viens te laver le visage… Xavier, mets pas tes mains dans tes poches, c'est pas poli… Xavier, tiens-toé comme il faut… lui ordonnait sa nouvelle mère.

Il haussait les épaules et obéissait, sans rien répliquer, ne comprenant pas pourquoi la femme s'obstinait à l'appeler par ce stupide prénom.

Bouderait-il ainsi longtemps, se demandait le père… Déjà que Rose-Élise s'était encore levée du mauvais pied ce matin… Ah, comme il avait hâte d'être de retour chez lui. Bientôt, ce soir… Voilà si longtemps qu'il rêvait de ce grand jour ! Il avait acheté sa terre, en bon argent sonnant, l'avait défrichée, seul, puis avait construit de ses propres mains, avec le bois coupé, les bâtiments pour les animaux, puis une bonne maison pour installer sa femme qui attendait chez une de ses sœurs qu'il soit prêt à aller la chercher. Il en avait abattu de la besogne, ce n'était pas croyable ! Mais cela valait la peine. En plus, il arrivait avec un fils. Quand Rose-Élise lui avait parlé de cette idée de fou la première fois, il n'avait rien voulu entendre. Mais oui, il aurait besoin de bras, oui, une descendance pour porter son nom… oui pourquoi pas… Cependant, il devait la laisser choisir. Mais, il regrettait. On ne choisit pas un enfant à la couleur de ses cheveux ! Il était évident que sa Rose-Élise manquait de patience et que le petit avait du caractère. Malgré tout, le garçon avait quelque chose de plaisant… Ah, baptême, ce qui était fait était fait. Ça ne donnait jamais rien de revenir en arrière.

— Allons, en route tout le monde, on a encore une grosse journée devant nous.

— Ce voyage est ben long ! se lamentait Rose-Élise.

Ils s'en allaient s'enterrer au bout du monde ! Elle n'aurait jamais dû suivre son mari mais Ernest était inflexible. Elle n'avait pu que lui arracher la concession d'aller chercher un petit gars… un nouveau petit Xavier… Elle avait cru voir une ressemblance avec son fils décédé, mais parfois, celle-ci s'estompait et laissait place à un étranger. Ah, qu'elle avait mal à la tête ! Et en plus, ils avaient dû prendre un deuxième bateau. Cela avait aggravé sa migraine. Mais arriverait-on un jour ? L'après-midi tirait à sa fin quand le deuxième bateau accosta enfin sur le bord de la Pointe. À la demande d'Ernest à un bon voisin, son nouveau cheval gris les attendait, attelé à une petite charrette qui fut vite remplie à pleine capacité par la malle de voyage de Rose-Élise, les bagages à main et toutes les provisions que les Rousseau avaient achetées au magasin général de Roberval avant de s'embarquer. Ils avaient encore à parcourir une bonne distance sur un étroit chemin de terre battue avant d'atteindre la ferme. Ernest offrit à François de l'installer entre un gallon de mélasse et une poche de farine, mais celui-ci refusa catégoriquement, car alors, il n'aurait pu faire rouler les roches du chemin sous ses pieds, ni casser des bouts de branches pour s'en faire des épées imaginaires, ni s'amuser à voler en rond comme ces gros oiseaux, là en haut dans le ciel, des urubus comme son père adoptif venait de le renseigner, non, assis dans la charrette, il n'aurait pas pu se sentir aussi libre, aussi vivant que tout ce qu'il découvrait autour de lui. Surtout que Rose-Élise semblait avoir oublié son exis-tence et n'essayait plus de le ramener constamment à elle ! Son père ouvrait la marche, guidant le cheval par la bride, tandis que Rose-Élise fermait le cortège, le nez sur ses bottines à huit trous, bougonnant à chaque pas. Entre les deux, François accumulait tous ces nouveaux trésors qui s'offraient à lui.

À la moitié environ du parcours, Ernest décréta une halte pour que Rose-Élise puisse se reposer. Elle marchait de plus en plus pénible-ment, ne prenant même plus la peine de chasser les nuages de mouches noires et les mouches à chevreuil qui les harcelaient. Elle avait chaud, sa longue robe noire pesait si lourd sur ses hanches qu'elle avait l'impression de s'enfoncer dans la terre au lieu d'avancer. Pâle, près de s'évanouir, elle se laissa tomber sur le sol et s'adossa sur le tronc d'un maigre bouleau. Elle dénoua les rubans de son chapeau de voyage, retira celui-ci et s'en servit mollement comme éventail. Ce repos serait le bienvenu. De toute façon, elle était si souffrante qu'un pas de plus et elle s'évanouirait. Ses migraines augmentaient en fréquence et en intensité. Pourquoi devait-elle endurer cela, pourquoi ? Au début, ce n'était qu'un malaise, un élancement qui se pointait derrière les oreilles, enserrant la nuque, puis se dirigeant vaguement vers le front. Ensuite, l'attaque se précisait et toute sa tête enflait, devenant dure comme de la pierre, contenant une pression inimaginable. Alors, le plus minuscule mouvement de son corps, le moindre bruit, la luminosité déclenchaient en elle une souffrance intolérable. Chaque pensée se heurtait au mur du mal dans son crâne, la vie devenait un enfer. L'enfer, qu'elle méritait sûrement. Oui, c'était cela, Satan plongeait sa fourche dans sa tête pour lui donner un avant-goût de ce qui l'attendait… Elle avait été méchante, elle n'aurait pas droit au paradis parce qu'elle avait été une mauvaise mère… Elle avait laissé mourir ses enfants, elle n'avait pu les sauver…

Rose-Élise ferma les yeux, assommée par la douleur. Ernest noua mollement la bride de son cheval autour d'une branche et le laissa brouter ce qu'il pouvait dénicher de comestible. Puis, il entreprit de se préparer une bonne pipée, tandis que François, lui, profitait de l'arrêt pour pousser plus loin son exploration. Il choisit d'escalader le petit rocher qui s'élevait au bord du sentier. Gravissant la roche à quatre pattes, concentré sur sa périlleuse escalade, haletant, ne voulant pas perdre pied, il ne releva la tête qu'au moment de se redresser. Il lança les bras au ciel en signe de victoire et voulut crier son héroïsme, mais ce qu'il vit lui coupa le souffle. Sous ses yeux s'étendait ce qui serait désormais son royaume. De ce point de vue, il pouvait à nouveau admirer le lac qui s'était caché depuis qu'ils s'étaient enfoncés dans la forêt. Il était séparé de l'étendue d'eau par une forte pente sablonneuse recouverte de hautes herbes folles qui se raréfiaient au fur et à mesure de la descente pour faire place en bas à une magnifique et large plage où les vagues s'amusaient à broder une jolie dentelle dorée. François était conquis. Sa nouvelle patrie était si belle, couchée ainsi, son corps aux longues courbes épousant la forme de celui, presque gigantesque, du lac qui l'entourait affectueusement de son long bras. Il n'avait peut-être que quatre ans, pourtant son cœur d'orphelin sentit qu'il avait enfin trouvé son port d'attache. Comme c'était grâce à sa famille adoptive qu'il l'avait découvert, François se promit d'essayer, tel qu'il l'avait juré à sa Fifine, d'être un bon fils pour les Rousseau, pour qu'ils n'aient pas matière à se plaindre de lui. À choisir entre l'orphelinat et l'agrément de cette nature, il n'y avait pas à hésiter, même si cela voulait dire ne plus jamais revoir Joséphine. C'était le prix à payer.

— C'est beau, hein mon gars ?

Ernest avait rejoint François sur le sommet du rocher. Il se tint à ses côtés et silencieusement alluma sa pipe.

Il en pompa plusieurs coups avant d'ajouter :

— Notre maison est par là, à gauche. Regarde, tu peux voir une partie du toit à travers les arbres.

— J'viens tout juste de finir de la bâtir, reprit-il après un long silence. Le boutte de terre que j'ai défrichée pour la culture s'étend en avant d'elle jusqu'à la terre des battures, la meilleure ! dit-il fièrement.

— Vous avez-tu des vrais animaux sur votre ferme, monsieur ?

— C't'affaire, ben oui, voyons ! s'esclaffa Ernest. Une vache pour le lait pis le beurre, une couple de moutons pour la laine, des poules en masse pis deux cochons à engraisser. Moé, c'est une fromagerie que j'va avoir ! J'va en commencer la construction l'été prochain. Tu vas voir, c't'une bonne terre pleine d'avenir, mon garçon... T'es pas ben vieux encore, mais tu vas pouvoir commencer à m'aider. J'va tout te montrer.

À nouveau le silence. Ils ne s'étaient pas regardés. Ils se parlaient côte à côte, face au paysage. L'un à faire sauter un petit caillou entre ses mains, l'autre exhalant de grosses volutes de fumée qui chassaient les moustiques.

Ernest hésita avant de reprendre la parole.

— Euh, tu pourrais p't-être nous appeler papa pis maman, que c'est que t'en penses ?

Mais au lieu de répondre, François demanda d'un ton sec :

— Pourquoi qu'a m'appelle toujours Xavier ? C'est pas mon nom !

Ernest tint sa pipe entre ses dents et se retourna vers l'enfant. Lentement, il s'assit sur la roche et invita son fils à l'imiter.

Il aimait bien ce garçon. Il était spécial. On ne devait pas le traiter en bébé, mais jouer cartes sur table avec lui. Il reprit une bouffée de sa pipe et profita qu'il expirait une longue fumée bleuâtre pour bien choisir ses mots.

— Tu vois, commença-t-il, ta mère pis moé, avant, on a eu des p'tits enfants, comme toé… Mais… Y ont tous été malades en bas âge, pis le Bon Dieu est venu les chercher les uns après les autres. Notre p'tit dernier, y s'appelait Xavier… C'est le seul qui s'est rendu jusqu'à trois ans. On pensait ben le réchapper celui-là…. Mais le Bon Dieu en a voulu aussi… Rose-Élise a pas eu la vie facile… Des épreuves comme celles-là, ça rend une créature malade… Y faut la comprendre, y faut être patient avec elle. C'est ma femme, pour le meilleur pis pour le pire.

Ernest réalisa qu'il ne s'adressait plus vraiment à l'enfant. Il reprit :

— J'ai tout quitté pour venir m'installer icitte. J'me suis dit que ça lui changerait les idées, qu'y nous fallait un nouveau départ. C'est pour ça qu'on est allé te chercher à l'orphelinat. On peut pas rester sans descendance, c'est pas bon pour un homme. J'ai besoin d'un fils pour m'aider à la fromagerie, pour prendre la relève plus tard, pis assurer nos vieux jours. On travaille fort chez les Rousseau, mais on est toujours récompensé de ses efforts, toujours. Quand tu vas être en âge d'aller à l'école, tu vas y aller. J'veux que mon fils sache lire pis écrire ! On a beau dire, l'instruction c'est important. Hé baptême, y faut que j'arrête de radoter… dit-il d'un air découragé. Pour ce qui est de ton nom, reprit-il, ben, j'ai pensé qu'on pourrait t'appeler François-Xavier. François-Xavier Rousseau… Moé j'trouve que ça fait un beau nom d'homme, pas toé ?

François resta muet.

Ernest lui caressa affectueusement la tête. Il voulut de nouveau tirer sur sa pipe, mais celle-ci s'était éteinte. Il avait trop parlé… « Ernest Rousseau, t'es juste un vieux fou, se dit-il. Cet enfant est ben trop jeunot pour comprendre ces choses-là. T'aurais mieux fait de te taire au lieu de lui mélanger les idées de même. T'as jamais su dire les choses importantes… » Ernest se maudissait ainsi, tout en resserrant sa précieuse pipe dans sa pochette de cuir après l'avoir secouée doucement sur sa cuisse pour la vider. Il se releva, époussetant son pantalon des traces de tabac noirci.

— Bon, c'est assez la paresse. Allez bonhomme, on repart.

Il s'apprêtait à retourner au cheval quand François l'interpella :

— J'veux ben pour mon nouveau nom. François-Xavier Rousseau, ça va être correct.

L'homme et l'enfant se regardèrent droit dans les yeux. Ému, l'aîné scruta l'air important et sérieux que le plus jeune se donnait. Ernest hocha la tête d'étonnement.

— Hé ben baptême, tu sais que t'es vraiment un drôle de p'tit bonhomme, toé ! Tu veux que j'te dise ? Tu vas faire le fiston du siècle !

Il éclata de rire, imité bientôt par François qu'Ernest avait soulevé par les aisselles afin de le faire tournoyer dans les airs. Leur agitation attira l'attention de Rose-Élise. Se redressant, elle mit sa main en visière et observa la scène. Son mari tenait l'adopté à bout de bras et semblait le présenter en offrande au ciel. En équilibre précaire, le petit garçon exultait. Avec elle, l'enfant ne parlait pas, il ne s'était pas jeté dans ses bras, il ne lui souriait pas à elle… Chaque fois qu'elle l'approchait, elle le sentait reculer. Ce n'était pas son Xavier, oh non ! Xavier était mort… les autres aussi… tous, tous morts… Et Ernest qui s'amusait avec celui-là comme si de rien n'était, comme s'il les avait oubliés, comme s'il ne souffrait plus, lui… Ce n'était pas juste… pas juste. Le père cessa les jeux et cala son fils sur ses épaules. Souriant, il s'adressa à son épouse :

— Ç'a l'air d'aller mieux, ma femme. Allons-y, j'ai hâte que tu voies la maison, lui dit-il en déposant l'enfant sur le dessus de la charrette. Plus tard, on retournera acheter du tissu pour faire des rideaux, ajouta-t-il en détachant son cheval. Tu les choisiras à ton goût, comme de raison. Quant à toé, mon bonhomme, j'm'en va te faire un bon lit de bois pas plus tard que cette semaine. Tout le monde est paré ? Bon, allons-y, baptême, qu'on arrive au plus sacrant !

Et, tout en sifflant, Ernest reprit la route. Rose-Élise traînait toujours de la patte derrière le chargement. Après un moment, l'homme s'adressa à sa femme :

— Oh, Rose-Élise, j'voulais t'dire, j'crois que notre François-Xavier, commença-t-il en insistant fortement sur le prénom et en décochant un clin d'œil complice à son fils, oui, ben j'crois qu'il aime ben notre p'tit coin de paradis !

Rose-Élise arrêta sec de marcher et, les mains sur les hanches, rétorqua à son mari :

— Tu parles d'un paradis, persifla-t-elle.

Ernest arrêta l'attelage et se retourna, surpris de la colère de sa femme.

— On pourra pas aller nulle part sans avoir à traverser ce maudit grand lac ou ben la rivière, continua sa femme. Rien que pour aller à messe, y va falloir prendre le bac pour se rendre à Péribonka. Même pas foutu d'avoir une église. C'est pas un p'tit paradis icitte, icitte c'est la misère noire ! J'aurais mieux fait de pas te suivre, ni de prendre cet embarras-là avec nous autres, en plus ! acheva-t-elle en désignant du menton le petit François.

Sidéré, Ernest resta immobile devant cet éclat et la méchanceté des paroles. Son fils descendit prestement du chariot et vint mettre sa main dans la sienne.

Ce geste ne fit que renforcer la haine de Rose-Élise.

— Oh envoye ! s'impatienta-t-elle, en donnant un coup de pied sur une des roues de bois de la charrette, j'ai pas envie de mourir icitte, envoye, avance ! cria-t-elle à son époux.

« Mais quelle mouche l'a piquée ? » se demanda Ernest tout en obéissant. Ça devait être à cause de ses maux de tête. Pourquoi la vie était-elle si compliquée ? Baptême de baptême, pas moyen d'être heureux, juste un petit peu…

Il serra la main de son fils, comme pour lui dire : « T'en fais pas, chus là » et pour se réconforter lui aussi, s'accrocher à un peu de tendresse, pour ne pas se sentir seul, pour ne pas pleurer…

— Viens, mon bonhomme, notre chez-nous nous attend, murmura-t-il.

~ ~ ~

Au fil des mois qui suivirent, François-Xavier s'habitua à son deuxième prénom. Les grandes journées, passées à l'extérieur, avaient chatoyé ses cheveux de reflets encore plus rouges et avaient renforcé sa santé. Comme un petit chiot, il suivait Ernest à la trace. Habitué à l'horaire rigide de l'orphelinat, il se levait aisément à l'aube et accompagnait son père à l'étable. D'ordinaire, il se contentait de balayer l'allée tandis qu'Ernest trayait la vache. Mais, quelquefois, il s'essayait à prendre un pis dans sa main et à en extraire du lait sous l'œil amusé de son père. Le train fini, c'est affamés qu'ils retournaient à la maison dans l'espoir d'un bon déjeuner. Mais, ces dernières semaines, c'était plus souvent qu'autrement Ernest qui le préparait, seul, à son retour, Rose-Élise restant couchée de plus en plus tard le matin. Ses migraines la clouaient au lit. Ce dont ne se plaignait pas François-Xavier. Autant il adorait son père adoptif, autant il détestait sa mère. Les rideaux de la fenêtre de sa chambre fermés, les seuls de la maison qu'elle ait confectionnés en fin de compte, Rose-Élise passait des heures, seule, sans rien faire. Ernest l'avait emmenée voir le docteur, mais celui-ci n'avait rien décelé si ce n'est qu'elle se laissait aller et qu'une femme de son âge devait cesser de faire des caprices et mieux prendre soin de sa maisonnée. Ernest ne savait plus quoi penser. Un jour, elle faisait irruption dans la cuisine, bien coiffée, sa belle robe du dimanche sur le dos, souriante, lui offrant de lui préparer de bonnes patates fricassées ou sa tarte préférée. Un autre, c'était une échevelée qui surgissait dans son éternelle robe noire, sale, un accroc dans le bas de la jupe. D'une humeur massacrante, elle se plaignait de tout et de rien.

— Comment ça se fait qu'y a pus de p'tit bois pour allumer le poêle ? T'es trop fainéant pour t'en occuper, Ernest Rousseau ? C'est toujours moé qui est prise pour tout faire icitte dedans ! se plaignait-elle.

Ou encore :

— On pourrait avoir une plus belle maison, non ? Y me semble que j'mériterais ben un peu de luxe dans ma chienne de vie ! Si t'allais travailler dans les chantiers cet hiver, comme tout le monde, tu pourrais ramener un peu de piastres pour faire changement, mais non, monsieur a décidé qu'il aurait une fromagerie ! Toé pis tes grands rêves de fou ! C'est comme le reste, ça marchera pas ! T'es juste un bon à rien !

Son visage se déformait, elle en crachait. Elle devenait méconnaissable, plus rien à voir avec la jeune fille timide et souriante qu'il avait épousée, fier comme un coq, confiant dans l'avenir... Maintenant, cela commençait à ne plus être vivable. Les premières fois, quand elle était dans ses bons jours, il s'accrochait à l'espoir que tout s'arrangerait et lors de ses crises d'humeur, il essayait de la calmer et de la raisonner. Mais à présent, il ne se faisait plus aucune illusion quant à ses soudaines gentillesses et mettait fin aux récriminations par un tonitruant « Baptême de baptême ! », accompagné d'un violent coup de poing sur la table ou en quittant tout simplement la maison, la laissant chialer dans le vide. Pourtant, il avait fait de son mieux pour prendre soin d'elle et pour la comprendre ! Hélas, ce n'était jamais assez. Elle trouvait toujours quelque chose à critiquer. Pourtant, il ne lui demandait presque plus rien. En plus du roulement de la ferme et de la construction de la future fromagerie, il voyait aussi au lavage, au ménage et à la cuisine. Il n'était pas une créature, lui ! On ne lui avait jamais appris à boulanger ou à laver le linge sale ! Mais enfin, il s'en sortait avec une sorte de crêpe recouverte de mélasse et des patates jaunes, plus brunes qu'autre chose... Quant au devoir conjugal... Il y avait belle lurette qu'il ne l'avait plus touchée. Au début, il voulait seulement la ménager, elle avait été si éprouvée, et après tous ces deuils successifs, il ne voulait pas risquer de la mettre pleine encore... mais plus tard, il s'était fait repousser, comme s'il avait la gale... Il y avait des limites à ce qu'un homme pouvait accepter, alors il faisait sa petite affaire, discrètement, dans un coin caché de la grange, en imaginant une belle créature qui le caressait tendrement... mais qui disparaissait toujours, en laissant derrière elle une gênante trace de regret. Parfois, il sentait le découragement l'envahir. Il avait eu à faire face à bien des épreuves dans sa vie ; le froid, il en avait perdu un bout d'orteil, la faim, il n'avait eu souvent que ça à manger, et la mort s'était acharnée sur son nom... Une chance qu'il avait la foi. Chaque soir, il se mettait à genoux devant le crucifix de la cuisine et, la tête baissée, il remettait sa vie entre les mains de la Divine Providence et demandait à Dieu de ne pas l'abandonner, de le guider de sa Lumière… Et, invariablement, ces moments de recueillement lui redonnaient la force de poursuivre, de se tourner vers son fils, qui partageait maintenant ses prières, de le prendre dans ses bras, de le chatouiller et de se mettre à se tirailler avant de l'envoyer se coucher.

~ ~ ~

François-Xavier… Rose-Élise lui faisait la vie dure… Lui qui croyait que la présence de l'enfant allait arranger les choses, c'était pire depuis son arrivée. Le comportement de Rose-Élise était tellement déroutant. Elle ne sortait pas de la ferme, ne faisait aucun voisinage. Si François-Xavier se trouvait sur son chemin, elle le repoussait sans ménagement avec un soupir d'exaspération. Il aurait fallu être aveugle pour ne pas s'apercevoir de la haine que Rose-Élise ressentait envers l'enfant. Toujours en train de le rabaisser, de le critiquer, de le traiter d'abandonné. Elle avait même commencé à le talocher. Ernest s'interposait chaque fois qu'il le pouvait.

— Baptême, Rose-Élise, pas besoin de le claquer. Y a rien fait !

— Comment ça, rien fait ? Comment veux-tu que je l'élève si t'es toujours à prendre pour lui ? Tu veux en faire un moins que rien, comme toé ? De toute façon, j'vois pas pourquoi j'm'époumone pour quelque chose de perdu d'avance. On n'aurait jamais dû le ramasser, celui-là !

Le petit garçon recevait les injures, se réfugiant près de son père. Pendant un an, Joséphine lui avait répété qu'il y avait du bon en lui, qu'il était beau, qu'elle l'aimait. Maintenant, Ernest lui disait la même chose, mais, en d'autres termes. « Tu apprends vite mon garçon », « Chus content de toé ». Et l'attention de son père contrebalançait la rudesse de la femme. Et puis, il n'était pas fou! Il se tenait le plus loin d'elle possible. Ce n'était pas pour rien qu'il était toujours sur les talons d'Ernest. D'instinct, le petit garçon s'arrangeait pour ne pas se retrouver seul avec la femme, mais ce n'était pas toujours possible…

Il était sept heures et demie environ et il venait de se mettre au lit. Grelottant, il s'emmitouflait dans ses couvertures, essayant de se réchauffer les pieds. On était rendu à la fin de novembre, mais la neige n'était pas encore arrivée, au grand désappointement de François-Xavier. Peut-être se réveillerait-il demain et que tout serait blanc? Tout à coup, il entendit un léger craquement. Automatiquement, il tendit l'oreille, arrêta de respirer, et son cœur s'emballa. C'était toujours comme cela. Il s'endormait, non pas au son d'une berceuse ou d'une histoire, mais à l'écoute du moindre bruit de la maison. La peur le tenaillait et le réveillait en sursaut trois ou quatre fois par nuit. Oh, il n'avait pas peur du noir ou des monstres sous son lit, comme les autres enfants, non, il avait peur de Rose-Élise. Il n'avait pas la permission de suivre son père aux derniers travaux de la journée. Ernest était inflexible sur ce point et il est vrai que, levé depuis l'aube, travaillant plus fort que n'importe quel gamin de son âge, il était fourbu à la nuit tombée. Mais si Ernest avait su que Rose-Élise profitait de ces moments pour venir harceler François-Xavier, il serait intervenu avant… Mais son fils ne lui avait jamais confié ses craintes. François-Xavier ne voulait pas se plaindre. Il avait si peur qu'ils ne le renvoient à l'orphelinat comme sa mère adoptive ne cessait de le menacer. Alors, il se taisait et pendant qu'Ernest coupait un peu de bois ou allait aux dernières corvées, François-Xavier subissait les fréquentes visites de sa mère. Elle profitait de ces moments de solitude pour monter à sa chambre et venir lui piquer une de ses crises. Des fois, elle l'appelait juste Xavier, l'embrassait et le berçait dans ses bras, en lui chantant une chanson d'enfant. Mais c'était rare qu'il s'en tirait à si bon compte… Habituellement, elle lui crachait des bêtises au visage, le prenant par les épaules et le secouant au point qu'il se frappait la tête sur le rebord du lit. Quelquefois, elle cessait subitement de le rudoyer et se mettait à pleurer en se tirant les cheveux et en se plaignant qu'elle avait mal à cause de lui parce qu'il était mauvais. Elle lui faisait promettre d'être sage à l'avenir, ce qu'il faisait, les larmes aux yeux, pour qu'elle parte enfin et le laisse en paix… Dernièrement, il avait été relativement tranquille. Probablement à cause de l'hiver et de la noirceur qui arrivait si tôt et du fait qu'Ernest, ayant beaucoup moins d'ouvrage, restait souvent à l'intérieur le soir à fumer une bonne pipe près du poêle à bois. François-Xavier s'endormait heureux, se délectant de la rassurante odeur du tabac.

Le bruit se répéta. Cette fois, François-Xavier se rassit brusquement dans son lit. Il oublia le froid, qui tantôt était insupportable, et se concentra sur le soudain silence de la maison. Il n'entendait plus rien… Son père était-il sorti ? Chut ! Encore ce craquement ! Oh non, on dirait les marches de l'escalier… Oui, quelqu'un les montait une à une, lentement… Rose-Élise ! Terrifié, François-Xavier se cacha sous ses couvertures et retint sa respiration, immobile, son ouïe décuplée suivant la progression de sa mère adoptive. « Est sur le palier… Est rendue dans le corridor… A se tient dans le cadre de la porte… J'entends sa respiration… Papa, j'ai peur… »

Rose-Élise, un chandelier à la main, s'avança silencieusement jusqu'au lit de l'enfant et resta debout un long moment à étudier la forme allongée que la lueur de sa bougie faisait trembloter. Son mari avait mis plus de soin à bâtir cette couchette qu'à lui faire une table de chevet, comme elle le lui avait demandé. Il n'avait pas le temps, rétorquait-il, pour un meuble dont on n'avait pas vraiment besoin. On savait bien, il n'y avait rien de trop beau pour son adopté de fils, par exemple… Rose-Élise alla déposer le chandelier sur la commode et revint retirer d'un coup sec la couverture et dévoiler ainsi un François-Xavier en robe de nuit, crispé, aux yeux fermement clos.

— Regarde-moé, gronda-t-elle, j'sais que tu dors même pas pour de vrai, envoye, regarde-moé…

Oh que le ton était de mauvais augure, pensa François-Xavier en ouvrant les yeux. À contre-jour, la silhouette de Rose-Élise se dessinait en une longue forme inquiétante et presque démoniaque.

— C'est toé qui as cassé mon beau miroir à main ?

Elle parlait tout bas, détachant chaque syllabe. Elle était trop calme… François-Xavier n'osait répondre. Ça sentait le piège à plein nez ! Il n'avait jamais entendu parler de ce miroir avant, il n'en connaissait même pas l'existence !

— Tu peux ben t'taire, j'le sais que c'est toé, affirma-t-elle en se penchant sur lui.

François-Xavier était figé d'effroi. Le souffle qu'il recevait en plein visage empestait la méchanceté pure. Une drôle de senteur, un peu comme celle qui se dégage de cendres refroidies. Il ne sut pas comment il fit pour réussir à faire bouger sa tête de gauche à droite afin de démentir l'accusation.

— Menteur ! hurla-t-elle subitement. J'le sais que c'est toé !

Elle l'agrippa aux épaules, lui enfonçant les ongles dans la chair.

— Tu vas me montrer où tu l'as caché, pis vite à part de ça !

— J'le sais pas, gémit François-Xavier, j'ai rien fait ! se défendit-il.

— Ben non voyons donc, y a jamais rien fait, lui d'abord, dit-elle sarcastique.

Elle le gifla à toute volée.

— Tu me prends pour une folle ou quoi ? Tu penses que j'te vois pas aller ! Maudit hypocrite ! siffla-t-elle. J'va te faire cracher le morceau, moé, tu vas voir !

Elle le secouait sauvagement, maintenant.

— Maudit enfant à marde ! Chus assez écœurée de toé ! Tu penses que j'me rends pas compte de rien ? Envoye, donne-moé mon miroir !

Enragée, elle le jeta violemment en bas du lit. Le pauvre petit garçon pleurait en même temps qu'il continuait à nier le vol. Rose-Élise l'empoigna par le poignet et le remit debout. D'une main, elle lui tordit le bras derrière le dos, de l'autre, elle lui tira les cheveux par en arrière.

— T'as l'air fin, là… Tu ris pus pantoute astheure !

Abandonnant sa prise, elle le frappa violemment à la figure, une claque si forte que l'enfant se mit à saigner du nez. La pensée de François-Xavier perdait prise. Il avait essayé de tenir sa promesse, il avait essayé d'être un bon fils, de mériter sa nouvelle famille. C'est vrai qu'il était allé jouer souvent sur le bord du lac, malgré l'inter-diction, et qu'une fois il avait bourré ses poches de bébés chenilles ; il devait en avoir une centaine, qui débordaient de leur nouveau nid, faisant des acrobaties le long de ses manches et de son pantalon. Rose-Élise avait hurlé de dégoût. « Pardon, pardon, je le ferai pus jamais. Pardon, pardon ! » L'avait-il dit, l'avait-elle entendu ? Il ne le savait pas. Les coups pleuvaient sur sa tête, tout tournait autour de lui.

— Papa, venez m'aider, papa Rousseau… supplia-t-il.

— Papa Rousseau, ah ben… répéta Rose-Élise. On sait ben, chus pas assez bonne pour toé ? Tu trouves que chus pas une bonne mère ! Ça fait assez longtemps que tu m'traites comme du poisson pourri, tu vas t'excuser !

De force, elle l'agenouilla par terre.

— Envoye, fais-moé des excuses !

Elle le poussa à plat ventre et lui tordit un bras derrière le dos. On entendit distinctement le bruit de l'os qui se déboîta. Elle le retourna face à elle, s'assit à califourchon sur lui et se mit à le rouer de coups, dans les côtes, au visage, partout où ses poings rageurs trouvaient une cible.

— Rose-Élise? T'es en haut? appela Ernest en entrant dans la maison.

Inquiet des bruits sourds provenant de l'étage, Ernest, de retour après avoir été vérifier une génisse qui n'avait pas mangé de la journée, déposa brusquement sa lanterne sur la table de la cuisine et, sans prendre la peine de l'éteindre ni d'enlever ses bottes boueuses ni son manteau, il grimpa les marches quatre à quatre.

— Rose-Élise! s'écria-t-il en s'immobilisant au pas de la porte de la chambre, sidéré devant l'horreur qu'il découvrait.

La femme se retourna brusquement.

— Baptême, Rose-Élise, que c'est que t'as fait? demanda Ernest d'un ton douloureux en réagissant enfin.

Rapidement, celui-ci souleva la marâtre de sa proie et, sans ménagement, la repoussa de côté. Il prit son fils dans ses bras et sans un regard pour sa femme, il se mit à lui chuchoter des paroles apaisantes tout en essayant d'évaluer la gravité des blessures.

— Chut… mon p'tit bonhomme, ton père est là, chut… Ça va aller maintenant, ton père est là…

Il fouilla dans la poche de sa veste et en sortit son mouchoir avec lequel il se mit, avec précaution, à éponger le sang qui maculait le visage de son fils.

En état de choc, François-Xavier hoquetait, ne cessant de répéter :

— J'm'excuse, j'm'excuse, j'm'excuse…

— Chut, ça va aller, j'te l'jure…

Puis, ramenant son attention vers sa femme, prostrée dans le coin de la chambre, se frottant nerveusement les mains l'une contre l'autre, Ernest ordonna rageusement :

— Toé, sors d'icitte tusuite !

Rose-Élise ressemblait à un animal traqué et apeuré. Ses yeux étaient exorbités et son souffle rapide. Puis, son expression changea du tout au tout. Un demi-sourire détendit les traits de son visage.

— Chicane-moé pas, c'est lui qui m'a volé mon miroir à main, mon beau miroir…

Sa voix était devenue enfantine et prenait des inflexions chantantes.

— J'va être sage, la plus sage de toutes les p'tites filles, sage comme une image !

Elle se mit à rire, d'un petit rire aigu et faux.

Ernest regarda son épouse, les mains paume contre paume, jointe en prière, pouffant de rire. Tout cela n'avait aucun sens. Il devait se rendre à l'évidence, sa Rose-Élise avait perdu l'esprit. Délicatement, il déposa son fils sur le matelas.

— Chut, aie pas peur, j'va revenir tusuite, tu m'entends, j'va revenir tusuite.

François-Xavier ne répondit rien. Ernest alla relever sa femme. Il la prit par le coude et l'entraîna en bas. Sans dire un mot, les lèvres serrées, se retenant pour ne pas la frapper à son tour, il la conduisit jusqu'à la chambre du rez-de-chaussée où il l'enferma en bloquant solidement la porte avec le dossier d'une chaise. Rose-Élise, qui s'était laissé docilement conduire, réalisa soudain qu'elle était prisonnière. Elle se mit à tambouriner sur la porte, tout en essayant en vain de l'ouvrir.

Ernest attendit un instant, s'assurant de la solidité de son verrou improvisé. De l'autre côté de la porte, Rose-Élise pleurnichait :

— C'est pas juste, pas juste, j'ai rien fait, j'veux pas être punie, c'est pas juste…

De grosses larmes se mirent à couler sur les joues de l'homme. Il se retourna face au crucifix accroché au mur.

— Vous m'éprouvez beaucoup, oui beaucoup… dit-il la gorge serrée.

Il ferma les yeux un instant, puis, d'un pas lourd de chagrin, ignorant les supplications de sa femme, il retourna en haut prendre soin de son fils. Demain, il irait chez le curé de Péribonka, lui saurait quoi faire.

~ ~ ~

Dieu merci, le bac était encore en service. Il n'y avait pas à dire, un hiver tardif avait du bon ! Grâce à l'inhabituelle clémence du climat, Ernest put traverser jusqu'à Péribonka, où le curé Lapointe le reçut promptement. Le curé ne connaissait pas vraiment cette nouvelle famille de colons, et fut bien intrigué lorsqu'ils débarquèrent dans son presbytère. Mais rien qu'à la vue de l'enfant blessé et du comportement bizarre de la femme, il comprit le but de la visite. Après avoir écouté les explications du monsieur Rousseau, tandis que sa ménagère prenait soin de l'épouse en la traitant comme la petite fille qu'elle semblait être redevenue, il s'empressa de quémander les services du docteur Picard. Le docteur examina l'enfant, nettoya ses blessures et replaça l'épaule blessée. Étonné du courage du jeune garçon qui souffrait en silence, il enroula le petit bras dans une écharpe et laissa François-Xavier rejoindre son père. Ensuite, le médecin resta un moment avec Rose-Élise et revint confirmer ce que le curé appréhendait : il s'agissait là d'un cas très grave de maladie mentale et, hélas, certainement incurable. On ne pouvait se permettre de mettre l'enfant en danger et Rose-Élise devait être soignée dans un endroit spécialisé pour les gens comme elle. Le médecin en connaissait un, mais c'était à Québec… et les coûts…

Ernest avait mis de côté un bon montant pour l'implantation de sa fromagerie. Sans hésitation mais le cœur brisé, il convint qu'il donnerait toutes ses économies pour que ces drôles de docteurs, là-bas, soignent sa Rose-Élise. Il fut convenu que d'ici son départ, elle resterait au presbytère.

— N'ayez aucune crainte, monsieur Rousseau, Antoinette, ma ménagère, s'occupera très bien de votre femme. Je comprends que vous ne puissiez laisser votre ferme.

— C'est surtout parce que j'ai ben peur de pas être capable de retraverser. Les grands froids vont finir par poigner, pis avant que le pont de glace se fasse, on en a pour un bon boutte de temps.

— Vous en faites pas. Je vais garder votre épouse jusqu'à ce que le docteur Picard ait tout arrangé.

— Ça ne devrait poser aucun problème, confirma le médecin. J'ai un de mes confrères qui travaille là-bas. Le temps de lui envoyer un télégramme lui décrivant l'état de madame Rousseau pis tout sera réglé.

Les trois hommes étaient assis dans le salon et discutaient, tout en jetant de fréquents coups d'œil à la femme qui se laissait docilement dorloter par la servante.

— J'va vous coiffer un peu les cheveux, d'accord ? dit Antoinette, une brosse à cheveux à la main.

La pauvre femme était tout échevelée. « Non mais quelle misère de voir quelqu'un rendu de même. Après tout ce qui lui est arrivé, pas étonnant qu'elle ait perdu la raison. Voir ses enfants mourir l'un après l'autre, quelle pitié… »

— J'veux des tresses, répondit Rose-Élise en faisant la moue.

— Oui, oui, Antoinette va vous faire des belles tresses qu'a va attacher en couronne sur le dessus de votre tête.

Rose-Élise tapa dans ses mains de contentement :

— Oui, oui une couronne !

— Vous voyez, monsieur Rousseau, ma ménagère Antoinette, elle a le tour. Faudra pas vous en faire, dit le curé en se faisant rassurant.

— J'vois ben, m'sieur le curé… soupira Ernest. Mais, si vous pouviez la bénir, même si… enfin vous comprenez ce que j'veux dire, j'serais plus tranquille pour son départ.

— Mais oui mon fils. Je ne pourrai pas la confesser, mais je la bénirai de tout cœur.

— Comme ça, vous la garderez icitte jusqu'à ce qu'a puisse avoir une place à Québec ? Mais le voyage, lui ? On peut toujours ben pas la mettre dans le train tuseule ? s'inquiéta subitement Ernest.

— Je voyagerai moi-même avec elle, intervint le docteur. Il y a longtemps que je me promettais d'aller visiter ce nouvel établissement. Mon confrère m'en a tant parlé. J'en profiterai pour passer le temps des Fêtes à la haute ville. Ma famille est encore là-bas, vous savez, il y a si longtemps qu'ils me pressent de venir les voir.

Ce jeune médecin avait bien du courage et du cœur aussi. Venir pratiquer dans une région lointaine remplie de pauvres colons ne devait pas être un choix facile.

— Vraiment, docteur, j'peux pas vous demander ça, c'est trop, voulut refuser Ernest.

— Mais non, rétorqua le médecin. Ça va me faire un réel plaisir.

— Antoinette aussi a de la parenté dans ce bout-là, n'est-ce pas ? demanda le curé à sa servante.

— Oui, monsieur le curé, sur le bord du fleuve, répondit celle-ci.

— Des petites vacances méritées, ça vous tenterait pas un petit brin ? s'informa le curé, les yeux pleins de malice.

— Des vacances ?

La ménagère du curé n'en croyait pas ses oreilles.

— Ben certain que j'aimerais ça ! reprit la femme, excitée. Mais avec Noël le mois prochain, vous laisser seul, c'est pas ben ben raisonnable !

— Allons, allons, je suis un grand garçon, Antoinette, plaisanta le curé. Puis vous savez bien que mes paroissiens veulent tous me recevoir à manger, au point que je soupe souvent deux fois dans une même journée, dit le curé en s'esclaffant avant d'insister gentiment :

— Acceptez, Antoinette. Madame Rousseau semble être si calme avec vous, vous avez le tour.

— C'est sûr que j'aimerais pas que ma Rose-Élise fasse de la misère au docteur, intervint Ernest.

— Bon, ben, puisque m'sieur le curé insiste, c'est d'accord, déclara Antoinette, contente à la perspective de ce voyage inattendu.

— Mais j'insiste, j'insiste !

— Ben baptême, que du monde bon comme vous autres existe, ça me dépasse, dit Ernest en se levant.

Ému, il continua timidement :

— Je… J'sais pas comment vous remercier… J'savais pas quoi faire d'autre que de venir vous voir, m'sieur le curé. On peut dire que vous êtes un homme de Dieu, vous, un vrai. Pis vous, m'sieur le docteur, j'en connais pas gros qui se seraient dévoués comme vous. Pis vous aussi, mademoiselle Antoinette, ma Rose-Élise a sent ben votre bonté. Merci, merci beaucoup.

Le silence se fit et tous se tournèrent vers Rose-Élise qui chantonnait doucement tout en s'admirant dans le petit miroir d'argent que la ménagère lui avait prêté.

— Bon, ben j'va y aller, moé… dit Ernest en se raclant la gorge, se retournant pour ne pas pleurer encore, pas devant les autres, non.

— Juste encore une chose, monsieur Rousseau, s'opposa le médecin.

— Votre fils, expliqua-t-il, euh, il ne parle pas… J'ai examiné ses blessures et… non, rien de grave, rassurez-vous, s'empressa-t-il de préciser devant l'air inquiet du père. Non, c'est que parfois, et bien parfois, on a déjà vu ces… dérèglements se transmettre de mère en fils et…

— Non, pas de danger, l'interrompit Ernest comprenant où le docteur voulait en venir. C'est mon fils adoptif… expliqua-t-il en désignant l'enfant qui se cachait derrière lui.

Ernest prit l'enfant par la main et le ramena doucement devant lui. Celui-ci se laissa faire docilement. C'est vrai qu'il n'avait pas dit un mot depuis la veille. Au milieu de tous ces événements, Ernest n'avait pas porté attention à ce silence. Tout s'était bousculé dans sa tête, et il avait agi d'instinct, mettant femme et enfant dans la carriole et poussant le cheval jusqu'à l'embarcadère. «Le curé, le curé, se disait-il. Il faut que j'me rende chez le curé. » L'attitude de Rose-Élise le déroutait tellement…

— Dans ce cas, précisa le praticien, il doit s'agir d'un mutisme provisoire.

— Un quoi? demanda Ernest.

— Oui, dit le médecin, en s'approchant de François-Xavier et en lui soulevant le menton. Tout devrait rentrer dans l'ordre…

L'enfant restait impassible, le regard éteint.

— Mon fils serait-y malade aussi? s'écria Ernest.

— Non, pas vraiment, répondit le docteur. Je crois que son esprit veut tout simplement fuir un trop mauvais souvenir.

Gentiment, le bon docteur ébouriffa les cheveux de François-Xavier qui resta complètement indifférent à la caresse.

— Soyez très doux avec lui, parlez-lui tout le temps, rassurez-le et ne le laissez pas un seul instant.

— Combien de temps cet état… peut-il durer? s'informa le curé, en examinant l'enfant à son tour.

— Je voudrais bien pouvoir le dire, mais qui sait? Un jour, une semaine, des mois? On a déjà vu des cas qui ne se sont jamais remis… mais, ne soyons pas pessimistes et puis, c'est connu, les enfants, ça guérit vite!

— Allons, mon fils, soyez courageux, déclara le curé en mettant sa main sur l'épaule d'Ernest, manifestement éprouvé par les paroles du docteur. Nous allons prier.

À ces mots, tous se mirent à genoux et avec ferveur entamèrent un *Pater*.

Tous, sauf un petit garçon recouvert d'une armure magique qui le rendait invincible et une femme, contemplant l'image d'une petite fille insouciante et heureuse qu'un joli miroir à main, enfin retrouvé, lui renvoyait.

~ ~ ~

Le visage tuméfié de François-Xavier désenfla et, petit à petit, ne présenta plus aucun signe visible de l'agression. La neige tomba et le temps des Fêtes arriva, mais le garçon n'avait toujours pas dit un seul mot. Ernest suivait les conseils du docteur et lui parlait sans arrêt. Au début, il cherchait quoi lui dire, puis il en vint à lui raconter n'importe quoi et même à se confier. Jamais il n'en avait autant dit à quelqu'un. Peut-être, dans le fond, croyait-il que l'enfant était sourd en plus d'être muet. Ses pensées les plus profondes, il les dévoila ; ses secrets, il les partagea, et ses souvenirs, il les raconta, raconta et raconta…

— Mon père, un jour, y m'avait emmené à la pêche avec lui. J'm'en rappelle, comme si c'était hier, y a pas à dire, j'ai meilleure mémoire que j'pensais… Quand j'dis qu'y m'avait emmené à la pêche, j'parle d'un vrai voyage de pêche. On était partis trois jours dans le bois, que j'étais fier ! C'est là que j'ai pris mon premier achigan. Pour le sortir de l'eau, j'm'étais mis à reculer dans le bois, pis ma ligne s'était tout enroulée dans les branches, ça fait que mon père a dû décrocher le poisson de dans les arbres !

Et Ernest se surprenait à rire de ses histoires, rire comme il y avait des années que ça ne lui était pas arrivé.

— Une fois, on avait eu une bordée de neige, tiens un peu comme aujourd'hui, mais c'était tombé d'un seul coup pendant la nuit pis quand on s'était levés le matin, ben baptême, j'te jure, il faisait noir comme chez l'diable ! Les fenêtres étaient bouchées de neige, pis la porte bloquée ben dur, ouais, j'm'en souviens encore, ma mère avait allumé une chandelle. Y avait fallu gratter avec un couteau, pouce par pouce, pour réussir à sortir !

Sans s'en rendre compte, d'anecdotes en anecdotes, il revécut son enfance et en même temps, sans le savoir, il en offrit une à son fils. Il lui parla de son chagrin lorsque son chien était mort, de sa peur lorsqu'il s'était perdu dans le bois lors du fameux voyage de pêche, de son inquiétude quand ses parents avaient décidé de quitter Québec pour descendre à Charlevoix. Et, à travers ces événements du passé, il transmettait les leçons de la vie qu'il avait dû apprendre par cœur et retenir à tout jamais. Comme avant, François-Xavier le suivait partout et l'aidait à faire les travaux, mais maintenant, c'était sans âme qu'il le faisait et surtout, muré en un anormal silence. Et puis, sa Rose-Élise lui manquait. Pas la Rose-Élise des derniers moments, mais celle qu'elle avait été et celle qu'elle aurait pu devenir si la mort du corps et de l'esprit n'était pas venue frapper si souvent à sa porte. Ah, la solitude ! Baptême que cette croix était lourde à porter ! Un fils muet, un lac gelé, une forêt emmitouflée, une maison isolée, un lit délaissé… autour d'Ernest, tout s'était tu.

~ ~ ~

— François-Xavier, François-Xavier, réveille-toé. J'ai changé d'idée, on part pour la messe de minuit ! s'écria Ernest en brassant énergiquement son fils endormi.

Croyant que le long trajet serait déconseillé pour la santé du petit garçon, il s'était résigné à rester à la maison en cette nuit de Noël. Et puis, non, la vraie raison c'est qu'il avait eu peur d'affronter les ragots du voisinage. La maladie de Rose-Élise devait faire jaser tout le canton. Oui, Seigneur Jésus, il avait honte et il avait peur que les gens lui tournent le dos, et il ne savait pas s'il pourrait supporter cela en plus de tout le reste.

— Baptême de baptême, j'ai jamais raté une messe de minuit de ma vie, c'est pas astheure que j'va commencer! s'était-il soudainement exclamé avant de monter réveiller son fils.

— Allons, gros paresseux, tu m'entends, on s'en va à messe de minuit! Dépêchons-nous!

Et c'est ainsi que François-Xavier fut sorti, à l'improviste, d'un sommeil protecteur et qu'il se retrouva, tout hébété, à moitié enfoui sous des couvertures et des fourrures, filant à toute allure dans une nuit noire et blanche. Ernest se faisait un devoir d'entretenir sa portion de chemin et c'est facilement que le traîneau glissa en direction de Péribonka.

— Pas chaud, hein, mon bonhomme? Mais baptême que c'est beau! s'exclama Ernest devant la splendeur du paysage tandis qu'il faisait ralentir le cheval à l'entrée de la forêt.

Le chemin rétrécissait et accentuait une forte courbe et il devait se contenter d'aller au pas pour un petit bout de temps s'il ne voulait pas risquer de verser.

— Regarde les sapins comme y sont chargés! J'ai toujours pensé que c'était pour ça que le Bon Dieu leur laissait leurs aiguilles l'hiver, pour qu'Il puisse les décorer de neige…

Ernest se remit à monologuer avec son fils tandis qu'il guidait l'attelage d'une main ferme.

— Ah pis baptême, chus pas capable d'attendre au jour de l'An pour te donner ton étrenne! déclara tout à coup Ernest en tentant d'atteindre la poche de son pantalon, empêtré dans les différentes épaisseurs qui le tenaient à la chaleur.

— Voyons baptême ! Tiens-moé les rênes un peu mon gars, veux-tu ?

Et, sans attendre l'accord de son fils, il lui tendit les lanières de cuir.

Surpris, François-Xavier prit maladroitement les guides dans ses mains. Gauche à cause de ses mitaines et de son inexpérience, il relâcha les rênes et le cheval voulut s'arrêter.

— Non, pas comme ça, intervint son père, tiens-les serrées, oui c'est mieux, allez la jument, hue ! On dirait que t'as fait ça toute ta vie ! Bon, c'est pas tout ça, où c'est que j'ai mis ce cadeau-là, moé ?

Ernest laissa François-Xavier se débrouiller. Et tandis que l'enfant s'étonnait de se retrouver seul à conduire le cheval, le père s'amusait à se tortiller sur la banquette de bois, se relevant les fesses, fouillant de gauche à droite dans ses poches, faisant semblant de ne pas retrouver le cadeau qu'il avait caché dans sa main.

— Ben baptême, je l'trouve pas, j'dois l'avoir perdu, dit Ernest en cessant de gigoter et en prenant son air le plus désolé.

L'enfant lui jeta un coup d'œil en coin.

— Redonne-moé les rênes ! dit le père en les prenant de lui-même. Oups ! Que c'est qui est tombé, là sur tes genoux ? demanda innocemment Ernest.

François-Xavier baissa la tête et regarda le dessus de la couverture de fourrure qui recouvrait leurs jambes. Un petit paquet y était niché dans un repli.

— Mais baptême, j'jurerais que c'est le cadeau que j'cherchais, moé ! Ben oui, c'est ben lui. Ah ben baptême, un cadeau qui tombe du ciel ! On aura tout vu !

L'enfant ne broncha pas, les yeux rivés sur l'objet.

— Que c'est que t'attends pour regarder ce qui a dedans ? demanda

Ernest devant la paralysie de son garçon. Allons, mon bonhomme, ouvre ton cadeau, insista-t-il doucement.

Lentement, François-Xavier dénuda ses mains, puis avec d'infinies précautions, ouvrit le paquet. C'était un mouchoir de coton blanc dans lequel reposait une jolie petite croix de bois, finement ciselée d'un motif géométrique. Un long silence se fit, que seuls la forêt claquant des dents et le cheval, houspillant sous l'effort, osèrent troubler.

— C'est la croix de mon père, tu te rappelles, j't'en avais parlé... dit Ernest, désespéré devant l'absence d'émotion de son fils.

— J'sais pas si tu te rappelles... j't'avais raconté comment mon père l'avait sculptée...

— Oh, pis remets donc tes mitaines avant de te geler les mains... déclara brusquement Ernest, déçu par le peu d'entrain que son fils démontrait.

François-Xavier remit ses mains à l'abri et fit de même pour la croix, en la remballant bien comme il faut dans le bout de tissu. Un long frisson le parcourut. Il n'avait jamais reçu de cadeau... Il faisait de plus en plus froid et l'air vif lui piquait les yeux, le faisant pleurer un peu. Son premier cadeau et il était si beau... Grelottant, il renifla bruyamment. Les larmes commencèrent à couler... Un cadeau pour lui tout seul... à couler... De sa main, il s'essuya le nez... à couler... Une belle croix... Il inspira difficilement à coups de hoquets, «Papa Rousseau, un cadeau, papa Rousseau, venez m'aider, ça fait mal, j'ai peur, a me fait mal, a me fait peur, papa Rousseau...» à couler de plus en plus vite. Ernest s'aperçut de la détresse de son fils, arrêta brusquement son cheval, coinça la bride entre ses cuisses et empoigna son enfant qu'il serra contre lui. François-Xavier sanglotait, de petits cris perçants entrecoupant les pleurs. Ça ne se pouvait pas, une peine de même. Bien trop grande pour un si petit bonhomme. Jamais Ernest n'avait été témoin d'une telle affliction, mais il comprit que l'abcès se vidait, que le pus sortait enfin, signe de guérison. Comme tous les gros bobos, il n'en resterait qu'une cicatrice, la marque de ceux qui ont souffert. En de longs soupirs, l'enfant se calma peu à peu. François-Xavier prit le paquet, ressortit son contenu hors de son enveloppe de tissu et timidement dit à son père :

— J'avais jamais eu de cadeau... merci ben gros.

Il avait parlé ! Une phrase ! Toute une longue phrase !

— Oh baptême, mon fils, c'est toé qui viens de m'faire le plus beau des cadeaux !

Heureux, le père étouffa François-Xavier d'une forte étreinte.

— Si ça continue, j'va brailler comme un veau moé itou ! dit-il en relâchant son fils. Remettons-nous en route si on veut pas être en retard. C'est si beau une messe de minuit !

Le cheval hennit de contentement devant l'ordre de repartir.

— Je l'sais, ma vieille, nous autres aussi on a frette !

François-Xavier approcha la croix à hauteur de son visage et l'examina de plus près.

— Tu vas voir quand tu seras à la clarté, dit Ernest, a va briller. Y était habile de ses mains, mon père. Il a tout collé des petits grains d'or. Pas de la vraie comme de raison, mais celle qu'on trouve sur le bord des ruisseaux, l'or des fous qu'on l'appelle. J'te montrerai cet été.

— Est belle... dit François-Xavier souriant.

— Quand mon père me l'a donnée, y m'a dit : « Ernest, avec elle, t'auras toujours de la lumière, la vraie, celle du Seigneur. Quand t'auras l'impression d'être dans le noir, sors-là, pis tu verras... » Y savait parler, mon père...

Fatigué, et par l'heure tardive, et par sa crise de larmes, François-Xavier se colla contre son père et ferma les yeux, serrant précieusement son étrenne.

— La vie est parfois ben dure avec nous autres, reprit Ernest tout en fixant son attention sur le chemin.

— Ouais, ben dure, ajouta-t-il comme s'il pensait à haute voix. Pis, on a souvent de la misère à comprendre pourquoi...

Il soupira, regarda les cieux, puis son fils en train de s'assoupir.

Le petit garçon glissa un peu de côté sur le banc et se coucha à demi sur son père. Ernest souleva son bras et accueillit la tête de son fils sur ses genoux. Ah, que François-Xavier se sentait bien ainsi, à la chaleur, calé contre la sécurité paternelle.

— Tu dors ? demanda Ernest.

— Non, non, j'dors pas...

— Pis à l'église aussi tu vas rester éveillé ?

— Oui, oui, promit François-Xavier en bâillant.

— Ouais, chus pas si sûr que ça, moé. Ah, trois messes dans la même nuitte ! Mais ça vaut la peine ! Fêter la naissance du p'tit Jésus ! Lui aussi y a déjà été un p'tit gars comme toé. Sa mère a dû le mettre au monde en cachette dans une étable, à cause qu'on voulait y faire du mal... Pis, après, y a grandi pis y a connu ben des souffrances. On lui a dit des choses méchantes... On l'a battu, pis on l'a mis sur une croix, comme celle que j't'ai donnée. On lui a cloué les mains, pis les pieds... Pis là, y a pardonné... On va faire comme lui, mon François-Xavier, pis on va pardonner à ta mère... c'est pas de sa faute, est malade... J'm'en va prendre soin de toé, tuseul, pis on va ben s'entendre tous les deux... j'te l'promets.

François-Xavier se redressa et affectueusement, embrassa son père. Un merveilleux de petit bec, tout doux sur la joue.

— Ah ben baptême, deux cadeaux dans la même soirée ! Mon p'tit bonjour, toé ! fit Ernest, attendri. Tiens nous v'la rendus au grand bout droit du pont de glace. Tiens toé ben, parce qu'on va s'envoler, mon fils ! Hue la jument !

L'attelage fila à toute allure, traversant la rivière glacée, et à des lieues à la ronde, on entendit l'éclat de rire d'un enfant surexcité par la vitesse, accompagné par celui d'un père rempli de joie par le cadeau sans prix qu'il venait de recevoir.

~ ~ ~

À l'église, les cantiques furent grandioses et donnèrent des frissons dans le dos. Il régnait une telle effervescence que le curé Lapointe dut gentiment rappeler à l'ordre ses ouailles un peu trop bruyantes. Il devait avouer qu'il expédia quelque peu les deux dernières messes, les longues litanies en latin étant en train d'endormir son auditoire. Les femmes arboraient leurs plus beaux atours et exhibaient fièrement leurs nouveaux chapeaux. Mais c'est avec une réelle solennité que tous écoutèrent son sermon et avec ferveur qu'ils répondirent d'une voix unie et forte aux prières. S'il pouvait en être de même à longueur d'année, pensa le curé avec amusement. Non pas que d'habitude ses paroissiens manquaient d'assiduité, mais la routine revenant, ils marmonnaient plus qu'autrement et il manquait cette joie qui irradiait dans l'église en cette veille de Noël. Sur le parvis, les messes terminées, le curé Lapointe s'installa, bien emmitouflé dans sa pelisse, pour serrer les mains et offrir ses vœux. L'inquiétude passa sur son visage lorsque monsieur Rousseau et son fils s'approchèrent. Il avait beaucoup pensé à cette famille éprouvée ces dernières semaines. Il les regarda s'avancer timidement, l'homme un peu mal à l'aise et le petit garçon semblant se porter beaucoup mieux.

— Monsieur Rousseau! dit le curé en prenant soin de parler haut et fort, pour que tous entendent bien. Je suis content de vous revoir. Nous prions tous pour que votre femme aille mieux. Le docteur Picard est un bon docteur, vous avez bien fait d'accepter qu'il emmène votre épouse consulter les meilleurs spécialistes de Québec. En passant, j'ai eu des nouvelles de ma ménagère Antoinette. Est-ce que je vous avais dit que celle-ci a pris le train avec votre femme ? Elle m'écrit qu'ils ont fait un très bon voyage. Vous êtes un exemple à suivre, monsieur Rousseau. Tant de dévouement vous sera rendu. Bon, je vous souhaite un joyeux Noël pis à la prochaine !

Ernest avait écouté, bouche bée, ce long monologue du prêtre avant de saisir que le curé lui offrait ainsi, publiquement, sa protection et lui sauvait la face devant les racontars des gens. Évidemment, ceux-ci n'arrêteraient pas de colporter certaines rumeurs, mais jamais, après ce que le curé venait de faire, ils n'oseraient le faire ouvertement, et rapidement, les ragots cesseraient et tomberaient dans l'oubli, enfin il fallait l'espérer. Reconnaissant, Ernest redressa les épaules et voulut remercier chaleureusement le prêtre, mais celui-ci était déjà accaparé par d'autres colons qui voulaient absolument avoir l'honneur de la visite de leur curé.

— Ah ben, si c'est pas Ernest Rousseau en personne !

Surpris, l'interpellé se retourna. Son plus proche voisin, Alphonse Gagné, venait de sortir de l'église à son tour.

— Ah, Alphonse, comment ça va ?

Pourquoi poser la question, se dit Ernest, quand il était évident, aux yeux brillants et à l'haleine alcoolisée de l'homme, que celui-ci avait déjà solidement commencé à fêter. Âgé de quarante-cinq ans, portant fièrement une longue moustache recourbée, d'une maigreur extrême que même la pelisse ne parvenait pas à camoufler, l'homme répondit bruyamment :

— Ah ben, franchement, on peut pas se plaindre ! Un peu de raideur dans les genoux, mais, j'ai un p'tit médicament, si tu vois ce que j'veux dire… dit-il en tapotant la poche intérieure de son manteau d'hiver, là où une bosse bien visible indiquait la présence d'un flacon rempli de rhum.

Que de fois, depuis son arrivée sur la Pointe, Ernest avait décliné la généreuse offre de partager un peu de ce liquide dont son voisin était tellement épris. Il n'avait jamais aimé la boisson et ne comprenait pas le désir de s'abreuver d'étourdissements et de bafouillages. C'était pour lui une déchéance, une perte de contrôle sur soi-même qui rendait l'homme semblable à une bête. Pour cette raison, il n'avait jamais éprouvé de sympathie pour son voisin immédiat et essayait, dans la mesure du possible, de garder ses distances. Mais, dans ces pays difficiles, l'entraide entre colons était indispensable pour la survie et un voisin devenait aussi important qu'un membre de la famille. Ernest restait poli, refusant fermement sa part de la bouteille et faisait semblant de ne pas remarquer les jambes flageolantes et les mains tremblantes de l'alcoolique. Bizarrement, plus Ernest était réservé, plus Alphonse était familier. Et c'est à grands coups de claques dans le dos et de rires tonitruants qu'Alphonse lui faisait la conversation, ne s'offusquant jamais du manque de répartie de son compagnon, tandis que tous les deux réparaient un bout de clôture ou rentraient le foin.

— Bon, ben, nous autres, on va faire un boutte. J'pense que mon François-Xavier est en train de dormir deboutte, annonça Ernest en soulevant son fils dans ses bras.

— Euh… Joyeux Noël, Alphonse, ajouta-t-il en se dirigeant vers son attelage.

— T'es ben pressé, mon Ernest, dit son voisin en le retenant par le bras. Tu partiras pas d'icitte avant d'avoir promis de venir faire ton jour de l'An chez nous. Avec ta créature malade pis partie, y sera pas dit que moé, Alphonse Gagné, j'aurai laissé mon plus proche voisin fêter tuseul comme un chien.

— Mais… voulut s'objecter Ernest.

Embarrassé par cette soudaine invitation formulée haut et fort devant tout le monde, il ne savait comment la décliner. La dernière chose qui lui tentait était d'aller chez les Gagné. Une paire de claques dans le dos l'empêcha de poursuivre.

— Y a pas de mais qui tiennent! Tu vas voir que chez les Gagné, on sait recevoir en grand. J'te jure que la femme a préparé de la mangeaille pour tout un chantier! Cré-moé, on jurerait que ses pâtés à viande pis ses tartes au sucre sentent jusqu'icitte… Pas vrai, le p'tit, demanda-t-il en s'adressant à François-Xavier, tu l'sens, toé aussi?

Celui-ci, à moitié assoupi, fit signe que non de la tête.

— C'est parce que t'as pas un gros nez comme le mien! décréta Alphonse en s'exclamant. Oublie pas Ernest, ou c'est moé qui va venir te chercher la semaine prochaine! Pis Joyeux Noël! lança-t-il avant de se détourner vers une autre connaissance, laissant Ernest repartir vers son traîneau en portant le fardeau de son fils complètement endormi maintenant et celui d'une promesse faite malgré lui.

~ ~ ~

— Anna, viens voir qui j'ai ramené à maison! cria Alphonse en ouvrant la porte à pleine volée.

Madame Gagné se détourna de son fourneau et s'essuya les mains sur un tablier distendu par un ventre proéminent. Grosse de son neuvième enfant et âgée de quarante-deux ans, elle était épuisée. Qu'est-ce que son énergumène de mari avait encore traficoté? Levée depuis l'aube en ce premier janvier 1905, Anna n'avait pas arrêté de l'avant-midi pour que son dîner du jour de l'An soit une réussite. Machinalement, elle se frotta le bas du dos. Ce surplus de poids lui faisait la vie dure cette fois-ci. Une chance que ses trois grandes filles lui donnaient un bon coup de main, surtout sa Marie-Ange, sa plus vieille. Anna soupira tout en jetant un coup d'œil à sa fille aînée, occupée à sortir des tartes dorées à point du four. Âgée de quinze ans, celle-ci était devenue une vraie femme. La mère s'attarda à contempler cette beauté toute neuve et se dit que les garçons n'allaient pas tarder à rôder autour.

— Anna! répéta son mari.

— Oui, oui, j'm'en viens! Marie-Ange, veux-tu brasser le sucre à crème? demanda-t-elle. Ton père m'appelle. Adrienne, Angélique, venez icitte tusuite pour finir de monter la table, ça fait trois fois que j'vous l'demande! cria-t-elle à l'adresse de ses deux autres filles qui ne suivaient pas l'exemple de leur aînée et qui disparaissaient à la moindre occasion au lieu de faire leur ouvrage.

C'était compréhensible de la part d'Angélique qui, venant à peine d'avoir onze ans, préférait de loin partager les jeux de sa petite sœur de sept ans, Aline. Mais l'attitude d'Adrienne, qui en faisait le moins possible rendu à treize ans... «Oh, que j'me sens lourde et impotente...»

— Anna, t'en viens-tu coudon? s'impatienta son mari.

— Oui, attends un peu, j'peux pas laisser tout en plan de même... maugréa-t-elle.

Son mari avait quitté subrepticement la maison une demi-heure auparavant, refusant de lui dire pour quelle raison. Elle ne s'en était pas inquiétée outre mesure, habituée aux frasques et aux cachotteries de celui-ci. Elle releva une mèche de cheveux blonds parsemée de fils blancs que la sueur avait collée à son front et, de sa démarche de canard, comme elle se plaisait à décrire son pas de femme enceinte, elle se dirigea vers la porte d'entrée où l'attendaient son mari et son invité surprise. Avec un léger sourire, elle admira les murs tapissés du long corridor qui séparait la cuisine du salon. Alphonse n'était pas un mari facile. Il avait le péché de la boisson, ce qui le rendait de caractère rude, mais il avait su lui donner une merveilleuse maison à son goût. Il n'était pas regardant à la dépense et il avait considéré ses demandes sans jamais en discuter. Elle l'avait aimé pour cela, parce que pour le reste… Ah, mais qu'est-ce qu'elle avait ces temps-ci ? À tout bout de champ, elle se perdait dans ses souvenirs ou dans de drôles de réflexions… Elle n'était pas comme ça avant. « Allons, chassons ces pensées bizarres et affichons un sourire de convenance » se dit-elle. À la vue d'Ernest restant gauchement debout contre la porte, gêné et triturant son bonnet de laine entre ses mains, et du petit François-Xavier à moitié caché derrière les jambes de son père, son sourire n'eut plus rien de forcé et elle s'exclama :

— Ah ben, si c'est pas notre bon voisin !

Contente de la surprise, elle s'empressa d'aller à la rencontre de ses invités. Elle tenait en haute estime cet homme travaillant et honnête.

— Entrez, entrez, monsieur Rousseau. Vite, dégrayez-vous pis venez vous réchauffer, dit-elle en tendant les bras pour aider Ernest et son fils à se départir de leurs vêtements d'hiver.

— Les garçons s'occupent des chevaux pis y s'en viennent, fit sèchement Alphonse, en tendant sa pelisse à sa femme.

— Bonne année, madame Gagné, salua poliment Ernest. On restera pas longtemps, j'voulais pas déranger, ajouta-t-il timidement en donnant son manteau et celui de François-Xavier à la femme.

Il ne savait pas que sa voisine attendait encore un bébé et, malgré son franc sourire d'accueil, il était évident que cette femme n'était pas en grande forme, les cernes foncés sous les yeux bleus, les traits tirés, le souffle court en témoignaient.

— Ben voyons, arrêtez-moé ça tusuite, rétorqua son hôtesse. Vous êtes toujours les bienvenus pis bonne année à vous itou !

Sans plus de cérémonie, Anna Gagné accompagna ses bons vœux du rituel baiser sur les joues. Embarrassé, Ernest rougit malgré lui à cette démonstration pourtant anodine.

— J't'en avais pas parlé, la femme, mais à messe de minuit j'avais invité Ernest à venir fêter avec nous autres. Chus allé à sa rencontre, juste pour être sûr qu'il se perde pas en chemin.

Son voisin le taquinait, Ernest s'en rendait bien compte. Une chance qu'il n'avait pas oublié sa promesse et qu'il s'en venait avec son fils vers la ferme des Gagné lorsqu'ils avaient croisé Alphonse. Il n'aurait pas trouvé agréable que celui-ci débarque chez lui. Il reporta son attention sur sa voisine qui le questionnait :

— Avez-vous des nouvelles de votre femme ?

— Pas vraiment, juste celles que le curé Lapointe m'a données. Ç'a l'air de ben aller vu les circonstances... répondit Ernest en baissant les yeux.

— J'm'en veux de pas avoir été la visiter plus souvent, reprit la voisine. Avoir su qu'était souffrante de même.

— Viens-t-en, mon Ernest, j'ai quelque chose de bon qui va te réchauffer le gorgoton, tu m'en diras des nouvelles, déclara Alphonse en entraînant son voisin vers le salon. Occupe-toé du p'tit, Anna, ajouta-t-il à l'adresse de sa femme.

François-Xavier était resté silencieux dans un coin. Il ne savait quoi faire. Suivre son père ? Le salon semblait être le refuge des adultes, avait-il le droit d'y aller ? Comment devait-il agir ? La dame semblait gentille, mais pourquoi son père le laissait-il tout seul ? François-Xavier eut envie de pleurer.

— Allons, on te mangera pas, dit Anna en lui adressant un sourire. Ti-Georges ! cria-t-elle tout à coup en direction du long escalier qui semblait monter jusqu'au ciel.

Jamais François-Xavier n'avait vu une si belle maison. L'escalier était bordé par une rampe aux barreaux torsadés qui se terminaient par une grosse boule de bois verni, du même ton brun foncé que les marches.

— Ti-Georges ! cria de nouveau la mère. Descends t'occuper du p'tit voisin ! Ti-Georges, c'est mon dernier, j'pense qu'y a le même âge que toé à peu près. Vous allez ben vous entendre, expliqua Anna à François-Xavier, qui n'avait pas encore soufflé mot. Ti-Georges! Combien de fois j't'ai dit de pas courir, pis de te tenir quand tu descends! chicana-t-elle à la vue de son fils dévalant les escaliers sans se soucier des recommandations de sécurité de sa mère. Tu vas finir par débouler pis te casser la margoulette. Toé, j'te jure c'est des pelures de patates que le p'tit Jésus aurait dû t'apporter à matin, dit-elle avant de s'en retourner s'affairer aux préparatifs du repas.

Il restait encore tant de choses à faire. Dieu sait qu'elle n'avait pas arrêté cette dernière semaine. Pâtés à la viande, beignes, croquignoles… Enfin, cela valait la peine. Pour une fois qu'Alphonse n'était pas bloqué aux chantiers et qu'elle avait tous ses enfants autour d'elle et même en elle, pensa-t-elle en appuyant une main sur son ventre. Allons, pourvu que les filles aient mis la table au moins, soupira-t-elle en allant les retrouver à la cuisine.

~ ~ ~

Restés seuls, Ti-Georges et François-Xavier se détaillèrent de la tête aux pieds.

— Pourquoi t'as des cheveux rouges ?

— J'sais pas. Toé t'es frisé comme un mouton.

— T'as quel âge ?

— Quatre ans.

— Chus l'plus vieux, j'ai cinq ans. Ça fait que c'est moé qui décide.

— Chus plus grand que toé, ça fait que j'décide aussi.

— Bonne année grand nez !

— Toé pareillement grandes dents !

Satisfaits l'un et l'autre, ils partirent à rire. Peu après, Ti-Georges demanda :

— T'es-tu allé à messe de minuit, toé ?

— Ben oui, avec mon père.

— Bateau de chanceux ! Le mien, y a pas voulu m'emmener, se désola Ti-Georges en faisant la moue. Y a fallu que j'reste avec ma mère. As-tu vu mes grands frères en bas ?

— Oui, ils s'occupent de notre cheval dehors.

— Ben vite, viens en haut avec moé, chus en train de leur préparer un cadeau. Y faut pas leur dire, c't'un secret. Tu vas m'aider.

Sans cérémonie, Ti-Georges prit la main de François-Xavier fermement dans la sienne, mais au lieu de l'entraîner vers l'escalier, il l'emmena en direction de la cuisine.

— Chut ! Avant on va aller se chercher des beignes, expliqua le garçon.

— Mais… ta mère veut-tu ?

— On lui demande pas c't'affaire ! Envoye, viens-t-en ! ajouta Ti-Georges devant la réticence de François-Xavier. Ben attends-moé là, j'en prends pour deux, décida-t-il devant la peur de son nouveau compagnon de jeu.

François-Xavier attendit, le cœur battant, se demandant s'il ne devait pas avertir son père, quand tout à coup, il entendit madame Gagné s'indigner :

— Ti-Georges, mon vlimeux, t'es chanceux que j'puisse pas t'attraper !

— Envoye, bateau, grouille-toé, intima le voleur en apparaissant dans le corridor. Reste pas planté là, grouille-toé, j't'ai dit !

Et Ti-Georges poussa devant lui un François-Xavier tout éberlué, qui ne se rendit même pas compte qu'il montait l'escalier tant ils grimpèrent rapidement. La première chose qu'il réalisa fut qu'il était debout dans une chambre à plusieurs lits et que le jeune Georges se tordait de rire en exhibant fièrement deux beignets à moitié écrasés par la course folle. François-Xavier se mit à rire également. Il roula sur un des lits en se tenant le ventre à deux mains tant son fou rire lui faisait mal. Il hoqueta de plaisir, savourant ce moment magique comme seul un enfant peut le faire. Ti-Georges se jeta à côté de lui, essaya de lui fourrer dans la bouche un morceau de la pâtisserie qui n'atteignit pas le but escompté mais plutôt une oreille. François-Xavier riposta en écrasant en pleine figure de Ti-Georges le deuxième beigne. Tels deux chiots, ils se mirent à se chamailler amicalement, riant, criant, se débattant gaiement, s'entortillant dans les couvertures.

— Mais, que c'est qui se passe icitte ?

Des miettes du larcin partout, les deux enfants se retournèrent en même temps vers la porte. L'expression de peur que refléta le visage du jeune Gagné se transforma en un doux sourire lorsqu'il s'aperçut que ce n'était pas son paternel qui le surprenait dans sa joute avec le petit voisin. Un soupir de soulagement accompagna les explications qu'il fit à François-Xavier.

— T'en fais pas, c'est mon grand frère Ferdinand, déclara Ti-Georges en se levant pour aller se jeter dans les bras de son aîné.

— Arrête-toé là, lui intima Ferdinand. Tu vas tout salir mon linge des grandes occasions. J'te dis, toé, tu donnes pas ta place. Pis toé, le François-Xavier, t'es pas mal moins gêné que tantôt dehors. Vous avez l'air de ben vous accorder tous les deux !

Ti-Georges se retourna vers François-Xavier qui s'était levé à l'arrivée de Ferdinand. Il mit son bras autour de l'épaule de son nouveau compagnon et déclara :

— Ouais, François-Xavier, c'est mon ami à moé tuseul, astheure.

— Ouais, ben, dépêchez-vous de nettoyer tout ça, pis venez-vous-en manger. Ronald et Léopold sont rentrés, pis tout le monde doit nous attendre en bas pour commencer, répondit Ferdinand en quittant la chambre.

— Y est fin hein ? fit remarquer Georges, en parlant de son grand frère. C'est mon préféré. C'est plate, y va se marier cet été, pis y va partir vivre loin parce que sa fiancée, a s'appelle Marie des Neiges pis est assez belle, mais a reste dans le boutte de Montréal, pis Ferdinand y va s'en aller là-bas aussi quand y va être marié. J'le sais parce que ça fait de la chicane avec le père. J'les ai entendus tous les deux dans l'étable l'autre fois. Le père y disait qu'y fallait qu'y reste parce qu'y était le plus vieux des garçons. Ferdinand a répondu qu'à vingt et un ans y était assez grand pour décider de sa vie pis que Marie des Neiges a voulait rien savoir de venir habiter par icitte, sur des terres de colons…

— Ti-Georges, François-Xavier, descendez tusuite ou vous passez en dessous de la table !

— Vite, dit Ti-Georges, tout excité en se mettant à ranger la chambre. J'meurs de faim. J'ai eu un beau traîneau en cadeau à matin, pis toé ?

— Euh, mon père m'a donné ça, confia François-Xavier en lui montrant la croix reçue à Noël et qu'il gardait sur lui depuis ce temps.

— Est belle ! s'exclama Ti-Georges en arrêtant d'épousseter le lit des miettes de beignes pour contempler l'objet. Ouais, est belle en bateau !

Rapidement, il se remit à l'ouvrage et tenta de refaire le lit. Volubile il enchaîna :

— Mais, moé avec mon traîneau, j'va aller glisser en haut d'la côte. J'va pouvoir t'emmener, y est assez gros pour deux, ajouta-t-il tout en s'esquintant à essayer de remettre les couvertures à l'endroit. On pourrait y aller tantôt, reprit-il à moitié essoufflé par l'effort.

Il tirait à gauche, à droite… sans grand succès.

— C'est mon frère Ronald qui l'a fabriqué. Y fait n'importe quoi de ses mains. Y veut devenir artisan. Hé, tu pourrais m'aider un peu, non ? s'indigna-t-il tout à coup, en se rendant compte que François-Xavier restait planté debout à le regarder.

— J'arrive, répondit François-Xavier.

— Mais mon père, y veut que Ronald y fasse un curé. Envoye, laissons faire pis viens-t-en. On nous chicanera pas en plein jour de l'An, décréta-t-il en abandonnant le lit défait.

— Bateau, j'allais oublier les cadeaux que j'ai faits, dit-il en revenant sur ses pas.

Ti-Georges souleva un coin du matelas de son lit et en sortit fièrement une petite boîte de métal, dont il ôta le couvercle pour montrer le contenu à son ami.

François-Xavier regarda sans comprendre un hétéroclite amas d'objets divers.

Ti-Georges en vida le contenu et expliqua d'un air important :

— L'allume de bois c'est pour Ferdinand, y a commencé à fumer la pipe, le clou c'est pour Ronald, j'y va du plus vieux au plus jeune pour pas oublier. Le boutte de corde c'est pour Léopold, ça peut toujours servir. Le bouton pour Marie-Ange, Adrienne, j'lui donne le ruban pis pour Angélique, c'est cette roche, est belle hein! Le vieux bonbon c'est pour Aline. T'as pas de sœurs toé? Non? Chanceux! Attends, regarde, maman, elle, a l'a le plus beau cadeau, dit-il en montrant un petit morceau d'écorce de bouleau gravé maladroitement d'un joli coeur. J'l'ai fait tuseul. On dit que ta mère est bizarre pis qu'a l'est folle, c'est vrai? lança tout à coup Ti-Georges.

François-Xavier hésita. Mais il avait déjà noué des liens solides avec Ti-Georges et sentait qu'il pouvait lui faire confiance dans cette amitié toute neuve.

— C'est pas ma mère. Pis c'est vrai, est folle! Mais papa dit qu'est malade, pis qu'y faut pas lui en vouloir.

— T'as juste à devenir comme mon frère, pis j'te prêterai ma mère de temps en temps. Tu serais content?

— Oui, reprit François-Xavier. A l'air ben gentille, ta maman.

— Ouais, mon père… J'ai pas de cadeau pour lui… J'ai rien trouvé… ajouta Ti-Georges embarrassé. C'est pour ça que j'les ai pas encore donnés…

— Attends, j'ai une idée. Offres-y ça, suggéra François-Xavier en tendant le mouchoir ayant servi à protéger sa croix.

— Bateau, ça va faire un beau cadeau, le père y en reviendra pas… Mets-le dans la boîte.

Ti-Georges referma le couvercle, heureux, savourant à l'avance la joie de sa famille lorsqu'elle en recevrait le contenu. Puis il s'écria :

— Le dernier rendu est un cornichon cornu !

~ ~ ~

Ti-Georges arriva à la cuisine largement en avance sur son nouveau copain. Le repas fut délicieux. Madame Gagné et Marie-Ange s'occupèrent de servir tout le monde. Ensuite, la maîtresse de maison envoya tout son monde au salon pendant qu'elle et ses grandes filles s'occupaient de la vaisselle. Elles rejoignirent les hommes un peu plus tard. Ti-Georges commença alors sa distribution de cadeaux. Les sœurs et les frères de l'enfant le remercièrent affectueusement, faisant semblant d'adorer leurs présents. Anna fut très émue à la vue du bricolage enfantin que son dernier fils lui offrit. Mais, lorsque Alphonse reçut son cadeau fièrement déposé sur ses genoux par des petites mains hésitantes, il regarda le mouchoir d'un air méprisant. Le père toisa son benjamin comme si celui-ci venait d'un autre monde et déclara qu'un mouchoir était bien la dernière cochonnerie dont il avait besoin, avant de le jeter négligemment sur le guéridon près de lui et de se verser une nouvelle fois à boire.

— Pis cesse de m'déranger, le jeunot, tu vois ben que chus en train de parler avec monsieur Rousseau, ajouta-t-il en chassant son fils de la main.

— Ça fait que mon Ernest, comme j'te l'disais, reprit Alphonse, imagine-toé donc que le gros ours noir était deboutte devant moé, c'était une femelle pis j'avais dû m'placer entre elle pis ses p'tits sans m'en rendre compte, parce que j'te jure qu'était pas de bonne humeur, la grosse… Pis là…

— Allons mon vieux, laisse-moé voir le cadeau que Ti-Georges t'as offert, intervint Anna.

Ah ! que son mari n'avait pas le tour avec les enfants… Jamais un compliment, toujours le don de les rabrouer. Cela lui brisait le cœur chaque fois. Voir la déception s'installer sur le visage de son petit dernier alors que cette journée ne devait être remplie que de joie… Quelle tristesse !

— Quel beau mouchoir ! reprit-elle en s'exclamant devant le bout de tissu fripé et défraîchi.

Ernest, qui avait reconnu sa possession, échangea un sourire de connivence avec François-Xavier et vint lui caresser les cheveux en une silencieuse approbation. Alphonse, fâché d'être interrompu encore une fois, commença à protester. Mais Anna ne laissa pas son mari reprendre la parole et enchaîna sur un ton faussement enjoué :

— Ti-Georges, c'était vraiment très gentil d'avoir pensé à nous autres de même. C'est une bénédiction du ciel que d'avoir un fils avec le cœur à bonne place.

Le petit garçon se dandina sur place et rougit de plaisir.

— Maintenant, Alphonse, chus certaine que tout le monde meurt d'envie de danser, enchaîna-t-elle en cherchant l'approbation des autres. Ferdinand, sors ton violon pis joue-nous un air ! Allez la jeunesse, debout, dit-elle, en tendant la main à sa fille aînée, pis toé aussi Adrienne pis que ça swigne !

Personne ne se fit prier et tous se mirent à taper du pied et des mains, suivant le rythme endiablé du rigodon. Anna fit mine de ne pas s'apercevoir du regard courroucé de son époux et vint s'asseoir lourdement sur une chaise près d'Ernest. Elle regarda, satisfaite, ses invités et sa famille s'amuser comme des petits fous. Elle avait fait déplacer tous les meubles, rouler les tapis et ranger toutes les chaises de la maison le long des murs. Cela ne faisait pas du salon une salle de bal, mais suffisait à mettre les femmes au milieu, les hommes autour et changez de côté !

— Vous dansez pas, monsieur Rousseau ? demanda-t-elle gentiment à son voisin.

Celui-ci, perdu dans ses pensées, se disait que, curieusement, plus il y avait de monde dans la maison des Gagné et plus il se sentait seul. Il n'aspirait qu'à une seule chose maintenant, retourner au calme chez lui. Mais la vue de François-Xavier, qui s'amusait tellement, lui faisait retarder l'heure de son départ.

— C'est pus ben ben de mon âge, répondit poliment Ernest.

— Allons donc ! Que c'est que vous me chantez là. Moé, dans ma condition, j'peux pas me le permettre, mais vous y a pas de raison.

— Justement, madame Gagné, j'voulais vous dire que… vu votre état, ben, si jamais vous avez besoin de quelque chose, ben chus là. N'importe quoi, madame Gagné, n'importe quoi, j'va être paré.

Anna regarda dans les yeux cet homme si bon. Elle sut, à n'en pas douter, que son voisin pensait vraiment ce qu'il disait. Bonté divine, rare était cette race de gens.

— Merci, pis croyez que c'est pas tombé dans l'oreille d'une sourde ! Alphonse pis les gars vont retourner au chantier, ça va être ben rassurant de vous savoir si proche, si avenant.

— Quoi que ce soit, madame Gagné, quoi que ce soit !

~ ~ ~

— Va dans ta chambre t'habiller à chaleur, fiston, c'est aujourd'hui qu'on va chercher mademoiselle Coulombe.

— C'est qui, mademoiselle Coulombe? demanda François-Xavier tout ensommeillé encore.

Il était à peine cinq heures du matin et il faisait encore nuit noire dans la cuisine des Rousseau.

— Tu sais ben, la matante à Ti-Georges. Madame Gagné m'a demandé d'aller la chercher.

— C'est à matin qu'on va à Roberval? réalisa soudain François-Xavier, qui se faisait une grande joie à l'idée de cette expédition dont son père lui avait parlé quelques jours auparavant.

— Si tu peux te grouiller un peu de finir de manger pis monter comme j't'ai demandé, p't-être qu'un jour on pourra partir.

— Oui, papa, j'me dépêche, promit l'enfant tout excité.

Ernest s'était débarrassé des corvées rapidement avant de rentrer préparer à déjeuner. Attablés à la grande table de bois, le père et le fils terminaient leur repas à la lueur du poêle à bois dont Ernest avait laissé ouverte la lourde porte de fonte. L'homme sourit.

«Cet enfant-là mangerait à la journée longue» se dit-il en regardant affectueusement son fils tremper rapidement un gros croûton de pain dans son assiette remplie de mélasse. François-Xavier se leva, la bouche encore pleine, le menton barbouillé du visqueux sirop et courut à l'escalier menant à l'étage des chambres. Ernest, lui, se mit à préparer les provisions du voyage. Il ne leur fallait pas trop tarder. Traverser le lac jusqu'à Roberval en plein mois de février était risqué. Les gros froids de janvier étaient tombés et on pouvait s'attendre aux plus grosses tempêtes de l'hiver. Depuis qu'il avait déménagé dans la région, il avait entendu parler d'histoires de gens qui s'étaient complètement perdus sur le lac en pleine tourmente. L'enfer blanc qu'on disait. C'est donc avec appréhension qu'Ernest s'engageait dans ce périple.

« Mais une promesse est une promesse. Madame Gagné compte sur moé pour aller chercher sa sœur, alors, veux, veux pas, on va y aller. Non mais, l'hiver va-tu finir par finir baptême ! Que c'est qui m'a pris de venir m'installer par icitte, aussi ! C'est ma pauvre Rose-Élise, ben à l'abri à l'hospice de Québec, qui avait p't-être raison. Ah baptême, ça me ressemble pas de bougonner de même le matin… Roberval est toujours ben pas à l'autre boutte du monde ! C'est juste de l'autre bord du lac ! Pis madame Gagné a absolument besoin de sa sœur, avec le bébé qui s'en vient, pis toute la marmaille en plus, son aide sera certainement pas de trop, malgré les plus grandes qui font leur gros possible… Surtout qu'Alphonse pis ses trois grands gars sont repartis pour les chantiers juste après le jour de l'An. » Assurément, il ne pouvait refuser ce service. « Baptême, secoue-toi un peu, Ernest, vois les choses d'un autre côté. Pis pourquoi j'profiterais pas de ce voyage pour gâter un peu mon p'tit François-Xavier. Y s'en va bientôt sur ses cinq ans. J'pourrais p't-être avoir le temps de l'emmener au magasin général, lui faire se choisir quelque chose… une boîte de réglisse ou un sucre d'orge… hum, oui bonne idée… » Il imaginait déjà sa joie.

— J'ai pas pris de chance, j'ai mis mes deux paires de pantalons, pis trois paires de bas de laine, pensez-vous que j'va être correct ?

Ernest partit à rire. Son fils venait de dévaler les escaliers et se tenait devant lui, prêt, et parfaitement réveillé cette fois.

— Baptême, tu t'es habillé comme une pelure d'oignon. Faudrait qu'y fasse froid en coton pour que tu gèles ! Allons, mets ton manteau, pis on y va, si on veut revenir avant la nuitte ! répondit Ernest en entraînant François-Xavier dehors, après s'être assuré que tout était en ordre pour leur absence de la journée.

— Qui c'est qui va prendre soin de la vache à soir, papa ?

— T'inquiètes donc pas, les filles à madame Gagné vont venir s'en occuper, déclara Ernest en installant son fils dans le traîneau.

— Ti-Georges va être là aussi ?

— Ah ben ça, j'peux pas te dire ! s'impatienta Ernest en montant à son tour sur le banc. Allez, hue, la jument hue ! dit-il en donnant le signal de départ.

Le gros traîneau rouge se secoua. Encore endormi, il grinça de mécontentement de se faire déranger si tôt le matin, mais avec sa bonhomie habituelle, il ne fut pas long à faire entendre ses grelots, signe certain de sa bonne humeur retrouvée, et entama sa glissade vers le lac.

François-Xavier se mit à rire sous les cahots violents de la descente et se retint à deux mains aux rebords de bois pour ne pas tomber de côté.

— Doucement, doucement, intima Ernest à son attelage qui peinait et s'enfonçait dans la neige épaisse.

Une fois le lac atteint, ce serait plus facile. Il faudrait contourner les falaises que le vent avait formées, telles des vagues géantes, glacées en plein mouvement, mais après, l'équipage ne serait plus qu'un petit point rouge filant dans un désert blanc. Il n'aurait qu'à suivre les balises de sapins qu'on installait chaque hiver pour délimiter le chemin de glace.

C'était fantastique, grisant, cette impression que le lac entier nous appartenait ! Mais François-Xavier dut admettre que la courte halte qu'ils s'accordèrent à la petite cabane de bois où l'on pouvait s'abriter au milieu de la traversée fut la bienvenue. Il avait une de ces envies de pipi ! Pendant plus d'une demi-heure, il avait supplié son père de s'arrêter, mais celui-ci remettait toujours cela à plus loin.

— Tantôt mon gars, tantôt, répétait-il sans même ralentir le moindrement.

Ernest ne voulait vraiment pas traîner. Si jusqu'ici le trajet se déroulait sans incident, le retour risquait d'être plus problématique.

Pendant que son garçon se soulageait, Ernest entra dans la cabane. Le temps était trop doux, ça sentait la tempête de neige à plein nez, prédit Ernest en regardant l'horizon. Le jour s'était levé depuis une bonne heure et pourtant, tout était sombre encore. Dès que son garçon se serait soulagé, ils repartiraient. En attendant, Ernest prit une lanterne sur une tablette de bois, l'alluma et la cala solidement sur le rebord de la fenêtre à l'intérieur de la cabane… Comme il prévoyait le retour l'après-midi même, ce petit phare le guiderait au cas où… Cependant, il ne prit pas le temps de se préparer la bonne pipée dont il avait tellement envie.

— Allez ! On repart !

Ernest s'assura de bien refermer la porte de l'abri et remonta dans le traîneau avec son fils. Ils venaient à peine de reprendre la route quand François-Xavier lui demanda le plus sérieusement du monde comment les petits sapins, qu'ils rencontraient régulièrement depuis leur départ, avaient fait pour pousser si vite. Ernest n'en revenait pas, être si petit, si naïf, si touchant… cet enfant l'émerveillait !

Aux dernières nouvelles, sa Rose-Élise allait de plus en plus mal. La vie n'était pas toujours réjouissante, mais grâce à Dieu, il avait François-Xavier pour le consoler par son innocence et sa candeur. Là, seuls au milieu du lac Saint-Jean gelé, tout petits dans cette immensité blanche, Ernest Rousseau se rendit compte à quel point son fils adoptif était devenu important pour lui et il réalisa qu'il l'aimait comme son propre enfant. François-Xavier commençait à se demander s'il n'avait pas dit une bêtise.

— Mon gars, dit Ernest, chus vraiment content d'être ton père… même si tu poses des questions idiotes en baptême, ajouta-t-il en riant, avant de donner un coup sec à la bride. Allez, Roberval nous voici !

~ ~ ~

— Voyez-vous quelque chose, mademoiselle Coulombe?

Ernest était obligé de crier pour se faire entendre. Ce qu'il avait craint s'était produit. Il n'avait même pas parcouru la première étape du retour que la tempête s'était abattue sur eux. Ernest s'en voulait terriblement. Ils auraient dû attendre le lendemain avant de repartir, mais il avait cru fermement avoir le temps de revenir à la Pointe avant le mauvais temps. «Baptême de bon à rien» se disait-il. S'il avait eu plus d'expérience aussi. Il mettait en danger la vie de son fils et celle de la sœur de madame Gagné qui était sous sa responsabilité maintenant. Surtout qu'à Roberval, mademoiselle Coulombe ne les avait vraiment pas fait attendre. Fin prête, elle les surveillait par la fenêtre, son manteau sur le dos, sa malle dans l'entrée. Et on ne pouvait pas dire qu'ils s'étaient éternisés au magasin général, François-Xavier n'ayant pas hésité à choisir une petite figurine de bois représentant un homme à cheval qui ressemblait à un chevalier à l'armure magique, avait-il dit. Allez donc savoir ce qui se passait dans une tête d'enfant! Non, ils ne s'étaient vraiment pas mis en retard, mais ce qui n'avait été que quelques flocons disséminés ici et là s'était rapidement transformé en une horde sauvage qui leur fouettait le visage.

— Non, m'sieur Rousseau, j'vois absolument rien, répondit la jeune femme.

— Pas même l'ombre d'un p'tit sapin qui aurait poussé par là, par hasard?

Malgré le sérieux de la situation, Léonie Coulombe sourit à l'allusion. Peu après leur départ, le petit garçon endormi au chaud entre eux deux, monsieur Rousseau en avait profité pour lui raconter l'anecdote.

— Non, j'ai beau m'arracher les yeux, y a pas l'ombre d'un arbre! se désola Léonie.

— Pourtant, reprit Ernest, on devrait pas être ben loin de la cabane!

Mais, en son for intérieur, il n'en savait plus rien. Tout n'était qu'un tourbillon hallucinant autour de lui… probable qu'il avait dévié de sa route, peut-être avait-il tourné en rond…

— Attendez ! Là-bas, là-bas, y a p't-être ben une lumière !

D'énervement, Léonie s'était levée et pointait du bras entier la direction à suivre.

— Dieu soit loué, ça peut juste être le fanal que j'ai allumé, du moins je l'espère. Asseyez-vous, mademoiselle, on y va !

La cabane était bel et bien là, les attendant calmement, comme si elle ne s'était jamais amusée à jouer à la cachette avec eux. Le trio y trouva la sécurité pour le reste de la tourmente. Même le cheval d'Ernest y trouva refuge, abrité dans l'annexe de la cabane.

Ernest se dépêcha d'allumer la truie avant d'aller rejoindre ses compagnons de voyage qui grelottaient, assis sur l'unique banc de bois de la pièce. Léonie prenait gentiment soin de l'enfant, soufflant doucement sur les doigts glacés de celui-ci. Rapidement, l'abri devint plus confortable et François-Xavier alla dans un coin jouer au chevalier, imaginant des châteaux et des princesses. Ernest, lui, après avoir demandé la permission à Léonie, se permit enfin de s'asseoir et de fumer sa pipe. Léonie, adossée contre le mur, sourit timidement à l'homme. Malgré la tempête qui, furieuse qu'on lui ait fermé la porte au nez, rageait à l'extérieur, faisant trembler les murs, la jeune femme se sentait en sécurité et détendue. Au plus profond d'elle-même, Léonie sut qu'elle était en train de vivre un moment unique de sa vie. Non pas à cause des circonstances mais parce qu'elle reconnaissait les signes certains de l'amour, le vrai, celui simple et sans paroles, brut, sans fioritures, celui qui illumine sans aveugler, celui sans démesure, celui fait sur mesure… Ernest sourit en retour à la jeune femme. Il était étrange de se retrouver en compagnie féminine dans la promiscuité de cet abri. Et même s'il ne trouvait pas grand-chose à dire, Ernest fut certain qu'il n'oublierait pas de sitôt le joli visage de la jeune femme. Elle était plus blonde et surtout beaucoup plus jeune que sa sœur. Ernest lui donnait à peine vingt-cinq ans. La couleur de ses yeux était exceptionnelle. D'un vert magnifique, les yeux de chat de Léonie Coulombe auraient fait damner un saint, et Ernest entrevit l'enfer de ses nuits d'homme rêvant à son amour impossible…

~ ~ ~

La tempête avait été soudaine mais, heureusement, de courte durée. Ils atteignirent ainsi la ferme des Gagné en début de soirée. Ernest y déposa mademoiselle Coulombe et son bagage puis repartit tout de suite pour sa propre terre. Léonie fut accueillie comme une reine par son neveu et ses nièces. Il y avait si longtemps qu'elle les avait vus. Quant à sa sœur, comme elle semblait fatiguée et vieillie ! Un petit pincement de culpabilité au cœur, Léonie embrassa tendrement Anna et lui demanda :

— Alors, comment va ma grande tannante de sœur ?

— J'sais ben pas qui de nous deux est la plus tannante ! s'exclama Anna en riant. Allons les enfants, laissez votre tante respirer un peu, les chicana la mère. J'commençais à m'inquiéter, confia-t-elle. C'était pas beau dehors.

— Non, mais ç'a ben été, monsieur Rousseau est tout un homme !

— Ouais… mais marié, par exemple. Allez, assis-toé qu'on picasse un peu, l'invita-t-elle en tapotant le rebord d'une chaise de cuisine.

Toutes les deux étaient si contentes de se revoir. Elles avaient tant de choses à se raconter, à commencer par la mésaventure de la journée.

— T'es même pas venue nous voir pendant le temps des Fêtes, reprocha Anna à sa cadette un peu plus tard.

— J'ai pas pu, s'excusa celle-ci. Mais j'ai dans ma malle un cadeau pour chacun de vous autres !

À ces mots, tous les enfants revinrent s'attrouper autour de leur tante.

— T'étais pas obligée, mais tu vas faire des heureux là!

— J'espère ben! Pis, Ti-Georges, t'as-tu été sage?

— Oui, matante Léonie, jura le petit garçon, en prenant son air le plus angélique.

— On aura tout entendu! s'exclama Anna.

Léonie fit la distribution de ses présents et mit de côté les cadeaux de ses neveux absents.

— Tiens, Anna, tu leur donneras quand y reviendront du chantier.

— Franchement, j'espère que tu vas rester assez longtemps pour leur donner toé-même.

— Tes filles sont grandes, Anna, tu vas avoir de l'aide en masse pour tes relevailles.

— Ça, c'est ben toé! Tu entres par la porte d'en avant pis tu demandes où est la porte d'en arrière.

— J'te l'avais écrit que j'pourrais pas rester longtemps...

— Bon, bon, on en reparlera, dit Anna devant l'air renfrogné que prenait sa jeune sœur. Que ta robe est belle! ajouta-t-elle en caressant le vêtement du bout des doigts. Tu dois faire pâlir de jalousie tout Roberval!

— Exagère pas.

— Tu t'es-tu vue dans un miroir, une vraie grande dame!

— C'est rien que du beau tissu, Anna, c'est pas ça qui apporte le bonheur. Tu sembles dix fois plus heureuse que moé!

— Dix fois plus grosse tu veux dire! plaisanta Anna, en désignant son gros ventre proéminent.

— Pour quand on attend les sauvages? s'informa Léonie.

— Pour le printemps, au début avril environ. Bon, les enfants, apportez vos étrennes dans vos chambres! Allez, dites bonne nuit à matante Léonie, pis ouste, j'veux pus voir le boutte du nez de personne pis pas un boutte d'oreille! avertit la mère d'un air sévère. Tu veux un bon thé? offrit Anna pendant que les enfants embrassaient leur tante à tour de rôle et se sauvaient à l'étage.

— Ça sera pas de refus certain, mais attends, j'va le préparer, répondit Léonie.

— Ben voyons donc, chus encore capable de faire bouillir de l'eau y me semble! déclara Anna en faisant signe à sa sœur de rester assise.

Léonie regarda tendrement son aînée s'activer autour de la cuisinière à bois. Lasse, elle profita de ce moment de répit pour dénouer ses cheveux artistiquement coiffés en un bas chignon. Tandis qu'elle retirait une à une les pinces, elle se surprit à repenser à Ernest et se désola que cette rencontre soit sans avenir.

— T'as l'air triste à mourir, fit remarquer Anna peu après en s'asseyant avec, pour chacune, une tasse du liquide bouillant. Dis-moé pourquoi. Tes amours avec ton Anglais marchent pas à ton goût?

Anna était la seule à qui Léonie s'était confiée, et ce, dès le tout début de sa relation avec John, il y avait de cela sept ans déjà…

— J'le vois pus depuis des mois, avoua la jeune femme.

Malgré la peine évidente de sa sœur, Anna soupira de soulagement. Ce n'était pas bien qu'une femme vive ainsi dans le péché. Elle avait pourtant essayé de la dissuader, mais Léonie n'en avait toujours fait qu'à sa tête.

— Maman avait ben raison de t'appeler son mouton noir… pensa tout haut Anna.

— C'est tout ce que tu trouves à dire!

Elle avait espéré un peu de réconfort de la seule personne au monde qui ne la jugeait pas. Mais il était vrai qu'Anna ne savait pas tout… Il y a des choses qu'on ne peut dire à personne, pas même à sa propre sœur.

— Ah, non, Léonie pleure pas ! Mais que c'est que tu veux que j'te dise ? T'es toujours si compliquée ! s'emporta Anna. T'aurais pu choisir un bon gars pis te marier, y en avait plein qui te tournaient autour, c'était pas le choix qui manquait ! Pis aujourd'hui tu te retrouverais pas vieille fille pis pas d'enfant !

— Oh Anna ! gémit Léonie en pleurant de plus belle, mais y avait promis de me marier !

— Je l'sais, je l'sais pis y te couvrait de cadeaux, de bijoux pis de robes… Y avait de quoi étourdir une femme ! concéda Anna en prenant sa jeune sœur par les épaules. Allez, pleure pus. J'aurais succombé moé aussi si un riche Américain s'était mis à mes pieds comme ça.

— Toé ? Jamais ! T'es la droiture même. Aide-moé Anna, j'sais pus quoi faire, t'es comme ma deuxième mère, aide-moé !

— Tu vas commencer par arrêter de pleurer, pis tu vas oublier cet homme-là. Y en vaut pas la peine.

Léonie réussit à sourire à travers ses larmes. Tendrement, elle regarda sa sœur. Elles avaient douze ans de différence et depuis qu'elle était toute petite, Anna l'avait toujours défendue et protégée envers et contre tous.

— Pis après, quand tu vas t'en retourner à Roberval cet été, continua son aînée, en lui caressant tendrement les cheveux, tu vas mettre fin aux commérages en fondant une famille, pas plus compliqué que ça !

— Pis avec qui s'il te plaît ?

— Ben attends que j'y pense. Oh oui ! Je l'ai ! Que dirais-tu du fils à m'sieur Plourde, celui qui travaille à la ferblanterie ? T'aurais p't-être des enfants aux yeux croches par exemple !

Et toutes deux éclatèrent de rire à la pensée du pauvre Georges Plourde qui louchait autant qu'il bégayait.

— Quand penses-tu qu'Alphonse va descendre des chantiers ? demanda soudain Léonie, redevenue sérieuse.

— J'espère qu'y va être là pour le bébé, mais ça m'étonnerait…

— Tu sais comme ton mari endure pas que je vienne icitte…

— Ah Léonie ! Que chus fatiguée de vous savoir à couteaux tirés tous les deux, vous pourriez pas faire la paix, non ?

— Chus désolée, Anna, mais j'pense pas qu'on s'entende jamais, ton mari pis moé.

— J'ai jamais compris pourquoi en plus, dit tristement Anna. V'là une couple d'années, tu passais ton temps à venir te promener chez nous, pis astheure, tu viens juste quand y est pas là.

— Anna, j'te l'ai dit, Alphonse, y aime pas me savoir sous son toit… Y me considère comme une femme de mauvaise vie.

— Alphonse a jamais pensé ça ! C'est sûr que si tu venais vivre avec nous définitivement, les gens oublieraient les ragots, pis tout rentrerait dans l'ordre, tu verrais.

— On pardonne aux hommes, Anna, pas aux femmes !

— T'exagères encore, p'tite sœur !

— Non, c'est vrai ! Souviens-toé de ce qui est arrivé à la maîtresse d'école du rang quatre à Saint-Thomas. On l'avait retrouvée au p'tit matin, battue pis… tout le reste… ben tu sais quoi ? Personne a pus jamais osé la regarder en pleine face. A l'a été obligée d'arrêter d'enseigner pis de partir se cacher on sait pas où. On lui a jamais pardonné pis c'était même pas de sa faute. Alors, imagine-moé…

— C'est une vieille histoire à ma grand-mère ! déclara Anna en haussant les épaules.

— Les vieilles histoires, ça existe pas, répondit Léonie. Pas pour ceux à qui c'est arrivé en tous cas…

~ ~ ~

Dans sa tête, Léonie se retrouva projetée en arrière dans le temps et l'affreux souvenir s'imposa à elle, aussi net et clair que si c'était arrivé hier. Elle était ici même, dans cette pièce, en pleine nuit, penchée sur le berceau dans lequel pleurait le petit dernier de sa sœur. Elle essayait de l'endormir, chantonnant doucement une berceuse, quand Alphonse était entré bruyamment. Il revenait de veiller chez un voisin et avait encore bu plus qu'il ne fallait.

— Où est Anna ? avait demandé son beau-frère d'une voix pâteuse.

— Est partie aider madame Tremblay à avoir son bébé. On pensait ben que celui-là était bon pour la nuitte, mais j'ai l'impression qu'y a encore une p'tite faim, dit-elle en prenant le nourrisson dans ses bras.

D'un pas lourd, Alphonse s'était approché d'elle. Il avait regardé son fils, qui cherchait instinctivement à téter, tournant la tête de côté, s'étirant le cou, les petits poings s'agitant dans tous les sens.

— Tu pourrais p't-être essayer de lui donner le sein toé-même, la belle Léonie, dit Alphonse, en fixant d'un regard concupiscent la jeune et ferme poitrine de la jeune femme, si provocante dans sa robe de nuit qu'elle n'avait pas songé à recouvrir, se sachant seule pour descendre à l'appel des pleurs de son neveu Ti-Georges.

Surprise, Léonie avait essayé d'assimiler les paroles du mari de sa sœur. Était-ce un genre de plaisanterie ? Avait-il vraiment dit cela ? Mais quand Alphonse était passé derrière elle et qu'il s'était collé intimement le long de son dos, elle n'avait plus eu aucun doute sur ses intentions.

— Recouche le bébé, lui avait-il ordonné durement, que j'te couche toé aussi.

— Non ! Alphonse, non… avait supplié Léonie.

— Fais ce que j'te dis ou j'va te mâter, moé, la menaça-t-il en l'empoignant par le cou.

Léonie était paralysée par la peur. Sa sœur l'avait avertie que quand son mari était pris de boisson, il fallait s'en méfier. L'alcool lui faisait tourner les sens qu'elle disait et mieux valait ne pas se mettre en travers de son chemin à ce moment-là. Elle avait remis le petit dans son ber. Traîtreusement, il s'était rendormi en suçant un coin de sa couverture. Alphonse n'avait pas lâché prise mais au contraire, l'avait resserrée et forcé la jeune femme à se diriger vers la seule chambre du rez-de-chaussée, celle dans laquelle trônait le lit nuptial, un grand lit aux montants sculptés en grappes de raisins dont un des ornements était un peu écaillé. C'est curieux comme de drôles de détails peuvent nous frapper dans de telles situations. Léonie reverrait toujours le petit éclat de bois manquant... L'homme avait refermé la porte derrière lui et, sans libérer sa proie, il s'était tenu un instant immobile, bloquant la sortie, sourd aux supplications de Léonie, souriant victorieusement. Il se savait, il se sentait tout-puissant. L'alcool le faisait déambuler dans un monde où il était le roi. Soudain, il s'était mis à lui pétrir les seins en haletant bruyamment. Il était parti d'un rire gras et une fois de plus, l'avait retournée, mais face à lui cette fois. Il avait détaillé sa victime, soupesant ses attraits, estimant la valeur de sa prise. Méprisant, il lui avait dit, tout en pressant douloureusement chaque sein :

— J'pense pas qu'y sorte grand lait de ça, à grosseur qu'ils ont.

— Alphonse, tu m'fais mal !

— Mais j'connais une place où on pourrait en trouver un peu de lait, mais du lait ben spécial pis rien que pour toé à part de ça, si tu têtes fort pis comme du monde, évidemment...

Tout en parlant, il avait poussé fermement sur les épaules de sa belle-sœur, forçant celle-ci à s'agenouiller. Il avait déboutonné son pantalon et, empoignant Léonie par les cheveux, il avait pressé son membre gonflé contre le visage de la jeune femme. Celle-ci avait voulu se dégager mais rien à faire, Alphonse était déterminé à arriver à ses fins.

— Envoye, c'est pas la première fois que tu fais ça certain...

La poigne était solide, les longs cheveux blonds enroulés autour des mains de l'homme, ivre du pouvoir qu'il détenait.

— Hum, oui, là comme ça… ouvre ben la bouche…

Et il lui avait imprimé de force un mouvement de va-et-vient.

Léonie hoquetait, étouffait, pleurait. Elle allait mourir, c'était certain. Il la poignardait de ce couteau de chair, vingt coups, trente coups, mille coups… Et la blessure s'élargissait de plus en plus, l'atteignant jusqu'au cœur, jusqu'à l'âme. Arme secrète des hommes aux effets dévastateurs, remplie d'un venin qui, explosant en petites détonations, empoisonne l'ennemi, prend possession de sa vie, le paralyse, souille à tout jamais chaque cellule de son corps, chaque goutte de son sang… Vaincue, honteuse, Léonie était restée à genoux, la mâchoire endolorie, un mauvais goût dans la bouche, le menton gluant. Le vainqueur était resté debout, contemplant, savourant, jouissant de sa domination. Puis, las de ce jeu à la victoire trop facile, Alphonse s'était laissé choir sur le bord du lit avec un grand soupir et il avait entrepris de retirer mollement ses bottes qu'il avait encore aux pieds.

— Pas de danger que ta sœur m'aurait fait ça, avait-il dit sans regarder Léonie, toujours prostrée devant lui. Ça prenait rien qu'une cochonne comme toé… Pis t'es mieux de pas aller te plaindre nulle part, t'en mangerais toute une ! avait-il continué sans même élever la voix. De toute façon, tout le monde sait quel genre de fille que t'es ! On en parlait justement à soir, à notre veillée entre hommes. Le vieux Hubert haïrait pas ça lui aussi, mais lui, il payerait par exemple, moé c'est pas pareil, chus de la famille !

Et il avait ricané, le rire s'amplifiant dans les oreilles de Léonie, comme si ses tympans étaient défoncés. Mue par un regain d'amour-propre, elle avait voulu se relever. Mais Alphonse l'avait rejetée par terre d'un coup de pied dans le ventre. D'un ton plein de mépris il lui avait lancé :

— C'est ça, va-t'en, pis laisse-moé dormir, mais tu vas sortir d'icitte à quatre pattes, comme la chienne que t'es.

Léonie s'était exécutée. Elle n'avait jamais appris à défier qui que ce soit. Elle avait ouvert maladroitement la porte, ayant cherché frénétiquement la poignée, puis se redressant, avait littéralement volé jusqu'à la chambre du haut qu'elle partageait avec ses nièces. La plus vieille s'était réveillée au son des sanglots de sa tante. Dans le noir Marie-Ange avait chuchoté :

— Matante, c'est-y vous ? Ça va pas ?

Léonie avait pris sur elle et menti.

— Oui, ma belle, je… j'me suis cognée… contre… contre un meuble… pis j'saigne un peu, j'pense… rien de grave, j'va me laver un peu… rendors-toé, ma grande.

— Dormez ben, matante !

La fillette de dix ans se rendormit aussitôt. À tâtons, Léonie n'avait eu que le temps d'attraper le pot de chambre dans lequel elle avait vomi violemment. Ensuite, elle avait cherché le bassin rempli d'eau fraîche pour le lendemain, s'était aspergé le visage et rincé la bouche. Mais si ces saletés se nettoyaient, elle était convaincue qu'il en serait autrement de l'éternelle crasse qu'elle porterait désormais sur tout son corps, imprégnée, tatouée, indélébile. Toute sa vie, elle aurait mal au cœur.

Le lendemain, Alphonse avait agi comme s'il ne s'était rien passé. Non, ce n'était pas vrai, il y avait quelque chose de changé. Maintenant, son beau-frère ne cachait plus la haine qu'il ressentait pour elle et avait commencé à lui lancer des petites phrases désagréables, même devant Anna, surtout devant Anna. Léonie était repartie le plus vite possible, n'en avait jamais parlé à sa sœur, et s'était toujours arrangée pour ne revenir qu'après s'être assurée qu'Alphonse était absent. À vrai dire, elle bénissait le ciel que les chantiers existent.

Sa sœur la tira de sa rêverie.

— Ouais Léonie, plus j'y pense pis plus chus convaincue que ce qu'y te faut pour te remettre sur le droit chemin, c'est un bon mari comme le mien. Bon, que c'est que j'ai dit de si terrible pour que tu te remettes à pleurer de même, Léonie, réponds-moé !

— C'est rien Anna, juste la fatigue du voyage pis l'énervement de la tempête… J'va monter dormir, d'accord ? renifla-t-elle en se levant.

— Ouais, tu te couches à l'heure des poules. J't'ai installée en haut avec les filles comme d'habitude. À moins que tu préfères coucher avec moé, mais j'risque de t'écraser.

— Pas de chance à prendre si j'veux pas me retrouver comme une crêpe demain matin, plaisanta Léonie sur un ton léger pour faire oublier ses larmes.

— En parlant de crêpes, t'en as promis à Ti-Georges. Oublie pas, parce que lui y va s'en rappeler. Pis c'est pas moé qui va les faire certain. Passer des heures deboutte devant le poêle, non merci.

— Profites-en donc, astheure que chus là, pis reste au lit demain matin, offrit la jeune sœur en embrassant affectueusement Anna sur la joue avant de se diriger vers l'escalier.

— Moé rester au lit ? Quand j'serai morte, pas avant !

~ ~ ~

La fin de l'hiver s'étirait tout comme la grossesse d'Anna qui n'en finissait pas. Enfin, l'enfant vint à se pointer en même temps que les premiers beaux jours d'avril. Anna s'en revenait du poulailler, appréciant cette belle matinée ensoleillée, quand les douleurs commencèrent. La première fut si forte, si surprenante, qu'Anna en échappa son panier rempli d'œufs pour se saisir le ventre à pleines mains. Pliée en deux, elle fixa, sans le voir, le visqueux mélange sur le reste de neige encore au sol. La crispation s'estompa doucement. Anna en profita pour essayer de se diriger vers la maison, mais la deuxième contraction la terrassa avant qu'elle n'ait pu faire un pas. Accroupie, frappant le sol d'un poing, outrée de tant de douleur soudaine, Anna essaya de se relever, elle ne pouvait accoucher ici… Elle avait tant prié pour que Ti-Georges soit son dernier enfant. Pendant quatre ans, elle avait vu ses prières exaucées et était certaine qu'elle ne serait plus jamais en famille. Surtout qu'elle avait atteint l'âge d'être grand-mère… Mais le Bon Dieu en avait décidé autrement. Elle tenta d'appeler au secours, mais la troisième contraction étouffa le son de sa voix. Les eaux du bébé s'écoulaient lentement par terre, comme les larmes qu'elle ne pouvait retenir. Il fallait qu'elle trouve le courage nécessaire pour se remettre debout. À demi redressée, elle réussit à se traîner un peu, mais la quatrième vague de souffrance arrêta sa progression. Reprenant son souffle, elle tenta à nouveau d'appeler à l'aide. Cette fois, le cri déchira l'air en même temps que les chairs de la mère.

~ ~ ~

Ernest profitait de la douce température et, tout en fendant quelques bûches, il enseignait à son fils comment s'y prendre avec une hache. François-Xavier, assis sur un rondin, écoutait nonchalamment les conseils de son père tout en jouant avec un petit couteau sur un morceau de bois. Tout à coup, l'enfant releva la tête, comme mu par un sixième sens. Il laissa échapper son ébauche de sculpture et resta là, les bras ballants, la bouche ouverte, les yeux ronds d'étonnement. Ernest arrêta net son élan de bûcheron et se retourna lentement vers ce qui causait tant de stupeur chez son fils. La surprise était de taille. Là, une grosse femme, qui lui rappelait vaguement quelqu'un, se tenait immobile, les larmes aux yeux, aussi émue que son fils adoptif. Le regard d'Ernest alla de l'un à l'autre, ne comprenant rien de la situation. Puis tout se précipita. La jeune femme s'agenouilla dans la neige, François-Xavier courut se jeter dans ses bras. Au nom de Fifine, que son garçon se mit à miauler, la lumière se fit dans l'esprit de l'homme. La femme était la fameuse Fifine de l'orphelinat.

~ ~ ~

Léonie était affairée à la cuisine, en train de boulanger sa fournée de pain, sous l'œil gourmand de Ti-Georges qui n'était pas encore assez grand pour aller à l'école, quand elle entendit le hurlement. Elle lâcha tout pour se précipiter à la fenêtre. Atterrée, elle y vit sa sœur indubitablement mal prise près des bâtiments.

— Ti-Georges, bouge pas d'icitte, tu m'entends pis touche à rien! ordonna-t-elle.

Les mains collantes de pâte, énervée, elle eut de la misère à basculer la clenche de la porte. Celle-ci s'ouvrit enfin et Léonie courut jusqu'à sa sœur.

— Mon doux Seigneur, c'est le bébé qui arrive, c'est ça? devina Léonie en aidant Anna à se relever.

— Mais non, j'veux juste que tu m'aides à faire une omelette, marmonna Anna en s'appuyant lourdement au bras de sa jeune sœur.

— Ben drôle. J'envoie quelqu'un chercher la pelle-à-feu, décida Léonie.

— Attends, souffla Anna, la sage-femme aura pas le temps de se rendre, j'le sens qu'y pousse!

— Quoi! s'alarma Léonie.

— Ç'a ben l'air qu'y est pressé, celui-là, dit Anna avec un sourire crispé. Aide-moé à rentrer dans la maison, dépêche-toé!

La soutenant du mieux qu'elle put, Léonie réussit à emmener sa sœur jusque dans sa chambre.

— Ti-Georges, enlève-toé de dans nos jambes, dit sèchement Léonie à son neveu qui les suivait, inquiet. Va plutôt chercher monsieur Rousseau, tu sais comment y aller ? Dépêche-toé, monsieur Rousseau saura quoi faire, lui.

Anna intervint calmement :

— Ti-Georges, fais ce que matante Léonie dit. Mais, sois prudent, passe pas par le champ du taureau.

Ti-Georges détala sans prendre la peine d'enfiler le moindre manteau.

Anna soupira. Elle se serait bien passée de la nervosité de sa sœur, se dit-elle tout en se déshabillant maladroitement.

— Léonie, calme-toé, j't'en supplie. Passe-moé ma jaquette pis aide-moé à m'étendre, vite, on n'a pas grand temps…

— Mon doux Seigneur, Anna j'sais pas quoi faire, dit la jeune femme paniquée.

Anna éleva la voix.

— Calme-toé Léonie, tu m'entends, calme-toé tusuite ou sors d'icitte ! se fâcha-t-elle.

~ ~ ~

— Mon beau François, calme-toé, c'est moé Fifine, oui… Laisse-moé te regarder… Comme t'as grandi !

Ernest, mal à l'aise devant tant de démonstration, se racla la gorge. Joséphine, gênée, se releva.

— Oh, monsieur Rousseau, pardonnez-moé, mais j'me suis tellement ennuyée de mon p'tit François… On m'a toujours reproché à l'orphelinat d'être mère poule ! Vous vous souvenez de moé ? On s'est vus là-bas quand vous pis votre femme vous êtes venus chercher François.

— Oui, j'vous replace, confirma Ernest de plus en plus étonné par cette histoire.

Joséphine sortit un mouchoir de sa poche et, après s'être mouchée, commença à le triturer nerveusement entre ses mains. Elle avait tout planifié pour trouver le moyen d'aller rejoindre son fils. Des mois pour mettre à exécution son projet. Il lui fallait convaincre le curé de lui trouver un emploi à la Pointe-Taillon puis quitter Chicoutimi. Elle avait imaginé le déroulement de ses retrouvailles, répété ce qu'elle dirait au couple Rousseau. La vie s'acharnait peut-être à la séparer de son fils, mais celle-ci avait sous-estimé son propre acharnement.

— Ben oui, expliqua la jeune femme, imaginez-vous donc que la ferme du Français, vous savez, la grosse ferme de monsieur Normand là…

— Oui, j'connais, coupa Ernest.

— Il vient des vieux pays y paraît, continua Joséphine.

— Oui, j'sais.

— Un monsieur ben riche pis une ferme ben grande… enchaîna la visiteuse.

— Ouais, j'l'ai déjà vue, dit Ernest.

— C'est son intendant qui m'a engagée. Oui ben, imaginez-vous donc qu'y cherchait une femme pour tenir maison pis ben… imaginez-vous donc… que… eh ben…

— Comme ça vous travaillez chez monsieur Normand, résuma Ernest. Vous êtes venue à pied?

— Y fait si beau à matin! dit Joséphine. C'est mon jour de congé, ça fait que j'me suis permis de venir vous voir. J'espère que ça vous fâche pas trop que j'arrive comme un cheveu sur la soupe? s'inquiéta-t-elle.

— Ouais, ben c'est toute une surprise ! répondit Ernest plus sèche-ment qu'il n'aurait voulu.

— Une baptême de belle surprise ! s'exclama François-Xavier qui s'était tu pendant l'échange du couple, surpris de l'inhabituelle froideur de son père et de l'évidente nervosité de la nouvelle arrivée.

Ernest éclata de rire et se dit que son fils avait bien raison de le remettre à sa place. Un instant il avait été jaloux de cette femme et avait été porté à la renvoyer chez son employeur et à l'éloigner de François-Xavier. De toute évidence, son petit garçon était heureux de ces retrouvailles, alors comment avoir le cœur de lui refuser ce bon-heur ?

— Ben fiston, où sont nos manières ? se reprit Ernest d'un ton cette fois indubitablement plus aimable. Pis si on prenait soin de notre sur-prise pis qu'on lui offrait une tasse de thé ? Mademoiselle… Fifine ? dit Ernest en haussant un sourcil perplexe.

La jeune femme se détendit et rassurée, sourit à l'homme.

— Joséphine, pis c'est avec plaisir que j'accepte votre invitation mais à condition que ça soit moé qui prépare le thé !

~ ~ ~

— Tu voudrais-tu que j'te fasse chauffer du thé ? offrit Léonie, impuis-sante au pied du lit à regarder sa sœur souffrir.

— Léonie, tu m'énerves ! Pourquoi pas du gâteau tant qu'à y être !

Anna grimaça autant de douleur que de découragement face à l'inutilité de sa sœur. Haletante, elle souffla :

—T'es ben la seule femme du pays qui connaisse rien à la délivrance ! Va donc te laver les mains à place, la rabroua-t-elle.

Léonie s'exécuta et se dirigea vers la cuisine. Elle releva les manches de sa robe, remplit un bassin d'eau chaude et les plongea dans le récipient. Heureusement, Anna emplissait en permanence une bouilloire sur le poêle. Léonie se lava énergiquement les mains. Puis elle mouilla un linge, remit de l'eau à bouillir et revint rapidement au chevet de sa sœur. Celle-ci, en sueur, tenait les fameux montants de lit en forme de grappes de raisins à deux mains et forçait pour expulser son enfant.

— Tiens Anna, chut, repose-toé un peu… dit Léonie en humectant le front de sa sœur.

— Ben oui! J'pense même que j'va dormir un peu! se moqua rageusement Anna.

Anna se redressa subitement et redoubla d'ardeur dans ses poussées, mais ce bébé semblait coincé à la porte de sortie, ma foi du Bon Dieu!

— Pis là j'fais quoi? s'informa Léonie d'une toute petite voix.

— Ah! Léonie, va donc t'en faire toé du thé, s'impatienta la souffrante en lançant un regard mauvais à sa sœur.

— Ça va, ça va, j'ai compris… dit Léonie en battant en retraite. Tu m'appelles si t'as besoin de moé? ajouta-t-elle.

— Aussi ben d'appeler Alphonse au chantier, ce serait aussi utile… maugréa Anna.

— Pas d'ma faute si chus la dernière de la famille, moé… bougonna Léonie en sortant de la chambre.

~ ~ ~

— Ouais ben, ça fait longtemps que j'avais pas bu du bon thé de même, mademoiselle Joséphine. Depuis que ma Rose-Élise… Ernest s'interrompit et baissa la tête.

— Euh… On m'a appris pour la maladie de votre femme. Pis justement j'avais pensé vous offrir mes services.

— Quoi ? dit Ernest, interloqué. Mais, mais j'ai pas les moyens d'avoir une femme à mon service, moé. Vous avez vu ma ferme, loin de ressembler à celle de m'sieur Normand !

— Je l'sais ben. J'garderais mon emploi chez le Français. Chus logée, nourrie. Mais j'viendrais en fin d'après-midi préparer le souper pis, mon jour de congé, j'viendrais faire la grosse besogne.

— Même ça, j'pense pas que j'peux me le permettre. La maladie de mon épouse me coûte pas mal cher pis…

— Mais pas question de m'payer ! assura Joséphine. Vous comprenez… j'me suis attachée à François, monsieur Rousseau.

— Appelez-moé Ernest.

— Écoutez, c'est important pour moé… Vous avez besoin de moé, pis moé, j'ai besoin de François.

— François-Xavier, rectifia sèchement Ernest.

Il y avait quelque chose qui le tourmentait dans cette histoire. Il avait l'impression de trahir Rose-Élise. Pourtant, l'attachement de cette femme pour son fils adoptif pouvait se comprendre. Elle avait dû prendre soin de lui dès son plus jeune âge. Les créatures agissaient parfois si bizarrement mais… tout ceci était si subit… Encore une fois ce fut François-Xavier qui décida de la suite des événements.

— J'veux pus jamais que Fifine parte, pus jamais !

Et l'expression déterminée de ce petit visage en disait long sur les conséquences d'un éventuel refus.

— Bon, ben, mademoiselle Joséphine, j'accepte votre aide, décida Ernest en chassant ses craintes.

C'est à ce moment que Ti-Georges entra en trombe dans la cuisine, demandant d'urgence de l'aide pour sa mère.

~ ~ ~

— Enfin les voilà! s'écria Léonie en voyant l'attelage d'Ernest arriver. Elle quitta son poste d'observation et s'élança au devant des arrivants. Ernest n'eut même pas le temps d'immobiliser son cheval que déjà Léonie s'accrochait à la carriole en lui disant, paniquée :

— Ah monsieur Rousseau, je suis si contente de vous voir! Anna est en travail pis j'sais pas quoi faire, j'vous surveillais de la cuisine, j'ai envoyé Ti-Georges vous chercher pour… pour…

Ernest sauta prestement en bas de la carriole et tout naturellement, prit les mains de Léonie dans les siennes et les retint longuement en disant :

— Calmez-vous, mademoiselle Coulombe.

Les beaux yeux verts de Léonie transmirent tout leur désarroi lorsqu'elle répondit d'un ton découragé :

— Tout le monde m'dit ça aujourd'hui.

— Ben, c'est que ça doit avoir du bon sens, plaisanta Ernest en relâchant Léonie pour lui présenter Joséphine. Celle-ci les avait rejoints et attendait, silencieuse, la suite des événements.

— Bonjour madame. J'm'appelle Joséphine Mailloux, pis chus venue aider, dit-elle calmement.

Léonie cligna des yeux comme si elle venait seulement de s'apercevoir de la présence de l'étrangère. Ernest la rassura :

— Mademoiselle Mailloux dit qu'a sait quoi faire, tout va ben aller, j'en suis sûr. Emmenez-là auprès de votre sœur, moé, j'va rester dehors pis m'occuper des deux garçons pis d'la ferme, comme de raison.

Léonie acquiesça et sans plus attendre, retourna vers la maison. Ernest suivit des yeux les deux jeunes femmes entrer précipitamment dans la ferme des Gagné. Ah, le mystère de la vie… Bientôt un nouveau petit être serait là. Un instant, il songea à ses propres bébés qu'il avait à peine eu le temps de bercer… Avec un frisson, il tourna le dos à ce monde de femme et entraîna François-Xavier et Ti-Georges vers l'étable. Il y trouverait bien de quoi s'occuper l'esprit.

Dans la cuisine, Joséphine se lava les mains avant de suivre Léonie jusqu'à la chambre d'Anna.

Celle-ci gisait dans son lit et n'eut même pas la force de questionner l'identité de la nouvelle venue. Elle se laissa examiner par Joséphine sans rien dire. Elle était dans un tel état d'épuisement que plus rien ne comptait vraiment à part le fait que cette souffrance devait finir. Péniblement, elle essaya de fixer son attention sur ce que l'étrangère lui demandait.

— Y va falloir aider ce p'tit bébé à passer. Vous risquez d'avoir ben mal, mais j'crois qu'on a pus le choix. On a-tu appelé un docteur? questionna Joséphine en jetant un coup d'œil à Léonie restée en retrait pendant son examen médical.

— Y'en a pas su'a Pointe! répondit celle-ci.

— Bon, on va se débrouiller, affirma Joséphine. Allez me chercher des serviettes propres. Tusuite!

Léonie ne se fit pas prier pour quitter la pièce. Elle n'en pouvait plus de voir sa sœur souffrir ainsi. C'était inhumain.

Soulagée d'être débarrassée de cette nuisance, Joséphine fit mentalement une prière, puis avertit la mère qu'elle introduisait ses doigts dans l'ouverture insuffisante pour la naissance.

— Voilà une p'tite madame ben courageuse… Oui, c'est ça, ça va aller, viens mon p'tit bébé, viens on abandonne pas, madame, le bébé a le cordon autour du cou… y est en train de s'étrangler… attention… poussez surtout pas…

— Ahh!!! Ça fait trop mal!!!! hurla Anna.

— Vous en faites pas, j'ai souvent accouché mes sœurs, pis j'ai travaillé à l'orphelinat de Chicoutimi pis de temps en temps j'aidais à l'hôpital…

Joséphine parlait en essayant de paraître le plus calme possible mais en réalité, elle crevait de peur. Un bébé au cordon n'était jamais un accouchement facile et l'enfant survivait rarement.

— Allons, madame, encore un effort, pis vous aurez le plus beau bébé du monde dans vos bras… mentit Joséphine. J'le sais que j'vous fais ben mal… Attention, j'va l'avoir, j'dois baisser le menton… passer le cordon… voilà… Bon, maintenant, allez-y poussez ! Poussez ! ! !

— Le v'là, Anna, le v'là ! s'exclama Léonie revenue dans la pièce. J'vois ses cheveux, des cheveux tout blonds…

— Oui, confirma Joséphine, encore une poussée, cette fois c'est la dernière…

Joséphine tendit la main vers une des serviettes propres que tenait Léonie et doucement, accueillit la petite chose toute flasque au creux de celle-ci.

Délicatement, elle déposa le précieux paquet sur le ventre d'Anna et pendant de longues secondes observa le nouveau-né tout bleu se débattre mollement, la bouche entrouverte sur un muet cri de désespoir. Ce bébé était presque mort-né… Heureusement, Anna semblait plongée dans une bienheureuse inconscience. Hochant la tête de gauche à droite, Joséphine fit signe à Léonie que c'était peine perdue et, s'occupant du cordon, elle se prépara mentalement à se débarrasser d'un petit cadavre avant qu'Anna ne s'en rende compte. Léonie, comprenant l'horreur, mit un poing devant sa bouche afin d'étouffer le bruit de sa peine. Tout à coup, les petits bras et les petites jambes s'agitèrent comme dans une ultime tentative pour défier la mort. Surprise, Joséphine eut un mouvement de recul. Le bébé resta immobile quelques secondes puis inspira un grand coup. Sous les yeux estomaqués de la sage-femme improvisée, le nouveau-né se mit à respirer régulièrement comme si de rien n'était, recouvrant même une jolie couleur rosée.

— J'l'entends pas pleurer, s'inquiéta Anna en émergeant difficilement de sa torpeur. Y respire ? demanda-t-elle faiblement.

— Oui, oh oui, la rassura Joséphine avec un grand sourire de soulagement. A veut vivre celle-là !

— C'est une fille ? comprit Léonie en s'approchant, hoquetant d'émotion.

— Oui, une belle p'tite fille. A l'a encore un peu les pieds et les mains bleus, mais on va la frictionner pis ça devrait rentrer dans l'ordre, expliqua Joséphine en terminant de couper le cordon. Mais avant, ce trésor a droit à sa première tétée, reprit-elle en plaçant le bébé au creux des bras de sa mère, sa besogne terminée.

Du bout des doigts, Anna caressa le duvet, plein de miasme, de son nouveau-né.

— Merci, dit Anna, merci beaucoup, mais j'ai pas la force de la tenir.

Léonie s'empressa de soutenir sa nouvelle nièce.

— Est magnifique, Anna. Comment vas-tu l'appeler ? demanda Léonie.

— J'avais pensé à Julia, murmura l'accouchée. Est-ce que la marraine aime ça ?

Léonie réalisa que c'était à elle que la question s'adressait.

— Moé ? Mais… oh oui, la marraine trouve ça très joli, finit-elle par répondre, émue et fière d'être le choix de sa sœur.

— Avez-vous entendu, Joséphine, j'va être dans les honneurs ! J'va m'occuper de tout. Joséphine pourrait être la porteuse, si a veut ben comme de raison.

— Oui, oui madame… accepta-t-elle distraitement.

Joséphine était inquiète.

— Pis qui va être parrain ? demanda Léonie.

— J'avais pensé à Ferdinand, mais y est pas revenu du chantier, dit faiblement Anna. J'pense ben que monsieur Rousseau y voudrait…

— J'va aller lui annoncer la bonne nouvelle et dire à Ti-Georges qu'y a une p'tite sœur ! dit joyeusement Léonie en se précipitant à l'extérieur.

— Ça vous fera pas de tort d'être lavées toutes les deux, dit Joséphine, de plus en plus inquiète.

Au lieu de passer à l'acte, la jeune femme resta bêtement au pied du lit, les sourcils froncés. Quelque chose ne tournait pas rond. Le bébé tétait normalement, mais la mère était beaucoup trop blême et semblait sur le point de s'évanouir. D'un coup sec, Joséphine souleva la couverture avec laquelle elle l'avait chaudement recouverte quelques minutes plus tôt. Ce qu'elle avait craint, le pire des cauchemars, se concrétisait. Il y avait beaucoup trop de sang, ce n'était pas normal. Cette femme était en hémorragie. Sans plus tergiverser, Joséphine s'activa à essayer d'enrayer le flot de sang. Sans ménagement, elle pesa sur le ventre, imprimant des mouvements vers le bas. Mais la peau flasque refusait de se contracter une fois de plus pour expulser le placenta.

— M'sieur Rousseau est ben fier d'être le parrain, mais j'ai pas mis la main sur Ti-Georges, dit Léonie en riant tout en revenant dans la chambre.

Elle s'arrêta net à la vue des draps rouges et du visage livide de sa sœur.

— Que c'est qui se passe ?

— Ça marche pas, dit Joséphine, le reste veut pas sortir !

— Comment ça, le reste ?

Joséphine ne répondit pas et attrapa d'autres serviettes qu'elle roula en boule entre les jambes de la femme avant de se remettre à la masser encore plus vigoureusement qu'avant. Léonie s'approcha du lit.

— Anna, ça va ? Réponds-moé… Anna ?

Tout à coup, Anna agrippa le poignet de sa sœur.

— Léonie, écoute-moé, murmura-t-elle.

Elle devait trouver la force de parler.

— Léonie, mon pauvre Alphonse sera pas capable… promets-moé de t'occuper de Julia, prends-la avec toé, jure-le-moé…

— Dis pas ça, Anna, dis pas ça. Tu vas pas mourir, Anna !

Joséphine cessa toutes tentatives qu'elle savait vaines. Pieusement, elle s'agenouilla près du lit et commença à prier.

Dans la chambre, le soleil rentrait à flots, baignant la pièce d'une chaude lumière. Anna se sentait si bien maintenant, toute légère… sans plus aucun mal. Jamais, elle n'avait ressenti un tel bien-être. Une drôle de sensation… Elle avait envie de suivre cette lumière, de s'asseoir sur un de ses rayons et de remonter jusqu'à sa source. Elle avait la certitude qu'elle y trouverait le paradis. Elle se retourna une dernière fois, juste un peu, à demi. Elle vit son corps, inerte sur son lit, sa sœur sanglotant, hystérique, l'étrangère en train de prier, sa nouvelle petite fille qui grognait en cherchant le sein échappé à jamais. Un léger regret s'empara d'elle, elle pouvait revenir en arrière, elle en avait le choix, elle le savait, mais la luminescence était si belle, attirante, rassurante, beaucoup trop belle pour s'en détourner…

~ ~ ~

Les dernières volontés d'Anna furent respectées à l'exception près que Léonie demanda à baptiser l'enfant du prénom de Julianna. Son beau-frère Alphonse n'y fit pas objection. Taciturne, replié sur lui-même, il n'avait pas adressé la parole à Léonie depuis son arrivée, en catastrophe, des chantiers. Il ne prenait même pas la peine de répondre quand celle-ci lui parlait. Pourtant il leur faudrait bien, un jour ou l'autre, régler certains détails. Mais les semaines passèrent sans que rien ne brise le silence d'Alphonse. On ne pouvait pas dire que Julianna était un bébé facile. Elle pleurait beaucoup. Léonie passait son temps à l'avoir dans ses bras et à la bercer. Pour la calmer, pendant des heures, elle devait la promener dans ses bras. Dès qu'elle arrêtait le mouvement, la petite recommençait à pleurer. Le lait, se disait Léonie, ça doit être à cause du lait de vache qu'elle était obligée de lui donner.

Léonie manquait tellement de sommeil! Debout dans la cuisine, tenant dans ses bras Julianna, âgée maintenant d'un mois et demi, qui n'avait cessé de pleurer depuis le matin, Léonie surveillait le lait en train de chauffer dans une casserole. Assis à la table, son beau-frère semblait perdu dans ses pensées. Ti-Georges, si triste depuis la mort de sa mère, se berçait dans la grande chaise berçante, la chaise préférée d'Anna. L'enfant regardait, sans le voir, le paysage ensoleillé de ce mois de mai.

— J'me demande ben à quoi ma pauvre Anna a ben pu penser en te confiant ce bébé, marmonna soudain Alphonse.

Surprise, Léonie jeta un coup d'œil en coin à son beau-frère.

— T'es bonne à rien, reprit-il en haussant le ton. T'es même pas capable de l'arrêter de pleurer! Si cette Joséphine Mailloux jurait pas qu'a l'a été témoin des dernières paroles de ma femme, j'dirais que t'as tout inventé cette histoire pour te rendre intéressante.

— Franchement, Alphonse, voir si j'mentirais sur un sujet pareil! s'indigna Léonie. Et puis la p'tite pleure à cause du…

Mais elle ne put terminer sa phrase, l'allusion étant trop forte à ce qui s'était passé entre eux.

— Si tu penses que j'va accepter que ma fille soit élevée par une catin! protesta tout à coup Alphonse, en sacrant un violent coup de poing sur la table.

Ti-Georges cessa de se bercer et alla se réfugier derrière sa tante. Apeuré par la violence de son père, il se mit à pleurnicher. Le bébé pleura de plus belle.

— Franchement, Alphonse, tu pourrais faire attention... Ti-Georges...

Alphonse se leva en titubant et se dirigea vers Léonie.

— Lui? demanda-t-il en désignant son fils. Juste bon à se cacher derrière toé. Y était toujours dans les jupes à sa mère avant. Pis arrête de brailler toé aussi!!! ordonna-t-il, menaçant, au garçon. Anna a voulait pas d'autres enfants... A voulait qu'y reste le bébé de la famille, dit Alphonse en empoignant son fils par l'oreille. A disait que celui-là en valait trois à lui tu-seul pis que ses frasques allaient la faire mourir...

— Lâche-le, Alphonse, tu lui fais mal! s'interposa Léonie devant les cris déchirants de Ti-Georges.

Elle déposa Julianna, toujours en pleurs, dans son berceau près du poêle à bois et tenta de faire lâcher prise à l'ivrogne.

— T'as encore trop bu! eut le courage de critiquer Léonie en réconfortant Ti-Georges que son père avait libéré.

— Juste ce qu'y faut pour avoir le cran de parler à une traînée.

— Mais, que c'est que j't'ai fait pour que tu m'haïsses de même? hurla Léonie, qui n'en pouvait plus.

— Tout le monde sait ce que t'as fait. Tout le canton le sait! cria Alphonse. J'lui avais dit pourtant à Anna que j'voulais pus te voir icitte. A l'attirait le trouble dans la maison en t'invitant.

— Mais chus venue pour l'aider... se défendit Léonie.

— L'diable en personne, c'est ça que t'es... le diable! l'invectiva Alphonse tout en s'avançant lentement vers elle. Une tentatrice, une démone, qui est venue m'enlever mon ange sous mon propre nez. C'est p't-être toé qui l'as tuée, ma Anna?

Léonie niait en secouant la tête de gauche à droite, muette devant l'énormité de l'accusation.

— T'as toujours été jalouse de ta sœur parce que c'est moé qu'a l'a marié.

— Alphonse, t'es fou, dis pas des affaires de même… supplia Léonie, atterrée devant l'ampleur de telles paroles.

Tout cela dépassait l'entendement.

— Anna en voulait pus de bébé, a disait qu'a l'était trop vieille… A voulait pus que je l'approche… pendant des années… Mais un homme a des besoins, n'est-ce pas Léonie ?

La jeune femme reconnut la lueur dans les yeux de l'homme ivre.

— Mais, a va-tu se taire, sacrament ! cria tout à coup Alphonse en se tournant vers le berceau.

D'un air méchant, il se dirigea vers le bébé.

Léonie n'hésita pas. Elle prit le couteau de boucherie suspendu à un clou au-dessus de l'évier et en menaça son beau-frère.

— Si t'oses toucher à un seul cheveu de ce bébé ou à moé, j'te jure que j't'éventre comme le cochon que t'es !

Un soudain silence suivit cette déclaration. Même Julianna sentit qu'il fallait se taire et se tint tranquille. Ti-Georges, maintenant caché sous la chaise berçante, urina silencieusement dans ses pantalons. Ce ne fut pas la vue de sa tante brandissant la longue lame devant son père qui lui fit tant peur, mais le désir tangible de tuer qu'il reconnut dans les yeux brillants de celle-ci. Léonie et Alphonse s'affrontèrent du regard. La jeune femme tremblait de colère, mais la main tenant l'arme était ferme. Une terrible envie de s'avancer vers l'homme et de lui enfoncer profondément le couteau dans le bas-ventre, jusqu'au manche, la fit presque sourire. Comme il serait bon de sentir les chairs d'Alphonse se déchirer sous sa vengeance… Devant tant de haine, Alphonse ne put qu'abdiquer. Lentement, il se rassit à la table et se prit la tête entre les mains. Après un long moment, Léonie raccrocha son arme. De ses deux mains, elle s'agrippa au rebord de l'évier, bouleversée de la rage meurtrière qui, pour la première fois de sa vie, l'avait envahie. Alphonse, sachant le danger passé, s'adressa à sa belle-sœur d'une voix éteinte, mais sans appel.

— J'veux que tu sacres ton camp d'icitte le plus vite possible, pis que tu l'emmènes avec toé, déclara-t-il en désignant Julianna du menton. Astheure qu'est baptisée, pis qu'a porte mon nom, j'ai pus l'choix, mais c'est tout ce qu'a va avoir de ma part. Pour moé, est morte en même temps que sa mère… pis j'veux pus jamais entendre parler de vous deux, jamais.

Tout était dit. Alphonse se releva et sans un regard, sortit dehors, les mains dans les poches, et rejoignit l'unique ami qu'il avait: son flacon d'alcool, qui l'attendait, soigneusement caché dans un coin de l'étable.

~ ~ ~

Léonie s'en retourna à Roberval le lendemain même. Elle avait passé sa dernière soirée pratiquement enfermée dans sa chambre à prendre soin du bébé et à veiller aux préparatifs. Son beau-frère n'avait pas essayé de s'excuser ni de revenir sur la terrible sentence. D'ailleurs elle ne l'avait pas revu depuis l'épouvantable altercation. Évidemment, on fit appel à Ernest pour aller les reconduire au bateau. Le bon samaritain arriva tôt le matin devant la maison des Gagné. Ignorant tout de la situation, Ernest fut surpris de ne pas voir trace de son voisin, mais il mit sur le compte de la douleur de la séparation l'absence d'Alphonse. Aidé de Ferdinand et de Ronald, il embarqua la malle de Léonie et la ficela solidement à l'arrière de l'attelage. Rarement Ernest n'avait connu un matin si triste. Ces orphelins de mère faisaient pitié à voir. Du plus grand au plus petit, tous semblaient si désemparés. La belle grande famille qui voilà à peine quelques mois chantait et dansait au rythme du temps des Fêtes se retrouvait handicapée, démembrée, amputée de l'élément familial le plus important, celui qui aplanissait les problèmes, celui qui les tenait réunis : leur mère. Seule Léonie aurait pu colmater la brèche créée par le décès de madame Gagné, et Ernest ne comprenait pas trop pourquoi celle-ci abandonnait sa famille au lieu de rester... Enfin, même s'il était parrain de la petite Julianna, rien ne lui octroyait le droit de poser des questions aussi personnelles. Il savait tenir sa place. Alors, respectueusement, il laissa à Léonie le temps de dire au revoir à ses neveux et nièces puis sans un mot, ils partirent en direction de l'embarcadère. Seul François-Xavier les accompagnait. Son fils adoptif semblait lui aussi ressentir la grande tristesse générale qui régnait et il avait attendu sagement, dans la carriole, qu'ils soient prêts à repartir. Il n'était même pas descendu retrouver son ami Ti-Georges. Celui-ci, accroché à la main de sa grande sœur Marie-Ange, avait curieusement refusé les adieux de sa tante... En y repensant, Ernest voyait bien que quelque chose ne tournait pas rond. Mademoiselle Coulombe avait une gravité au fond de ses beaux yeux verts qui laissait présager le pire... Oserait-il en demander la raison ? Mais non, il ne pouvait se permettre d'être trop familier avec la belle-sœur d'Alphonse, c'eut été vraiment inconvenant et la jeune femme pourrait déceler le trouble qu'elle suscitait chez lui... Ernest soupira et se concentra à faire aller son cheval au pas, attentif aux nids-de-poule de ce mois de mai boueux qui cassaient une roue de boghei dans le temps de le dire et qui auraient pu blesser le précieux chargement qu'il transportait. Il n'aurait su dire à quoi il était le plus sensible, à la minuscule Julianna dans son panier d'osier, ne pleurant pas pour une des rares fois, ou à la présence de Léonie qui tenait solidement le couffin sur ses genoux. Mais il n'avait pas le droit de se permettre de telles pensées. C'était péché que d'arrêter son regard sur les belles courbes féminines que soulignait le châle de laine entrecroisé sur la poitrine. Il avait une épouse qui souffrait, seule, à Québec. Il ne pouvait penser à une autre femme malgré le doux parfum sucré que dégageait mademoiselle Coulombe et qui ne cessait de le narguer. Mais peut-on éviter à l'orignal de se blesser les bois contre les arbres par mal d'amour ? Ernest soupira de nouveau et n'osa plus regarder sa passagère de tout le reste du trajet. Mademoiselle Coulombe y aurait certainement vu le désir qui y brillait. François-Xavier, lui, était très impressionné par la petite créature couchée dans le panier. Elle dormait, mais son visage ne cessait de faire différentes mimiques. On aurait dit qu'elle vivait toutes sortes d'aventures dans un monde rien qu'à elle. François-Xavier aurait aimé la tenir dans ses bras, mais c'était trop dangereux. Il se contenta de lui tenir délicatement une petite main, et il ne la lâcha plus jusqu'à leur arrivée. Vu qu'elle était la filleule de son père, il la considérait un peu comme sa petite sœur. Rendu à destination, c'est avec regret qu'il dut abandonner sa menotte.

— J'va vous monter votre malle sur le bateau, offrit Ernest.

— Pas besoin, j'va payer l'homme de la traverse pour le faire. Vous avez déjà été assez bon de même pour moé, le remercia Léonie.

— C'est rien que normal, c'est mon devoir de parrain après tout ! Vous allez me donner des nouvelles de ma p'tite Julianna ?

— Comme promis, régulièrement.

Elle hésita avant d'ajouter :

— Vous êtes ami avec mon beau-frère, je crois…

— C'est mon plus proche voisin, répondit prudemment Ernest, qui ne voyait pas trop où voulait en venir sa passagère.

— J'peux-tu vous demander quelque chose de… disons personnel ?

— Tout ce que vous voudrez, mademoiselle Coulombe.

— Je reviendrai jamais par icitte, ce serait trop long de vous expliquer pourquoi, commença-t-elle, embarrassée. Mais voudriez-vous essayer de surveiller Alphonse pour qu'y boive moins ? J'sais pas si vous êtes au courant, mais quand y boit, y devient euh… disons… ben, y perd un peu ses sens, si vous voyez ce que j'veux dire, pis j'm'inquiète pour mes neveux et nièces… Du temps d'Anna, a savait lui faire tenir la bouteille à distance, mais maintenant qu'est pus là…

Léonie se détourna pour cacher son envie de pleurer.

— Ouais, j'comprends, mademoiselle Coulombe. J'vous promets de veiller sur eux autres.

— Merci beaucoup. Vous êtes un homme dépareillé, m'sieur Rousseau.

Léonie déposa tendrement sa main gantée sur le bras d'Ernest. D'une légère pression, elle accentua le mot « dépareillé » qu'elle répéta doucement.

— Bon, j'pense qu'il faut que j'y aille, dit Léonie en retirant sa main, le bateau attend juste après moé.

— J'vous aide à débarquer, dit Ernest en s'empressant de sauter de la voiture et d'en faire le tour afin de cueillir le panier avec le bébé toujours endormi dedans, que Léonie lui tendait délicatement.

— Toé, François-Xavier, commença Léonie avant de descendre à son tour, tu vas prendre ben soin de mon Ti-Georges, promis ? insista-t-elle en plongeant un regard sérieux dans celui du garçon.

François-Xavier comprit et accepta la responsabilité. Il y a de ces enfants qui portent en eux la solennité d'une vieille âme, et François-Xavier était de ceux-là. Léonie remercia le petit garçon d'un baiser sur la joue et descendit prestement reprendre le panier des mains d'Ernest. Celui-ci s'éclaircit la gorge nouée d'émotion et dit d'un ton presque suppliant :

— J'espère quand même vous revoir un jour, mademoiselle Léonie…

— Ça m'étonnerait ben gros, se désola la jeune femme.

Malgré elle, elle tendit la main vers la joue de l'homme, mais ses doigts se refermèrent sur le vide, s'interdisant cette marque d'affection.

Léonie ferma un instant les yeux de souffrance, pleurant sur tout ce qui aurait pu être, qui ne serait jamais… Une larme s'échappa. Du bout des doigts, Ernest en suivit la trace sur la douce joue de la femme. Les grands yeux verts se rouvrirent sous la caresse de l'homme.

— Un jour, Léonie… un jour… murmura Ernest d'un ton affirmatif.

Léonie refusa cette idée de la tête puis, jetant un dernier coup d'œil autour d'elle, elle lança :

— J'remettrai jamais les pieds icitte, jamais, je l'jure.

Et avec un dernier au revoir de la tête, elle se dirigea d'un pas décidé vers le quai. Ernest la regarda parler avec les employés du traversier. Résigné, il débarqua la malle et remonta auprès de François-Xavier. Une dernière fois son regard croisa celui de Léonie, puis celle-ci tourna définitivement le dos à la Pointe-Taillon. Ernest fit faire demi-tour au cheval et se dirigea lentement vers sa ferme. Essayant de chasser ce pénible sentiment de perte qui lui écrasait le coeur, Ernest lança le cheval au trot et… tant pis pour les nids-de-poule !

~ ~ ~

Léonie déposa le panier dans sa chambre et se dépêcha d'aérer la maison. Une désagréable odeur de renfermé flottait partout et la poussière avait eu amplement le temps de s'accumuler pendant son absence. Sans plus attendre, elle enfila un tablier et entreprit un bon gros ménage. Pendant deux jours, Léonie frotta sans répit, ne s'accordant le droit de s'arrêter que pour s'occuper des soins du bébé et pour dormir un peu. Étonnamment, Julianna ne pleurait presque plus et passait son temps à dormir. Les rideaux furent lavés et séchés, dehors, ainsi que toute la literie de la maison. Les tapis furent vigoureusement secoués et les planchers de lattes de bois, impeccablement frottés à la brosse. Enfin, épuisée, mais contente de la besogne accomplie et n'ayant plus rien à nettoyer, elle cessa de repousser l'échéance et s'assit résolument devant son petit secrétaire d'acajou. Elle sortit son plus beau papier à lettre, prit sa plume et fixa un moment la page vierge. Elle avait décidé d'écrire à John et de demander son aide, mais d'une façon pour le moins particulière que sa sœur aurait certainement désavouée. Léonie avait pesé longuement le pour et le contre. Ce n'était pas un coup de tête, c'était une question de survie. À force de jongler à sa nouvelle situation, Léonie n'avait vu aucune autre solution pour pouvoir décemment vivre avec sa nouvelle filleule. Elle trempa le bout pointu dans l'encre et sans plus tarder, commença à rédiger sa missive.

Dear John... Elle hésita, se demandant si elle devait poursuivre en anglais ou non. Pendant ses années de fréquentation avec cet Américain, Léonie avait appris à parler anglais, mais elle ne se sentait pas tout à fait à l'aise pour l'écrire. Elle prit la décision de la rédiger en français, l'enjeu étant trop important pour se permettre un mauvais choix de mots.

Je sais qu'après notre dernière rencontre, reprit-elle en s'appliquant, *rencontre plutôt orageuse du mois de juillet dernier, vous ne vous attendiez sûrement pas à recevoir de mes nouvelles. Mais l'urgence de la situation m'y oblige.*

Léonie prit une grande inspiration et se lança :

J'ai l'honneur de vous annoncer la naissance d'une jolie petite fille âgée maintenant d'un mois et demi et prénommée Julianna. Malgré la pénible situation qu'est la mienne, j'ai décidé de garder ce cadeau auprès de moi. Aux yeux des gens de Roberval, cette enfant est celle de l'une de mes sœurs, morte en couches. *Ainsi, ma respectabilité est sauve même si après ce que vous m'avez fait vivre, les habitants de ma ville ne me considèrent plus guère comme étant une femme respectable. J'imagine que madame votre épouse n'apprécierait pas d'apprendre l'existence d'un enfant né hors mariage. Alors, si vous ne voulez pas que celle-ci sache ce que vous avez fait lors de vos voyages au Lac-Saint-Jean, vous allez devoir en payer les conséquences.*

La jeune femme se leva, alla voir si sa filleule dormait toujours et revint. Elle reprit la plume :

Vous verrez donc à l'éducation de votre fille. Je veux aussi que la maison que j'habite actuellement à Roberval devienne légalement ma propriété, libre de toute dette. Je veux également ne jamais vous revoir. Les seules lettres que je désire recevoir de vous seront celles contenant votre montant d'argent, lequel, je n'ai aucun doute, sera fort respectable et posté régulièrement, sans faute, et ce, jusqu'aux seize ans de Julianna. Après, vous pourrez considérer le mal que vous m'avez fait comme étant pardonné. Si vous vous acquittez honorablement de vos obligations, vous pourrez vivre en toute quiétude avec votre tendre épouse, sans que la chose ne vienne par hasard à ses oreilles, sinon...

Les dents serrées de colère, Léonie signa, cacheta sa lettre et inscrivit l'adresse de l'entreprise montréalaise dirigée par John. Dès demain, elle s'occuperait de l'expédier. Elle ne changerait pas d'idée, non, elle ne reviendrait pas sur sa décision, elle irait jusqu'au bout, mais pour expier ce terrible mensonge, devant Dieu, sur la tête de sa sœur adorée, elle jura de ne plus jamais se laisser aimer par un homme, plus jamais ! Elle se consacrerait exclusivement à élever sa fille adoptive qui, réveillée, la réclamait justement. C'était bien la première fois que Léonie fut enchantée d'entendre ces pleurs et d'y accourir.

~ ~ ~

François-Xavier tint sa promesse. Lui et Ti-Georges devinrent inséparables et les deux amis se considérèrent comme de vrais frères. Pour
le petit Gagné, cette amitié fut la porte de salut. Car après la doulou-
reuse perte de sa mère, la vie ne fut pas gaie à la ferme. Alphonse, son
père, était d'une humeur massacrante à longueur de journée et n'ouvrait la bouche que pour aboyer des ordres ou admonester ses enfants,
surtout son petit dernier. Sans que personne ne comprenne vraiment
pourquoi, Ti-Georges était devenu son bouc émissaire. Alors rien de
surprenant à ce que, dès qu'il en avait l'occasion, le petit garçon
courait à toutes jambes jusque chez les Rousseau où il était toujours le
bienvenu. Là-bas, il retrouvait une stabilité et une sécurité dont il
avait follement besoin. Jusqu'à ce que Ti-Georges ait neuf, dix ans,
Alphonse ne s'offusqua jamais des absences de son plus jeune fils. Au
contraire, cela l'arrangeait.

François-Xavier et Ti-Georges eurent donc toute la latitude voulue
pour mettre sur pied les plus fabuleux projets du monde entier! Un
été, ils se construisirent une jolie petite cabane sous les plus basses
branches d'un gigantesque pin non loin du lac. Les deux comparses
avaient pensé à tout: deux petits bancs en rondins pour s'asseoir et
pique-niquer, une belle grosse roche roulée là à la sueur de leur front
pour servir de table et quatre grands clous enfoncés dans le tronc de
l'arbre. Un pour chacune de leurs frondes, un pour leur sac de billes et
un pour le fanal. Ainsi, ils pourraient venir en cachette, la nuit tombée,
essayer d'attraper leur plus grand ennemi, un gros raton laveur qui ne
cessait de voler leurs provisions. La première rencontre avec Gros
Noir, le nom qu'ils avaient donné à l'animal en raison de son masque
prononcé et de sa corpulence, était survenue peu après la fin de leur
construction. Fiers du travail accompli, ils avaient décidé d'aller se
rafraîchir au lac avant de prendre leur premier repas dans leur nouvelle cabane. Joséphine qui, comme convenu, venait aider à la ferme

des Rousseau avait cuisiné, à la demande de François-Xavier, à qui elle ne refusait rien d'ailleurs, de savoureuses galettes blanches. Après leur baignade, le rouquin et le frisé avaient décidé de faire la course, et c'était en riant qu'ils étaient arrivés nez à nez avec Gros Noir en train de s'empiffrer allègrement du délicieux dessert. François-Xavier avait protégé tout de suite son ami et s'était mis bravement entre l'animal et Ti-Georges. Nullement impressionné par les cris de rage des enfants, Gros Noir avait à peine relevé la tête de son festin et c'était presque avec un haussement d'épaules que le raton laveur avait décidé de s'en aller lentement, ne laissant que quelques miettes dans un panier renversé. François-Xavier avait suivi des yeux le voleur et décrété que le malfaiteur ne mettrait plus jamais la patte sur une de ses galettes. On ne touchait pas à ses possessions… Pourtant, les deux garçons avaient eu beau tout essayer pour faire fuir l'animal, celui-ci revenait quotidiennement dévaster leur cabane à la recherche d'autres provisions.

Aux grands maux les grands moyens, il fallait sortir l'artillerie lourde ! décréta un soir François-Xavier. Une bonne volée de cailloux devraient parvenir à dissuader le malappris. Dès le lendemain, cachés stratégiquement près de la cabane, une belle grosse galette trônant sur la table de pierre, les deux gamins attendaient en silence, couchés côte à côte, que Gros Noir vienne se régaler. Ne quittant pas des yeux l'appât, écoutant le moindre craquement, leurs frondes bien en main, un tas de munitions près d'eux, les enfants attendirent. Sauf que François-Xavier n'était pas très patient, sa position était inconfortable, le bout du nez lui piquait et une mouche à chevreuil le harcelait. Ti-Georges ne cessait de le réprimander et de lui demander de cesser de gigoter. Enfin l'ennemi se pointa et sans aucun signe de peur s'approcha de l'offrande qu'il se mit sans tarder à grignoter. François-Xavier lança le signal d'attaque :

— Feu à volonté ! cria-t-il en joignant le geste à la parole.

Les deux amis se mirent à bombarder l'animal des petites roches qu'ils avaient pris grand soin de choisir pour leur grosseur et leur forme ronde. Mais au lieu de s'enfuir, Gros Noir se mit à grogner en une espèce de chuintement menaçant tout en s'avançant vers ses attaquants. C'était bien là le dernier scénario que les garçons auraient imaginé! Ils se faisaient attaquer par un raton laveur!

— Bateau, c't'animal est enragé!!! décréta Ti-Georges avant de prendre ses jambes à son cou et de déguerpir, bien vite suivi de François-Xavier.

Pressés de se mettre à l'abri, les enfants ne prirent pas les précautions habituelles et, ne regardant pas où ils allaient, c'est à pieds joints qu'ils marchèrent tous les deux dans le plus immense nid de guêpes. La douleur fut intense et c'est en pleurs avec chacun trois, quatre piqûres par jambe que les garçons entrèrent en trombe dans la cuisine d'été de la ferme des Rousseau. Ernest était absent, occupé dans les champs aux mille et une besognes d'un fermier. Heureusement, c'était le jour de congé de Joséphine et celle-ci se préparait à laver le plancher. Elle ne fut pas longue à comprendre le drame. Comme elle venait juste de remplir une bonne grosse chaudière d'eau bouillante en y laissant fondre un carré de savon, elle plongea une guenille dans l'eau savonneuse du seau et put rapidement soulager les enfants en pleurs. Quand, le soir venu, François-Xavier raconta à son père l'histoire de Gros Noir, celui-ci lui fit comprendre l'importance de partager la forêt avec les animaux de toutes espèces et lui dit que c'était pour ça que le Bon Dieu les avait punis.

— Tu comprends, mon gars, dit Ernest, vous avez dû construire votre cabane sur le territoire de Gros Noir. Y va falloir que vous vous installiez ailleurs.

— Vous pourriez pas l'attraper, vous, papa, pis le tuer avec votre fusil? demanda le petit garçon avec espoir.

— François-Xavier, que c'est que j'viens de t'dire sur les animaux du Bon Dieu ? le gronda Ernest.

— Qu'on doit en prendre soin pis jamais faire mal pour rien, pour le plaisir... répondit son fils d'un air penaud.

— Bon ben ça fait que tu fais ta cabane ailleurs.

— Mais c'était la meilleure place ! revint à la charge François-Xavier.

— Pour Gros Noir aussi, faut croire, sourit son père.

Joséphine, qui avait assisté silencieusement à l'échange entre le père et le fils, intervint :

— T'aimerais-tu ça, toé, que le bonhomme sept heures y décide que ta chambre c'est sa place à lui astheure ?

— Non, non, répondit l'enfant apeuré.

— Bon ben grimpe te coucher tusuite, ordonna Ernest en souriant.

— Fifine, tu vas me raconter une histoire ? quémanda François-Xavier en montant les marches.

— Ben comme tous les soirs, mon François, pis après j'm'en va, y se fait tard. Envoye j'te suis, j'va monter du beurre pour mettre sur tes piqûres, tu vas voir, tu t'en rappelleras pus le soir de tes noces, plaisanta-t-elle.

— Merci ben gros Joséphine, dit Ernest en se levant. Moé, j'm'en retourne dehors, j'ai encore ben de l'ouvrage tant qu'y reste de la clarté.

— Arrêtez de me remercier à tout bout de champ, vous savez ben comment ça m'fait plaisir de m'occuper du p'tit. Bonne nuit, m'sieur Rousseau, fit la femme en montant à l'étage.

Cela lui faisait plus que plaisir de s'occuper de François-Xavier... Joséphine n'en revenait pas encore de toutes les bontés dont la vie la comblait. Depuis des années qu'elle avait la chance de voir grandir son fils, de le cajoler, de le gâter, de soigner ses petits bobos, pensa-t-elle en souriant tendrement à la vue du petit garçon grimaçant de

175

douleur pendant qu'elle appliquait le gras sur la jambe blessée. Bien sûr, la vie de colon sur la Pointe était à l'opposé de ce qu'elle avait vécu à Chicoutimi. Ici, aucune commodité de la ville, aucun service à proximité, il n'y avait même pas de curé pour surveiller vos moindres faits et gestes, la belle vie quoi ! De plus, cela lui permettait de pouvoir venir travailler chez les Rousseau sans reproche. Son sang indien ne lui faisait pas craindre la forêt à la brunante et, au contraire, ces longues marches entre la ferme du Français et celle des Rousseau la comblaient. Elle était en communion avec chaque élément de la nature. Quoi de plus mignon qu'un petit tamia en train d'engranger quelques cocottes, se pressant avant l'hiver, parcourant fébrilement le tronc d'un arbre mort, fourrageant parmi les feuilles orange, jaunes et brunes, courtepointe aux chaudes couleurs abritant le sol frileux. Et quel amusement que de suivre les pistes fraîches d'un lièvre si facilement reconnaissables dans la neige folle jusqu'à apercevoir un bout de fourrure récemment blanchie de camouflage. Joséphine avait même créé des liens avec une biche. Lorsqu'elles se croisaient au détour du sentier, le chevreuil s'immobilisait et plongeait ses grands yeux bruns dans ceux de la même couleur de Joséphine. La jeune femme s'arrêtait également et avec douceur se mettait à parler de n'importe quoi avec le bel animal. La biche écoutait attentivement, les oreilles s'agitant en un prudent frémissement. L'échange terminé, après un dernier regard appuyé, le gracieux animal repartait en sautant dans les nouvelles pousses d'aulnes et de fougères. Mais ses conversations préférées, c'est avec Ernest qu'elle les tenait. Un soir, en veillant sur la galerie, Ernest lui avait confié à quel point son épouse, toujours hospitalisée, avait souffert de la rudesse de ce coin de pays et que jamais elle ne s'était acclimatée. Même si elle avait vécu moins d'un an sur la ferme, elle avait juré que cela équivalait à une éternité. Joséphine avait assuré l'homme à quel point c'était le paradis ici pour elle. Ce sentiment de liberté que lui procurait la vie dans ces grands espaces était enivrant. Lorsqu'elle se tenait sur la grève, les pieds nus dans le sable chaud, face au lac, et que ses pensées s'égaraient vers un bel Irlandais, la brise du lac avait tôt fait de chasser les larmes et c'est le cœur léger qu'elle retournait en riant vers son fils, son François, qui grandissait, grandissait…

~ ~ ~

— Envoye, brêteux, on y va-tu à pêche, oui ou non ? cria Ti-Georges en arrivant devant la maison de son ami.

François-Xavier se dépêcha de terminer sa bouchée de pain et jeta un coup d'œil par la fenêtre. Une canne à pêche sur l'épaule, Ti-Georges l'attendait impatiemment, se dandinant d'un pied à l'autre.

— Joséphine, dis à papa qu'on prend la chaloupe, dit le garçon en se dirigeant vers la porte.

En ce beau dimanche matin, Joséphine se berçait doucement tout en brodant une taie d'oreiller tandis qu'Ernest était parti à Péribonka assister à la grand-messe.

— Sois prudent, mon grand, recommanda-t-elle en levant les yeux de son ouvrage. J'aime jamais ça te savoir sur le lac.

— Tu sais ben Fifine que j'ai le pied marin ! Pis j'ai douze ans as-theure, il me semble que tu pourrais arrêter de me couver un peu, non ? ajouta-t-il tendrement en revenant sur ses pas flanquer un baiser sonore sur la joue de la grosse femme.

Joséphine sourit et admira l'adolescent sortir en trombe de la cuisine.

Dans la chaloupe, après avoir ramé un bon coup et s'être mis un peu au large, à l'abri des mouches, les deux amis appâtèrent leurs hameçons de frétillants menés attrapés juste avant dans le ruisseau. D'un geste synchronisé par l'habitude, ils lancèrent leurs lignes à l'eau.

Ti-Georges coinça le manche de sa canne entre ses genoux et s'étendit à moitié couché sur le banc avant de la chaloupe. En arrière, François-Xavier préféra déposer le long bâton de saule dans le trou percé à cet effet sur le côté de l'embarcation. Prenant les lourdes rames à deux mains, il se mit à faire avancer paresseusement le petit bateau, parallèlement à la rive, suivant une ligne imaginaire que les deux pêcheurs appelaient la faille et d'où ils avaient rapporté leurs plus beaux trophées de pêche. François-Xavier sourit au souvenir de l'immense ouananiche qu'il avait sortie de l'eau l'été auparavant. Le coup sec lorsque le saumon d'eau douce avait mordu à l'hameçon l'avait surpris, somnolent qu'il était à ce moment. D'énervement, il s'était levé et avait failli faire chavirer le bateau, au grand dam de Ti-Georges qui ne savait pas nager. Son ami le tira de sa rêverie.

— Ah la belle vie! s'exclama-t-il en croisant les mains derrière la tête, souriant béatement.

— C'est étonnant que ton père t'ait pas trouvé de corvée à faire, railla François-Xavier.

— Hé, hé, c'est jour du Seigneur pour tout le monde! répliqua le garçon.

— N'empêche que j'trouve que ton paternel exagère pas mal dans l'ouvrage qu'y t'donne, fit remarquer le rameur.

— Mon vieux a pas le choix! Y reste rien que moé pis Aline pour aider...

Ti-Georges ferma les yeux et ajouta douloureusement:

— Depuis sept ans que maman est morte pis la maison a pas arrêté de se vider...

Lentement, au rythme du tangage, Ti-Georges se confia.

François-Xavier ne s'étonna pas. Ces moments de confidences étaient coutumiers. Ti-Georges était noir ou blanc, soit très exubérant, soit mélancolique. Et puis François-Xavier savait écouter. Jamais cela ne lui pesait. Au contraire, il ressentait la confiance que ces aveux témoignaient.

— Ferdinand s'est marié pis j'le vois pus jamais, continua Ti-Georges en ouvrant les yeux et en fixant le ciel bleu. Ronald, ben c't'un curé astheure, ça fait qu'aussi ben dire qu'y est pus de la famille… Léopold donne des nouvelles de temps en temps, mais y se montre jamais la fraise… J'te dis que chus grayé de frères ! fit-il sarcastique en se redressant pour vérifier sa ligne.

— Tu m'as, moé, lui dit François-Xavier tout en continuant à ramer.

— Ah ben bateau, on a mangé mon mené ! s'exclama Ti-Georges, dépité, en ramenant un hameçon vide. Passe-moé la chaudière, demanda-t-il en tendant la main vers le récipient de métal dans lequel barbotaient leurs appâts.

François-Xavier poussa délicatement du pied le seau.

— Pis mes sœurs, reprit Ti-Georges en choisissant le plus vigoureux petit poisson argenté, a se sont dépêchées de se marier…

Le garçon se tut un instant. À l'aide d'une longue aiguille, il s'appliqua à transpercer de son fil de pêche le leurre vivant de bas en haut, terminant par un solide nœud au bout de la queue.

— Voilà, dit-il satisfait en montrant le tout à son ami. Avec ça, j'm'en va attraper le monstre du lac, j't'en passe un papier !

Jetant le piège à l'eau, Ti-Georges se réinstalla en position d'attente.

— Tu vas voir, ça sera pas long qu'Aline va se marier itou… dit-il d'un ton découragé.

— Ben là, t'exagères ! A juste quatorze ans ! répliqua son ami.

— Regarde ben ce que j'te dis. J'y donne pas trois ans qu'a va convoler… Pis j'va me retrouver tuseul avec le père, conclut-il d'un air sinistre.

— Ouais surtout que ta tante Léonie est partie vivre à Montréal…

— Ah ben bateau ! s'exclama Ti-Georges tout à coup en se redressant tout énervé.

— T'as-tu pogné quelque chose ? s'informa François-Xavier en arrêtant de ramer, scrutant les profondeurs de l'eau, prêt à aider son ami à sortir sa prise.

— Au diable la pêche ! s'indigna Ti-Georges. J'm'en viens d'avoir une saprée de bonne idée ! Écoute-moé ben, là, là, on est trop jeunes encore, mais dans une couple d'années, on pourrait partir tous les deux pis s'en aller à Montréal pis on pourrait conduire les gros chars ou s'engager sur un gros navire pis devenir marins pis partir pour les vieux pays ou ben, j'sais pas moé, les pays chauds !

François-Xavier leva sur son ami un regard plein d'indulgence. Et voilà que son compagnon était reparti sur ses grands chevaux ! À bien y penser, François-Xavier le préférait ainsi…

— Pis que c'est que t'en penses ? insista Ti-Georges, attendant l'approbation de son ami.

Il en était ainsi entre eux deux. Car François-Xavier, par son attitude calme et protectrice envers Ti-Georges, était devenu tout naturellement celui qui mène, celui à qui on demande conseil, celui qu'on suit. Ti-Georges proposait, François-Xavier décidait. Le garçon aux cheveux rouges porta son regard au loin, vers sa terre adoptive, suivit des yeux le contour de la rive, devina la ferme paternelle, imagina le sentier rocailleux qui menait au grand chemin, vit la route qui passait devant la ferme du Français, le champ par lequel il coupait pour se rendre à la petite école de rang, le taureau du père Gédéon qu'il aimait défier, son cran préféré où sa talle secrète de bleuets poussait… François-Xavier se retourna et dit :

— Jamais Ti-Georges, jamais j'va partir d'icitte.

Ti-Georges sut que ce n'était pas une réponse à la légère. Avec un haussement d'épaules, le compagnon de pêche se calma.

— Ben rame d'abord pour pas que nos lignes s'emmêlent comme la dernière fois !

~ ~ ~

— Vous écrivez encore à mademoiselle Coulombe ? demanda François-Xavier.

— Comme à tous les mois, mon garçon, depuis des années, railla Ernest.

— Voyons son père, vous êtes à prendre avec des pincettes à soir…

Ernest regarda son grand fils de dix-sept ans. Il était devenu un beau jeune homme. Il le connaissait assez pour savoir que lorsqu'il tournait autour de lui ainsi, c'était qu'il avait quelque chose d'important à demander.

— Y faut que j'prenne des nouvelles de ma filleule, répondit le père laconiquement.

— Comment a va ?

— Ben comme toutes les p'tites filles de douze ans, j'suppose… Elle pis sa tante Léonie sont toujours à Montréal, pis mademoiselle Coulombe semble prospère… Ça fait drôle d'imaginer une créature s'occuper d'affaires comme un homme. Dans sa dernière lettre a me disait que les locataires de la maison de Roberval s'en allaient pis a me demandait d'aller fermer la maison pour l'hiver. J'lui écris qu'on va s'en occuper la semaine prochaine.

— Vous savez, son père, que Ti-Georges a même pas encore le droit de prononcer leurs noms chez eux ?

— Ce qui se passe chez les Gagné, ça nous regarde pas.

— Joséphine est pas là ? s'informa François-Xavier en changeant de sujet.

— Tu l'sais ben qu'est pas là, s'impatienta Ernest. A te l'a dit trois fois qu'a s'en allait soigner le petit dernier des Girard. C'est justement à propos de c'te maladie-là que chus en train d'écrire à mademoiselle Coulombe. Ç'a l'air que depuis le début de l'automne, ça commence à tomber comme des mouches… Bon j'ai pas rien que ça à faire, envoye mon fils, que c'est qui te chicote à soir ?

— J'veux vous parler d'avenir, déclara gravement François-Xavier en s'asseyant à la table près de son père.

Ernest plia soigneusement la missive inachevée, la mit de côté et prit le temps d'allumer une pipée. Seulement après il dit :

— J't'écoute, mon gars.

— Vous savez que depuis que j'ai fini l'école, Joséphine arrête pas de m'asticoter pour que j'continue à faire de grandes études.

— Joséphine, a te considère un peu comme son propre fils. T'as jamais eu de mère… enfin… ben… baptême, tu comprends ce que j'veux dire, balbutia Ernest.

Le jeune homme regarda affectueusement son père adoptif.

— J'le sais ben… Ce que j'veux vous dire, c'est que j'ai ben jonglé à tout ça cet été pis j'me suis décidé.

— Y fallait ben que j'm'attende à ce que tu partes un jour… L'éducation c'est important, pis chus ben fier de toé, mon gars pis Chicoutimi, c'est pas si loin pis mon fils va p't-être ben devenir docteur…

D'émotions, Ernest s'était mis à parler rapidement, car il ne voulait pas montrer à son fils le désarroi dans lequel l'idée de son départ le mettait. Mais François-Xavier l'interrompit :

— Vous m'avez pas ben compris, son père. Chus décidé à pas partir à Chicoutimi.

— Ah non ? Tu restes su'a ferme avec moé ?

— Non.

— Non ?

— Non.

Le jeune homme sourit devant la déconfiture de son père. Enfin, il annonça triomphalement :

— J'va avoir une fromagerie ! Fermez la bouche, son père, vous allez avaler des mouches ! s'esclaffa François-Xavier devant l'air ahuri de son père adoptif.

— Une fromagerie ! répéta Ernest.

— J'ai pensé à tout, son père… Enfin Ti-Georges m'a aidé… mais tout est arrangé. J'm'en va être apprenti pendant trois ans à la fromagerie Perron de Saint-Prime. Y ont accepté, j'pars après l'hiver pis après on ouvre notre fromagerie, icitte, su'a Pointe-Taillon !

— Ah ben baptême si j'm'attendais à ça !

— Vous allez l'dire à Joséphine pour moé ? demanda François-Xavier en retrouvant tout à coup une voix de petit garçon. J'voudrais pas la décevoir…

— Ah mon fils, si t'as pas encore compris que Joséphine, tout ce qu'a veut dans vie, c'est ton bonheur, c'est que t'es un moyen cabochon. Astheure, laisse-moé finir ma lettre. J'va annoncer la grande nouvelle à mademoiselle Coulombe.

— P't-être ben qu'a va venir voir notre fromagerie dans une couple d'années !

— Compte pas trop là-dessus. A promis de jamais remettre les pieds icitte pis baptême, j'commence à croire que c'étaient pas des paroles en l'air !

DEUXIÈME PARTIE

— Non, Julianna, on reviendra pas là-dessus encore ! On part demain matin un point c'est tout.

— Mais, marraine... j'ai pas envie d'y aller !

— Arrête d'en faire toute une histoire. On va passer l'été en vacances au Lac-Saint-Jean, j't'emmène pas à l'abattoir !

— Passer l'été dans ce coin reculé, c'est pareil, riposta la jeune fille. Peut-être que l'abattoir serait plus agréable !

— Oh ! Julianna, arrête de faire le bébé ! T'as dix-neuf ans maintenant ! J'commence à être tannée de m'obstiner avec toé !

Bon voilà que sa nièce recommençait à bouder ! Léonie sentit le découragement l'envahir. Il est vrai qu'elle-même n'était pas vraiment patiente depuis une couple de semaines... depuis qu'elle avait reçu cette fameuse lettre. Ce n'était pas dans ses habitudes de rabrouer ainsi sa fille adoptive. D'ailleurs, elle soupçonnait ce manque de sévérité d'être à la source du vilain défaut qu'avait Julianna d'être une boudeuse invétérée. Levant les yeux au ciel, la tante soupira et s'approcha doucement de la jeune fille. Tendrement, elle sourit en regardant la mine renfrognée de Julianna. Elle ressemblait tellement à Anna, à la différence qu'elle avait hérité non pas des yeux bleus de sa mère mais de ceux, très verts, d'elle-même. Léonie caressa la tête blonde :

— Julianna, j'comprends que tu trouves difficile ce voyage à la Pointe-Taillon.

« Si tu penses que c'est facile pour moé... » pensa Léonie en essayant de trouver les bons mots d'encouragement.

— Mais écoute ma grande, j'te l'ai expliqué vingt fois…

« Pis au moins mille fois dans ma tête et chus toujours pas convaincue de faire la bonne chose… »

— …mais, reprit-elle à haute voix, c'est notre devoir de se rendre auprès d'Alphonse.

Même là, il lui était encore malaisé de prononcer ce nom.

— Je sais, je sais, au chevet de mon père… ironisa la jeune fille. C'est notre devoir ! déclara-t-elle en gesticulant exagérément. Mais, vite, qu'attendons-nous ? Accourons, volons vers le lac Saint-Jean, vite ! Vite, le Titanic coule !

Et Julianna commença à courir en tous sens dans la pièce en imitant une jeune femme paniquée.

— Arrête d'être impolie comme ça, c'est pas de même que j't'ai élevée y me semble !

Malgré elle, Léonie se surprit à sourire, tout en regardant sa nièce jouer la grande scène du naufrage. Sa fille adoptive était si expressive. Un vrai boute-en-train ! Et puis, avait-elle su éduquer cette enfant ? Elle l'avait gâtée, oui, gâtée, pourrie.

Il est vrai que l'enfance de Julianna avait été à l'abri des soucis. La première année de sa vie s'était déroulée, tranquille, à Roberval. Léonie ne la quittait pas d'une semelle et s'émerveillait de la rapidité des progrès du bébé. Léonie avait pris le temps de bien planifier son avenir. Son subterfuge auprès de John avait eu encore plus de succès qu'elle n'aurait cru. Trois mois avaient passé depuis l'envoi de sa lettre et elle croyait ne jamais recevoir de réponse et commençait à désespérer de sa situation quand enfin une missive d'un cabinet d'avocat lui était parvenue. Tremblante, Léonie avait été tellement surprise de découvrir non seulement les titres de propriété de la maison de Roberval, mais également d'un immeuble sis à Montréal. Elle avait dû relire deux fois la note explicative jointe aux documents officiels.

L'homme de loi, engagé pour représenter John, y expliquait que son ancien amant était retourné définitivement aux États-Unis et que celui-ci lui avait laissé ses deux propriétés ainsi qu'une somme très considérable déposée dans un compte au nom de Léonie dans une banque de Montréal. En contrepartie, Léonie devait signer le présent document qui stipulait que cette signature dégageait monsieur John W. Morgan de toutes responsabilités. Léonie se souvenait encore du vertige qui l'avait terrassée au fur et à mesure que la portée des informations pénétrait dans son esprit. Elle avait signé la lettre, pris contact avec l'avoué et fait le voyage, sans Julianna, jusqu'à Montréal pour régler toutes les formalités. À son retour, Léonie était allée reprendre le bébé chez la voisine qui avait gentiment accepté de le garder, s'était assise à son secrétaire et avait fait des projets. De magnifiques projets dans lesquels Léonie s'installait définitivement à Montréal, ville qu'elle venait de découvrir et qui l'avait ravie. Sa propriété montréalaise comportait trois étages. Au rez-de-chaussée se trouvait une boutique que John avait utilisée pour recevoir les clients de son entreprise maritime. L'étage suivant comportait les bureaux de l'administration, à l'intérieur desquels un directeur, un comptable et une secrétaire avaient travaillé. Le dernier étage avait abrité les appartements personnels de John. Il avait tout laissé meublé, tel quel. Malgré la discrétion de l'avocat, Léonie avait pu réussir à comprendre que l'épouse de John avait sommé sa chère moitié de rentrer définitivement au bercail s'il ne voulait pas se voir dépossédé de tout. Car la fortune de l'Américain appartenait à son épouse. Léonie s'était approchée de la fenêtre de la chambre à coucher et avait admiré le mont Royal. C'était à ce moment-là qu'elle s'était sentie vraiment vivante pour la première fois de sa vie. Se sentir maîtresse de sa destinée, avoir le pouvoir de se prendre en main ainsi était le sentiment le plus exaltant du monde ! Voilà à peine quelques semaines, elle se voyait réduite à demander la charité à Alphonse, à le supplier de revenir sur sa décision ou encore de prier pour que monsieur Rousseau devienne veuf et soit libre de l'épouser comme elle avait senti qu'il n'haïrait pas cela, tandis que maintenant, Montréal lui appartenait, à elle, Léonie Coulombe ! Elle imaginait déjà sa boutique de chapeaux, gants, tissus, boutons et robes pour la femme moderne ! Elle l'appellerait Chez Léonie — non, trop simple —, La belle fille — trop vulgaire —, La belle du lac — oui, cela était joli et puis c'était ainsi que John l'appelait quand il lui offrait encore une somptueuse robe venant de Paris. Il disait en lui ouvrant la grande boîte carrée et en écartant le papier de soie :

— Pour toi, pour que tu sois ma belle du lac…

Elle lui devait bien ça !

~ ~ ~

C'est ainsi que Léonie s'était retrouvée à la tête d'une belle petite entreprise florissante qu'elle gérait de main de maître et que Julianna avait grandi dans la grande ville de Montréal, recevant la meilleure éducation possible, parlant aussi bien l'anglais que le français. Et Léonie avait tenu sa promesse. Celle-ci n'avait jamais permis à un autre homme de la courtiser. Elle s'était entièrement consacrée à son travail. Elle n'était également jamais retournée à Pointe-Taillon, comme elle l'avait prédit à Ernest. C'était drôle, quand elle pensait au parrain de Julianna, elle avait toujours cette sensation de chaleur qui lui traversait les reins même dix-neuf ans après et sans qu'elle ne l'ait jamais revu. Il est vrai qu'ils entretenaient une correspondance assidue. Il lui donnait des nouvelles de ses neveux et nièces, de François-Xavier, de la vie là-bas qui lui semblait un autre monde. C'était également Ernest qui voyait régulièrement à l'entretien de la maison de

Roberval. Après maintes hésitations, elle avait décidé de ne pas s'en départir. Elle pourrait toujours la louer. Elle ne savait pas trop pourquoi, mais elle avait un vital besoin de garder un lien avec la région. Elle envoyait régulièrement un peu d'argent à Ernest qui effectuait les menues réparations nécessaires pour que la maison ne tombe pas en ruine. À force d'entretenir un échange continu, Léonie et Ernest en étaient venus à s'appeler par leurs prénoms, tout naturellement, sans que ni l'un ni l'autre n'en fasse la demande. Lorsque Ernest lui avait annoncé le décès de sa Rose-Élise en 1917, Léonie avait eu un moment l'impression que l'homme allait lui déclarer sa flamme, mais les lettres étaient restées muettes de déclaration d'amour. De toute façon, c'eut été un refus. Elle avait fait un échange avec le Seigneur et Celui-ci, en contrepartie de son sacrifice, lui avait offert une vie merveilleuse.

Léonie avait été récompensée par les sourires de Julianna, sa joie de vivre, sa beauté, son talent. Car Julianna avait un immense talent, elle chantait divinement. Pour sa nièce, ce don était une passion et il était évident que jamais Julianna ne prendrait la relève au magasin. Tout ce qui n'était pas artistique était à l'opposé de sa fille adoptive. Léonie ne s'en faisait pas trop, car tout ce qu'elle voulait, c'était le bonheur de son enfant. Alors elle avait accepté de lui payer un piano ainsi que des leçons. Elle avait également consenti aux cours privés de déclamation et de pose de voix. Elle s'était étonnée de l'entendre chanter de l'opéra et n'avait jamais rouspété lorsque, pendant des heures, la chanteuse s'exerçait. Lorsque Julianna avait commencé à remporter des prix de distinction, Léonie en était venue à penser que sa fille avait peut-être raison quand elle déclarait qu'elle deviendrait une cantatrice célèbre. La filleule de Léonie se révélait une brillante élève à la voix très belle, mais surtout une élève déterminée et acharnée dans son travail. Petit à petit, de bouche à oreille, sa réputation avait grandi. On avait demandé à l'entendre dans les soirées, aux mariages et aux fêtes de toutes sortes. Elle en était même venue à se produire dans des occasions plus officielles, des galas de charité ou des cérémonies commémoratives. Léonie était si fière d'elle. Tout le monde la promettait à un grand avenir ! On disait d'elle qu'elle deviendrait la deuxième Albani, cette célèbre cantatrice native de Chambly et qui avait fait une fabuleuse carrière internationale. L'Albani était même devenue l'amie intime de la reine Victoria ! Et, quand la reine était décédée, c'est elle qui avait chanté à l'enterrement royal. Julianna s'amusait parfois, devant son miroir, à s'imaginer à l'enterrement d'une reine, chantant sa peine, la voix pleine d'émotion. Elle réussissait même à échapper quelques larmes.

Léonie s'occupait de tout et chaperonnait la chanteuse dans tous ses déplacements. La mère adoptive s'était surprise à se délecter de cette vie artistique. Elle qui avait passé son temps à travailler pour le magasin avait engagé une personne fiable et lui avait donné son entière confiance. Montréal avait tant à offrir. On pouvait y suivre la mode, se promener dans les grands magasins, aller à l'opéra, évidemment, ou au théâtre. Les deux femmes adoraient particulièrement se rendre à une séance de cinéma au Ouimetoscope. C'était une belle grande salle, des plus modernes, où Julianna surtout ne se lassait pas de visionner tous les drôles de petits films que sa marraine trouvait trop bougeants à son goût, comme elle disait. Mais comme la plus âgée appréciait les chanteurs de charme qui comblaient l'ennui des fréquents entractes tandis qu'on changeait de bobines, Léonie ne se faisait jamais vraiment prier pour y retourner encore une fois. À l'aube de ses cinquante ans, Léonie avait découvert qu'elle avait le droit de s'amuser sans que personne ne vienne troubler sa retraite. Cela était vrai jusqu'à ce qu'Ernest, dans sa dernière lettre, lui fasse parvenir, insérée à l'intérieur de celle-ci, une missive signée de la main même d'Alphonse.

~ ~ ~

— Les femmes et les enfants d'abord ! cria tout à coup Julianna.

Léonie revint sur terre. Elle regarda sa filleule se laisser choir lourdement sur le lit à travers les vêtements éparpillés. Boudeuse, la jeune fille maugréa :

— Notre devoir, notre devoir… Il a jamais voulu me voir pendant toutes ces années pis il faudrait que je lâche tout parce que monsieur mon père, que je sais même pas de quoi il a l'air, est malade ! Je lui dois absolument rien pis j'ai pas à y aller si je veux pas ! s'emporta la jeune fille.

Léonie se frotta les tempes de lassitude. Elle avait juré de ne pas remettre les pieds à la Pointe. Revoir Alphonse était certainement la dernière chose dont elle avait envie. Oh, elle avait été tentée d'ignorer la maudite missive, de faire comme si elle n'était jamais parvenue jusqu'à elle… mais, dès la lecture de la lettre, Léonie savait qu'elle ne pourrait se résoudre à rejeter la demande. Encore une fois, elle tenta d'amadouer sa nièce.

— Écoute-moé, ma chérie, tout va ben aller…

Tentant de l'apaiser, elle lui expliqua doucement :

— Des fois, dans la vie, y arrive des événements qu'on risque de regretter pour toujours si on agit pas avec respect pis droiture.

Léonie essaya de choisir et de peser chaque mot.

— J'dis pas que ton père a ben agi en coupant les ponts comme y a fait, mais j'crois sincèrement qu'on a pas l'droit de refuser de répondre à son premier pas vers toé. Ça fait tellement d'années… T'es sa fille ! Y dit qu'y est très malade pis qu'y veut te voir. Fais le pas pour lui, mais pour toé. Ce sera pas quand Alphonse va être dans sa tombe que tu vas pouvoir faire face à son ombre. Y est pis y va toujours être ton père, y a rien qui va pouvoir changer ça pis j'pense qu'y est temps que tu lui fasses une place dans ton cœur. Petite ou grande, ça dépendra de toé, mais tu dois lui trouver une place pour pouvoir être en paix avec toé-même… J'sais que dans le fond de toé, tu souffres que ton père ait jamais voulu te voir avant, mais dis-toé ben que lui, y devait vivre avec cette décision et pas grand monde voudrait avoir ce poids sur les épaules. Ton père est rendu vieux, Julianna, y a tellement souffert de la mort de ta mère… J'ai toujours gardé, en secret, un certain contact avec tes frères et sœurs, oui, ta sœur Marie-Ange m'écrit régulièrement… Non, dis rien… j'ai cru ben faire… Y s'informaient de toé, à qui tu ressemblais…

— Est-ce qu'ils vont être tous à la ferme ? demanda timidement Julianna, ébranlée par ces confidences.

— Mon doux Seigneur, non ! répondit Léonie en riant et en recommençant à faire les bagages. Y sont tous partis faire leur vie un peu partout. Tous tes frères et sœurs sont maintenant mariés, sauf Ronald. Lui, y a choisi la prêtrise, et si mes renseignements sont exacts, y prêche dans le boutte de Trois-Rivières.

— Vous m'avez jamais vraiment parlé d'eux, reprocha Julianna.

— J'croyais que t'y pensais pas.

— Qui sera là-bas, d'abord, juste mon père ?

Depuis qu'elle était toute petite, elle s'était toujours sentie à part. Oh, sa tante ne lui avait pas caché les circonstances de sa naissance et lui avait parlé brièvement des membres de sa famille. Mais combien de fois, dans ses jeux de fillette, s'était-elle mise à rêver d'une maison pleine à craquer d'enfants, comme chez leur voisin Bérubé, qui riraient et joueraient à se cacher sous les escaliers ou au grenier avec elle. Elle aimait énormément sa marraine, mais l'existence de son autre famille sur le bord d'un lointain lac la rendait nostalgique.

— La terre appartient à Ti-Georges maintenant, expliqua Léonie. C'est certainement lui qui va nous accueillir au bateau après-demain.

Ça me fait tout drôle de penser à lui en tant qu'homme marié. La dernière fois que j'l'ai vu, y avait cinq ans pis astheure, y a un fils de c't'âge là…

Léonie sembla retourner dans le passé, mais chassa vite ces pensées.

— En tout cas, j'crois pas que tu puisses te plaindre de la vie que t'as menée avec moé, reprit-elle. Voyons ça comme des vacances ! J'en mérite ben… Tout est organisé au magasin, monsieur Morin prend la relève, y est temps que je me repose un peu. Allez, finis tes bagages.

— D'accord, marraine, acquiesça Julianna, mais on pourrait pas rester là-bas juste une semaine ou deux ?

— Est-ce que par hasard tu me cacherais pas quelque chose ou plutôt quelqu'un ? Y aurait pas un jeune avocat là-dessous qui te donne envie de rester à Montréal ?

Léonie regarda sa nièce. Le jeune homme tournait autour d'elle depuis des semaines. Il s'était présenté et semblait très convenable, certainement un fils de bonne famille, mais… il lui rappelait trop son John… un beau grand sourire charmeur, des cadeaux dans les bras, mais dans les yeux, une faim de loup que Léonie savait reconnaître maintenant. Elle ne voulait pas que sa filleule soit une brebis à croquer. « Comme la vie est bizarre, on dirait que l'histoire se répète. Quand on crache en l'air, ça vous retombe toujours sur le nez, même vingt ans plus tard » se dit Léonie.

— Oh marraine ! s'offusqua Julianna. Henry y a rien à voir là-dedans pis je… je…

— Tu l'appelles par son p'tit nom, maintenant ?

— Vous l'aimez pas, je le sais ! s'enflamma Julianna. Quand il est venu veiller la semaine dernière, vous nous avez pas lâchés d'un pouce.

— C'est mon devoir de vous chaperonner. Tu t'attendais tout de même pas à c'que j'vous laisse tuseuls ensemble ! s'indigna Léonie.

— On est plus en 1800, marraine ! Les automobiles existent, les aéroplanes, le cinéma !

— Je l'sais en quel siècle on vit, mademoiselle l'impertinente ! Pis, chus p't-être pas ta vraie mère, mais tu me dois respect et obéissance ! s'emporta Léonie.

Julianna se tut d'un coup sec. Jamais sa tante ne l'avait traitée ainsi. Si elle pouvait apprendre à tourner sa langue sept fois aussi comme on lui répétait de le faire ! Mais qu'est-ce que Léonie avait ? On aurait dit que le voyage l'énervait encore plus qu'elle !

— Oh, pardonnez-moé, matante, s'écria Julianna en voyant des larmes brouiller le regard de Léonie. Vous savez comment je m'emporte vite, pis pour des riens.

Désolée, elle se jeta dans les bras de sa marraine comme la petite fille qu'elle était encore par moments.

— Allons, allons, c'est pas grave, c'est moé qui aurais pas dû perdre patience. Ton Henry a l'air d'être un jeune homme comme il faut pis très amoureux de toé, ajouta-t-elle en pinçant affectueusement la joue de sa fille. Quand on va revenir à Montréal, on va faire plus connaissance tous les trois.

— Vous savez, marraine, la plupart des filles de mon âge sont mariées… l'agaça Julianna.

— Quoi ? Es-tu en train de m'dire qu'il t'a déjà fait la grande demande ?

Julianna se mit à rire devant l'air éberlué de sa tante.

— Pas encore, mais… je pense que c'est pour bientôt.

— Pis tu vas répondre quoi ? s'alarma Léonie.

— Je sais pas… je disais surtout ça pour que vous arrêtiez de me surveiller sans arrêt.

— Julianna, t'es impossible ! On a beau être en 1924, y a une limite à ce qu'une jeune fille peut faire seule ! Bon, allez, on se chicane pus.

— Est-ce que j'apporte ma nouvelle robe de dentelle blanche ?

— Ma chérie, t'as vraiment aucun sens pratique. J'aurais du t'envoyer à l'école ménagère aussi…

— Pour apprendre à devenir une bonne épouse ! Non, merci !

— Alors, la réponse à Henry va être négative ?

— J'ai pas dit ça ! Oh marraine, vous m'asticotez, là…

Et elle se mit à rire de nouveau.

De toute façon, Julianna était déterminée à apporter sa robe blanche. Elle était si jolie dedans, une vraie princesse ! Tiens, même que c'était celle-là qu'elle porterait pour prendre le bateau, décidat-elle. Elle voulait que son autre famille meure de jalousie en la voyant. Elle leur montrerait qu'elle avait pu fort bien se passer d'eux ! Elle se voyait déjà, immaculée dans sa robe, son chapeau assorti, juste bien enfoncé, mettre pied pour la première fois sur la Pointe-Taillon, tout le monde se retournerait sur son passage…

~ ~ ~

Tout le monde se retourna effectivement sur son passage, mais pas exactement comme elle l'avait prévu. Autour d'elle cet après-midi-là, les gens s'étouffaient plus de rire que d'admiration. Au début de la traversée, tout s'était passé à merveille sauf que Julianna avait bien vite constaté, à la nausée qui l'envahissait, qu'elle n'avait pas le pied marin. À Montréal, elle voyageait toujours en train, en taxi automobile ou en gros char, jamais en bateau ! Trop fière pour être malade, elle avait réussi à se maîtriser en respirant profondément, les lèvres et le nez pincés par tant de contrôle. Quand elle s'était rendu compte que son calvaire n'était pas terminé et qu'il fallait qu'elle et sa tante embarquent sur un deuxième bateau pour, cette fois, traverser la rivière Péribonka, elle avait cru s'évanouir de déception. C'est en empruntant enfin la passerelle libératrice, trop pressée de retrouver la terre ferme, qu'un étourdissement l'avait piégée. Ses pieds avaient dépassé le rebord et elle s'était retrouvée, dans le temps de le dire, en train de prendre un bain forcé. Les deux matelots de surveillance réagirent rapidement et ils eurent tôt fait de hisser la maladroite à bout de bras sur le quai du débarcadère, saine et sauve mais en piteux état. L'un d'eux lui tendit son chapeau tout déformé en essayant de ne pas trop rire, tandis que l'autre s'informait de son état de santé.

— Oh! ça va, ça va! ragea Julianna, vous pouvez retourner à vos occupations, je me suis pas noyée, quand même. Oh marraine, de quoi j'ai l'air astheure? se lamenta Julianna.

— Ben… disons que… Léonie ne put continuer.

Elle ne put se retenir de rire à la vue de sa filleule si guindée auparavant et dans un état si lamentable maintenant.

— Vous êtes certainement matante Léonie, intervint tout à coup un grand jeune homme. J'me souviens de vos fous rires avec maman, vous riez encore pareil.

— Ti-Georges! s'exclama Léonie en se retournant subitement. Ti-Georges, c'est pas vrai, mais t'as ben grandi! Oh! Ti-Georges, que c'est plaisant de te revoir!

Léonie n'en revenait pas. Elle avait beau s'être préparée à l'idée, c'était un choc que de voir cet enfant devenu un homme. Elle le serra dans ses bras, deux fois plutôt qu'une, puis, joyeusement, se recula pour l'admirer.

— Julianna, voici ton grand frère Georges, annonça-t-elle en le présentant à sa filleule.

Émue, la jeune fille ne trouva pas quoi dire. Ti-Georges régla le problème en éclatant de rire à son tour devant l'allure de sa petite sœur.

— Non, mais quoi, s'indigna Julianna en retrouvant la voix, vous avez jamais vu quelqu'un tomber à l'eau ?

— Oh oui, mais jamais en robe de mariée ! s'esclaffa Ti-Georges en riant de plus belle.

— C'est pas une robe de mariée ! se récria sa sœur. Tu sauras, mon cher grand frère, que c'est le dernier cri à Montréal ! se défendit-elle avec snobisme.

— P't-être ben, mais icitte, t'as l'air folle en bateau ! Hein, mon François-Xavier ? ajouta-t-il à l'adresse de son ami qui était resté respectueusement un peu à l'écart du groupe.

Léonie et Julianna s'aperçurent de la présence de l'autre homme en même temps.

— Pas le p'tit François-Xavier que j'ai connu haut comme ça ? François-Xavier Rousseau ? dit Léonie, éberluée.

Si ce n'avait été de la chevelure rousse, Léonie aurait eu peine à reconnaître le fils de monsieur Rousseau. Le petit garçon s'était transformé en un grand gaillard.

— Oui, matante, lui-même en personne, opina Ti-Georges.

— Bonjour mademoiselle Coulombe, salua poliment François-Xavier.

— J'lui ai demandé de m'accompagner avec la wagonnette pour les malles, reprit Georges. Comme vous aviez averti que vous auriez ben des bagages, j'ai pas pris de chance.

— T'as ben fait, mon garçon, surtout que j'ai eu beau dire, mais en plus des cadeaux que j'apporte, ta sœur a emporté du linge pour toute une année au moins !

— Du moment qu'elle a au moins une robe de rechange, hein, mon François-Xavier ? s'esclaffa de nouveau Ti-Georges en donnant un coup de coude à son meilleur ami.

— Arrête de l'agacer, la défendit François-Xavier, moé, j'trouve que vous avez l'air d'une princesse, mademoiselle, ajouta-t-il à l'adresse de Julianna tout en la saluant avec déférence.

— Ah ben bateau ! On aura tout entendu ! Là t'exagères François-Xavier ! Une princesse ! Une princesse des bécosses, oui, on n'a jamais vu une fille avec des cheveux courts !

— Ça commence à faire, Ti-Georges, l'avertit Léonie en retrouvant son autorité d'antan et ne voulant pas que sa nièce perde toute contenance. Allez, emmène-nous chez ton père. Pis en chemin tu vas me raconter toutes les dernières nouvelles !

— D'accord, matante. Venez, j'vous embarque dans mon boghei. François-Xavier, tu t'occupes d'emmener la princesse dans ton carrosse ?

— Oui, oui, s'empressa d'accepter son ami. Aide-moé à mettre les malles dans la wagonne pis on te suit. Venez, mademoiselle Julianna, j'va vous aider à grimper, dit François-Xavier en désignant l'attelage.

— Non merci, monsieur Rousseau, le rabroua la jeune fille, offusquée. À cause de vous, mon frère arrêtera pas de me traiter de princesse. C'est de votre faute si je passe pour une vraie idiote !

Et, sans plus un mot, elle alla prendre place dans la wagonne, ajustant en chemin son chapeau déformé sur sa tête.

« Quelle drôle de fille, pensa François-Xavier en la suivant du regard. Est si belle… est si… si… est pour moé. »

Julianna était peut-être tombée à l'eau, mais François-Xavier, lui, venait de tomber éperdument amoureux.

— Une chance qu'on a un beau mois de juin, le soleil aura vite fait de vous sécher en chemin, dit gentiment François-Xavier en prenant place à côté de Julianna sur le banc inconfortable de la grosse charrette.

— Tout le monde est paré ? s'informa Ti-Georges. Bateau que t'as un joli chapeau, Julianna ! ajouta-t-il en faisant mine d'être sérieux.

— Euh… merci, Ti-Georges, répondit sa sœur, décontenancée.

— Si jamais t'en veux pus, tu pourras toujours l'offrir au curé, ça pourra servir de clocher pour l'église qu'y veut faire construire! poursuivit-il en s'esclaffant.

— Oh! Mon… mon… mon verrat!

De rage, elle ôta son chapeau et le lui lança en pleine figure.

— Tiens, j'espère que tu vas en entendre, des cloches! cria-t-elle furieuse.

— Mais, c'est que la p'tite sœur a du caractère, s'écria Georges en riant.

Il redonna le couvre-chef à sa propriétaire avant de mettre en garde son meilleur ami.

— Fais attention à toé, mon François-Xavier! C'est p't-être pas une princesse que tu transportes, mais une vilaine sorcière qui pourrait te jeter un sort!

Et en ricanant, fier de son coup, il rejoignit sa tante qui l'attendait, déjà installée sur l'étroit siège de la voiture à cheval. Puis, sans plus attendre, il s'engagea sur le chemin du retour.

— Faites pas attention à lui, y est pas capable d'être sérieux deux minutes, surtout quand y est gêné, on dirait qu'y fait exprès, excusa François-Xavier après le départ de son ami. Y est p't-être un peu agaçant, mais c'est un moyen bon vivant aussi. Y a un cœur en or, vous verrez. Allez hue, cheval, hue!

Le petit attelage trottinait en avant, Léonie n'ayant de cesse de poser des questions. La grosse carriole suivait, plus silencieuse que celle de leurs prédécesseurs. François-Xavier fouilla dans sa poche et tendit un petit flacon à sa passagère en expliquant:

— C'est le pire temps de l'année pour les mouches noires. Sur le bord de l'eau, on est correct, mais à l'abri du vent, c'est pas tenable! Mettez-vous ça dans la face, ça devrait les tenir éloignées.

— C'est quoi ? Pouah ! Ça sent le diable ! s'écria Julianna en plissant le nez après avoir ouvert la petite bouteille.

— C'est une recette qui vient des Indiens. C'est… une personne que j'connaissais qui me l'a montrée. Allez, mettez-en avant qu'on rentre dans la forêt. L'attelage de Ti-Georges est léger, mais nous, chargés comme on est, les bébittes vont avoir en masse le temps de nous bouffer.

— Non merci. Imaginez-vous donc, monsieur Rousseau, que j'ai déjà vu des mouches noires dans ma vie pis que je suis capable de m'en défendre sans avoir à puer l'huile de mouffette, riposta la jeune fille en redonnant le petit pot au conducteur.

Résigné, François-Xavier rempocha le flacon et continua lentement sa route. Peu après, le chemin se rétrécissait et ils pénétrèrent dans la partie boisée. Le vent, qui jusque-là les avait protégés par sa brise, disparut dans les arbres et une véritable nuée de mouches noires, ces minuscules bestioles qui vous brûlent de leurs morsures microscopiques, se ruèrent sur leurs proies. La femelle, avec sa peau tendre et douce et parfumée, les attirait particulièrement. La robe blanche de Julianna devint rapidement tachetée de noir. Elle avait des mouches dans les oreilles, les yeux, le nez ! Elle en mangea certainement une ou deux ! Ses mains virevoltèrent, essayant d'écraser ces dévoreuses. Elle secoua sa tête de gauche à droite, tentant de les souffler au loin, mais il n'y avait pas moyen de s'en débarrasser !

François-Xavier examina furtivement sa compagne. Elle ne disait toujours rien. De longues traînées de sang coulaient derrière ses oreilles et elle ne cessait de gesticuler comme une girouette. Plus maniable, le boghei avait pris de l'avance, les laissant loin derrière. Le jeune homme hésita, ce ne serait pas très convenable d'arrêter la wagonne, mais il ne pouvait tout de même pas la laisser se faire manger toute crue. D'un geste sec, il prit sa décision et tira sur les rênes. Les coinçant entre ses cuisses, il ressortit de sa poche l'anti-moustique, s'en versa une énorme quantité dans les mains et, sans attendre le consentement ou les reproches de Julianna, il se mit à la huiler lui-même.

— Hé, qu'est-ce que vous faites! Ah non! se défendit Julianna en se reculant.

Mais François-Xavier l'agrippa solidement et continua à lui enduire le visage de lotion. Sur le coup, il n'y avait aucune douceur dans ce geste; il la frictionna vigoureusement sur les joues, le front, ayant repoussé le chapeau, impatienté par tant d'inconscience. Mais, petit à petit, sans qu'il n'y puisse rien, ses doigts ralentirent, se firent caressant et glissèrent le long du cou gracile. Il était penché sur elle, il ressentait la chaleur de son corps, tout près, si près… trop près. François-Xavier contempla la jeune femme. Les courts cheveux blonds coupés à la mode du temps frisottaient un peu en séchant. Qu'elle était belle, mais belle! Il allait l'embrasser, il ne pourrait s'en empêcher! Elle ne disait plus rien, les lèvres entrouvertes et tremblantes, respirant plus vite, les yeux verts, agrandis d'émotion. François-Xavier se pencha un peu plus vers celle-ci, mais hélas, ne put atteindre la bouche convoitée, car tout à coup, Julianna éclata en sanglots. Désemparé, François-Xavier se tassa le plus possible dans son coin et, maladroitement, sans plus oser regarder la belle Julianna, se mit à jouer nerveusement avec le cuir du harnais, qu'il égratignait de ses ongles sans s'en rendre compte. Il s'en voulait tellement. Il n'avait pas voulu la faire pleurer! S'il avait plus d'expérience avec les femmes aussi, au lieu d'être resté un vieux garçon. Il n'avait jamais pris le temps de courtiser une fille comme Ti-Georges, son travail le préoccupant trop. L'ambitieux projet d'avoir sa propre fromagerie avait pris tout son temps. Associé avec son père, ils en avaient commencé la construction sur une partie du lot d'Ernest. Si tout se passait comme prévu, la fromagerie deviendrait opérationnelle l'année suivante. Non, il n'avait vraiment pas eu le temps de penser aux filles. Et voilà qu'aujourd'hui, à vingt-quatre ans, sans qu'il s'y attende, une princesse apparaissait et il n'avait rien trouvé de mieux que de la faire pleurer. «Maintenant a voudra pus jamais que je l'approche, comment as-tu pu oser vouloir l'embrasser?» se reprochait-il.

— Vous auriez pas un mouchoir? J'ai perdu le mien, demanda Julianna en reniflant bruyamment, un peu calmée.

Devant la réponse négative de François-Xavier, elle ajouta:

— Bon, ben tant pis, au point où j'en suis rendue… De toute façon, j'suis pas sur la veille de remettre cette robe-là!

Elle entreprit de déchirer un long bord de la doublure de la jupe et elle put enfin éponger son nez et enlever le surplus d'huile qui lui collait dans les cheveux.

— J'sais pas ce qui m'a pris, j'suis pas de même d'accoutumée… s'excusa-t-elle un peu plus tard. Ça doit être à cause de tout ce qui m'est arrivé… Je voulais tellement ben paraître devant mon père, ma famille… pis là…

— Ah non, mademoiselle Julianna, remettez-vous pas à pleurer, vous auriez pas assez de votre robe!

— Vous me pardonnez toutes mes niaiseries, monsieur Rousseau? demanda Julianna d'une toute petite voix.

Lui pardonner! Mais c'est lui qui avait essayé de l'embrasser!

«Pour moé, a s'est rendu compte de rien» en conclut François-Xavier, soulagé.

— Tenez les brides deux minutes, j'va aller vous chercher un cadeau, lui dit-il en sautant prestement en bas du chariot.

Regardant autour de lui, il s'éloigna pour trouver exactement ce qu'il cherchait. Il repéra un peu plus loin un magnifique sapin aux belles grandes branches. Sortant son couteau qu'il traînait toujours sur lui, il coupa la plus fournie. Mais lorsqu'il revint sur ses pas, il s'aperçut que la jeune fille avait pris sa place et, un sourire fendu jusqu'aux oreilles, sans l'attendre, elle fouetta le cheval, qui repartit maladroitement, affolé par l'inattendu manque d'égard de la nouvelle conductrice. Elle se détourna et lui cria :

— Ça vous apprendra à vouloir m'embrasser dans des moments pareils, monsieur Rousseau !

— Attention ! C'est dangereux, le chariot est trop chargé !

François-Xavier se mit à courir pour rattraper son cheval qui, sous la commande inexpérimentée, cherchait à s'emballer.

Heureusement, François-Xavier ne fut pas long à se retrouver aux côtés de la bête et à la calmer d'une voix ferme mais rassurante. Julianna laissa le jeune homme reprendre les rênes et fit comme si de rien n'était.

— Ah monsieur Rousseau, lui dit-elle, vous avez ben raison de faire de l'exercice, ça chasse les mauvaises pensées.

— La seule mauvaise pensée qui me vient à l'esprit est de vous jeter en bas de la carriole, ragea le jeune homme. C'était dangereux ! Vous avez jamais conduit un attelage, certain !

De mauvaise foi, Julianna se défendit :

— Non, mais ç'avait pas l'air ben difficile.. C'est parce que vous avez crié que le cheval s'est cabré.

— Ti-Georges disait vrai, vous êtes une sorcière… Vous me le payerez un jour, mademoiselle Julianna Gagné. Vous me le payerez, lui promit François-Xavier.

— Tenez, ajouta-t-il en lui tendant la branche de sapin qu'il n'avait pas lâchée pendant sa course. Servez-vous en pour vous éventer, pour éloigner les mouches… vous savez, comme la queue d'une vache ? précisa-t-il perfidement.

— Hum… un vrai gentleman, merci beaucoup, dit Julianna sans relever l'allusion.

— Mais de rien, c'était presque un plaisir… répondit François-Xavier, sarcastique.

C'était un drôle de cortège que virent arriver le boghei et ses deux occupants, qui les attendaient, plus loin, inquiets de leur retard.

— Mon doux Seigneur! s'exclama Léonie devant l'allure de sa filleule.

Elle avait du sang croûté dans le cou, les cheveux poisseux, la robe déchirée et on aurait juré qu'elle avait pleuré.

— Voyons, François-Xavier, s'écria Ti-Georges, t'avais pas de chasse-mouches sur toé?

— Ben oui, mais la princesse en voulait pas, répondit François encore fâché de l'attitude puérile de sa passagère.

— Est-ce que ça va, Julianna? s'informa sa marraine.

— Son altesse pourrait pas aller mieux, répondit celle-ci en s'éventant à grands coups de branche de sapin sur un ton hautain. C'est mon cocher qui a eu besoin de se dégourdir les jambes pis qui nous a retardés. Vraiment, Ti-Georges, continua-t-elle à l'adresse de son frère qui ne comprenait plus rien à ce qui se passait, une personne de mon rang se serait attendue à meilleur accueil. C'eut été la moindre des choses que de me faire voyager dans une automobile, à moins que ça existe pas encore icitte… évidemment.

— Cocher, vous connaissez le chemin? reprit-elle en s'adressant cette fois à François-Xavier en lui décochant un clin d'œil.

Ce petit geste effaça toute trace de colère chez le jeune homme qui lui sourit en retour.

— Alors, allez!

Et, en faisant signe à François-Xavier qui rigolait comme un fou devant la stupeur de Ti-Georges, ils dépassèrent le boghei, laissant Léonie et son neveu abasourdis.

~ ~ ~

— J'vous le dis son père, c'était la première fois que j'voyais Ti-Georges se faire clouer le bec !

Ernest était assis dans sa chaise berçante dehors sur sa grande galerie à fumer sa pipe et à boucaner les mouches, quand son fils était arrivé, tout énervé, voulant à tout prix lui raconter, il ne savait trop quelle anecdote, mais il lui semblait avoir compris qu'il s'agissait d'une histoire de bébittes et de princesse.

— Allons, mon grand, calme-toé un peu, j'comprends rien de c'que tu radotes ! dit Ernest en faisant taire son fils.

« Baptême que mon François est excité » se dit-il en examinant son garçon à travers la fumée de sa pipe. Y a certainement anguille sous roche.

— Prends donc le temps de dételer pis de venir manger un morceau ! T'as même pas soupé ! lui fit remarquer Ernest tout en continuant à se bercer régulièrement. C'est pas bon de s'épivarder comme ça le ventre vide ! ajouta-t-il, narquois.

François-Xavier prit une grande respiration, fit ce que son père lui avait dit et revint, un peu plus tard, en mâchant un quignon de pain et un morceau de fromage. Cette fois, il narra avec soin les événements de la journée.

— Si vous lui aviez vu la face ! Longue de même ! fit-il en mimant des bras la longueur supposée.

— Ce que j'entends surtout dans cette histoire, dit Ernest, c'est que ma filleule te travaille le corps en baptême. Si tu t'voyais la face à toé quand t'en parles.

— Oh !, à vous j'peux ben le dire ! C'est la plus belle fille que j'aie jamais vue ! avoua François-Xavier.

— Tant mieux, tant mieux, j'commençais à désespérer d'avoir un jour une descendance.

— Ben voyons, son père, j'viens juste de la rencontrer! rougit le jeune homme.

— On en a déjà vu des plus vites que ça.

— Oh, vous là! Arrêtez donc de m'chercher!

François-Xavier hésita un peu avant de demander:

— Pensez-vous que ce serait convenable, vu les circonstances, que j'aille lui faire un brin d'cour? Parce que j'sais pas trop combien de temps a va être en visite… Mademoiselle Julianna arrêtait pas de dire qu'a resterait pas tout l'été icitte certain! Montréal, c'est un peu loin pour des fréquentations, vous pensez pas?

Ernest prit le temps de bien réfléchir avant de répondre:

— Ben moé, j'pense que tu devrais la laisser quelques jours tranquille avant d'aller lui tourner autour. C'est un peu spécial, tu sais, cette histoire-là… Léonie, euh… mademoiselle Coulombe pis la p'tite qui reviennent après tant d'années…

Un long silence s'installa. Le père reprit:

— Si cette créature-là t'est destinée, a va ben t'attendre un peu, sinon…

Ernest démontrait un calme qu'il était loin de ressentir. Il était très nerveux à l'idée de revoir Léonie.

— Vous êtes toujours de bon conseil, comme d'habitude.

François-Xavier hésita avant de poser une question qui le hantait depuis longtemps.

— Pourquoi que vous vous êtes jamais remarié après la mort de… votre femme? osa-t-il demander.

Baptême, il fallait vraiment que cette fille lui ait fait un gros effet pour qu'il ose lui parler de Rose-Élise, s'étonnait Ernest.

— Allume-toé donc une bonne pipée, toé aussi. On va jaser un peu tous les deux, la soirée est jeune.

~ ~ ~

— Dis-moé la vérité, Ti-Georges, est-ce que ton père est si mal en point que ça ? demanda Léonie.

Ils étaient arrivés il y avait de cela une demi-heure environ. Le jeune Rousseau avait débarqué les bagages avant de s'en retourner à sa ferme. Julianna et elle avaient fait connaissance avec Marguerite, la jeune épouse de Ti-Georges, et rencontré leurs deux petits garçons. Marguerite avait gentiment offert à Julianna de lui monter de l'eau chaude et de l'aider à faire un brin de toilette. Léonie profita de ce moment de solitude avec son neveu pour parler sérieusement. Assis tous les deux au salon, elle repoussait le moment où elle devrait affronter Alphonse qui, alité dans sa chambre, attendait la visite des deux femmes.

— Ben, le docteur dit qu'y devrait pas passer le prochain hiver. Il aurait quelque chose en dedans qui le ronge… Vous savez que papa a coupé complètement la boisson ?

— Y boit pus pantoute ?

— Pus une goutte ! Ça va faire un bon deux ans. Depuis qu'y s'est décidé d'aller dans ses réunions de tempérance. Une fois par mois à Péribonka.

— Bonne nouvelle, ça. Maudite boisson, ça brise des vies.

— Ouais, mais ça lui a pas arrangé le caractère au père, vous allez voir !

— Est-ce qu'y t'a dit ce qu'y m'voulait ? Dans sa lettre y écrivait que c'était ben important qu'y me voie moé itou, pas juste Julianna.

— Le père est ben fatigué. Y dit qu'y veut pas prendre de chance pis être prêt pour le grand Jugement. C'est pour ça qu'y vous a fait venir. En tout cas, c'est ce qu'y m'a dit. Vous nous avez manqué, matante Léonie, ajouta Georges, ému, et pour se donner une contenance, il

plaisanta : surtout vos bonnes crêpes que vous nous faisiez pour nous
gâter. J'm'en souviens encore, vous savez !

— Tu te souviens-tu aussi de la chicane entre moé pis ton père ? demanda Léonie, qui voulait profiter de ce tête à tête pour aller au fond
des choses.

— J'veux pas en parler matante…

Léonie respecta le désir de son neveu. Après un court silence, elle
dit doucement :

— Comment ç'a été pour toé après mon départ ?

— Entre le père pis moé, ça marchera jamais, mais c'est pas grave.
J'ai ma Marguerite astheure pis mes deux p'tits monstres à moé.

— T'as une belle p'tite famille, Ti-Georges. Chus ben contente de
voir que t'es devenu un homme pis j'va t'en faire des crêpes, pas plus
tard que demain matin à part de ça ! Mais pour le moment, va avertir
ton père que j'm'en viens le voir.

Elle suivit des yeux son neveu qui obtempérait. Trouverait-elle le
courage de le suivre, de pénétrer dans cette chambre, de revoir son
beau-frère ? Elle prit une grande respiration pour ne pas défaillir et se
dirigea vers la chambre du malade. Ti-Georges en ressortait. Sans un
mot, il fit signe à Léonie qu'Alphonse l'attendait et la laissa seule sur
le seuil de la pièce. Fermant un peu les yeux, Léonie crut revoir le
sang, sa sœur, le bébé… non ! « Chasse tout ça de ton esprit, Léonie
Coulombe. T'es pus une enfant qui a peur des ombres ! » Léonie reprit
ses sens et entra dans la chambre. Tranquillement, elle regarda autour
d'elle ; la commode, la chaise, le lit… En dix-neuf ans, rien n'avait
changé.

— Bonjour Alphonse, c'est moé, Léonie, s'annonça-t-elle quand
elle fut certaine de son calme retrouvé. Si tu dors, j'peux revenir plus
tard, ajouta-t-elle comme son beau-frère lui tournait toujours le dos,
allongé dans son lit.

— J'dors pas, marmonna Alphonse sans bouger.

— Bel accueil, merci, c'est ben plaisant ! Si tu veux, on peut s'en retourner aussi vite, Julianna pis moé, se fâcha Léonie. Non mais, y a un boutte à toute ! s'emporta-t-elle en s'avançant vers le lit. Pour qui tu te prends pour me traiter de même, Alphonse Gagné ! Tu sauras que j'étais pas obligée pantoute de répondre à ton appel, ça fait que retourne-toé tusuite vers moé, tu m'entends ?

Alphonse remua et se retourna lentement vers sa belle-sœur. Comme il avait vieilli ! Amaigri, presque chauve, l'homme n'avait plus rien de comparable avec l'image conservée dans son souvenir. Il ne portait plus la moustache et une courte barbe aux poils blancs creusait ses joues.

— Toujours aussi soupe au lait, Léonie, murmura-t-il. Pis toujours aussi belle…

Léonie resta silencieuse, essayant d'assimiler le choc de la nouvelle apparence d'Alphonse.

— Comme ça, tu as emmené la p'tite avec toé ?

— Oui, est venue, répondit Léonie. Oh ! pas de gaieté de cœur, mais j'ai pu la décider. J'ai cru comprendre que c'est important pour toé, reprit-elle sèchement. J'me demande ben pourquoi !

— Ferme la porte pis assis-toé, Léonie, dit Alphonse en se redressant contre ses oreillers. J'sais qu'on s'est jamais ben entendu tous les deux…

— C'est le moins qu'on puisse dire ! le coupa-t-elle ironique.

— Mais pour une fois, on pourrait faire un effort.

— Anna m'a déjà demandé la même chose y a de ça des années… rappela Léonie en allant fermer la porte.

— Ma chère Anna, je l'aimais tant… avoua Alphonse en fermant les yeux. Toé, j'te désirais… souffla-t-il après un court instant. Pis ça m'rendait malade.

Un lourd silence suivit cette déclaration. Léonie s'attendait à tout sauf à ce qu'Alphonse entre dans le vif du sujet ainsi. Elle resta sans voix.

— Avant de mourir, Léonie, j'ai du ménage à faire ici-bas, à commencer par les excuses que j'te dois.

Léonie ne trouva rien à dire. Elle avait espéré, rêvé du jour où viendrait sa vengeance, quand Alphonse se traînerait à ses pieds de remords, mais, maintenant qu'il était là, vieux, malade, repentant, elle ne réagissait même pas !

Tout ce qu'elle trouva à faire fut de s'asseoir comme son beau-frère l'y avait invitée auparavant et de laisser couler ses larmes.

— Oui, reprit Alphonse, j'm'excuse Léonie de t'avoir si mal traitée. Tu vois, continua-t-il après une légère hésitation, j'croyais que t'étais une mauvaise nature. Les gens jasaient sur ton compte, y avait même des gars au chantier qui avaient entendu parler de toé et qui m'demandaient, sachant que t'étais de ma famille, si j'pouvais pas leur décrocher un rendez-vous galant avec toé. Tu vois ce que j'veux dire…

— Mais…

— Non, laisse-moé continuer. Tu vivais avec un homme dans le péché, tout le monde le savait ! C'est dur à vivre une mauvaise réputation dans une famille ! Quand, en plus, cette fille, a te réveille la nuitte en sueur, ben dur, parce que tu l'as imaginée en train de te faire ce que les gars pensent qu'a fait à son Anglais, ben là, c'est pus vivable. Maudite boisson… À la mort d'Anna, quand tu m'as appris qu'a t'avait demandé pour être marraine et qu'a t'avait suppliée d'amener la p'tite avec toé, j'l'ai pas supporté, Léonie, j'l'ai pas supporté…

— Tu sauras jamais comment tu m'as fait mal, gémit Léonie. C'est ma sœur qui est morte ce jour-là, pas juste ta femme !

Léonie se frappa la poitrine de ses mains.

— Pis ce que tu m'as fait… c'était… c'était…

— J'm'en souviens à peine, Léonie, de cette nuit-là, à peine si j'te revois à genoux.

— Tais-toé ! cria Léonie.

— Pardonne-moé, c'est tout ce que j'peux faire maintenant. Léonie, on peut pas revenir en arrière. Mais, si tu me pardonnes, j'pourrai partir d'icitte tranquille. Pis j'dois t'dire merci aussi d'avoir pris soin du bébé toutes ces années… Parle-moé d'elle. Est-ce qu'a ressemble beaucoup à sa mère ?

Comme Léonie allait répondre, sa filleule frappa justement à la porte, s'informant si elle pouvait entrer.

— Tu l'verras ben toé-même, Alphonse. Pour ce qui est de te pardonner, j'va le faire, Alphonse, mais rien que pour moé, tu entends, rien que pour t'effacer une fois pour toutes de mon esprit… pis faire comme si t'avais jamais existé avant aujourd'hui… pis pour Julianna. C'est la seule chose que j'aie jamais pu y donner, un père… j'va y en donner un. Y est mieux d'être à la hauteur.

Léonie essuya rageusement ses larmes et alla ouvrir à sa nièce.

~ ~ ~

— Tu comprends, François-Xavier, ma femme était pas méchante, c'est sa maladie qui l'avait rendue comme ça.

Les deux hommes se berçaient doucement, côte à côte, sur la galerie, presque à la même cadence. Le coucher de soleil était superbe. Il ferait certainement encore chaud demain, le ciel prenant toutes les teintes de rose annonciatrices de beau temps. Ernest expira une grosse bouffée de fumée pour chasser les maringouins qui venaient de prendre la relève des mouches noires, tournoyant autour de leurs têtes, dur tribut à payer pour l'été revenu.

— A l'a vécu treize ans dans cette institution que le curé Lapointe lui avait trouvée, reprit-il. Treize ans entre quatre murs. Ça faisait assez pitié, tu peux pas savoir. Voir ta femme agir comme un bébé… A me reconnaissait même pus… A bavait sur sa robe, a l'était même pus propre…

— C'est le voyage que vous aviez fait à Montréal pis vous aviez pas voulu m'emmener ?

— Ouais, j't'avais fait garder chez nos voisins. T'avais huit ans, j'pense.

— J'm'en rappelle, j'avais peur que vous me laissiez chez les Gagné pour toujours, même si j'm'étais ben amusé avec Ti-Georges. Les tours pendables qu'on a faits ! J'vous avais-tu raconté quand on avait pris des crottes de lapin pis qu'on les avait roulées dans du miel pis du sucre brun ? Après on les avait toutes bien placées dans la boîte de sucre à crème qu'on avait laissée ben en évidence sur la table. Pis Ti-Georges pis moé, on s'était cachés dans la penderie en laissant la porte ouverte rien qu'un peu. On avait tellement ri quand on avait vu sa sœur Aline se dépêcher d'en avaler une poignée en pensant que personne la voyait !

François-Xavier éclata de rire, mais son père ne se joignit pas à lui.

— Tu m'raconteras ça plus tard, mon garçon. Y a toujours un temps pour dire les choses.

— Excusez-moé, son père, mais j'voulais pas que vous vous fassiez de la peine avec vos souvenirs… expliqua François-Xavier.

Cela avait été sa façon à lui de dévier la conversation. Il regrettait sa question sur le remariage de son père. Il n'avait pas le droit de se mêler de sa vie ainsi. Il n'avait réussi qu'à raviver de vieilles douleurs chez son paternel. Mais qu'est-ce qu'il avait donc aujourd'hui à tout faire de travers ? C'était à cause de Julianna, elle lui remplissait la tête de son image et le faisait déparler. Elle lui tournait le cœur à l'envers et lui faisait faire des bêtises. Elle le tourmentait de ses belles lèvres qu'il avait presque atteintes.

— Arrête de t'en faire pour moé. Si j'veux t'en parler, c'est qu'y a pas de trouble! lui dit Ernest. Y faut pas que tu penses que chus un homme malheureux. Ben sûr, j'te dis pas que la chaleur d'une belle créature me manque pas, mais on s'habitue à tout… Au début, ç'a été le plus dur. J'pouvais pas avoir d'autre femme tant que Rose-Élise était malade. Ç'aurait pas été correct. Pis après, ben, la Providence en a pas placée sur mon chemin.

— Pis Joséphine? ne put s'empêcher de demander François-Xavier. J'vous ai déjà surpris dans l'étable en train de l'embrasser… avoua-t-il.

— J'me doutais ben que tu nous avais vus aussi, répondit le père. Chus rien qu'un homme, tu sais… j'étais pas fait en bois…

Ernest se revit cet après-midi-là, l'odeur du foin, Joséphine qui se collait à lui, qui s'offrait. Il avait pris sa bouche goulûment et, si cela n'avait été de la présence de François-Xavier, il aurait pris certainement tout le reste aussi. Par chance, l'arrivée de son fils lui avait fait reprendre ses sens et il en était resté là, se promettant que plus jamais chose pareille ne se reproduirait, mais il n'avait pas tenu parole. Cela avait été leur premier baiser mais pas leur dernier. Joséphine était arrivée à la Pointe depuis une année et faisait partie intégrante de leurs vies maintenant. Elle était si généreuse. Elle ne pensait qu'à leur faire plaisir, à lui et son fils. Elle les gâtait terriblement. Elle leur cuisinait des repas savoureux qu'elle leur servait joyeusement. Elle préparait leurs desserts préférés, lui offrait des tasses de thé, s'occupait de tout le ménage, bref une perle rare. Joséphine débarquait vers l'heure du souper à la maison et ne repartait que vers les dix heures du soir. Elle couchait le petit après lui avoir raconté une histoire puis terminait de mettre la maison propre. Parfois elle reprisait une paire de bas à Ernest, parfois elle tricotait un foulard de laine à François-Xavier. Elle surveillait les moindres désirs d'Ernest. Elle lui apportait son journal, sa pipe, son crachoir. Chère Joséphine… Cette fois-là dans l'étable, elle était venue ramasser les œufs pendant qu'il réparait un harnais. Stupidement, il s'était légèrement coupé un doigt avec le poinçon. Ayant entendu sa plainte, Joséphine avait abandonné sa tâche et s'était précipitée pour évaluer la gravité de la blessure. Lorsqu'elle s'était penchée sur lui, Ernest avait ressenti cruellement son abstinence de la dernière année. Joséphine avait perçu l'envie de l'homme et offert ses lèvres à Ernest. En s'apercevant de la présence de son fils, il avait mis fin au baiser. Plus tard, dans la soirée, le petit François-Xavier profondément endormi, Joséphine s'était approchée de lui et lui avait tendu la main, l'invitant à la suivre jusqu'à la chambre d'Ernest. Sans un mot, celui-ci n'avait pas résisté. Joséphine avait fermé la porte, poussé la commode devant pour la bloquer et regardé Ernest en souriant. Il se souvenait qu'il avait trouvé la force d'essayer de refuser les avances de Joséphine.

— Chus un homme marié, Joséphine…

— J'sais ben.

— Pis j'pourrai pas vous offrir grand-chose.

— J'demande rien.

— Même pas l'amour, Joséphine.

— J'sais que vous m'aimez pas d'amour, Ernest. Mais vous m'haïssez pas quand même ?

— Ben non voyons ! Vous êtes ben gentille pis ben dévouée, Joséphine.

— Bon ben y a pas de problème d'abord, avait-elle décrété en s'approchant d'Ernest pour reprendre leur baiser interrompu un peu auparavant.

Ernest avait eu encore la force de s'inquiéter des conséquences de cette invitation.

— Pis si… enfin… si un bébé…

— Mais non, pas de danger. Ma grand-mère était Indienne. Chus allée dans sa tribu pis on m'a appris ben des recettes indiennes, du chasse-bébittes au chasse-bébé.

Ernest n'avait plus eu aucune objection. De toute façon, il n'aurait pu refréner plus longtemps le besoin qu'il avait d'enfoncer son membre à l'intérieur d'un corps chaud de femme. L'absence de sa Rose-Élise dans le lit conjugal avait été comblée. Et Joséphine était si accueillante. Elle l'avait accueilli ainsi, régulièrement, pendant douze années, sans jamais rien demander en retour.

— Après vous avoir vus vous embrasser dans l'étable, dit François-Xavier, j'ai tellement rêvé que vous alliez vous marier.

— J'pouvais pas.

— J'sais ben, oui. Au moins, j'aurai eu la chance quand même d'avoir Joséphine sur mon chemin. A l'a été si bonne pour moé, dévouée… Maudite grippe espagnole… se rappela douloureusement François-Xavier.

— Oui, Dieu est venu en chercher un grand nombre cette année-là… Prions le ciel que la terre connaisse pus jamais une épidémie comme celle de 1918.

— Prions le ciel que l'homme fasse pus jamais la guerre! surenchérit François-Xavier.

Puis il ajouta, mélancolique :

— J'aimerais aller me recueillir su'a tombe de Joséphine demain après la messe. A me manque tellement… Viendrez-vous avec moé, son père?

— Oui, ben sûr, je l'aimais aussi beaucoup Joséphine, beaucoup…

~ ~ ~

— Entre, Julianna, viens faire connaissance avec ton père, l'invita Léonie en lui ouvrant la porte de la chambre.

La jeune fille avait les mains moites et le cœur battant. Pire encore que lorsqu'elle avait à chanter devant des gens importants. Le visage défait de sa tante n'était rien pour l'aider non plus. Elle avait essayé de préparer un genre de petit discours, mais il n'était jamais à son goût, trop impersonnel, trop émotif, trop agressif… Bref, elle ne savait pas comment aborder ce père avec qui elle n'avait jamais eu de contact. De toute façon, un discours n'aurait servi à rien.

Tout se passa beaucoup plus simplement qu'elle ne l'aurait cru. Elle s'avança, timidement, vers le lit où gisait son père. Il tendit une main qui resta un moment en suspens dans le vide avant qu'elle ne se décide à la prendre dans la sienne. Elle avait craint le contact de sa peau, mais au contraire, elle fut étonnée de la quiétude qu'elle ressentit. Sa main s'enchâssait parfaitement dans celle de son père, elle en reconnaissait l'odeur, la chaleur, la texture. Instinctivement, sans se poser de question, elle se blottit près de lui et se mit à pleurer. Il avait toujours manqué un morceau dans sa vie.

— Allons, allons ma p'tite fille, dit Alphonse, fais-moé pas chialer comme une créature.

Mais il eut beau dire, il ne put retenir ses larmes, trop ému par ces retrouvailles.

— Oh ! papa, pourquoi, pourquoi ? Julianna reprit sur elle et se redressa.

Elle n'avait pas cru qu'elle serait autant bouleversée.

— Parce que chus un vieux fou… Laisse-moé te regarder. Léonie a fait de toé une ben belle grande fille. Comment ça s'fait que tu sois pas encore mariée ? demanda Alphonse.

— Elle a un prétendant en ce moment, confia Léonie. Un avocat.

— Un avocat ! s'exclama Alphonse.

— Non, oui, mais, bafouilla sa fille, de toute façon, je veux pas me marier… enfin, pas tout de suite. Je suis une cantatrice ! déclara-t-elle.

— Oui, j'ai entendu dire que tu poussais la chansonnette. Mais c'est pas une vie convenable pour une femme, trancha Alphonse.

Léonie intervint avant que sa filleule ne s'enflamme.

— Chus certaine que ton père est fatigué.

— Anna aussi avait une belle voix, reprit-il, nostalgique. Pis tu lui ressembles tellement.

— Bon, on te laisse te reposer, décida Léonie en voyant Alphonse recommencer à pleurer. Viens Julianna, laissons ton père dormir, vous allez avoir tout l'été pour faire connaissance.

— Bonne nuit, souhaita Julianna en sortant de la pièce.

— On se reverra demain, Alphonse, dit Léonie.

— C'est ça, à demain… pis merci ben Léonie, répondit Alphonse.

~ ~ ~

— Baptême, François-Xavier, t'achèves-tu de te pomponner, ça s'fait pas d'arriver trop tard chez les gens !

Dans la cuisine, Ernest se tenait au pied de l'escalier, consultant sa montre pour la cinquième fois au moins. Il y avait une bonne dizaine de minutes qu'il poireautait ainsi.

— J'te ferai remarquer qu'on est juste invités à veiller chez les Gagné, pas à coucher, reprit-il en n'obtenant pas de réponse. Malgré que j'ai l'impression que tu dirais pas non de partager la chambre de la belle Julianna.

Ernest avait cru que son fils n'entendrait pas sa dernière remarque, mais celui-ci s'était enfin décidé à descendre au moment même où son père la marmonnait.

— Son père, j'vous avertis, vous êtes mieux de pas m'agacer devant le monde à soir, le menaça François-Xavier en allant se placer devant le petit miroir fixé au-dessus du poêle à bois.

Nerveusement, il sortit un peigne de la poche de sa veste et entreprit de lisser soigneusement sa chevelure rousse.

— Inquiète-toé donc pas. J'me mêlerai pas de tes amours, à moins que j'la trouve pas de mon goût…

— Ben voyons donc, votre filleule est encore plus belle que le soleil… dit François-Xavier en soupirant de bonheur.

Décrétant qu'il ne pouvait faire mieux, il rangea son peigne et entreprit d'ajuster le col de sa chemise.

— Ouais, regarder le soleil peut rendre un homme aveugle, rétorqua Ernest d'un air malicieux.

— Ben voyons donc ! réagit le jeune amoureux en allant se planter devant son père pour lui avouer d'un ton désespéré :

— Chus pas capable d'attacher c'te cravate-là comme du monde !

Ernest sourit avec indulgence et entreprit de nouer le bout de tissu noir. Satisfait du résultat, il admira son fils.

— En tout cas, j'pense pas qu'a lève le nez sur toé, mon garçon. J'te dis que t'est pas laid, endimanché comme pour les grandes occasions.

— C'est l'odeur d'étable qui me donne du fil à retordre. Depuis des années, on dirait que c'est rentré dans peau, se plaignit François-Xavier.

— Ben non, ben non, tu sens bon comme un p'tit agneau. Bon, ben, on y va-tu, baptême ?

— Chus paré. Mais souvenez-vous, pas d'agaçage.

~ ~ ~

Ce fut une drôle de soirée. Pour être plus tranquille, Marguerite avait couché ses deux enfants de bonne heure. Tout le monde était un peu mal à l'aise. On sentait qu'Alphonse avait fait un grand effort pour veiller au salon. Il accusait la fatigue mais affichait un sourire de bonheur. Ti-Georges trouva que son père semblait avoir retrouvé un peu de paix à l'âme. Ernest et Léonie ne cessaient de se lancer des petits sourires en coin. Après des années cachés derrière les mots, se parler en personne avait quelque chose de déstabilisant et tous les deux ne savaient comment s'y prendre. François-Xavier et Julianna se dévoraient des yeux. Puis, petit à petit, grâce surtout à Marguerite qui alimentait la conversation, l'ambiance se dégela un peu. On posa des questions sur la vie trépidante de Montréal, on raconta les développements de la Pointe. Puis Ti-Georges y alla d'un petit air de musique à bouche qui réchauffa encore plus l'atmosphère. La grande attraction de la soirée fut le cadeau de Léonie à toute la famille Gagné. À la demande de sa tante, Ti-Georges et François-Xavier transportèrent la grande caisse de bois au milieu du salon. À la surprise générale, sauf de Julianna, Léonie dévoila une magnifique horloge grand-père aux aiguilles de bronze qui trônait maintenant dans un coin du salon. Tous s'extasiaient devant un si bel ouvrage d'horlogerie et un si princier présent.

— J'me demandais ben que c'est qu'y avait dans c'te bateau de grosse caisse ! dit Ti-Georges qui n'en revenait pas encore. J'ai eu beau asticoter matante Léonie, a l'a jamais voulu m'dire c'qu'y avait dedans.

Léonie répondit :

— Une surprise, c'est une surprise. C'est pour qu'on oublie pus jamais le temps qui passe au point qu'on se visite pas pendant des années encore.

Et Alphonse répliqua :

— Y a pas de saint danger. A sonne aussi fort que Léonie quand a monte sur ses grands chevaux !

Un peu plus tard, Ernest demanda à son fils de raconter de nouveau l'anecdote des crottes de lapin en spécifiant que c'était une histoire absolument délicieuse.

— Mais vous savez que c'était l'idée à Ti-Georges, voulut préciser François-Xavier après s'être exécuté.

— Bateau! C'était toé, François-Xavier Rousseau, qui m'avais dit de le faire.

— Pis la fois des bottines de la maîtresse d'école, j'suppose que c'était mon idée aussi? lui rappela François-Xavier.

— Ah non, là, c'est moé qui avais pensé à ce coup-là! concéda Ti-Georges d'un air penaud, mais tu m'avais aidé, François-Xavier, tu m'avais aidé! renchérit-il.

— Ouais, on en apprend des belles à soir… dit Alphonse, confortablement installé avec des coussins dans le dos dans sa chaise préférée, une berçante en bois, patinée par les années. Racontez-nous donc ça, les p'tits gars, si c'est racontable comme de raison.

— Vas-y, Ti-Georges, t'as plus de parlotte que moé, l'invita François-Xavier.

— Tout le monde est ben installé? demanda Georges en prenant place, debout, l'air important, devant son auditoire.

— Oui, envoye Ti-Georges, marche sur les traces de ton père! lança Ernest.

Ti-Georges se racla la gorge et commença:

— C'était dans le temps que mon bon ami François-Xavier Rousseau, ici présent ce soir, pis moé-même, Ti-Georges Gagné, étions encore des jeunots…

— Parce que vous l'êtes pus? le coupa sa femme Marguerite d'un ton dubitatif.

— Chut… écoute-la pas, Ti-Georges, a veut juste te déconcentrer pour pas que tu fasses un fou de toé en racontant les horreurs de ta jeunesse, le rassura Léonie.

— Vous le saurez jamais si c'était horrible ou pas si vous continuez de même! Je recommence. Donc, on était p'tits gars pis on allait à la

p'tite école comme de raison pis c'était au début de l'hiver quand la
température se décide pas entre la pluie ou la neige. Comme vous le
savez, on avait à marcher un bon mille pour se rendre là-bas. C'était
pas toujours drôle ! J'me souviens d'une fois où Jos Gagnon, qui était
assis à côté de moé à l'école, était arrivé en plein mois de janvier avec
une oreille tellement gelée qu' y en avait un gros boutte qu'y était
tombé ! Bateau, j'vous l'jure ! Oui, oui, en tout cas, c'est une autre histoire, vous avez ben raison. Mais bateau, c'est parce que j'manque de
vin dans mon verre que mes idées s'éparpillent !

— Merci, monsieur Rousseau, vous êtes ben aimable de me
servir… donc je disais…

— Tu disais pas grand-chose, t'es en train de tous nous endormir !
décréta Alphonse du haut de son expérience de conteur officiel et un
peu frustré de voir du vin lui passer sous le nez.

— Demandez à François-Xavier de la raconter d'abord, son père,
s'offusqua Ti-Georges, qui alla se rasseoir, l'air boudeur.

— Bonne idée, vas-y François-Xavier, on t'écoute ! ordonna
Alphonse.

— Euh… c'est pas compliqué… Ti-Georges était fâché contre la
grande mademoiselle Thibault, notre maîtresse, parce qu'a l'avait
puni de trois coups de règle de bois sur les doigts. Ça fait qu'y voulait
se venger. Quand la classe a été finie, y m'a demandé de retenir la
maîtresse dans la salle en lui posant n'importe quelle question.
Pendant ce temps-là, y s'est rendu en cachette dans la garde-robe de la
maîtresse pis y a pissé dans ses belles bottines du dimanche qu'a gardait toujours ben cordées avec défense d'y toucher !

— Pis j'm'étais retenu toute la sacrée journée pour être sûr de ben
les remplir ! rajouta Ti-Georges en s'esclaffant.

Et les rires sonnèrent en même temps que la demie de onze heures
sur la nouvelle horloge.

Il se faisait tard. Le tic-tac régulier de l'horloge berçait les invités rassemblés sous l'épais nuage des nombreuses pipées fumées. Une douce torpeur gagna tout le monde. Le calme était revenu, il était temps de passer aux choses sérieuses.

— Dis donc, Alphonse, demanda Ernest, as-tu été à la dernière réunion du conseil ?

— Non, j'ai pus la santé pour m'occuper des chicanes de la municipalité, répondit le père Gagné, méprisant.

— Bon, ben moé, j'm'endors trop, ça fait que j'vous souhaite la bonne nuit, lança Marguerite en se levant, suivie de Julianna et de sa marraine qui elles aussi bâillaient depuis un bon moment.

— La politique, ç'a toujours fait fuir les créatures, fit remarquer Ernest avec un soupir de regret pour la présence de la belle mademoiselle Coulombe.

François-Xavier salua le départ des trois femmes d'un bonne nuit poli, se demandant quel prétexte inventer pour réussir à revoir sa princesse le plus vite possible. Elle venait juste de monter se coucher et ses pensées étaient déjà pour elle, essayant de reconnaître lequel des bruits de pas, au plafond, était le sien, si en ce moment elle se dévêtait… si… Ti-Georges le ramena sur terre.

— Moé, chus au courant de c'qui s'est décidé à la dernière assemblée. J'ai rencontré le conseiller Nazaire l'autre soir. Y s'en revenait justement du conseil municipal. On a pris le temps de jaser un peu tous les deux.

— Tu m'avais pas dit ça, lui reprocha son père.

— J'vous ferai remarquer que vous étiez pas jasant, jasant depuis un bout de temps, répliqua sèchement Ti-Georges.

— Bon, laisse faire, fit durement son père, pis que c'est qu'y t'a dit, Nazaire ?

— Ben, il m'a dit des affaires pas trop réjouissantes.

— J'sais que le conseil a voté pour qu'on essaye de trouver un docteur qui viendrait vivre su'a Pointe, intervint François-Xavier. Moé, j'trouve que c'est une bonne idée. Ç'a pas de bon sens qu'on soit encore obligés d'aller à Péribonka pour se faire soigner !

— C'est une bonne nouvelle ! approuva Ernest.

— J'vois pas trop ce qu'y a de pas réjouissant dans ce vote, fit Alphonse.

— J'aurais dû y penser ! s'exclama tout à coup François-Xavier en se donnant une bonne claque sur la cuisse, c'est à cause du vaccin. Ça m'a sorti de l'idée mais en parlant du docteur, j'ai allumé. Imaginez-vous donc que le conseil a aussi adopté un règlement pour que le vaccin soit obligatoire pour tout le monde. Si Ti-Georges trouve pas ça réjouissant, c'est qu'y a peur de la piqûre !

— C'est vrai ça, Ti-Georges, que t'as peur d'une p'tite aiguille de douze pouces qui te rentre dans la peau des fesses, ben tranquillement, pis qui te fait mal, tellement mal que tu peux pus t'asseoir de la semaine ? l'agaça Ernest.

— Sans compter que tu pourras pus honorer ta Marguerite ! surenchérit François-Xavier.

— Bateau, êtes-vous sérieux ? demanda Ti-Georges, inquiet.

— Ben non ! répondit Ernest, c'est une affaire de rien, se faire vacciner. Y a juste les enfants pis les créatures qui peuvent se mettre à pleurer, mais pas un grand garçon comme toé.

— Vous saurez que j'ai pas peur pis en plus, ç'a aucun rapport avec ce que Nazaire m'a dit. C'est quelque chose de ben plus grave.

— Tu commences à m'inquiéter mon garçon, parle ! ordonna son père.

— Les travaux préparatoires sont commencés, annonça Ti-Georges d'un air lugubre.

— Les quoi ? interrogèrent les trois hommes.

— Vous savez ben, les travaux pour le gros barrage, y sont commencés, répéta Georges.

— Baptême, fallait s'y attendre un jour, depuis le temps qu'ils en rêvent, dit Ernest.

— Ça va donner de l'ouvrage à ben du monde. C'est une bonne chose, affirma Alphonse.

— Oui, mais s'ils montent trop le niveau du lac, qui c'est qui en aura pus de travail, son père? fit remarquer Ti-Georges en s'enflammant. Ça va être nous autres parce que notre ferme, vous pourrez l'oublier sous une tonne d'eau. À moins que ça vous tente de faire l'élevage des truites!

— Arrête de faire ton fin finaud, tu connais rien dans le ventre du bedeau, le rabroua son père.

— J'sais de quoi j'parle! se défendit Ti-Georges, insulté.

— On est plein de rivières, reprit Alphonse, c'est pas la première fois qu'on fait des barrages.

— Mais là, c'est beaucoup plus sérieux, son père! Y veulent faire de l'électricité en se servant de notre lac comme réservoir!

— Ti-Georges a raison, m'sieur Gagné. Ils construisent une centrale hydroélectrique. Mais y ont promis que ça affecterait pas nos terres.

— Ben, baptême, y sont pas fous! Y savent l'importance de l'agriculture, dit Ernest. On a les plus belles terres par icitte! On est le grenier du Québec, les grands de la politique l'ont assez répété! À part de ça, si jamais y dépassaient les bornes, on les laisserait pas faire, hein Alphonse? Tu te rappelles, avant la guerre, nos fils étaient un peu jeunes pour se rendre compte du grabuge qui s'était passé, mais y avait eu toute une histoire à propos d'un barrage.

Devant l'ignorance évidente des deux jeunes hommes, Ernest reprit et expliqua :

— Y l'avaient construit pour avoir assez de courant pour faire glisser les billots de bois jusqu'au moulin à papier. Ç'avait inondé une bonne partie des terres de la paroisse voisine. On a protesté, nous, pis surtout Onésime Tremblay, un cultivateur de Saint-Jérôme, pis y l'ont défait leur baptême de barrage ! On a gagné sur toute la ligne !

— Y f'ront pas la même erreur deux fois, décréta Alphonse en approuvant son voisin.

— Vous avez p't-être raison… dit Ti-Georges. J'ai entendu parler du fameux Onésime Tremblay, y est encore prêt à monter au front, y a apparence qu'y ferait signer une pétition contre le barrage.

— Ah ben, si Onésime s'en occupe, y a pas de danger. C'est tout un homme, confia Ernest, mais on va rester vigilants.

— Ti-Georges s'est encore fait des peurs pour rien, tu viendras me l'dire, fit Alphonse. Bon, ben moé, j'va faire mon sauvage, j'm'en va m'coucher. Bonsoir la compagnie !

— Bonsoir Alphonse, pis nous autres aussi on va faire un boutte, hein, François-Xavier ?

— Ouais, à la revoyure, bonne nuit Ti-Georges.

Dans la chambre d'amis, en haut, où Léonie et sa filleule partageaient le même lit, faute de place, Julianna entendit partir les Rousseau. Elle soupira… elle n'avait eu de cesse d'épier la voix grave de François-Xavier. Elle aimait l'entendre parler, comme elle aimait qu'il la regarde avec autant de désir dans les yeux. Quelle merveilleuse soirée ! Elle n'avait peut-être pas parlé beaucoup, mais tout le monde avait respecté son silence. Même son frère ne l'avait pas trop agacée, probablement à la demande de sa marraine. Ce n'était pas qu'elle s'était ennuyée, loin de là ! Mais elle avait eu plus envie de regarder et d'écouter, de se gorger des rires de son frère et de son père. C'était comme si elle ne pourrait jamais se rassasier d'être avec eux, et la présence de François-Xavier la rendait à fleur de peau, consciente du moindre détail et en même temps isolée dans un autre monde. Elle revoyait dans sa tête chaque regard qu'ils avaient échangé, chaque sourire qu'elle lui avait offert. Elle devinait chaque mot qu'ils ne s'étaient pas dits. Comment faire pour le revoir, comment faire ?

— Julianna Gagné, arrête de gigoter pis laisse-moé dormir pour l'amour du saint ciel ! lui intima sa marraine.

~ ~ ~

Julianna s'était creusé la cervelle pour rien. On était rendu fin juillet et presque pas un jour ne s'était écoulé sans qu'elle ne revoie le beau François-Xavier. En sa qualité de parrain, monsieur Rousseau, mais aussi son fils, passait souvent à la maison pour les saluer. De plus, à cause de la maladie d'Alphonse et vu l'amitié qui liait les deux familles, les voisins s'entraidaient quotidiennement pour le roulement de leurs fermes respectives. Un mois avait donc passé pendant lequel Julianna avait apprivoisé la Pointe et sa vie campagnarde. Passer ses grandes journées dehors, travailler fort à différents travaux était nouveau pour la jeune fille, mais elle appréciait chaque moment de ses vacances. Vivre ainsi aux abords d'un majestueux lac était un privilège et les habitants de la Pointe n'avaient rien à envier aux citadins de Montréal. Tous les jours, Julianna et son père s'étaient assis sur la grande véranda et avaient conversé un peu. Oh, ce n'était jamais des grandes conversations et leur échange était toujours empreint d'un peu de gêne, mais ces rencontres permirent à la jeune fille de combler un peu le vide laissé dans son cœur par le cruel rejet de son père. Elle lui avait fait une petite place comme le lui avait dit sa marraine et, effectivement, cela pansait bien des blessures. Jamais Julianna n'avait été si heureuse même si son bonheur découlait beaucoup plus de la présence d'un beau jeune homme roux. Le seul problème, c'était que jamais elle ne se retrouvait vraiment seule avec François-Xavier. Soit que sa marraine et son parrain étaient avec eux, soit c'étaient Ti-Georges et sa Marguerite qui les chaperonnaient. Elle devait trouver le moyen de revoir François-Xavier mais seul. Rien ne lui venait à l'idée. Ce n'était pas possible ! Elle et sa tante reprendraient le bateau dans moins de quinze jours, elle ne pouvait s'en aller sans lui avoir parlé au moins une fois en tête à tête. Elle ne pouvait se contenter de regards furtifs, de sourires lointains, de promesses non dites !

— Julianna, t'es dans la lune ou quoi ? la secoua sa belle-sœur. Moé, ça me dérange pas, mais ça fait deux fois que t'essuies la même assiette.

Les deux femmes étaient seules dans la cuisine à faire la vaisselle.

— Excuse-moi, Marguerite, je faisais pas attention.

— J'vois ben ça. T'sais, Julianna, j'te trouve ben gentille, c'est ben agréable d'avoir une autre fille dans maison avec qui jaser un peu. Entre Ti-Georges pis ton père, c'est pas toujours la fête. Des fois, j'ai l'impression d'avoir pas rien que mes enfants qui soient des bébés…

— Tu as une moyenne belle petite famille. Ton dernier est un vrai petit ange ! Pis tu peux pas dire que tes enfants sont tannants, on les entend pas !

— C'est vrai que j'ai pas à me plaindre, y sont tous les deux en bonne santé pis y s'entendent comme les deux doigts de la main. On les a pas vus de l'été, y passent leur temps à jouer dehors.

— Je me demandais où est-ce qu'ils étaient encore passés à matin.

— En train de jouer dans le ruisseau, certain !

— Est-ce que tu viens de la région ?

— Mais oui, chus une fille de Péribonka. Tu veux que j'te dise comment on s'est connus, ton frère pis moé ? Attends, passe-moé le gros chaudron, j'm'en va te raconter ça. Un beau dimanche, chus sortie de l'église avec ma mère pis mon père, pis Ti-Georges y était là, sur les marches, à m'attendre. J'avais seize ans pis lui, dix-huit. Ça faisait plusieurs messes qu'y m'avait remarquée pis moé aussi. Ton frère pis ses grands yeux bleus pis ses cheveux frisés, ah j'te jure que j'étais pas la seule jeune fille à avoir le cœur qui battait pour lui !

— Tiens, prends ce chaudron, c'est le dernier à laver.

— Oh, la vaisselle c'est toujours à recommencer ! se plaignit Marguerite. En tout cas, y s'est présenté poliment à mes parents, ton père était là lui aussi qui se portait garant de la bonne volonté de son fils. Ti-Georges a demandé à mon paternel s'y pouvait venir veiller chez nous, si j'étais d'accord comme de raison. J'ai dit oui, on s'est fréquentés pis un an après, chus ressortie de l'église, mais mariée c'te fois-là !

— Ç'a été aussi facile que ça ?

Julianna n'en revenait pas.

— Mais oui, quand on est ben assortis, on s'marie ! J'en connais un couple qui irait ben ensemble aussi… Toé pis le fils Rousseau.

Julianna baissa la tête, elle n'était pas habituée à partager des confidences entre filles.

— Il me plaît vraiment beaucoup, Marguerite, mais il se déclare jamais.

— J'te connais pas depuis longtemps, Julianna, mais tu m'sembles être une fille qui a l'don de s'compliquer la vie, j'ai jamais vu ça. Tu t'en fais trop, laisse venir les choses.

— Mais on s'en retourne bientôt à Montréal !

— Ti-Georges m'a dit que François-Xavier, y allait se déclarer dans pas grand temps, avoua Marguerite.

— C'est vrai ? s'étonna Julianna.

— Tu penses-tu qu'y va te laisser repartir sans rien dire ? Tu vas voir, mon p'tit doigt me dit que ce serait p't-être ben pour aujourd'hui le grand jour à part de ça. Oh, matante Léonie, vous voilà ! J'avais justement affaire à vous.

— Que c'est que tu veux, ma belle noiraude ? demanda Léonie en entrant dans la cuisine.

— Les hommes travaillent au champ nord aujourd'hui. Y réparent la clôture du taureau. Y fait tellement beau cet après-midi, j'va en profiter pour laver les draps pis les couvertes.

— On va t'aider, ma belle fille, s'empressa de dire Léonie.

— Ben justement, j'aimerais mieux que vous alliez porter le dîner aux hommes à ma place, si ça vous dérange pas. Mes p'tits gars sont disparus à matin pis j'ai pas le temps d'y aller. Tout est prêt dans le panier su'a table.

— Ça va me faire plaisir, Marguerite, si c'est ça que tu veux. Julianna pourra t'aider au lavage.

— Mais non, j'ai l'habitude de mes journées. J'aimerais mieux que vous y alliez toutes les deux.

— Ça te tente-tu de venir, Julianna ? s'informa Léonie, en se dirigeant vers l'extérieur, le panier sous le bras.

— C'est ben certain qu'a y va, répondit Marguerite en poussant sa jeune belle-sœur vers la porte tout en lui faisant un clin d'œil complice.

— Bonne chance Julianna ! lui chuchota-t-elle à l'oreille avant d'ajouter, haut et fort : Bonne route toutes les deux pis perdez-vous pas en chemin !

~ ~ ~

Julianna et sa marraine marchaient côte à côte, tranquillement. Qu'il faisait beau ! On n'avait pas eu de pluie depuis des jours ! En chemin, elles remarquèrent un gros buisson de framboises sauvages. Elles se régalèrent l'une et l'autre, se tachant les doigts qu'elles léchaient comme des fillettes. Elles se promirent de revenir avec une chaudière faire une belle ramasse. Léonie savait où se trouvait le champ en question et elles ne furent pas longues à apercevoir deux silhouettes d'hommes. Julianna plissa les yeux pour essayer de reconnaître celle de François-Xavier, mais aucune n'y correspondait. L'une était trop petite, certainement monsieur Rousseau, et l'autre, trapue, était sans aucun doute Ti-Georges.

— Ah baptême, la belle visite que voilà! déclara Ernest en voyant apparaître les deux arrivantes.

— On vous apporte quelque chose de bon que ta femme a préparé, Ti-Georges, dit Léonie. J'espère que tu sais que c'est une vraie perle rare, ta Marguerite.

— Craignez pas matante, j'lui dis tous les jours!

— C'est à voir, ça, douta Julianna. Bonjour parrain. Euh… votre fils est pas là?

— Y est allé chercher une autre cruche d'eau à la maison, on avait trop soif. Mais y devrait pus tarder astheure, répondit-il, content de voir que la jeune Julianna se préoccupait de son garçon.

«Ça augure ben» se dit-il. Lui, son fils et Ti-Georges avaient discuté longuement hier soir et François-Xavier avait annoncé son intention de courtiser la belle Julianna. Ernest sourit en regardant la jeune fille visiblement déçue par l'absence de son fils. Son François-Xavier avait trouvé chaussure à son pied, c'était évident. Son attention se tourna vers Léonie. Ernest la trouvait si belle! Toute la nuit, il avait rêvé d'elle. Au petit matin, sa décision était prise. Lui aussi déclarerait son amour.

— J'en reviens pas comme y fait beau! fit remarquer l'élue de son cœur plus pour meubler le silence que par intérêt.

Léonie ressentait pleinement l'effet qu'elle faisait à monsieur Rousseau. Inconsciemment, elle avait peut-être même répondu à ses regards appuyés, car elle n'était pas insensible au charme d'Ernest, loin de là!

— L'été passe trop vite… continua-t-elle.

— Hum, du pain pis des cretons! constata Ti-Georges, content, en découvrant le pique-nique.

— Ti-Georges, sais-tu que j'ai pas tenu ma promesse pis que j't'ai pas encore fait de crêpes? se rappela Léonie. J'va délayer la pâte pour dimanche pis pour me faire pardonner, tu vas les manger avec de la confiture de framboises dessus, lui promit fièrement sa tante.

— Hum, hum, fit Ernest en se raclant la gorge. Est-ce que par hasard, vous auriez pas passé à côté de ma talle de framboises? Faudra que vous m'demandiez la permission avant d'en cueillir, les avertit Ernest en faisant mine d'être sérieux.

— Moé, j'm'en va manger à l'ombre, décréta Ti-Georges avant de s'éloigner plus loin vers un immense orme qui veillait, seul, sur le petit troupeau de vaches.

— Pis moé, si ça vous dérange pas matante, je vais aller me promener un peu sur le bord du lac, dit Julianna tellement désappointée qu'elle avait envie de se retrouver seule un peu.

— Reviens dans une demi-heure à peu près, on s'en retournera aider Marguerite.

Elle reporta son attention sur l'homme.

— Comme ça, y faut demander la permission! Tant qu'a y être, y faudra p't-être les payer en plus? le taquina Léonie.

Elle s'était assise dans l'herbe, regardant sa filleule se diriger vers le lac. Ernest se laissa tomber près de la femme. Que cette créature avait de beaux yeux verts. Dans le soleil, ils prenaient une teinte époustouflante. Seul avec Léonie, Ernest se dit que c'était l'occasion ou jamais!

~ ~ ~

Julianna marchait le long de la grève. Maussade, elle décida d'enlever son chapeau et de s'offrir, tête nue, au soleil. Et pourquoi ne pas se tremper un peu les pieds dans l'eau. Elle ôta ses chaussures et ses bas qu'elle déposa sur son chapeau pour qu'il ne s'envole pas au vent et doucement savoura le plaisir d'enfoncer ses orteils dans le sable de la plage. Subitement, une vaguelette recouvrit ses pieds, la faisant reculer avec un petit cri de plaisir. Elle décida de s'amuser à laisser ses empreintes dans le sable mouillé mais, se rendant compte qu'elle n'avait vraiment pas le cœur à folâtrer, elle délaissa son jeu pour se laisser choir sur la grève, les genoux repliés sous le menton, à ne plus rien faire d'autre que de perdre son regard sur l'horizon et soupirer. C'est alors qu'il y eut une ombre qui se projeta sur elle. La silhouette tant recherchée auparavant, celle grande et mince qu'elle avait tant espéré voir, était là, se penchant sur elle, la recouvrant, la dominant.

Lentement elle se retourna, la main en visière pour se protéger de l'aveuglement du soleil. Elle discerna les yeux gris de François-Xavier. Debout, immobile, il ne disait rien. Tout à coup, se rendant compte de ses jambes à moitiés découvertes, elle se releva prestement, secouant le sable de sa robe et se dirigea vers ses affaires pour se rechausser. Mais du tas de vêtements il ne restait que son chapeau et ses bas. Nulle trace de ses souliers! Pourtant, elle était certaine de les avoir laissés ensemble. Elle regarda tout autour, essayant de comprendre, puis elle réalisa que le sourire narquois de François-Xavier était révélateur.

— C'est-tu ce que vous cherchez, mademoiselle Julianna? dit-il en exhibant les chaussures de derrière son dos.

— Rendez-moi mes effets, monsieur Rousseau, lui intima-t-elle en prenant un air offusqué.

— J'vous avais promis de m'venger quand on est revenus du bateau, lui rappela-t-il sans les lui redonner.

— Vous avez eu seulement ce que vous méritiez!

— J'ai p't-être ben eu ce que j'méritais, mais pas ce que j'désirais…
dit François-Xavier en s'approchant doucement avec l'évidente intention de l'embrasser.

— Pis moé, ce que je désire, c'est mes souliers, rétorqua la jeune
fille en se reculant légèrement, désirant mais redoutant aussi ce baiser
que l'attitude de l'homme promettait. Ma marraine doit m'attendre,
ajouta-t-elle comme l'amoureux s'approchait de plus en plus dangereusement.

François-Xavier la détailla des pieds à la tête. Elle l'affrontait, le
nez en l'air, comme une petite marmotte flairant un danger. Les
cheveux à la garçonne, elle était si séduisante, plus qu'il n'avait pu
l'imaginer encore. Il s'était proposé pour aller chercher à boire à ses
compagnons de travail parce qu'il avait eu besoin de solitude. À
marcher jusqu'à la ferme, il pouvait réfléchir tranquillement sans être
dérangé par le bavardage de Ti-Georges. Il devait trouver les bons
mots pour faire sa déclaration. Cela le rendait si nerveux. Et voilà
qu'en contournant par le bord du lac, il avait entendu un léger cri.
Curieux, il s'était approché doucement. Sa dulcinée était là, jouant
dans l'eau, libre, belle, merveilleuse. Il n'en revenait pas. Elle rehaus-
sait la beauté du lac, elle faisait vibrer l'air de sa seule respiration, elle
donnait de l'éclat au soleil. Il devait lui parler, lui dire les mots
d'amour qu'il tournait dans sa tête depuis des nuits, il devait l'embrasser. S'il avait eu plus de temps devant lui, probablement lui aurait-
il fait la cour, un peu tous les jours, mais il avait si peur de la perdre ! Il
ne voulait pas qu'elle reparte, il aurait l'impression d'avoir rêvé,
qu'elle n'avait jamais existé, qu'elle ne reviendrait plus. Il ne pouvait
la laisser s'échapper. Il devait trouver un moyen pour qu'elle ne s'en-
fuie pas, comme l'autre jour, devant son baiser. C'est alors qu'il avait
vu le chapeau, les souliers et les bas, abandonnés tout près d'où il se
tenait.

— Votre marraine peut ben vous attendre un peu. J'ai tant de choses à vous dire, mademoiselle Julianna. J'le pensais quand j'ai dit que vous aviez l'air d'une princesse, s'enhardit François-Xavier tout en continuant d'avancer vers sa belle.

— Justement, une princesse, ça marche pas nu-pieds! répondit la jeune fille en reculant toujours.

— Julianna! s'écria François-Xavier, je l'sais que j'me déclare vite, mais j'veux pas que vous repartiez pour Montréal sans que je sache si... si...

— Si vous allez me redonner mes affaires? Je l'espère ben, monsieur Rousseau! Julianna se détourna et se tint face au lac.

— C'est pas c'que j'voulais dire pis vous le savez! s'impatienta François-Xavier en venant se placer derrière elle.

Doucement, il lui souffla à l'oreille :

— J'vous demande si j'peux être votre chevalier servant... pour la vie.

Mais c'était une demande en mariage! Tout allait beaucoup trop vite! Le cœur de Julianna ne fit qu'un tour. Elle ferma les yeux d'excitation. Mais elle était une jeune fille orgueilleuse qui voulait se faire désirer, conquérir. Elle avait envie de goûter au doux pouvoir de la séduction. Elle se retourna face au jeune homme et dit d'un ton dérisoire :

— Pis je suppose qu'on habiterait dans un château que ma marraine la bonne fée aurait fait apparaître? Je suis pas Cendrillon, monsieur Rousseau.

— Si c'est un château qu'il vous faut, chus capable de vous en construire un de mes propres mains, assura le jeune homme en se penchant vers les lèvres de Julianna.

Celle-ci n'était pas encore prête à se soumettre. Elle se détourna et se mit à marcher un peu avant de se retourner et de lui dire :

— Écoutez, m'sieur Rousseau, je crois pas aux contes de fées. De toute façon, je suis presque fiancée… lança-t-elle pour le provoquer.

— Fiancée ! répéta François-Xavier, estomaqué en se reculant comme pour s'éloigner d'un danger.

— Oui, avec monsieur Henry Vissers junior.

François-Xavier devint furieux. Il ne quémanderait pas une seconde de plus son affection. Il s'était déjà assez fait rejeter dans sa vie ! Cela lui avait tout pris pour oser lui avouer honnêtement ses sentiments et tout ça pour quoi ? Pour apprendre qu'elle était promise à un autre ! L'amour lui avait fait prendre le risque de se faire blesser et cela ne l'avait pas raté. Il ne serait pas à la veille de recommencer. Qu'elle aille au diable !

— Hé ben, vous direz à votre presque fiancé, ragea François-Xavier, qu'un jour j'vous ai presque embrassée pis que je l'ai échappé belle en torrieu de marier une sorcière ! Voici vos souliers, mademoiselle Gagné, dit-il en laissant tomber les chaussures d'un bruit sourd sur le sable. Dépêchez-vous de les remettre, ajouta-t-il sourdement, pis allez-vous-en. Vous êtes sur une propriété privée icitte.

Et François-Xavier disparut en longues enjambées par où il était apparu.

Il était parti, il n'était plus là ! Mais pour qui se prenait-il pour oser la chasser ainsi ! À quoi s'attendait-il ? À ce qu'elle lui tombe dans les bras, comme ça, lors de leur premier tête à tête ? Il aurait pu insister, rejeter l'histoire du fiancé du revers de la main, se battre pour l'avoir, l'enlever dans ses bras, l'embrasser de force… « C'est ça, va-t-en François-Xavier Rousseau, pis bon débarras ! C'est moé qui l'a échappé belle d'aimer une moitié d'homme, un faible, qui fuit devant la première petite difficulté. C'est la preuve que tu m'aimes pas vraiment. Henry te vaut cent fois ! C'est lui que je vais épouser, pas toé, pis tu t'en mordras les doigts, tu verras. Pis je vais revenir sur la Pointe, pendue au bras de mon nouveau mari pis tu vas être vert de jalousie. Pis je te déteste François-Xavier Rousseau ! »

Julianna ramassa un de ses souliers et de rage le lança de toutes ses forces vers où le jeune homme avait disparu. Puis Julianna tomba à genoux sur la grève et mêla sa déception aux grains de sable.

~ ~ ~

Pendant ce temps, Ernest faisait lui aussi la cour à la belle Léonie.

— J'peux vous appeler par votre p'tit nom, Léonie ?

Celle-ci partit à rire :

— Ça fait longtemps que c'est fait dans nos lettres. Après tout, vous faites comme partie de la famille.

— J'aimerais vraiment en faire partie, Léonie, dit Ernest en lui prenant les mains.

— Ernest, que c'est que vous racontez là ? demanda Léonie en jetant un coup d'œil à Ti-Georges, qui ronflait au loin sous l'ombre de l'arbre.

— Si vous vouliez, mon champ de framboises pourrait être le vôtre pis tout le reste aussi…

— Oh Ernest, non, gâchez rien… C'est impossible, pensez-y pas. Ernest, j'vous en prie !

— Pourquoi ? J'me déclare trop vite ? Mais on est pus des jeunots ! J'sais ben que vous êtes une femme riche pis qu'y a votre magasin à Montréal… mais…

— Non, c'est pas ça, le magasin a pus besoin de moé, j'ai décidé de prendre ma retraite… non c'est pas ça… mais, j'veux pas m'marier !

— J'serais un bon mari, insista Ernest. Chus honnête, j'bois pas, mon seul p'tit défaut est de fumer la pipe, mais si l'odeur du tabac vous dérange, j'pourrais…

— Non, mon bon Ernest, non, c'est pas la pipe… l'interrompit Léonie. J'peux pas me marier, chus désolée.

Et elle l'était vraiment. Qu'il eut été merveilleux de se laisser aller à cette douce folie, de ne pas se compliquer la vie et de dire oui !

— J'le sais ben que j'aurais dû vous le demander ben avant… On a encore de belles années devant nous autres, Léonie, insista Ernest. Y me semble que ce serait bon de vieillir à deux… Y me semble qu'on s'entendrait ben, vous pis moé. Depuis la première fois que j'vous ai vue, j'ai trouvé que vous étiez une belle créature en baptême mais avec ma femme malade, j'pouvais pas… pis après, vous étiez si loin… mais astheure, chus libre comme vous, j'ai élevé mon fils, vous avez élevé Julianna, pus rien nous empêcherait !

— C'est pas plus possible, mon pauvre Ernest… Je… J'ai un secret, un terrible secret qui m'empêche de me marier.

— Vous pouvez m'en parler, Léonie. Chus sûr que c'est pas si terrible que ça !

— À vous, Ernest, j'va vous le raconter. J'vous dois ben ça, décida Léonie après une brève hésitation. Pis j'sais que j'peux vous faire confiance, que vous le répéterez pas. Julianna est pas au courant, s'il fallait qu'elle l'apprenne…

— Venez, marchons un peu, on va être plus à l'aise, proposa-t-il en lui tendant la main pour l'aider à se relever.

— Mon doux Seigneur, par où commencer…

Ce n'était pas facile pour elle de rouvrir ses anciennes blessures. Ernest marchait, les mains dans les poches, et attendait. Son avenir dépendait de ce qui allait suivre, il le sentait. Il y avait peut-être des moments pour dire les choses, mais il y en avait d'autres pour les écouter.

— J'me suis jamais ben entendu avec ma mère, reprit Léonie. A me trouvait trop tête folle. Aujourd'hui, j'y donne pas tort, mais dans l'temps, a me faisait encore plus mal agir, rien qu'à cause de ce qu'a pensait de moé. Quand tu passes ton temps à te faire dire que t'es une fille pas mariable, une bonne à rien dans la maison, le mouton noir de la famille, ben tu viens à le croire, pis tu te comportes en conséquence, si vous comprenez ce que j'veux dire ?

Ernest fit signe que oui.

— Enfin… Une bonne fois, j'avais à peu près vingt ans, on a eu une moyenne chicane toutes les deux, a me disait que vu que j'étais pas plus serviable qu'y fallait dans la maison pis que pas un gars voulait de moé comme femme, que j'serais mieux de m'en aller.

Léonie s'interrompit. Puis, elle reprit :

— J'étais la dernière de la famille pis j'pense que ma mère s'ennuyait… Après avoir été habituée à être entourée d'une ribambelle d'enfants, se retrouver seule… Y faut dire que le père lui rendait pas la tâche facile, y dépensait le peu d'argent qu'y avait dans la boisson pis y travaillait pas fort su'a ferme. Tout était à l'abandon. Mais moé, Ernest, j'voulais pas vivre comme ma mère. J'me disais qu'y devait y avoir d'autre chose dans la vie, que ça se pouvait pas ! J'avais pas envie de faire comme mes sœurs qui avaient quitté la maison pour se marier, ou plutôt qui se mariaient pour quitter la maison. La plupart avaient trouvé un jeune gars, à l'allure de notre père, pensant plus à fêter et à faire des bébés qu'à travailler pendant qu'elles faisaient le lavage et tout le bataclan. J'voulais pas le même sort, y en était pas question.

— Allons, Léonie, les hommes sont pas tous pareils. Moé, chus un gros travaillant, j'ai jamais eu peur de peiner à l'ouvrage.

— J'en doute pas, mon cher Ernest, vous êtes le mari rêvé pour une femme, mais… laissez-moé continuer… J'étais jeune dans le temps, j'avais jamais connu d'autre homme ou presque que mon père. J'voyais l'avenir ben sombre, ça fait que chus partie voir c'qu'y avait ailleurs. J'ai pris les deux robes que j'possédais, celle de la semaine pis celle du dimanche, mon manteau d'hiver, mes bottines neuves, pis chus partie. J'me suis embarquée dans le train en partance pour Roberval. J'voulais me rapprocher de ma sœur préférée. C'était la première fois que j'voyais une locomotive pis que j'embarquais dans un train. Que j'ai eu peur, vous pouvez pas savoir comment !

— Les premières fois, c'est ben impressionnant.

— C'est pas mêlant, j'avais l'impression que la terre allait s'ouvrir en dessous de moé pis m'engloutir ! Dans les courbes, j'faisais mon signe de croix parce que j'étais sûre qu'on allait se renverser sur le côté !

Léonie avait besoin de plaisanter un peu avant d'avoir le courage de reprendre.

— Enfin, le train s'est rendu, pis moé aussi. À Roberval, j'me suis réfugiée chez les religieuses, elles ont été très gentilles ! Elles m'ont trouvé une pension pis un travail au gros hôtel qu'y avait dans le temps. J'sais pas si vous l'avez connu, mais maintenant y a passé au feu. C'était un hôtel très riche. Si maman m'avait vue travailler fort à faire le ménage des chambres ou m'occuper des enfants des pensionnaires, a l'en serait pas revenue ! J'étais pas plus avancée. J'allais jamais assez vite au goût des clients pis mon patron était pas ce qu'il y avait de plus compréhensif. Pas moyen d'être malade, y fallait se traîner, même agonisante ! J'dois vous ennuyer avec toutes mes histoires ! Restons-en là, Ernest, voulez-vous ? supplia Léonie.

Il lui reprit les mains et, se plaçant en face d'elle, plongea ses yeux dans les siens.

— J'veux tout savoir. Si vous en avez pour la nuitte, on va la passer icitte, mais j'vous laisserai pas repartir sans que vous ayez consenti à m'épouser. J'ai déjà perdu beaucoup trop d'années… Je…

Il ne put continuer. Elle était là, les grands yeux verts humides, émouvante, semblant si fragile. Il pencha la tête et l'embrassa passionnément comme l'homme affamé qu'il était. Léonie partageait la même faim. Elle moula son corps à celui de l'homme, si chaud, si fort…

— Oh! Ernest, non! gémit-elle en s'arrachant à l'étreinte.

— Léonie… supplia-t-il cherchant à la reprendre, Léonie…

— Non, Ernest, y faut que vous sachiez.

Elle se remit à marcher.

— Un jour, j'faisais le lit d'une chambre quand le client est rentré chercher quelque chose. Y s'appelait John. C'était un riche Américain qui faisait des affaires à Montréal pis qui était venu en voyage de pêche au Lac-Saint-Jean. Y avait des yeux magnifiques. Y m'avait donné un de ces pourboires ce jour-là. Ensuite, y a pas cessé de m'suivre. Partout où j'allais, j'le rencontrais sur mon chemin. Y m'a fait une cour assidue, y m'offrait des cadeaux comme jamais j'en avais reçus. Un matin, y est reparti pour Montréal. J'ai eu le cœur déchiré. Amoureuse, j'étais follement amoureuse de lui. J'pleurais toutes les nuits dans ma p'tite chambre de servante, en croyant jamais le revoir. Y est revenu, avec une bague pis une demande en mariage! Pis là on s'est fiancés en cachette. Y voulait pas que personne le sache tusuite. Y avait inventé une histoire que parce qu'y était Américain on le renverrait dans son pays… En prévision de notre mariage, y avait acheté une p'tite maison isolée à l'entrée du village. Y disait qu'y voulait pas m'imaginer dans ma minable petite chambre quand y serait à Montréal où son travail l'appelait constamment. Quand j'lui ai demandé pourquoi on s'installait pas là-bas, y m'a répondu qu'y cherchait la maison idéale pis qu'on y déménagerait dès notre mariage. Comme y adorait venir en vacances par icitte, y garderait, de toute façon, la p'tite maison de Roberval où j'allais vivre en attendant. Pis pas question que sa future épouse travaille! J'ai vécu ainsi pendant sept ans. Sept ans à attendre ses visites, à attendre une date de mariage toujours reportée. Quand y venait, y descendait pus à l'hôtel, y s'installait chez lui. Pis j'ai accepté… malgré ce que les gens disaient, malgré la désapprobation de ma sœur Anna… Vous comprenez, je… j'ai partagé son lit, sans être mariée… J'vivais juste par lui, juste pour lui. J'étais heureuse, Ernest. Y m'apportait de ces robes, toutes plus magnifiques les unes que les autres. Y m'appelait sa belle du lac, y m'offrait des bijoux, des colliers, des broches, des bracelets, mais jamais j'ai vu une bague de mariage. Y m'expliquait toujours que son avocat s'occupait du contrat de mariage, que c'était ben compliqué, que parce qu'y était pas Canadien… des mensonges… Un jour, j'ai compris pourquoi. J'ai mis la main sur une lettre d'amour que sa femme avait glissée dans ses bagages pour lui faire une surprise j'suppose, pis comme j'avais pris l'habitude de m'occuper de ranger ses vêtements, c'est moé qui l'ai trouvée. P't-être que John pensait que j'pouvais pas lire l'anglais, mais en tout cas, j'y ai mise sous le nez. Y a tout avoué, comme si y était soulagé que j'sache enfin la vérité. Y a essayé de m'expliquer, de m'parler… Y m'a juré qu'y m'aimait, que sa femme c'était un mariage arrangé, qu'y l'avait mariée pour sa fortune, une question d'argent pis d'alliance entre deux grosses familles. Mais j'étais furieuse pis j'ai rien voulu entendre. Y est parti. J'me suis enfermée dans la maison à pleurer… jusqu'au jour où vous êtes venu me chercher pour que j'aille aider Anna…

Un moment, Ernest ne sut que répondre à ce long monologue, puis doucement, il murmura :

— Léonie, on a tous des choses dans la vie dont on est pas toujours fiers. Que vous ayez vécu dans le péché avec cet homme me fait pas changer d'idée. Épousez-moé, Léonie, épousez-moé !

Il tenta de l'embrasser à nouveau.

— Non, Ernest, j'vous ai pas tout dit… le repoussa-t-elle avec véhémence.

— Léonie, tout ce que j'veux entendre, c'est votre oui à ma

demande! murmura l'homme en continuant de couvrir la femme de sa vie de plein de petits baisers.

— Que vous le vouliez ou non, vous allez m'écouter jusqu'à la fin! s'emporta Léonie. J'ai pas entrepris ce long et pénible discours pour rien! Ensuite, on aura pus rien à se dire. J'ai jamais revu John, continua-t-elle d'un ton déterminé, mais quand chus revenue à Roberval avec un bébé à prendre soin, j'lui ai écrit. Pour avoir de l'argent, j'lui ai fait croire qu'y était le père de Julianna! Pis y m'en a donné plein! Mais pour expier ce mensonge, j'ai juré su'a tête d'Anna de jamais me laisser aimer par un autre homme, pus jamais, vous comprenez astheure, Ernest Rousseau? Voilà pourquoi vous pouvez pas me marier, je l'ai juré! hurla-t-elle avant de s'enfuir en courant, laissant derrière elle un Ernest sidéré.

~ ~ ~

Léonie et sa filleule ne se parlèrent pas de ce qui s'était passé. Julianna avait remis ses bas et ses souliers et avait rejoint sa mère adoptive qui l'attendait, silencieuse. À la ferme, Marguerite surveillait leur arrivée. Elle se dépêcha de prendre sa belle-sœur en aparté pour s'informer de la bonne marche des événements. Mais Julianna lui répondit sèchement qu'elle ne l'avait même pas vu, avant d'ajouter que de toute façon, ce n'était qu'un caprice, d'oublier tout ça, qu'elle avait un fort beau prétendant à Montréal dont elle commençait à s'ennuyer sérieusement d'ailleurs. C'est ce qu'elle répéta à sa marraine, un peu plus tard dans la journée, en l'implorant de rentrer chez elles. À sa grande surprise, Léonie ne s'opposa pas du tout à sa demande, mais au contraire en fut ravie. Alphonse n'essaya pas vraiment de les retenir quand il apprit qu'elles devançaient leur départ. Il avait été très heureux de leur visite, mais cela l'épuisait. Il avait l'impression qu'il aurait dormi toute la journée. Chaque petit mouvement lui demandait un effort. Il n'aspirait qu'à se reposer et il y parviendrait beaucoup mieux sans la présence de sa fille et de sa belle-sœur, qui serait toujours un peu gênante. Chassez le naturel et il revient au galop! Cette fois, seul Ti-Georges alla les reconduire au bateau. Ni l'une ni l'autre n'avait revu les Rousseau. François-Xavier annonça à son père que Julianna en aimait un autre et la discussion fut close. Ernest n'eut pas envie de poser plus de questions, trop absorbé qu'il était par sa propre déception. Tous les deux se jetèrent à corps perdu dans le travail. En moins de temps que prévu, ils terminèrent la construction de la fromagerie.

L'été tirait à sa fin, maintenant. Ernest et son fils vérifiaient les derniers détails de la fabrique avant de commencer la production du fromage.

— T'es sûr que t'as ben fait de mettre la chaufferie si proche de la salle de fabrication? demanda Ernest en s'accoudant près des machines à vapeur.

— J'ai construit la fromagerie selon les plans de celle de Saint-Prime, vous verrez, ce sera parfait.

— J'ai toute confiance en toé, mon garçon, pis Saint-Prime, c'est toute une fromagerie…

— Vous allez voir, son père, on va prendre le monopole du cheddar!

— Chus fier en baptême, François-Xavier. La fromagerie Rousseau et fils, tu te rends compte. Jamais j'aurais pensé voir ça écrit sur une pancarte un jour.

— Ça va faire un moyen bel héritage pour les p'tits Rousseau à venir…

— Que c'est que tu veux dire, François-Xavier? J'avais cru comprendre que Julianna était fiancée à un autre!

— Y est pas question d'elle pantoute. Non, j'ai pensé… vous savez, la fille aînée de Joseph Larouche. J'pense qu'y pourrait y avoir un arrangement possible entre nous deux.

— Mais t'en parles comme d'une affaire à régler !

— Y est temps que j'me marie, vous trouvez pas, son père ? J'pensais commencer mes fréquentations betôt.

— Si c'est c'que tu veux, François-Xavier, j't'ai déjà dit que j'me mêlerais pas de tes amours… La p'tite Larouche semble être une bonne fille, fais comme tu veux.

— Y a d'autre chose que j'voulais vous dire.

— Vas-y mon fils, c'est le matin des nouvelles d'abord.

— En vue de mon mariage, j'ai décidé de construire une maison pour ma future famille.

— Celle qu'on a est habitable en masse ! s'objecta Ernest.

— Non, son père, j'veux quelque chose de grand, de neuf pis qui serait plus proche de la fromagerie.

— C'est vrai qu'on a fait la fabrique loin de la maison, c'est pas ben pratique, mais pour le transport du lait pis du fromage c'était le meilleur emplacement.

— Oui, pis c'est pour ça que j'la construirais juste à côté d'icitte, su'a grosse butte qu'y a en face du lac.

— C'est pas une mauvaise idée, mon fils. Comme ça, j'pourrais habiter l'autre pis te laisser tranquille, toé pis ta nouvelle femme. Quand on est nouveaux mariés, c'est pas plaisant d'avoir à endurer un vieux malcommode comme moé à côté de la chambre nuptiale.

— C'est hors de question ! J'va toujours vous garder avec moé, marié ou pas !

Affectueusement, le fils mit la main sur l'épaule de son père.

— Non, l'autre maison, continua François-Xavier, on va la vendre avec la terre, du moment qu'on sera prêts à rentrer dans la neuve. Avec la fromagerie, on va avoir assez d'ouvrage sur les bras, on réussira pas à entretenir les deux. Si vous êtes d'accord, comme de raison, se reprit François-Xavier en s'apercevant de l'autorité dont il avait fait preuve.

— Ça me dérange pas, mon fils, tu fais à ta tête.

Ernest soupira. Tout lui était rendu indifférent. Même la fromagerie ne réussissait pas à lui redonner la joie de vivre, Léonie était partie avec elle. Ernest se sentait vieux. À cinquante-six ans, il se demandait bien pour quoi et pour qui il aurait continué à se démener.

— J'vous demanderais juste une dernière chose, que vous me laissiez faire à mon goût.

— De quoi tu parles, de la nouvelle maison ?

— Oui, j'ai dessiné un plan...

— Mais oui, de toute façon, tout ça est à toé maintenant. Moé, chus rendu trop vieux. Quand penses-tu entreprendre la charpente ?

— J'aimerais m'y mettre tusuite pour essayer d'avoir bâti le plus gros des travaux avant les neiges.

— Fais à ta tête, mon gars, c'est pas moé qui va parler. J'va juste t'aider du mieux que j'peux.

— Merci. C'est ben important pour moé. Venez, on va vérifier si les moules à fromage sont cordés pis en ordre.

Ernest tint parole. Il laissa aller son fils dans ses projets. Même s'il était évident que François-Xavier n'était pas heureux avec Eugénie Larouche, il le laissa la courtiser. À la fromagerie, les trois étagères doubles de la chambre à maturation étaient pleines à craquer de beaux gros fromages ronds qui se reposaient et la nouvelle maison s'élevait à une vitesse incroyable. Là non plus, Ernest ne fit aucune remarque, ni quand il s'aperçut des dimensions gigantesques de la future demeure ni quand il réalisa que la drôle de forme qui émergeait du toit serait une sorte de tourelle. De cette tour, on pourrait admirer le lac en entier. Pour y accéder, son fils avait prévu un escalier intérieur en colimaçon.

Pourquoi son garçon avait pensé à ce plan extravagant, Ernest n'en avait pas la moindre idée, mais une chose était certaine, c'était que ce serait la plus belle maison de tout le comté. Elle serait magnifique !

~ ~ ~

L'hiver arriva et on dut cesser de construire et la fromagerie ferma jusqu'au printemps. Une fois par semaine, François-Xavier allait faire son soir chez les Larouche, comme convenu, du moins jusqu'à cette soirée du mois de décembre, un peu avant la Noël. Une belle neige folle était tombée toute la journée, le traîneau du jeune homme glissait doucement, en route vers la maison de sa promise. Plus tard, dans le salon des Larouche, endimanché, assis à côté d'Eugénie, François-Xavier s'ennuyait fermement. La jeune fille était pleine de qualités, mais ils ne savaient jamais de quoi parler ensemble. Une fois toutes les possibilités sur la neige et le mauvais temps épuisées, un pesant silence s'installait. Depuis deux mois, c'était le même manège. Il n'en pouvait plus. À bout de patience, François-Xavier se leva, une bonne heure avant la fin de son temps de veillée et poliment, bredouillant une quelconque explication, dit le bonsoir à Eugénie avant de s'enfuir chez lui. Sur le chemin du retour, il fouetta son cheval. C'était à cause de Julianna ! Il essayait de ne pas trop penser à elle, mais il n'y parvenait pas. Elle l'obsédait. Il la revoyait sur la plage, lui faisant face ! Ah ! il lui montrerait qu'il était capable de construire un château, mais ce serait Eugénie qui l'habiterait, pas elle, se dit-il. Arrivé devant chez lui, il détela rageusement son cheval qu'il rentra à l'étable pour la nuit. « Mais arrête donc de te faire des accroires, François-Xavier Rousseau, se dit-il en s'appuyant, las, sur une poutre de la grange. Eugénie Larouche pourra jamais être ta princesse… T'as pas le droit de lui demander de devenir ta femme. » Il ne l'aimait pas et ne l'aimerait jamais. À la prochaine veillée, il le lui dirait, il mettrait un terme à cette mauvaise comédie. Il n'avait agi que sur le coup de la colère, que pour se venger de Julianna… Il décrocha le fanal du clou et, lentement, il rentra chez lui.

— Bonsoir, son père, dit-il en s'engouffrant dans la maison.

— Tu rentres ben de bonne heure, mon garçon, à soir? interrogea Ernest qui lisait son journal, se reposant tranquillement en attendant le retour de son fils.

— J'ai décidé de pas continuer à courtiser la fille à Larouche, lança François-Xavier sans préambule.

— Ah! fit son père.

— C'est tout ce que vous m'dites!

— J'voulais pas parler à propos de tes amours, mais si tu me le demandes, mettons que j'dirais que c'est une bonne décision en baptême. Vous auriez été malheureux tous les deux, ça se voyait comme le nez en pleine face.

— C'est ce que j'me disais aussi. Eugénie, est ben gentille mais…

— En parlant de gentille fille, j'ai justement eu des nouvelles de Julianna à soir, annonça calmement son père comme si de rien n'était et en faisant mine de reprendre la lecture de son journal.

— Des nouvelles de Julianna?

— Ben oui, j'viens de te l'dire! Deviendrais-tu sourd en vieillissant, mon gars? Pendant que t'étais parti veiller, Alphonse est venu me trouver pour jaser un peu. J'te dis que lui, y a pas l'air d'aller fort! J'l'ai pas trouvé ben vaillant.

— Laissez faire monsieur Gagné, ça fait des mois qu'y annonce qu'y est mourant pis parti comme y est là, y va en enterrer une couple avant lui. Racontez-moé plutôt ce que vous savez. A s'est mariée, c'est ça? Mais non, a l'aurait invité sa famille, je l'aurais su… À moins qu'a l'annonce la date de son mariage, c'est ça, la date est fixée?

— Baptême, que des fois tu m'décourages ! Laisse-moé donc parler au lieu de t'faire du mauvais sang !

— La dernière fois que j'l'ai vue, a l'était presque fiancée, ça fait que là, a doit être presque mariée ! dit-il, ironique.

— François-Xavier Rousseau, tais-toé ou tu les sauras pas, les nouvelles ! s'impatienta Ernest. Ta Julianna, est pas mariée pantoute, reprit le paternel obtenant enfin le silence demandé. A s'est même jamais fiancée ! Pis le prétendant de Montréal, y est pus dans le portrait.

— Comment ça ?

— J'connais pas le fin fond de l'histoire… Elles sont à Roberval à la maison de Léonie.

— À Roberval ! Julianna est à Roberval !

— Calme-toé pis laisse-moé finir, baptême ! Elles viendront pas icitte. Elles sont venues pour vendre la maison, ç'a l'air. Alphonse dit qu'elles resteront même pas pour Noël. Y aurait p't-être quelqu'un intéressé à acheter la maison pis elles viennent régler ça. François-Xavier, que c'est que tu fais ? s'interrompit Ernest devant son fils qui s'était soudainement levé de sa chaise.

— J'pars tusuite ! déclara François-Xavier.

— Tu pars ? Pour où ?

— Pour Roberval.

— Pour Roberval ?

— Pis si jamais a l'est pas là, j'va me rendre à Montréal s'il le faut.

— Mais comment veux-tu y aller pis à cette heure du soir ! Es-tu en train de virer fou ma foi du Bon Dieu ? fit-il en voyant son fils se préparer.

— J'va passer par le lac voyons, affirma François-Xavier.

— Ah ben baptême, ôte-toé ça de'dans tête tusuite, mon gars ! C'est beaucoup trop dangereux à c'temps-citte de l'année !

— J'ai dit que j'passe par le lac. Il faut que j'parle à Julianna.

— J'peux ben croire que tu l'aimes, mais si tu te noies ça sera pas d'avance !

— On a eu ben des bordées de neige pis des bons froids, d'après moé, la glace est assez solide.

— Ben oui, ça doit passer, mais quand même, tu peux attendre un peu que la traverse soit un peu plus praticable.

— Non, j'pars tusuite !

— Mais…

— Y faut que j'la voie.

— Tête de cochon, tête de mule, tête de… de… baptême d'enfant ! ragea Ernest en sacrant un coup de poing sur le bras de sa chaise. J'va y aller avec toé ! Mais on va partir de clarté par exemple. T'as compris ? On va embarquer des grandes planches de bois, on pourra les mettre par dessus les crevasses pis va chercher la grande corde, ça pourrait être utile. Ben, arrête de m'regarder sans rien faire, grouille de tout préparer pour être prêt à l'aurore, baptême de baptême !

À l'aube, le père et le fils mettaient à exécution leur décision et mangeaient un peu avant de se mettre en route quand on frappa à la porte. Elle s'ouvrit à toute volée, laissant passer un Ti-Georges livide.

— Ti-Georges ! s'étonnèrent les deux hommes.

— Papa est mort c'te nuitte, leur annonça sans préambule le visiteur.

Et c'est ainsi que les Rousseau partirent comme convenu pour Roberval mais porteurs d'une bien triste nouvelle. La traversée fut pénible, mais pas autant que la tension qui régnait dans le traîneau à leur retour vers la Pointe. Léonie et Julianna avaient été surprises de leur arrivée et avaient stoïquement reçu l'annonce du décès d'Alphonse. Elles ne furent pas longues à se préparer et ce fut un vrai cortège funèbre qui retraversait le lac, les quatre occupants perdus dans leurs pensées.

~ ~ ~

On enterra Alphonse Gagné le 19 décembre 1924.

La plupart de ses enfants vinrent aux funérailles. Son fils Ronald avait eu la permission de quitter sa paroisse. Ferdinand n'était arrivé que la veille du bas du fleuve, seul, le voyage étant trop dispendieux pour sa nombreuse famille. Marie-Ange et Adrienne étaient venues ensemble de Chicoutimi avec maris et marmailles. On n'avait pas pu rejoindre Léopold, monté dans les chantiers de l'Abitibi et Angélique ne pouvait quitter son mari, gravement blessé par un taureau, mais qu'on espérait hors de danger. Aline envoya un télégramme expliquant l'impossibilité dans laquelle elle se trouvait de descendre à la Pointe. Tous ces visages qui lui ressemblaient, surtout ceux d'Adrienne et de Marie-Ange, c'était troublant pour Julianna. Dommage que leur première rencontre ait à se passer dans ces circonstances. Mal à l'aise, elle se tenait un peu à l'écart aux côtés de sa marraine. Ses frères et sœurs avaient tous été très gentils avec elle, mais elle se sentait comme une étrangère qui n'avait pas le droit de pleurer un père presque inconnu.

Quant à Ti-Georges… Son frère était si replié sur lui-même qu'on avait peine à le reconnaître. Même Marguerite, qui se démenait à recevoir tout ce monde, ne savait plus quoi faire pour aider son mari. Celui-ci semblait incapable de faire face à la mort de son père. Depuis trois jours et trois nuits qu'ils veillaient le corps dans le grand salon et Georges n'avait ni pleuré ni parlé une seule fois. Francois-Xavier s'approcha de son meilleur ami et prit place sur une chaise à ses côtés. Il comprenait ce que son ami ressentait. Il savait que Ti-Georges avait autant détesté son père qu'il l'avait aimé. L'entrechoquement de ces deux extrêmes anéantissait son ami. Comme les deux doigts de la main depuis leur enfance, les deux hommes n'avaient pas grands secrets l'un pour l'autre, à part un… François-Xavier sut que le moment était approprié de le dévoiler.

L'air était étouffant, la plupart des gens marmonnaient, priaient ou discutaient par petits groupes, les enfants couraient un peu partout, ne réalisant pas vraiment ce qui se passait… Tous étaient épuisés. «La veillée au corps a du bon» se dit François-Xavier. Après tant d'heures, on est vraiment prêt à laisser partir le défunt, on le désire même… Il regarda son père adoptif qui se tenait un peu en retrait et François-Xavier pensa à la mort de Rose-Élise et à celle de Joséphine.

— Tu te rappelles-tu de Joséphine Mailloux qui venait aider chez nous ? dit tout à coup François-Xavier à Ti-Georges.

Sans attendre une réponse, qui de toute façon ne viendrait pas, il continua :

— J'avais 17 ans quand est tombée malade. A venait de passer des semaines à soigner les autres de la même maudite maladie qui allait l'emporter. A voulait pas me contaminer pis probablement qu'a savait qu'a allait mourir… Enfin, un jour, a m'a écrit une lettre. Je l'ai jamais lue à personne… même mon paternel en a jamais rien su…

François-Xavier sortit son portefeuille et délicatement en retira une feuille soigneusement pliée.

— J'l'ai toujours portée sur mon cœur, toutes ces années, a m'a jamais quitté.

Ému, il tendit le précieux bien à son ami.

— J'voudrais que tu la lises… s'il te plaît, insista-t-il.

Intrigué, Ti-Georges prit la lettre et sans un mot en fit la lecture.

Mon cher François,

Je te prie de lire cette lettre jusqu'au bout et d'essayer de comprendre… Il aura fallu que la mort vienne cogner à ma porte pour que j'aie le courage de t'écrire ces lignes ou plutôt pour que je perde le courage de me taire… Tout ce que je sais, c'est que je peux pas me résoudre à te quitter sans que tu saches… Cher fils, fruit de mes amours secrètes, chair de ma chair, tu as bien lu, tu es ce bébé que j'ai eu en cachette. Comment trouver les bons mots… J'avais eu à prendre soin d'un marin très malade que le curé avait placé chez nous. Il venait de l'Irlande et s'appelait Patrick O'Connor, c'est tout ce que je sais de ton père. Je l'aimais très fort et il m'avait demandée en mariage, mais mon père, y a rien voulu savoir… Il l'avait chassé de chez nous. Patrick, y a jamais su que tu existais. Il s'est embarqué sur un bateau avant même que je devine moi-même ta présence. Si tu savais à quel point j'ai détesté mon père pour le mal qu'y m'a fait. La haine me rongeait le cœur au point que j'en suis venue à haïr Patrick autant que je l'avais aimé peu de temps auparavant, au point que j'en suis venue à me haïr moi-même de m'être laissé aimer, au point que j'en suis venue à haïr la vie, même celle qui bougeait dans mon ventre… C'est à ta naissance qu'enfin je me suis réconciliée. Quand on dit que l'amour est plus fort que tout, c'est vrai… tu en es la preuve. Mais je pouvais pas te garder. Personne devait savoir. Mais je voulais tout faire pour être auprès de toi.

François, tu es devenu un beau grand jeune homme et je suis fière de toi. Malgré le mal qu'on a pu te faire ou qu'on te fera, laisse pas la colère t'envahir, tourne-toi toujours vers l'amour. Peu importe de quelles entrailles on vient, on a qu'une seule mère et c'est la Miséricorde et on a qu'un seul père et c'est l'Amour. Ils sont toujours là, prêts à nous prendre dans leurs bras, à nous consoler, nous aider. Ils sont notre soutien dans toutes les épreuves. Tu es leur fils, le mien et celui d'Ernest, car lui et moi on t'aime de tout notre cœur, de tout notre corps, de tout notre sang. Et, à ton tour, un jour, tu aimeras ainsi… et tu comprendras… tu comprendras et tu pardonneras à cette mère de chair qui t'a abandonné et à l'autre qui t'a blessé, de pas avoir pu… de pas avoir su… du moins, je l'espère…

Je te lègue tout mon avoir. Tu trouveras avec cette lettre mon testament.

Ta maman qui t'aime, Joséphine.

Ti-Georges replia les feuilles de papier, déjà jaunies par les années, et les rendit à son propriétaire silencieusement. François-Xavier resserra la touchante missive, mit la main sur l'épaule de son ami et se penchant près de lui murmura :

— Ton père était ce qu'y était pis y a fait du mieux qu'y a pu, j'en suis certain. Fais comme Joséphine a dit, laisse-toé pas mener par la colère pis la haine. Regarde ta femme pis tes deux beaux p'tits gars, y ont besoin de toé, de ton amour, Ti-Georges, y ont pas besoin de ta colère.

Son ami se prit soudain la tête entre les mains et éclata en sanglots. Un silence troublant tomba sur le salon. Tout à coup, une voix s'éleva. À sa façon, Julianna avait trouvé le moyen de rendre hommage à son père et, de sa voix cristalline, elle chanta la tristesse, l'abandon, la solitude, le pardon…

~ ~ ~

Le lendemain, tout le monde était reparti sauf Léonie et sa filleule. Ernest et François-Xavier, qui étaient venus passer la soirée chez les Gagné, étaient au salon et terminaient une tasse de thé avec Léonie et Julianna. Ti-Georges venait de se retirer dans sa chambre pour rejoindre Marguerite. Les deux petits garçons dormaient depuis belle lurette.

Julianna se leva et annonça qu'elle montait elle aussi. François-Xavier la suivit des yeux pendant que Léonie murmurait :

— A l'aura pas connu son père longtemps, la pauvre p'tite…

— Mademoiselle Coulombe, dit François-Xavier, j'pourrais-tu monter parler avec Julianna ? C'est ben important.

Léonie hésita. Ernest intervint :

— Laissez mon jeune y aller. Vous pouvez avoir confiance en lui. Pis moé itou j'voudrais vous dire un mot.

— Bon d'accord, tu peux monter, accorda Léonie, mais tu laisses la porte ouverte.

François-Xavier ne se le fit pas dire deux fois et grimpa les marches pour rejoindre Julianna. Il n'était pas question qu'elle reparte pour Montréal avant une bonne conversation.

Au salon, sans savoir pourquoi, Léonie se mit soudain à pleurer. «Tu parles d'une réaction! Pleurer comme une Madeleine, pour quoi, pour qui? Pour Alphonse, quelqu'un qui m'a détestée la moitié de sa vie?» pensa-t-elle. Elle ne comprenait rien à ce qu'elle ressentait, un mélange de haine, de soulagement, non, pas vraiment... Tout ce qu'elle savait, c'est qu'une peine immense l'accablait. Sur quoi pleurait-elle? Sur ce que la vie aurait pu être? Si Alphonse n'avait jamais... Si sa sœur n'était pas... Léonie perdait ses balises et se retrouvait déboussolée face à l'irrévocable départ qu'est la mort.

Son fils disparu à l'étage, Ernest prit la femme qu'il aimait dans ses bras. Cette fois-ci, celle-ci ne résista pas. Comment avait-elle pu survivre sans la présence de cet homme à ses côtés? Comment avait-elle pu passer à travers les épreuves de la vie sans son soutien? Maintenant, elle ne pouvait plus s'imaginer sans cet appui, sans cette chaleur, sans ces lèvres sur les siennes... Il était déjà assez pénible de faire face, seule, au passé sans en plus affronter l'avenir dans la solitude. Il y avait tellement longtemps qu'il n'y avait personne pour s'occuper d'elle, pour la consoler, pour la réchauffer, pour l'écouter. Si seule... Si longtemps. C'était sur cela qu'elle pleurait, comprit-elle, sur la solitude, la sienne, celle de Julianna, celle d'Alphonse, celle de la mort, la plus extrême des solitudes.

— Oh, Ernest, j'ai tellement besoin de toé! lui dit-elle.

Surpris et heureux de cet aveu, Ernest resserra son étreinte.

À l'étage, François-Xavier hésita. Son cœur battait beaucoup trop fort. Julianna devait l'entendre et deviner, ainsi, sa vulnérabilité. Il frappa doucement à la porte.

— Entrez, monsieur François-Xavier Rousseau, énonça la voix

claire de Julianna en détachant chaque mot.

— Comment saviez-vous que c'était moé ? demanda nerveusement celui-ci en prenant soin de laisser la porte entrouverte derrière lui, tel qu'il l'avait promis.

Sa princesse était là, face à la fenêtre, lui tournant le dos. Elle répondit sans même se retourner.

— La maison est pas ben sourde. J'entends tout ce qui se dit en bas par la trappe de chaleur.

François-Xavier remarqua alors l'ouverture grillagée fixée dans le plancher, ce qui permettait au poêle à bois, ronflant dans la cuisine, d'expirer à pleins poumons jusqu'au deuxième niveau.

— Vous êtes pas fâchée que j'sois monté ? s'inquiéta le jeune homme en reportant son attention sur le dos rigide de la femme en deuil.

Julianna se détourna et regarda, sans ciller, son visiteur.

François-Xavier, perdant toute contenance devant la profondeur des yeux verts, se mit à examiner la petite pièce autour de lui. La chambre était rangée, la courtepointe sur le lit ne présentait aucun pli, chaque objet semblait être disposé exactement à sa place, tout était à l'ordre, trop à l'ordre. Furtivement, il détailla la jeune fille restée silencieuse et qui le fixait toujours. Julianna elle-même était impeccable. Vêtue d'une robe noire, ses cheveux soigneusement lissés, elle avait un air tragique, se tenant bien droite, debout, près de la lucarne, les bras croisés sur la poitrine, immobile, calme, trop calme.

— Y faut que j'vous parle, Julianna, dit maladroitement François-Xavier, de plus en plus mal à l'aise devant le mutisme de la jeune fille.

— Vraiment ? demanda celle-ci sans broncher, soulevant à peine un sourcil. Je suppose que je dois vous remercier, reprit-elle en portant enfin les yeux ailleurs, d'être venu nous chercher à Roberval, matante pis moé. Alors merci beaucoup. Voilà, c'est fait.

— Non, j'veux vous dire que chus désolé pour votre père, commença François-Xavier, mais Julianna l'interrompit.

— Pourquoi? Je suis pas vraiment triste. Je le connaissais presque pas, dit-elle en souriant faussement du coin des lèvres.

— Au moins, y sera pas mort sans que vous l'ayez jamais rencontré, fit remarquer François-Xavier.

— Il me devait pas mal plus que ça, vous pensez pas? demanda Julianna, une colère sourde dans la voix. C'est trop drôle, continua-t-elle avec un petit rire sarcastique. J'ai rencontré mon père pour la première et la dernière fois cet été! Vous riez pas, monsieur François-Xavier Rousseau?

— Non, j'ris pas. Votre père, c'était votre père, vous y devez respect, surtout dans la mort. Laissez-le partir en paix.

— C'est facile à dire pour vous, monsieur Rousseau, on peut pas dire que vous vous compliquez ben ben la vie, vous! s'emporta Julianna. Il est mort? Il est mort! Que Dieu le bénisse pis tant pis pour ceux qui restent derrière! C'est ça que vous pensez, monsieur Rousseau, comme cet été sur le bord du lac? Elle est presque fiancée? Elle est presque fiancée! Mes félicitations pis tous mes vœux de bonheur, c'est ça?

Il n'eut pas le temps de répondre quoi que ce soit que la jeune fille, tout en colère, reprit de plus belle:

— Eh ben, c'est pas toujours comme ça que ça marche dans la vie! Mon père, il m'a peut-être dit qu'il m'aimait avant de mourir, mais je lui ai pas dit, moé, que je le détestais pis que je me détestais de pas avoir eu le courage de le lui dire. Je me déteste d'avoir pris sa main, de lui avoir souri, je l'ai même embrassé! Je déteste toutes ces années que j'ai passées séparée de ma famille! Je déteste mon père d'avoir fait ça, je déteste ma mère d'être morte en me mettant au monde, je vous déteste, vous, d'avoir rien fait cet été, pis je déteste matante Léonie de m'avoir pris bébé, pis mon père d'être mort... Je me déteste... j'aurais dû mourir avec ma mère !

François-Xavier se précipita et empoigna la jeune femme déchaînée pour l'emprisonner solidement dans ses bras.

— Lâchez-moé, lâchez-moé, je vous déteste tous, tout le monde !

— Chut... Chut... fit François-Xavier en la berçant doucement, chut... Julianna, jolie Julianna, calme-toé... j'aime, moé... j'aime...

À ces mots d'amour, la jeune fille releva la tête vers l'homme. Une force inextinguible les poussa plus près encore l'un de l'autre. Passionnément leurs bouches s'unirent. Une douce chaleur se coula, insidieusement, dans leur corps. François-Xavier ne relâcha pas son étreinte. Doucement, la gardant précieusement dans ses bras, il alla s'asseoir sur le bord du lit et se mit à bercer amoureusement la jeune fille, la couvrant de petits baisers sur le front et les tempes.

— J'aime, Julianna, répéta-t-il, j'aime...

— Moé aussi, François-Xavier, avoua-t-elle, moé aussi...

— Julianna, si on recommençait... demanda François-Xavier.

— Recommencer quoi ? À s'embrasser ? chuchota la jeune fille. Ce serait pas très convenable, mais ben tentant... fit-elle, provocante.

— Non, dit François-Xavier, ç'a si mal débuté cet été su'a plage, si on recommençait.

— Qu'est-ce que ça donnerait ? l'interrompit Julianna en le repoussant un peu. On s'entendra jamais tous les deux, dit-elle en baissant les yeux.

— Non, dis pas ça, ma princesse... J'rêve juste à toé depuis que t'es débarquée de ce foutu bateau. Enfin, débarquée, façon de parler... la taquina-t-il.

— Oh, François-Xavier Rousseau, tu vois, on passerait tout notre temps à nous chicaner.

— Mais oui, pis au moins on sera sûrs de pas s'ennuyer jamais ensemble…

— Est-ce qu'on est en train de parler d'avenir tous les deux par hasard ? demanda Julianna.

— J'pense ben que oui. Julianna, voudrais-tu devenir ma femme ?

— Oui, mais à condition que tu m'embrasses tout de suite.

— J'ai l'impression que tu vas me mener par le bout du nez, toé !

— J'en ai ben l'intention, dit-elle en l'attirant vers son visage.

— Hum… En fin de compte, j'pense qu'on va vraiment ben s'entendre, déclara-t-il après s'être exécuté de bonne grâce. T'es tellement belle, Julianna… j't'aime… T'as été dans mes rêves, jour et nuitte, ton image me quittait jamais. J'ai vécu l'enfer ces derniers mois…

— Moé aussi, c'est pour ça qu'j'ai plus voulu revoir Henry.

— C'est la même chose avec Eugénie, murmura-t-il en cherchant à l'embrasser encore.

— Eugénie ? C'est qui Eugénie ? questionna-t-elle en le repoussant subitement.

— Eugénie, c'était ma presque fiancée, lui répondit-il en souriant.

— Ta presque fiancée ! répéta la jeune fille en se levant. Que faites-vous ici d'abord François-Xavier Rousseau, allez vous marier pis vite, ajouta-t-elle en désignant la porte de la main. Eugénie doit s'impatienter. De toute façon, moé j'ai ma carrière à Montréal qui m'attend ! Marraine pis moé, on va partir vivre là-bas pour de bon.

François-Xavier ne cessait de sourire. Elle était si belle avec son fameux petit nez en l'air à jouer la grande dame offusquée.

— Ben oui, ben oui, me marier, c'est ben c'que j'ai l'intention d'faire.

— Moé, je serai célèbre !

François-Xavier s'approcha doucement, la faisant reculer jusqu'au bord de la fenêtre au dos de laquelle elle se trouva coincée.

— Pis tu vas avoir des tas de soupirants qui te couvriront de fleurs et de baisers comme ceci…

Lentement, il se pencha vers sa promise et dit :

— J'ai très envie de t'embrasser encore, ma princesse…

— Gardez vos baisers pour Eugénie, le défia-t-elle.

— C'est pas elle que j'ai envie d'embrasser.

— Moé, ça me tente pas, bouda-t-elle.

— Alors tant pis !

François-Xavier n'insista pas et jouant l'indifférent, se recula un peu.

— Ah non, se fâcha Julianna les mains sur les hanches, tu vas pas recommencer !

— Recommencer quoi ? demanda-t-il hypocritement. À pas t'embrasser de force, à pas t'enlever dans mes bras pis t'emmener dans mon château ? demanda-t-il en revenant vers elle.

Il plaça ses bras de chaque côté de la fenêtre, piégeant ainsi la jeune fille.

— Tu vas m'épouser ! ordonna-t-il.

Elle fit signe que oui.

— Tu vas m'aimer toute la vie.

Encore une fois elle acquiesça silencieusement.

— Tu vas venir vivre avec moé su'a Pointe pis tu vas m'faire les plus beaux enfants du monde pis tu vas m'faire oublier toutes les Eugénie de la terre… pis tu vas chanter rien que pour moé… j'vas être ton prince… pis tu me quitteras jamais… jamais.

— Jamais, promit avec ferveur Julianna.

Et ils s'embrassèrent longuement.

— On descend annoncer la bonne nouvelle ? demanda François-Xavier, peu après.

— Oui, allons les trouver pis leur annoncer notre mariage, répondit Julianna.

~ ~ ~

Ils trouvèrent Ernest et Léonie encore installés au salon sur le divan de velours vert, une nouvelle tasse de thé dans les mains.

— Ah, vous voilà les jeunes, dit Ernest.

— Comment ça va ma grande ? s'inquiéta Léonie.

— Je suis si heureuse ! C'est le plus beau jour de ma vie ! lança-t-elle avant d'ajouter, devant le regard ahuri d'Ernest et de Léonie : C'est sûr que j'ai de la peine pour mon père, mais c'est parce que…

François-Xavier l'interrompit et mit un genou à terre devant Léonie et demanda solennellement :

— J'le sais que l'temps est pas aux réjouissances pis que cette journée en est une de deuil, mais avant que ma princesse change d'idée, mademoiselle Coulombe, euh, j'vous demande la main de Julianna.

Léonie regarda sa nièce et devant le bonheur évident de celle-ci, déposa sa tasse de thé sur le petit guéridon et se jeta dans les bras de sa filleule en pleurant à nouveau.

Ernest sourit à son fils.

— J'pense que Léonie veut dire qu'est d'accord. Félicitations mon garçon, dit-il avec une vigoureuse poignée de main.

— Marraine, arrêtez de pleurer, on voulait pas vous faire de peine, se désola Julianna.

— Chus juste très heureuse pour vous deux pis… J'dois être trop fatiguée, trop d'émotion en si peu de temps… Mon doux Seigneur ! J'en reviens pas ! s'exclama-t-elle en riant nerveusement. Tant qu'à y être, dites-leur donc Ernest. On pensait attendre mais…

Ernest se racla la gorge, rajusta ses bretelles, lissa le pli de son pantalon.

— Ouais ben… j'ai demandé à mademoiselle Coulombe de m'épouser pis elle a dit oui.

Julianna ouvrit la bouche de stupeur, mais aucun son n'en sortit. C'était la dernière chose à laquelle elle se serait attendue! Sa tante et le père de François-Xavier! Son amoureux semblait aussi surpris qu'elle. Ernest et Léonie attendaient anxieusement la réaction de leurs enfants adoptifs. Et s'ils désapprouvaient? François-Xavier regarda tour à tour son père et la mère de Julianna. Comment cela avait-il pu se produire?

Tout à coup, un grand éclat de rire général éclata dans la pièce. Ce fut Ernest qui déclara:

— Baptême que la vie est folle, mais c'est la vie!

On n'avait pas rajouté de bois dans le poêle qui s'éteignait doucement, et personne ne songeait à en remettre, tous les quatre avaient le cœur bien au chaud maintenant.

~ ~ ~

Ils se mirent à discuter de la date de leur mariage respectif.

— Il faut que ça soit cet été, pas plus tard! déclara Ernest.

— Et pourquoi on célébrerait pas les deux noces en même temps, tant qu'à fêter? proposa Léonie.

Les deux femmes ne détestèrent pas cette idée. Après tout, le curé ne devrait pas y voir d'objection. Le père mariant son fils adoptif à la fille adoptive de la mère qu'il épouserait lui-même. C'était assez inusité pour faire exception à la règle. La nouvelle se répandit comme une traînée de poudre. Le 2 juillet 1925, date du grand jour, même le journal *Le colon de Roberval* releva ce fait divers particulier. «Double noce dans la belle paroisse de Saint-Henri-de-Taillon» titrait-on. Ernest et Léonie, ayant convenu de partir en voyage de noces à Montréal et d'en profiter pour régler certains points par rapport au magasin, quittèrent tout de suite après la cérémonie pour la maison de

Roberval, d'où ils prendraient le train le lendemain. François-Xavier et Julianna, cependant, ne pouvaient envisager de voyager pour l'instant. La fromagerie était en pleine production et François-Xavier devait y voir. Julianna ne s'en plaignit pas. Elle n'avait qu'une envie, faire faux bond aux invités de la noce qui festoyaient avec eux chez Ti-Georges depuis des heures, mangeant et buvant, riant et dansant, et se rendre le plus vite possible dans sa nouvelle demeure, la magnifique maison que son mari avait construite pour elle et qu'il lui avait interdit de visiter avant leur mariage.

Tard dans la soirée, ils purent enfin se sauver. Pendant tout le trajet, ils ne se lâchèrent pas la main. De temps en temps, François-Xavier arrêtait le boghei et embrassait langoureusement sa nouvelle épouse. Elle savait ce qui se passerait pendant leur nuit de noces et elle le désirait ardemment. Elle était juste un peu nerveuse. Avoir attendu toute la journée avant d'être enfin seuls tous les deux n'avait fait qu'attiser leur désir. Anticiper cette nuit unique était délicieusement enivrant. Enfin, son beau mari la souleva dans ses bras et lui fit franchir le seuil de leur maison. Il lui demanda de fermer les yeux et, quand elle les rouvrit, elle vit que son piano était là, devant elle, trônant dans un immense salon aux doubles portes françaises.

— C'est le cadeau de ta marraine, lui expliqua-t-il, on l'a fait transporter jusqu'icitte en cachette. Pour l'instant, c'est tout c'qu'y a dans le salon, mais petit à petit, on va le meubler à notre goût.

Julianna pianota mélodieusement un petit air, puis se retourna vers son mari.

— Que c'est beau, François-Xavier, que c'est beau ! s'extasia-t-elle en admirant la maison.

Les murs étaient lambrissés des plus belles planches de bois qu'elle ait jamais vues, sans nœuds, sans fissures.

— Pis j'en reviens pas comme c'est grand !

— Y nous faut beaucoup de place pour nos enfants.

Il l'embrassa tendrement dans le cou.

— Allez, viens voir mon cadeau, maintenant.

Cette fois, Julianna fut entraînée jusqu'à un drôle de petit escalier tournant, celui qui menait à la tourelle dehors, comprit-elle. À la fin des marches, il fallait pousser une trappe, retenue par une lourde chaîne, qui s'ouvrait sur l'extérieur. Julianna fut stupéfaite et conquise. C'était fantastique. On était presque à la hauteur des nuages.

— C'est icitte que nous nous retrouverons, dit son mari derrière elle. Le matin pour admirer le soleil pis nous dire bonjour, pis sous les étoiles pour nous souhaiter une bonne nuit.

Doucement, un à un, il se mit à défaire les minuscules boutons de nacre du dos de la robe de mariée, en partant du cou jusqu'à la taille. Il passa ses mains par l'ouverture ainsi faite et emprisonna les doux seins de sa jeune femme dans ses mains.

— Oh, Julianna, Julianna, tu m'aimes vraiment ?

— J'arrêterai jamais de t'aimer, même si je le voulais, je pourrais pas… murmura la jeune femme enflammée par les caresses osées que son mari lui faisait.

— Je comprends, maintenant, d'où vient le mot « s'épouser »… haleta Julianna. François-Xavier Rousseau, épouse-moé… je t'en prie, épouse-moé…

~ ~ ~

Dans le train qui les menait à Montréal, Léonie n'avait de cesse de contempler son bel Ernest. Ils avaient connu un tel bonheur cette nuit. Au début, en robe de nuit, elle s'était approchée timidement du lit nuptial où il l'attendait. Elle avait hésité. Elle n'avait plus le corps qui avait séduit John… Est-ce qu'Ernest la trouverait belle ? Elle avait encore sa brosse à cheveux dans la main, plus pour se donner une contenance que par besoin. Saurait-elle donner du plaisir à un homme ? Elle avait souri, gênée. Probablement avait-il des craintes similaires aux siennes, s'était-elle dit, non, elle n'avait pas à s'en faire. Lentement, elle s'était assise près de lui. Ernest lui avait pris la brosse des mains et avait entrepris de la coiffer. Elle était très fière de sa chevelure qu'elle n'avait jamais coupée. Ses cheveux avaient grisonné et blanchi mais avaient gardé leur brillance. Après, tout s'était fait naturellement, plein de tendresse et d'amour. Elle était bien dans ses bras, c'était sa place. Au contraire de John, le seul amant qu'elle ait connu, Ernest prenait son temps et semblait connaître des secrets sur son propre corps qu'elle ignorait. Il était doux mais animal en même temps. Ils avaient fait de ces choses ! Et elle y avait pris un tel plaisir… Ils étaient devenus en sueur et n'avaient toléré plus aucune barrière de tissu entre eux. Ils s'étaient offerts et n'avaient toléré aucune pudeur entre eux… Voir le regard de son mari s'enflammer de désir pour ses seins, voir la bouche de celui-ci ouverte sur un cri muet de plaisir… Léonie n'avait pas fermé les yeux une seule fois. Elle s'était délectée de chaque parcelle de peau d'Ernest, le goûtant, le humant… Elle s'était remplie de lui au plus profond d'elle-même.

— À quoi pense ma belle créature, si on peut savoir ? demanda Ernest. Tu regrettes rien au moins, ma Léonie ? s'inquiéta-t-il soudain.

— Mon doux Seigneur non ! Il faudrait être folle pour regretter quoi que ce soit… Chus juste ben heureuse.

— T'es ben certaine de pas te sentir coupable à cause de ta promesse ?

— T'as su m'convaincre qu'on était quittes, le Bon Dieu pis moé.

— Plus que quittes. Si y en a un qui doit à l'autre, c'est Lui en haut… Tu mérites ton bonheur, Léonie, amplement.

— Ah, cher Ernest ! se mit à rire Léonie. J'espère que toé, tu regretteras pas d'avoir épousé une vieille fille comme moé.

— J'ai-tu l'air d'un homme malheureux moé à matin ?

— Euh, non pas vraiment, fut obligée d'admettre Léonie devant l'air épanoui de son mari.

— Bon, ben baptême, pose-moé pus jamais de questions idiotes à la François-Xavier !

— Juré, promis, mon bon Ernest, juré promis, répondit-elle en lui tapotant affectueusement la main.

— Ah non, jure pus jamais non plus ! Tu l'sais, toé, ça te fait pas de jurer des choses !

Tous les deux éclatèrent de rire, tels les époux, les amants et les complices qu'ils étaient devenus.

~ ~ ~

Malgré les préparatifs découlant de la double noce, on avait pris le temps de voir sérieusement à l'avenir de chacun. Après bien des soirées à discuter dans la maison de Ti-Georges, il avait été convenu que celui-ci s'associerait à la fromagerie. De toute façon, l'entreprise était si florissante que François-Xavier avait envisagé d'engager un homme supplémentaire, alors plutôt que d'embaucher un pur étranger, mieux valait faire équipe avec son grand ami d'enfance en qui il avait la plus entière confiance. D'autant plus que maintenant, ils faisaient tous partie de la même famille… Ti-Georges voulut garder sa ferme, pour quelque temps en tout cas. Ernest et Léonie habitaient l'ancienne maison et se promettaient d'aller séjourner de temps à autre à Montréal tandis que François-Xavier et Julianna avaient emménagé dans la neuve, évidemment. On en avait terminé la construction juste à temps pour le mariage. En fait, il ne restait plus qu'à creuser le puits. Ernest, qui avait l'expérience de ce genre d'opération, s'y mit dès son retour de voyage de noces.

Le jour du forage, une canicule comme on n'en avait pas connue depuis des années fondit sur toute la région. On avait peine à respirer tant l'air était lourd. Malgré cette grosse chaleur, Ernest, Ti-Georges et François-Xavier s'acharnèrent au travail. À la pause du midi, les trois hommes furent bien contents de constater que la profondeur du puits atteindrait bientôt les dix pieds.

— On arrête pour manger, son père, décréta François-Xavier. Léonie a préparé des bons œufs à la coque dans le vinaigre, comme vous les aimez.

— J'arrive, aide-moé à sortir du trou, mon garçon.

François-Xavier tendit la corde à son père dont le travail consistait à descendre dans le puits pour remplir le seau de terre boueuse que Ti-Georges faisait remonter à l'aide de son cheval avant que François-Xavier n'aille le déverser plus loin. Sale, plein de boue, clignant des yeux sous la soudaine clarté, Ernest émergea à l'air libre. Il put enfin respirer un bon coup…

— Sortez pas du trou, monsieur Rousseau, lui dit Ti-Georges, vous êtes ben mieux à la fraîche dans la terre que moé au soleil à tenir le cheval.

— Arrête de te plaindre, baptême, sinon c'est toé qui descends après le dîner, le menaça-t-il en s'extirpant complètement du puits.

— Mon doux Seigneur que t'es crotté mon pauvre Ernest ! s'exclama Léonie en arrivant avec les victuailles.

— J'rentrerai pas emmanché de même dans les couvertes à soir, j'te le promets, l'agaça son mari.

— Ernest, le réprimanda Léonie en rougissant un peu. Tu mériterais rien que Julianna te verse sa chaudière d'eau sur la tête.

À la demande de Léonie, sa filleule avait été remplir le gros récipient de métal au lac pour que les hommes puissent se débarbouiller avant le dîner.

— C'est pas une mauvaise idée ça, marraine ! C'est gênant d'avoir un beau-père sale comme un cochon.

Et d'un grand élan, elle en vida le contenu sur Ernest, l'aspergeant des pieds à la tête.

— Ah ben baptême, que c'est que t'attends, mon fils, pour mettre cette créature à ta main ? dit Ernest en parlant de Julianna.

— Moé ?, eut de la peine à répondre François-Xavier tant il riait à la vue de son père, dégoulinant, de larges traînées brunâtres striant son visage. J'attends juste que vous me montriez comment vous réussissez à faire ça avec votre propre femme ! C'était son idée, le seau d'eau !

— J'pense que j'ferais mieux de m'en retourner au lac chercher de l'eau, moé, dit Julianna devant le regard mauvais que lui lança son beau-père.

— J'viens avec toé, p'tite sœur, décida Ti-Georges qui avait assisté à la scène du coin de l'œil tout en s'occupant des chevaux. J'veux en remplir un autre pour les bêtes. Y fait tellement chaud, y faut qu'elles boivent souvent !

Ti-Georges avait attaché son cheval près du futur puits à un petit piquet enfoncé. C'était un bel étalon qui prendrait la relève de la jument de François-Xavier pour le reste du creusage.

— Hum, c'était délicieux ma Léonie, complimenta Ernest après le pique-nique, mais maintenant, il faut se remettre à l'ouvrage, les jeunes. Allez, je redescends.

François-Xavier aida son père à s'enrouler la corde solidement autour de la taille, puis Ti-Georges attacha l'autre extrémité à son cheval.

— Sois prudent, Ernest, lui recommanda Léonie qui n'aimait pas le voir disparaître dans ce trou béant.

Ernest lui fit comiquement un petit signe de la main avant d'être hors de vue.

— Doucement, mon cheval, doucement, intima Ti-Georges pour que la bête reste sage.

Tout à coup, on ne sut jamais vraiment ce qui s'était passé, était-ce la jument qui avait rué, énervant l'étalon, ou encore une abeille qui le piqua, mais toujours est-il que le cheval de Ti-Georges se mit à reculer en piaffant, effrayé, hennissant bruyamment. Ti-Georges essaya de le retenir, mais l'animal s'énervait de plus en plus, reculant toujours, voulant fuir la main de l'homme. Il était presque au bord du puits, ses sabots glissaient dans la terre boueuse.

— Wo, arrête-toé, bateau, arrête-toé ! cria Ti-Georges.

François-Xavier se détourna. Il travaillait à étendre de la terre en attendant le prochain déchargement quand il se retourna pour répondre à l'appel de son ami. Tout de suite, il comprit la situation. Il projeta sa pelle au loin et courut le plus vite possible à la rescousse. Il avait la désagréable impression que tout se passait au ralenti devant lui, qu'un mauvais esprit s'amusait à le retarder, lui faisant perdre la fraction de seconde qui lui manquait pour réussir à atteindre le cheval emballé. Il devait y parvenir, il y était presque… Il lança son bras en avant pour accrocher n'importe quoi, la crinière, le harnais, n'importe quoi afin de retenir le cheval de glisser, de l'empêcher de basculer dans le puits, que déjà les pattes arrière raclaient le rebord.

— Non, papa, attention, papa !!!

Poussant l'effort au maximum, François-Xavier bondit. Ses doigts rencontrèrent les naseaux humides de l'étalon et s'y enfoncèrent profondément. La futile prise ne put empêcher le basculage. D'un coup sec, le cheval disparut dans le trou, laissant François-Xavier s'étaler de tout son long, ses ongles tachés du sang de l'animal. Ti-Georges lâcha la bride sous peine d'être emporté lui aussi et resta là, les bras ballants devant l'effroyable drame qui se produisait sous ses yeux. Il n'y eut qu'un hennissement, un grand bruit sourd, puis plus rien.

Julianna et Léonie qui repartaient travailler à la maison entendirent les cris. Elles se retournèrent et virent l'anormale agitation. Elles revinrent sur leurs pas en courant. François-Xavier rampa jusqu'à l'orifice et y plongea la tête. Il y faisait si noir, il ne distinguait rien à part les yeux globuleux de la bête qui soufflait, semblant souffrir le martyr.

— Papa ? murmura François-Xavier.

— Papa ! ! ! Vous m'entendez ? cria-t-il cette fois.

— Mon doux Seigneur, fit Léonie en arrivant près du puits. Ernest, Ernest, non, Ernest ! ! ! Non, c'est pas vrai, pas mon Ernest, non ! ! !

Julianna, atterrée, se pressait les mains sur la bouche pour étouffer le cri d'horreur qui lui montait à la gorge. Ti-Georges fut le premier à se ressaisir. Il somma sa sœur d'emmener Léonie à l'intérieur, de force s'il le fallait, et de la calmer. Ensuite, elle avait pour mission d'aller avertir Marguerite qui s'occuperait d'alerter les autres voisins pour envoyer de l'aide. Il n'y avait pas de temps à perdre. Peut-être y avait-il une mince chance pour que monsieur Rousseau soit encore vivant, une très mince mais il fallait la tenter.

— Venez matante, Ti-Georges a raison, restons pas là…

— C'est de ma faute, c'est de ma faute, se mit à psalmodier sa marraine en se laissant entraîner vers la maison. C'est de ma faute, j'avais promis, le Bon Dieu s'est vengé… c'est de ma faute…

— Mais non, voyons matante, ils vont le sortir de là, vous allez voir, monsieur Rousseau a rien, je suis sûre… mentit Julianna.

— Allez, François-Xavier, reste pas là, attache-moé, j'vas descendre voir.

Mais Ti-Georges ne remonta que des mauvaises nouvelles. Il avait pu toucher le bras d'Ernest qui dépassait du côté de la bête agonisante et il n'avait senti aucun pouls. Monsieur Rousseau avait bel et bien été écrasé à mort…

Ce ne fut pas facile de remonter le corps d'Ernest. Avant, il fallait hisser celui du cheval qui était mort lui aussi quelques minutes plus tard.

Le visage fermé, François-Xavier agissait comme par mécanisme avec des gestes sûrs, les dents serrées. Quand enfin, aidés des voisins accourus aussitôt informés, ils vinrent à bout de cette triste besogne, le jeune homme tint à transporter lui-même le cadavre de son père. Il ne voulut pas l'emmener dans la nouvelle demeure et préféra le prendre dans ses bras. Après avoir ordonné que personne ne le suive, à pied, il se rendit jusqu'à la ferme paternelle tandis que Ti-Georges allait rejoindre sa Marguerite qui réconfortait les femmes. Dans la cuisine de l'ancienne maison, François-Xavier étendit le corps sur la longue table de bois. Délicatement, il lui fit sa dernière toilette, l'habilla de son costume de mariage et lui mit ses beaux souliers neufs. Puis il alla chercher une vieille porte de grange qu'il se rappelait avoir vue dernièrement derrière la maison de son père et la cala solidement entre deux chaises dans le salon. Il la recouvrit d'une belle nappe blanche avant d'y déposer doucement son père. Il lui croisa les mains, entrelaçant son chapelet entre ses doigts. À côté de sa tête, il déposa sa pipe préférée, celle du dimanche et avec un peigne, lui lissa soigneusement les cheveux.

— Papa… lui murmura-t-il tendrement, oh papa comme vous allez me manquer…

François-Xavier ne put retenir une larme qui tomba lourdement sur une paupière close du défunt. Lentement la goutte glissa le long du visage figé et ce fut comme si le père et le fils pleuraient ensemble cette déchirante séparation.

~ ~ ~

Ce fut une fin d'été bien triste. Julianna ne put convaincre sa marraine de venir habiter avec elle et François-Xavier. Léonie était résolue à s'installer définitivement à Montréal. Elle se sentait coupable de la mort de son mari, persuadée que c'était parce qu'elle avait failli à sa promesse de ne jamais plus se laisser aimer par un homme. Si elle avait discuté de cela avec quelqu'un, il est probable qu'on lui aurait enlevé cette fausse idée de la tête, mais le chagrin embrouille tant de choses… Pour se punir, elle avait décidé de vivre une vie de recluse dans sa demeure montréalaise loin de ceux qu'elle aimait. Elle avait privé Ernest de la joie de connaître son premier petit-enfant dont Julianna avait annoncé la venue pour le printemps, alors elle s'en priverait aussi. Léonie était déterminée cette fois à ne jamais revenir à la Pointe quoiqu'elle ait assuré du contraire sa filleule pour ne pas l'inquiéter.

Quand sa femme lui avait appris sa grossesse, François-Xavier avait souri pour la première fois depuis le tragique accident. Mais quand Julianna voulut lui faire plaisir en lui offrant de prénommer leur bébé Ernest ou Ernestine, en mémoire de son père, François-Xavier ne voulut rien entendre.

— Y a assez de nous deux qui portent des noms de défunt.

— C'est comme un hommage… fit remarquer Julianna déconcertée.

— Non, c'est un ombrage au droit à sa propre existence. C'est une lâcheté de reporter nos regrets sur un enfant. Ce bébé-là viendra pas au monde avec ce poids. Ce sera à moé d'y faire connaître le grand homme qu'a été son grand-père, pas à lui de me le rappeler.

Alors Pierre ou Pierrette grandissait dans le ventre de Julianna qui s'émerveillait tous les jours de ce miracle. Elle adorait déjà ce petit être en essayant de l'imaginer, ayant hâte de le faire téter. Quand elle le sentait bouger, elle s'arrêtait pour prendre le temps de s'amuser avec lui. Le jeu consistait à une légère pression du bout des doigts à un endroit du ventre et d'attendre la réponse du bébé. Immanquablement, un petit coup repoussait le doigt enfoncé. Ils passèrent l'hiver à communiquer ainsi. Au printemps, son ventre était si gros que Julianna avait peine à atteindre les touches de son piano. Elle aimait tant s'y asseoir pour accompagner les berceuses qu'elle chantait à son bébé le soir venu tandis que son mari travaillait tard à la fromagerie qui avait recommencé sa production annuelle.

« L'an 1926 sera une très bonne année » avait prédit François-Xavier, fier de son fromage. Le bébé arriva vers la date prévue, en plein milieu de la journée. Tout s'était bien déroulé même si Julianna avait dû littéralement pousser François-Xavier dehors pour qu'il aille chercher Marguerite. Il craignait tant de la laisser seule. Elle dut lui expliquer qu'un premier bébé venait rarement vite et qu'il avait amplement le temps de partir et de revenir. Elle ne croyait pas si bien dire, le travail dura douze heures. Au début, elle se contrôlait, mais à la fin, les douleurs étaient si insupportables qu'elle en blasphémait, au grand dam de son mari qui l'entendait hurler ses sacres de la cuisine. Julianna ne désirait plus qu'une seule chose, que la torture finisse, que l'on cesse de l'ouvrir par en dedans, qu'on lui enlève cette chose qui lui faisait si mal, qui la labourait. Elle avait changé d'idée, elle ne voulait plus de ce bébé, c'était trop dur, c'était trop souffrant, trop long, trop épuisant, c'était la faute à François-Xavier, il ne la toucherait plus jamais. C'était... C'était merveilleux... Il était là, si petit, son bébé à elle. Comme par magie, toute la précédente souffrance fut oubliée... Et il était si beau, si parfait, son petit garçon... son petit Pierre. Il ressemblait à son père, la même bouche et les mêmes cheveux roux...

— Mais y a ton p'tit nez en l'air, princesse, lui dit François-Xavier plus tard, en admirant sa femme et son fils.

— Tu peux le prendre dans tes bras, tu le briseras pas, dit Julianna en lui tendant le nouveau-né.

— Bienvenue su'a Pointe-Taillon, Pierre Rousseau, dit-il en prenant le petit paquet emmailloté. Et voici ton futur domaine, ajouta-t-il en se plaçant devant la fenêtre. Tu aimeras y grandir, y courir. Tu vas voir, tu vas adorer le lac, où tu pêcheras les plus gros poissons de la terre, pis tu vas manger le bon fromage à ton papa, qui te rendra fort, fort, fort !

— Arrête de faire le fou pis redonne-moé le bébé ! Va plutôt à place reconduire Marguerite chez elle. A doit être morte de fatigue. Oh regarde, il fait comme un sourire. Dommage que marraine se sente pas assez ben pour faire le voyage de Montréal à la Pointe, s'attrista Julianna.

— Allons, ma princesse, se désola François-Xavier. Léonie va aller mieux, tu vas voir, pis la première chose qu'on va savoir, a va r'tontir icitte pis a quittera pus notre petit Pierre.

— Des fois, j'ai l'étrange impression que je la reverrai pus jamais, révéla Julianna avant de secouer ses boucles blondes qu'elle avait laissées allonger. Allez, va vite reconduire Marguerite.

Et elle reporta toute son attention sur le nouveau centre de son univers.

La belle-sœur attendait dans la cuisine, ayant voulu laisser seuls les nouveaux parents. Elle était si fatiguée qu'elle s'était endormie sur sa chaise, la tête accotée sur la table. François-Xavier s'apprêtait à la réveiller quand Ti-Georges passa la tête par la porte entrebâillée.

— Chus venu, j'en pouvais pus d'attendre. Pis ? demanda Ti-Georges en chuchotant.

— Pis quoi ? demanda son ami d'un air innocent.

— Bateau, arrête de me faire languir ! gronda Ti-Georges en pénétrant dans la cuisine. Si ma Marguerite dort, c'est que tout est fini… C'est-tu un garçon ou bedon une fille ?

— C'est… un garçon ! annonça fièrement le nouveau père. Pis beau comme son père à part de ça ! C'est Julianna qui l'a dit !

— Bravo, mon François-Xavier ! le félicita Ti-Georges à grands coups de claques dans le dos. Y était temps que tu fasses tes preuves ! Si tu veux, j'peux te faire profiter de mes bons conseils…

— Arrête de t'péter les bretelles, Ti-Georges Gagné, l'apostropha Marguerite, réveillée par le chahut. Allez, p'tit coq, rentrons nous coucher, j'en peux pus, dit Marguerite en bâillant. J'va revenir à soir préparer le repas, François-Xavier. Tu vas-tu être correct ?

— T'es fine sans bon sens, Marguerite ! Julianna te fait dire un gros merci pis moé aussi.

— C'était naturel, sourit la jeune femme. J't'attends dehors, Ti-Georges. Marguerite, lasse, sortit nonchalamment de la maison retrouver ses deux garçons à elle qui attendaient sagement sur le perron.

— Comment allez-vous l'appeler ? demanda Ti-Georges, tardant à suivre son épouse.

— Pierre, répondit François-Xavier, avant de demander abruptement : Que c'est qui te tracasse, Ti-Georges ?

— Rien, pourquoi ? se défendit celui-ci.

François-Xavier répliqua :

— J'te connais assez pour savoir quand y a quelque chose de sérieux qui te chicotte. Y a-tu un problème à la fromagerie ?

— Ben non, pis c'est pas le moment de parler de ça de toute façon.

— Envoye Ti-Georges, crache le morceau, s'impatienta François-Xavier.

— Ben… les turbines de la centrale sont prêtes à tourner, dit son ami.

— Y ont fini la construction du barrage !

« Y sont allés vite » songea François-Xavier.

— Bateau, c'est la plus grande usine d'électricité en Amérique du Nord, tu te rends compte ! s'énerva Ti-Georges.

— De toute façon, on y a vu… Y ont pas le droit de monter les eaux avant deux ans pis pendant ce temps, on va continuer à se battre, pis à envoyer des requêtes au gouvernement. Y sont pas des idiots à Québec ! Chus sûr que tu t'en fais pour rien, Ti-Georges !

Devant la moue de son beau-frère, François-Xavier renchérit :

— Y ont promis de respecter nos terres. C'est supposé être du monde intelligent pis plus instruits que nous autres, les Anglais ? Bon, ben, y doivent savoir ce qu'y font, c'est comme rien ! le rassura François-Xavier.

— C'est ben ce qui m'inquiète. On est pas grand-chose pour les Anglais… marmonna Ti-Georges.

— L'industrie c'est important, mais l'agriculture aussi. Y ont besoin de nous autres, voyons, pour nourrir leurs familles. Les Anglais aussi, ça mange ! Pis moé qu'y avais peur que quelque chose aille mal à la fromagerie ! Viens, viens voir comment est beau ton neveu et futur filleul, mononcle Ti-Georges.

— Filleul ?

— Ben oui, tu pensais pas te sauver des honneurs ?

— Bateau, moé parrain, ah ben, chus ben content… ben content.

~ ~ ~

Ti-Georges fit taire ses appréhensions, mais elles lui revinrent à la mémoire, quand, presque deux mois plus tard, le 24 juin 1926 exactement, il s'aperçut que l'eau montait sur ses terres, noyant sa future récolte. Sans avertissement, la compagnie de la centrale hydroélectrique avait fermé les vannes de ses barrages, élevant ainsi le niveau du lac Saint-Jean au maximum. Sans rien dire. Tout autour du lac, les basses terres furent inondées. Le coin le plus durement touché fut la Pointe-Taillon. Sur la Pointe, l'eau pourrissait les pieds des arbres, créant de véritables ruisseaux entre les cultivateurs et leurs vaches. Les chemins furent emportés, les puits devinrent inutilisables. La maison de François-Xavier, qu'il avait construite sur une hauteur, se retrouva complètement entourée d'eau. La situation était cauchemardesque. François-Xavier devait prendre le canot pour se rendre à sa fromagerie, qui elle, était construite plus bas et avait beaucoup souffert du baignage des terres. De fait, il était devenu impossible de continuer la production. Celle qu'il avait commencée risquait d'être gâtée par l'eau qui était devenue non potable. François-Xavier ne pouvait croire que la compagnie avait fait exprès. Il devait y avoir une erreur. Ils allaient s'en rendre compte et tout redeviendrait normal. Il n'était pas possible qu'ils noient dans la misère des familles entières, sans sourciller, telle une portée de chatons indésirables ! Mais il dut donner raison à Ti-Georges qui ne cessait de lui dire d'arrêter de se leurrer, que la compagnie et le gouvernement étaient de connivence et qu'ils avaient sciemment inondé leurs terres sans se soucier le moindrement de ce que pensaient de pauvres petits colons comme eux autres ! On forma d'urgence un comité de défense avec pour chef le fameux Onésime Tremblay. La compagnie promit d'indemniser tout le monde, mais ce qu'elle offrit fut dérisoire en comparaison de ce que les habitants perdaient. Et, comme le disait monsieur Tremblay, c'était la justice qu'ils voulaient ! L'injustice, c'était ce qui faisait le plus mal aux habitants de la Pointe. Que des voleurs restent impunis… C'étaient leurs terres, des terres payées en bonne et due forme aux gouvernements. De quel droit avaient-ils pu vendre quelque chose qui ne leur appartenait plus ! Si ce n'était pas du vol, c'était quoi ? Si un simple citoyen vendait en cachette la ferme de son voisin, il se retrouvait en prison dans le temps de le dire, mais que les dirigeants du pays mentent, trichent, fraudent, cela était acceptable, cela était pardonnable ! Parce qu'un gouvernement voulait faire encore plus d'argent, il avait tous les droits ? Les gens criaient à l'injustice, on leur parlait de sacrifice. Les gens vivaient une tragédie, on leur disait que c'était de la comédie, on haussait un sourcil, on souriait en biais, on les faisait sentir petits. Si quelqu'un traitait une autre personne à coups de pieds et lui donnait du bâton sans raison, celle-ci fuirait comme un lâche ou elle ferait face et dirait non, ça suffit! Mais si un gouvernement traitait cette personne de la même façon, elle devrait plier l'échine, se dire que c'est bon et en redemander?

François-Xavier et Ti-Georges étaient enragés et décidés à se battre pour que tout rentre dans l'ordre et qu'ils retrouvent leurs champs. S'il le fallait, ils prendraient un avocat, ils s'endetteraient jusqu'au cou, mais ils ne laisseraient personne leur voler leur héritage, personne, tout puissant qu'il soit! Le comité se rassemblait sans arrêt, réunion après réunion. Quelques cultivateurs se découragèrent et acceptèrent le dédommagement de la compagnie et partirent, mais le comité de défense s'acharna.

François-Xavier dut se résoudre à l'évidence. Il devenait invivable de rester sur la Pointe. Il embarqua avec Julianna et le petit Pierre âgé maintenant de six mois pour Roberval et s'installèrent dans la petite maison que Léonie n'avait pas vendue en fin de compte et dont elle leur avait fait cadeau avant de partir vivre son veuvage à Montréal. Ti-Georges, lui, embarqua sa famille en direction de Péribonka, où ils se feraient héberger par la parenté de Marguerite. Celle-ci étant de nouveau enceinte, il fallait trouver une solution. Mais les deux hommes étaient convaincus que cela ne serait que provisoire… qu'en attendant que le gros bon sens revienne et que le gouvernement force la compagnie à ramener le lac à un niveau normal, qu'en attendant… qu'en attendant… un an… qu'en attendant… deux ans… Deux ans, il y aurait bientôt deux ans qu'ils l'attendaient ce règlement et il n'y avait toujours rien.

Debout devant la fenêtre de la cuisine de la maison de Roberval, François-Xavier n'avait pas dormi de la nuit. C'était le printemps 1928, et la fonte des neiges associée à l'abondante pluie des derniers jours avaient provoqué une terrible inondation. Rien d'étonnant avec le niveau d'eau beaucoup trop élevé du lac ! C'était la faute de la compagnie, se disait François-Xavier. Les dirigeants avaient chambardé la nature. Les mains dans les poches de son pantalon à bretelles, il regardait le lac déverser son trop-plein.

— François-Xavier, pourquoi tu restes comme ça dans le noir, monte donc te coucher !

Surpris, François-Xavier tourna le dos à la tourmente et contempla sa jeune femme. Protégée du froid matinal par un grand châle de laine crocheté, elle se tenait au pied de l'étroit escalier qu'elle venait de descendre, silencieusement. Il la trouva belle, avec ses longs cheveux emmêlés par la nuit, ses joues encore rebondies de sa toute dernière grossesse et de la naissance de leur fille Yvette et son fameux petit nez en l'air qu'il adorait. Il la trouverait toujours belle… sa princesse… Même si son corps s'alourdissait, même lorsque ses 23 ans seraient loin derrière elle, il la trouverait belle. Sa belle Julianna…

— François-Xavier, reviens te coucher… supplia-t-elle.

Elle ne reconnaissait plus son mari. Il était devenu taciturne, ne riait plus avec le petit Pierre, ne dormait presque plus.

— Il pleut encore ? s'informa-t-elle.

— C'est à se demander si ça va s'arrêter un jour… dit François-Xavier en soupirant, retournant à son poste d'observation.

— Je l'espère ben, s'exclama sa femme. C'est un vrai déluge !

— Julianna… commença François-Xavier, j'sais pus quoi faire, avoua-t-il désespéré.

La jeune femme se laissa tomber sur une marche et invita son mari à venir la rejoindre.

— Commence donc par venir à côté de moé.

François-Xavier obtempéra et choisit la marche en dessous de celle de sa femme, qui enroula ses bras autour de son cou.

— As-tu parlé à Ti-Georges ? demanda Julianna.

— Oui, pis lui aussi y est ben écœuré. Y va reprendre la ferme de son beau-père à Péribonka. C'est une belle grande ferme, y devrait se refaire en une couple d'années. On a tellement perdu d'argent, Julianna. On a tellement perdu.

— C'est sûr qu'on peut pus continuer à vivre comme ça, fit remarquer la jeune femme.

— J'sais…

— Il va ben falloir manger.

Julianna était inquiète, elle pensait à ses enfants dormant en haut.

— Chus pas capable de m'trouver du travail. À part quelques p'tites jobines par-ci par-là. On dirait qu'y a plus d'ouvrage pour personne. Dire qu'avant, j'en avais de trop avec la ferme pis la fromagerie ! Une vraie farce.

— Y a pas moyen que tu repartes une fromagerie à quelque part ?

— Avec quel argent ? J'te l'ai dit tantôt, on a pus une cenne ! éclata brusquement François-Xavier en se relevant et en retournant devant la fenêtre. J'ai tout perdu, tout… Mon avenir, mes rêves…

— François-Xavier, dit Julianna en le rejoignant, parle pas de même ! Il doit y avoir un moyen de s'en sortir… L'important c'est que nous pis les enfants, on soit ensemble.

Doucement, elle enlaça son mari.

— Tu vas voir, on va trouver une solution… Peut-être qu'on pourrait aller retrouver marraine à Montréal ! s'exclama-t-elle en relâchant son étreinte et en se plaçant aux côtés de son mari qui ne cessait de fixer l'horizon. Elle a jamais vu les enfants, je suis sûre que ça lui ferait plaisir de nous recevoir, continua Julianna. Pis Montréal, c'est grand, tu te trouverais de l'ouvrage, c'est certain, tu pourrais travailler au magasin de marraine !

— Montréal ! C'est pas noyé que j'va mourir mais étouffé… j'veux pas partir du Lac-Saint-Jean, Julianna… c'est chez nous icitte… Chus pas fait pour vivre dans une grande ville ! décréta François-Xavier en se laissant tomber dans la berçante.

Sans demander la permission, Julianna se blottit sur les genoux de son mari. Câline, elle lui joua avec une mèche de cheveux.

— Je sais que tu aimes beaucoup le lac, mais ça pourrait être une solution ! On pourrait vendre la maison ici, pis vivre avec marraine. Ça nous coûterait presque rien pour le logement pis avec l'argent de la vente, tu en aurais assez pour te partir une nouvelle fromagerie ! Julianna s'excitait. Pis, tu pourrais faire connaître à tout Montréal le réputé cheddar Rousseau ! conclut-elle en le gratifiant d'un gros bec sur la joue.

— Y a des vaches à Montréal ? ironisa François-Xavier. Non, Julianna, ç'a pas de bon sens… j'me vois pas partir d'icitte.

Julianna se releva, mécontente. Elle observa son mari resté assis dans la chaise, semblant détaché. Radoucie, elle se lova à ses pieds et leva sur François-Xavier un regard déterminé.

— T'as jamais vu Montréal, c'est beau ! Écoute, dit-elle en lui prenant les mains dans les siennes. Tu traîneras ton lac dans ton cœur… Ce qui est important, François-Xavier, c'est nous deux pis nos enfants, pense à ça.

— J'va y jongler, Julianna, c'est tout ce que j'peux te promettre.

— Pis si on retournait à la chaleur des couvertes ? proposa-t-elle. Les enfants vont ben dormir encore un peu.

Sans douceur, il repoussa sa femme.

— Julianna, laisse-moé tranquille ! s'écria François-Xavier avec colère.

La jeune femme se releva et, les larmes aux yeux, essaya encore une fois d'amadouer son mari.

— Monte avec moé, le supplia-t-elle.

François-Xavier se leva à son tour de sa chaise et sans ménagement rudoya sa jeune épouse.

— Tu vas-tu comprendre le français ? J't'ai dit de m'laisser tranquille !

Maugréant, François-Xavier retourna devant la fenêtre et tourna le dos à sa femme.

Julianna releva le menton et, les yeux lançant des éclairs, elle grimpa rageusement à l'étage. Elle n'avait pas dit son dernier mot. Depuis des semaines qu'elle mijotait des solutions, elle avait décidé que leur départ pour Montréal était la meilleure. Elle ne se laisserait pas abattre ! Elle allait l'emmener de force s'il le fallait, mais ses enfants ne connaîtraient pas une vie de misère, jamais ! Si son mari croyait qu'elle avait une tête de mule, il n'avait encore rien vu, rien !

Resté seul, François-Xavier s'adressa de nouveau au lac... son lac.

« T'as raison d'être en colère. Si ça pouvait faire entendre le gros bon sens à la compagnie ! Mais, j'y crois pas... J'y crois pus. C'est une race de gens qui a juste l'argent pour les faire changer d'idée. Oui, t'as mauditement raison d'être en colère, comme moé... Mais que c'est que t'aurais voulu qu'on fasse pendant ces deux dernières années ? Qu'on prenne des fusils pis qu'on se batte ? On nous aurait traités de sauvages. Les pauvres Indiens... eux autres aussi, y se sont fait voler leurs terres. T'en as-tu vu, toé, des Indiens glisser sur ton dos, moé, j'en ai pas aperçu depuis ben longtemps... À croire qu'ils existent pus. Après, c'est des billots que t'as charroyés, en te salissant dans ce dur ouvrage pis astheure, tu sers de réservoir pour faire de l'électricité pis c'est à notre tour, les fermiers, les colons de la Pointe-Taillon, de disparaître. J'me demande ben ce qui va rester après... Oh, on avait rien contre le progrès ! On était ben d'accord, c'est juste qu'y me semble que ç'aurait pu se passer autrement ! Que le gouvernement fasse un barrage su'a décharge, y avait pas de problèmes, mais pourquoi y a fallu qu'y sacrifient la Pointe pis qu'y montent ton niveau d'eau si haut ! Y avaient pas besoin ! Pis en plus c'était sûr qu'au premier printemps pluvieux, tu tiendrais pas le coup. Je l'sais ben que c'est pas de ta faute… Mon pauvre vieux lac… Les riches de la compagnie veulent pas admettre leur erreur, écoute-les pas quand y disent que c'est juste à cause de toé qu'on est inondés, que c'est la nature… Non, j'ai rien contre le progrès pis les usines pis les barrages, mais y me semble qu'on aurait pu trouver le moyen de vivre tout le monde à sa façon, côte à côte, sans que personne soit chassé. Oui, t'as ben raison d'être en colère. J'te demande juste d'épargner ma belle grande maison su'a Pointe, a l'est le dernier bastion. Tu sais comment les gens du boutte l'appellent ma maison, astheure ? Le château à Noé. À cause de sa tour pis qu'elle est rendue entourée d'eau… Oui… on a ben raison d'être en colère… Mais y faut pas se laisser emporter… »

François-Xavier redressa les épaules, secoua la tête et se détourna de la fenêtre. Non, il ne devait pas se laisser emporter. Il devait reprendre sur lui…

La colère est la plus traître des vagues… Elle est de celles qui vous roulent, vous broient, vous épuisent… vous noient…

François-Xavier porta son regard vers le haut des escaliers. Les termes de la lettre de Joséphine lui revinrent à la mémoire.

« Oui, maman, dans la vie, vaut toujours mieux se tourner vers l'amour… »

Et François-Xavier alla rejoindre Julianna.

Épilogue

Non, on ne m'a pas laissé le choix… Je ne peux faire autrement que de déborder. On ne peut changer ainsi ma nature profonde sans conséquence.

La bêtise humaine aura fait sombrer le dernier navire d'indulgence qui aura flotté sur moi. Englouties la sagesse et l'endurance ! Engloutie la tolérance ! Maintenant c'est l'heure de ma vengeance. Essayez de me comprendre ! Je… je regrette, mais je ne peux plus faire autrement, impossible de m'arrêter. J'ai si mal au cœur, j'ai l'impression que je ne pourrai jamais cesser de rejeter votre injuste gavage. Qui aurait cru qu'un jour je me retournerais ainsi contre vous ? Pour le moment, je suis trop malade de ressentiment mais, quand mes eaux ne verront plus trouble, quand les battements de mon cœur seront redevenus clapotis, peut-être alors retrouverons-nous une certaine entente, une certaine harmonie, un certain équilibre. Peut-être… Même si je sais que rien, non rien, moi le premier, ne sera jamais plus comme avant.

À suivre

Tome 2 : La chapelle du Diable

1925-1943

À Jean-Francis, Joanie, et Claudia ;

Volez haut, ne regardez ni en bas ni en arrière, allez de l'avant ;

mais de temps en temps, revenez au nid, je vous en supplie…

À la commune,

Ce livre a été écrit, en partie, au paradis ;

merci de m'en avoir offert les clés.

Réminiscence

François-Xavier regarda une autre fois autour de lui. Il était bien seul sur la Pointe-Taillon. En cet automne de 1943, il avait eu besoin de retourner sur cette terre adoptive. Il était passé devant la ferme de Ti-Georges... Tout ce qui en restait était une cheminée de pierre à l'extrémité effritée. On avait incendié ou démoli la plupart des demeures de la Pointe. François-Xavier se revit, gamin de quatre ans, faire connaissance avec ce petit voisin frisé. Il était loin de se douter alors que ce nouvel ami deviendrait un véritable frère pour lui.

Il avait continué sa route et était arrivé devant l'emplacement de la maison de son enfance, celle où ses parents adoptifs l'avaient emmené après l'avoir choisi à l'orphelinat de Chicoutimi. Ah! cette femme... cette Rose-Élise, méchante, folle... Malgré lui, François-Xavier serra encore les poings de rage pour ce qu'elle lui avait fait subir. Au moins avait-elle été internée et il avait eu une belle enfance, grâce à son père adoptif et à Joséphine, sa mère naturelle qui avait tout bravé pour être auprès de lui. Maintenant, il n'y avait plus que du vide... La ferme avait également été détruite. C'était peut-être aussi bien ainsi.

François-Xavier continua d'avancer. Là où la fromagerie Rousseau et fils s'était élevée, il ne restait que le vestige d'une ancienne dalle de béton. François-Xavier eut mal. Cette fromagerie avait été tout son rêve... Il se détourna et se dirigea cette fois vers l'endroit de sa maison. Un petit bois à traverser, une colline à gravir et il serait rendu. Il suivit l'ancien sentier. Enfin, le cœur battant, il la vit, trônant toujours sur sa butte, sa tour encore bien droite. Il en avait conçu les plans, dessinant chaque détail méticuleusement, et l'avait construite de ses propres mains, avec amour, pour son futur mariage. Il l'avait voulue digne d'une princesse. Quelle tristesse ! Les lattes de bois avaient grisonné, la peinture blanche dont François-Xavier l'avait revêtue avait écaillé. Les fenêtres du rez-de-chaussée avaient tenu le coup, celles du haut n'avaient plus de carreaux. La végétation avait envahi les côtés de la maison. Pendant toutes ces années, il n'avait pas eu le courage d'y revenir. Il s'approcha de la bâtisse, sa belle, son château… Avec un soupir, lentement, il fit le tour de son ancienne propriété.

Il se dirigea en premier vers l'arrière et, d'un coup d'œil, vit que la toilette extérieure, un peu en retrait, était à moitié affaissée. La branche d'un vieux bouleau était tombée sur la petite cabane au toit pentu et l'avait défoncé. Un sourire éclaira ses traits au souvenir de cette « royale bécosse » comme son beau-frère Ti-Georges avait surnommé la toilette. Il est vrai que personne n'en avait vue de si grande distinction. François-Xavier l'avait bâtie un peu avant son mariage, en 1925. Il voulait tellement que tout plaise à Julianna. Il n'avait pas choisi une fille ordinaire pour épouse. Loin de là ! Julianna Gagné, qui avait vécu à Montréal, détonnait par rapport aux habitantes de la Pointe. Les gens chuchotaient sur leur passage. Une fiancée au passé mystérieux, qui venait de la grande ville, habillée à la dernière mode, et ô sacrilège suprême, portait les cheveux courts ! François-Xavier n'en avait cure. On disait que les Rousseau père et fils avaient perdu la tête. Car Ernest, son père adoptif, s'était marié, en même temps que lui, avec la tante et mère adoptive de Julianna. Toute une histoire bien compliquée qui avait alimenté de nombreux potins au coin du feu.

François-Xavier avait une fois de plus dessiné des plans mais pour une bécosse. Il revit Ti-Georges, penché au-dessus de son épaule, s'écrier à la vue de l'esquisse :

— Ah ben bateau, t'exagères ! Une bécosse, c'est une bécosse ! T'as juste besoin de quatre murs pis d'une planche au-dessus du trou !

François-Xavier n'avait même pas levé les yeux de la feuille sur laquelle il achevait de tracer consciencieusement une jolie porte ornée d'une haute ouverture en forme de cœur pour laisser passer la lumière. La cabane était plus haute que la normale et bien plus large que l'habituel petit abri que l'on retrouvait à l'arrière de chaque maison du voisinage.

Découragé, son ami lui avait pointé du doigt le toit en disant :

— Pis voir si ç'a de l'allure un toit à deux versants pour une bécosse ! C'est ben plus cher à construire. Tu pourrais te contenter d'un simple toit en pente comme sur la *shed* à bois, y me semble !

— Ti-Georges, laisse-moé donc tranquille pis va voir dans le champ si chus là. T'es rien qu'un grand jaloux.

— Moé, jaloux ? s'était indigné Ti-Georges. Parce que j'me sus pas construit une bécosse de fou ? Bateau, c'est pas moé qui vas être la risée de toute la Pointe !

François-Xavier avait souri. Il était habitué à la franchise de son meilleur ami. Patiemment, il avait expliqué :

— Tu vois, avec un toit de même, je l'avance au-dessus de la porte pis ça va servir de véranda quand y pleut. Pis en dedans, regarde, en dedans, j'ai pensé à toute ! avait continué l'architecte en herbe, en retournant sa feuille de l'autre côté, dévoilant ainsi le plan de l'intérieur de son projet.

Fébrile, François-Xavier avait fait faire à son ami une visite guidée sur papier de sa future construction.

— Là, dans le coin, c'est un coffre de rangement, pour mettre le sac de chaux, y va s'ouvrir pis se fermer avec cette corde. Pis là, y va y avoir un crochet pour une tasse pour pas toucher à la chaux avec les mains. En haut, c'est une p'tite armoire pour mettre des guenilles pis tout ce que Julianna pense avoir besoin. Pis la boîte, c'est pour mettre les bouts de papier journal pour s'essuyer. J'vas en découper à l'avance en carrés pis j'vas m'organiser pour que la boîte soit toujours ben remplie. Pis là, de chaque côté, en haut des murs, deux belles trappes d'aération. J'vas les grillager pour pas que la bibitte entre par exemple. Pis là c'est pour accrocher le fanal…

— Pis en avant du trou, c'est quoi, un autre coffre ? l'interrompit son ami.

— Non, non, c'est un p'tit palier, un genre de marche.

— Ben voyons donc !

— Ben oui, c'est une bonne idée, tu trouves pas ? Comme ça on va toujours avoir les pieds au propre, pis ta sœur Julianna est pas ben grande…

Ti-Georges avait retourné la feuille en riant pour revenir au dessin de l'extérieur.

— Est ben accordée avec ta maison, fit-il remarquer. On dirait un château en miniature.

— C'est beau, hein ! Pis en plus, j'vas la construire de ce côté-là de la maison, assez loin pour pas que ça sente mais assez proche pour que ça soit facile d'y aller. J'vas faire un sentier avec des belles roches plates.

Cette fois Ti-Georges avait franchement éclaté de rire.

— Un chemin en pattes d'ours pour aller pisser !

Affectueusement, il avait ajouté :

— Veux-tu ben me dire où tu vas pêcher des idées pareilles ! Bateau, y va falloir la baptiser, pis on va l'appeler la royale bécosse !

~ ~ ~

La vision qu'offrait maintenant cette petite cabane effondrée n'avait plus rien de princier. Nostalgique au souvenir de ces temps insouciants, François-Xavier reprit son exploration. Il s'interdit de regarder à l'opposé, en direction du puits, là où son père était tragiquement décédé, et revint au-devant de la maison.

Il leva la tête et détailla les ravages causés à la tourelle, cet ajout hors de l'ordinaire, né de son imagination et qui avait été sa fierté. De ce poste d'observation, là-haut, le lac Saint-Jean se donnait en spectacle, une représentation différente à chaque heure, chaque jour, chaque nuit. Combien de fois s'y était-il laissé griser par tant de beauté plus grande que nature ? Pendant ces moments de contemplation, les doutes qui l'habitaient s'estompaient et un lien avec le divin le prenait à l'âme. Sous un dôme d'étoiles, il se surprenait à prier, non pas en récitant une litanie mais en communiant silencieusement avec ses pensées les plus profondes. Devant un soleil couchant qui l'enveloppait de sa chaude couverture orangée, il se confessait et demandait pardon pour ses faiblesses. À l'aube brumeuse, c'est avec reconnaissance qu'il remerciait le ciel de lui permettre de commencer une nouvelle journée. Celui qui avait su dessiner des plans d'une telle beauté, pensant à chaque détail, réalisant la perfection dans l'équilibre des masses, l'harmonie des couleurs, le fonctionnement d'une complexité inimaginable, cette merveille où dans le cycle de poussière à poussière tout s'enchâssait parfaitement, sans jamais s'arrêter, depuis des siècles et des siècles, ce Dieu ne pouvait que posséder une force créatrice jamais destructrice, son esprit ne pouvait qu'être sensibilité, amour, partage. François-Xavier ressentait que tout ceci était loin du Dieu épeurant que les religieuses à l'orphelinat s'évertuaient à lui faire craindre. C'était plutôt le Dieu que son père Ernest lui avait enseigné de façon concrète, par sa tendresse, sa patience, son amour inconditionnel envers lui. Dans ces moments de recueillement, François-Xavier se sentait grandir par en dedans. Ce mouvement de croissance invisible le rassurait et lui faisait croire qu'il avait fait les bons choix dans sa vie.

Aujourd'hui, l'homme doutait. Aujourd'hui, il savait que là où Dieu bâtit son Église, le Diable bâtit sa chapelle…

François-Xavier soupira. Il se demanda si l'escalier intérieur, menant à la tour, était encore praticable et s'il lui serait possible d'y monter. Il se revit là-haut, le soir de ses noces, enlaçant sa nouvelle épouse, face à son lac. Le 2 juillet 1925, un homme et une femme allaient enfin vraiment s'unir. Fermant les yeux, François-Xavier sentit comme si c'était hier la nouveauté de ces caresses. Il entendit à nouveau le son rauque et excitant de la voix de Julianna, l'implorant de l'épouser…

~ ~ ~

Le désir le tenaillait depuis le matin. À peine s'il avait entendu la bénédiction nuptiale. Peu de gens avaient été invités. Le grand deuil du père de Julianna n'étant pas terminé, on avait tenu la double noce dans la simplicité et l'intimité. Un don substantiel à la paroisse avait aidé le curé à accepter cette dérogation. Avec émotion, il revit l'image de son père Ernest, dans son beau costume, les yeux brillants en disant oui à Léonie. Le même habit dont il l'avait revêtu le jour de sa mort.

François-Xavier préféra revenir au doux souvenir de la peau de Julianna. Dans la tour, il avait entrepris de déboutonner le corsage de la robe de mariée de sa femme. Il s'enflammait et son corps allait exploser… Julianna avait gentiment mis fin à l'étreinte et l'avait quitté pour aller se préparer, lui promettant qu'elle ne serait pas longue. Elle ne lui demandait qu'un court instant de patience avant de venir la rejoindre dans leur chambre à coucher. Cette séparation avait paru si longue à François-Xavier. Il s'était rendu dans la cuisine et avait retiré son habit de mariage. Il l'avait plié soigneusement sur le dossier d'une chaise. Il avait hésité. Devait-il garder son sous-vêtement ? Il était tellement nerveux… Allons, il n'était toujours bien pas pour entrer nu comme un ver dans la chambre, il risquait de lui faire peur ! Au cours de l'été, les deux amoureux s'étaient cachés à quelques reprises dans les bois pour échanger de longs baisers. Une fois, il s'était enhardi et pendant qu'il mordillait les lèvres gonflées de sa belle et qu'il pressait son jeune corps contre le sien, il avait laissé ses mains descendre le long du dos, un peu plus bas, lentement, encore plus bas… À travers la jupe, il avait mis la main sur des fesses dures, rebondies et… défendues par une solide claque que Julianna lui avait offerte en riant, avant de se sauver loin de lui mais pas sans que François-Xavier ait eu le temps de voir ses joues rougies de… honte ? Il en doutait… Il était bien certain que c'était de plaisir.

Enfin, de la chambre, lui était parvenu l'appel de la jeune femme. L'invitation de Julianna l'avait laissé cloué sur place tel un imbécile. Son corps lui pointait la direction à prendre et l'implorait d'aller de l'avant, mais son manque de confiance le maintenait pétrifié. À vingt-cinq ans, il vivait là le moment le plus terrible de toute sa vie. Il aurait dû écouter Ti-Georges et descendre à Québec avec lui, l'été de ses dix-neuf ans, l'année après la fin de la guerre. Dans un établissement mal famé de la basse ville, une fille de joie se serait certainement délectée de la virginité d'un jeune fermier. La pensée de payer pour labourer un lopin de terre pauvre, surexploité, appartenant à tout le monde, et peut-être y semer une graine qui mènerait à une si honteuse récolte lui avait été intolérable et François-Xavier était resté puceau. Un puceau qui maintenant tremblait de peur et manquait de courage pour entrer dans cette chambre. Le jeune marié avait imaginé les seins de Julianna qu'il allait retrouver, les fesses que cette fois, il aurait le droit de toucher, les cuisses qu'il écarterait avec douceur, découvrant enfin ce coin secret, cette grotte jalousement gardée, et dans lequel il allait enfin pénétrer…

Ces pensées lui donnèrent la force d'entrer dans la pièce et de s'approcher du lit. Julianna, en jolie robe de nuit blanche, y était étendue sur le dos, aucune couverture ne la recouvrant, provocante sans le savoir. Elle le regardait nerveusement mais avec désir aussi, les mains le long de son corps, n'osant bouger. François-Xavier avait éteint la lampe à huile et, dans la pénombre, s'était étendu aux côtés de sa femme. Ses doigts de jeune marié tremblaient et ses gestes étaient maladroits, il s'en rendait bien compte, tandis qu'il entreprenait de déboutonner, pour la deuxième fois, un corsage qui lui faisait entrave. Enfin, ses mains avaient retrouvé ces deux petites merveilles, qui le narguaient, l'air effronté, le défiant de choisir entre les deux. François-Xavier n'avait voulu déplaire ni à l'un ni à l'autre et, les pressant fermement, s'était fait un devoir de les lécher chacun leur tour, avant de prendre chaque mamelon pour le sucer avidement. Julianna avait gémi, puis, soudain, avait entouré son mari de ses bras, le plaquant contre elle. Elle lui avait relevé la tête et avait quémandé, muettement, un baiser. François-Xavier s'était fait une joie de le lui offrir. Puis, d'une main, il avait pris appui pour ne pas mettre tout son poids sur sa femme. De l'autre, il avait relevé la jaquette le long des cuisses et ses doigts avaient rencontré la toison de sa femme. Il s'était redressé, avait admiré un instant son épouse à moitié nue, avait déboutonné lui-même sa combinaison, l'avait fait descendre sur ses genoux et s'était recouché sur Julianna. Son sexe avait alors oublié toute douceur et s'était enfoncé dans celui de sa nouvelle épouse. Julianna avait grimacé de douleur. François-Xavier s'était immobilisé, inquiet.

— J'te fais mal ? avait-il voulu savoir.

— Un peu, avait répondu la jeune femme avec un sourire crispé, incertaine de trouver agréable cette intrusion en elle.

— Tu vas toujours m'aimer ? avait demandé François-Xavier avec dans les yeux un air de réelle crainte.

Julianna avait eu un petit rire doux. Cela faisait au moins vingt fois qu'il lui posait la même question. Avec tendresse, elle l'avait étreint et lui avait répété ce qui deviendrait sa réponse habituelle :

— J'pourrai jamais arrêter de t'aimer, même si je le voulais…

François-Xavier ne pouvait plus se retenir. Il avait plongé plus profondément encore en elle et, malgré lui, avait laissé ses sens l'emporter en une prodigieuse explosion de plaisir. «C'est fait pour aller là » s'était-il dit en souriant béatement un peu après. Il avait perdu bien vite son sourire lorsque, baissant les yeux sur Julianna, il avait lu sur le visage bien aimé une évidente déception.

François-Xavier avait roulé sur le dos et regardé le plafond sans un mot.

Avec pudeur et froideur, Julianna avait réajusté son vêtement de nuit et remonté les couvertures jusque sous son menton. Ne sachant quelle attitude adopter, François-Xavier s'était levé. Comment aborder un sujet si délicat ? Il aurait voulu la reprendre dans ses bras, l'embrasser, lui dire des mots d'amour, des compliments. Au lieu de cela, il avait préféré la fuite. Il s'était dirigé vers la porte. Sèchement, Julianna lui avait demandé où il s'en allait. Sans même se retourner, François-Xavier avait marmonné qu'il devait se rendre à la royale bécosse. Voyant que son mari quittait la pièce sans plus de cérémonie, Julianna s'était redressée et d'un ton hargneux s'était écriée :

— Ben tant qu'à aller dehors, rentre donc du bois pour allumer le poêle !

François-Xavier avait fait signe qu'il le ferait.

— Pis fais bouillir de l'eau, avait-elle ajouté. J'voudrais de l'eau chaude… pour me laver un peu, avait-elle fini les larmes aux yeux.

Il avait de nouveau acquiescé avant de s'éloigner, désolé d'avoir causé de la peine à sa jeune femme et d'avoir ruiné leur nuit de noces.

~ ~ ~

François-Xavier secoua la tête et revint à la contemplation de la tourelle de son ancienne demeure. Les barreaux de protection en fer forgé affichaient des taches de rouille. Ah ! sa belle tour, que de fois il s'y était réfugié, fuyant une jeune épouse qu'il ne parvenait pas toujours à comprendre… Sa femme était si différente des autres. Ils avaient vécu à peine un an et demi ensemble dans cette maison. Y résider avec Julianna avait été comme vivre une perpétuelle saison de printemps. Un jour, il faisait beau et on croyait l'été arrivé, le lendemain, une folle neige recouvrait les nouvelles pousses d'herbe verte et un vent glacial se levait. Autant elle était vive, passionnée, autant elle pouvait se montrer renfermée, hautaine et froide. Pour des brouilles, elle boudait des jours entiers. Ce silence dans lequel elle se

drapait était une véritable torture pour lui et jamais il ne s'y était habitué. Il détestait ce côté de sa personnalité. Il trouvait cette attitude
déloyale et désarmante aussi… Il avait tout essayé, mais il ne savait
jamais comment mettre un terme à cet enfer dans lequel son mutisme
les plongeait. S'il revenait vers elle pour essayer de l'enlacer, elle se
détachait de lui brusquement et s'éloignait, son petit nez en l'air,
comme s'il avait osé le pire affront. Alors il avait choisi de se taire et
d'attendre que sa princesse daigne lui adresser la parole. Mais alors,
elle lui reprochait de n'avoir rien fait et se plaignait que c'était toujours à elle de faire les premiers pas. D'une façon ou d'une autre,
François-Xavier sortait toujours perdant de ces querelles. Il avait béni
le ciel d'avoir eu l'idée de génie de construire cette tourelle sans se
douter que ce belvédère lui servirait de refuge si souvent.

Il se décida à entrer dans la maison délabrée. Il gravit les marches
à moitié pourries qui menaient à la galerie Prudemment, il tassait les
feuilles mortes. Une douleur poignante le prit lorsqu'un souvenir de
lui et son père lui revint à la mémoire. Ils étaient là, côte à côte, debout, admirant le lac à l'aube. C'était l'été, Ernest venait de revenir
de voyage de noces et ils s'apprêtaient à creuser le puits. Son père lui
avait mis une main sur l'épaule et lui avait fait ce compliment :

— Baptême mon fils que chus fier de toé. Tu t'es bâti une
moyenne belle maison, un vrai château !

— J'ai vu grand mais ça valait la peine.

— Vaut mieux voir grand dans vie au risque d'avoir un peu moins
que de voir p'tit pis d'avoir moins que rien…

Il avait souri affectueusement à son père. Celui-ci avait repris en
prédisant :

— Tu vas devenir prospère mon gars ! La fromagerie Rousseau et
fils est vouée à un grand avenir. Pis ta Julianna va te donner de beaux
enfants, chus ben certain.

Ernest avait retiré sa main et avait reporté son regard sur le paysage, souriant à la pensée de ses futurs petits-enfants.

François-Xavier avait hésité.

— Des fois, son père, j'me demande si ma femme va pouvoir être heureuse icitte, avec moé, sur la Pointe-Taillon. A l'arrête pas de me parler du temps qu'a vivait à Montréal avec sa marraine Léonie.

À l'évocation de son épouse, les traits d'Ernest avaient révélé un tel bonheur ! Jamais François-Xavier n'avait vu son père si heureux.

— C'est ben certain que là-bas c'est pas la même chose que par chez nous, avait dit Ernest. Tout ce que j'ai vu pendant mon voyage de noces, c'est juste pas croyable !

— Racontez-moé, son père, avait-il demandé.

— Ah mon fils, Montréal est tout un endroit à visiter. C'est ben plus gros que Québec pis ben plus bruyant itou ! Y a plein de gens pis des autos partout ! Pis les maisons, c'est pas des maisons, c'est des tours ! Y a des immeubles, y touchent le ciel ! Tu te casses le cou pour essayer de voir leur toit, pis tu y arrives même pas ! Pis presque toute est en anglais ! On a mangé dans un restaurant, tellement chic… pis c'étaient pas des femmes qui nous servaient mais des hommes ! Te rends-tu compte, des hommes avec un tablier qui nous faisaient des courbettes ! J'avais jamais rien vu de plus drôle !

— Un jour, y va falloir que j'trouve le temps de faire un voyage de noces avec ma Julianna.

— C'était ben parce que Léonie avait des affaires à régler à son magasin parce que j'pense qu'on serait restés icitte à la place.

— Comment c'est, La belle du lac ? Julianna m'en parle tellement. Ça ressemble-tu au magasin général de Roberval ?

— Eh baptême, non ! Rien à voir pantoute avec ce genre de place. Y vendent juste des affaires pour les créatures. Y a une grande vitrine, pis y a un mannequin en bois qui porte une robe pis chus entré en dedans mais c'était gênant… On aurait dit un beau p'tit salon chic. Dans l'arrière-boutique y a même une place où y prennent les mesures des femmes pis y a une couturière. Y ont une vendeuse aussi, mademoiselle Brassard qu'a s'appelle, a l'a des petites lunettes sur le bout du nez, un chignon ben serré pis a te regarde le nez pincé comme si tu sentais mauvais. Si t'avais vu ma Léonie ! A l'était si élégante, a voyait à plein de détails pis a l'a même servi une cliente en anglais. Une madame malcommode qui était venue au magasin se plaindre des coutures de sa robe ! Pis dans le bureau avec monsieur Morin, tu sais celui qui prend la relève au magasin, ben ils ont tant parlé chiffres que j'en étais tout étourdi… Tout ça pour te dire que moé aussi mon gars, j'me suis demandé si ma Léonie serait pas déçue d'être avec moé… Pis de toute abandonner sa vie de riche à Montréal pour vivre icitte…

Ernest avait décidé de quitter le perron et se dirigeait vers la plage. François-Xavier l'avait suivi. Il savait que son père voulait parler sérieusement. Il avait attendu que celui-ci soit prêt à reprendre la parole. Silencieusement, les deux hommes avaient marché un instant sur la grève.

— Léonie pis moé, avait enfin repris Ernest, on a ben parlé ensemble. Pis a m'a dit qu'y avait rien qui la rendait plus heureuse que de s'installer avec moé icitte sur le bord du lac. A dit que c'est un cadeau du Bon Dieu pis qu'a le mérite pas… A m'a dit aussi qu'a l'avait ben peur d'avoir gâté la p'tite Julianna. J'ai ben l'impression que ton mariage sera pas de tout repos, mon gars.

François-Xavier s'était arrêté de marcher et s'était retourné vers l'immensité bleue. Les paroles de son père résumaient ce qu'il ressentait depuis sa vie d'homme marié. Il avait l'impression d'être embarqué dans un train qui allait beaucoup trop rapidement et qui menaçait de dérailler à chaque courbe. Jamais il ne serait à la hauteur de Julianna, jamais il ne parviendrait à la combler. C'est son prétendant de Montréal qu'elle aurait dû épouser. Cet Henry Vissers était certainement digne d'elle, ils étaient du même milieu, tandis que lui… Il s'était penché et avait pris une poignée de sable encore refroidi par la nuit et l'avait laissé s'échapper d'entre ses doigts. Il avait gardé le silence le temps que s'écoule ce sablier improvisé. Il avait repris une autre poignée mais cette fois, il avait pressé fortement sa main, tentant de retenir son butin. Il avait dit d'un air presque triste :

— Vous êtes vous déjà demandé, son père, combien de grains de sable y pouvait y avoir rien que dans cette poignée-là que j'ai entre mes mains ?

Ernest n'avait pas répondu. Son fils avait continué sa pensée.

— T'arrives jamais à les compter, y en a toujours qui s'échappent d'entre tes doigts.

D'un air désabusé, le jeune homme avait lâché sa prise et laissé tomber ce qui restait. Il avait enfoui ses mains dans ses poches et, avec un soupir, avait porté son regard vers l'horizon.

— Avec Julianna, j'pense que j'vas recommencer le compte à chaque matin. On est si différents…

Ernest, qui avait écouté son fils sans mot dire, s'était approché de lui et s'était mis également à observer le lac.

— Moé, j'trouve plutôt que vous vous ressemblez tous les deux… Sauf que toé, tu gardes en dedans ce que ta Julianna, a garde en dehors…

~ ~ ~

Il avait mis des années à comprendre le sens de cette phrase. François-Xavier se força à revenir au temps présent. Le soleil se couchait si tôt et il voulait traverser à Péribonka avant la noirceur.

La porte d'entrée ne fermait même plus et il n'eut qu'à pousser solidement dessus pour qu'elle s'ouvre avec un grincement sinistre. Le spectacle était désolant. Des débris de plâtre recouvraient le plancher et avaient laissé des trous béants un peu partout dans les murs. Les planchers de bois avaient gondolé sous l'effet de l'humidité et la rampe d'escalier qui menait à l'étage était presque arrachée. En évitant les lattes les plus abîmées qui risquaient de le faire atterrir dans la cave de terre, François-Xavier se dirigea vers le grand salon. Les doubles portes coulissantes gisaient sur le sol, leurs carreaux à moitié cassés. Triste, il s'avança dans la pièce vide. Des notes de musique s'égrenèrent et là, dans le coin du salon, l'image du piano de Julianna apparut. François-Xavier eut envie de rebrousser chemin. Mais au lieu de tourner le dos à ses souvenirs, il respira un grand coup et se dit: «Envoie, mon gars, il est temps d'affronter les fantômes du passé.» Le piano apparut alors dans toute sa splendeur, Julianna assise au clavier.

PREMIÈRE PARTIE

Il y avait déjà de longues minutes que François-Xavier épiait sa toute nouvelle épouse en train de jouer au piano. Julianna, son amour, sa princesse, son rêve... Julianna, assise au clavier, ses jolies mains enfonçant avec rage les touches. C'était le lendemain de leur nuit de noces. Elle était encore en robe de nuit, un châle crocheté sur les épaules, pieds nus sur les pédales de l'instrument. Ses cheveux mi-longs n'étaient pas brossés et lui donnaient un petit air sauvage qu'il adora. Elle ne chantait pas, elle se contentait de marteler des notes, la bouche crispée, les yeux au loin. Le nouveau marié quitta sans bruit son poste d'observation et s'approcha de sa belle. Il alla se placer derrière elle. Il huma l'odeur de sa jeune épouse. Il baissa la tête et déposa ses lèvres au creux du cou de Julianna. Elle ne cessa pas de jouer, mais François-Xavier perçut que les touches étaient moins malmenées. Il continua ses caresses et Julianna perdit le rythme de sa mélodie.

Il sourit en sentant la victoire proche. Cette première nuit avait été un désastre. À la demande de Julianna, il avait fait chauffer un peu d'eau avant de remonter à la tour. Il avait besoin de réfléchir et il voulait lui laisser un peu d'intimité. Lorsqu'il s'était décidé à la rejoindre, elle s'était recouchée, recroquevillée sur le côté, face au mur. Il était allé s'étendre également. Elle s'était tassée le plus près possible du bord. Il avait eu peine à trouver le sommeil. Il sentait dans l'obscurité la colère de Julianna. Des paroles, des gestes se bousculaient dans sa tête, mais comment avouer à sa jeune femme qu'il savait très bien qu'il l'avait déçue ? Comment lui dire qu'elle était si belle, que lorsqu'il la touchait, une tempête se déchaînait en ses reins ? Comment lui dire qu'il ne connaissait rien à un corps de femme ? Il s'était endormi sans s'en rendre compte et sans avoir trouvé de solution. C'était le son du piano qui l'avait réveillé.

Lentement, François-Xavier fit glisser ses mains le long des bras de Julianna et emprisonna les doigts fins des siens, arrêtant ainsi le massacre musical.

— Ma princesse, lui murmura-t-il, tu aurais dû épouser Henry Vissers…

— Henry, mon prétendant de Montréal ?

Julianna retrouva sa douceur et toute trace de colère disparut de son visage.

Mais quel pouvoir avait-il donc sur elle pour qu'elle se laisse attendrir ainsi ? Elle n'avait pas dormi de la nuit, rageant, bouillant, jurant qu'il ne l'emporterait pas au paradis. Julianna n'en revenait pas. Alors comme ça, c'était ces cinq minutes qui constitueraient sa nuit de noces ? Toute cette attente pour ça ? Pourtant, lorsqu'il avait goûté à sa poitrine, une chaleur et un serrement avaient enflammé le bas de son ventre, sa respiration s'était accélérée et elle avait vraiment désiré que François-Xavier aille plus loin. Elle était si amoureuse de lui !

Il avait préféré la laisser seule et à son retour, il avait trouvé le moyen de s'endormir ! Elle était certaine que tout espoir de bonheur lui était totalement interdit, qu'elle traînerait sa peine jusqu'à ce qu'elle soit une vieille femme, que des années d'enfer sans amour l'attendaient, et voilà que son mari n'avait qu'à lui faire une caresse et lui parler de son ancien fiancé pour que sa vie s'éclaire à nouveau…

Amoureusement elle murmura :

— C'est toé que j'aime…

François-Xavier releva sa jeune épouse du petit banc de bois et l'entraîna vers leur chambre. Debout, à l'entrée de la pièce, il la retint un instant. Il pencha la tête vers elle.

— Mes beaux yeux verts, souffla-t-il.

Ils s'embrassèrent longuement. Julianna mit fin à l'étreinte en repoussant légèrement son mari. Les yeux pleins de malice, elle lui dit :

— Pis Henry a des dents de cheval… J'aurais été ben mal prise d'embrasser ça pendant cinquante ans !

C'est en riant que les deux nouveaux amants basculèrent sur le lit. Cette fois, Julianna ne fut pas déçue…

~ ~ ~

— Surprise !

François-Xavier figea à l'entrée de la cuisine et son cœur battit la chamade. Qu'est-ce que sa femme avait encore inventé ? Le jeune couple s'était marié au début de l'été. Ils auraient dû nager en plein bonheur, vivre d'amour et d'eau fraîche. Hélas, le père de François-Xavier était tragiquement décédé. Ernest Rousseau avait été écrasé à mort dans le puits qu'il creusait avec son fils et Ti-Georges pour la nouvelle maison. Depuis un mois que ce terrible accident avait eu lieu, François-Xavier ne réussissait pas à surmonter sa peine. Julianna semblait s'être donné pour mission de lui changer les idées. Chaque fois qu'il revenait de la fromagerie après une grosse journée de travail, elle était là à l'accueillir avec effusion. Quelquefois, elle l'attendait avec un souper qui se voulait hors de l'ordinaire mais qui se révélait aussi raté que les autres. Car Julianna trouvait le moyen de faire brûler de l'eau. Ou encore elle inventait des jeux stupides. Comme la fois où elle s'était cachée dans la tour d'observation et qu'elle avait laissé traîner des indices permettant à François-Xavier de suivre la piste et de la rejoindre. Le jeune homme trouvait tout cela bien enfantin. Comme il savait qu'il n'était pas d'une compagnie très joyeuse pour une jeune épouse, il ne faisait aucune remarque. Il portait le deuil non seulement par un brassard noir, mais jusqu'au fond des yeux. La sollicitude de Julianna lui pesait. Des fois, il avait envie de lui crier de le laisser tranquille, de lui donner du temps, qu'il avait besoin de solitude… Il se retenait. Il avait l'intime conviction qu'elle ne comprendrait pas. Julianna croyait que son amour et sa présence pouvaient, devaient suffire à tout surmonter. Elle le pressait de retrouver sa bonne humeur, lui faisant sentir que leur amour était censé être plus fort que la mort. Non, elle ne comprendrait pas que ce deuil lui faisait faire une si grande prise de conscience. Le décès de son père le ramenait à sa naissance. Il se surprenait à penser souvent à ce Patrick O'Connor, son vrai père. Peut-être que lui était encore vivant, quelque part… Pourtant, quand, en 1918, Joséphine était morte en lui laissant une lettre révélant l'identité de cet Irlandais avec lequel elle l'avait conçu, il avait pris cela avec un certain détachement. Cela expliquait ses cheveux roux et c'était tout. Ernest était là et il se sentait profondément un Rousseau bien plus qu'un O'Connor. À ce moment, ce père biologique était comme cette guerre qui s'achevait en Europe… Un conflit lointain dont on suivait le déroulement par le biais de quelques nouvelles ici et là, quelque chose sans visage, qui ne faisait pas partie de sa réalité. Il ne comprenait même pas vraiment qui affrontait qui ! Se faire annoncer l'existence de son géniteur avait été comme d'apprendre que la conscription de 1917 le forcerait peut-être à aller se battre dans d'autres pays. C'était troublant, mais un peu irréel aussi. Leur ennemi à eux avait été beaucoup plus sournois. Une poignée de main, un baiser le cachait. La grippe espagnole avait livré une rude bataille et avait emporté sa chère Fifine et bien d'autres. Maintenant qu'il était à nouveau orphelin, ce père inconnu venait le hanter, rôdant autour de sa vie, réclamant la place de père auprès de lui, cette place laissée vide… ce vide intolérable…

— T'aimes pas ma surprise ? demanda tout à coup Julianna.

François-Xavier sortit de sa torpeur et remarqua enfin une sorte de banderole accrochée au dessus du poêle à bois. Sur deux anciens sacs de farine cousus ensemble, Julianna avait peinturé deux gros bonshommes en forme de cœur. De leurs drôles de bras, ils en tenaient un plus petit entre eux. La peinture rouge dégoulinait encore.

— Euh… c'est quoi ? demanda François-Xavier qui ne savait trop comment réagir.

— Tu devines pas ? Pourtant, il me semble que c'est clair.

Elle s'était fait une telle joie en anticipant la réaction de son mari.

— Laisse-moé arriver pis enlever mes bottes, dit-il d'un ton las en se penchant pour se déchausser.

— J'ai fait un gâteau, lui dit tout à coup Julianna en changeant de sujet.

D'un air boudeur devant le manque flagrant d'enthousiasme de son mari à l'égard de sa surprise, elle se dirigea vers le vaisselier y prendre une assiette. Rien ne se passait comme elle avait prévu. Elle sentait la colère la gagner.

— Je voulais préparer un ragoût comme Marguerite m'a montré mais j'ai pas eu le temps, maugréa-t-elle.

En soupirant, François-Xavier corda ses bottes boueuses l'une à côté de l'autre. « Bon, j'ai encore réussi à la faire fâcher », se désespéra-t-il. Il s'assit lourdement sur une chaise de la table et regarda de nouveau la banderole en essayant d'en saisir le sens.

— Tu veux-tu un peu de pain pis du fromage ou un morceau de gâteau tout de suite ? demanda Julianna.

— Juste du gâteau, ça va faire. Surtout si y est aux bleuets comme je pense, répondit François-Xavier.

Julianna prit sur elle et se dit qu'elle avait vraiment un fichu caractère. Son mari était fatigué, il avait raison, elle devait lui laisser le temps d'arriver. Elle retrouva sa bonne humeur et avec un sourire, elle confirma.

— Ton nez te trompe pas ! C'est Marguerite qui l'a pas mal fait tout seule, mais je pense être bonne pour me débrouiller la prochaine fois.

— Comment elle allait la belle Marguerite, elle est moins malade ?

Julianna hésita avant de répondre. Sa belle-sœur souffrait « de problèmes de femme » et c'était un sujet beaucoup trop gênant pour en discuter avec son mari.

— A va bien. On a ramassé des bleuets pendant tout le matin, moé, Marguerite pis ses p'tits gars. Son Jean-Marie est pas mal vaillant. Moé pis Elzéar, on avait même pas rempli la moitié de notre chaudière que lui y avait fini la sienne. Pis y était tout fier de nous dire que sa mère l'avait pas aidé.

Julianna déposa la part de gâteau devant son mari. François-Xavier attaqua son dessert en imaginant sa femme dans sa jolie robe en train de ramasser les minuscules fruits bleus qui poussaient en abondance, en ces derniers jours d'août, sur les crans pas loin du lac. Il ne doutait pas qu'elle devait bien plus jouer avec le petit Elzéar ou chasser un papillon en riant tandis que Marguerite et son fils aîné se démenaient à la cueillette.

Julianna s'assit à son tour et regarda son mari plonger sa cuillère dans le sirop épais et sucré de la sauce aux bleuets qui recouvrait le gâteau.

— Alors ma surprise ? Tu veux-tu la savoir ?

— J'pensais que c'était que t'avais préparé mon dessert préféré !

— Ah non, c'est quelque chose de beaucoup plus gros… Ben c'est encore ben p'tit mais Marguerite a dit que vers le printemps, y serait là, notre p'tit cœur à nous deux, termina-t-elle en mettant ses mains sur son ventre.

François-Xavier laissa tomber son ustensile. Son regard alla du dessin au ventre de Julianna. Son visage s'éclaira.

— Quoi ? Tu… tu… tu vas avoir un… bébé ?

— Oui je pense ben que c'est ça…

François-Xavier se leva brusquement de sa chaise. Il hésita un instant, essayant d'assimiler la nouvelle puis, sans un mot, il entreprit de remettre ses bottes.

— Où tu vas ? s'étonna Julianna.

— Je… Je, il faut que j'aille voir à la fromagerie… mentit-il en s'éclipsant.

Devant le départ précipité de son mari, Julianna resta un moment interdite. Avec son mari, rien ne se passait jamais comme elle l'imaginait. Rageusement, elle arracha la banderole et la fourra dans l'âtre du poêle. Elle se laissa tomber sur une chaise et éclata en sanglots. Elle était la femme la plus malheureuse du monde. François-Xavier n'avait pas de cœur. Son mari n'était qu'un être insensible...

~ ~ ~

Comme Julianna se trompait! François-Xavier avait fui sa femme parce que le choc de sa future paternité l'avait tellement ébranlé que, sur le coup, il avait été submergé par l'émotion. Il devait se réfugier auprès de son lac, se calmer, respirer, réfléchir... Il marcha longuement sur la grève. Il allait être père. Le soleil se couchait et le ciel s'embrasa. François-Xavier s'immobilisa face au lac et contempla ce spectacle grandiose. La boule orangée descendait petit à petit dans l'eau, se parant de mille diamants liquides. François-Xavier ressentit une si grande paix intérieure qu'il cessa de respirer quelques secondes. François-Xavier Rousseau allait être père et transmettre à son fils son héritage. Car ce serait un fils. Il resta là, jusqu'à ce que l'astre ait complètement disparu, ne laissant qu'une large bande rosée. On ne discernait plus le soleil, mais on le savait là et sa lumière continuait à les éclairer. C'était comme pour Ernest... Malgré sa cruelle absence, l'auréole de son amour brillait toujours. Serein, François-Xavier fit un petit signe d'au revoir à son père et lui promit de suivre son exemple et d'être aimant lui aussi. Se sentant léger et heureux, il n'eut qu'une envie, celle d'aller annoncer la nouvelle à Ti-Georges.

~ ~ ~

Ti-Georges n'oublierait pas de sitôt la visite de François-Xavier. Il relaxait dans sa chaise berçante tandis que sa femme terminait de peigner ses deux fils sur le point d'aller se coucher quand le visage de son ami apparut à travers les carreaux de la porte de la cuisine. François-Xavier frappa trois coups secs et se mit à piétiner sur place. Marguerite s'empressa d'aller lui ouvrir en disant :

— Mon bon François-Xavier, tu sais ben que t'as pas besoin de frapper pour entrer chez nous.

Il eut à peine le temps de pénétrer dans la pièce que ses deux petits neveux lui sautèrent au cou.

— Mononcle ! s'exclamèrent-ils, heureux de le voir.

François-Xavier regarda encore plus affectueusement que d'habitude les deux garçons de son beau-frère. Il leur ébouriffa les cheveux et, avec un grand sourire, les yeux brillants, il déclara d'un ton triomphal :

— Chus venu pour vous annoncer une grande nouvelle !

— Ben parle, bateau, t'attends-tu le messie ou quoi ? s'impatienta Ti-Georges.

François-Xavier passa ses pouces sous ses bretelles de pantalon et annonça la primeur.

— Les p'tit gars, vous allez avoir un cousin !

Marguerite se détourna. Ti-Georges comprit que sa femme était au courant. Il félicita son ami.

— Chus ben content pour toé, dit-il chaleureusement.

Marguerite lui offrit à boire et à manger. François-Xavier hésita. Il ferait mieux d'aller retrouver Julianna. Elle devait être dans tous ses états.

— Assieds-toé, lui intima Ti-Georges. J'voulais justement te parler. Marguerite, sers-nous à boire.

François-Xavier n'eut d'autre choix que d'accepter l'invitation.

— Juste cinq minutes, dit-il en prenant place dans l'autre chaise berçante.

Jean-Marie se risqua à demander :

— Demain, y va-tu pouvoir jouer avec moé pis Elzéar, notre nouveau cousin ?

François-Xavier s'esclaffa. Le petit Elzéar, qui ne comprenait rien à la situation, rit à gorge déployée juste pour faire comme son oncle. Ti-Georges remit à l'ordre ses fils.

— Montez-vous coucher pis laissez-nous jaser tranquilles.

Marguerite tendit aux deux hommes leur verre d'alcool.

— Allez, les enfants, dites bonne nuit à votre père pis à votre oncle.

Jean-Marie et Elzéar s'exécutèrent poliment. Ti-Georges ne leur jeta même pas un coup d'œil et s'adressa à son ami tandis que sa femme entraînait ses enfants à l'étage.

— Alors mon François-Xavier, que c'est que tu dis de la loi du lait ? demanda-t-il.

— La loi du lait ? répéta François-Xavier.

— Tu sais ben, on en a parlé l'autre fois. Taschereau, y veut rendre obligatoire la pasteurisation du lait d'ici l'année prochaine, s'impatienta Ti-Georges. Depuis ton mariage, t'as pus toute ta tête, toé…

— Oh, cette loi-là ! J'trouve que ç'a ben du bon sens. De toute façon, y en a pas mal qui le font déjà… J'pensais que t'allais encore me casser les oreilles avec tes histoires de barrage.

— Bateau, François-Xavier, t'attends-tu qu'y nous arrive la même chose qu'à Saint-Cyriac ?

— C'est quoi qui leur est arrivé là-bas ? questionna Marguerite en redescendant à la cuisine.

— Ben voyons, sa femme, tout le monde sait ça ! V'là deux ans, à cause de la construction d'un autre de leur maudit barrage, la compagnie a inondé le village de Saint-Cyriac au complet. Tous les habitants ont été obligés de vivre le grand dérangement pis y ont tout perdu. Saint-Cyriac, y est disparu de la *map* !

— Nous autres c'est pas pareil, affirma François-Xavier d'un ton léger. Tu sais ben que la compagnie a promis que le niveau du lac serait pas trop élevé pis qu'y aurait pas de dommage. Faut faire un peu confiance dans la vie…

— J'te le répète, François-Xavier, ça sent pas bon cette histoire-là.

Le visiteur cala son verre et se leva. Il n'avait vraiment pas envie de parler de ce foutu barrage. Il ne désirait qu'une chose, c'était d'aller prendre sa femme dans ses bras.

— Bon ben moé, j'm'en retourne trouver Julianna. A doit s'inquiéter.

— C'est ça, sauve-toé mon peureux... dit Ti-Georges en l'agaçant. Ça s'en fait pas qu'une compagnie construise de gros barrages, mais ça tremble de se faire chicaner par sa femme.

— Ti-Georges! s'indigna Marguerite.

— C'est pas grave, la rassura François-Xavier. Mon défunt père disait que quand des niaiseries sortent de la bouche de quelqu'un, y faut faire comme s'y avait rien dit, parce que dans l'fond ça revient au même.

D'un petit salut de la tête, il quitta la ferme de son ami. Tout en retournant vers sa maison, il se rendit compte que c'était la première fois qu'il mentionnait à voix haute le souvenir de son père sans que cela l'anéantisse. En fin de compte, Julianna avait trouvé le moyen de le réconforter...

~ ~ ~

Dès qu'il entra dans la cuisine, François-Xavier remarqua la disparition de la fameuse banderole. Julianna lui tournait le dos, s'affairant à laver la vaisselle. Il était évident, à son maintien rigide, qu'elle lui battait froid. D'un pas décidé, le jeune homme alla à sa femme et, sans lui laisser le temps de réagir, il la retourna face à lui et l'embrassa avec passion. Puis il la relâcha et lui sourit amoureusement. Surprise, Julianna resta un moment interdite à regarder son mari d'un air perplexe.

— Mes beaux yeux verts, murmura François-Xavier. Tu peux pas savoir comment ta surprise me fait plaisir...

Émue, Julianna parla d'une petite voix.

— J'pensais que t'étais fâché ! T'es parti sans rien dire ! se plaignit-elle.

— Y fallait que j'aille le dire à Ti-Georges !

— C'est là que t'étais ?

— Ben oui voyons !

— J'espère que t'as pas fait de peine à Marguerite !

— Pourquoi tu dis ça ? s'étonna François-Xavier en s'asseyant à la table.

— C'est des affaires de femme mais… Marguerite, ben… elle est pas enceinte, elle.

— J'sais ben, pis ?

— Ben c'est dur pour elle, tu comprends, après des fausses couches.

— Comment ça des fausses couches ?

— Tu t'es jamais demandé comment ça se faisait qu'y en avait pas d'autres après Elzéar pis Jean-Marie ?

— Euh… non.

— Ça fait trois fois de suite qu'a perd ses bébés… au tout début par exemple…

Julianna alla se placer debout derrière son mari et lui passa les bras autour du cou.

— Il faudra prier, François-Xavier… S'il fallait qu'y m'arrive la même chose !

À peine quelques jours qu'elle était certaine de son état et elle savait qu'elle serait complètement atterrée si sa grossesse s'interrompait. Elle surveillait chaque nouveau signe de son corps. Le bout de ses seins était sensible, rien que le frottement à travers ses vêtements la faisait grimacer. Elle s'endormait partout, et en plus se levait avec le mal de cœur. Marguerite lui avait assuré que tous ses symptômes étaient de bon augure. Elle avait tellement hâte de voir son bébé. Elle avait peine à s'imaginer être une mère… Sa marraine l'avait recueillie toute petite et elles avaient vécues seules, toutes les deux. Jamais elle n'avait eu à prendre soin d'un bébé. Elle ne pouvait s'empêcher de penser à sa mère Anna, morte en la mettant au monde. Elle était certaine que cela lui arriverait aussi. Elle se voyait mourir au bout de son sang… Elle devait faire un effort et chasser ces pensées morbides…

— Tu dois avoir faim ? demanda tout à coup Julianna à son mari.

François-Xavier se rendit compte qu'il n'avait pas soupé. Le verre d'alcool avec un estomac vide lui faisait tourner un peu la tête. Curieusement, il n'avait aucun appétit. Pour ne pas faire de peine à sa femme, il dit :

— Je dirais pas non à mon morceau de gâteau aux bleuets.

Servant son morceau qu'elle avait ôté, elle s'attabla près de lui et le regarda manger avidement son dessert. Il y avait si longtemps qu'elle ne l'avait vu heureux de même !

— J't'ai-tu dit que j'avais inscrit la fromagerie au grand concours du meilleur cheddar ? fit tout à coup François-Xavier, la bouche pleine. J'pense que j'ai peut-être une chance, même si c'est juste ma première année de production.

— Ce serait une bonne chose, approuva Julianna en souriant.

— J'vas remporter le premier prix, tu vas voir !

— J'ai marié tout un homme. Le roi du fromage !

— Ris pas de moé, Julianna… rétorqua François-Xavier. Tu vois, tu l'as, ton château, la plus belle pis la plus grande maison du monde !

— Pauvre François-Xavier ! T'as jamais vu les maisons de Montréal !

— Peut-être, mais elles sont pas sur le bord d'un beau lac comme icitte.

— Ben non, rien que sur le bord d'un fleuve.

— Tu m'payerais cher pour aller vivre là ! Moé, c'est icitte que j'vas être enterré, pis mes fils quand y vont être vieux.

— Ben moé, en attendant, ton premier fils me donne mal au cœur… dit Julianna en devenant soudainement blême.

Son mari l'examina un moment. Tendrement, il enroula autour

de ses doigts une jolie boucle blonde. Redevenu sérieux, il lui demanda :

— Tu ne regrettes pas ton p'tit avocat ?

— Henry ? Ben non, je te l'ai déjà dit... Allez laisse-moé, j'vas... j'vas être malade !

Julianna n'eut que le temps d'aller se pencher au-dessus de la chaudière des cendres qu'elle se mit à vomir bruyamment tout ce qu'elle avait dans l'estomac.

François-Xavier regarda son assiette devant lui. Les minuscules petits fruits bleus flottant dans un sirop presque mauve lui semblèrent tout à coup dégoûtants. Pour la première fois de sa vie, il repoussa avec dédain son dessert préféré. Il se dit que là, c'était vrai, il n'avait vraiment pas faim...

~ ~ ~

Jamais Julianna n'aurait cru se sentir si seule. L'hiver dans ce coin de pays n'avait rien à voir avec celui de Montréal. Là-bas on le tolérait, avec plus ou moins de réussite, et certains jours on l'ignorait complètement, tandis qu'ici, on devait l'affronter en un inégal combat. Sur la Pointe, on se retrouvait coupé du monde. Le lac vous battait froid et se murait sous ses glaces. Tout était figé. À Montréal, Julianna pouvait sortir, vaquer à ses occupations. Emmitouflée, elle ne se privait pas d'aller au théâtre, à des concerts ou à quelconque réception. Il y avait même un petit côté féerique à la saison. Ici, elle se sentait prisonnière... La neige avait atteint une telle hauteur que dans son état, elle ne parvenait pas à aller dehors... Enfin, la saison achevait et le plus dur était derrière elle, c'était au moins ce qu'on lui répétait. Elle s'approcha de son piano, y prit place, releva le couvercle du clavier, hésita avant de le refermer d'un coup sec. Elle s'ennuyait. Même si la fromagerie était fermée pour l'hiver, François-Xavier ne manquait pas d'ouvrage et passait ses journées à l'extérieur à fendre du bois, à réparer des outils ou encore chez Ti-Georges à aider à la ferme. Il avait mille et une occupations.

Depuis plusieurs mois qu'elle lui avait annoncé son état, son mari était aux petits soins pour elle. Il lui avait interdit de se lever pour préparer à déjeuner. Il se chargerait de cette corvée, avait-il décidé. Elle pouvait donc dormir tard le matin. Et c'est à peine si, dans son sommeil, elle sentait qu'il l'embrassait. Elle entoura son ventre de ses mains. Le bébé venait de lui donner un vigoureux coup de pied. Elle se releva et, une fois de plus, fit le tour de sa maison. Sa maison... Cela lui faisait encore drôle. Elle traîna son gros ventre de pièce en pièce. Elle ne l'avait jamais avoué à son mari mais elle se languissait de la vie montréalaise. Là-bas elle se sentait en sécurité, entourée de bruit et de gens. Ici, c'était l'immensité... Les larmes lui montèrent aux yeux... Tout s'était tellement bousculé depuis la demande en mariage de François-Xavier. Sa tante Léonie s'était occupée de tout et elle s'était laissée emporter dans le tourbillon des noces. Sa marraine avait été si heureuse... jusqu'à son veuvage. Comme celle-ci lui manquait! Julianna décida de lui écrire une longue lettre. La santé de sa mère adoptive l'inquiétait. Il faut dire que perdre son mari lorsqu'on est à peine revenu de voyage de noces est épouvantable.

Avec un frisson, elle alla remettre une bûche dans le poêle à bois. Ensuite, elle ouvrit le secrétaire de bois pour y prendre son nécessaire à correspondance. Elle s'enroula dans un châle et alla s'installer à la table de cuisine pour rédiger sa lettre. Elle en écrivait ainsi plusieurs par semaine mais sa marraine ne répondait que par quelques courtes lettres irrégulières. Julianna se demanda ce qu'elle pourrait bien trouver de nouveau à raconter. Comme d'habitude, elle écrirait qu'il avait encore neigé, que le bébé gigotait dans son ventre, que son jeune mari travaillait beaucoup, qu'elle l'aimait très fort et que sa tante lui manquait terriblement...

~ ~ ~

Les beaux jours revinrent et, à la fin avril, Julianna mit au monde son premier enfant. Un beau petit garçon qu'ils décidèrent de prénommer Pierre. Ses cheveux étaient roux comme son père. La vie de Julianna changea irrémédiablement. Dorénavant, ses journées tournaient autour de ce nouveau membre de la famille et de la grande joie qu'il lui apportait.

Tout aurait été parfait si, en ce jour maudit du 24 juin 1926, les eaux du lac Saint-Jean ne s'étaient mises à monter. Julianna se dit que, ce matin-là, la fermeture des barrages de la compagnie avait gâché non seulement leurs récoltes, mais surtout son bonheur familial. Son mari ne décolérait plus et c'est à peine s'il jetait un œil sur leur bébé. Au mois de juillet, toutes les conversations tournaient autour de la visite de l'inspecteur, envoyé pour évaluer l'ampleur des dégâts. L'inondation était si importante que François-Xavier et Ti-Georges devaient ajouter un ponceau entre le champ nord et le pâturage afin de faire visiter leurs terres. François-Xavier était parti tôt à l'aube pour en commencer la construction.

Petit Pierre endormi dans son berceau, Julianna, désœuvrée, regardait par la fenêtre de la cuisine cette belle matinée ensoleillée.

«Oh et pis, il fait si beau aujourd'hui, allez p'tit Pierre, on s'en va rejoindre ton papa» décida Julianna. C'est d'un pas alerte et portant précieusement son bébé que Julianna arriva près du futur ponceau. Marguerite et ses garçons se tenaient non loin des deux hommes en train de travailler. Ti-Georges aidait François-Xavier à décharger la charrette pleine de madriers et de planches.

— Matante Julianna, matante Julianna! s'écrièrent les enfants en accourant à sa rencontre.

Julianna se pencha et reçut un baiser sonore sur chaque joue de la part de ces deux garnements. Elle adorait ses neveux. Et ils le lui rendaient bien. Pour Jean-Marie et Elzéar, Julianna était un soleil. Ils ne connaissaient aucun autre adulte qui jouait ainsi avec eux, prenant le temps de leur inventer des histoires, de leur apprendre des chansons.

Jean-Marie se souvenait d'une fois où son petit frère et lui étaient restés à coucher chez sa tante quand sa maman avait été un peu malade. C'était au début de l'hiver. Sa jolie tante avait sorti des couvertures, des draps, des catalognes, et, installés dans la cuisine, ils avaient construit une cabane. Le plus solidement possible, ils avaient attaché les coins de la literie aux montants des chaises. Il fallait se mettre à quatre pattes pour entrer dans leur cachette. Avec ravissement, l'enfant se souvint du parfum sucré que dégageait sa tante, la douceur de ses bras, la chaleur de leur abri… Quels beaux souvenirs !

Julianna se releva, laissant les deux garçons s'accrocher à ses jambes. Marguerite s'approcha à son tour de sa belle-sœur et la salua avec un doux sourire.

— Les enfants ont pas dérangé ton p'tit Pierre j'espère ? dit-elle en s'assurant que le bébé dormait toujours.

— Avec ce qu'il a mangé à matin, je pense qu'il est parti pour la journée, répliqua Julianna. J'ai commencé à lui faire manger du solide. Il a avalé tout un bol de gruau au lait, expliqua Julianna.

Juste comme la jeune femme terminait sa phrase, le bébé se réveilla et avant même d'ouvrir les yeux se mit à hurler. Elzéar se boucha les oreilles.

— Y pleure trop fort ton bébé, matante !

Les deux enfants se sauvèrent jouer un peu plus loin. D'un air rêveur, Marguerite déclara :

— Y est aussi ben de s'habituer parce que betôt, y va se faire casser les oreilles nuit et jour chez nous itou.

Julianna qui tentait de consoler son fils regarda Marguerite et chercha la confirmation dans les yeux brillants de celle-ci. Sa belle-sœur fit signe que oui.

— Pis lui, chus pas mal sûre qu'y est ben accroché. J'commence mon quatrième mois pis tout va ben.

— Ah que je suis contente pour toé ! Pis tu penses que c'est pour quand ?

— Ça va être un bébé d'hiver, pour la Noël !

— D'ici le temps des Fêtes, tout ce niaisage-là de barrages, ça devrait ben être réglé.

— Ti-Georges dit qu'y faut pas rêver en couleurs... soupira Marguerite en regardant les dégâts autour d'elle.

François-Xavier délaissa son ouvrage et vint prendre son bébé. Celui-ci cessa de pleurer, enfourna son pouce et se rendormit.

Julianna haussa un sourcil moqueur. Le jeune père lui retendit avec précautions le bébé, embrassa sa femme et s'en retourna travailler. Montrant des signes d'impatience, Ti-Georges attendait son aide afin de débarquer un des madriers.

Julianna admira son mari. Elle le trouvait si beau. Ses longues jambes aux cuisses fermes et dures, sa démarche assurée, son dos et ses épaules musclées auxquelles elles aimaient se pendre en gémissant... « Allons, Julianna, reprends tes sens. » Sa proéminente poitrine serrée dans sa robe avait eu de l'effet sur son homme, elle avait perçu le regard posé sur ses seins... « Julianna, pour l'amour, pense à autre chose... Ah oui ! Marguerite est enceinte aussi. Il faudrait pas qu'elle le perde, celui-là. Je devrais l'aider. »

— Si tu veux, tu peux m'envoyer les garçons chez nous pour un p'tit bout de temps, offrit-elle.

Marguerite regarda ses fils au loin. Ils s'amusaient à escalader le haut tas de planches.

— T'es ben fine, ma Julianna, mais c'est pas comme cet hiver. J'les vois pas, y passent leur temps dehors. Ça va bien, j'te dis.

Rendu au sommet de la montagne de bois, Jean-Marie essaya, tel un funambule, de traverser en équilibre une longue planche.

— Regarde papa ! cria l'enfant, tout fier de l'exploit. Chus même pas tombé !

Ti-Georges eut à peine le temps de lever les yeux que le gamin perdit tout à coup pied et dégringola de son perchoir. Aussitôt Marguerite s'élança. Ti-Georges lâcha tout et, suivi de François-Xavier, alla rejoindre sa femme vers la forme de son aîné, par terre, à côté de la charrette, un madrier de travers sur les jambes.

Julianna serra son bébé très fort contre elle et accourut sur la scène de l'accident. François-Xavier s'agenouilla près de Jean-Marie et lui demanda :

— Ça va mon bonhomme ?

Souffrant, le visage très pâle, l'enfant répondit :

— J'ai mal à ma jambe...

Ti-Georges retira le lourd morceau de bois et le rejeta de côté. Avec douceur, François-Xavier tâta le membre tordu. Jean-Marie ne put retenir un cri de douleur et perdit connaissance.

Il reprit ses esprits bien longtemps après. Il fut étonné de ne pas reconnaître tout de suite l'endroit où il était. Le visage de sa tante Julianna se pencha sur lui et d'un doux sourire lui expliqua :

— On t'a installé chez nous. On t'a fait un lit dans notre salon pour pas que tu aies trop chaud pis en plus, j'vas pouvoir prendre soin de toé. C'était plus commode que de te transporter à votre ferme. Surtout avec les trous d'eaux.

Jean-Marie releva un peu la tête et regarda sa jambe. Au bout de celle-ci, une lourde chaudière en métal était suspendue. Julianna répondit à sa question muette.

— C'est le ramancheux du rang trois qui a dit de faire ça. Ta jambe est cassée pis si tu veux pas qu'a reste croche, y va falloir que t'endures ton cinq livres de roches.

Marguerite arriva, le visage inquiet.

— Jean-Marie, t'es réveillé !

— Maman, ça fait mal, pleurnicha l'enfant.

Marguerite s'adressa à Julianna.

— Le médicament du ramancheux a pus l'air de faire effet...

Ti-Georges entra lui aussi dans la pièce, suivi d'Elzéar et de François-Xavier.

— Un grand garçon de sept ans, ça chiale pas comme un bébé,

dit-il d'un ton tranchant. Marguerite caressa tendrement les cheveux de son fils en jetant un regard de reproche à son mari. Pourquoi celui-ci se montrait-il si dur à l'endroit de son plus vieux ? Il n'avait jamais su comment s'y prendre avec ses enfants… Ti-Georges était exigeant et voulait que tout soit parfait, à commencer par ses fils. Marguerite soupira. Jean-Marie avait fait la bêtise d'être maladroit. Georges ne lui pardonnerait pas, surtout s'il gardait des séquelles de l'accident. La blessure n'était pas belle et on lui laissait peu d'espoir de guérison complète… Elle reporta son attention sur son fils.

— J'vas te préparer une autre potion, le consola-t-elle gentiment. Tu vas voir quand tu vas l'avoir bu, ça va te rendormir.

— J'veux m'en aller chez nous, supplia le garçonnet.

François-Xavier intervint.

— Mon pauvre Jean-Marie, tu pourras pas bouger d'icitte avant au moins trois semaines !

Elzéar qui n'avait pas osé dire un mot encore demanda :

— Trois semaines, c'est-tu long un peu ou c'est-tu long beaucoup ?

Julianna trouvait cet enfant de cinq ans adorable.

— Viens, dit-elle, j'ai cru entendre pleurer ton cousin, y doit encore avoir faim.

La jeune femme quitta le salon, entraînant l'enfant par la main. D'un geste discret, elle fit signe à son mari de la suivre. Jean-Marie resta seul avec ses parents. Il avait déçu son père, il en était certain. Il n'avait pas réussi à garder son équilibre. Il n'était qu'un pas bon… Le petit blessé n'eut qu'une envie, celle de pleurer, mais sous le regard dur de son père, il ravala ses larmes. Ce qu'il ne savait pas, c'est que le visage crispé que son paternel arborait n'avait qu'une seule raison : celle de cacher la peur qu'il avait eu de perdre son fils en le voyant couché par terre, inerte.

~ ~ ~

— Depuis quand tu fumes, toé ? s'étonna Ti-Georges.

François-Xavier sortit sa pipe et entreprit de la bourrer. Il venait de s'installer sur sa galerie et avait regardé son ami venir vers lui dans l'air chaud de cette fin de soirée.

— Depuis une couple de semaines... lui répondit-il en pressant bien comme il faut le tabac dans le minuscule âtre d'ivoire.

Cette pipe avait appartenu à Ernest. Elle était un cadeau de Joséphine.

— Depuis l'accident de Jean-Marie ? voulut savoir son ami.

— À peu près mais c'est pas à cause de lui. C'était la pipe ou j'allais faire sauter leur maudit barrage !

— Ça m'a déjà traversé l'esprit moé itou... confia Ti-Georges en s'accotant sur un des poteaux du perron.

— De fumer ?

— Non, de mettre un bâton de dynamite sous le nez de la compagnie ! Il faut que tu viennes à la réunion demain. Le comité de défense a besoin de toutes nous autres !

— C'est encore chez Onésime Tremblay ? s'informa François-Xavier en craquant une allumette.

— Oui. On devrait être assez nombreux. En tout cas, tous ceux qui sont pas d'accord avec le rapport de l'inspection.

— L'inspecteur qui a passé, y est vendu à la compagnie ! s'indigna François-Xavier en pompant fortement sur son tuyau de pipe afin de bien en embraser le contenu.

— À l'entendre parler, on a presque pas de dommages, dit Ti-Georges avec colère. Y m'offrent presque rien pour la terre de chez nous ! Y disent qu'y a juste un pâturage qu'y est touché !

— Ça va brasser demain chez monsieur Tremblay, fit remarquer François-Xavier en exhalant sa première bouffée.

— Le comité a l'air ben décidé à pas se laisser marcher sur les pieds. Ils veulent avoir le plus de membres possible.

— Moé, demain, j'vas me contenter d'écouter. J'veux me faire une idée avant de m'engager dans quoi que ce soit, décréta François-Xavier.

Un instant de silence plana entre les deux hommes. Puis Ti-Georges annonça:

— En revenant de la réunion, j'vas ramener Jean-Marie chez nous. Y a été assez d'embarras longtemps comme ça.

— Y dérange pas! s'objecta François-Xavier. Y a même commencé à remarcher un peu. Tu vas voir, y a ben hâte de te montrer!

Ti-Georges se dandina sur place, mal à l'aise tout à coup.

— Sa jambe est restée croche... Mon fils va être un infirme, murmura-t-il, l'air désolé.

— Allons, Ti-Georges. Laisse faire le temps un peu encore. Y va peut-être juste boiter un peu.

— Un boiteux, François-Xavier, c'est un infirme, pis un infirme, c'est une malédiction dans une famille, un boulet à traîner.

Les deux hommes restèrent côte à côte sur la galerie, en silence. Ils ne se rendirent pas compte que derrière eux, à travers la porte moustiquaire, Jean-Marie, qui avait voulu faire une surprise à son père et lui montrer ses progrès, avait surpris leur conversation. Le petit garçon se laissa glisser à terre, le dos au mur, désemparé. Dans sa tête résonnaient sans cesse ces paroles: il était un infirme, un infirme...

~ ~ ~

Chez Onésime, la réunion fut houleuse. Comme François-Xavier l'avait dit, il ne prit pas la parole mais écouta attentivement. Il lui fallait peser le pour et le contre avant de prendre une décision et de signer son adhésion au comité. Il admira les propos tenus par monsieur Tremblay. Après leur avoir souhaité la bienvenue et les avoir remerciés d'être venus si nombreux, leur hôte avait commencé par leur résumer toute la situation. Cela permit de calmer un peu les cultivateurs réunis. De sa voix chaude, il expliqua qu'il y avait longtemps que les Américains lorgnaient le fabuleux pouvoir hydroélectrique de leurs rivières et qu'ils avaient pour projet de se servir du lac Saint-Jean comme réserve d'eau. Avant la guerre, il s'était battu pour dénoncer le rehaussement du lac... Ce n'était donc pas d'hier que la compagnie se comportait en reine et maîtresse envers eux.

C'était vraiment un grand homme. Il parlait avec son cœur. François-Xavier buvait ses paroles de justice, de vérité, d'intégrité. Monsieur Tremblay demanda à ceux qui le voulaient de se présenter et de faire un résumé des dommages sur leur terrain. François-Xavier garda le silence. La plupart avaient un lourd bilan et se demandaient ce que leur réserverait l'avenir.

Volés, bafoués, ignorés, les cultivateurs perdirent leur calme et les récriminations fusèrent de partout. Quelques-uns proposèrent le recours à la violence, d'autres, plus défaitistes, juraient qu'il n'y avait rien à faire... Encore une fois, monsieur Tremblay demanda le calme. Il leur présenta un avocat qui leur confirma que la compagnie avait agi illégalement. Le brouhaha reprit. On voulait connaître les recours possibles, les risques encourus et combien cela pourrait leur coûter. Le ton monta à nouveau. Les commentaires se firent incisifs.

— Maudite compagnie, vendus d'inspecteurs, tous des vendus !

— Des pourris, des écœurants !

— Ils sont ben trop riches, on peut rien contre eux autres.

— J'veux pas perdre encore plus... On devrait accepter l'argent pis s'en aller...

— Y rient de nous autres !

— Qu'y les achètent nos terres astheure qu'y les ont pris sans demander !

— Moé, j'ai jamais voulu vendre ma ferme, jamais !

— On nous traite comme des chiens ! Le gouvernement est pas de notre bord, on gagnera jamais...

— J'ai une grosse famille, j'peux pas m'permettre de tout perdre. La compagnie offre pas grand-chose, mais c'est mieux que rien.

Monsieur Tremblay les ramena à l'ordre. Il comprenait leur inquiétude, leur colère, et c'est pourquoi il était important que des hommes de valeur forment le comité et se battent jusqu'au bout pour que justice soit faite. Il y eut un silence. Il était très difficile pour ces hommes de signer un tel engagement. C'était une grosse responsabilité. Le chef de la réunion leur répéta alors qu'ils étaient libres d'être membres du comité ou non, que personne ne les jugerait. Il fit remarquer que l'on n'avait pas encore entendu monsieur Rousseau, resté tranquille dans son coin. Tous se tournèrent vers l'homme roux et attendirent. Gêné, François-Xavier se racla la gorge.

— Vous savez, moé, ben... chus pas ben ben savant des affaires de loi, commença-t-il, gêné. Chus pas avocat pis j'viens pas de la grande ville...

Il respira un grand coup et avoua :

— J'ai ben hésité avant de venir à cette réunion... J'avais peur, pis j'ai encore peur si vous voulez savoir.

François-Xavier s'enhardit et continua d'en ton raffermi.

— Peur de perdre tout ce que j'ai bâti, peur de pus pouvoir nourrir ma famille, peur d'être chassé de mon village.

L'homme fit une légère pause et jeta un regard circulaire sur l'assemblée.

— Mais ce qui me fait le plus peur, ce serait de jamais pouvoir regarder mon fils dans les yeux parce que j'aurais honte d'avoir rien fait, d'avoir courbé la tête. La peur, ça fait reculer. Si tu l'affrontes, tu vas avancer. Y a pas personne qui va labourer son champ de reculons pour pas briser son soc. Moé, j'm'engage dans le comité.

Ti-Georges poussa une exclamation de soutien à l'égard de son ami et signa son adhésion, suivi de plusieurs autres. Monsieur Tremblay sourit à l'adresse de François-Xavier. Il conclut la réunion en leur disant qu'il ne fallait pas perdre espoir, que Dieu était avec eux. Dans sa sagesse, il aiderait à faire entendre raison à tous ces gens que le comité appellerait à l'aide : les députés, le gouvernement, les citoyens, les curés... Tous s'entendirent pour mandater le comité d'exiger que la compagnie leur offre un dédommagement juste et équitable pour les dégâts et qu'elle s'engage à redescendre le niveau du lac à un point raisonnable. On discuta encore par petits groupes et les hommes reprirent le chemin de la maison, avec l'espoir que tout s'arrangerait pour le mieux et que cet affreux été se terminerait sur une meilleure note.

~ ~ ~

Cependant, à la troisième semaine du mois d'août, presque deux mois jour pour jour après la fermeture surprise des vannes du barrage, Ti-Georges débarqua en trombe chez François-Xavier. Il revenait de Péribonka où il se tenait très souvent ces temps-ci, discutant sans arrêt de la compagnie et des dommages. François-Xavier était dehors, en train de creuser un canal d'irrigation pour essayer d'assécher un chemin menant à sa fromagerie.

— Ah ben bateau, dit Ti-Georges tout énervé, viens voir ce qui est annoncé dans le journal !

Dans ses mains, il tenait un exemplaire de la *Gazette* de Québec.

— Tu devineras jamais que c'est qui est écrit là-dedans !

François-Xavier délaissa son ouvrage et s'empara du journal. Ti-Georges lui montra d'un doigt empressé l'emplacement de l'article qui les concernait. En silence, François-Xavier en prit rapidement connaissance.

— Y veulent rire de nous autres ! s'exclama-t-il.

— C'est pas possible, hein ! J'en reviens pas encore.

Ce n'était pas vraiment un article. C'était un avis officiel que la compagnie avait fait paraître avisant les citoyens de la fermeture des vannes du barrage.

François-Xavier le relut encore une fois.

— Ça fait déjà deux mois qu'elles sont fermées ! ragea-t-il en tendant d'un air dégoûté le journal à son ami.

— J'commence à croire qu'on retrouvera jamais nos terres... fit Ti-Georges, découragé.

— Arrête de parler de même ! se fâcha François-Xavier en reprenant sa pelle et ses travaux. J'te dis que tout va rentrer dans l'ordre !

Avec une ardeur redoublée, il piocha dans sa rigole.

— Avec l'automne pis l'hiver qui s'en viennent, comment qu'on va faire pour vivre icitte ? s'écria Ti-Georges. On a pus de chemin praticable, on a pas eu de récolte, on a pus d'argent qui rentre, on va crever comme des rats !

Sans relever la tête, François-Xavier continua à s'acharner à dévier l'eau. Il savait tout cela ! Il ne dormait presque plus, cherchant des solutions, priant pour que tout s'arrange. Il vivait un perpétuel cauchemar. Non ce n'était pas possible, tout allait, tout devait s'arranger ! Un grand coup de pelle, se pencher pour jeter au loin une roche, un autre coup de pelle, changer d'instrument, prendre le pic, un grand élan et vlan ! se faire éclabousser de gouttes de boue, ne pas s'en préoccuper, bander ses muscles, relever la pioche, creuser, creuser...

— Ils vont rebaisser le niveau de l'eau, tu vas voir, affirma François-Xavier, les dents serrées.

Et han, bander ses muscles, reprendre la pelle, élargir la rigole...

— Pis toute va être comme avant ! ajouta-t-il d'un ton déterminé.

Interloqué, Ti-Georges regarda un instant son ami s'acharner plus que de raison sur son ouvrage.

— Si tu le dis, François-Xavier, voulut-il le calmer. Mais moé, j'en doute ben gros, pis j'ai pris une décision...

— Pis tu proposes quoi, toé ? s'emporta tout à coup François-Xavier. Y ont noyé ma fromagerie, pis y faudrait que je pleure sur mon sort ou bedon que j'aille avec toé passer mes journées à boire à Péribonka ?

— J'passe pas mes journées à boire, se défendit Ti-Georges, étonné par la réaction violente de son ami.

— Ah non ? fit méchamment François-Xavier en affrontant son voisin du regard. Tout le monde dit que t'as du père dans le nez !

Ti-Georges eut un hoquet d'indignation.

— J'ai rien à voir avec mon père !

— Ben moé, j'trouve que le monde ont ben raison, rétorqua François-Xavier, ne maîtrisant plus sa colère. Tu bois peut-être pas encore autant que lui mais t'es tout aussi fainéant !

Ti-Georges serra les poings et s'empêcha de frapper ce visage rousselé.

— Ben regarde, tu vas pouvoir travailler en paix parce que t'es pas sur la veille de me revoir la face !

— Bon débarras !

— Bon débarras toé-même !

En colère, Ti-Georges se détourna et quitta la ferme de son ami. François-Xavier donna un si grand coup de pelle que le manche se brisa sous l'impact. Il retira sa casquette et se passa une main dans les cheveux tout en regardant son beau-frère s'éloigner. Ses paroles avaient dépassé sa pensée. Il regrettait déjà chaque mot prononcé. Il se mettait rarement en colère. Lorsque cela arrivait, c'était comme une tempête soudaine. Il remit sa casquette et emporta son outil brisé dans le hangar. Demain, il verrait à remplacer le manche. Cela, au moins, il pouvait le réparer.

~ ~ ~

— François-Xavier, il faut qu'on parle

— Tu vois ben que chus occupé, Julianna.

La jeune femme avait profité de la sieste de son petit Pierre et était venue rejoindre son mari dans le hangar. Il était en train de réparer le manche de sa pelle qu'il avait cassé la veille.

— Il faut qu'on parle de ce qui est arrivé avec Ti-Georges.

— J'vas aller m'excuser, Julianna. Je l'sais ben que j'ai pas été correct.

François-Xavier continua sa réparation. Voyant que sa femme ne semblait pas vouloir s'en aller, il la rabroua un peu. Il avait envie d'être seul.

— Allez, retourne à maison. J'ai ben de l'ouvrage pour préparer l'hiver. Ça sera pas évident de se débrouiller...

— C'est justement de ça que je voulais te parler. Y est pas question que je passe l'hiver icitte !

François-Xavier délaissa ses outils et dévisagea sa femme. Son air buté en disait long sur sa détermination. Elle reprit :

— La plupart des voisins s'en vont. En tout cas, ceux touchés gravement comme nous autres. Ils ont accepté l'argent que la compagnie leur offre.

— Julianna, j't'ai déjà dit que chus peut-être juste un pauvre p'tit colon, mais j'ai ma fierté ! s'emporta-t-il. Ils calculent juste une partie des terres, pas ce que la fromagerie m'aurait rapporté comme production si le niveau de l'eau était pas si haut !

— Je sais tout ça, mais ce qui est fait est fait ! Tu videras toujours ben pas le lac à p'tites chaudières !

— Y est pas question que j'abandonne, Julianna. Avec le comité de défense, on va gagner, tu vas voir ! Tout va redevenir comme avant !

— Ben en attendant, on fait quoi ? C'est pus vivable icitte !

— J'sais que j't'en demande beaucoup ma princesse, surtout avec un bébé mais...

— Notre bébé, justement, tu y penses-tu ? J'ai toujours peur qu'il tombe malade. Je fais bouillir l'eau pendant des heures !

— Je le sais, Julianna, t'as raison... mais c'est ma maison !

— Ti-Georges, y s'en va bientôt aussi. L'école a fermé, la seule sur les trois qui reste ouverte est à l'autre bout, là où les gens ont eu le moins de problème.

— Ti-Georges abandonne sa ferme ? fit François-Xavier, sidéré.

— Il a pas le choix. Il a pas réussi à avoir assez de fourrage pour nourrir les bêtes cet hiver... Il vend les animaux pis il s'en va.

— Y accepte le règlement de la compagnie ? C'est pas vrai...

— J'ai pas dit ça, François-Xavier. Il va aller au bout avec le comité, mais sa famille passe avant tout, lui...

— Moé itou ma famille, j'y pense !

— Non, François-Xavier, toé tu penses à la fromagerie en premier... Je veux pas passer l'hiver icitte.

— Y s'en vont où ?

— À Péribonka, chez le père de Marguerite.

— Oh, c'est la dernière place où j'pensais qu'y irait... Lui pis le bonhomme Belley, c'est pas le grand amour...

— J'te dis que c'est pas de gaieté de cœur qu'il part. La pire, c'est Marguerite. D'après ce que j'ai pu comprendre, a déteste son père...

Les yeux dans le vide, François-Xavier comprenait maintenant ce que son ami était venu lui dire la veille.

— On est chanceux, reprit Julianna d'un ton empressé, on a la maison à Roberval ! On pourrait s'en aller là en attendant ! Juste pour l'hiver, François-Xavier, pour être en sécurité. C'est trop dangereux. La maison est entourée d'eau. François-Xavier, j'ai peur quand les vagues viennent hautes ! Icitte, y a pus moyen d'avoir du lait ou des œufs, qu'est-ce qu'on va manger ?

Larmoyante, elle le supplia.

— Juste pour l'hiver...

Son mari lui jeta un regard de bête blessée. Découragé, il accepta.

— On va s'en aller à Roberval vers le mois d'octobre... si la compagnie a pas baissé le niveau de l'eau comme de raison... pis juste pour l'hiver, l'avertit-il.

Julianna sauta au cou de son mari.

— J'ai déjà pas mal tout prévu pour le déménagement. La maison là-bas est meublée, j'vas juste emmener le berceau de Pierre pis apporter mon piano...

— Quoi ! le piano, y reste icitte dedans, le piano !

— Jamais de la vie, y passera pas un hiver dans le froid pis l'humidité.

— Ben là on a un problème, parce que je vois pas pantoute où tu veux le mettre dans la p'tite maison de ta tante à Roberval.

— J'ai ben réfléchi, pis tu vas débâtir le mur du salon, pis on va pouvoir le placer à côté des escaliers.

— Hein ? Débâtir le mur du... Ben voyons donc Julianna, ç'a pas de bon sens c'que tu dis là ! Y en est pas question un point c'est toute ! se fâcha l'homme.

Le visage de Julianna se ferma. Elle savait que sur ce point, elle ne l'emporterait pas. Pas quand son mari adoptait ce ton. Froidement elle rétorqua :

— Excuse-moé, j'ai ben de l'ouvrage qui m'attend dans la maison. Pis il faut que j'aille voir à Pierre, il a pleuré.

— Pierre ? Ben non, j'ai rien entendu !

— On sait ben, t'entends jamais rien.

Sans un mot, Julianna quitta le hangar.

François-Xavier se dit que tout allait de mal en pis. Son ami, sa femme... Il avait assez de problèmes sans avoir celui d'un maudit piano en plus ! Mais il savait pertinemment qu'avec Julianna cela n'en resterait pas là tant qu'elle n'aurait pas eu gain de cause... Il était dans le trouble. Il devait trouver une solution.

Ce fut Ti-Georges qui lui offrit la porte de sortie dont il avait besoin lorsqu'il se rendit à la ferme voisine le lendemain.

Offrir ses excuses à Ti-Georges fut beaucoup plus facile qu'il ne l'avait craint. Son ami l'avait fait entrer dans la cuisine et avait immédiatement lu dans les yeux de son visiteur le regret, la supplique de tout oublier, de passer l'éponge... Ti-Georges eut un grand sourire et ne laissa pas à François-Xavier le temps de dire un mot qu'il l'accueillait comme si rien ne s'était passé.

— Viens t'asseoir, mon ami ! Marguerite, apporte-nous la bouteille pis deux verres !

Soulagé, François-Xavier retira sa casquette et prit place à la table de la cuisine. L'amitié, la vraie, ne se nourrit jamais de rancune.

Les deux hommes trinquèrent puis le sujet vint naturellement au départ de leurs familles. François-Xavier offrit un coup de main. Affairée dans un coin de la cuisine, Marguerite démêlait différents objets en vue du déménagement. Enceinte de cinq mois, la jeune femme n'avait pas bonne mine et semblait épuisée. Néanmoins, elle ne pouvait se permettre de se reposer. Il y avait tant à faire. Les meubles à entreposer, le grand ménage, les valises...

Non, ce n'était vraiment pas l'ouvrage qui lui manquait. Tandis que les hommes conversaient, silencieuse, elle continua son travail tout en laissant vagabonder ses pensées. Que c'était triste d'abandonner son chez-soi, se disait-elle. Ses deux fils étaient bien les seuls à ne pas s'en faire avec cette tragédie. Ils passaient leur journée à jouer dehors, à se chamailler comme si de rien n'était. Leur dernière trouvaille était de faire des guerres de boue dans l'ancien potager. Cette année, elle avait dû se résigner à voir ses beaux grands rangs d'oignons, de carottes et de laitues se faire submerger. Elle ne réprimandait pas ses fils. Jean-Marie avait bien besoin de se dépenser après son repos forcé. Il lui avait confié combien cela lui avait été pénible d'être ainsi alité pendant trois longues semaines. Non pas parce que sa tante n'avait pas bien pris soin de lui, au contraire ! Julianna avait le tour avec les enfants et l'avait diverti avec des spectacles de musique, des séances de théâtre ou la lecture de romans. Julianna avait de la chance ! Elle avait reçu une grande éducation. Elle savait très bien lire, écrire et compter ! Elle parlait même anglais ! Marguerite aurait tant aimé pouvoir aller à l'école... Hélas, son père avait jugé inutile d'instruire une fille et avait décrété que sa place était à la maison.

Marguerite revit les étagères remplies de livres dans le salon de sa belle-sœur. Elle ne savait même pas que cela pouvait exister ! Elle en avait le vertige. Cette bibliothèque montait jusqu'au plafond ! De beaux livres bruns, rouges, cartonnés ou à la couverture de cuir qui narguaient Marguerite, la défiant d'en prendre un, de l'ouvrir et d'essayer d'en déchiffrer le contenu. Marguerite se dit que si jamais elle avait enfin la chance d'avoir une fille, celle-ci ferait son école, comme Julianna… Elle toucha son ventre. Elle s'étira un peu puis revint à sa corvée de paquetage. Dans une grande malle, elle disposa soigneusement tout le linge de maison. Elle s'était tant appliquée à préparer son trousseau de mariage, passant des soirées à tisser des linges à vaisselle, des draps, des nappes et à les orner ensuite de broderies de marguerite, sa fleur préférée. Son regard s'attarda sur son mari. Elle avait cru être tombée amoureuse de lui… Quand ce Georges Gagné lui avait tourné autour et que son père l'avait approuvé comme étant un bon parti, Marguerite ne s'était pas objectée. Tout ce qu'elle voulait était de quitter le domicile familial. Elle s'était donc rendue à l'Église dire oui à ce jeune homme frisé, blagueur et trop petit à son goût.

Elle referma la malle d'un coup sec et se releva. Elle devait entreprendre l'épluchage des patates si elle voulait que le repas de ce soir soit prêt. Elle ne pouvait se permettre le luxe de rêvasser tranquillement !

Avec rapidité, Marguerite épluchait les pommes de terre et le petit tas de pelures s'accumulait dans la chaudière à côté d'elle. Les deux hommes discutaient encore d'avenir. François-Xavier avait annoncé qu'à l'automne, lui aussi quitterait la Pointe. Avec Julianna et le bébé, ils iraient se réfugier à Roberval. Ti-Georges trouvait que c'était une bonne idée. Ils parlèrent des plus chanceux qui pouvaient songer à rester encore au village. Marguerite soupira discrètement. Si au moins cela avait pu être leur cas… Son père avait accepté en maugréant de les héberger en attendant que tout se règle, mais Marguerite aurait tout donné pour que les choses se passent autrement. Elle appréhendait énormément cette vie sous le même toit que ses parents. Comment faire pour revenir sous les ordres de sa mère, pour endurer ces sempiternelles plaintes pour tout et rien ? Sa mère n'était jamais contente. Quant à son père, Marguerite préférait ne pas y penser. Le revoir de temps en temps pour les Fêtes lui était déjà assez pénible, partager le même espace que lui à nouveau lui semblait impossible. Elle aimait tant vivre sur la Pointe. Être séparée par une rivière de sa famille était ce qui lui était arrivé de mieux. Même si le père de Ti-Georges n'avait pas été facile, il lui laissait toute autorité dans sa cuisine et elle avait régné en maîtresse dans sa maison. « Mon Dieu, faites que cela soit provisoire ! »

Ce fut l'exclamation de François-Xavier qui la sortit de ses pensées. Celui-ci s'écriait qu'il venait d'avoir une bonne idée et que le piano était une chose réglée !

— Le piano de Julianna ? dit Ti-Georges en fronçant les sourcils. C'est quoi le rapport avec ce que je viens de te dire ?

François-Xavier, un grand sourire fendu jusqu'aux oreilles, expliqua :

— Imagine-toé donc que ta sœur s'est mise dans la tête de démolir un mur du salon de la maison à Roberval pour y mettre son piano !

— Bateau, j'aurai tout entendu ! Est bonne celle-là ! Si je me rappelle ben, c'est grand comme ma main c'te maison-là !

— J'savais pas quoi faire mais là tu m'as donné une bonyenne de bonne idée.

Marguerite intervint :

— Vous êtes sûrs qu'y a pas de place pour son piano ? Parce que c'est ben important pour Julianna.

— C'est toujours ben juste de la musique, dit Ti-Georges d'un air renfrogné. Tu devrais pas t'embarrasser de ça.

Marguerite haussa les épaules et se dirigea vers la cuisinière à bois. Dans une marmite, elle vida ses patates épluchées. Elle savait qu'il n'y avait rien à ajouter. Est-ce que Ti-Georges se rendait compte qu'il ressemblait de plus en plus à son père ?

— Alors, c'est quoi le rapport avec les frères ouvriers à Vauvert ? demanda Ti-Georges.

— Tu m'dis que les Gagnon ont décidé de quitter la Pointe pour les États-Unis ?

— Oui. Coudon, tu t'en viens radoteux. Y cassent maison pis y s'en vont cette semaine.

— Pis tu m'as dit qu'y donnaient une partie de leurs affaires à l'orphelinat des frères ouvriers ?

— Oui, ceux de Vauvert, pas loin de Péribonka... répliqua Ti-Georges. Tu vas-tu tout me faire répéter de même ?

— Ben moé, j'vas donner un beau piano aux orphelins.

— Donner le piano d'la sœur ! Ben tu vivras pas vieux, toé !

— Pas vraiment donné mais prêté... Comme si on le plaçait à l'orphelinat, juste en attendant... pour l'hiver, en pension. A dit que le froid va le briser pis qu'a le laissera pas dans maison pour rien au monde ! Chez les frères, y va être au chaud !

— Ben bateau, j'veux être là quand tu vas lui annoncer la nouvelle ! On aura tout entendu ! Donner le piano aux orphelins !

— Prêté Ti-Georges, prêté ! Tu vas voir, a pourra pas rien dire !

~ ~ ~

— C'est vraiment gentil Marguerite de venir m'aider à paqueter.

— Entre belles-sœurs faut s'aider.

Julianna sourit à son amie. Installées dans le salon, Pierre endormi, Elzéar et Jean-Marie jouant dehors, les deux femmes en profitaient pour ranger les livres dans une grosse caisse de bois. Grimpée sur une chaise, Julianna tendait un à un les précieux ouvrages littéraires à sa belle-sœur.

— François-Xavier dit que c'est rien que pour l'hiver, mais je voulais pas prendre de chance pis risquer que mes livres s'abîment, soupira Julianna.

Marguerite regarda autour d'elle.

— Ça fait drôle, pus de piano icitte ! fit-elle remarquer.

— C'est vide, hein ! C'est une bonne idée que François-Xavier a eue là... Pis à la maison de Roberval, y en a un p'tit, un modèle droit qui date de Mathusalem mais au moins je pourrai jouer un peu.

— C'est tellement beau quand tu joues…

Julianna la remercia du compliment.

— Quand tu joues, reprit Marguerite, pis que le soleil rentre par la fenêtre pis qu'y va sur tes cheveux, on dirait une image sainte…

Julianna descendit de son instable position.

— Pourtant, François-Xavier dit que j'ai des cornes… dit-elle joyeusement en empilant avec soin quelques livres dans la caisse.

— J'vas tellement m'ennuyer de toé, Julianna, avoua tout à coup Marguerite, presque dans un souffle.

Julianna regarda son amie. Elle resta silencieuse un moment. Elle se sentait tout à coup presque mal à l'aise en la présence de Marguerite, ressentant un drôle de sentiment qu'elle ne pouvait s'expliquer… Elle secoua la tête et décréta :

— Assez travaillé pour cet après-midi. C'est l'heure d'un morceau de gâteau ! Viens, on va aller retrouver les enfants pis j'vas vous raconter comment j'ai donné un concert sur mon piano pour les orphelins.

Sans attendre son amie, Julianna se sauva dehors à la recherche de ses neveux. Marguerite la suivit des yeux un instant, pensive.

~ ~ ~

Le déménagement s'était assez bien déroulé et Julianna n'avait pas vu l'automne passer ni l'hiver arriver. Roberval se préparait pour le temps des Fêtes. Petit Pierre trottait maintenant à quatre pattes partout dans la maison et n'avait pas de plus beau jeu que celui de vider le bas de l'armoire dans lequel Julianna plaçait ses casseroles. Elle adorait son fils. Peut-être un peu trop… L'après-midi, elle faisait une courte sieste, son bébé couché sur son ventre. Le soir, elle passait des heures à le bercer et à l'endormir en lui chantonnant de jolies berceuses.

François-Xavier, lui, quittait la maison très tôt et ne revenait que pour prendre ses repas. Il avait réussi à se trouver du travail à la nouvelle base aérienne de la ville. Il aidait à la construction d'un hangar et à différents travaux de maintenance. Il ne comprenait pas comment ces hommes, ces aviateurs anglais, pouvaient embarquer dans ces drôles d'oiseaux. Il avait emmené Julianna faire un tour et celle-ci, parlant anglais, avait eu tôt fait de charmer ses patrons. Il la revoyait, son petit manteau de laine sur le dos, un chapeau assorti sur la tête. Elle était si belle, sa Julianna. Il se demandait encore pourquoi elle avait accepté de l'épouser. Même dans les yeux de ses patrons, il avait lu l'étonnement et la même question qu'il se posait lorsqu'il leur avait présenté son épouse.

François-Xavier sentit la colère bouillonner en lui. Tout était de la faute à la compagnie. Avant, il vivait dans la plus belle maison à la ronde, était son propre patron et possédait une grande fromagerie, équipée, moderne ! Maintenant, il en était réduit à enfoncer des clous, à passer le balai et à répondre « Yes sir, no sir ». Il avait si honte. Même si Léonie leur avait fait cadeau de la maison de Roberval, il ne se sentait pas chez lui. Il avait l'impression de recevoir la charité. Enfin, il était chanceux de pouvoir occuper cet emploi à la base, c'était mieux que rien. Même si cela n'était que provisoire... Au printemps, il retournerait sur la Pointe.

Assis dans la cuisine, il fumait une pipe, l'air maussade. Julianna, devant le poêle, finissait de leur préparer un bon thé chaud en chantonnant. Dans son berceau, petit Pierre ronflait déjà, bien à la chaleur.

— Est-ce que tu veux une galette blanche avec ton thé ? lui offrit Julianna.

François-Xavier refusa.

— Ah, je t'ai pas dit la grande nouvelle ! dit-elle joyeusement.

— Bon, que c'est qu'y a encore ?

— Ah ben, t'es de bonne humeur sans bon sens ! fit-elle remarquer avec mécontentement.

— C'est quoi la nouvelle ? soupira François-Xavier.

Avec fierté, elle annonça :

— J'vas chanter au récital de Noël offert par le maire de la ville.

— Ah bon...

— Pis en plus, j'vas être payée !

— Payée ? Pour chanter ? Y en est pas question !

— Comment ça, y en est pas question ? J'vas chanter *Ave Maria* pis...

— *Ave Maria* ou la poulette grise, tu chanteras pas en public pour de l'argent. T'es ma femme !

— J'aurai tout entendu ! Ti-Georges a déteint sur toé, certain !

— T'as pas ma permission, tu vas dire non !

— Écoute-moé ben, François-Xavier Rousseau, je t'ai pas demandé la permission, je t'ai juste averti, c'est pas pareil !

— C'est non !

— J'vas chanter, un point c'est tout ! Pis parle moins fort, tu vas réveiller le p'tit.

— Non !

— J'ai déjà dit oui pis je reviendrai pas sur ma parole.

— Tu chanteras pas pour de l'argent. T'es pas dans la rue, chus encore capable de faire vivre ma famille.

— Ben j'vas chanter gratis d'abord !

Le ton avait monté et c'est en criant que Julianna avait lancé sa dernière réplique. Petit Pierre se mit à pleurer.

— Tu vois, tu l'as réveillé ! reprocha Julianna à son mari.

Elle se dépêcha de prendre son enfant dans ses bras. L'homme et la femme se défièrent du regard. À la vue du menton relevé de son épouse, François-Xavier sut que la bataille serait rude. Il décida d'abdiquer.

— Si tu chantes pas pour de l'argent, tu peux y aller.

— J'aurais besoin d'une robe neuve pour le concert ! J'ai pus rien de beau à me mettre !

— Non, Julianna, ça serait pas raisonnable.

Julianna remit l'enfant dans son berceau. Elle vint vers son mari et passa ses bras autour de son cou.

— C'est pas grave pour la robe, François-Xavier. J'vas m'organiser... J'ai peut-être pas beaucoup de talent pour la cuisine mais pour la couture, j'ai des doigts de fée. J'ai ma p'tite idée pis ça va rien coûter !

Elle servit le thé.

François-Xavier se radoucit. Il complimenta sa femme.

— Tu vas éblouir tout Roberval par ta beauté pis ton talent ! Chanter *Ave Maria* au concert de la ville, c'est pas rien !

— À moins que je change d'idée pis que j'interprète la poulette grise !

~ ~ ~

— Ah Ti-Georges, que je suis contente de te voir ! fit Julianna en faisant pénétrer son frère dans la maison. Entre, entre ! Le voyage s'est bien passé ? Comment vont Marguerite pis les garçons ?

Elle le bombardait de questions tandis qu'il retirait son manteau d'hiver.

— Bateau, laisse-moé arriver la p'tite sœur ! J'ai besoin d'aller me réchauffer. On a toute un mois de janvier frette !

— T'as ben raison, viens dans la cuisine, je t'ai préparé un bon dîner pis y a du thé chaud qui t'attend.

— J'ai pas envie de me faire empoisonner mais je meurs de faim, dit-il en la suivant.

— Tu sauras, le grand frère, que j'me suis pas mal améliorée.

— De toute façon, chus un gars courageux. François-Xavier est pas là ? questionna Ti-Georges en regardant à la ronde.

— Y est parti au magasin général, y me manquait plein d'affaires !

— Pis mon bec du jour de l'An ?

Julianna répondit à la demande de son frère de bonne grâce.

— Ah ben, si c'est pas mon filleul ! s'exclama tout à coup Ti-Georges à la vue du bébé qui trottinait à l'entrée de la cuisine.

L'enfant s'arrêta net et examina le visiteur.

— Bonjour, le p'tit Pierre, t'as ben grandi en une couple de mois !

Le bambin continua à le détailler. Son visage chavira, ses yeux s'embuèrent et une moue abaissa ses lèvres. Il se mit à pleurer.

— Y est un peu sauvage de ce temps-ci. Y te reconnaît pas, l'excusa Julianna. Pis y est dû pour son lait.

À ce moment, François-Xavier fit son entrée.

— Qui c'est qui fait pleurer mon bonhomme ? demanda-t-il en blaguant.

— François-Xavier ! Ah ben que chus content de te voir ! s'exclama Ti-Georges.

Les deux hommes se donnèrent de la main pour s'échanger leur vœux annuels comme lorsqu'ils étaient enfants.

— Bonne année grand nez !

— Toé pareillement grandes dents !

Julianna sourit en entendant ces enfantillages. Elle retira le biberon de lait qui terminait de chauffer dans une casserole d'eau. Elle en vissa le bec et vérifia la température du liquide sur son poignet. Satisfaite, elle prit petit Pierre, le coucha dans son berceau près du poêle et lui offrit sa bouteille. Le bébé cessa enfin de pleurer et se mit à boire goulûment.

— Je te sers un thé à toé aussi, mon mari ? demanda Julianna en allant prendre des tasses.

— Ben voyons, Ti-Georges, jamais j'croirai que Julianna t'as mis au thé. De la grande visite qui vient faire son jour de l'An, y faut sortir la bouteille !

— Envoye donc, ce sera pas de refus de se ravigoter le gorgoton.

— Pis comment va Marguerite ? s'informa François-Xavier.

— A l'aurait ben aimé ça pouvoir venir avec moé, mais a pouvait pas faire le voyage.

— Avec le bébé qui s'annonce pour bientôt, on comprend ça, dit Julianna.

— Allez viens, on va aller au salon jaser.

L'invité accepta.

— Pas longtemps les hommes. On va être prêts à passer à la table dans cinq minutes, déclara Julianna.

— Ah ces femmes! fit Ti-Georges, c'est pas long que ça vous régente. Dis donc, c'est-tu vrai que la sœur a sait faire cuire un œuf astheure?

Julianna attrapa un linge à vaisselle et le lança à la figure de son frère en faisant mine d'être courroucée. En riant, les deux amis s'éclipsèrent. Qu'il était doux de retrouver quelqu'un qui vous a tant manqué, se dit Julianna.

Installés confortablement chacun dans un fauteuil, Ti-Georges et son beau-frère se servirent à boire.

— Alors comment ça se passe à Péribonka? demanda François-Xavier.

— C'est pas vivable, tu peux pas t'imaginer.

— C'est le bonhomme Belley qui te fait de la misère?

— Lui pis la bonne femme itou... Une chance que Marguerite ressemble pas à sa mère.

— Ben voyons, que c'est qu'a l'a de si terrible?

— A l'arrête pas de m'faire sentir comme si j'avais tout le temps de la crotte de bouc en dessous de mes bottes. A dit que Marguerite a pas marié le bon, que sa pauvre fille en est réduite à demander la charité...

— Pauvre toé.

— Le pire, c'est de penser qu'on pourra pas revenir sur la Pointe au printemps.

— Dis pas ça, Ti-Georges.

— Y faut regarder la réalité en face. Notre pauvre comité de défense rapetisse à vue d'œil pis on a eu beau demander l'appui à ben des gens, y en a pas ben ben qui nous soutiennent.

— Même les haut placés de Roberval nous tournent le dos, dit François-Xavier, découragé.

— Ouais, j'ai entendu dire que votre maire est du bord de la compagnie.

— Tout le conseil municipal de la ville tient le même discours. Y ont pour leur dire que l'industrie, ça se développe toujours aux dépens de l'agriculture. Y faudrait se fermer la gueule pis avoir l'esprit de sacrifice.

— Votre maire, ce Bergeron, y peut ben être de mèche avec les Américains, c'est l'avocat de la compagnie !

— Pas de conflit d'intérêts pantoute, hein ! Sais-tu c'que Bergeron a osé dire dans les journaux ? Qu'on exagérait, qu'il y avait presque pas de dégâts sur nos terres, à peine quelques acres qu'on pourrait pus cultiver.

— Ben oui, c'est pour ça qu'on a été obligés de déménager... fit remarquer Ti-Georges, ironique.

— Pourtant, après le discours d'Onésime Tremblay au grand congrès des cultivateurs, en novembre dernier, j'pensais ben que tout le monde aurait compris c'est quoi le bon bord à prendre... Y me semble que c'est clair comme de l'eau de roche.

Les deux hommes gardèrent le silence un moment, chacun se remémorant le fameux discours.[1]

François-Xavier regarda son ami d'enfance et lut dans ses yeux le même désespoir que celui qu'il voyait tous les matins dans son miroir.

— Ti-Georges, y faut pas qu'on abandonne ! le supplia-t-il.

— Chus prêt à toute, François-Xavier, tu l'sais que j'lâcherai pas. J'vas y laisser jusqu'au dernier sou s'il le faut mais... chus certain qu'on retrouvera pas nos terres...

Tout à coup, un grand pleur inhabituel de bébé, perçant et fort,

---

1 La reproduction intégrale du discours du 11 novembre 1926 de monsieur Onésime Tremblay, au congrès de l'Union Catholique des Cultivateurs de la province de Québec (U.C.C.) se trouve en annexe et est tiré de l'ouvrage suivant : NÉRON, Gisèle et SASSEVILLE, Véronique, *Blessure d'une terre*, Éditions du comité de promotion de la Pointe-Taillon.

retentit dans la cuisine, suivi d'un appel au secours de Julianna. François-Xavier partit à la course vers sa femme. Celle-ci tenait son fils serré contre sa poitrine. Par terre, près du biberon brisé, une flaque de sang et de lait s'étalait. Les yeux de Julianna reflétaient une telle détresse que François-Xavier prit une grande respiration et se força à adopter un ton très calme pour s'adresser à sa femme.

— Julianna, montre-moé le p'tit.

La jeune mère sembla ne pas entendre. D'un ton plaintif, elle balbutia :

— Il saigne...

François-Xavier raffermit sa voix et ordonna :

— Donne-moé le bébé.

Cette fois, elle l'entendit. Tremblante, elle lui tendit l'enfant.

François-Xavier prit son fils. Celui-ci se pâmait, la bouche en sang, et on discernait nettement la longue et profonde coupure. François-Xavier demanda un linge mouillé et, ne prenant même pas la peine de remercier Ti-Georges qui le lui tendit rapidement, il entreprit d'éponger le sang. De toute évidence, son fils s'était ouvert la bouche sur le goulot cassé de la bouteille de verre.

— Julianna, apporte-moé une couverture pis mon manteau. Ti-Georges, va atteler, on s'en va chez le docteur.

Julianna sortit de sa torpeur, alla chercher ce que son mari lui avait demandé et revint en courant. Elle se mit à expliquer l'accident.

— Je lui ai donné son biberon, il était assis, je l'avais ben couché dans son berceau mais il est sorti de son lit, j'pensais pas qu'il pouvait sortir, c'est la première fois... Il a dû garder sa bouteille dans sa bouche, il a basculé de son berceau avec... y va mourir ? Je veux pas que mon bébé meure ! s'écria la jeune mère, paniquée.

— Julianna, calme-toé ! Y en mourra pas, c'est juste ben profond. Je pense ben que notre p'tit gars va rester avec une cicatrice par exemple. J'espère que le docteur est chez eux... Va nous attendre chez madame Ouellette.

— J'veux pas aller chez la voisine, j'veux aller avec vous, refusa Julianna.

— Fais ce que j'te dis. Va en face !

Le bébé enroulé dans une couverture, son manteau à peine enfilé sur les épaules, François-Xavier sortit en courant rejoindre Ti-Georges. Julianna resta un moment dehors sous le froid, à regarder le cheval partir à toute vitesse et emmener son bébé se faire soigner. Elle frissonna mais de peur. Enfin elle traversa chez la voisine.

~ ~ ~

Quand madame Ouellette vit arriver Julianna, en pleurs, la robe tachée de sang, elle faillit s'évanouir. Elle était seule à la maison, son époux étant parti rendre visite à un ami. Elle tint son cœur à deux mains devant l'apparition d'épouvante qu'offrait la jeune femme blonde. Ce n'était vraiment pas bon pour son âge d'avoir de telles émotions ! Elle écouta les propos décousus de sa jeune voisine d'un air pincé. Elle fit asseoir la mère éplorée sur la moins belle chaise de la cuisine, qu'elle plaça loin de la table recouverte d'un beau chemin de table crocheté de peine et de misère pendant des heures... Pas question que cette madame Rousseau vienne salir cette œuvre d'art ! Charité chrétienne oblige, elle lui offrit un thé. À son grand soulagement, Julianna refusa.

— Merci beaucoup, madame Ouellette, vous êtes ben fine, mais je suis trop énervée, je le renverserais partout !

— C'est ben certain que ça donne des émotions des accidents bêtes de même... Vous devez vous en vouloir à part de ça... Un p'tit enfant, y faut jamais quitter ça des yeux, surtout avec un biberon de verre entre les mains !

— Je l'avais mis dans son berceau ! Y avait jamais essayé d'en sortir avant ! C'est pas de ma faute...

— Ben moé j'ai élevé mon gars pis ma fille pis y est jamais rien arrivé. C'est parce que vous l'avez pas ben attaché dans son lit.

— L'attacher?

— Ben oui, une corde autour du pied pis une autour du berceau!

— Je savais pas...

— Vous êtes juste une jeune mère, ça se comprend que vous ayez pas le tour avec un bébé.

— Ben, j'me débrouille pas pire, je pense...

— Est-ce qu'il fait ses nuits? demanda la femme d'un air sceptique.

— Non pas encore, avoua presque honteusement Julianna.

— J'en étais certaine! fit victorieusement madame Ouellette.

— Mais il n'est pas ben vieux encore... se défendit-elle.

— Un bébé, ça prend trois jours à faire ses nuits, si vous connaissez la manière, ben entendu...

— La manière?

— Pour votre bébé, j'vas vous donner un bon conseil, enchaîna la voisine sans remarquer l'expression de stupeur de son interlocutrice. Vous allez le virer à l'envers.

— Quoi?

— Pour qu'il dorme la nuit pis pas le jour, il faut le virer la tête en bas pis le faire tourner deux, trois fois en le tenant par les pieds. Tout le monde sait ça franchement ma chère, termina-t-elle d'un air condescendant.

— La tête en bas?

Si Julianna n'avait pas été aussi inquiète de la blessure de son petit Pierre, il y aurait longtemps qu'elle aurait dit sa façon de penser à cette femme. Mais son esprit était préoccupé par l'état de son fils.

— Ben oui, un bébé à l'envers dans ses heures, il faut le virer pour le démêler. Si vous voulez, quand votre mari va revenir, j'vas aller vous le faire.

— Non merci, refusa catégoriquement Julianna avec un air d'effroi à la pensée de cette sorcière tenant son fils par les pieds.

Devant ce refus, madame Ouellette renâcla d'une drôle de manière et afficha un air qui se traduisait par : « Ben venez pas vous plaindre après ça… »

— Pis la prochaine fois, allez pas dépenser de l'argent pour un docteur, venez me voir, j'y aurais recousu la bouche, moé.

— Bon, je vous dérangerai pas plus longtemps, madame Ouellette, fit Julianna en se levant.

Elle devait quitter cette maison sinon elle ne pourrait se retenir et elle dirait à cette femme ce qu'elle pensait de ses grands airs et de ses idées saugrenues !

— Si vous voulez pas de mes conseils, c'est à vous la tête… lui dit sèchement la femme en la raccompagnant jusqu'à la porte.

— C'est pas ça, madame Ouellette, mentit Julianna, c'est juste que… il faut que j'aille nettoyer le sang sur le plancher.

— J'connais une bonne manière pour pas que ça reste taché le sang… commença madame Ouellette.

Julianna leva les yeux au ciel et ne put retenir une exclamation d'exaspération.

— Ah ! fit madame Ouellette d'un air de reproche, vous voulez pas de ce conseil-là non plus…

— Pas vraiment, non, perdit patience Julianna en retrouvant tout son aplomb.

— Ah bon ! fit la voisine, le bec pincé. Y en a qui se prennent pour le nombril du monde, ajouta-t-elle, perfide.

— À qui le dites vous, madame Ouellette ! lui rétorqua Julianna avant de se précipiter dehors et de courir jusque chez elle.

~ ~ ~

François-Xavier avait vu juste et Pierre garda une vilaine cicatrice.

Après avoir fini ses corvées du soir et couché le petit, Julianna s'installa à la table de la cuisine. Profitant de ce que son mari était sorti fendre du bois de chauffage, elle sortit de la poche de son tablier une enveloppe adressée à son nom et qui lui venait de sa marraine. À la lueur de la lampe à l'huile, elle déchiffra la date de l'envoi. On était au milieu février mais le timbre indiquait le 15 janvier dernier. Julianna se dit qu'elle se devrait, dans sa réponse, de parler du nouveau bébé de Marguerite. Celle-ci avait accouché d'un garçon, prénommé Delphis. Julianna annoncerait également qu'elle avait l'honneur d'en être la marraine. Hésitante, la jeune femme retourna la missive entre ses doigts. Elle en appréhendait de plus en plus le contenu. Ce n'était pas pour rien qu'elle attendait d'être tranquille pour lire les lettres de Léonie. Elle n'avait pas revu sa marraine depuis le décès de son beau-père. Au début, elle avait attribué l'étrangeté des missives à la douleur du veuvage. Julianna avait cru que le temps aurait pansé les plaies. Mais cela allait de mal en pis. Le ton des lettres lui donnait froid dans le dos et la mettait réellement mal à l'aise. Léonie semblait résumer toute la vie en signes divins… Il n'y avait plus trace de la femme moderne qui avait élevé à elle seule une fille qui n'était même pas la sienne et géré de main de maître un magasin qui, même s'il était loin de faire des affaires d'or, s'en sortait assez bien.

Julianna se décida enfin et déchira délicatement l'enveloppe. Elle en extirpa l'habituel papier beige. Tout à coup, elle s'aperçut que l'enveloppe n'était pas vide mais que trois coupures de journaux y était jointes. Elle les déplia. C'était des bouts d'articles datés du 10 janvier 1927 publiés dans le journal *La Presse*. Un feu avait eu lieu la veille en après-midi au théâtre Laurier Palace de Montréal et soixante-dix-sept enfants y avaient péri. En marge, ici et là, sa marraine avait inscrit plusieurs mots: Punition divine — Signe — Expier. Bouleversée, Julianna regarda une des photographies, montrant une partie de l'intérieur dévasté de la salle de spectacle. La légende expliquait que «au haut de cet l'escalier que l'on voit au fond, se trouvait le palier où l'on a trouvé un véritable bouchon d'enfants». Elle avait

entendu parler de cette terrible tragédie... Elle mit de côté les décou-
pures afin de les montrer à son mari puis entreprit la lecture de sa
lettre.

Dès le début, elle dut s'arrêter avec un haut le cœur. Sa marraine
lui écrivait qu'elle avait été désolée d'apprendre l'accident survenu à
Pierre mais que si l'enfant s'était blessé ainsi avec son biberon, il fallait que Julianna prenne conscience que le Bon Dieu ne punissait jamais pour rien. La jeune mère devait en chercher la faute et s'en repentir...

Elle reprit la lettre et se força à en continuer la lecture. Vers la fin,
comme si elle n'avait jamais tenu un langage apocalyptique, Léonie
lui racontait avoir rencontré par hasard l'ancien prétendant de sa
fille, Henry Vissers. Celui-ci était toujours avocat et s'informait
d'elle. Julianna sourit. Elle imaginait Henry, tenant maladroitement
son chapeau entre les mains, demander de ses nouvelles. Elle avait lu
tant d'amour dans les yeux de ce jeune homme, trop peut-être... Trop
d'adoration, trop de soumission... Elle prit une décision. Elle écrirait
à Henry, à son bureau d'avocat. Elle lui demanderait conseil pour la
Pointe.

Elle jeta un coup d'œil à l'entrée de la cuisine. Avant de mettre
son plan à exécution, elle attendrait d'être certaine de ne pas être surprise par son mari. Il ne fallait pas que François-Xavier se doute un
instant de ce projet qu'il condamnerait, à n'en pas douter. Comment
se faisait-il qu'elle n'avait pas eu la présence d'esprit de recourir aux
services de Henry avant aujourd'hui ? Si quelqu'un pouvait les aider
dans cette pénible situation, c'était lui. Cette guerre entre la compagnie et eux leur empoisonnait l'existence. Chacun des clans préparait
la bataille, recrutait, cherchait les points faibles. François-Xavier la
traitait comme si elle ne comprenait rien à toutes ces histoires. Il est
vrai qu'elle avait peine à suivre tous les rebondissements et toutes les
données que presque chaque jour, son mari rapportait à la maison. Il
y avait des articles dans les journaux, certains les appuyant, la plupart

les condamnant ou des comptes rendus de réunion. Il leur fallait un allié de taille. Henry saurait les conseiller. Henry qui, lorsqu'il lui parlait de politique, s'enflammait, toute timidité disparaissant jusqu'à ce qu'il lui prenne la main en lui demandant pardon de l'avoir ennuyée avec ces histoires d'homme. Aurait-elle dû l'épouser ? À ce moment, François-Xavier rentra dans la cuisine, les bras chargés de bûches. Il fit débouler le lourd paquet et, avant de le corder, prit le temps de se réchauffer un peu les mains en les tendant devant le poêle à bois. Julianna lui jeta un regard en biais. Son mari affichait son habituelle mine grise des derniers mois. Retrouveraient-ils les jours heureux qu'ils avaient connus ensemble ? Tous ces problèmes ruinaient leur bonne entente. Ils se chicanaient régulièrement et les reproches fusaient. Le ton montait, elle boudait. Elle partait en courant se jeter sur leur lit et pleurait à chaudes larmes. Au début, François-Xavier tentait de la consoler. Maintenant, il n'essayait même plus et il quittait la maison pour Dieu sait quel endroit ou allait fumer une pipe dans sa chaise berçante. Cela la faisait pleurer d'avantage. Dans sa tête, elle le suppliait de ne pas la laisser dans cet état, de venir la rejoindre, de trouver les mots qu'il fallait pour lui faire oublier sa peine, de lui faire une farce, de l'appeler sa princesse, de lui dire qu'elle avait de beaux yeux verts. Elle aurait voulu qu'il cesse de respirer lorsqu'elle partait bouder ainsi. Elle voulait être son air, sa joie, sa vie. Avec François-Xavier, il lui fallait retrouver son calme toute seule, sécher ses larmes, relever le menton et revenir comme si de rien n'était dans la cuisine pour s'occuper de Pierre ou du ménage ou de n'importe quoi. Seul subsistait son air froid et hautain jusqu'à ce que les jours passent et que, n'en pouvant plus, elle éclate et lui crie son désarroi. Son mari, bouleversé, recevait sa rancœur, ses remontrances et lorsque tout était dit, la prenait dans ses bras pour enfin se réconcilier avec elle. À chaque fois, Julianna avait l'impression que tout bonheur lui serait désormais refusé. Son monde s'écroulait, se voilait de tristesse. Puis il l'embrassait et la magie revenait. Et là, personne ne pouvait être plus heureuse qu'elle, non, personne, et c'est de haut qu'elle regardait les autres couples ne pas atteindre la cheville de son bonheur.

Non, jamais Henry n'aurait pu lui offrir cela, jamais ! Elle serait morte d'ennui avec lui. Elle avait hâte de rédiger sa lettre. Pas un instant, elle ne douta que son ancien presque fiancé se dépêcherait d'y répondre et d'accourir à son secours. Elle imagina la colère de son mari quand il découvrirait la vérité, puis elle se dit qu'elle trouverait bien, en temps et lieu, la façon d'expliquer à François-Xavier combien elle était certaine d'avoir eu raison d'inviter Henry à Roberval.

~ ~ ~

Julianna eut beau se creuser la tête, elle ne trouva jamais les bons mots pour prévenir François-Xavier de sa démarche. Elle était au courant depuis plusieurs semaines de la date d'arrivée de Henry à Roberval et François-Xavier était encore dans l'ignorance de cette prochaine visite. Et puis, si jamais il arrivait quelque chose et que l'avocat se désistait, elle aurait fâché son mari pour rien. En revanche, la colère était son lot quotidien et même le premier anniversaire de petit Pierre, qui avait coïncidé avec ses premiers pas, n'avait pas réussi à remettre un peu de joie dans la maison. François-Xavier brillait par son absence et ne cessait d'aller aux réunions du comité de défense qui avaient repris de plus belle avec le printemps.

Plus l'été approchait, plus la rage de François-Xavier grandissait. Ce n'était que mauvaises nouvelles par-dessus mauvaises nouvelles... Il s'était imaginé revenir à sa maison au printemps et reprendre le cours normal de sa vie. Quelle déception ! Non seulement la compagnie ne reculait pas et n'envisageait pas de redescendre le niveau du lac, mais en plus, en ce 6 mai 1927, la veille de l'arrivée de Henry, la menace de la nouvelle loi Mercier, une loi d'expropriation, devint une réalité. Ils allaient être chassés de leurs terres. La compagnie devenait propriétaire de toute la Pointe-Taillon. Toute la nuit, il jongla avec cette affreuse réalité. Il n'avait plus aucun droit sur sa propre maison. Exproprié... Rien que la laideur du mot le faisait souffrir...

Le lendemain matin, il se leva, anéanti. Défait, accusant le coup, il était assis à la table, petit Pierre sur les genoux, attendant que son épouse lui serve son déjeuner sans même se rendre compte de la nervosité de celle-ci. Julianna termina de brasser vigoureusement la marmite pleine de gruau pour ne pas que la bouillie d'avoine ne prenne encore au fond comme à l'accoutumée... Et dire que le train de Henry allait entrer en gare dans à peine quelques heures et Julianna n'avait pas encore mis son mari au courant ! François-Xavier faillit s'étouffer quand Julianna, après lui avoir rempli un bol, attendit qu'il en prenne une bouchée pour lui balancer d'un ton anodin :

— En passant, j'oubliais... Henry arrive par le train de cet après-midi. Nous allons le recevoir à souper.

— Henry ? Henry qui ?

— Henry Vissers.

— Henry Vissers ? Le Henry Vissers ?

— Oui.

— Ton Henry Vissers ?

— Oui.

— Ton ancien prétendant ?

— Ben oui, je te l'ai dit l'autre fois qu'il s'en venait à Roberval, mentit-elle en mettant un bavoir autour du cou de petit Pierre.

— Non Julianna Rousseau, tu m'as jamais dit ça.

— Tu devais pas m'écouter, comme d'habitude... Si tu veux d'autre gruau, y en a de trop à matin pis y goûte pas le brûlé.

Mine de rien, elle prit place sur une autre chaise et se mit à nourrir à la cuillère son fils toujours assis sur son père. Le bébé aimait le gruau et ouvrait grande la bouche sans se faire prier.

— Chus ben certain que j'ai jamais entendu parler que TON Henry s'en venait, affirma le mari.

— Franchement François-Xavier, comme si j'avais pu oublier de te le dire ! C'est ben certain que c'était pas ben ben important pis que ça m'a peut-être sorti de l'esprit, mais ça m'étonnerait. Allez Pierre, on ouvre grand la bouche...

— Julianna...

— Oui ? Tu veux encore du gruau ?

— Que c'est que ce Vissers vient faire par icitte ?

— Oh, je sais pas trop... Il a un travail pour un chef de compagnie de Val-Jalbert, je pense.

— Tiens, ils vont les chercher loin, leurs avocats !

— Ben écoute, s'ils ont besoin du meilleur... Pierre, ouvre grand... Une bouchée pour maman...

— On sait ben...

— C'est gentil de sa part, tu trouves pas, de venir nous rendre visite en même temps ? Une bouchée pour papa...

— Ben beau hasard surtout...

— Va te changer, mets ton habit du dimanche, je lui ai dit qu'on serait à la gare pour l'accueillir.

— Ah, il faut aller au train en plus ? maugréa-t-il. Un coup parti, on l'héberge-tu itou ?

— Ben non, il va à l'hôtel ! répondit-elle comme si c'était l'évidence même.

François-Xavier repoussa son bol. Petit Pierre gigotait et tentait de mettre ses mains dedans. De toute façon il n'avait plus faim. Il était si fatigué... Découragé, il dit :

— Julianna, j'pense pas que ça m'tente ben gros d'avoir affaire à ton Henry Vissers.

— Ben voyons donc, il te mangera pas. Une bouchée pour mononcle Georges... Pis ça l'air qu'il a un cadeau pour les un an de p'tit Pierre.

— J'haïs ça quand tu me mets devant le fait accompli ! s'énerva François-Xavier. Pis y a pas d'affaire à donner des cadeaux à mon fils !

356

— François-Xavier, que t'es de mauvaise foi quand tu veux. J'ai été élevée à recevoir le monde, à être polie. J'ai appris les bonnes manières, moé, pis j'vas aller le chercher à la gare toute seule s'il le faut ! Et une bouchée pour matante Marguerite !

Il n'y avait pas personne de plus têtu que sa femme, se disait François-Xavier.

— On va aller le chercher, ton avocat... bougonna-t-il.

— Pis le recevoir à souper !

— Pis le recevoir à souper. Mais après, j'veux pus en entendre parler ! ajouta-t-il avec véhémence.

— Ben oui... Pis une bouchée... pour Henry !

~ ~ ~

Pourtant, ce fut loin d'être la seule rencontre avec Henry. L'avocat passait régulièrement ses soirées chez le jeune couple Rousseau. Julianna ne s'était pas trompée : Henry s'avéra d'une aide précieuse. Elle regarda son mari avec sa belle tête rousse être en grande conversation animée avec celle, brune, de son ancien fiancé. Elle venait de remarquer la ressemblance physique entre les deux hommes. Henry était plus âgé que François-Xavier et arborait déjà quelques cheveux gris mais ils étaient tous deux grands, minces, élancés. Ils dégageaient le même charme. Pourquoi son âme, son cœur avaient réagi à l'amour de François-Xavier et non pas à celui de Henry ? C'était un mystère.

On était rendu au mois d'août. L'été s'achevait déjà. Que le temps passait vite ! Elle avait été rendre visite à Marguerite et bercé Delphis. Ils ne s'étaient pas attardés chez les Belley. François-Xavier, Pierre et elle-même n'avaient manifestement pas été les bienvenus dans la maison familiale de Marguerite. La mère de sa belle-sœur ne leur avait même pas offert à manger ni à boire ! Jamais Julianna n'avait rencontré de gens si malappris. Elle ne comprenait pas comment Marguerite pouvait en être issue... Georges endurait en silence et jurait que dès que la compagnie leur paierait leur compensation, il déguerpirait de cet endroit au plus sacrant. Georges, afin de fuir la tension étouffante et invivable de sa belle-famille, se réfugiait souvent à Roberval, laissant sa femme et ses trois fils derrière lui. Quand il avait fait connaissance avec Henry, il avait tout de suite apprécié ce Montréalais. Le trio se réunissait dans le salon de la maison de Roberval et la discussion allait bon train. Parfois, d'autres membres du comité de défense se joignaient à eux, pour faire le point, débattre d'une stratégie ou juste se donner du soutien dans l'épreuve. Julianna aimait avoir la maison ainsi pleine de monde. Souvent, elle leur jouait un air de piano au cours de la soirée. On l'applaudissait gentiment. Son frère la taquinait sur ce pauvre instrument martyrisé, Henry la regardait avec admiration et son mari... son mari l'ignorait.

Julianna arrêta abruptement de jouer. Elle n'en avait plus envie ce soir-là. Henry s'objecta et l'implora de reprendre, Georges la remercia de cesser de les faire souffrir et son mari... son mari ne dit rien. Au contraire, il repartit la conversation sur l'expropriation de leurs terres. Le gouvernement libéral du Québec avait mis sur pied, cet été-là, une commission d'arbitrage afin de fixer l'indemnité offerte aux colons. Guidés par l'homme de confiance de la compagnie et un arpenteur, les membres de la commission avaient passé les derniers mois à parcourir les terres touchées par le baignage. Mais on mettait en doute leur impartialité. Le comité de défense avait engagé un avocat, maître Eudore Boivin de Chicoutimi, afin de les représenter et de s'assurer que les cultivateurs lésés reçoivent un juste montant pour leurs propriétés. Celui-ci avait beau faire du bon travail, il était clair qu'il ne faisait pas le poids face à la puissance de la compagnie et de sa coalition avec le gouvernement au pouvoir.

— C'était un vrai cirque, cette commission ! s'exclama Ti-Georges. L'homme de la compagnie leur a montré seulement ce qu'il voulait ! Pis de loin encore !

François-Xavier opina de la tête. Son ami avait raison.

— Les hommes du gouvernement ont même pas daigné nous rencontrer, nous les propriétaires ! s'indigna-t-il.

Avec hargne, Ti-Georges surenchérit :

— Non seulement l'homme de la compagnie les a empêchés d'avoir notre point de vue, mais il nous a fait passer pour des moins que rien ! C'est pas l'envie de lui tordre le cou qui me manque !

Henry intervint.

— Il faut garder la tête froide. Trop d'émotion en affaire, ça donne jamais rien de bon. C'est ça que certains gens... disons... malfaisants de la compagnie cherchent à faire... Vous faire sortir de vos gonds pour prouver au monde qu'ils ont raison, que vous, les agriculteurs, êtes une bande d'empêcheurs de tourner en rond.

Julianna, pensive, écouta les trois hommes discuter pendant un moment. Elle se dit que Henry amenait l'équilibre entre son frère et son mari. Ti-Georges ne voyait jamais d'espoir, tandis que François-Xavier se cachait la vérité. Henry tempérait le tout. Il ne faisait pas miroiter de miracle à personne mais refusait de céder au découragement.

— Des malfaisants... répéta pensivement Ti-Georges.

Découragé, il se versa à nouveau à boire en disant :

— Tu vas voir, François-Xavier, on aura pas une crisse de cenne...

— Le premier ministre Taschereau a promis que le montant serait juste, lui rétorqua son ami.

— Tu vois pas clair, bateau ! s'exclama Ti-Georges. Taschereau, c'est le plus hypocrite de tous ! Y fait des courbettes pis y dit : venez, venez mes beaux gros Américains, venez avec votre argent. J'vas vous donner toute ce que vous voulez ! Des terres, des rivières, des forêts, un lac... Toute !

— Ben, en échange, y construisent des usines pis des villes aussi... comme Arvida... intervint Julianna pour une rare fois.

Jamais elle ne se risquait à s'interposer dans les conversations des hommes, mais elle n'était pas d'accord avec son frère. Les trois hommes la regardèrent en silence comme si elle avait quelque chose sur le bout du nez.

— Ben quoi, c'est vrai, non ? se défendit-elle.

— Ma pauvre p'tite sœur... Toé, c'est normal que tu comprennes rien. Le pire c'est qui en a plein qui disent comme toé... Arvida... Arthur Vining Davis... Y s'est inventé un nom pour sa ville à partir du sien. Pas barré le monsieur... C'est qui, Julianna, qui va passer ses journées à travailler pour presque rien ? Qui va se rendre malade ? Que c'est qui reste quand on travaille dans leur usine ? Que c'est qui reste pour nos fils ? Quand je suais sur la terre du père, Julianna, je savais qu'a me reviendrait, pis qu'a serait à Jean-Marie pis à Elzéar après moé. A me nourrissait, ma terre... Je sacrais peut-être ben souvent après elle mais elle était à moé... Pis si j'en prenais pas soin, y a rien qu'à moé que je pouvais m'en prendre. Là, j'vas peut-être ben être obligé, moé itou, d'y aller travailler dans une bateau d'usine... pis au soir de ma vie, que c'est qui va me rester, à part d'être ben fatigué ? Rien, Julianna, un gros rien tout nu... Mais nos riches patrons, eux autres, y vont s'en retourner les poches pleines mourir aux États en laissant des fortunes à leurs fils qui ont probablement jamais vu un Canadien français de leur vie pis qui se demandent que c'est ça mange en hiver c'te bebitte rare là...

Ti-Georges s'était enflammé et leur avait servi cette longue tirade, le visage rougeaud. François-Xavier se pencha vers son ami et lui mit une main compatissante sur l'épaule.

— Ça mange du pain noir... Un Canadien français, ça mange du pain noir, hiver comme été. Tout le monde sait ça, fit-il en blaguant.

— Je suis d'accord avec Georges, dit Henry. Le gouvernement est en train de dilapider nos richesses naturelles...

Julianna en eut assez. Ils étaient ennuyants à la fin et beaucoup trop sérieux. Elle préféra monter se coucher. Ti-Georges avait encore trop bu et il n'y avait rien qu'elle détestait plus que lorsque cela rendait son frère larmoyant. Elle se leva et, du bout des lèvres, souhaita bonne nuit aux trois hommes.

Tandis qu'elle quittait la pièce, elle sentit le regard de Henry peser sur elle. Julianna se dit qu'il était aussi charmant que dans ses souvenirs. Doux, poli, prévenant, il adorait son petit Pierre qu'il gâtait affreusement. Lorsqu'il posait les yeux sur elle, c'était avec une expression de pure adoration qui, il fallait bien l'admettre, n'était pas désagréable. L'avocat la faisait sentir belle et désirable. Pour sa part, François-Xavier ne semblait s'apercevoir de rien. Dans le fond, cette absence de jalousie la troublait bien plus que les attentions de Henry. Elle se mit au lit, boudeuse, sachant que son mari serait long à venir la rejoindre et qu'il ne la réveillerait pas, se contentant de s'étendre sans bruit à ses côtés.

Henry suivit des yeux la jolie silhouette de Julianna et il imagina la jeune femme en train de s'apprêter pour la nuit… Le désir le gagna. Il essaya de n'en rien laisser paraître et fit mine d'écouter ses deux compagnons continuer sur leur lancée patriotique. La jeune fille qu'il avait connue était devenue une belle femme. Quand il avait reçu la lettre de Julianna, il était presque tombé à la renverse de sa chaise. Il avait saisi l'appel au secours de la belle et il avait compris l'importance de tenir le mari hors du secret. Par hasard, le matin même, ils venaient de discuter, entre collègues, du dossier de Val-Jalbert. Personne dans le cabinet n'avait envie d'aller s'occuper de cette cause perdue de ce village du Lac-Saint-Jean. C'était un secret de Polichinelle que Damase Jalbert avait vu trop grand en créant son village. Son usine de pâtes et papiers produisait beaucoup trop! La demande était de loin inférieure à l'offre. Le travail d'avocat requis pour ce dossier n'en serait qu'un de paperasse et de formalités. Henry avait à peine hésité avant de se porter volontaire. Il s'était dit qu'il en profiterait pour prendre un peu de vacances et découvrir la région natale de Julianna. En même temps, cette histoire de barrage et de cultivateurs inondés dont Julianna lui avait parlé l'avait intrigué.

Avant de partir pour Roberval, il avait décidé de faire sa petite enquête sur cette compagnie et ce rehaussement du niveau du lac Saint-Jean. Ce qu'il avait découvert n'était pas reluisant. Georges avait raison sur la duplicité de leur premier ministre, Louis-Alexandre Taschereau… Il reporta son attention sur le frère de Julianna. Celui-ci, la bouche empâtée, disait à son compagnon qu'il avait toujours été certain que cela leur arriverait. Les pensées de Henry volèrent de nouveau vers Julianna. Les yeux mi-clos, il laissa son fantasme de l'été prendre possession de son esprit. La scène se passait à Val-Jalbert. Val-Jalbert… Henry avait été estomaqué de découvrir, niché dans une nature pittoresque et d'une beauté à couper le souffle, en contrebas d'une chute vertigineuse, un village magnifique aux maisons modernes. Ce n'était pas croyable! Henry avait eu l'impression de débarquer dans un monde sans laideur où tout était parfait. Jalbert avait tout prévu pour son village. Un magasin général, une caisse populaire, une église, un hôtel, un shérif… L'eau courante, les égouts, le téléphone… Et même l'électricité fournie directement par la formidable énergie de la chute d'eau que l'on avait transformée en petite centrale. Un jour, Henry s'était aventuré dans la forêt suivant un sentier qui menait au haut de la chute. La vue y était magnifique. Il s'était aperçu que le chemin continuait à grimper encore. Il l'avait emprunté, marchant un long moment, et avait eu la surprise de découvrir qu'il menait à une deuxième chute, en amont de la première. Henry s'était laissé tombé sur un rocher plat et avait passé une bonne heure à se prélasser au soleil, isolé par la végétation et par le bruit assourdissant de l'eau enragée de la chute qui le défiait de venir la dompter comme sa jumelle du bas. C'était là que son rêve érotique avait pris forme pour la première fois.

Comme par magie, Julianna était apparue, près de lui, sur la roche. Il faisait très chaud, elle déboutonnait le haut de son corsage. En riant, elle se déshabillait lentement… Complètement nue, elle s'approchait du bord de la chute et, avec précaution, prenait appui sur un surplomb. L'eau cascadait dans ses cheveux, glissait entre ses seins pointés de plaisir. Elle arquait le dos et penchait la tête par en arrière. Elle se retournait et offrait son visage à la chute. Les deux mains appuyées sur la paroi rocheuse, elle s'accroupissait et ouvrait les jambes, laissant l'eau lui faire l'amour en une sauvage caresse… L'eau coulait le long de son dos, entre ses fesses… Elle gémissait… il gémissait et… jouissait toujours à ce moment-là.

Henry rouvrit les yeux d'un coup sec. Avait-il perdu la tête ? Fantasmer ainsi, en plein salon, le mari de l'objet de son désir en face de lui ?

« Seigneur… » se dit Henry. S'il n'était pas prudent, un jour, il se trahirait. Inquiet, il regarda à la dérobée le mari de Julianna. Une chance que Georges monopolisait toujours l'attention de son rival. Qu'est-ce qui avait mal tourné ? Pourquoi l'avait-elle préféré à lui ? Tant de fois il s'était posé la question.

Henry s'attarda à dévisager le jeune homme roux. Il en arriva à la bizarre conclusion qu'il aimait bien celui qui lui avait ravi sa fiancée. François-Xavier était de ces hommes uniques que l'on rencontre rarement sur son chemin. Il se dégageait de lui une volonté puissante dont on sait d'instinct qu'il faut la redouter. Il était de ceux qui parlent peu mais qu'on écoute toujours.

— Pis toé, mon Henry, demanda Ti-Georges en le sortant vraiment de sa rêverie cette fois, tu penses-tu que les Canadiens français se font manger la laine sur le dos par les riches Anglais ?

Henry prit le temps de s'allumer une cigarette.

Les gros méchants et les petits gentils, les maîtres et les esclaves, les forts, les faibles… Évidemment ce n'était pas aussi simpliste que cela…

— Bateau, Henry, t'as avalé ta langue ?

— Je te demande pardon. La fatigue… Mais oui, t'as pas tort dans ta façon de voir les choses. On dit dans le milieu que la compagnie est en voie de faire au-dessus de trois millions de profit cette année.

— Trois millions de piastres ? répéta Ti-Georges, les yeux grands comme des billes.

— Oui, trois millions, pis ça, c'est trois fois plus que l'année dernière.

— Pis y sont pas capables de nous dédommager comme du monde ! ajouta-t-il.

— Oh ! ils sont capables ! Entre pouvoir et vouloir, il n'y a que la consonance de similaire… Ils sont pas pressés. À part quelques rares cultivateurs qui avaient des amis haut placés pis qui ont reçu un montant assez généreux, pour vous autres, la lutte va être dure.

— C'est toé que le comité de défense aurait dû engager comme avocat, fit remarquer Ti-Georges.

Henry sourit. Georges lui avait répété cela tout l'été.

— Vous êtes entre bonnes mains avec mon collègue de Chicoutimi. Maître Boivin est excellent. Et puis je retourne à Montréal demain.

— Tu as fini à Val-Jalbert ? le questionna François-Xavier.

— Hélas, oui… Demain, le 13 août 1928, Val-Jalbert n'existera plus.

— Pis les habitants du village, qu'est-ce qu'y vont devenir ? s'inquiéta François-Xavier.

— Ils doivent partir.

— Pis leurs maisons ? demanda-t-il encore.

— Tout le village appartenait à Jalbert. Les maisons étaient louées. C'est bien triste mais ils doivent tout laisser derrière eux.

— Bateau, un village complet abandonné…

— Oui, dit Henry, Val-Jalbert ne sera plus qu'un village fantôme. Il ne restera que des vestiges et des souvenirs.

~ ~ ~

Avant de prendre le train pour s'en retourner à Montréal, Henry vint faire ses adieux aux Rousseau. Attroupés sur le trottoir en face de leur maison, François-Xavier et Julianna se tenaient enlacés, Pierre dans les bras de son parrain Georges. Henry se tourna vers le jeune couple.

— Avant de partir, j'ai quelque chose à vous dire, dit Henry.

Grâce à vous, j'ai passé un merveilleux été, le plus beau depuis bien longtemps. Pour vous remercier de votre hospitalité...

— Allons donc, Henry, tu as demeuré à l'hôtel ! l'interrompit Julianna.

— Pis comme je vous avais pas donné de cadeau de mariage, poursuivit-il tout en sortant de sa poche deux petites boîtes.

Timidement, Henry les offrit, une à Julianna, l'autre à son mari.

L'une d'elle contenait des boutons de manchette, l'autre un magnifique collier.

— Oh, que c'est beau ! Merci !

François-Xavier le remercia à son tour.

— C'est un cadeau princier, Henry, ajouta-t-il.

— Oh, pour moi c'est pas grand-chose, enfin je veux dire que...

Henry se rendit compte de sa maladresse. Confus, il se dandina sur place.

Julianna retournait le bijou entre ses mains et l'admirait de tous les côtés. François-Xavier, sans émotion apparente, rétorqua :

— Quand quelqu'un rend *ma* femme heureuse, je peux juste être d'accord avec ça.

Il avait appuyé sur l'adjectif possessif.

— Oh oui, je suis heureuse. Merci encore !

Cette fois, Julianna sauta au cou de Henry et l'embrassa affectueusement. Celui-ci rougit jusqu'aux oreilles et jeta un regard à François-Xavier. Les deux hommes se dévisagèrent. Sans se rendre compte de rien, tout à son bonheur, la jeune femme ajouta :

— T'oublies pas, t'es le bienvenu quand tu veux ! T'es comme un membre de la famille astheure !

D'un air malicieux, Georges tendit son filleul à l'avocat.

— Bon ben bateau, dis bonjour à mononcle Henry, mon bonhomme !

~ ~ ~

Quand Julianna se mit au lit, ce soir-là, elle déposa son beau collier tout neuf dans sa petite boîte à bijoux et l'admira un moment avant de dire à son mari qui venait de rentrer dans la chambre :

— J'en reviens pas encore...

— Quoi ?

— Il doit valoir une fortune, ce collier-là !

— Hum, hum, fit-il en retirant sa chemise.

— J'aurais peut-être dû refuser...

— Ben non. Mais t'étais pas obligée de te jeter à son cou...

Enfin, Dieu merci, son mari montrait un peu de jalousie. Julianna sourit de contentement. Elle s'approcha de lui, le prit par la main et l'entraîna au salon. Il rouspéta un peu mais se laissa faire quand même. Elle s'assura de bien fermer les rideaux, s'assit au piano et se mit à jouer une douce mélodie. Coquine, elle dit :

— Tu sais pourquoi j'aime jouer juste pour toé ? Pour que tu viennes te placer en arrière de moé. Allez viens, oui... comme ça... Pis que tu mettes tes mains autour de mon corps... oui, c'est bien... pis que tu m'embrasses dans le cou... hum... descends tes mains, un peu plus bas...

Pendant un instant, François-Xavier obéit. Il ne fut pas long à reprendre le contrôle de la situation. Il souleva sa femme et la retourna face à lui. La maintenant assise sur le petit banc du piano, il s'agenouilla devant elle. Du bout des doigts, il se mit à lui caresser les chevilles. Il remonta le long de ses jambes, entre ses cuisses. Elle haletait d'anticipation.

— Pis si je mets mes mains là, murmura-t-il, la voix enrouée de désir, ça te plaît ?

Elle fit signe que oui.

— Pis là ? demanda-t-il de nouveau, cette fois en entrouvrant délicatement le sexe de sa femme.

Elle n'eut pas à répondre. Ses gémissements étaient éloquents. François-Xavier s'enhardit. Penchant la tête, il déposa sa bouche sur cet endroit unique, chaud et si accueillant pour lui. Julianna eut un mouvement de surprise. C'était la première fois qu'il lui offrait ce genre de plaisir. Elle adora… N'en pouvant plus, excité autant par la vision de sa femme abandonnée à lui, l'homme se releva, déboutonna son pantalon et d'un seul grand coup, la pénétra profondément. Il se maintint là et, plongeant son regard dans celui, chaviré, de son épouse, il murmura :

— T'es ma femme, à moé, rien qu'à moé…

Un peu plus tard, ils restèrent enlacés sur le tapis du salon où ils avaient glissé à la fin de leur étreinte. À nouveau, Julianna prit la main de son mari et la mit sur son ventre.

— Oh non pas encore, refusa François-Xavier avec un petit sourire. T'es pas contentable !

— Ben non, rétorqua Julianna.

Elle recouvrit la main de son mari de la sienne. Elle murmura :

— C'est pas de Henry que j'attends mon deuxième enfant…

— On va avoir un autre bébé ?

— Oui, encore pour le printemps comme Pierre.

François-Xavier serra sa femme contre lui.

— Tu m'aimes ? lui demanda-t-il.

— Même si je le voulais… je pourrais jamais arrêter de t'aimer.

Il y eut un court moment de silence pendant lequel François-Xavier pensa à cet autre enfant qui était en route. Il se dégagea et se releva. Rajustant son pantalon, il alla se placer devant la fenêtre et tassa un coin du rideau.

Julianna le regarda lui tourner le dos. Il avait une attitude rigide et la voix empreinte d'émotion quand il lui avoua ses projets.

— Demain, j'me rends sur la Pointe, dit-il. J'vas aller fermer la maison pour de bon. Pis j'ai trouvé quelqu'un à qui vendre l'équipement de la fromagerie…

— Tu arrêtes les démarches avec le comité de défense ? fit-elle étonnée en se levant.

— Jamais, affirma-t-il en se retournant vers Julianna. J'ai donné ma parole qu'on irait jusqu'au boutte. Pis j'ai signé comme endosseur à la banque au nom du comité. Ça coûte cher, les frais d'avocat, pis le reste... Le comité a été obligé de faire un autre emprunt.

— Tu nous as endettés ? François-Xavier, t'as une famille, on va avoir une bouche de plus à nourrir !

— Je l'sais ben, Julianna. J'ai une tête sur les épaules, imagine-toé donc ! Chus peut-être pas capable de t'acheter des bijoux de princesse mais t'as du beurre sur la table ! s'emporta-t-il. Pis c'est en attendant qu'on reçoive le montant de l'expropriation.

— Pis si on l'a pas avant l'hiver ? Réponds-moé, François-Xavier, comment qu'on va passer l'hiver ? Tu vas travailler où ? Y a pus d'ouvrage pour toé à la base aérienne.

— Ti-Georges itou, y a signé pour emprunter à la banque... Y a nous deux pis d'autres personnes du comité dont Antoine Tremblay, le fils d'Onésime.

— J'm'en fous de savoir qui a signé ou pas dans ce damné comité-là ! s'emporta Julianna. Je veux juste savoir comment on va manger cet hiver, moé pis ton fils ! T'as toute donné l'argent au comité !

— Arrête de crier Julianna ! Dès les premières neiges, ton frère pis moé, on monte aux chantiers.

— Quoi ?... Aux chantiers ? Couper du bois ?

— Pas des légumes certain !

— T'es pas drôle ! Tu vas pas me laisser toute seule tout un hiver ! Des mois ! Je... j'vas avoir ben trop peur pis... enceinte en plus, pis avec un bébé d'un an et demi pis...

— Julianna ! T'es pas la première femme qui voit son homme aller bûcher ! J'ai pas le choix, y faut que j'aille faire un peu d'argent.

— De l'argent, ma marraine a peut nous en passer.

— Julianna, y en est pas question.

— Pourquoi ?

— On commencera pas à demander la charité ! J'veux pus jamais t'entendre me parler de ça !

— Mais…

— C'est de même, c'est toute ! J'm'en vas m'coucher, j'veux partir de bonne heure demain.

Julianna s'affaissa sur le divan, atterrée. François-Xavier s'arrêta avant de sortir du salon. Radouci, il se retourna vers sa femme.

— Pendant que Ti-Georges pis moé, on va être partis, ben si t'es d'accord comme de raison, ben Marguerite viendrait s'installer icitte avec toé.

Julianna releva la tête. Son mari lui fit un petit sourire triste et, lentement, se dirigea vers leur chambre, abandonnant Julianna à sa déception.

~ ~ ~

Marguerite passa l'hiver avec Julianna. Avant de partir aux chantiers, leurs maris avaient essayé de penser à tout en fonction de leur absence. Elles avaient une provision de bois de chauffage bien cordée et un garde-manger rempli de farine, de mélasse et d'autres produits de base. Et Marguerite n'était pas arrivée les mains vides ! Elle s'était installée à Roberval en prenant soin de d'apporter avec elle des pots de confiture, du poulet bouilli, du ragoût de bœuf et de la soupe aux légumes qu'elle avait cuisinés à l'automne. Ti-Georges et François-Xavier étaient donc partis l'esprit tranquille. Leurs femmes étaient en sécurité et si jamais il y avait un problème, elles pouvaient faire appel à monsieur Ouellette, le voisin d'en face. De plus, Jean-Marie et Elzéar étaient assez grands à huit et six ans pour leur rendre de bons services. Le petit Delphis était adorable. Pierre semblait apprécier la compagnie de ses cousins.

Julianna rinça la débarbouillette. C'était le soir et, installée dans la cuisine, elle terminait de laver Elzéar tandis que Marguerite berçait Pierre tout en lui pressant sur la bouche un linge imbibé de lait bouilli. Marguerite croyait dur comme fer que ces compresses rendraient la cicatrice buccale de Pierre moins apparente. Julianna en doutait mais faisait semblant de voir une amélioration que Marguerite estimait être visible à l'œil nu. Enfin, cela ne pouvait faire de mal à son fils… Assis à la table, Jean-Marie, en pyjama, les cheveux bien coiffés, regardait avec attention les images d'un livre à Julianna. Delphis, assis au pied de la chaise de sa mère, jouait sagement avec une pelote de laine.

En fin de compte, se dit Julianna, elles s'étaient bien débrouillées et ces mois de froidure n'avaient pas été aussi pénibles qu'elle ne l'avait craint. Au contraire. On pouvait dire que cela avait même été agréable. Marguerite et elle s'entendaient à merveille. Une belle complicité les unissait. Cette cohabitation provoqua un profond attachement entre elles. Bientôt leurs époux reviendraient. Julianna mit la main sur son gros ventre. Enceinte de huit mois et demi, son terme approchait. Elle espérait de toutes ses forces que François-Xavier revienne à temps pour la naissance. Le mois de mars s'annonçait doux jusqu'ici et elle avait espérance que les chantiers libèrent les hommes assez tôt. Elle jeta un coup d'œil au ventre de sa belle-sœur. Celui-ci affichait une grossesse de sept mois. Georges n'était même pas au courant de ce futur enfant. Elles n'avaient découvert l'état de Marguerite que peu de temps après le départ de leurs maris.

— C'est un p'tit pou qui marche, qui marche… chantonnait Julianna en passant la débarbouillette le long du visage d'Elzéar.

Marguerite porta son regard sur Julianna. Assis sur le coin de l'évier, Elzéar riait de se faire chatouiller par sa tante. C'était leur rituel du soir. Vers six heures, après le repas et la vaisselle, elles faisaient bouillir de l'eau, et les enfants passaient à tour de rôle à la débarbouillette. Marguerite admira sa belle-sœur qui transformait la toilette quotidienne en un moment plaisant. Elle n'en revenait pas encore de voir Elzéar consentir, sans rien dire, à se faire frotter derrière les oreilles et dans le cou !

— Un p'tit pou qui marche, qui marche, qui glisse sur une joue…

Julianna était vraiment la personne la plus incroyable que Marguerite ait connue. Elle avait le don de faire de chaque jour une vraie fête. Elle mettait de la magie dans des choses simples. Le déjeuner du matin devenait un festin de crêpes aux visages souriants de confiture et la toilette du soir, une comptine d'un pou qui se promenait le long des joues, mangeait de l'oseille derrière les oreilles, faisait un vœu sur les yeux. Marguerite décréta que le traitement avait été assez long et débarqua Pierre de son piédestal. Par accident, l'enfant écrasa le bout des doigts de Delphis. Le bébé se mit à pleurer, délaissant son jouet. Marguerite consola Delphis.

— Oh ! y est fatigué, celui-là... Y faut qu'y aille dormir.

— Bonne idée, dit Julianna. Couche Pierre aussi, tu veux ? J'ai fini de laver Elzéar. Je le mets en pyjama pis je te rejoins avec tes deux grands.

Les deux femmes ne furent pas longues à emmitoufler les quatre enfants dans le lit qu'ils partageaient à l'étage. Marguerite, elle, couchait auprès de Julianna dans le lit du couple. Les deux amies se préparèrent également pour la nuit. Après avoir enfilé leur robe de nuit en chaude flanelle, des bas de laine et un châle, elles revinrent à la cuisine.

Julianna remit de l'eau à bouillir.

— À soir, je me lave la tête ! décréta-t-elle. J'en peux pus... Je serai pas capable de dormir comment j'ai les cheveux sales !

Julianna laissa à peine tiédir l'eau. Elle retira le chaudron de la cuisinière. Marguerite étendit une serviette propre sur la table et y déposa un bassin.

— Penche-toé, lui intima-t-elle.

Julianna s'exécuta. La tête en bas, retenant son équilibre en s'appuyant sur le rebord de la table, elle laissa Marguerite verser sur sa chevelure un peu de l'eau tiède.

— Gardes-en assez pour rincer, dit-elle d'une voix étouffée.

— Ben oui, la rassura Marguerite.

— Quand y me reste du savon dans la tête, ça me pique toute la semaine !

— Une vraie mémère... Arrête de chialer ou je t'en mets dans les yeux par exprès...

— Marguerite !

— Reste penchée !

En de doux gestes circulaires, Marguerite fit mousser le pain de savon le plus possible. Elle se mit à murmurer la comptine. Un p'tit pou qui marche, qui marche...

Elle enroulait les boucles blondes autour de ses doigts et s'amusait à les entremêler. Avec douceur, elle massa le cuir chevelu.

— Qui marche sur une joue, pour donner un bisou...

Doucement, elle joignit le geste à la parole. Julianna ne s'en offusqua pas. Depuis des mois qu'elles vivaient ensemble, la jeune femme s'était habituée aux tendres marques d'affection de sa belle-sœur. Elle ne la repoussait pas, elle la laissait faire, acceptant une brève caresse sur une épaule ou dans les cheveux. La nuit, Marguerite se lovait contre elle et s'endormait, en cuillère, dans son dos, lui tenant amoureusement une main, l'autre sur son ventre rebondi. C'était presque normal. Elles étaient comme des sœurs après tout, se disait Julianna, et il avait fait si froid certains soirs... Elles étaient abandonnées par leurs maris... enceintes toutes les deux. Elles étaient comme dans un cocon de doux bien-être...

— Un baiser sur la joue, un baiser dans le cou...

— Arrête, Marguerite, rince-moé s'il te plaît. Le bébé m'empêche de respirer dans cette position...

Sa belle-sœur vida le reste du chaudron sur la tête blonde en prenant soin de ne pas oublier d'endroits savonneux. Elle enleva le surplus d'eau en tordant délicatement le bout des mèches. Elle tassa le bassin, prit la serviette et la noua autour de la tête de Julianna.

— Tiens, ma belle... C'est fini.

— Ouf ! J'en pouvais pus d'avoir la tête en bas.

Julianna approcha une chaise berçante près du poêle. Elle retira la serviette et se mit à éponger doucement ses cheveux. Elle prendrait le temps de les faire sécher avant de se coucher. Marguerite s'assit à son tour et soupira d'aise. C'était son heure préférée. Les enfants couchés, seule avec Julianna à parler de choses et d'autres.

— Chus bien icitte avec toé... avoua-t-elle en soupirant d'aise. Chez nous, chez les parents, j'veux dire, ben... c'est pas le paradis. Si la compagnie, a se décide pas à nous donner notre argent...

— C'est comme pour nous autres... François-Xavier veut rien savoir quand je parle de demander à marraine de nous aider... Moé, je veux aller vivre à Montréal !

— Montréal c'est ben loin... sa désola Marguerite.

— Oui, mais c'est si beau !

Les deux femmes se turent un moment.

— Julianna ?

— Hum ?

À la chaleur du feu, Julianna se sentait somnolente. Elle avait fermé un peu les yeux.

— On était ben ensemble cet hiver, hein ?

— Hum, hum, approuva d'un air assoupi Julianna.

Un silence passa, troublé seulement par le crépitement du feu.

— Julianna ?

— Oui ?

— Je t'aime... souffla Marguerite.

Julianna ouvrit les yeux. Un instant, elle hésita avant de répondre.

— Moé itou Marguerite, je t'aime... beaucoup.

~ ~ ~

François-Xavier admirait sa femme tenant dans le creux de ses bras sa petite Yvette âgée de trois jours. Ils étaient arrivés au début de la journée et Marguerite les avaient accueillis en héros et lui avait désigné du menton la chambre. Il avait compris. À la vue du ventre rond de sa femme, Ti-Georges s'était exclamé :

— Bateau ! Y en a un autre en route !

François-Xavier avait entrebâillé la porte de la chambre. Julianna n'avait rien dit. Couchée, son nouveau-né dans les bras, elle s'était contentée d'ignorer son mari d'un air fermé. Dans le fond, elle lui en voulait tellement de ne pas avoir été là pour la venue du bébé. François-Xavier lui avait annoncé qu'il allait prendre la peine de se laver avant de venir la voir. Il traînait l'odeur de plusieurs mois de promiscuité, de paille et de sueur, et il lui fallait s'épouiller.

Marguerite s'était empressée de faire bouillir de l'eau et elle avait rempli une grande cuve qu'elle avait mise dans la cuisine à l'abri des regards avec un rideau improvisé à partir d'une nappe. François-Xavier s'était frotté pendant de longues minutes, retardant le moment de retrouver sa femme. Il ne savait comment l'aborder. Ces longs mois à être séparé d'elle et la retrouver ainsi avec un bébé dans les bras. Il y avait quelque chose d'étrange. Tout lui semblait bizarre d'ailleurs. La maison lui semblait encore plus petite qu'avant, habitué qu'il était à l'immense dortoir. Son fils, au contraire, lui semblait démesurément grand. Celui-ci avait reculé en voyant son père. Il fallait dire que François-Xavier n'avait pas fière allure. Ses cheveux étaient longs et son visage mangé par une barbe clairsemée. Sa peau pâle de roux avait vite brûlé sous le soleil et le froid. Il avait pris l'habitude de plisser les yeux sous l'aveuglement de la neige scintillante. Il avait eu un peu le cœur serré car Pierre, pour imiter ses grands cousins Elzéar et Jean-Marie, s'était jeté dans les bras de Ti-Georges en criant : « Papa ! papa ! » Marguerite avait souri et avait expliqué à l'enfant âgé de presque deux ans que son papa à lui, c'était l'autre monsieur. François-Xavier s'était penché et avait pris son fils dans ses bras.

Le bambin l'espionnait en ce moment, sa petite main ayant tassé le rideau. François-Xavier s'immergea et refit surface en crachant de l'eau.

Petit Pierre se mit à rire. François-Xavier s'enhardit au jeu et arrosa de quelques gouttes son fils. Celui-ci partit à la course se réfugier dans les jupes de sa tante Marguerite. Le jeune homme, fatigué, se laissa tremper et essaya de détendre ses muscles endoloris. Certains jours, il en aurait pleuré tellement son bras droit lui faisait mal. Il cognait si fort quand il prenait sa hache. Car dans le fond, c'est à la compagnie qu'il donnait des coups. Il avait pris du coffre. Il avait bien mangé. Le *cook* de leur chantier s'était fait un point d'honneur de bien les nourrir et même s'il n'y avait pas une grande diversité dans le menu, les bols remplis de fèves aux lard ou de soupe aux pois et le pain dans la mélasse se révélaient un vrai délice. Il avait entendu parler de moins chanceux que lui qui, dans certains camps de bûcherons mal tenus, se faisaient nourrir à l'eau claire avec de vieux morceaux de viande pourris. Qui n'avait eu vent de ces histoires d'horreur, de vermine et de morts aux chantiers ?

— Ciboire ! s'exclama tout à coup François-Xavier en faisant le saut lorsqu'un drôle d'objet plongea dans son bain.

Son fils était revenu et riait en répétant :

— Ci…boire

« Oh ! j'devrais surveiller mon langage et chasser les mauvaises manies du chantier », se dit-il en sortant de l'eau un petit bilboquet de bois dégoulinant.

Il ne reconnaissait pas le jouet.

— C'est à toé ?

— Papa Henry.

François-Xavier en perdit la voix. D'un coup sec, il sortit du bain, s'essuya rapidement et enfila une combinaison propre qu'il avait pris la peine de déposer sur le dos d'une chaise.

Ses pieds laissaient de grandes empreintes mouillées sur les lattes de bois et il était facile de suivre la piste jusqu'à la chambre où Julianna, les larmes aux yeux, se désespérait de ces retrouvailles manquées. Près d'elle, dans son berceau, Yvette dormait, repue de la dernière tétée.

François-Xavier referma rageusement la porte au nez de son fils qui l'avait suivi.

— Henry Vissers ! Y est venu icitte cet hiver ?

— François-Xavier, de quoi tu parles ? Henry, y est venu faire son jour de l'An pis donner un cadeau à petit Pierre. Y est même pas resté à manger, il avait un souper officiel à l'hôtel. D'ailleurs, il te fait dire tous ses bons vœux.

— Pis pourquoi le p'tit l'appelle papa ?

— Pierre appelle Henry papa ?

François-Xavier montra la preuve, le jouet de bois, en guise d'explication.

— Il m'a lancé ça en disant : « papa Henry ».

Julianna éclata de rire, oubliant toute animosité envers son mari.

— Pauvre François-Xavier, si tu te voyais la tête !

Après son accès d'hilarité, elle expliqua :

— Pierre commence à dire quelques mots pis pour lui tous les messieurs sont des papas. Il appelle le curé à l'église papa.

— Le curé, papa ?

— Oui ! dit Julianna en pouffant à nouveau.

D'un air piteux, François-Xavier alla s'asseoir près de sa femme. Gêné par son accès de jalousie, il l'enlaça tendrement.

— Ma princesse... J'me suis ben ennuyé de toé.

— Moé aussi, mon beau roux, moé aussi.

Ils s'embrassèrent, chassant ces longs mois de séparation.

La présence de sa femme, son corps, sa voix, tout ce qui était sa Julianna lui avait tellement manqué.

— Cet hiver a été un vrai enfer, murmura-t-il. Pis mon fils me reconnaît même pus...

— C'est rien qu'un bébé encore. Je lui montrais tout le temps notre photo de mariage en disant papa. Regarde ta fille astheure, notre p'tite Yvette.

François-Xavier se pencha sur le berceau et admira sa première fille.

— A l'a pas de cheveux rouges, elle.

— Quand le soleil entre par la fenêtre, elle a des reflets. Viens, embrasse-moé encore.

François-Xavier ne se fit pas prier et, malgré lui, ses mains cherchèrent à retrouver le corps de sa femme. Gentiment, elle le repoussa.

— Tu pourras pas me toucher avant mon quarante jours. Tu le sais ben que c'est de même après les accouchements, dit Julianna.

François-Xavier puisa dans tout son courage et, respirant un bon coup, demanda :

— Pis quel jour elle est née ?

— Le 27 mars.

— Bon, attends que j'calcule le temps qui reste… Mars, avril, mai…

Julianna le consola d'une caresse sur la joue.

— On trouvera ben le moyen de tricher un peu…

Tout à coup, derrière la porte close de la chambre, le couple entendit Pierre appeler pour qu'on le laisse entrer.

— Maman ? Maman ?

François-Xavier délaissa à regret le corps chaud de sa femme et alla ouvrir à son petit garçon.

Celui-ci le regarda un moment puis, avec un grand sourire, se jeta dans ses bras en disant :

— Papa !

~ ~ ~

— À la santé de notre retour ! fit Ti-Georges en entrechoquant son verre contre celui de François-Xavier.

— Pis à la naissance d'Yvette !

Attablés, les hommes trinquaient. Ils venaient de terminer de souper et ils avaient fait honneur à la tarte au sucre deux fois plutôt qu'une.

Ti-Georges avait également pris son bain et les deux hommes sentaient bon le savon. Tous les enfants dormaient. Ils avaient raconté leurs dures journées passées dans le bois, les conditions difficiles et quelques anecdotes sur d'autres bûcherons. Ils étaient fiers de la paie qu'ils ramenaient. Il leur faudrait songer à leur avenir et s'informer des derniers développements du comité de défense, mais pour le moment, l'heure était aux retrouvailles.

Ti-Georges s'étira un peu et regarda son épouse avec des yeux brillants.

— Bon ben Marguerite, moé chus ben fatigué... Ça fait qu'on va aller se coucher tout de suite.

Marguerite rougit devant l'allusion évidente que sous-entendait l'invitation et surtout devant son regard concupiscent.

— J'vas faire la vaisselle avant, dit-elle.

— Ça attendra ben à demain, voyons, dit Julianna. Allez, montez vous coucher tous les deux.

François-Xavier suivit des yeux le couple emprunter l'escalier menant à l'étage. Il vit son ami mettre une main avide sur les fesses de sa femme et la guider en haut.

Le pauvre rouquin soupira. Il lança un regard désespéré à Julianna.

— Quarante jours sans te toucher, non, trente-sept. J'espère que c'est la dernière épreuve que j'vas subir, moé...

Julianna lui tendit la main et l'entraîna vers la chambre.

— Quand j'ai dit qu'on trouverait bien un moyen de tricher, je parlais pas juste sur le nombre de jours...

— Ah non ? fit François-Xavier en reprenant espoir.

— Viens, j'vas te masser tes pauvres muscles de bûcheron... tous tes muscles...

~ ~ ~

François-Xavier se trompait lourdement. Son abstinence était loin d'être sa dernière épreuve. Le mois de mai apporta enfin la permission de faire l'amour avec sa femme mais aussi une crue de printemps comme on n'en avait jamais vue. Depuis trois jours qu'il regardait la pluie tomber et la colère grondait en lui. Rien ne s'arrangeait ! Il attendait toujours le règlement avec la compagnie. C'était l'aube, Julianna venait de monter se recoucher, et il n'avait pas été très tendre à l'égard de sa femme. Chaque fois qu'elle lui parlait de partir vivre à Montréal, cela le mettait hors de lui. Elle ne comprenait pas qu'il avait l'impression de se noyer ! Tant qu'il pouvait porter son regard sur le lac Saint-Jean et deviner sa belle maison de l'autre côté, il avait l'impression d'avoir encore une bouée à laquelle s'accrocher. À Montréal, il n'aurait plus rien, il serait perdu ! Il se détourna de la fenêtre et décida de monter rejoindre Julianna. Il allait s'excuser de s'être emporté. Il commença à gravir l'escalier quand tout à coup on tambourina à la porte. Il était si tôt, qui pouvait bien venir à cette heure ?

Inquiet, François-Xavier se dépêcha d'aller ouvrir. C'était son voisin d'en face, Joe Ouellette.

— François-Xavier, on a besoin d'aide.

— Que c'est qui se passe, monsieur Ouellette ?

— C'est l'inondation. Le village de Saint-Méthode, on doit toutes les évacuer ! J'ai de la famille, ma fille a l'habite là-bas ! J'veux aller la chercher, elle pis ses petits enfants, je me sus dit que tu voudrais p't-être ben venir avec moé m'aider...

— Laissez-moé avertir ma Julianna pis j'arrive.

— Merci ben, j'savais que j'pouvais compter sur toé.

— On a-tu besoin que j'apporte quelque chose ?

— Ben attelle ta jument, on va y aller à deux, on sait jamais. Pis prends ta hache au cas. Moé j'ai attelé la grande wagonne pis on va y monter ma barque. Ça a l'air que la compagnie refuse de prêter les leurs. Ils veulent les louer pis cher à part de ça. La compagnie dit que c'est pas de leur faute si tout est inondé, ils disent qu'ils sont pas responsables de la nature.

— La nature... répéta François-Xavier d'un ton ironique. Comme si c'était naturel de détourner des rivières pis de construire des barrages de fous! Ah! monsieur Ouellette, un jour j'vas leur faire avaler leurs dents aux gens de la compagnie!

— Qu'est-ce qui se passe? s'inquiéta Julianna en apparaissant au haut de l'escalier.

Ce fut le voisin qui répondit.

— J'm'en veux ben gros de vous déranger, ma bonne madame Rousseau, mais c'est ben urgent.

François-Xavier gravit quelques marches et s'adressa à sa femme.

— Avec le niveau trop haut du lac pis toute la pluie de ces derniers jours, le lac Saint-Jean peut pus retenir toute l'eau. Ça refoule par la rivière jusqu'à Saint-Méthode.

— C'est le village de ma fille, chus ben inquiet, madame Rousseau.

— Je m'en vas donner un coup de main pour la famille à monsieur Ouellette. Attends-moé pas. Tu devrais être en sécurité ici-dedans.

— Tu me laisses pas toute seule! s'écria Julianna en descendant rapidement rejoindre son mari.

François-Xavier la rabroua.

— Julianna, t'es pus une enfant! C'est grave dehors, y faut qu'on aille aider!

Julianna reçut l'affront. Elle prit sur elle. Relevant la tête, elle s'adressa au visiteur d'un air de princesse.

— Monsieur Ouellette, j'vas aller voir si votre femme va bien, inquiétez-vous pas.

François-Xavier reconnaissait là sa femme. Son fameux petit nez en l'air… Dieu, comme il l'aimait! Il aurait voulu avoir le temps de lui dire qu'il regrettait ses paroles.

— Julianna… commença-t-il.

Sa femme lui jeta un regard froid et hautain. Sans un mot, elle se détourna et remonta à l'étage.

François-Xavier soupira.

— Allons-y, monsieur Ouellette, on a assez tardé.

~ ~ ~

Jamais François-Xavier n'aurait cru être témoin d'un tel désastre. C'était l'apocalypse dehors. Il ne reconnaissait plus sa ville. Joe et lui s'étaient hâtés de bien attacher la grande barque de bois à l'envers sur la carriole après avoir pris la peine de cacher sous elle un long rouleau de corde et des couvertures. Le trajet prit le double du temps habituel. Les roues s'embourbaient dans le chemin détrempé. À tout instant, on devait débarquer et tasser de lourdes branches cassées qui bloquaient la route. La pluie ne diminuait pas et coulait le long de leur cou. Aucun chapeau, aucun manteau n'aurait pu la contrer tant elle tombait dru. Ils apportaient de l'aide aux nombreuses personnes en difficulté qu'ils rencontraient. Le soleil s'était levé mais les nuages étaient si épais, si noirs qu'il faisait encore sombre. Enfin, vers l'heure du midi, ils arrivèrent en vue du pont couvert à l'entrée de Saint-Méthode. Cependant, l'attelage ne put l'emprunter. Le niveau de la rivière qui bordait le village atteignait les bases de l'imposante structure de bois et tout portait à croire qu'elle risquait de se faire emporter. Les deux hommes débarquèrent et restèrent un moment sans voix devant ce désolant spectacle. La rivière Ticouapé, qui serpentait jusqu'au lac Saint-Jean, refoulait le trop-plein. Ils mirent la barque à l'eau et entreprirent de ramer à travers le village.

Le spectacle était ahurissant et si étrange. Des débris flottaient, on reconnaissait un quai emporté, des branchages et même une table et des chaises. Alors que Joe expliquait dans quelle direction se situait la maison de sa fille et de son gendre, ils entendirent un d'appel à l'aide. Sans même se concerter, les deux sauveteurs ramèrent vers la provenance de ces cris de détresse.

Sur le perron avant d'une maison, une jeune femme leur faisait de grands signes de la main. Agrippé à son cou, un petit enfant semblait mourir de peur.

— Ah merci, mon doux Jésus, merci ! dit-elle en les voyant s'approcher.

Elle était au bord de la crise de nerfs.

Plus tard, bien à l'abri dans la chaloupe, elle se présenta. C'était une jeune veuve qui habitait seule avec son fils. François-Xavier eut le cœur serré en pensant à Julianna. Il espérait qu'elle était vraiment en sécurité dans la maison de Roberval. S'il fallait que les événements se gâtent ? Que l'eau monte encore plus ? Que le vent brise une fenêtre, blesse sa famille ? Il fit son possible pour chasser ces épouvantables images de son esprit. Il y avait tant à faire. Tant de gens à secourir… Des femmes en pleurs, il en vit bien d'autres. Des enfants apeurés, des hommes désemparés, des vieillards ébranlés… Tous étaient en état de choc, désorganisés, dépossédés.

François-Xavier n'avait qu'une hâte. Celle de revenir auprès des siens et d'en prendre soin. Tel était son devoir, sa priorité : protéger sa famille, les rendre heureux. Il songea combien ces deux dernières années avaient dû être pénibles pour Julianna. En arrivant, dès qu'il aurait une chance, il discuterait avec elle. Peut-être avait-elle raison et qu'ils devraient aller retrouver Léonie à Montréal. Peut-être…

~ ~ ~

Comme elle était inquiète ! La nuit était tombée et François-Xavier n'avait pas encore donné signe de vie. Madame Ouellette, qui était venue attendre avec elle le retour de leurs maris, priait avec ferveur, à genoux, devant le crucifix de la cuisine. Julianna tournait en rond, n'ayant le cœur à rien. La journée avait été interminable. Sa voisine n'était pas d'agréable compagnie… Dehors, les éléments se déchaînaient. Les heures avançaient et madame Ouellette communiquait sa nervosité à toute la maisonnée. Même sa petite Yvette, âgée de deux mois, l'avait perçue et avait été agitée… Julianna laissa sa voisine entamer un nouveau *Pater* et alla se poster devant la fenêtre du salon afin de surveiller à nouveau la route. S'il fallait qu'il soit arrivé quelque chose à son mari. Julianna ne pouvait s'empêcher d'imaginer les pires scénarios : un arbre déraciné écrasant l'homme à mort ou encore la fureur du courant d'une rivière l'emportant à tout jamais loin d'elle. S'il fallait qu'elle ne le revoie plus ! S'il fallait que la dernière fois qu'elle lui ait parlé soit pour se disputer, que ses derniers souvenirs soient ces mots durs échangés...

Elle revit la scène du matin. Elle était venue le rejoindre. Il avait passé la nuit en bas dans la cuisine à se morfondre. Elle s'était assise sur ses genoux, lui avait offert de venir la coller, de monter au lit ensemble, de profiter de ce que leurs enfants dormaient encore pour faire l'amour. Son mari l'avait repoussée. À ce souvenir, les larmes lui montèrent aux yeux. Peut-être ne l'aimait-il plus ! Qu'est-ce qu'elle allait devenir ? Tout à coup Julianna crut discerner un attelage arriver au loin... Ce n'était que l'effet de son imagination. Une plainte sortit de sa gorge. Elle eut envie de hurler, au bord de la panique ! Il était mort, elle le sentait ! Peut-être était-ce la fin du monde que Léonie annonçait tant dans ses dernières lettres ? Ils allaient tous mourir, ses enfants, tout le monde ! Elle pensa à Ti-Georges et à sa famille. Est-ce que l'inondation leur causait des dommages à Péribonka ? Étaient-ils en danger ?

Madame Ouellette apparut à l'entrée de la pièce. Julianna se retourna vers la femme. Leurs maris étaient quelque part, dehors, dans la nuit, victimes de la tourmente, bravant le danger pour aider. Les regards angoissés des deux femmes se rencontrèrent. Elles se jetèrent dans les bras l'une de l'autre et se mirent à sangloter de peur. Impuissantes, elles se réconfortèrent mutuellement. Le malheur unit.

~ ~ ~

Au contraire de Julianna, Marguerite était calme, malgré la tempête... qui lui déchirait les entrailles. Elle serra les dents. Elle était une silencieuse. Elle se disait qu'accoucher était un mauvais moment à passer. Elle préférait respirer le plus profondément possible et laisser le temps faire son œuvre. Elle n'admettait pas qu'on la touche et personne à part la sage-femme ou le docteur n'avait le droit d'entrer. Elle ne répondait pas aux questions et se murait dans sa souffrance. Son travail était toujours très long et ce nouvel accouchement ne faisait pas exception. Au début de la nuit, elle put prendre son nouveau-né dans ses bras. Après trois garçons, cela lui faisait drôle que celui-ci soit une fille. Elle détailla le petit visage chiffonné en lui cherchant un prénom. Cet hiver, Julianna lui avait lu toute sa collection des romans de la comtesse de Ségur. Elle repensa aux *Malheurs de Sophie*, son préféré. Sophie, la mal-aimée, la maltraitée mais qui avait fini par être heureuse. Sophie... Ce serait un nom parfait. « Sophie... quels malheurs t'attendent ma p'tite fille... »

Elle aurait donné cher pour pouvoir être de retour dans sa maison de la Pointe et y voir grandir ses enfants. Il était si pénible de vivre ici dans la maison paternelle. Surtout après l'hiver passé avec Julianna à Roberval. Pour couronner le tout, son frère aîné, Paul-Émile, était de retour des États-Unis et venait de se réinstaller à la ferme. Il était parti plusieurs années afin de ramasser un peu d'argent. Marguerite s'était vite rendu compte que son frère aîné n'avait pas changé d'une miette et que la gentillesse ne faisait toujours pas partie de son caractère. Paul-Émile ne voyait pas d'un bon œil que sa sœur cadette et sa famille soient installées à demeure à la ferme. Il se faisait un malin plaisir de faire sentir à Ti-Georges qu'il n'y avait pas sa place. Il clamait qu'il ne resterait pas vieux garçon un été de plus, qu'il avait la ferme intention de se marier bientôt et de fonder, lui aussi, une famille. Marguerite se disait en elle-même que ce n'était pas demain la veille qu'une créature voudrait marier un mal avenant comme lui ! Marguerite le détestait. Petite, il lui faisait tellement la vie dure. S'il s'était contenté de lui tirer les tresses comme dans la plupart des familles. Non, Paul-Émile avait un fond méchant. De la vraie méchanceté, celle qui blesse, qui tue ou fait souffrir... rien que pour le plaisir. Il tenait de son père. Enfant, il attrapait des mouches, leur arrachait les pattes une à une. Marguerite avait été témoin, un jour, dans

l'étable, d'un acte si cruel et barbare qu'elle en avait fait des cauchemars pendant des mois. Son frère, adolescent, était en train de crever
les yeux d'un chaton dont il tenait les pattes bien serrées dans une
guenille. Il voulait voir ce que cela faisait, lui avait-il expliqué avec
un sourire de maniaque après lui avoir juré qu'il lui réservait le même
traitement si elle racontait à qui que ce soit ce qui s'était passé. De
toute façon, si Marguerite avait appris une chose dans cette famille,
c'était de se taire, de garder les secrets, même les plus honteux, surtout les plus honteux... Comme les visites de son père la nuit.

La petite se décida à se réveiller et fit comprendre à sa mère qu'elle
avait faim. Marguerite s'étendit sur le côté et se mit à allaiter son
bébé. Elle ferma les yeux et essaya de se détendre. Elle se dit que
chaque fois qu'elle mettait au monde un enfant, elle se laissait entraîner dans les recoins les plus sombres de ses souvenirs. Ceux
qu'elles croyaient avoir bien dissimulés ressurgissaient. La souffrance
d'une mise au monde faisait tomber bien des barrières.

Elle baisa la tête de son enfant et jura que l'horreur qu'elle avait
connue lorsque son père étendait son corps d'homme, poilu, suant,
sur elle ne lui arriverait jamais. Son père ne la touchait plus depuis ses
quatorze ans, pourtant elle ressentait encore son empreinte et cela lui
faisait aussi mal. Elle n'avait jamais parlé de cela à qui que ce soit.
Comment aurait-elle pu ? Il lui disait qu'elle lui appartenait, qu'elle
était sa fille, qu'il en avait le droit. Depuis, toute sa vie se résumait à
dissimuler. Elle s'accrochait un sourire et faisait semblant d'être heureuse. Elle avait essayé de se faire accroire que Ti-Georges l'attirait,
qu'il faisait battre son cœur mais, rapidement, elle avait dû se rendre
à l'évidence qu'il ne la comblerait jamais. Au lit, avec Ti-Georges,
elle faisait semblant aussi... Par chance, il n'était pas trop demandant
de ce côté-là. Cela se passait assez vite et comme pour ses accouchements, elle endurait sans un mot. À sa nuit de noces, elle avait failli
vomir. Ti-Georges avait beaucoup bu, il ne se rendit compte de rien
et il s'endormit rapidement après lui avoir relevé un peu la jaquette

et pétri les seins. À partir de cette nuit, elle tint toujours un mouchoir propre dans sa manche au poignet, sur lequel elle déposait une goutte de parfum, seul luxe qu'elle se permettait. Ainsi, lors de son devoir conjugal, elle retirait de sa cachette le bout de tissu et le pressait sous son nez pendant que son mari grognait tel l'ours qu'il devenait à ces moments. Par contre, elle avait été chanceuse, car son mari était bon pour elle, il ne la battait pas. Que de fois elle avait été témoin de son père qui prenait une lanière de cuir, celle avec laquelle il affûtait son rasoir, et battait sans retenue sa mère ou son frère. Elle, il lui réservait un autre supplice. Si au moins ils n'étaient pas revenus habiter à Péribonka. Sur la Pointe, sa vie avait été somme toute tolérable.

Sophie cessa de téter et se rendormit. Marguerite frémit… Cet hiver, avec Julianna, elle avait eu, l'espace d'une saison, la sensation d'avoir touché, du bout des doigts, le bonheur… et tout son cœur et son corps tendaient à retrouver ce sentiment bienfaisant dont ils étaient tant privés. Marguerite serra très fort son bébé. Elle n'en pouvait plus de faire semblant. Elle allait devenir folle, son visage allait craquer, elle allait se casser en mille morceaux. «Non, ne laisse pas cet autre souvenir revenir, non pas celui-là, non, Marguerite, enterre-le encore avec ce premier bébé que tu as eu. C'était une petite fille aussi…» Marguerite était adolescente et allait accoucher de l'enfant de son père. Dès le début de sa grossesse, on l'avait emmenée, sous un faux prétexte, chez une lointaine tante paternelle, qui vivait seule, isolée, dans un village perdu en haut du lac Saint-Jean. Elle y était restée en recluse, n'ayant pas le droit de sortir ni de parler à quiconque. Lors de l'accouchement, on n'avait pas fait venir de docteur et la jeune fille avait cru qu'elle allait mourir, elle qui était en travail depuis des heures. Sa tante ne lui parlait pas, ne la regardait pas et attendait en silence, assise bien droite sur une petite chaise, près de la porte, que sa nièce enfante. Dans la cuisine, Marguerite entendait son père se bercer, les patins de la chaise faisant un bruit régulier. Sa tante avait dû le prévenir de l'imminence de l'accouchement. Au cours de sa grossesse, Marguerite avait essayé de se confier à la femme. Mais celle-ci avait été très claire : elle l'hébergeait, la nourrissait, rien de plus. Elle avait reçu des ordres de son frère et elle obéissait. Marguerite se demandait bien ce que son père avait raconté à sa sœur pour expliquer l'état dans lequel elle se retrouvait. Probablement que Marguerite était une mauvaise nature et qu'un garçon du voisinage l'avait déshonorée. Quand, au milieu de la nuit, épuisée, presque inconsciente, elle accoucha enfin, sa tante coupa le cordon et appela son père. Elle dit à l'homme, sans émotion, que c'était une fille et, sans un mot, ni aucune douceur, lui tendit le bébé enroulé dans une serviette. Marguerite se rendit compte que celui-ci s'apprêtait à quitter la pièce avec son enfant. Elle murmura : « Non ! »

Son père se retourna. Elle crut lire du remord dans les yeux de l'homme, ou peut-être était-ce ses propres larmes qui lui brouillaient la vue. Son père hésita un moment avant de retrouver la dureté de ses traits et de lui dire :

— De toute façon, est morte, a pas survécu. J'vas aller l'enterrer.

Et il disparut.

Marguerite hurla de toutes ses forces. Elle avait vu sa petite fille bouger, elle n'était pas morte, elle en était certaine !

Par la porte que son père avait laissée ouverte, elle le vit prendre une pelle qu'il avait dû placer là exprès. Comme dans un cauchemar, Marguerite n'eut aucun doute sur ce que son père s'apprêtait à faire. Elle réussit à sortir de son lit et, se tenant le bas du ventre, s'accrochant aux murs, elle se traîna littéralement à la suite de son père, la main tendue en implorant de lui redonner son bébé, mais elle était si faible... Une douleur l'avait saisie et, accroupie près de la porte d'entrée, elle hurla une dernière fois avant de s'évanouir. Quand elle se réveilla, elle était couchée en arrière de la charrette de son père. En silence, celui-ci conduisait le cheval sur le chemin du retour vers Péribonka. Marguerite avait regardé un instant la voûte céleste au-dessus d'elle. Il n'y avait pas un nuage et des milliers de petites lumières brillaient dans le ciel. Les étoiles s'étaient éteintes une à une aux yeux de l'adolescente. Marguerite n'avait plus vu qu'un immense dôme noir. Pour la jeune fille, le ciel porterait à jamais le satin noir du deuil...

Son père ne la toucha plus...

~ ~ ~

Cette journée avait été la plus longue et la plus éprouvante de toute sa vie, se dit François-Xavier en arrivant enfin à Roberval en pleine nuit. Il arrêta son attelage et, épuisé, rassembla son énergie afin d'aider ses passagers à descendre. Monsieur Ouellette, qui le suivait de près, lui fit un petit signe de la main et s'engouffra dans l'allée d'en face. Sa fille, son gendre et ses petits-enfants étaient entassés et serrés les uns contre les autres dans la charrette. François-Xavier, lui, ramenait la veuve et son fils rescapés ainsi que deux couples et leurs nombreux enfants. Il espérait que sa Julianna serait d'accord avec sa décision et qu'elle leur offrirait l'hospitalité.

Sa femme marqua un instant de surprise de le voir arriver avec autant de monde, mais elle se dépêcha de les mettre à l'aise et d'assurer à ces pauvres gens aux traits tirés qu'ils étaient les bienvenus. Elle eut un sourire de connivence à l'adresse de son époux et se mit en frais d'installer le plus confortablement possible tout ce petit monde. Le salon se transforma en véritable dortoir, la plupart des réfugiés couchés sur une couverture pliée. Aidée des autres femmes, elle se mit à préparer une grosse chaudronnée de soupe. Cuisiner au milieu de la nuit, avec des inconnues, avait quelque chose d'irréel. Les enfants pleurnichaient dans le salon, les hommes étaient défaits... Julianna fit preuve d'ingéniosité et de débrouillardise. Elle n'avait pas assez de vaisselle pour tout ce bon monde, aussi servit-elle la soupe directement dans la grosse marmite et chacun y plongea sa cuillère. Se restaurer fit du bien à tous et calma les enfants. C'est bien connu, la faim amplifie le désarroi...

On s'attroupa dans le salon. Les enfants s'endormirent, la tête sur les cuisses de leurs parents. La conversation des adultes porta bien entendu sur l'inondation. On raconta à Julianna l'enfer de cette journée. Des animaux piégés dans les étables, des vaches noyées, des meubles emportés, des maisons dévastées... Ils étaient sans abri, sans argent. Ces familles avaient tout perdu. On accusa le barrage et on maudit la compagnie. Puis il n'y eut plus de mots pour raconter cette tragédie. La jeune veuve caressa les cheveux de son fils. D'une voix douce, elle chanta une complainte qu'elle improvisa comme suit :

À Saint-Méthode
Petite paroisse tranquille
Dans notre beau comté du Lac-Saint-Jean
Loin du tapage de nos grandes villes
Vivaient heureux quelque cent habitants.
La terre était leur appui, leur soutien
À leurs fils, ils devaient léguer leurs biens.
Mais le barrage
De la décharge
Va leur enlever leur espoir de demain.
Le lac Saint-Jean
Gonflé par son écluse
Déborde l'eau qu'elle ne peut contenir.
Et le trop-plein que ses bornes refusent
Revient chez nous et veut tout envahir.
Adieu les jours de paix et de bonheur
Il faut aller chercher refuge ailleurs.
Plus de culture
La vie est dure
On nous enlève même tous nos labeurs...[2]

2 Sources : BÉDARD, Jean-Thomas, *Le Combat d'Onésime Tremblay*, Office national du film du Canada, 1985.

Sur la dernière note, plus un mot ne s'échangea. On était loin de se douter que ce triste air serait chanté dans les chaumières bien des années encore...

~ ~ ~

Étendu sur le dos, François-Xavier n'arrivait pas à dormir. Pourtant, cela faisait deux nuits de suite qu'il n'avait pas fermé l'œil. Il était si épuisé qu'il était incapable de se laisser glisser vers le sommeil. Dans sa tête, les événements des dernières heures ne cessaient de défiler. Toutes ces familles qui essayaient de sauver des eaux quelques précieux souvenirs. Une valise contenant la robe de baptême familiale, une broche de mariage, des images saintes, un brassard de première communion. Les papiers importants du notaire, les actes de mariage, les actes d'achat, tout ce qui risquait d'être détérioré par l'eau. Mais ils n'avaient guère de place dans les embarcations et ils avaient dû refuser la plupart des malles remplies à ras bord des rares morceaux d'argenterie ou encore de nappes brodées. Combien de va-et-vient en chaloupe François-Xavier avait-il faits? Il ne pouvait plus les compter. Ce désastre serait-il suffisant pour que la compagnie comprenne son erreur? Probablement pas. Déjà, on disait que la compagnie niait toute responsabilité dans cette inondation. Il devait voir la réalité en face.

Lovée contre lui, Julianna ronflait doucement. Elle avait été merveilleuse. Elle s'était jetée à son cou, manifestement soulagée de le revoir et, dans ses yeux, il avait lu tout l'amour qu'elle avait pour lui. Madame Ouellette s'était empressée de retourner chez elle.

Julianna voulait retourner vivre à Montréal... Là-bas, elle et ses enfants seraient en sécurité. Rien ne fonctionnait ici. La compagnie avait ruiné leur vie. À côté du lit, dans son berceau, Yvette, qui grognait depuis quelques minutes, se mit à pleurer. Pour éviter de réveiller les pauvres familles réfugiées dans le salon, il se dépêcha de prendre dans ses bras sa petite fille. Réveillée, Julianna s'empressa de déboutonner le haut de sa jaquette et d'offrir un sein à son affamé de bébé.

— J'ai hâte qu'elle fasse ses nuits, chuchota-t-elle en bâillant. Il faudra que je demande à madame Ouellette de la virer à l'envers.

— Quoi ? s'exclama son mari.

Elle eut un drôle de petit sourire et se contenta d'un « Je t'expliquerai une autre fois » en guise de réponse.

— La p'tite t'a réveillé ? demanda-t-elle en examinant les traits tirés de son mari.

— Non, j'étais pas capable de m'endormir, avoua-t-il.

— Y va falloir que tu dormes ou tu vas tomber malade !

L'homme admira le tableau qu'offraient sa femme et sa fille. Il enroula une mèche blonde autour de son doigt et murmura :

— Tu m'aimes encore ?

— François-Xavier... Même si je le voulais, je pourrais jamais arrêter de t'aimer...

Elle lui sourit amoureusement.

— Écris à Léonie, dit-il. Si a l'est d'accord, on s'en va à Montréal.

Julianna resta sans voix. D'un ton las, son mari reprit :

— J'abandonne pas le comité de défense. J'me sus engagé sur les emprunts, mon nom y est, pis j'vas m'y tenir. Mais après toute ce qu'on a enduré pis toute ce que j'ai vu... J'veux qu'on soit heureux à nouveau, Julianna.

La jeune femme baissa les yeux, n'osant regarder son mari et y voir un démenti... Comme si l'annonce de cette décision était fragile, ne voulant rien brusquer, son bébé buvant toujours, elle demanda :

— T'en es ben certain ?

— Y a pas de barrage pis d'inondations à Montréal ? rétorqua-t-il mi-sérieux.

Elle eut un petit rire cristallin.

— Pas à ce que je sache, non !

— Bon ben, Montréal, nous voici !

Julianna remit Yvette dans son berceau. Et tant pis si elle n'avait pas fini et qu'elle rechignait. Il fallait qu'elle prenne son mari dans ses bras, qu'elle roule avec lui dans leur lit, qu'elle l'embrasse de mille baisers de remerciement, de reconnaissance, de joie, de bonheur…

— À Montréal, on va être heureux, tu vas voir ! Tout va s'arranger ! Oh mon doux, y faut que je fasse une liste, les billets de train, les bagages… Ce matin, j'vas envoyer un télégramme à marraine. Chus certaine qu'a l'a de l'ouvrage pour toi au magasin.

Plus sa femme s'enflammait, plus François-Xavier sentait l'angoisse le reprendre. Il eut envie de reculer, de revenir sur sa décision. Il sentait qu'il allait le regretter. Mais Julianna était si heureuse. Il fit taire cette petite voix défaitiste… et ferma les yeux sur cet avenir dont il n'avait pas envie.

Julianna se tut subitement. Son mari s'était endormi.

Deuxième partie

1934

Assis dans le fauteuil de leur chambre à coucher, à moitié habillé, François-Xavier eut un soupir de découragement. Il regarda sa femme se préparer pour leur sortie. Julianna était si excitée. Ils allaient à l'hôtel Windsor assister à l'un des plus grands événements de Montréal : le bal des petits souliers. Non pas comme simples invités ! Julianna allait chanter pour le lieutenant-gouverneur ! Ce n'était pas tout ! Leur fils de cinq ans, Mathieu, allait jouer au piano un air de sa composition. Elle ne parlait plus que de cela depuis des semaines. François-Xavier pensa à son troisième enfant. Il était né ici, en juin 1929, et dès qu'il avait fait ses premiers pas, il s'était dirigé vers le piano. Henry, qui était devenu un ami très proche de la famille, en était le parrain. Cela avait été une idée de Julianna. Mathieu n'avait pas été leur dernier enfant, oh non... Il y en avait encore eu deux autres après. François-Xavier soupira de nouveau. S'habiller chic, se coiffer, faire des courbettes, danser... Il n'avait pas envie de toutes ces simagrées. Il se leva et enfila la chemise blanche au col empesé que sa femme avait soigneusement déposée sur le lit à son intention. Aussi bien prendre son mal en patience. Après tout, ce bal des petits souliers avait lieu pour une bonne cause. On organisait cette soirée afin d'amasser des fonds en vue d'acheter des chaussures aux enfants pauvres de la ville.

— Jamais, tu m'entends, François-Xavier, jamais mes enfants vont se promener nu-pieds ! Que des parents soient si négligents, ça me dépasse !

Comme son épouse avait changé en six ans ! Depuis qu'ils résidaient à Montréal, partageant la maison de Léonie, pas un jour ne passait sans qu'il ne regrette amèrement d'avoir quitté le lac Saint-Jean.

Il ne reconnaissait plus Julianna. Elle jouait à la grande dame, sa vie montréalaise se résumait en frivolités et elle prenait des airs et un langage hautains qui l'horripilaient. Sa femme s'était mise dans la tête de faire partie de la bourgeoisie et elle s'appliquait à parler de façon plus « civilisée » comme elle disait.

— Les temps sont durs, Julianna, lui répondit-il. La liste de chômeurs s'allonge pis le secours direct fournit pas. Y en a qui ont à peine à manger. L'estomac va toujours ben passer avant les pieds !

Elle rejeta les arguments de son mari d'un geste de la main.

— Si ces gens-là le voulaient vraiment, ils s'arrangeraient pour trouver une solution.

François-Xavier perdit patience.

— On sait ben, du moment que tu peux aller voir ton beau Fred Barry au théâtre, qu'il y ait du monde qui meurt de faim, c'est pas grave !

Se penchant devant son miroir pour rectifier une nouvelle fois sa coiffure à la dernière mode, elle répliqua sur un ton ironique :

— Pis toi, tu passes pas ton temps au hockey peut-être ?

— C'est pour faire plaisir à Henry, se défendit-il.

— Ben oui, certain… fit-elle, moqueuse.

Elle avait raison sur ce point. Henry et lui étaient de fervents admirateurs des Canadiens de Montréal et il n'y avait pas beaucoup de parties disputées par leur équipe que les deux hommes avaient ratées. François-Xavier s'étonnait encore de l'amitié qui s'était tissée entre lui et l'avocat. Ce ne serait jamais comme celle qu'il partageait avec Ti-Georges, non… Avec son ami d'enfance, c'était à la vie à la mort, quelque chose d'inconditionnel, tandis qu'avec Henry, tout se passait sous un léger vernis d'apparence. Ils se respectaient, appréciaient la présence l'un de l'autre, mais tout était fragile. Comme si leur relation reposait sur du verre… Les deux hommes marchaient sur des œufs et faisaient toujours attention à ce qu'ils disaient. Ils n'étaient pas du même milieu. Souvent, François-Xavier se trouvait bien ignorant face à l'avocat. Mais la vraie raison de cette fragilité était

Julianna. Combien de fois avait-il surpris un drôle de regard entre sa femme et son ancien prétendant ? Il y avait une tension dans leur amitié. Une tension qui faisait qu'on se sentait toujours près d'un précipice dans lequel une ombre se tenait prête à vous pousser...

Julianna alla ouvrir sa boîte à bijoux. Choisissant les boutons de manchette offerts à son mari par Henry, il y avait des années de cela, elle les tendit à François-Xavier. D'un air maussade, il les mit à ses poignets. Julianna implora son époux :

— Oh François-Xavier, à soir, on se chicane pas s'il te plaît.

Elle alla prendre ses chaussures et les enfila.

— Pour une fois, ça va faire changement, marmonna François-Xavier.

Julianna fit comme si elle n'avait rien entendu, se chaussa puis se mit à tournoyer sur elle-même.

— Henry dit que ça parait pas que je suis mère de cinq enfants dont un bébé d'une couple de mois ! s'exclama-t-elle.

— Henry dit ben des choses...

Elle retourna devant son miroir.

— C'est grâce à lui que la haute nous ouvre ses portes. Y connaît tellement de monde.

— Ben oui...

— Quand je pense que j'vas avoir trente ans l'année prochaine... dit-elle en s'examinant de près.

Elle aima son reflet. Elle s'en détourna et pressa son mari de lui faire un compliment.

— Alors, comment tu me trouves ? Ma robe est belle, hein ? Chus pas mal fière de ma réalisation.

François-Xavier ne répondit rien. Affalé dans son fauteuil, il semblait perdu dans ses pensées.

— Alors, je te plais oui ou non ? insista-t-elle en allant se pencher au-dessus de lui, dévoilant ainsi les courbes de son décolleté. Elle lui susurra :

— Chus certaine qu'il y a un sourire de caché quelque part...
hum... dans cette poche ?

Presque malgré lui, il accepta le baiser qu'elle lui offrit. Il ne pourrait jamais cesser de la désirer. Il admira la poitrine dévoilée. Ces
seins palpitants qui le narguaient... De ses mains, il entoura la taille
de sa femme. Elle avait pris un peu de poids avec les années et les
grossesses successives mais cela ne lui enlevait rien à sa beauté. Au
contraire ! En ces années de crise économique, il rencontrait tant de
pauvres gens, aux traits tirés et amaigris, des femmes qui se privaient
de nourriture pour pouvoir en donner à leurs enfants, des hommes
qui se battaient pour un bout de pain que les joues rebondies de sa
Julianna étaient un soleil dans la grisaille de ces jours difficiles.
C'était ce qui le raccrochait à cette vie montréalaise qu'il détestait.
Sa femme et ses enfants mangeaient à leur faim et étaient à l'abri.

Léonie ne leur avait pas seulement offert un toit. En lui donnant un
travail à son magasin, elle avait permis à François-Xavier de faire vivre
sa famille et ainsi de garder son honneur sauf. Même si La belle du lac
n'était plus la boutique d'avant le crash boursier de 1929, le magasin
réussissait à tirer son épingle du jeu. Les riches dames de Montréal s'y
donnaient encore rendez-vous et ne dédaignaient pas payer pour avoir
la joie de porter un modèle de robe parisienne. Monsieur Morin, le gérant du magasin, semblait être un homme d'affaires doué et avisé.
Depuis son veuvage, Léonie s'était complètement désintéressée des affaires et c'est avec une complète confiance qu'elle laissait l'homme
gérer ses biens. Monsieur Morin avait du flair et il prouva qu'il avait eu
raison de ne pas mettre tous ses œufs dans le même panier, comme il
disait. Il avait donc investi dans les corsets, le tissu, la mercerie et
même l'immobilier. Ce dernier investissement avait débuté avec la
vente de l'immeuble à côté du magasin. Il l'avait acheté pour une bouchée de pain, le propriétaire ayant besoin rapidement de liquidités.

François-Xavier pensa à son patron. Travailler sous les ordres de
monsieur Morin n'était pas difficile. Le gérant était affable et ne le

pressait jamais vraiment d'ouvrage. Au contraire, François-Xavier avait l'impression qu'on aurait pu facilement se passer de ses services. D'ailleurs, cet aspect le mettait souvent mal à l'aise. Cela et l'attitude un peu mesquine de monsieur Morin. Celui-ci semblait compter de près ses sous. François-Xavier avait surpris le gérant, une fois, en train de rudoyer une des petites mains, comme on appelait les couturières de la boutique. La pauvre femme pleurait et se cachait le visage sous la pluie d'insultes dont son patron l'affligeait à cause d'un malencontreux coup de ciseau qui avait à peine gâché le jupon d'une robe.

Devant le regard de son mari encore perdu au loin, Julianna abandonna toute tentative de susciter l'admiration de la part de celui-ci et alla prendre des mouchoirs de coton dans le tiroir de sa coiffeuse.

— Mon dieu que je suis énervée ! s'écria-t-elle en pressant fermement le tissu sous ses aisselles pour éponger la sueur. J'en reviens pas encore ! Notre petit Mathieu qui va jouer devant tout le beau monde de Montréal ! J'ai demandé à Marie-Ange de le forcer à faire une sieste avant de l'habiller. On a été bénis du Bon Dieu quand ma grande sœur est venue vivre avec nous !

En 1931, l'aînée des Gagné était arrivée à Montréal. Devenue veuve, ses enfants habitant tous au loin, elle avait demandé l'hospitalité à sa tante Léonie, sa chère tante qu'elle aimait tant et avec qui elle avait tenu une régulière correspondance. Léonie s'était empressée de l'inviter, avec joie, à venir résider avec elle. Julianna avait alors trois enfants en bas de cinq ans, Pierre, Yvette, Mathieu, et était enceinte d'un quatrième. L'aide de Marie-Ange était la bienvenue. Marie-Ange avait donc frappé à la porte quelques jours avant que Julianna n'accouche de sa petite Laura, un bébé à la santé fragile. D'une efficacité redoutable, Marie-Ange avait été d'un grand secours. Organisée, structurée, Marie-Ange avait pris la maison en main. Léonie avait eu à nouveau l'impression de respirer un peu malgré la turbulence de Pierre, Yvette et Mathieu. Ce que Marie-Ange avait apporté de plus précieux était sa joie de vivre, qu'elle avait communiquée à toute la maisonnée, surtout à Léonie.

Marie-Ange était tout un phénomène. Elle ne semblait attacher aucune importance à son récent veuvage. Elle disait: « Le bonhomme est mort, que le diable l'emporte, y mettait pas d'eau dans sa boisson pis que le curé vienne pas m'empêcher de danser ! » À ces paroles, Léonie s'étouffait de honte. La tante croyait que ce genre de propos entraînerait la punition divine sur leurs têtes ! Marie-Ange lui répliquait : « Voyons donc matante, lâchez-moé vos bondieuseries ! » et Léonie rougissait de plus belle.

Quant à savoir si ses enfants lui manquaient, elle rétorquait: « J'en ai pas un qui est resté au Canada. Y sont tous partis s'établir aux États-Unis. C'est à peine si je reçois une lettre par année. Un jour j'irai les visiter… peut-être. En attendant, je peux enfin penser à moé ! »

Ah, Marie-Ange et son franc-parler, sa bonne humeur, sa personnalité unique, ses accoutrements… Elle portait un drôle de chapeau si laid qu'il en était beau, comme elle disait en parlant de son bibi : « ça m'a pris des années pour le mouler à la mesure de ma tête, pas question que je me renferme le génie dans un nouveau chapeau pas cassé ! » Ce n'était pas par obligation qu'elle avait écrit à sa tante préférée afin de lui demander l'hospitalité. Elle avait une petite rente et possédait quelques économies. Non, c'était tout simplement parce que la femme de Chicoutimi rêvait de venir vivre à la grande ville, la vraie, pas Québec mais Montréal. Depuis son arrivée, elle s'émerveillait de tout ce qu'elle découvrait. Elle emmenait les enfants en promenade, allait dans les grands magasins, prenait le char électrique et s'impliquait dans toutes sortes de réunions et d'organismes de bienfaisance.

Elle adorait La Bolduc, idolâtrait Thérèse Casgrain et pestait contre Taschereau qui ne leur donnait pas le droit de vote quand, partout ailleurs, les femmes le détenaient. « Chère, chère Marie-Ange, se dit Julianna en souriant pensivement , ton prénom te va si bien… »

— Allez on va être en retard, dit Julianna en sortant de sa rêverie et en mettant une touche finale à son maquillage.

Se tournant vers François-Xavier, elle dit d'un ton sec :

— T'aurais pu éviter d'aller te promener aujourd'hui. Je t'avais dit qu'y fallait qu'on arrive au bal en avance pour faire pratiquer Mathieu ! Ben non, y fallait que monsieur fasse à sa tête...

Sa femme lui reprochait si souvent ses escapades quotidiennes. Elle n'aimait pas qu'il disparaisse ainsi. François-Xavier avait pris l'habitude d'aller se promener au port de Montréal. Là, il pouvait rester des heures à regarder le va-et-vient des marins et des travailleurs.

Pauvre Julianna, si « monsieur » avait vraiment fait à sa tête, il ne serait pas là ce soir. Il serait en train de naviguer vers un autre pays... Loin de toutes ses responsabilités, loin de ses échecs. Parfois, il se rendait sur la jetée Victoria, jusqu'à la tour de l'horloge. Il longeait le haut mur qui reliait la grande tour à une autre plus petite et il restait là, à l'abri, à regarder l'activité sur le pont du Havre qu'on parlait de rebaptiser le pont Jacques-Cartier. De là, son regard se tournait vers l'horizon. C'était sa bouée de sauvetage. On aurait dit que la légendaire exactitude de l'horloge lui apportait un peu de sécurité dans sa vie. Tant que cette grande tour carrée se tiendrait là, droite, François-Xavier avait l'impression que le monde continuerait de tourner. Cette tour lui rappelait celle de son château, abandonnée sur la Pointe. Il aurait tant aimé y grimper encore, s'y réfugier...

Il se sentait si perdu dans cette grande ville. Il était un orphelin dans tous les sens du terme. Orphelin de père, de mère, de patrie. On disait que la peine s'estompait avec les années, il était la preuve vivante que cette affirmation était un pur mensonge. Il y avait cette envie irrépressible qui le prenait de s'embarquer sur un bateau, n'importe lequel, et de partir, loin, très loin. Il voulait faire comme bien des hommes découragés et fuir la misère de Montréal sauf que lui, c'était à son âme misérable qu'il voulait échapper... Il portait sur lui ses deux biens les plus précieux : la lettre de sa mère Joséphine, bien pliée dans un étui de protection qu'il s'était lui-même cousu, et la croix de son père qu'il avait suspendue à une cordelette de cuir autour son cou et qu'il n'enlevait jamais. Que de fois sa Julianna avait essayé de la lui faire retirer. Elle disait que cela marquait sa peau et qu'on allait le croire sale. François-Xavier la laissait parler comme il en avait pris l'habitude ces dernières années.

— François-Xavier, tu m'écoutes pas ! lui reprocha Julianna.

— Ben oui...

— Ben non ! Ça fait trois fois que je te demande de m'aider à défaire mon collier. J'y arrive pas... Il faut que je l'enlève et que je mette celui de Henry. Je peux toujours ben pas aller au bal avec ce vieux bijou démodé ! se désespéra Julianna.

François-Xavier obtempéra et tenta de défaire la petite attache.

— Attention de pas le briser ! l'avertit sa femme.

Ce collier lui venait de Marguerite. Même s'il n'était que de pacotille, Julianna y attachait une grande valeur sentimentale. C'était le seul souvenir qui lui restait de son amie. Marguerite était décédée l'hiver dernier.

~ ~ ~

Quand, l'été précédent, en juillet 1933, Marguerite s'était rendu compte que sa santé déclinait de façon alarmante, elle avait consulté un docteur. Le médecin avait demandé l'avis de ses collègues avant de se prononcer. Il n'avait pas laissé d'espoir à Marguerite. La femme avait une énorme tumeur dans le ventre. Elle était inopérable et n'en avait plus pour longtemps. Marguerite avait alors demandé à son mari d'écrire à Montréal et de supplier Julianna pour qu'elle se rende auprès d'elle. En prenant connaissance de la missive, on avait organisé le départ de Julianna et de Léonie pour le Lac-Saint-Jean.

Les deux femmes laissaient les quatre enfants aux bons soins de Marie-Ange. François-Xavier viendrait peut-être les rejoindre plus tard. Léonie n'avait pas hésité une seconde avant de décider d'accompagner Julianna. Non seulement il n'était pas question que sa fille adoptive voyage seule, mais Léonie avait toujours eu un attachement profond envers Ti-Georges. Dans le train, Léonie était silencieuse. Au rythme des roues grinçantes sur les rails, les souvenirs affluaient.

Son enfance au Lac-Saint-Jean, la mort de sa sœur Anna, son beau-frère Alphonse, son mariage avec Ernest, son veuvage... Elle essaya de s'endormir et de chasser ces images qu'elle ne voulait pas revoir. Mais Julianna semblait déterminée à ne pas la laisser tranquille. Depuis leur départ de la gare, Julianna, nerveuse, n'avait cessé de la déranger. Léonie, les yeux mi-clos, avait enduré ce babillage, répondant par monosyllabes, espérant décourager la jeune femme afin que celle-ci se taise enfin...

— C'est la première fois que je quitte mes enfants...

— Julianna, laisse-moi dormir.

— J'espère que mes quatre p'tits monstres donneront pas trop de trouble à Marie-Ange.

— Ben non.

— Pierre, y est assez raisonnable pour son âge. Si c'est pas de valeur c'te cicatrice-là !

— Ben de valeur...

— Je le trouve gêné, vous trouvez pas, marraine ?

— Un peu...

— Ça grandit vite pareil ! Y me semble que c'était hier que j'étais enceinte de Pierre, pis là y a sept ans !

— Julianna...

— Yvette, par exemple, a pas ce problème-là. A l'a rien que cinq ans mais a mène tout le monde par le bout du nez ! Je sais pas de qui a tient...

— On se le demande...

— Pis mon Mathieu, lui, y a reçu un don, y a de l'oreille. Y apprend du premier coup une mélodie pis y a juste quatre ans ! Y a vraiment une âme sensible, vous trouvez pas ?

— J'veux dormir...

— Ouais, il est spécial, mon Mathieu. Mais je le trouve trop sérieux.

— Pour l'amour, tais-toi un peu, ma fille.

— J'espère que Laura fera pas de crise de fièvre encore. Elle est encore si chicot pour un bébé de deux ans ! A vomit son lait tout le temps.

Léonie ouvrit les yeux et s'impatienta.

— Julianna, j'connais l'âge de tes enfants pis comment y sont faits... Peux-tu être un peu plus silencieuse s'il te plaît ? Le train m'endort...

— Excusez-moi, marraine. Je parlais pour parler.

— C'est ça qui m'énerve.

La jeune femme se força à rester tranquille un moment.

Après quelques minutes qui lui parurent une éternité, Julianna relança la conversation.

— J'aurais pas dû partir. Mes enfants sont ben trop jeunes encore pour qu'une mère les laisse.

— Ben non.

— Je pouvais toujours ben pas rester à Montréal. Les dernières volontés de quelqu'un, c'est sacré.

— Julianna, s'il te plaît, j'aimerais pouvoir dormir un peu...

La jeune femme acquiesça à la demande de Léonie mais ne put tenir longtemps sa bonne résolution.

— Je sais ben pas ce que Marguerite veut tant me demander...

Que de fois elle s'était posé cette question ces derniers jours ! Dans la lettre lui annonçant la mauvaise nouvelle, Georges faisait mention du désir de Marguerite que Julianna se rende à son chevet. Sa femme avait un secret à lui dévoiler, rien qu'à elle. Qu'est-ce que cela pouvait bien être ? Julianna n'en avait aucune idée. À la pensée de sa belle-sœur, souffrante et mourante, elle eut les larmes aux yeux. Marguerite était si jeune encore, à peine 32 ans. Et ses enfants... Qu'allaient-ils devenir ? Julianna s'en voulait de ne pas avoir pris la peine de retourner au Lac-Saint-Jean visiter son frère. Elle n'avait même jamais vu Samuel et les jumeaux, ses trois derniers fils. Avec Jean-Marie, Elzéar et Delphis et leur unique fille Sophie, cela ferait sept orphelins de mère. Quelle pitié ! Une mère ne devrait jamais mourir…

Perdue dans ses pensées, Julianna était enfin silencieuse. Léonie crut qu'elle pourrait somnoler tranquille quand tout à coup, sa compagne de voyage s'exclama :

— Que c'est loin, le Lac-Saint-Jean ! Au moins, François-Xavier a entendu raison. Chus ben contente d'être partie de là-bas pis d'avoir vendu la maison de Roberval si vite.

— Je sais… marmonna Léonie en se forçant à ne pas perdre patience.

— Monsieur Ouellette l'a achetée tout de suite pour sa fille, celle qui avait été inondée à Saint-Méthode.

Léonie hocha la tête de découragement. Elle adorait sa fille adoptive, mais celle-ci pouvait être exaspérante parfois ! Depuis qu'elle et sa petite famille étaient venus vivre avec elle à Montréal, elle ne connaissait plus guère de moments de paix intérieure. Elle s'était promis de se priver de ses petits-enfants puisqu'à cause d'elle, Ernest ne pouvait les connaître. Ah ! Ernest… mourir de façon si tragique… Elle se sentait si coupable. Elle était convaincue que c'était à cause de son mensonge à John que Dieu l'avait punie en lui enlevant son mari. En effet, elle n'avait pas tenu sa promesse. Elle avait juré que plus un homme ne l'aimerait et elle avait brisé son serment. Oui, Dieu l'avait punie. Combien de fois avait-elle eu envie d'en finir ? Elle savait pertinemment que le paradis lui était désormais interdit. Elle ne pouvait qu'essayer de racheter ses fautes. Peut-être que Dieu, dans sa miséricorde, la laisserait aller au purgatoire. Chaque matin depuis la mort de son mari, vivre avait été un supplice. Elle allait un peu mieux maintenant, grâce à sa chère nièce Marie-Ange, mais elle se sentait si fragile. Jamais elle ne se le pardonnerait. À vrai dire, ce voyage au Lac-Saint-Jean était pour elle l'occasion de faire le point.

— Je sais ben pas si les parents de Marguerite vont nous recevoir comme du monde, fit remarquer Julianna. Les Belley sont pas avenants.

— Pour la dernière fois, j'aimerais dormir, s'impatienta Léonie.

Elle eut une idée pour faire taire sa fille. Elle se redressa, fouilla dans son sac à main et, ayant trouvé ce qu'elle cherchait, le prit en disant à sa filleule :

— J'vas réciter mon chapelet à la place.

Léonie sourit intérieurement. Julianna ne se permettrait jamais de la déranger pendant ses prières.

— Tu veux prier avec moi ? l'invita-t-elle.

— Non merci, répondit Julianna. Je... j'vas dormir à mon tour.

Les mains jointes sur son chapelet, les yeux fermés, Léonie se dit que, cette fois, elle ne serait plus dérangée.

~ ~ ~

Amaigrie, pâle, Marguerite ne pouvait presque plus se lever de son lit. Elle avait refusé de se regarder dans le petit miroir que sa mère lui avait tendu le matin afin qu'elle se coiffe. Elle n'en avait pas besoin pour savoir quel reflet il lui renverrait. Celui de la peur... et d'une profonde colère aussi. Pour cette raison et non pas vraiment par souffrance, comme le croyaient ses proches, elle gardait la plupart du temps les yeux fermés. Le curé était passé et lui avait donné les derniers sacrements. Ses parents, son mari et ses enfants s'étaient regroupés autour d'elle, agenouillés. Elle avait eu envie de hurler en entendant son père réciter la prière, dire ces mots sacrés. Elle aurait voulu le montrer d'un doigt accusateur et crier que c'était sa faute si elle était en train de mourir. Il l'avait tuée. Sa maladie, ce cancer qui la rongeait, il en était la cause ! Si au moins ils avaient pu rester sur la Pointe... Là-bas, elle avait su se construire un abri. Mais ici, à Péribonka, sentir la présence de son père tous les jours, la trahison de

sa mère qui ne l'avait pas défendue, la peur que sa petite Sophie su-
bisse le même sort... La cause de son agonie se tenait là, à genoux.
Hypocrite... Violeur, meurtrier... Maintenant, il n'y avait que la promesse de la venue de Julianna qui la maintenait encore un peu en vie.
Marguerite espérait que sa belle-sœur accède à ses dernières volontés.
Elle n'avait qu'une demande, que Sophie, sa seule fille, ne soit pas
élevée dans cette maison. Il fallait que Julianna la ramène avec elle,
il fallait qu'elle l'éloigne de son père... qu'elle la sauve, elle.

~ ~ ~

Dans le train, Julianna était enfin parvenue à se taire. Sa tante ronflait légèrement, les mains nouées autour de l'objet pieux. Elle-même
n'était pas loin de somnoler. Elle pensait de nouveau à ses enfants.
C'est drôle, on rêve de pouvoir juste souffler un peu, sans leurs cris,
leurs chamailleries ou leurs exubérances, mais dès qu'on se retrouve
un peu seule, les pensées ne sont plus que pour eux. Léonie lui disait
souvent qu'elle les gâtait trop.

D'avoir dû les laisser derrière elle, même sous la bonne garde de
Marie-Ange, était presque insupportable. Elle avait une forte propen-
sion à toujours imaginer le pire. Pierre heurté par une voiture dans la
rue, Yvette ébouillantée dans la cuisine, Mathieu étouffé par un quelconque objet, Laura terrassée par la fièvre... Puis elle pensa à son
mari. Elle s'ennuyait déjà de lui et redoutait les nuits solitaires qui
l'attendaient. François-Xavier... Elle avait cru que leur nouvelle vie
à Montréal leur apporterait le bonheur, mais cela ne se passait pas
ainsi. Ils se disputaient si souvent. Elle voyait bien qu'il était malheureux. Plus il arborait un visage fermé, plus elle essayait d'être exubérante et cela ne faisait qu'empirer les choses. Elle ne savait plus quelle
attitude adopter envers lui. Si elle minaudait, il la repoussait les trois
quarts du temps. Elle le confrontait ? Il fuyait. Alors, elle jouait à l'indifférente, mais il semblait fort bien s'en accommoder. La seule chose

pour laquelle il semblait démontrer de l'intérêt à Montréal était d'aller au hockey avec Henry. Elle les revit, en 1930, bras dessus bras dessous, un peu ivres, revenir d'un de ces matchs et lui décrire, en parlant en même temps, des périodes de jeu mémorable, des passes rusées, des buts spectaculaires, des coups de patin rapides et de force du poignet incomparable ! Ils avaient chanté la victoire de leurs Canadiens et de leur troisième coupe Stanley, ridiculisé la défaite de ces affreux Bruins de Boston. Pendant des jours on n'avait plus entendu parler que de Howie Morenz et d'Aurèle Joliat ou encore de ce Georges quelque chose, dont Julianna n'avait pu retenir le nom bizarre. Elle se souvenait de la date, car c'était la même que celle du décès de son idole, Emma Lajeunesse. Sa chère Albani était morte ce 3 avril 1930. Pendant qu'une équipe de hockeyeurs élevait les bras en l'air en signe de victoire en l'emportant 4 à 3, leurs adversaires, défaits, affichaient la mine d'enterrement qui aurait été de mise pour l'Albani. Cher Henry... Il faisait presque partie de la famille maintenant. Averti de leur déménagement à Montréal, il s'était empressé de venir les saluer. Et depuis, il ne se passait guère de semaine sans que l'avocat ne vienne faire son tour. Léonie et Marie-Ange le traitaient comme leur propre fils. C'était « mon petit Henry » à tour de bras, comme s'il ne mesurait pas au moins six pieds. Elle ne comprenait pas toujours les motivations du jeune homme à leur rendre visite si souvent. Avait-il encore des sentiments pour elle ? Elle le croyait. Henry et ses belles manières, sa courtoisie, sa sollicitude... François-Xavier et sa brusquerie, son intransigeance, sa solitude... Un ami, un mari. Une affection, une passion. Une tentation, une déception. Dans les deux cas, une incompréhension.

~ ~ ~

François-Xavier pressa le pas. Il était en retard à son rendez-vous. Henry l'attendait au parc Lafontaine. À l'heure qu'il était, Julianna devait être à mi-chemin de Péribonka, en route vers le chevet de Marguerite. Cela lui faisait tout drôle d'être ainsi séparé de sa femme. Il retira son veston et roula les manches de sa chemise blanche. Il faisait si chaud aujourd'hui. Pas un souffle de vent pour rafraîchir. Cependant, la température aurait été plus fraîche qu'il aurait quand même sué à grosses gouttes. Il était si nerveux : Henry lui apportait des nouvelles de son dernier espoir.

François-Xavier pensa à son amitié avec Henry. Si celui-ci croyait qu'il ne se rendait pas compte des sentiments que le prétendant éconduit éprouvait pour Julianna, il se trompait. François-Xavier se souvenait de l'avoir détesté sans le connaître. Il l'avait imaginé petit et rondouillard, laid, ayant tous les défauts du monde quand il n'avait eu que celui d'avoir courtisé Julianna. À sa grande déception, non seulement l'avocat était fort bel homme mais en plus, il était érudit, s'exprimait facilement, et son intelligence ne faisait pas de doute. Il semblait tout comprendre, tout savoir des intrigues politiques, du dessous des affaires. Lui, François-Xavier, ne saisissait pas la moitié de tous les aboutissants et enjeux politiques dans laquelle la compagnie l'avait plongé depuis des années. Avant 1926, c'était à peine s'il savait que cette industrie existait. Il avait entendu parler d'hydroélectricité, saisissait qu'on utilisait le pouvoir de l'eau et comprenait le fonctionnement d'un barrage. Pour lui, c'était bien suffisant. Son intérêt était de faire de son mieux pour établir une fromagerie qui serait prospère. Non pas pour devenir millionnaire et s'offrir des croisières ou des dents en or, non, il désirait seulement vivre dans sa belle maison, gâter un peu sa femme et ses enfants, avoir de la bonne nourriture sur la table et laisser à ses fils un bel avenir. La compagnie en avait décidé autrement. Que fait-on quand on est victime d'une telle injustice ? Pas un jour ne passait sans qu'il ne se pose la question. Henry lui disait de continuer à se battre selon les voies légales. Léonie, elle, d'accepter celles de Dieu. La résignation... cela n'était pas loin du désespoir. Même le comité de défense ne savait plus vers qui se tourner. Les membres avaient remis la cause à la Sainte Vierge. On lui avait envoyé une copie de la prière. Son père aurait été d'accord avec ces écrits. Ensemble, ils avaient assisté à tant de messes, ils avaient fait silence à l'angélus, s'étaient signés en passant devant une croix de chemin, avaient respecté le carême, le jeûne du vendredi. Encore aujourd'hui, il accompagnait sa famille à l'église, se confessait à des curés montréalais, écoutait leurs sermons, se faisait réprimander, avertir, menacer, solliciter de l'argent. Il ouvrait la bouche, sortait la langue, avalait l'hostie, se signait, répondait : « Ainsi soit-il » et repartait pour une autre semaine, faire provision de manquements, de péchés, de désobéissance... Il était comme une petite marionnette à fils, pareil à celle qu'il avait vue au spectacle du castelet du parc Belmont. « Allez, baisse la tête, mets un genoux à terre, plie l'échine, soumets-toi... Obéis, endure... endure... c'est la voie de Dieu, ton chemin. »

François-Xavier s'arrêta tout à coup de marcher. Il regarda autour de lui. Le tramway qu'il devait prendre pour rejoindre Henry arrivait. Il devrait courir pour ne pas le rater. Des policiers en longs uniformes veillaient à la circulation. Un homme gara sa voiture sur le bord de la rue et aida sa passagère à en descendre. La jeune fille riait à gorge déployée, coquette dans la robe la plus courte que François-Xavier ait jamais vue, la tête protégée du chaud soleil par un chapeau en forme de cloche. Visiblement, elle trouvait son compagnon amusant tandis qu'il se penchait pour lui allumer une cigarette. Puis, main dans la main, ils s'engouffrèrent dans un grand magasin, The JF Nichol Co., qui vendait des vêtements pour femmes mais n'avait rien de commun avec La belle du lac. Tout à côté, sur le mur de brique, une immense pancarte publicitaire montrait un homme jeune et bien mis en train de boire une bouteille de Coca-Cola. François-Xavier se secoua et embarqua de justesse dans le char électrique. Le tramway semblait renâcler devant le surplus de poids de ce nouveau passager et peinait à reprendre de la vitesse, grinçant d'effort sur ses rails. Ils ne furent pas longs à emprunter la rue où voilà à peine quelques mois, par un froid sibérien, il avait été témoin d'une longue file de chômeurs la tête enfouie dans les épaules, attendant leur tour d'entrer au bureau du secours direct pour se faire remettre la charité gouvernementale. Il s'était imaginé dans ce long serpent d'hommes, il avait ressenti leur honte, leur désespoir... Un de ces désemparés inconnus avait relevé un instant la tête et avait croisé le regard curieux de François-Xavier. Il était facile de traduire la muette supplique : pourquoi moi et pas toi ? François-Xavier s'était senti minable avec son beau manteau chaud, sa paire de gants neufs reçue à Noël, son argent dans son portefeuille, celui qu'il irait dépenser à sortir, à manger dans les restaurants, celui qu'il gagnait sans fierté, sans sueur, sans mérite... et qui le rendait si mal à l'aise, même encore aujourd'hui. Il vérifia à quelle hauteur le tramway était arrivé et se dit qu'il approchait de sa destination. Il vérifia l'heure. Il serait un peu en retard mais Henry ne lui tiendrait pas rigueur. Henry ne perdait jamais patience, lui. Henry était parfait...

~ ~ ~

Le long silence de Julianna intrigua Léonie. Elle sortit de son demi-sommeil et jeta un œil sur sa filleule et comprit la raison du mutisme de sa nièce. Julianna était plongée dans un livre. Elle aurait dû s'en douter, c'était bien la seule chose qui la tenait tranquille, et ce, depuis qu'elle était toute petite. Il faut dire que Léonie l'avait poussée avec joie dans le monde de la littérature. Elle revoyait encore la mine réjouie de sa filleule lorsque celle-ci avait reçu son premier livre. À la librairie, Léonie avait hésité longtemps avant de porter son choix sur un gros album cartonné intitulé *Voyez comme on danse*. Joliment illustré, le livre comportait les paroles et les harmonies de comptines et de chansons enfantines. Léonie eut une bouffée de tendresse envers sa fille adoptive. Elle avait au moins réussi à lui offrir une belle enfance... Julianna ne s'en rendait probablement pas compte, mais rares étaient les femmes qui, petites, avaient joué avec des poupées de porcelaine, revêtu de jolies robes, suivi des cours de musique, et passé leurs journées dans l'insouciance. Cela avait certainement gâté un peu le caractère de sa filleule et ne l'avait pas préparée à être une bonne épouse, mais Léonie lui avait aussi inculqué de belles valeurs comme la générosité et le fait d'avoir le cœur à la bonne place. Cela devait compenser...

— Bon, c'est quoi cette fois-ci que t'es en train de lire ?

— Chut !

— Julianna, voyons, c'est impoli.

— Attendez marraine, je suis dans un passage si beau...

Julianna termina sa page et releva les yeux. Léonie vit que ceux-ci étaient emplis de larmes.

— Oh Julianna, toi pis tes bêtises ! Allez, mouche-toi, dit-elle en lui tendant son propre mouchoir. Je suppose que t'en as pas mis dans ton sac à main ?

— J'ai encore oublié.

Julianna se moucha bruyamment.

— Le vendeur à la librairie Beauchemin m'a dit que c'était une nouveauté, reprit-elle. C'est une belle grande histoire.

— Alors, c'est quoi le titre ?

— *Un homme et son péché.*

Julianna rangea le livre précautionneusement dans le sac de voyage qu'elle avait gardé à ses pieds, puis se détourna vers la fenêtre et regarda les champs défiler devant elle. La lecture était aussi vitale pour elle que la musique et elle ne pouvait se passer ni de l'un ni de l'autre. La musique berce l'âme ; les livres la libèrent... Sa marraine changea de sujet.

— Si Marguerite avait pu voyager, je l'aurais emmenée au frère André. Il l'aurait guérie, comme pour Laura.

L'hiver dernier, la petite dernière de Julianna étant souffrante, Léonie avait emmené le bébé à la crypte Saint-Joseph. Le saint homme faisait des miracles. Laura était si malade : depuis des jours, la fièvre ne tombait pas. Elle refusait de boire et elle ne marchait plus. Les médecins ne pouvaient plus rien pour elle. Ils hochaient la tête et repartaient en disant qu'elle ne se rendrait pas à son deuxième anniversaire de naissance. Sans plus d'hésitation, Léonie avait emmitouflé l'enfant dans de chaudes couvertures et avait demandé à monsieur Morin de les emmener au frère André. Le saint portier l'avait reçue, sans ostentation. Il s'était contenté de sourire, ses yeux bleu gris d'enfant portant en eux une confiance incommensurable. Rien que ce regard aurait suffi à guérir le bébé, Léonie en était certaine. Le frère André avait déposé une main sur le front brûlant et, avec tendresse, y avait déposé un baiser. Le guérisseur était menu et frêle. Pourtant, il s'en dégageait une grandeur humaine hors de l'ordinaire. Léonie, exaltée, avait cédé la place à deux invalides et à une personne âgée qui s'appuyait avec difficulté sur une canne. À la vue de toutes les béquilles accrochées au mur, elle avait retiré une bottine du pied de Laura et l'avait suspendue par le lacet. Déjà, elle trouvait que Laura semblait moins fiévreuse. Elle était retournée à la maison assurée de la guérison complète de la fillette.

— Oui, chus certaine qu'il aurait fait un miracle pour Marguerite, assura à nouveau Léonie. Il aurait fallu qu'il puisse la toucher, mais Ti-Georges dit que sa femme supporterait pas le voyage.

À l'évocation du frère André et de ce qu'il avait fait, Julianna eut le réflexe de faire son signe de croix. Elle vivrait toujours dans la peur que Laura ne retombe malade.

— Marraine, je peux pas me faire à l'idée que Marguerite est pour mourir. Comment j'vas faire pour pas pleurer quand on va arriver ?

— Ce soir, on va s'installer à Péribonka. J'ai réservé une chambre dans une pension du village pis demain, à la première heure, tu vas la voir.

— Qu'est-ce que j'vas y dire ?

— Tu laisseras parler tes larmes, Marguerite va comprendre ce que tu lui dis.

~ ~ ~

Évidemment, François-Xavier arriva en retard à son rendez-vous. Henry l'attendait depuis une bonne demi-heure, assis sur un banc du parc, au lieu convenu. Détendu, le visage au soleil, l'avocat regardait en souriant un groupe d'enfants se baigner dans le grand bassin du parc. Il ne se formalisait pas de cette attente. Au contraire, il savourait ce rare moment de répit. Il vit de loin arriver François-Xavier et il s'amusa à regarder avancer à grandes enjambées ce rouquin. Son ami détonnait dans la ville. Pas seulement par la couleur rare de ses cheveux, mais plutôt par son attitude détachée, comme si rien de tout ce qui bougeait autour de lui ne le concernait. Au contraire de la plupart des passants qui déambulaient comme des écureuils à petits pas vifs, inquiets, surveillant le moindre danger, toujours aux aguets, méfiants. Tandis que le mari de Julianna s'approchait, Henry se redressa et malgré lui se raidit un peu. Il n'était jamais agréable d'être porteur de mauvaises nouvelles même s'il n'en était que l'impuissant messager. Il se leva et accueillit François-Xavier d'une chaleureuse poignée de main.

— On marche un peu ? proposa l'avocat. Il fait si beau.

François-Xavier accepta et déambula calmement aux côtés de Henry. Celui-ci hésita.

— Comme tu le sais, je t'ai demandé de me rencontrer parce que le comité de défense a reçu la réponse de Londres…

François-Xavier arrêta d'avancer.

— Rien qu'à te voir la face, la réponse est non.

— François-Xavier, je suis désolé.

C'était vraiment un coup dur. La compagnie avait gagné sur toute la ligne. Malgré la preuve de sa malhonnêteté dénoncée par les journaux, reconnue par le premier ministre du Québec lui-même, justice ne serait pas rendue. Les terres avaient été inondées illégalement et l'expropriation fixée à un coût ridicule, mais justice ne serait pas rendue. On s'était réuni, on s'était battu, on avait dénoncé, espéré, prié, on s'était ruiné, mais justice ne serait pas rendue. En dernier recours, on s'était tourné vers le plus grand des tribunaux, celui qui est soi-disant au service de son peuple, veillant sur l'intérêt du petit comme du grand, mais justice ne serait pas rendue...

— Y a pus rien à faire ? demanda François-Xavier.

— Rien, répondit Henry. Pourtant, la réponse de Londres aurait dû être positive. Avec tous les éléments que le comité de défense avait réunis... Ça veut juste dire une chose, que les rumeurs étaient vraies.

— Les rumeurs, quelles rumeurs ?

— On dit dans le milieu que notre bon cher premier ministre Taschereau, il est pas parti en voyage en Angleterre pour rien. Il aurait fait des pressions sur Londres pour qu'on ne se prononce pas en votre faveur.

— Bâtard de Taschereau !

Ne trouvant pas de mots assez forts, les blasphèmes ne suffisant pas, François-Xavier se mit à bourrer un arbre de coups de poings.

Henry le laissa évacuer sa rage et n'intervint que lorsqu'il vit un peu de sang suinter des jointures de l'homme en colère. L'avocat arrêta l'inégal combat et le supplia :

— François-Xavier, arrête !

— On aurait dû gagner !

— Oui, c'est vrai.

— La compagnie était supposée rembourser toutes les dettes du comité !

— Pis vous auriez été dédommagés comme du monde, je le sais. On a tout essayé, François-Xavier. La compagnie pis le gouvernement, c'est comme cet arbre. T'auras beau varger dessus autant que tu voudras, y a rien que toi qui vas saigner...

Ces paroles le calmèrent. Un instant, il regarda sa main blessée. Puis François-Xavier laissa tomber sa tête sur le tronc. Il murmura :

— Ça veut dire que moé, Ti-Georges pis les autres, on est ruinés ?

— Oui.

— Y a pus rien après Londres ?

— Plus rien.

François-Xavier se redressa. Il pensa à Ti-Georges qui, en plus d'avoir à vivre des moments difficiles avec la maladie de Marguerite, aurait à assumer cette terrible nouvelle. Il reprit son aplomb et annonça sa décision.

— J'vas aller rejoindre Julianna plus vite que prévu. J'veux le dire à Ti-Georges moé-même. Merci ben Henry.

— Je veux y aller avec toi.

— À Péribonka ?

— Oui. Je le sais très bien combien c'est dur d'annoncer une mauvaise nouvelle. À deux, ça sera probablement pas plus facile mais peut-être plus tolérable…

~ ~ ~

Le lendemain matin, avant d'entrer dans la chambre où Marguerite était étendue, Julianna prit comme résolution d'avoir une attitude sereine. Elle avait l'impression de revivre sa première rencontre avec son père. « Allez Julianna, un peu de courage ! » La dernière chose dont sa belle-sœur avait besoin, c'était une crise de nerfs.

Elle ouvrit la porte. Adossée sur des oreillers, la malade fit signe de la main à Julianna de se dépêcher d'entrer. Ne pouvant se contrôler, Julianna fondit en larmes et se précipita auprès de son amie.

— Julianna, enfin…

— Oh ! Marguerite, je m'étais juré de pas pleurer…

— C'est pas grave, ça me dérange pas qu'on se mouche dans mes draps, blagua Marguerite.

Cet humour redonna contenance à la femme blonde. Avec un petit geste d'excuse, elle avoua ne pas avoir de mouchoir sur elle.

— Comme d'habitude. Regarde dans le premier tiroir du meuble pis prends-en un des miens.

Julianna trouva le bout de tissu et se nettoya le visage. Plus calme, elle revint auprès du lit.

— Y avait si longtemps que je voulais te revoir… dit-elle.

— Tu as vu Samuel et les jumeaux ?

— Oui, tes enfants sont magnifiques. Tes grands ont changé ! J'ai pas reconnu Elzéar ! Pis Jean-Marie, mon doux, j'peux pas croire que mon p'tit Pierre va devenir un géant comme lui un jour ! Pis Sophie est mignonne comme tout !

— Profites-en ben de tes enfants, Julianna… ben comme il faut…

Les deux femmes parlèrent un peu de leurs enfants respectifs, puis Julianna en vint au but de cette visite.

— T'as écrit que tu voulais me confier quelque chose…

La malade fit signe à sa belle-sœur de s'approcher.

— J'veux pas qu'on entende, dit Marguerite.

Julianna avança une chaise près du lit. En chuchotant, Marguerite dévoila enfin son douloureux secret. Diverses expressions passèrent sur le visage de Julianna, surtout de l'étonnement mais aussi de la colère.

— Je peux pas le croire Marguerite… C'est épouvantable ! C'est impossible ! fit-elle, choquée, quand son amie se fut tue. Pis Georges le sait pas ? reprit-elle.

— Y tuerait mon père de ses propres mains. Ton frère est pas un homme qui accepterait qu'on ait touché à sa femme. Pis c'est déjà assez difficile de même, j'pourrais pus le regarder dans les yeux. J'ai tellement honte, Julianna…

— Comment t'as fait, Marguerite, pendant toutes ces années, comment t'as fait ? Pis ton p'tit bébé… enterré…

Julianna se retint à deux mains pour ne pas sortir de la pièce, prendre une arme, n'importe laquelle, et aller frapper cet homme, ce père indigne, ce porc…

— Tu peux pas savoir comment ça me fait du bien de te l'avoir dit, dit Marguerite, soulagée.

Elle se sentait légère, délivrée d'un poids terrible.

Julianna se leva et alla se planter devant la fenêtre. Elle passa ses mains dans son visage et se frotta les tempes, essayant de chasser les images d'inceste et d'infanticide.

— Marguerite, souffla-t-elle, bouleversée. Je crois que je pourrais moi-même le tuer pour ce qu'il t'a fait…

— Reviens près de moé, Julianna.

Elle obéit mais délaissa la chaise pour le rebord du lit. Elle prit la main de Marguerite dans la sienne.

— Je pensais même pas qu'un père pouvait poser de tels gestes, avoua Julianna.

— J'ai pas une très belle famille…

Longuement Marguerite s'épancha, racontant son enfance, l'animosité de son frère envers elle. Plus elle y pensait, plus elle était convaincue que si son grand frère Paul-Émile la détestait tant, c'était par jalousie. Il se faisait maltraiter par son père, pas une journée ne se passait sans qu'il reçoive des coups, tandis qu'elle, il ne la touchait pas. Enfin, c'était ce que Paul-Émile avait dû croire. S'il avait su quelles blessures intimes leur père lui faisait subir à elle… Mais cette maltraitance ne laissait pas de bleus. Marguerite raconta tout cela à Julianna et plus. Pendant de longues minutes, elle confia ses rêves de fillette, ses agressions d'adolescente, ses déceptions de femme… Elle lui avoua les sentiments profonds qu'elle avait pour Julianna et elle termina en l'implorant.

— Y faut que tu m'aides…

— À quoi ? Qu'est-ce que tu veux que je fasse, Marguerite ?

La femme émaciée se redressa et retrouva un peu de force tandis qu'elle suppliait Julianna d'accéder à sa demande.

— J'veux pas mourir icitte ! J'veux pus le voir… J'veux pas qu'y touche à Sophie ! Je l'sais pas comment, Julianna, mais j'veux que tu nous emmènes avec toé, à Montréal, n'importe où, mais prends-moé avec toé, Julianna, me laisse pas icitte, je t'en supplie ! J'veux revoir le soleil, sentir les fleurs, j'veux que les étoiles brillent à nouveau pour moé. Icitte c'est la grande noirceur. Chus déjà morte… Donne-moé quelques jours de bonheur. Sors moé de cette chambre !

Sa belle-sœur s'agrippait à elle, telle une enfant paniquée. Julianna entoura Marguerite de ses bras et la berça avec tendresse. En pleurant, elle lui promit de l'aider.

— J'vas trouver une idée, je le sais pas quoi, mais j'vas trouver quelque chose, pis tout va s'arranger Marguerite, je te le jure…

~ ~ ~

Plus tard, le visage fermé et sévère, elle sortit de la chambre en refermant doucement la porte derrière elle. Marguerite s'était endormie, rassurée par la promesse de Julianna. Sans dire un mot aux occupants de la maison qui la regardaient, intrigués, elle sortit sur la galerie prendre une grande goulée d'air. Les mains agrippées à la balustrade, elle essaya de reprendre contenance. Elle devait trouver une solution… Comment faire pour emmener Marguerite et ses enfants hors d'ici ? Elle parlerait à sa marraine et lui demanderait de l'aide. Sans tout lui dévoiler, elle pourrait lui faire comprendre l'importance et la difficulté de la situation. Elle devait penser à une idée. Il était hors de question de les emmener à Montréal. Tout en regardant l'horizon, elle pria. Soudain, son visage s'éclaira. La ferme des parents de Marguerite était isolée, au bout d'un rang, dans un cul-de-sac. Tout autour s'étendait une dense forêt. Julianna se rappela un souvenir que sa belle-sœur lui avait confié lors de leur hiver passé ensemble. Elle pourrait réaliser le souhait de Marguerite. Ce ne serait pas évident. Avec de l'aide, elle y arriverait. C'était fou, complètement hors de l'ordinaire, mais oui, pourquoi pas ? Il lui manquait certaines choses, elle devrait se les procurer. Elle mettrait à contribution Ti-Georges et ses deux grands neveux.

Le plus difficile serait de supporter la vue du père de Marguerite.

Cet homme méritait la prison et la peine de mort. Si François-Xavier avait pu être avec elle ! À moins de retourner auprès de Marguerite et lui avouer l'incapacité d'accéder à ses vœux… Non, il fallait trouver le courage d'affronter qui et quoi que ce soit. Son amie allait revoir le soleil, les fleurs et les étoiles. Marguerite allait goûter à un peu de joie. Et c'est à elle que revenait la tâche de faire fonctionner sa baguette magique. Elle releva le menton et son fameux petit nez en l'air. Déterminée, elle revint à l'intérieur et demanda à parler en privé à son frère et leur tante. À demi-mots, elle se contenta d'expliquer à Ti-Georges que sa femme avait comme dernière volonté de mourir ailleurs que sur la ferme paternelle et qu'elle méritait quelques instants de bonheur. Elle leur expliqua son projet. Au début, Ti-Georges fut sceptique. Mais Julianna eut tôt fait de le convaincre et, à la fin, il accepta de s'atteler sans tarder à la tâche. Il voyait bien que sa femme était malheureuse. Il se sentait si impuissant face à la détresse de Marguerite que de pouvoir enfin faire quelque chose de concret ne pouvait qu'être salutaire, aussi folle que soit l'idée de sa sœur ! Léonie devint pensive et se promit d'avoir une sérieuse conversation avec Julianna. Elle connaissait assez sa fille adoptive pour se rendre compte qu'elle lui cachait quelque chose de grave.

~ ~ ~

Cela prit moins de temps que Julianna n'avait cru et trois jours seulement après avoir mis en branle l'exécution de son plan, tout était prêt. Il ne restait qu'à déménager Marguerite et les enfants.

Le matin, Julianna et Léonie quittèrent la pension du village avec tous leurs bagages et se rendirent à la ferme des Belley. Dans la cuisine, elles trouvèrent Ti-Georges ainsi que ses beaux-parents dans une discussion animée. Elzéar et Jean-Marie se tenaient, silencieux, en haut de l'escalier menant à l'étage. Le plus vieux fit un signe de connivence à sa tante. Julianna en déduit que les autres enfants devaient tous être prêts, comme convenu, en haut dans les chambres à attendre qu'on leur demande de descendre.

— On part à matin un point c'est toute, affirmait Ti-Georges. Vous pouvez pas nous en empêcher.

Léonie s'éclipsa auprès de Marguerite. Elle avertit discrètement Julianna.

— Je m'en vas la préparer.

Madame Belley pleurait dans un coin tandis que son mari affrontait Ti-Georges. L'homme s'adressa à Julianna.

— Que c'est que vous faites ? lui demanda-t-il d'un ton peu avenant.

Julianna ne prit même pas la peine de lui répondre. Elle s'adressa à son frère et donna ses directives.

— Ti-Georges, on va prendre cette chaise-là, non attends, j'ai une autre idée. Y doit ben avoir une brouette sur la ferme ? Jean-Marie, tu vas la chercher pis tu me la laves ben comme y faut ! Frotte fort, je veux qu'a brille comme un sou neuf !

Son neveu dévala les marches aussi vite que sa claudication le lui permettait et se rua en direction du hangar. Monsieur Belley revint à la charge.

— Une brouette ! Là, ça va faire. Ça fait des jours qu'il se passe des messes basses icitte dedans pis que le diable est aux vaches ! Vos niaiseries, c'est assez.

Julianna le regarda avec mépris. Froidement, elle lui rétorqua :

— Je vous le répète, monsieur Belley. Ce sont les dernières volontés de votre fille. Vous pouvez pas y refuser cela. C'est sacré.

Le père de Marguerite était rouge de colère. Il haussa le ton. Menaçant, il réduit l'espace entre lui et l'amie de sa fille.

— Chus chez nous icitte, pis c'est pas une petite jouvencelle comme toé qui va mener ma maison !

Julianna ne baissa pas les yeux.

— Je mène rien pantoute, je fais ce que votre fille m'a demandé.

— Des amanchures pour que tout le village rie de nous autres…
de vos histoires de fous. A pu toute sa tête, la Marguerite. Si a t'a dit
quelque chose… siffla-t-il.

— A m'a dit ben des affaires mais j'ai promis de garder ça entre
nous deux. Chus pas le genre de fille qui tient pas ses promesses, monsieur Belley, ça fait qu'écoutez-moé ben.

Elle défia l'homme. En parlant très bas, elle le menaça.

— Vous allez me laisser faire à mon idée pis sortir Marguerite
d'icitte ou ben je vous promets que mon bon ami Henry Vissers, un
grand avocat de Montréal, y va débarquer chez une certaine tante de
la famille pis y va fouiller un peu pour voir si y pourrait pas déterrer
quelque chose… Comme une vieille histoire pas belle, belle…

Monsieur Belley devint blanc comme un linge. La mère de
Marguerite intervint.

— De que c'est qu'a parle ?

— Tais-toé, ma femme.

— Alors, monsieur Belley, on s'est ben compris ? dit Julianna.

— Emmenez-la donc où vous voulez.

— Mais… je veux que Marguerite reste icitte, moé ! s'exclama madame Belley. A l'est beaucoup trop malade !

— Ta gueule !

La femme se tut instantanément. Désemparée, elle se mit à triturer un mouchoir entre ses mains et à s'éponger les yeux des larmes
qu'elle ne pouvait contenir.

Ti-Georges eut pitié et s'approcha d'elle.

— Marguerite veut pas mourir icitte, y faut ben qu'on s'organise
autrement.

Ti-Georges était tout à l'envers. C'était déjà assez difficile de vivre
la maladie de sa femme sans qu'en plus tout tourne au drame.

— Y faut essayer de comprendre ! répéta-t-il mais à l'adresse de ses
deux beaux-parents cette fois. On veut juste donner une couple de
jours de bonheur à Marguerite.

Sur ces entrefaites, un homme, sans frapper, entra dans la maison. Derrière lui se tenait une jeune fille.

— Bonjour la compagnie !

— Paul-Émile !

Madame Belley sourit à travers ses larmes au nouveau venu.

— Paul-Émile, le frère de Marguerite ? devina Julianna.

— Oui, c'est moé. Pis vous, vous êtes qui ?

Avec froideur, Ti-Georges répondit à sa place.

— C'est ma sœur.

L'animosité entre les beaux-frères était palpable. D'emblée, Julianna détesta cet homme. Même s'il affichait un grand sourire et un air de pure exaltation, il émanait de lui une mauvaise nature évidente. En maugréant, Ti-Georges expliqua la présence de sa sœur.

— Elle pis matante Léonie sont arrivées de Montréal au début de la semaine pour venir voir Marguerite.

— De la visite de la grande ville ! Moé, c'est de Québec que j'arrive, dit-il en s'avançant dans la cuisine. Ben reste pas plantée là, toé, ajouta-t-il à l'adresse de la jeune fille qui se tenait bien sagement sur le porche extérieur.

La jeune adolescente semblait très timide.

— Envoye, rentre dans maison, y te mangeront pas personne !

Paul-Émile se dirigea vers la table de la cuisine, se tira une chaise et y prit place. En s'étirant les jambes et en croisant les bras au-dessus de sa tête, il dit :

— Sers-moé que'que chose à manger, sa mère. J'meurs de faim.

Immédiatement, madame Belley se précipita pour lui préparer un repas.

Dans l'entrée, la jeune fille se tenait toujours en retrait. Paul-Émile la regarda d'un air impatient.

— Envoye, Rolande, rentre dans la maison j't'ai dit, soupira-t-il.

— Oui, monsieur, répondit poliment la dénommée Rolande tout en s'avançant dans la pièce.

Julianna regarda la jeune fille. De longs cheveux noirs, tout emmêlés, lui cachaient le visage. On aurait dit une petite sauvageonne.
Elle était affublée d'une vieille jupe paysanne qu'elle portait sur une
deuxième jupe de laine malgré la chaleur d'été. Sa chemise avait des
manches longues et elle avait revêtu une veste par-dessus. Elle avait
l'air d'un paquet de guenilles.

— J't'ai déjà dit de pas m'appeler monsieur, la rabroua Paul-Émile.

La jeune fille baissa encore plus la tête.

Julianna lança un regard interrogateur à Ti-Georges.

Paul-Émile se redressa et se jeta sur la miche de pain que sa mère
venait de déposer devant lui. Tout en prenant une grosse bouchée, il
annonça :

— J'vous l'avais dit que j'reviendrais avec une femme. Ça fait que
Rolande, comment y faut que tu m'appelles ?

D'une toute petite voix, en bégayant, elle répondit :

— Mon... mon mari.

Paul-Émile se mit à rire. Des miettes de pain s'échappèrent de sa
bouche entrouverte. Il se trouvait bien drôle.

— Bon ben, m'man pis p'pa, j'vous présente ma femme !

Il se leva, s'approcha de Rolande et la colla contre lui d'un air possessif.

— A l'air de rien de même, a voulait absolument mettre tout le
linge qu'a l'avait sur son dos, mais j'vous passe un papier qu'en dessous de tout ça, c'est une moyenne belle petite chose...

Puis, avec brusquerie il la repoussa. Il alla aux côtés de son père et
d'un ton complice dit :

— On a passé notre nuit de noces à Québec... Pis j'me sus pas ennuyé pantoute...

De nouveau il se mit à rire et se rassit à la table. Cette fois, un bol
de gruau tiède l'y attendait.

Julianna était complètement ahurie. Quoi, cette adolescente était
mariée à ce Paul-Émile ! Mais ce n'était encore qu'une enfant !

Julianna essaya de rencontrer le regard de la nouvelle mariée afin de lui offrir un sourire de compassion. Peine perdue, Rolande gardait obstinément les yeux baissés. Enfin, cela ne la regardait pas. Sa tâche était d'accomplir ce que Marguerite désirait et rien d'autre.

— Bon nous autres, on est parés, décréta-t-elle. Elzéar, descends avec tes frères pis ta sœur, ajouta-t-elle à l'adresse de son neveu qui avait suivi toute la scène du haut des marches.

Paul-Émile trempa un quignon de pain dans son bol et demanda :

— Vous r'partez pour Montréal ?

— Non, répondit Julianna.

— Vous allez où d'abord ?

Ce fut madame Belley qui répondit, les larmes aux yeux.

— Y emmènent Marguerite mourir ailleurs.

— Ben, bon débarras. Depuis des semaines que la sœur joue aux princesses dans son lit pis qu'a fait pus rien…

— Est malade ! se récria Julianna.

— Malade mon œil, fit Paul-Émile d'un ton sarcastique. Elle a toujours eu le don de se faire remarquer.

— Paul-Émile, tais-toé ! lui ordonna monsieur Belley.

Tout en dévorant son gruau, Paul-Émile en rajouta :

— On sait ben, la chouchou à son père…

— Paul-Émile… l'avertit celui-ci.

— J'te dis que ta femme, mon Georges, y fallait pas que j'y touche… C'était le trésor de la famille. J'sais ben pas comment ça s'fait que le père t'a laissé la marier.

Monsieur Belley s'approcha de la table sur laquelle il asséna un coup de poing.

— J't'ai dit de te taire !

Paul-Émile eut un drôle de petit rire.

— Allons, son père, j'parlais pour parler… J'viens de m'marier, y faut ben être heureux un peu. J'sais ben que ma Rolande a vous plaît peut-être pas autant que la Marguerite, mais a va contenter son homme comme jamais ma sœur a dû être capable de le faire !

Ne faisant ni une ni deux, Ti-Georges attrapa son beau-frère par le collet et le força à se lever de sa chaise.

— Lâche-moé tout de suite, toé ! se défendit Paul-Émile.

— Ça fait assez longtemps que je m'retiens... Envoye dehors, on va s'parler dans le blanc des yeux.

Ti-Georges était beaucoup plus petit que son beau-frère cependant la colère décuplait ses forces. Avec rage, il poussa Paul-Émile dehors. Celui-ci rouspétait en implorant du regard son père de faire quelque chose. Monsieur Belley garda un étrange silence et se contenta de les suivre. Julianna fit de même. Léonie, alertée par les bruits de voix, essaya d'empêcher les enfants de descendre voir ce qui se passait. Elle ne put retenir que les jumeaux qui, âgés de deux ans, ne comprenaient rien à cette agitation. Toutefois Elzéar, Delphis, Sophie et Samuel se ruèrent à l'extérieur presque cachés derrière la jupe de Julianna qui priait pour que son frère ne soit pas blessé. Madame Belley et sa nouvelle bru étaient également sorties et se demandait bien comment tout cela allait tourner. Personne n'intervint. Jean-Marie laissa la brouette toute propre avec laquelle il s'en revenait et, inquiet, alla retrouver sa tante. Elle prit le bras de ce grand adolescent et le pressa en signe d'avertissement de ne pas se mêler de cette chicane. Agglutiné sur la galerie, le petit groupe assistait à la bataille qui se préparait. Ti-Georges avait repoussé Paul-Émile au loin et tous les deux s'affrontaient maintenant du regard comme deux coqs face à face, en tournant lentement.

— T'es rien qu'un maudit p'tit baveux, Georges Gagné.

— C'est mieux que d'être un sans dessein comme toé, Paul-Émile Belley.

— Tu pensais ben pas que j'te laisserais mettre la main sur ma terre ? Ça aurait fait ton affaire hein que j'revienne pas dans le boute ?

— J'en veux pas de votre maudite terre de roches !

— Voyez-moé qui c'est qui lève le nez sur notre terre ! T'as pas une maudite cenne qui t'adore... T'en es rendu à demander la charité. Toé, la sœur pis vos sept morveux, on a assez perdu d'argent à vous nourrir.

— On a travaillé pis sué sang et eau sur votre ferme pour pas un sou !

— Travaillé ! La sœur, a fait rien pantoute, a sait juste rester couchée.

— Maudit innocent... C'est pas pour rien qu'y a pas une maudite femme qui voulait de toé. T'as ben pu aller te marier avec une enfant. Tu l'as volé ou t'as payé son père ?

— T'es jaloux... T'aimerais ça coucher avec ma Rolande, hein ? J'ai vu comment tu l'as zieutée, tantôt. C'est pus la sœur qui a quelque chose d'intéressant...

C'en fut trop. Ti-Georges attaqua le premier et visa de toutes ses forces le visage de Paul-Émile. Celui-ci ne put éviter le coup mais riposta rapidement. La rage de Ti-Georges lui donnait un indéniable avantage. Aveuglément, celui-ci cognait et c'est à peine s'il ressentait les coups en retour. Il frappait sur toutes ces dernières années, sur la maladie de Marguerite, sur la honte qu'il avait d'avoir tout perdu, sur les non-dits de cette famille qui rendaient sa femme si malheureuse... Il frappait, les poings fermés si fort qu'il ne put déplier ses doigts pendant des jours par la suite ; il frappait, il voyait si rouge, rouge sang.

Ce fut monsieur Belley qui mit fin à la bataille. Il était bâti comme un bœuf et il n'eut pas grand mal à soulever un gros baquet d'eau de pluie qui était sur le côté de la maison et à en asperger les deux ennemis. La douche d'eau froide calma les esprits. Essoufflés, les deux belligérants se penchèrent chacun sur leurs cuisses, reprenant leur souffle. Paul-Émile s'essuya le nez ensanglanté de sa manche.

— Rentre dans maison avec ta femme pis va l'installer, lui ordonna son père.

— Mais son père...

Monsieur Belley prit son fils par le collet et l'ébroua comme un chien trempé.

— T'en as assez fait pour aujourd'hui, rentre j't'ai dit.

Le père fit signe de lever la main sur son fils. Celui-ci eut un réflexe de peur et, l'espace d'un instant, Julianna vit vraiment l'image d'un petit garçon qui plie devant son père.

— J'ai parlé.

Il relâcha son fils qui tomba assis par terre.

— Pis toé, continua monsieur Belley en s'adressant à Ti-Georges, emmène Marguerite où tu veux, mais vous êtes ben mieux de pus jamais remettre les pieds icitte dedans par exemple.

— On aurait jamais dû y mettre un orteil ! marmonna Georges.

Paul-Émile se releva, lança un dernier regard furibond à son beau-frère et attrapa Rolande par le bras.

— Viens, toé, envoye en dedans pis tu vas m'ôter tout ce linge-là, t'as l'air d'une vraie folle.

Sans ménagement, la jeune fille dut rentrer elle aussi. Rolande eut tout juste le temps de jeter un regard d'admiration à Ti-Georges. Comme le reste du groupe, elle avait assisté à la bataille sans rien dire. Elle avait aimé chaque coup que ce Georges avait porté à celui qu'elle avait été obligée de marier la veille. Ils étaient si pauvres chez elle, et on n'arrivait pas à nourrir les plus petits. Sa famille vivait dans un minable logement de la basse ville de Québec au loyer impayé depuis des mois. Son père avait rencontré à quelques reprises ce Paul-Émile à la taverne du coin. Dans ce repaire, l'alcool prenait rapidement possession du dernier dollar de l'aide aux chômeurs. Paul-Émile y descendait une fois par mois environ pour aller brasser des affaires, disait-il. C'étaient plutôt les filles de mauvaise vie qui se faisaient brasser. Mais cela, Rolande ne le savait pas. Tout ce qu'elle savait, c'était que son père était rentré une nuit à la maison, éméché, et qu'au pied des escaliers, il s'était mis à l'appeler bruyamment. Tout endormie, elle était sortie de son lit. Pieds nus et en jaquette, elle s'était dépêchée d'aller voir ce que son père lui voulait. Il allait réveiller ses petits frères et sœurs s'il continuait à beugler son prénom ainsi ! En passant devant la chambre de ses parents, elle avait chuchoté à sa mère de se rendormir. Sa chère maman était si fatiguée. Elle se privait, Rolande le savait bien, et elle acceptait tous les ouvrages qui lui tombaient sous la main. Elle avait encore dû coudre jusqu'aux petites heures de la nuit. En bâillant, Rolande était descendue. C'était presque l'aube. Elle avait été surprise quand elle s'était rendu compte que son père n'était pas seul. Un homme dans la trentaine se tenait à ses côtés et la détaillait d'un air intéressé. Les yeux de l'inconnu s'étaient attardés sur sa jeune poitrine comme jamais on ne l'avait fait. Mal à l'aise, elle avait croisé instinctivement les bras et demandé à son père ce qu'il voulait.

— Rolande, j't'e présente monsieur Paul-Émile Belley.

Son père avait la voix pâteuse et son élocution était difficile.

Un silence gênant s'était installé.

— Monsieur, avait salué enfin timidement Rolande.

— Retourne dans ton lit astheure, lui avait-il ordonné.

Rolande n'avait rien compris à ce manège. Elle était remontée à l'étage tout en tendant l'oreille pour saisir la conversation entre les deux hommes.

— Pis, ça fait-tu votre affaire ? s'était impatienté le père de la jeune adolescente.

Paul-Émile avait sorti une liasse de billets de son portefeuille.

— La moitié comme convenu, avait-il dit. L'autre quand j'vas revenir le mois prochain.

Rolande s'était recouchée et les voix s'étaient estompées. Elle ressentait un certain malaise mais son père n'en était pas à ses premières frasques. Elle ne s'était pas rendormie ce matin-là, tournant dans sa tête ce bizarre incident. Les jours suivants, sa mère fuyait son regard et affichait une triste mine. Son père, au contraire, était de bonne humeur. Le loyer avait été payé. Un soir, Rolande avait demandé à sa mère ce qu'elle cousait.

— C'est une robe pour ton mariage.

Rolande était restée sans voix.

Elle avait eu beau pleurer, son père, sa mère et une voisine l'avaient menée à la petite église du coin... hier... hier matin... un semblant de robe de mariée sur le dos, sa mère n'ayant eu ni le temps ni les moyens de faire des miracles. Hier... Elle était si jeune. Hier... Paul-Émile Belley, prenez-vous cette femme... Hier... Personne ne lui avait souhaité un bon anniversaire... Hier, elle avait eu 15 ans.

~ ~ ~

Avec précaution, Ti-Georges avait transporté Marguerite dans ses bras et l'avait déposée au fond de la brouette que Julianna avait pris la peine de recouvrir d'une couverture en plus d'y mettre un oreiller. Ti-Georges poussa sa femme, encadré par Jean-Marie et Elzéar qui surveillaient le ballant du véhicule improvisé, sur un petit chemin qui serpentait le long de la grange des Belley. Ils s'éloignèrent de la ferme et se dirigèrent vers la forêt. Julianna suivait, un des jumeaux dans les bras, à côté de Léonie qui portait le frère identique. Sophie, gambadait en tenant un panier en osier dans ses mains. Delphis et Samuel se chamaillaient avec un bâton. Marguerite souriait de bonheur. Léonie l'avait coiffée et lui avait enfilé, à sa demande, une jolie robe de coton fleuri, très démodée, mais que la malade affectionnait particulièrement. Le visage de Ti-Georges était tout enflé de la récente bagarre avec son beau-frère, pourtant l'homme était quand même rayonnant. Cela lui avait fait le plus grand bien de cogner ainsi sur cet imbécile de Paul-Émile! Marguerite avait tout voulu savoir des détails de l'altercation. Julianna la lui avait résumée tout en lui promettant de n'omettre aucun détail plus tard. Malgré qu'ils n'aillent pas très loin, elle ne voulait pas s'attarder. Quand Julianna lui avait confié ce qu'elle avait imaginé pour réaliser son souhait, Marguerite avait applaudi comme une enfant. Elle trouvait le projet merveilleux! À l'aide d'un dessin, elle avait désigné à Julianna et à Ti-Georges, l'emplacement idéal.

Sous un superbe soleil, la drôle de procession continua son parcours. Marguerite avait les yeux brillants d'excitation. Ils bifurquèrent et empruntèrent un autre sentier qui s'enfonçait dans les bois. On devait souvent arrêter la brouette pour aplanir le chemin ou contourner une roche. Ils avancèrent ainsi un bon bout de temps, puis Julianna entendit le bruit annonçant qu'ils approchaient de leur destination. Un ruisseau coulait près de là. Ti-Georges arrêta la brouette. Il s'épongea le front. Marguerite le regarda avec affection. Pour la première fois, elle ressentit pour lui quelque chose de plus profond. Il s'était battu pour elle, avait défié son père… Elle se dit qu'il était bien dommage qu'elle découvre ses sentiments envers son mari si tard. Elle avait été aveuglée par sa souffrance.

Jean-Marie demanda à sa mère de fermer les yeux. Celle-ci obéit. L'équipée reprit sa marche. Juste un dernier tournant et Marguerite eut la permission de regarder. Une surprise de taille l'attendait. Au centre d'une grande clairière, près du cours d'eau, un campement était érigé. Deux grands abris de grosse toile montés selon les tipis indiens étaient dressés côte à côte. Les enfant crièrent de joie et s'élancèrent explorer leur royaume des bois.

— C'est donc beau! s'exclama Marguerite. Pis vous avez pensez à toute! dit-elle en montrant le coin pour cuisiner.

Une grosse marmite était accrochée à l'extrémité de deux planches entrecroisées. À côté, un large panneau de bois reposait sur deux grosses bûches et servait de table. Autour, deux longs bancs construits selon le même principe. Cette cuisine en plein air était protégée des intempéries par une grande toile cirée attachée à quatre piquets. Ti-Georges prit sa femme dans ses bras et lui demanda gentiment:

— Ça va? T'as pas été trop bardassée?

— Non, non, tout va bien. J'vas marcher.

Marguerite sourit à son mari. Elle se sentait comme une jeune mariée dans ses bras. Elle ne le reconnaissait plus. Il lui adressait la parole sur un ton gentil, il était prévenant et aimant. Il lui fallait être mourante pour avoir droit à ces douces attentions.

— Aide-moé, j'veux voir en dedans des tentes.

Ti-Georges la soutint par un bras. Elzéar s'empressa au devant de sa mère et servit de guide. Entrouvrant le panneau d'une des tentes, le jeune adolescent expliqua :

— Vous voyez, maman, on a fait des planchers pour pas que vous dormiez à la fraîche pis on vous a fait un lit avec une épaisse paillasse. Pis c'est assez haut pour se tenir deboute. Pis là vous avez un pot de chambre, pis une p'tite table...

— Vous avez travaillé fort... commença la malade. Merci ben gros, Julianna.

— Moé, tu sais, j'ai juste eu l'idée. En regardant la forêt, j'me suis souvenue qu'un jour tu m'avais dit que tu devais avoir du sang indien dans les veines certain pour aimer être dans le bois de même.

— C'est vrai, admit Marguerite. J'adorais venir ici.

Qui n'a pas besoin d'un jardin secret ? Un coin où mettre à l'abri son cœur, son esprit ? Pour certains, c'est un endroit dans la forêt, pour d'autres, c'est un banc d'église, le sommet d'un rocher ou le bord d'un lac. Si la négligence, le manque de temps, la maladie prive un individu de cet endroit, il n'est pas rare qu'il voie son âme se ternir, s'abîmer ou se perdre...

— Tout le monde a fait une grosse part, continua Julianna. Une chance parce que je connais pas grand-chose au bois, à part qu'y a des arbres qui poussent dedans.

Ti-Georges surenchérit.

— La p'tite sœur de la ville, est ben bonne pour avoir des idées, mais pour le reste... Si on l'avait écoutée, on aurait construit un hôtel dans cette forêt !

— Ben là, exagère pas ! s'offusqua Julianna.

— Ah non ? Pis qui voulait qu'on transporte un poêle à bois jusqu'icitte ?

— Ben je savais-tu moi comment on allait faire à manger !

Marguerite intervint.

— Assez de chicane pour aujourd'hui, vous trouvez pas? Mon pauvre mari, ton œil commence à virer noir déjà.

En grimaçant, Ti-Georges se toucha le visage du bout des doigts.

— En tout cas, merci ben gros à tout le monde, dit Marguerite.

Sans aide cette fois, elle s'éloigna de la tente à pas lent. Elle s'appuya sur le tronc d'un maigre bouleau, face au ruisseau. Les enfants se regardèrent. Ils savaient leur mère malade, ils sentaient sa souffrance, ils devinaient la mort proche, même les plus petits. Surtout eux. Comme un animal sent qu'un autre de sa race est plus faible. Les jumeaux clopinèrent jusqu'à leur mère et tendirent leurs bras.

— Maman peut pas vous prendre, mes amours... dit Marguerite en les serrant contre elle.

Elle se retourna, des larmes coulant sur ses joues.

— C'est encore mieux que c'que j'pensais. Vous pouviez pas avoir une meilleure idée... Chus ben ben heureuse.

Elle vacilla. De concert, Julianna et Ti-Georges vinrent la soutenir.

— T'es fatiguée, il faut te coucher, la chicana Julianna.

— On peut-tu m'apporter mon lit dehors?

Son mari fit signe que oui.

Les enfants se précipitèrent et Marguerite fut confortablement installée sur ce lit de camp improvisé. Une fois qu'elle eut repris son souffle, Marguerite ordonna à tout son petit monde:

— Astheure, j'veux voir rien que de la bonne humeur!

~ ~ ~

Les jours suivants furent merveilleux. Les jumeaux jouaient sur le bord du ruisseau, Samuel s'inventa une flotte de petits bateaux et Sophie entreprit d'apprivoiser un tamia. Delphis travailla fort à la construction d'un arc et Elzéar décida qu'il allait attraper une truite.

Jean-Marie ne quittait presque pas sa mère et préférait rester près d'elle à écouter Julianna leur faire la lecture à haute voix de l'histoire d'un certain Séraphin. Léonie préparait les repas et Ti-Georges s'occupait du bon fonctionnement du campement. Il ramassait des branches mortes, prenait soin du feu et s'octroyait quelques siestes dans l'herbe. Même le Bon Dieu se mit de la partie et n'envoya pas une goutte de pluie. On se rendit compte que jamais auparavant, on ne s'était permis de telles vacances. Ne rien faire était un luxe qu'on ne pouvait s'offrir.

Ti-Georges se croyait au paradis. Pas de travail sur la ferme du beau-père à se faire humilier. Il regarda ses enfants. Ils riaient comme cela faisait des années que ce n'était pas arrivé. Ce n'était pas croyable, un tel état de paix, de bonheur. Si Marguerite n'avait pas été malade... Évidemment, Ti-Georges avait beaucoup de points d'interrogation. Qu'est-ce qu'il allait faire avec sept enfants? Les jumeaux n'avaient que deux ans! Après la terrible dispute et les coups échangés aujourd'hui, il était hors de question qu'il retourne habiter chez ses beaux-parents. Il s'accrochait à l'espoir que le tribunal de Londres leur donne raison. L'avocat du comité de défense croyait qu'ils gagneraient leur cause. Il leur répétait qu'ils possédaient toutes les preuves voulues. La réponse devrait être arriver bientôt. Londres forcerait la compagnie à leur payer un montant juste et équitable pour les dommages causés par le barrage et paierait également tous leurs frais d'avocat. Il aurait son argent et il se rachèterait une petite ferme. Il n'y avait pas d'emplois nulle part. Les gens de la ville venaient s'établir et se défricher un coin de terre. Ti-Georges pourrait recommencer lui aussi. Dans cette clairière, au milieu des bois, Ti-Georges essayait de toutes ses forces de ne pas démontrer son angoisse et de cacher sous un air jovial et des blagues la peur de l'avenir qui l'habitait. Peut-être que Léonie avait raison. Le Bon Dieu les avait tous pris au creux de ses immenses mains pour les bercer, pour qu'ils se reposent et reprennent des forces avant la prochaine épreuve...

Quelquefois, Marguerite faisait venir près d'elle un membre de sa famille et passait un moment privilégié avec lui. Sophie avait appuyé sa tête sur la poitrine de sa mère et Marguerite avait longuement caressé les cheveux de sa fille. Les jumeaux s'étaient carrément endormis, lovés sur leur mère, et Marguerite avait pleuré silencieusement la peine qu'elle avait de ne pas les voir grandir. Avant que la noirceur tombe, le lit était transporté à l'intérieur de la tente. Marguerite dormait beaucoup et se couchait tôt, en même temps que les petits. Les autres restaient longtemps à veiller dehors autour du feu. On se coupait d'énormes tranches de pain que l'on faisait cuire au bout d'une longue branche et lorsqu'elles étaient rôties à point, on mettait dessus une épaisse couche de beurre et de confiture. Pour garder leurs provisions au frais, ils avaient creusé un grand trou qu'ils avaient tapissé de mousse, que Delphis avait pour tâche d'humecter régulièrement. Dans un autre grand trou, dans le coin sableux, avait été déposée une marmite remplie de fèves au lard. Le couvercle bien en place, elle avait été enterrée sous un feu de braise, qu'on avait entretenu pendant toute la nuit et une partie de la journée du lendemain. Quel délice lorsqu'ils avaient sorti de terre la marmite fumante et qu'ils avaient dégusté ces *bines*. Dans un coin du ruisseau, celui bien à l'ombre toute la journée, avait été calé un bidon de lait. Julianna et Léonie cuisinaient des mets simples mais les enfants avaient l'impression de festoyer à tous les repas.

La troisième journée, une grande surprise arriva. La mère de Marguerite, suivie de la timide Rolande se présentèrent au campement, portant à elles seules une grosse malle. Elle jetèrent un coup d'œil sur l'installation du groupe, puis elles déposèrent la lourde malle par terre et l'ouvrirent. Sans un mot, madame Belley en sortit des tartes, des pots de confiture, du miel, du pain frais, deux poulets rôtis ainsi qu'un gros jambon. Elle se releva et regarda son unique fille. Marguerite sourit tendrement à sa mère. Madame Belley s'approcha d'elle. Elle hésita, semblant vouloir dire quelque chose.

Cependant, elle se détourna de la malade, hocha la tête à l'endroit de Julianna avant de quitter la clairière sans un seul mot. Rolande avait tout déposé le butin sur la table de pique-nique artisanale et resta un moment à se frotter les mains sur le tablier recouvrant sa robe de cotonnade. Elle avait les cheveux coiffés et Julianna se dit que la jeune fille était vraiment jolie. Et à en croire le visage rougeaud de son neveu Jean-Marie, celui-ci l'avait remarquée aussi. Julianna alla au devant d'elle.

— Bonjour Rolande, moé c'est Julianna.

— J'sais.

— Y faudrait mettre quelque chose là-dessus, dit Julianna en désignant les victuailles, sinon les mouches vont tout manger avant nous autres mais je ne vois pas quoi…

— J'y ai pensé, répondit avec fierté la jeune fille.

Rolande alla prendre une grande nappe au fond de la malle. Les deux femmes l'étendirent soigneusement sur les plats.

— Madame Belley, a dit de venir tous les jours voir qui vous manque rien.

— C'est gentil. Tu diras un gros merci à ta… belle-mère.

Il était difficile pour Julianna d'imaginer cette jeune fille mariée à Paul-Émile… Julianna se promit d'être davantage attentive à François-Xavier. Elle se rendait compte qu'elle était privilégiée d'avoir marié un si bon gars. Sa présence lui manquait beaucoup. Elle se demanda ce qu'il était en train de faire. Elle était à mille lieues de se douter que son mari était en chemin et qu'il débarquerait au campement, dans la soirée, éclairé par un fanal et escorté par Rolande.

~ ~ ~

Quelle joie Julianna ressentit quand l'ombre s'avança à la lumière du feu de camp et qu'elle reconnut son mari ! Sans pudeur, elle se jeta à son cou. Sa surprise fut encore plus grande quand elle se rendit compte qu'il n'était pas seul. Cher Henry, il avait une drôle d'allure, dans la forêt, tiré à quatre épingles comme à son habitude. Jean-Marie se fit un plaisir de se sacrifier afin de raccompagner Rolande à la ferme. À la déception de l'adolescent, son jeune frère Elzéar tint à être de la partie. Une chance que le sentier était bien marqué.

On expliqua aux deux nouveaux venus la raison de cette vie à la belle étoile. Autour du feu, on chuchota pour ne pas réveiller Marguerite et les petits, endormis dans la tente principale. Quand Julianna demanda ce qu'Henry venait faire ici, celui-ci jeta un drôle de regard à François-Xavier. Son mari lui fit signe de ne pas insister. Avec résignation, il attaqua le sujet tant redouté.

— Henry pis moé, on a une ben mauvaise nouvelle à vous annoncer... Londres veut rien faire pour nous autres.

— La cour de Londres, a l'a donné sa réponse ? demanda Ti-Georges.

— La compagnie a gagné... On a pus aucun recours.

Un lourd silence suivit cette déclaration.

D'une sombre voix, François-Xavier reprit.

— Non seulement on aura pas une cenne, mais y faut tout payer les dettes qu'on a pris pour le comité de défense. On est ruinés.

Ti-Georges se leva, encaissant le choc, puis s'éloigna en amont du ruisseau. La lune éclairait tel un phare dans la nuit et il se dirigea sans peine dans la noirceur. Julianna eut le réflexe de se lever pour suivre son frère mais son mari l'en empêcha.

— C'est moé qui y vas, décréta-t-il.

François-Xavier alla rejoindre son ami et se contenta d'être à ses côtés, respectant son mutisme. Ti-Georges ramassa quelques petites pierres et se mit à les lancer mollement dans l'eau.

— Bateau, François-Xavier, quand est-ce que la vie va arrêter de s'acharner sur nous autres ? murmura-t-il.

Celui-ci ne répondit rien. Lui-même se posait cette question depuis des années. Tout allait si mal... À son tour, il ramassa une poignée de cailloux et imita son ami. Ti-Georges reprit :

— J'ai pus de maison, pus de travail, pus d'argent… Y me reste rien qu'un tas de vieux meubles entreposés dans la grange du beau-père. Y doivent avoir tout gauchi depuis le temps. J'ai pus rien, pus rien, François-Xavier, pus rien ! Pis bientôt, j'aurai même pus de femme…

Ti-Georges étouffa un sanglot. François-Xavier ferma un instant les yeux de désespoir. Quelles paroles de réconfort pouvait-il trouver quand lui-même se sentait au bord du gouffre ? Il prit une grande inspiration et mit la main sur l'épaule de son ami.

— On va s'aider, mon Ti-Georges. On va se serrer les coudes pis on va trouver une solution… Un petit caillou tout seul, c'est emporté par le courant, mais à plusieurs, ils forment le lit d'une rivière…

~ ~ ~

À l'aube, Julianna passa la tête dans l'ouverture de la tente. Elle portait un bassin d'eau et un linge.

Marguerite bougea un peu et émit une plainte. Elle entrouvrit les yeux, eut un petit sourire et les referma.

Toute la nuit, Julianna avait pris soin de sa belle-sœur. Celle-ci avait fait tant de fièvre ! Julianna toucha le front de la malade et eut un soupir de soulagement en constatant sa fraîcheur. Dieu soit loué, Marguerite semblait récupérer. À part les enfants, personne ne s'était couché cette nuit. Julianna regarda ses neveux et nièces, toujours endormis. Il lui restait un moment de répit avant que la meute d'enfants ne se réveille et ne demande à déjeuner. Julianna bâilla. Elle serait épuisée aujourd'hui. Distraitement, elle écouta la conversation des hommes près du feu mourant. Toute la nuit, ils avaient cherché une solution à leur avenir. Léonie leur avait tenu compagnie. Julianna n'était pas allée les rejoindre. Marguerite était trop agitée. Elle avait préféré rester auprès d'elle. De temps en temps, elle percevait la voix douce de sa tante qui posait une question ou qui commentait. Tout en pressant des compresses sur le front de Marguerite, Julianna avait suivi l'échange entre les hommes. Ils proposèrent que Ti-Georges vienne habiter à Montréal. Cette idée fut vite rejetée. Non seulement Marguerite ne supporterait pas un tel déménagement, mais il n'y avait pas de travail là-bas. Cela aurait été une folie… Que les Gagné retournent vivre chez les Belley était aussi impensable. Et où prendre l'argent pour rembourser la banque ? Pour François-Xavier, cela irait. Il avait mis de côté l'argent de la vente de la maison de Roberval, plus tout ce qu'il avait épargné ces dernières années. Il en avait assez pour payer sa dette.

Toutes ses économies allaient y passer. Celles qu'il accumulait afin de se repartir une fromagerie. Pour Ti-Georges, la situation était différente. Il fallait espérer que la banque soit patiente. Le temps que la compagnie lui verse son indemnité. Ce n'était pas un montant très élevé et certainement au-dessous de la valeur réelle de ses pertes mais il n'avait pas le choix. Henry se porta volontaire et décida de faire des démarches pour presser la compagnie de verser l'argent. Il prendrait rendez-vous et proposerait un compromis. Il émit à nouveau son hypothèse que le supposé voyage de courtoisie que Taschereau avait fait à Londres cachait un autre sens.

— J'imagine très bien notre cher premier ministre, disait-il, en train de faire ses royales courbettes et susurrer : « Vous savez, Votre Majesté, que si la cour de Londres appuie cette poignée de Canadiens français, nous allons perdre toute autorité sur le peuple ». Le roi de répondre : « Nous ne pouvons donner notre aval à une flagrante injustice. » « Bien sûr que non, de rétorquer le premier ministre, mais vous pouvez adopter une position neutre et nous laisser régler ce litige à notre façon… »

En souriant, Julianna avait imaginé la scène. C'était ce côté de Henry qu'elle aimait le plus et qui l'avait fait frémir. Quand la passion l'emportait sur le calme de l'avocat, quand elle sentait dans les propos de l'homme tout son engagement, elle frémissait encore.

François-Xavier ne parla guère. Il avait pris une branche et jouait distraitement dans le feu, les yeux fixés sur les flammes. Henry expliqua à nouveau toute la complexité de cette tragédie. Ce n'était pas la première fois et certainement pas la dernière que des gens étaient expropriés pour laisser libre cours au progrès. Cela était dans la normale des choses. Qu'une compagnie, riche et américaine, veuille profiter des plus petits, cela aussi se voyait et se verrait encore. Mais de découvrir que des gens de pouvoir, des gens élus pour être à votre service, pour prendre soin de vous, soient de mèche avec l'usurpateur, le menteur, le voleur, cela rendait les victimes encore plus meurtries et les plaçait dans une situation complexe. Les membres du comité de défense avaient été décriés. Des gens médisaient sur leur compte. Ils disaient que des hommes comme Ti-Georges essayait juste de profiter de la situation pour faire un coup d'argent. Les journaux s'étaient emparés de l'affaire et en avaient fait une guerre de clans. Pour ou contre Taschereau. Henry ne comprenait pas que ses compatriotes puissent ne pas voir clair ! Que l'on ne s'unisse pas face à l'ennemi le sidérait ! Tout aurait été si simple si d'un seul bloc, on avait dit : « Cela suffit ! » Allons, tous ces discours ne servaient à rien maintenant. Julianna décida de ne pas déranger Marguerite et alla rejoindre les autres. Son frère lui lança un regard apeuré. Elle le rassura bien vite.

— Marguerite va mieux.

Julianna regarda le petit groupe. Ils affichaient tous une mine d'enterrement.

Georges était défait, son mari avait les yeux hagards et Henry était cerné. Léonie fronçait les sourcils et paraissait si vieille.

— C'est assez ! dit Julianna d'un air sévère. Allez tous dormir un peu. Ça va rien arranger si vous tombez malades aussi !

Léonie sembla sortir de sa torpeur.

— Ma Julianna a raison. On va aller se reposer. Avant, Ti-Georges, tu vas aller embrasser ta femme pis lui dire que bientôt, elle va avoir une maison à elle.

Tous jetèrent un regard d'incompréhension à la femme.

— Oui, reprit Léonie d'un ton décidé. Pour toé, ma fille, pis ton mari, y a pas de problème. Vous allez continuer de vivre à Montréal. Pour Ti-Georges, ben, y va se racheter une ferme à lui pis y va pouvoir régler ses dettes petit à petit.

— De quoi vous parlez, matante Léonie ? demanda Ti-Georges.

— T'as toujours été mon neveu préféré, commença Léonie. Y est rien que normal que j'te laisse un p'tit quelque chose en héritage.

— En héritage ? répéta son neveu.

François-Xavier sourit. Il était facile de deviner où voulait en venir Léonie.

— Oui, c'est là que t'as besoin d'argent, pourquoi attendre ma mort pour te gâter ?

— Vous voulez me prêter de l'argent ? balbutia Ti-Georges.

— Pas prêter mais donner ! rectifia Léonie. Ta part d'héritage en avance.

L'intéressé sembla comprendre enfin. Il se redressa et regarda sa tante, la bouche ouverte, deux gros points d'interrogation dans les yeux.

— Vous... vous voulez dire quoi vous là ? Bateau, j'ai-tu ben compris, moé là ?

— Oui, Ti-Georges, j'veux que tu partes à la recherche d'une belle terre, prometteuse, où tu voudras, pis que tu l'achètes.

— Oh matante Léonie, j'en reviens pas ! Je sais pas quoi dire…

— Juste merci mon beau frisé pis que j'vas pouvoir rester chez vous me reposer un peu.

— Quoi ? fit Ti-Georges sans comprendre à nouveau.

— Ben oui, répondit Léonie d'un air rieur. François-Xavier pis Julianna doivent retourner à Montréal, c'est moé qui vas rester pour aider Marguerite.

Julianna enlaça sa mère adoptive.

— Vous êtes merveilleuse, lui chuchota-t-elle à l'oreille.

En fin de compte, sa marraine était peut-être vraiment connectée au Bon Dieu…

Henry se dit que cette famille avait bien de la chance de s'avoir et se jura de tout mettre en œuvre pour aider Ti-Georges. François-Xavier, lui, resta silencieux. Il était jaloux. Non pas que Léonie donne de l'argent à Ti-Georges, oh non ! S'il avait pu, il aurait fait la même chose. Non, il était jaloux que son ami puisse se racheter une terre. Il aurait donné n'importe quoi pour faire la même chose au lieu de retourner travailler à Montréal. Toutes ces années, il les avaient endurées en s'accrochant à cet espoir, se racheter une ferme. Maintenant cela serait impossible. Le diable semblait avoir un malin plaisir à lui mettre des bâtons dans les roues…

~ ~ ~

C'est ainsi que Ti-Georges se retrouva en possession d'une nouvelle ferme. Il était parti à sa recherche dès le lendemain de l'annonce de Léonie sur l'insistance de Marguerite qui lui jurait qu'elle se portait beaucoup mieux. François-Xavier prit la relève au campement, Comme Henry souhaitait rencontrer l'avocat du comité de défense, Ti-Georges décréta que Chicoutimi était l'endroit idéal pour s'informer des fermes à vendre. Les deux hommes prirent donc la route en direction du Saguenay. Ils passèrent par Saint-Ambroise, un petit village au nord de Chicoutimi. Soudain, en sortant d'un rang, Ti-Georges arrêta l'attelage. Henry se demandait bien ce qui se passait. Son compagnon sauta en bas de la voiture et s'empressa de remonter un chemin de sable menant à une vieille maison de ferme. Là Henry vit ce qui avait attiré l'attention de Ti-Georges. Sur un petit panneau de bois cloué sur un des poteaux du perron était inscrit en lettres malhabiles : À VENDRE. La maison ne payait pas de mine mais elle était grande. Elle avait une cuisine d'été et plusieurs chambres. Une bonne grange solide, un poulailler et des champs à perte de vue, déjà semés et en pleine production. Ce n'était pas le grand luxe, pas d'électricité pas de puits, rien qu'une longue pointe fichée loin dans la terre sablonneuse et qui servait à extraire l'eau grâce à une pompe qu'on lui raccordait. L'hiver, il fallait désactiver le mécanisme. Enfin, Ti-Georges trouverait bien un moyen d'arranger un peu mieux les choses. Avec ses fils, il ne manquait pas de bras. Il en aurait préféré une autre, mais celle-ci avait l'avantage d'être libre très vite et d'un prix raisonnable. Il lui resterait même assez d'argent pour acheter des animaux. Le propriétaire était mort subitement et la veuve n'avait pas le cœur à la ferme. Ils n'avaient pas eu d'enfants et elle ne pouvait pas s'en occuper. De toute façon, l'occasion était belle de partir vivre chez une de ses sœurs. Elle laissait même les meubles ! Ti-Georges écouta poliment la femme lui raconter ses déboires, visita la maison et serra, en une promesse verbale d'achat, la main de la veuve. Ce fut un homme heureux qui rembarqua dans la voiture à cheval et qui continua son chemin vers Chicoutimi. Enfin, la vie se décidait à être bonne pour lui. Ses années de malheur étaient terminées, la chance lui souriait de nouveau.

Ti-Georges était reconnaissant à sa tante pour tout ce qu'elle faisait. Il n'en revenait pas encore. Le déménagement fut très rapide et, la semaine suivante, ils étaient installés tant bien que mal dans leur nouveau chez-soi. Julianna était repartie à Montréal avec François-Xavier. Au grand étonnement de Ti-Georges, sa belle-mère et sa nouvelle belle-sœur Rolande vinrent jusqu'à Saint-Ambroise leur donner un coup de main pour emménager. Aidées de Léonie, elles nettoyèrent la maison de fond en comble. Marguerite était souriante et on espéra que les docteurs se soient trompés.

Pour sa part, Léonie ne regrettait pas sa décision, au contraire. S'occuper de toute cette maisonnée l'aidait à retrouver la paix de l'âme perdue depuis son veuvage. Elle aimait bien ce village. Il était facile d'atteler le cheval et de se rendre à la belle église de pierres rouges. Le curé y était gentil. Léonie avait l'impression de se refaire des racines. Elle parlait beaucoup avec Marguerite qui se berçait sur la galerie. La vue y était si belle : toutes ces montagnes qui se découpaient, majestueuses, lointaines et proches en même temps. Ti-Georges était heureux. Il se démenait à l'ouvrage. Lui aussi se sentait revivre. Il reprenait espoir. La récolte serait bonne. La compagnie l'avait assuré d'un règlement à l'amiable dans les prochaines semaines. Il pourrait ainsi rembourser sa dette envers l'institution bancaire.

Jean-Marie faisait de son mieux pour aider, mais son infirmité lui nuisait pour certains travaux. Ti-Georges ne pouvait masquer son impatience face à la maladresse de son aîné. Avoir un fils infirme était une calamité. Au moins, Elzéar était fort et rapide. Cependant, il était paresseux et passait son temps à se sauver pour aller pêcher dans la rivière longeant la terre. Marguerite allait beaucoup mieux. Oh, elle n'avait pas la force de faire des corvées mais elle tricotait un peu et rien que voir sa mine réjouie et sereine valait un vrai miracle. Sophie ne cessait de lui confectionner des couronnes de marguerites dont elle avait découvert avec plaisir l'abondance sur le terrain en arrière du poulailler. Pour la petite fille, récolter des fleurs du même nom que sa mère relevait de la plus grande joie.

C'était une fin d'été au temps si doux. Le soleil brillait à tous les jours. Il ne pleuvait que la nuit. Marguerite commençait à croire que le Bon Dieu avait vraiment oublié de venir la chercher. En fait, il avait juste décidé de venir chercher quelqu'un d'autre.

Que la vie ou plutôt la mort est capricieuse ! Un matin du début de l'automne, le curé Duchaine arriva et vint annoncer à Marguerite qu'il avait reçu un appel téléphonique de son collègue de Péribonka. Il y avait eu un décès chez les Belley. Paul-Émile coupait un arbre qu'il trouvait trop penché et avait reçu une grosse branche sur la tête. On l'avait retrouvé, du sang suintant par les oreilles. Marguerite ne versa pas une larme. Elle ne ressentait pas de peine pour son frère, seulement un sentiment étrange. Il n'était plus là. C'est cela la mort, pouf, on n'est plus là... Sur la recommandation du docteur, Marguerite n'alla pas aux funérailles. Elle envoya Ti-Georges et Jean-Marie avec ordre de ramener la jeune veuve, la pauvre Rolande, même s'il devait pour cela utiliser la force. Pour être bien certaine que son père n'empêcherait pas la jeune femme de venir à Saint-Ambroise, Marguerite écrivit une courte missive à ses parents, ordonnant à ceux-ci d'acquiescer à sa demande, et la remit à son mari avant son départ. Elle pensait si souvent à cette jeune Rolande. Elle était toute menue et lui rappelait un chaton martyrisé. La savoir entre les mains de son frère lui avait été intolérable. Mais Paul-Émile était mort. Il ne ferait plus de mal à personne...

Ti-Georges revint à la fin de la semaine avec une Rolande aux traits tirés et au regard songeur. Elle se jeta aux pieds de Marguerite et se mit à sangloter sous le regard gêné de Jean-Marie qui suivait avec une petite valise.

— Allons, allons, la calma Marguerite. C'est-tu la mort de mon frère qui te fait de la peine de même ? demanda-t-elle, un peu étonnée.

La jeune fille avait-elle aimé son époux ? Peut-être avait-elle présumé de certaines choses ?

— Chus juste ben... ben redevante que vous m'ayez invitée icitte, sanglota l'adolescente.

— Appelle-moé Marguerite pis dis-moé « tu », t'es ma p'tite belle-sœur. Allons, chut... Léonie aura pas besoin de laver le plancher si ça continue.

— Chus travaillante, Marguerite, tu vas voir, j'vas aider dans la maison. Tu vas me garder icitte... pour toujours ?

Marguerite reconnut la détresse de cette demande. Elle l'avait tant vécue elle-même. Pauvre Rolande... Elle ne savait tellement plus ce que l'avenir lui réservait. Au moins ici, elle se sentait en sécurité.

— Ben oui, ma belle... Mais t'auras juste à faire ta part. T'es de la famille, pas une servante. Arrête de pleurer, t'es juste ben fatiguée. T'as pas dû dormir ben gros cette semaine. Ti-Georges nous a trouvé une grande maison. On a de la place pis si tu veux m'aider avec les jumeaux, ça sera pas de refus. On dirait que chus faite en guenille astheure. Allez, va te reposer ma chouette.

— Merci Marguerite, merci ben gros... J'savais pas ce que j'deviendrais...

Rolande hésita puis se permit d'embrasser sa belle-sœur sur la joue, tendrement.

— Jean-Marie, monte la valise de ta tante pis montre-lui sa chambre, celle de Léonie, ordonna Marguerite.

Rolande sourit au jeune homme qui attendait, timide. Ils montèrent à l'étage. L'appellation de tante résonnait encore dans la tête de l'adolescent. C'était bien là la dernière façon dont il voyait Rolande, comme une tante. Elle était ce qu'il y avait de plus joli au monde ! Jean-Marie redressa les épaules et essaya de ne pas montrer la légère claudication qu'il avait gardée de sa jambe cassée. Il détestait boiter ainsi. L'handicap était léger, mais pour lui cela semblait énorme. Il ne voulait pas passer pour un infirme. Il déposa la valise par terre et se redressa, tellement droit que le dos allait lui casser. Il fit jouer ses muscles.

— Bon ben voilà. Si j'peux faire que'que chose pour vous...

— Euh, merci... Jean-Marie. Tu pourrais me dire tu et m'appeler Rolande. On est presque du même âge.

Jamais personne ne lui avait donné des papillons rien qu'à prononcer son prénom.

Jean-Marie redescendit à la cuisine, encore tout étourdi du choc. Sa mère l'interpella mais il ne l'entendit même pas. Il se rendit dehors pour prendre soin de l'attelage. Ce jour-là, il brossa si longuement la jument qu'Elzéar dirait plus tard que son frère avait tant flatté la jument grise que celle-ci brillait dans le noir.

~ ~ ~

Les feuilles changèrent de couleur et n'eurent pas le temps de tomber avant la première neige d'un hiver précoce. Le sol blanc et les arbres orangés offraient un contraste étrange. La famille Gagné avait retrouvé le bonheur. Léonie était si bien. Maintenant que Rolande habitait avec eux, la jeune fille faisait le plus gros de l'ouvrage. Ainsi, Léonie avait le temps de s'attarder au village. Elle attelait sa jolie petite pouliche personnelle dont elle avait récemment fait l'acquisition et elle partait en direction de la rue principale. Elle arrêtait prendre la poste, jasait de tout et de rien, puis allait à l'église ou au presbytère. Passer un moment avec le curé Duchaine lui était très précieux. L'homme d'Église était un jeune homme, timide, qui aurait été beau s'il n'avait pas porté d'épaisses lunettes qui lui donnaient un air de hibou. On sentait chez lui un tel amour de l'être humain qu'on avait envie d'être à ses côtés. Il s'impliquait dans sa communauté et n'abusait pas de son statut. Au contraire. C'était avec douceur et respect qu'il guidait et accompagnait ses paroissiens. Léonie aurait juré que le jeune prêtre ne se rendait même pas compte de son charisme. Avec lui, elle se sentait rassurée. Le curé ne la jugeait pas et semblait empreint d'une grande bonté. Il lui fit réaliser que le Seigneur ne lui avait jamais demandé de se cacher sous ce rideau de culpabilité et qu'elle devait faire face à ses erreurs comme à ses réussites. Après avoir quitté le curé, elle passait parfois par le magasin général faire quelques achats. La plupart du temps, cependant, elle revenait sans hâte, son cheval au pas, ruminant la dernière conversation tenue avec le curé. Le curé lui enjoignait de continuer sur ce chemin de bonté où elle s'était engagée en offrant à Georges la possibilité d'acheter une ferme. Il disait de regarder autour d'elle et de voir ce qu'elle pouvait apporter aux autres, d'accepter ce que le Seigneur mettait sur sa route et de ne pas lui tourner le dos.

Elle sourit. Grâce au curé Duchaine, pour une des premières fois depuis longtemps, son chemin s'éclairait. Le poids sur ses épaules, celui du mensonge fait à John, la promesse non tenue, fut bien vite plus léger. Peut-être même verrait-elle sous un œil nouveau les attentions de monsieur Morin… Elle se surprenait à penser souvent au gérant de La belle du lac ces derniers temps. Elle pourrait l'inviter à Saint-Ambroise. Elle se mit à rire. Elle venait d'imaginer ce guindé d'Albert parmi les gens simples du village.

~ ~ ~

Rolande fut surprise quand on lui fit part que feu son mari lui laissait une belle petite somme d'argent. Paul-Émile avait réellement réussi à se débrouiller aux États-Unis et il avait laissé un compte en banque bien rempli à sa veuve. Évidemment, tout de suite, ses beaux-parents réclamèrent sa présence, lui faisant savoir qu'il était de son devoir de revenir auprès d'eux. Mais Rolande déclara que, si cela faisait toujours le bonheur de Marguerite, elle préférait demeurer à Saint-Ambroise pour aider, ce à quoi l'intéressée avait vivement répondu oui. Avec Ti-Georges, Rolande se rendit en ville régler tous les détails de la succession. Sage, elle plaça tout son argent à la banque sauf un montant déterminé à l'avance qu'elle dépensa la journée même. Elle fit arrêter son beau-frère au magasin général et acheta un cadeau pour chaque membre de la famille. Une chemise et un livre à Jean-Marie, des cigares à Georges, une canne à pêche toute neuve pour Elzéar, deux camions pour les jumeaux, une poupée pour Sophie, un assortiment de crayons de couleurs pour Delphis et un jeu de soldats pour Samuel. Pour Léonie, son choix se porta sur un beau chapelet et pour Marguerite, un parfum. Elle ne s'oublia pas. Elle s'acheta une jolie robe et un manteau assorti et, pour retenir sa lourde chevelure d'ébène, un joli peigne qu'elle paya une fortune.

Marguerite et les enfants lui firent des compliments toute la semaine sur sa beauté. Elle était une jeune fille vaillante et efficace. C'était si beau de la voir s'épanouir. Elle chantonnait, souriait, elle n'avait plus rien à voir avec la créature timide du début. Elle continuait à rougir de rien et les taquineries de Ti-Georges la faisaient immanquablement piquer du nez, mais jamais sans un petit sourire en retour et dans les yeux un éclat de bonheur. Jean-Marie avait refusé de retourner à l'école. Cela fit bien l'affaire de son père car l'ouvrage ne manquait pas. Cet automne-là, jamais Jean-Marie n'avait autant travaillé physiquement, et l'adolescent se transforma en homme. Un matin de novembre, il revenait de l'étable quand il découvrit Rolande à moitié habillée, en train de vomir, sur le côté de la maison, appuyée sur le mur. Jean-Marie se précipita vers elle.

— Non, non laisse-moé, lui demanda Rolande en essayant de reprendre sur elle. Ça va passer, j'veux pas que tu m'voies de même.

Jean-Marie refusa d'obéir et s'approcha doucement de la jeune fille. Il sortit un mouchoir de sa poche et tendrement le lui tendit. Elle s'empara du bout de tissu et s'essuya la bouche. Elle prit une grande respiration et releva la tête. Jean-Marie retira sa veste et en recouvrit Rolande.

— Tu vas prendre froid. Tu devrais rentrer.

— J'ai dû manger quelque chose de pas bon... J'sais pas ce que j'ai à être malade de même tous les matins.

Jean-Marie avait sa petite idée, il avait été assez témoin des mêmes malaises chez sa mère. Et probable que Rolande se doutait aussi de la cause de ces nausées. Il y a des choses qu'on préfère ne pas voir et être enceinte de son défunt mari était la dernière réalité à laquelle une jeune fille de quinze ans devait vouloir faire face.

— Tu devrais parler à maman, lui conseilla Jean-Marie.

— J'veux pas l'inquiéter avec ça. Sa santé est moins bonne de ce temps-ci...

— Parle à maman.

Rolande fit un petit sourire au sérieux jeune homme et rentra dans la maison. Jean-Marie resta immobile. Il n'eut pas le courage de la suivre. Il retourna à l'étable. C'était trop pour lui. Tous ses sentiments étaient un tourbillon. Il rêvait jour et nuit à Rolande. Il ne savait comment se sortir de cette situation. Il se disait que le temps allait passer, qu'il allait vieillir, qu'il pourrait la courtiser… Il tournait tout cela dans sa tête. Il ne pouvait songer à se marier. Qu'aurait-il pu lui offrir ? S'ils avaient possédé encore la demeure familiale de la Pointe, en tant que fils aîné, son avenir aurait était assuré. Jean-Marie avait pensé partir faire fortune aux États-Unis comme son oncle Paul-Émile. Si Rolande attendait un enfant, cela changeait la donne… Qu'est-ce qu'il allait faire ?

~ ~ ~

C'est vrai que Marguerite avait perdu à nouveau la santé. La maladie revint à la charge encore plus terrible qu'avant et hélas, les premiers jours de décembre, Marguerite sentit venir la fin. Elle demanda à embrasser chacun de ses enfants, dit adieu à Rolande, à Léonie puis à son époux. Elle s'éteignit ainsi, tout doucement, après avoir demandé à Ti-Georges de remettre son collier en cadeau à Julianna. Ce collier qui lui venait de sa grand-mère et qui avait été le seul bien précieux qu'elle ait possédé.

— Dis à Julianna que… je l'aime, de tout mon cœur. Qu'en mettant mon collier, qu'a pense à moé un peu. Pis toé, mon mari, y faudra te remarier ben vite pis donner une mère à nos enfants pis toujours veiller comme la prunelle de tes yeux sur Sophie. Jure-moé que jamais personne va faire de mal à ma fille, jure-moé Ti-Georges, jure-moé…

Julianna était à ce moment enceinte de cinq mois de son Jean-Baptiste, et elle ne put monter au Saguenay pour assister aux funérailles de sa chère Marguerite. Julianna pensa à ses neveux et à sa nièce, orphelins de mère. Une chance que Léonie était avec eux. Comment son frère allait-il se débrouiller ? Rolande, enceinte de Paul-Émile, s'était résignée, sur ordre de ses beaux-parents, à retourner vivre dans sa belle-famille. Malgré la présence de Léonie, il n'aurait pas été convenable qu'elle demeure sous le même toit qu'un veuf. Rolande ne se faisait pas d'illusion. Elle savait très bien que ce n'était pas par amitié pour elle que les Belley la réclamaient. Seul l'argent les intéressait. Encore que sa belle-mère avait profondément aimé son fils d'après ses interminables crises de larmes...

Cet hiver de 1933-1934 fut long et pénible. Rolande vivait une grossesse difficile, vu son jeune âge, mais surtout à cause de l'ambiance chez les Belley qui n'avait rien de réjouissant. Elle s'ennuyait de la chaleur de la ferme de Saint-Ambroise, des petits de Marguerite auxquels elle s'était rapidement attachée. Elle revoyait aussi les beaux yeux de Jean-Marie, sa gentillesse... Elle s'ennuyait même des taquineries de Ti-Georges. Mais elle était une bonne chrétienne et elle devait supporter ce que le Seigneur lui avait réservé. Pour l'heure, c'était ce vicieux monsieur Belley aux mains baladeuses et une madame Belley ayant perdu toute étincelle de joie après la perte presque coup sur coup de ses deux seuls enfants. Alors Rolande courbait un peu plus le dos à cause du poids de ce bébé imposé dans son ventre, et si lourd à porter... si lourd.

À Saint-Ambroise, la froide saison fut si triste. On ne s'habitue pas à l'absence d'une mère. Les jumeaux la réclamaient, Sophie était inconsolable, Delphis se murait et Samuel évacuait sa peine en imaginant tous les mauvais coups possibles. Elzéar affectait une mine détachée et Jean-Marie était continuellement perdu dans ses pensées. Léonie essaya tant bien que mal d'apporter un peu de réconfort à la famille éplorée et à son neveu, mais Ti-Georges ne semblait désirer que la compagnie des animaux de l'étable, là où il disparaissait à longueur de journée.

À Montréal, ce ne fut guère plus gai. Julianna traînait sa grossesse et sa peine tandis que Marie-Ange s'occupait de toute la petite famille. Laura avait été malade et toussait encore beaucoup. Henry et François-Xavier passaient leur temps au hockey et fuyaient entre hommes l'ambiance morne de la maison. Ces années de crise commençaient à être de plus en plus difficiles à traverser. On se devait d'être économe, monsieur Morin ayant averti Léonie que l'achat de la ferme de Saint-Ambroise avait creusé la marge de sécurité qu'ils avaient. Il avait même été obligé de mettre à la porte deux employés, le magasin ne pouvant se permettre plus longtemps de verser leur salaire. Il avait évidemment gardé mademoiselle Brassard, indispensable au magasin et, bien sûr, François-Xavier, qui avait vu sa charge de travail triplée depuis l'automne. Le gérant restait souvent tard le soir chez les Rousseau afin de régler avec François-Xavier des détails relatifs au magasin. Monsieur Morin en profitait pour se régaler d'un morceau ou deux de l'un des bons desserts que Marie-Ange cuisinait. Celle-ci servait l'homme à contrecœur. Manifestement, Marie-Ange n'appréciait guère ces intrusions. Avec son franc-parler et sa personnalité généreuse, elle était aux antipodes de celle, empruntée et égoïste, de monsieur Morin. Enfin, ainsi le jugeait-elle. Elle n'avait osé faire part de ses impressions, sachant pertinemment l'importance de l'homme pour les finances du magasin, mais ses soupirs, ses impatiences et sa brusquerie ne passaient pas inaperçus aux yeux de Julianna. Un soir, seule avec sa grande sœur, Julianna lui demanda la cause de cette antipathie. Marie-Ange rétorqua :

— L'habit ne fait pas le moine.

— Ben voyons, Marie-Ange, qu'est-ce que tu veux dire encore par là ?

— Qu'il ne faut pas se fier aux apparences...

— Arrête pis dis-moé vraiment ce qui t'achale autant ! Y est gentil, monsieur Morin. Je le connais depuis que je suis toute petite ! Il prend soin du magasin pis je serais pas surprise si un jour il se décidait à demander la main de marraine.

— Que Dieu nous en préserve ! s'exclama l'aînée en se signant.

— Marie-Ange !

— Ben quoi !

— Y a de belles manières, y est très éduqué, ce serait un bon mari, non ?

— Non !

— Tu dois avoir une raison pour penser de même !

— Je veux pas te l'dire...

— Marie-Ange, insista sa jeune sœur.

La femme hésita puis sur un seul souffle avoua :

— Y a une face de rat.

— Quoi ?

— Y a une face de rat, répéta Marie-Ange, pis quand un homme a cette face-là, t'as beau le parfumer pis l'habiller en habit chic, ça reste un rat pareil.

Abasourdie par ce raisonnement, Julianna ne sut quoi répondre.

Marie-Ange alla terminer sa vaisselle. Restée seule, Julianna mit les mains sur son ventre rebondi. Chassant cette image de rat à laquelle elle aurait dorénavant de la difficulté à ne pas superposer le visage de monsieur Morin, elle alla s'étendre et se reposer un peu.

~ ~ ~

Au début de mars, François-Xavier rentra à la maison très tôt en après-midi, tout énervé. Julianna, surprise, lui en demanda la raison. Son mari lui répondit :

— Montréal est inondé.

Puis il se mit à rire, un rire presque dément.

— Te rends-tu compte ? On s'en va vivre loin du lac à cause des inondations pis c'est icitte, en pleine ville, que c'est le plus dangereux !

— Voyons, François-Xavier, ça se peut pas !

— Je te l'jure, Julianna. J'm'en revenais du port pis j'ai voulu prendre le tramway qui passe sur la rue Craig, comme d'habitude, mais j'avais beau attendre, y a pas un char qui passait. Ça fait que chus allé à pied, ben crois-le ou non, plus loin en haut, y avait quatre pieds d'eau dans les rues.

— Ça se peut pas ! répéta Julianna.

— Je te l'jure sur la tête de nos enfants !

— Qu'est ce qui s'est passé ? Y a encore de la neige !

— J'me sus informé, c'est les conduites d'eau qui ont gelé pis qui ont fendu.

— C'est vrai qu'y gèle à pierre fendre.

— Y a de ben gros dégâts.

— Montréal, inondé ! Y as-tu du danger pour nous autres ?

— Non, non, je penserais pas... À moins que les tuyaux pètent aussi... J'vas aller voir si je peux pas aider.

— François-Xavier, reste avec nous autres ! Je suis enceinte jusqu'aux yeux, s'il arrivait que tout brise ici aussi...

Il s'avança près de sa femme et lui caressa tendrement la joue. La grossesse de Julianna en était à son dernier mois et elle ressemblait à un paquebot à la proue proéminente. Il la rassura.

— J'serai pas ben long.

Sans plus un mot, François-Xavier repartit, laissant Julianna les larmes aux yeux. Il s'en retourna à pied vers le centre-ville. Il n'avait su exprimer à sa femme à quel point la terreur l'avait pris en voyant toute cette eau dans les rues. Il se rendait compte que, dans le fond, le besoin de sécurité l'avait fait prendre la décision de déménager à Montréal. Tout s'écroulait autour de lui là-bas. Son père mort sous ses yeux... La perte de sa fromagerie, l'inondation de la crue de 1928, les pauvres gens à Saint-Méthode... Comment avouer à sa femme qu'il mourait de peur ? S'il acceptait depuis des années cet hébergement chez Léonie, ce soi-disant travail qu'il faisait pour le magasin, c'était par frayeur.

François-Xavier s'approcha le plus qu'il le put de la rue Craig et de loin se mit à observer les gens qui essayaient de sauver au maximum leurs biens de l'eau. Comment aurait-il pu dire à sa femme : « Prends-moé dans tes bras. Tu sembles si forte, si brave face à la tourmente... Prends-moé dans tes bras pis berce-moé parce que, moé, j'ai peur... »

Comment peut-on avouer ces choses-là ? Comment expliquer à sa femme qu'on est effrayé que la mort la prenne comme Marguerite... Comment faire pour ne pas fuir devant cette crainte et ne pas s'embarquer sur un bateau, fuir au loin, bien loin pour ne plus avoir à cacher cette angoisse qu'on ne peut avouer. C'était une spirale sans fin, un chien courant après sa queue... François-Xavier ne put se résigner à offrir son aide. Les mains dans les poches, il s'éloigna de la rue sinistrée et se dirigea à nouveau vers le port malgré le froid qui lui gelait les orteils. Cela, il pouvait l'affronter.

~ ~ ~

Il l'avait laissé seule. Julianna eut envie de pleurer, de s'étendre là, par terre, et de se rouler en boule. Elle était si fatiguée. Cette grossesse, elle ne l'avait pas voulue. Elle était difforme, son mari devait la trouver laide même Henry ne la regardait plus ! Elle avait passé l'hiver enfermée dans cette maison, les chamailleries de ses enfants lui donnant la migraine. Elle se sentait si vulnérable. Mais le danger guettait sa famille, ses petits... Elle devait être forte. Elle n'avait pas le choix. Si elle montrait sa peur, celle de ce que l'avenir lui réservait, celle de mourir comme Marguerite et de laisser ses enfants orphelins, celle de tout perdre, celle de ne pas pouvoir nourrir sa famille, qui montrerait à ses enfants que la vie peut être belle ? Qui les convaincrait qu'ils sont merveilleux, beaux, pleins de talent ? Qui les guiderait et leur apprendrait à devenir des adultes forts, confiants qui ne sombrent pas dès le premier coup de vent ? Qui ?

Elle releva le menton et reprit sur elle. Elle fit le tour des tuyaux de la maison et eut l'idée de recouvrir chacun, du mieux qu'elle put, d'une serviette, d'un drap ou d'une nappe. Elle ne savait si cela était idiot ou pas, mais c'était mieux que de ne rien essayer.

~ ~ ~

Mademoiselle Brassard examina les tuyaux emmitouflés par Julianna avec intérêt. Elle sembla trouver l'idée excellente et s'empressa de descendre faire le même traitement à ceux du magasin. Les deux femmes parlèrent de tous ces pauvres gens à qui l'éclatement des conduites d'eau causait des problèmes. Comme si la crise n'en donnait pas assez comme cela ! Quelle misère, des enfants réduits à mendier, des hommes qui avaient perdu toute fierté et qui demandaient la soupe populaire et maintenant, cette inondation par un froid glacial ! On dit qu'un malheur ne vient jamais seul. En ces années de crise, l'adage était plus pertinent que jamais !

~ ~ ~

— Bon anniversaire !

François-Xavier venait de revenir à la maison, préoccupé par la lettre dont il avait pris connaissance, assis sur un banc de parc malgré la fraîcheur de cette fin de journée du 2 avril 1934.

Il regarda sa femme, encore plus énorme qu'il n'aurait cru possible, presque sur le point d'exploser de ce bébé prévu pour les jours à venir. Julianna avait le visage enflé et les traits tirés. Il la remercia de ses bon vœux et alla s'asseoir à la table de la cuisine. Sa belle-sœur Marie-Ange l'attendait avec son souper. Julianna le suivit et, avec difficulté, prit place dans la chaise berçante. À leur tour, les enfants vinrent lui souhaiter une bonne fête avant de se faire renvoyer hors de la cuisine. Tous avaient déjà mangé. Il remarqua un petit paquet à côté de son assiette. Il le prit et dénoua le ruban qui le ficelait. Il fit mine de s'extasier devant les mouchoirs brodés de ses initiales.

— J'avais pensé t'offrir d'accoucher le même jour que ta fête, mais c'est pas moi qui décide, ça a l'air, plaisanta-t-elle.

— Pis v'là mon cadeau ! dit Marie-Ange en déposant sur la table un beau gâteau à étages, généreusement nappé de sucre à la crème fondant.

François-Xavier mangea un instant en silence. Marie-Ange lui servit un café qu'il préférait au thé et le regarda d'un air inquiet. Il était évident que quelque chose préoccupait son beau-frère. Julianna avait également remarqué le manque d'enthousiasme de son mari.

— Qu'est-ce qui se passe François-Xavier ?

Pour toute réponse, il sortit de sa poche une lettre et la tendit à sa femme.

— C'est de Ti-Georges, précisa-t-il.

Intriguée, Julianna s'empressa d'en prendre connaissance.

— Oh non... C'est pas vrai... fit-elle dès le début.

Elle en interrompit la lecture. Blême, elle passa la lettre à Marie-Ange et attendit en silence que celle-ci lise les premières lignes.

— Oh non... fit-elle à son tour.

Ti-Georges annonçait que la banque qui avait consenti les prêts pour couvrir les frais du comité de défense voulait son argent. Et tout de suite. L'institution bancaire refusait de patienter et sommait Ti-Georges, dans un délai très court, d'honorer sa dette ou de subir les fâcheuses conséquences d'un recours légal.

— Qu'est-ce que ça veut dire ? demanda Julianna.

— Ça augure pas bien. La banque va procéder.

— À quoi ? demanda sa femme.

Marie-Ange avait compris, elle.

— Ils vont le saisir, souffla-t-elle.

— Oui, admit François-Xavier. La nouvelle terre, les animaux, la maison, les meubles, tout. Tout ce que possède Ti-Georges va être mis aux enchères dans un peu plus d'un mois. C'est écrit plus loin.

Marie-Ange reprit la lettre. Cette fois, les deux femmes lurent en même temps, penchées l'une sur l'autre.

— Le 8 mai prochain, fit Marie-Ange en relevant les yeux.

— Oui, ils vont tenir une vente aux enchères à sa nouvelle ferme de Saint-Ambroise, confirma François-Xavier.

Julianna redonna la lettre à son mari.

— Y va y avoir un shérif pis des gens de la compagnie.

Les larmes aux yeux, elle recouvrit de la sienne la main de son mari.

— Y faut faire quelque chose. On a pas assez d'argent pour rembourser la banque à sa place ?

— Non, la somme est beaucoup trop élevée. Et Ti-Georges refuse que ta tante Léonie lui en donne encore. Il a sa fierté et de toute façon, monsieur Morin a clairement fait entendre qu'il n'y avait pus assez de liquidités. Ce serait mettre tout l'avenir du magasin en péril.

— Henry est au courant ? demanda Julianna.

— Je l'ai averti. Y doit être à la veille d'arriver, répondit-il. On va essayer de voir ce qu'on peut faire pour Ti-Georges. Mais vraiment, je vois pas quoi…

Autour de la table, le silence se fit. Tout à coup, découragé, en colère, François-Xavier envoya valser sa tasse de café avant de s'effondrer la tête entre les mains.

Les femmes eurent un petit hoquet de surprise devant le geste. Cependant, elles ne protestèrent pas. Un peu de café sur les murs se nettoyait, une tasse brisée se recollait, mais devant le désespoir d'un homme, on ne pouvait que rester impuissant.

~ ~ ~

Ti-Georges ne savait plus à quel saint se vouer. Demain, le délai imposé jusqu'au 8 mai arriverait à échéance sans qu'il ait trouvé de solution. Les autre membres du comité qui, comme lui, se retrouvaient dans cette pénible situation avaient essayé toutes les avenues possibles afin que la banque revienne sur sa position. Leur intransigeance avait soulevé des doutes. Il était évident que l'institution financière était de mèche avec la compagnie qui retardait les dédommagements. On voulait les mettre sur la paille et leur faire durement payer d'avoir voulu leur résister.

Ti-Georges se sentait terriblement abandonné. Par la justice, par leur gouvernement, par leurs concitoyens... par Dieu. Il s'était mis à rudoyer les enfants et avait succombé au péché de son père, la boisson. Lui qui avait juré ne jamais ressembler à son paternel en était devenu le portrait craché. Caché dans un coin de la grange, il trinquait, seul, à la santé de tout et de rien.

— À la santé de Taschereau !

Et une lampée.

— À la santé de... la justice !

Et une autre rasade ! Il porta ainsi bien des toasts puis, à bout d'idée, il en émit un dernier.

— À la santé de... d'Augustin Belley !

Georges leva sa bouteille en l'honneur de la naissance du fils de Rolande, né au début du mois. Son esprit embrumé laissait vagabonder toutes sortes de pensées. Il imaginait Rolande, couchée dans un lit, là-bas, à Péribonka, et il vit clairement ses seins gonflés par la maternité. Il voulut se masturber et passa une de ses mains par sa braguette. Son veuvage lui pesait tellement. Toute sa vie lui pesait. Il aurait besoin de réconfort, d'une femme dans son lit, d'amour... Qui voudrait d'un homme acculé à la faillite ! Il retira sa main. Cela ne lui disait plus rien. Il regarda la poutre de la grange et il se vit en train de s'y balancer, au bout d'une corde. Il s'endormit, ivre mort, avec cette dernière image en tête.

~ ~ ~

Jean-Marie le retrouva, tôt le lendemain matin, au même endroit. Un air de pitié passa sur son visage. Son père était saoul mort et ronflait bruyamment. Il empestait un mélange d'alcool, de sueur et de vomi. Le jeune homme le regarda un moment. Un père doit représenter aux yeux de son fils ce qu'il y a de plus fort, de plus grand. Il doit être l'exemple à suivre. Jean-Marie souleva la tête de l'homme et l'interpella.

— Papa, papa, vous m'entendez-tu ?

Ti-Georges grommela. Jean-Marie soupira. Lui qui voulait annoncer son départ pour les États-Unis. Il avait décidé qu'il irait voir
Rolande et qu'il lui demanderait de l'attendre un an ou deux, le
temps qu'il revienne avec de quoi les établir. En attendant, il ne serait plus à la charge de personne et il pourrait même envoyer régulièrement un peu d'argent à sa famille. Comment faire part de cette décision en un tel moment ? Tout à l'heure, la ferme serait vendue,
morceau par morceau. Le shérif était arrivé et attendait dehors que
Jean-Marie lui ramène son père. Il revint à la charge et tenta encore
une fois de réveiller son paternel. C'est à peine si celui-ci maugréa.
Alors il prit les grands moyens et alla remplir un seau d'eau fraîche.
Sans ménagement, il en renversa le contenu sur la tête du soûlard. Ti-
Georges s'ébroua et protesta :

— Bateau de bateau ! Es-tu viré fou ?

— Je m'excuse, son père, mais le shérif est arrivé. L'encanteur va
pas tarder itou. Y veut vérifier la liste.

— Oh ouais le shérif, dit Ti-Georges en essayant de se remettre les
esprits en place. C'est le jour de l'abattoir…

— Voyons, son père…

— Aide-moé à me lever. Bateau que j'ai soif… Y reste-tu de l'eau ?
demanda-t-il en désignant le seau.

Jean-Marie y jeta un œil et répondit par l'affirmative.

— Un peu. Pis je vous ai emmené une chemise propre itou.

Ti-Georges but à même le récipient le reste du liquide. Il se sentit
un peu mieux. De ses doigts, il peigna ses cheveux frisés et mouillés.
Tout en changeant de vêtements, le regard fermé, il demanda :

— Ton oncle Rousseau est-tu là ?

— Non. Lui, matante Léonie pis monsieur Vissers sont encore
partis au village ben de bonne heure à matin. Matante Léonie a m'a
dit de prendre soin des petits.

— Pourtant y étaient supposés être avec moé à matin.

D'un air détaché, Ti-Georges haussa les épaules. Peut-être que sa famille l'avait abandonné aussi.

— Bon, envoye, que j'aille dire bonjour à ce cher shérif, reprit-il. À cause de toé j'ai l'air d'un chien noyé... Va t'occuper de tes frères pis de ta sœur. Pis je t'avertis, j'veux pas en voir un de la journée, sinon t'en manges toute une. Tu les emmènes comme convenu chez madame Gagnon du rang trois. Tu reviendras avec la noirceur pis pas avant.

— Oui, son père. J'atèle pis j'y vas.

— T'atèles rien pantoute. La jument va être vendue tantôt. Monsieur Gagnon va venir avec sa charrette vous chercher.

— Ah, bon, ben j'y vas.

— Fais juste les habiller, a va leur donner à déjeuner itou.

— Comme vous voulez.

Jean-Marie quitta la grange en se disant que peu importe ce qu'il faisait, ce ne serait jamais assez bien aux yeux de son père. S'il n'avait pas eu cet accident stupide, enfant, et s'il ne boitait pas, tout serait différent... Un jour, son père le remercierait, il serait fier de lui. Il reviendrait riche et il paierait toutes les dettes de la famille, il lui achèterait une belle grande ferme et un beau tracteur neuf. Son père verrait qu'il n'était pas rien qu'un infirme.

Resté seul, Ti-Georges regarda un instant la poutre du plafond et l'image de sa pendaison lui revint en force. Il y avait bien des façons de tuer un homme... Résigné, se traînant les pieds, Ti-Georges se dirigea à la rencontre du shérif. Le représentant de la loi attendait patiemment près de son automobile, faisant tourner son chapeau entre ses mains, visiblement mal à l'aise d'être là.

« Allez, Ti-Georges, c'est l'heure de la saignée ! »

~ ~ ~

Julianna et Marie-Ange, restées à Montréal, s'affairaient à faire le grand ménage. À l'extérieur, c'était le temps parfait pour cette énorme corvée. Pas trop chaud, mais un beau soleil sous lequel elles laisseraient les tapis se dorer et un bon vent pour aérer les rideaux qu'elles avaient décrochés. Marie-Ange avait chicané un peu sa jeune sœur, lui disant que ce n'était pas bon de trop en faire à peine trois semaines après un accouchement. Julianna n'avait rien voulu entendre. Jamais elle n'avait été si contente d'être délivrée d'une grossesse. Elle reprenait possession de son corps et n'avait envie que d'une chose : bouger. Maintenant, après avoir fait déjeuner les enfants, les deux femmes, aidées d'Yvette à qui on avait noué une serviette en guise de tablier, se démenaient à astiquer les armoires de la cuisine. Julianna sourit à la vue de sa fillette d'à peine six ans en train de frotter consciencieusement une salière et une poivrière en argenterie, fierté de Léonie. Yvette adorait cet ensemble. Les deux objets étaient presque des œuvres d'art. Tout à coup, la jeune mère grimaça en entendant Mathieu faire une fausse note au piano. Il répétait le morceau qu'il jouerait au bal des petits souliers. Elle était tranquille, son fils passerait des heures ainsi au piano. Quant à Laura, Marie-Ange avait promis un bonbon à Pierre si celui-ci surveillait sa jeune sœur comme la prunelle de ses yeux. Pierre l'aurait fait sans récompense. Il adorait Laura. Il sentait sa fragilité et au contraire d'Yvette qui le faisait damner, Laura pouvait tout se permettre, lui tirer les cheveux ou le pincer sans qu'il ne se fâche. Jean-Baptiste, le nouveau-né, dormait encore. Ce bébé était si facile. Après toutes les difficultés que Julianna avait éprouvées lors des trois premières années de la vie de Laura dont la santé était précaire, Jean-Baptiste semblait le bébé idéal. Il était gras, joufflu et ne pleurait presque jamais. Son seul défaut était son impatience. On devait le nourrir dès son réveil sinon il piquait une de ces crises.

À quatre pattes, la tête enfouie dans une armoire vidée de tout son contenu, Julianna frottait vigoureusement jusque dans les recoins.

Elle prit une pause et se redressa sur ses talons. Elle avait protégé ses cheveux par un foulard noué sur le dessus de sa tête et portait une jupe usée ainsi qu'une vieille chemise appartenant à son mari. Pour de la grosse besogne sale comme cette journée de grand ménage, pas question d'abîmer du beau linge. Elle soupira. Ses pensées s'envolèrent vers François-Xavier, parti avec Henry retrouver Ti-Georges.

— J'espère que tu n'as pas oublié de prier pour notre frère.

Marie-Ange ne cessa d'astiquer la cuisinière qui changeait de couleur à vue d'œil, retrouvant son bel éclat.

— Pas de saint danger, voyons donc ! J'te dis moé, si un jour je mettais la main sur ces voleurs de la compagnie, je leur ferais avaler leurs dents !

— Marie-Ange ! Yvette est avec nous !

La fillette délaissa son argenterie et alla se planter devant sa tante.

— Chus pas une idiote. J'le sais ben qu'on peut pas avaler nos dents.

Marie-Ange s'amusa de l'air sérieux de sa nièce.

— Oh non, toé ma Yvette, tu vas devenir la future reine d'Angleterre. Notre princesse Élizabeth est mieux de faire attention à sa couronne.

— Arrête donc d'y mettre des idées de grandeur dans tête. A porte déjà pas à terre, c't'enfant-là.

— Ah ben, pis ton Mathieu, y porte à terre, lui ? Y serait supposé être en train de jouer avec son frère pis sa sœur, pas de martyriser le piano.

— C'est pas pareil, y a un don pis un don on a pas le droit de le gaspiller.

— Ben là, y a le don de me tomber sur les rognons. Dis-y d'arrêter un peu, j'vas virer folle si y joue encore le même morceau !

— Mets-toi la tête dans le four, tu l'entendras pus. Pis si tu veux, je peux allumer le poêle...

— Maman ! intervint Yvette, la tête à matante May brûlerait !

s'exclama l'enfant en utilisant l'affectueux diminutif, à l'instar de tous les enfants de la famille.

— Pis ses cheveux y seraient comme de la corde de vache pis a serait laide à faire peur aux bœufs! enchaîna-t-elle.

— Marie-Ange! s'écria Julianna. C'est-tu toi qui lui montres à parler de même?

— Ben non, c't'affaire, nia celle-ci. Yvette, va voir si Laura a pas mangé tout cru ton frère Pierre, on les entend pus. Pis si a l'a mangé tout cru, ben dis-lui de le faire cuire la prochaine fois. Ça donne des vers dans le ventre, manger cru!

— Marie-Ange!

— Ah! si on peut pus faire des farces astheure. Tu m'fais penser à Léonie.

— Chus juste ben inquiète pour ce qui se passe aujourd'hui à Saint-Ambroise, expliqua Julianna. J'ai hâte de savoir si le plan de Henry pis François-Xavier va marcher..

— Moé itou... C'est pas pour rien qu'on fait le grand ménage aujourd'hui. C'était ça ou je me rongeais les ongles jusqu'au bras!

~ ~ ~

À la ferme de Saint-Ambroise, tout était prêt pour commencer la vente aux enchères. Il y avait beaucoup plus de monde que ce à quoi Ti-Georges s'attendait. Une bonne quinzaine d'hommes du village et quelques femmes s'étaient réunis dehors en avant de la grange, face à la table que l'encanteur avait placée à cet endroit. Parmi eux se trouvaient le curé, le notaire et même le maire. Ils étaient arrivés par petits groupes de deux ou trois, une expression indéchiffrable sur le visage. Ils étaient silencieux, attendant le début de la vente. Ti-Georges resta un peu à l'écart. Le dos courbé, les mains dans les poches, il s'apprêtait à subir cette cruelle pratique humiliante et déshonorante. Il aurait donné cher pour retourner à sa cachette de la

nuit, retrouver une bonne bouteille d'alcool et l'engourdissement bénéfique que son contenu lui procurait. François-Xavier, Henry et
Léonie venaient juste d'arriver à leur tour et c'est à peine s'ils avaient
eu une minute pour saluer Ti-Georges et lui faire un sourire de réconfort. Un représentant de la banque et un homme de la compagnie
se tenaient aux côtés du shérif. Le banquier avait le regard fuyant
tandis que l'homme de la compagnie arborait un air victorieux et
même fendant, comme François-Xavier le décrirait plus tard. Sans
plus tarder, le maître de l'encan débuta. Il se racla la gorge. Après les
formalités d'usage, il expliqua :

— On va commencer par la vente du troupeau. On a une belle
vache laitière de race canadienne, toute brune, âgée de deux ans pis
le prix est fixé à une piastre.

Un long silence suivit la description. Ti-Georges garda les yeux
baissés sur le bout de ses souliers. Avec un peu d'impatience, l'encanteur répéta l'offre de départ. Ti-Georges releva les yeux devant le silence qui persista. Il y avait une drôle d'atmosphère dans le groupe
d'acheteurs. La plupart avaient les bras croisés et Ti-Georges se rendit
compte qu'il se dégageait d'eux une indéniable antipathie envers les
instigateurs de cet encan. Cela le réconforta un peu. Au cours des
dernières semaines, tout le village lui avait témoigné son appui. On
connaissait les événements survenus au Lac-Saint-Jean et la lutte du
comité de défense. La majorité des habitants de Saint-Ambroise était
d'accord avec le combat des cultivateurs. Que la banque procède
ainsi, avec barbarie, à la saisie des biens de ce monsieur Gagné, qui
avait osé défié la compagnie, les révoltait. Pour la troisième fois, l'encanteur refit l'offre d'une piastre.

Enfin, un homme à l'avant des autres leva sa main et annonça
d'une voix forte et claire :

— Une piastre et demie.

Marquant la surprise, l'encanteur hésita. Il prit sur lui et releva
l'offre.

— Une piastre et demie, qui dit mieux ?

Un autre lourd silence. Le pauvre encanteur, désarçonné, jeta un regard circulaire sur le groupe. Il conclut la première vente.

— Une piastre et demie une fois, une piastre et demie deux fois, une piastre et demie trois fois, adjugé au monsieur ici en avant avec la casquette brune.

Personne ne bougeait, personne ne parlait, on attendait la suite. L'encanteur poursuivit avec une deuxième vache et le même prix de départ. Un autre silence, puis une autre main et une seule offre à un dollar cinquante. Cette fois, un homme à la chemise à carreaux se la vit attribuer. Le trio représentant la banque se regarda en se demandant bien ce qui pouvait se passer. Décontenancé, l'encanteur balbutia pour la première fois de sa carrière.

— Je… je continue ou on arrête la… la vente ? demanda-t-il au shérif.

Ce fut le représentant de la compagnie qui répondit, les dents serrées :

— On vend tout.

L'encanteur sortit un mouchoir de sa poche et entreprit de s'éponger le front. Il demanda un verre d'eau. Léonie s'empressa d'aller lui en chercher un. La gorge toujours aussi sèche même après avoir calé son verre, l'homme reprit son travail. Trois autres vaches, le taureau, deux chevaux, quelques poules, cinq cochons et toujours le même manège. Un silence, une seule offre à peine un peu plus élevée que le prix de départ et cet étrange calme pendant tout le processus. Tout le troupeau se vendit ainsi pour vingt dollars. Le meneur de l'encan roulait des yeux d'incompréhension tandis qu'on sentait la rage gagner l'homme de la compagnie. Sur un signe de tête affirmatif de celui-ci, l'encanteur procéda ensuite à la mise en vente de la ferme. Il annonça le lot comprenant le roulement, les outils, la maison, les meubles, tout. S'il n'y avait pas d'acquéreur pour l'ensemble, il procéderait au morcellement. Il énuméra la longue liste de ce que la ferme comprenait. Puis il releva la tête et, avec résignation, d'une toute petite voix presque suppliante, il annonça le prix de départ.

— Huit mille piastres.

Rien ne bougea. Un autre long silence. L'homme répéta l'offre.

— Huit milles piastres. Personne ne suit ?

Henry leva la main.

— J'offre huit mille piastres... et une !

Cette fois, un murmure parcourut la petite foule.

L'homme de la compagnie s'objecta :

— C'est ridicule !

Henry se tourna vers l'homme.

— Si vous avez une meilleure offre que la mienne, libre à vous de la faire !

Le représentant de la compagnie rougit de colère. Le message était clair. S'il misait, personne ne relèverait son offre. Il n'allait toujours bien pas acheter la ferme de ce Gagné !

Ti-Georges regarda François-Xavier, cherchant une explication à ce qui se passait. Henry achetait sa ferme ? Son ami resta de marbre et entreprit d'allumer sa pipe. Ti-Georges se tourna alors vers sa tante Léonie. Celle-ci fit mine de rattacher une de ses bottines. Mais qu'est-ce que tout cela voulait dire ?

Perdant contenance, l'encanteur bafouilla.

— Euh... Pouvez-vous répéter votre offre monsieur ?

— Avec plaisir, répondit Henry. J'ai dit huit milles piastres... et une ! Pas un sou de plus, pas un sou de moins, affirma Henry.

— Bon, euh... qui dit mieux ? murmura presque l'encanteur, lui qui s'enorgueillissait de sa voix forte.

Presque paniqué, il débita sa litanie.

— Huit mille piastres... et une, une fois. Huit milles piastres... et une, deux fois. Huit mille piastres... et une, trois fois ! Adjugée au monsieur-là avec une cravate et un chapeau melon.

L'encan était terminé. Cependant personne ne fit mine de quitter les lieux. Fendant la petite foule, Henry s'avança alors vers Ti-Georges et lui dit :

— J'ai bien l'impression que je viens de m'acheter une ferme. Comme vous le savez, j'ai beaucoup de travail qui m'attend à Montréal. Cela me prendrait quelqu'un de fiable pour s'en occuper à ma place. Ça vous tenterait pas, monsieur Gagné ? Bon, c'est réglé.

Cérémonieusement, avec un demi-sourire, l'avocat serra la main d'un Ti-Georges complètement hébété.

Qu'est-ce qui s'était passé ? Il ne comprenait rien à rien !

Tout le groupe resta encore un moment immobile puis ce fut le premier acheteur qui alla au-devant de Ti-Georges et lui déclara :

— Vous savez, moé, j'ai pus grand place dans mon étable. Vous seriez-tu assez gentil pour me garder ma vache un p'tit bout de temps ?

Puis le deuxième.

— Moé, j'vas venir la chercher peut-être demain ou un autre de-main. Vous pourriez-tu me la garder c'te vache-là itou ? J'vous serais ben redevant, monsieur Gagné.

Et chaque acquéreur vint ainsi à tour de rôle demander à Ti-Georges de bien vouloir prendre soin de leur poule, cochon ou cheval. Bientôt tous les papiers furent remplis, et l'encanteur repartit non sans être allé lui aussi au préalable serrer la main, chaleureuse-ment, à Ti-Georges.

— Jamais de toute ma vie, j'ai vu une histoire pareille ! On peut dire ce qu'on voudra, y a encore du monde qui ont le cœur à bonne place.

~ ~ ~

Marie-Ange sourit de satisfaction à la vue de la maison qui sentait bon le propre. Les planchers avaient été grattés, lavés puis cirés. Trois belles couches de cire. Les enfants de Julianna s'étaient attroupés à l'entrée de la cuisine et regardaient avec émerveillement le plancher reluire comme un miroir.

Leur tante les avertit :

— Pis astheure, vous avez juste le droit de marcher sur la tête !

Julianna, qui berçait Jean-Baptiste leva les yeux au ciel. Sa grande sœur était tout un numéro. Elle prit conscience à quel point celle-ci était devenue importante dans sa vie. Évidemment ce fut Yvette qui releva l'allusion.

— Ben voyons donc, matante May, ça s'peut même pas marcher sur la tête !

— Ah ouais mademoiselle la reine d'Angleterre ? Pis dites-moé donc pourquoi ? la taquina Marie-Ange en s'approchant à deux pouces du nez de sa nièce.

— Parce que… parce que… commença la fillette en cherchant la réponse.

Puis avec un air victorieux :

— … parce que nos cheveux y sont trop glissants !

— T'as ben raison, ma vlimeuse ! lui répondit Marie-Ange en lui tirant une natte blonde. Bon ben, vous savez ce qu'on dit ? Après le grand ménage du printemps, c'est le temps de…

La tante laissa sa phrase en suspens, attendant que les enfants la complètent.

Pierre se risqua :

— De faire ben attention ?

— Ben non mon gars ! Après le grand ménage du printemps… de fêter, c'est le temps !

La table avait été tassée et les chaises empilées sur le dessus. Dans l'espace ainsi libéré, Marie-Ange, les pieds chaussés de pantoufles, se mit à glisser sur le plancher en une drôle de danse qui alliait le patinage et la valse.

— Planchers cirés, planchés faits pour danser ! s'exclama Marie-Ange en pirouettant.

Près de la cuisinière se tenait en permanence un grand panier rempli de pantoufles tricotées.

— Mettez vos bas pis v'nez danser avec matante May !

Les enfants hurlèrent de joie. Ils se jetèrent sur le panier, choisissant leur paire préférée. Même Mathieu, qui ne montrait jamais beaucoup d'enthousiasme pour autre chose que sa musique, se joignit à ses frères et sœurs. Pierre prit le temps d'aider Laura à enfiler les petits chaussons de laine et essaya d'attacher le cordon qui l'empêcherait de les perdre. Yvette s'interposa et, avec son habituel air supérieur, fit rapidement une jolie boucle bien serrée à chaque pied. Elle était si fière de savoir attacher des lacets quand Pierre, à huit ans, avait encore de la difficulté. Pierre la regarda faire, maussade.

— Allez mes chenapans, dépêchez-vous ! les pressa Marie-Ange.

Ensemble, ils se mirent à danser et à chanter à tue-tête :

— Planchers cirés, planchés faits pour danser !

Julianna admira ses enfants en train de pirouetter et d'effectuer de malhabiles arabesque dans la cuisine, s'en donnant à cœur joie. Après quelques minutes, Marie-Ange, essoufflée, se tint au bord de la table en se plaignant d'être étourdie.

— Oh là, là, les murs tournent ! On s'est assez amusés, c'est fini maintenant, décréta-t-elle.

Les enfants exprimèrent bruyamment leur déception.

Leur tante leur répliqua.

— Danser en rond, ça creuse le bedon ! Matante May va préparer à souper. Pierre, t'es grand, toé, tu vas m'aider à descendre les chaises pis à replacer la table. Faites attention, les p'tits.

— Z'ai faim, pleurnicha Laura.

Yvette lui répondit :

— Mange ta main, garde l'autre pour demain ; mange ton pied, garde l'autre pour danser !

Laura ouvrit de grands yeux ronds. Julianna regarda sa sœur avec un air de reproche.

— J'suppose qu'Yvette a inventé ces idioties toute seule, fit Julianna.

Marie-Ange afficha un air d'incompréhension. Mettant la main en cornet sur une de ses oreilles, elle cria :

— Hein, quoi ? J'ai pas compris. Pour moé, j'm'en viens sourde comme un pot.

— On est sur la veille de t'appeler mémère... la taquina sa jeune sœur.

— Ben là, faut pas exagérer. J'ai encore de belles années devant moé, tu sauras. Surtout qu'à l'heure qu'y est, chus peut-être ben propriétaire d'une belle ferme à Saint-Ambroise.

— J'espère de tout cœur que tout s'est bien déroulé là-bas.

— Ben oui, chus sûre que mon avocat, monsieur Henry Vissers, vient d'acquérir, en mon nom, une belle maison de ferme pis tout son roulement.

— J'ai pas compris pourquoi on voulait pas mettre Ti-Georges au courant de votre plan.

— On était pas assez certains que ça allait marcher. Peut-être que les rats de la compagnie ont mis des bâtons dans les roues...

— T'es une sœur en or, c'est le cas de l'dire.

— Même si chus plus pauvre de huit mille piastres... et une...

Julianna sourit et reprit plus sérieusement.

— Bon ben avec notre grand ménage, on a rien prévu à manger.

Marie-Ange avait sa petite idée sur la question.

— Ben moé, j'me dis que, vu qu'on est rien que nous autres pis qu'on a pas d'hommes à servir, ben j'me dis qu'on pourrait faire un déjeuner-souper ! proposa-t-elle.

Les enfants approuvèrent joyeusement. Un déjeuner-souper, comme la tante appelait ce repas, se révélait une fête pour eux. On soupait aux crêpes avec de la cassonade ou au pain trempé dans du lait sucré et c'était un délice.

Julianna refusa. Elle préférait manger salé ce soir.

— On passe au vote, d'abord c'est tout ce qu'on a le droit de voter, grommela Marie-Ange. Alors qui veut des crêpes pour souper? demanda-t-elle, certaine de la réponse.

Tous les enfants choisirent ce menu sauf Laura qui se mit à pleurnicher.

— Qu'est-ce qu'y a ma puce, demanda Marie-Ange, pourquoi tu pleures?

— Ze veux pas manzer ma main!

~ ~ ~

Attablé avec François-Xavier, Henry et Léonie, une bouteille de rhum entamée afin de fêter le bon déroulement de l'encan, Ti-Georges emplit à nouveau son verre. Il affichait encore une mine confuse.

— J'en reviens pas encore que ce soit toé qui as acheté ma ferme, Henry.

Léonie refusa le verre que son neveu lui offrait pour la troisième fois. Elle prit un air faussement innocent.

— Ah, on te l'a pas dit, Ti-Georges?

— Dit quoi?

— Ben c'est pas Henry qui a acheté ta ferme. C'est ta sœur Marie-Ange.

— Quoi? fit Ti-Georges.

— Oui, affirma Léonie, Marie-Ange a prêté l'argent pour acheter la ferme et les animaux.

Henry ajouta:

— Mais comme la compagnie a des avocats coriaces, je voulais être certain que personne n'évente la mèche et que toute notre démarche soit légale.

— Bateau de bateau... Je comprends rien! Qui a acheté les animaux?

— Ta sœur, en se servant des voisins, répondit Léonie.

Devant l'expression d'incompréhension de son neveu, elle ajouta :

— Henry m'a demandé de passer par le village pour demander aux gens d'acheter tes bêtes.

— Y fallait pas prendre de chance pour que toute la vente soit en bonne et due forme pis qu'il y ait un nom différent sur chaque achat, ajouta l'avocat.

— J'en reviens pas... Les gens du village, j'les connais presque pas, on a même pas de parenté avec eux autres !

— Ta tante Léonie est bien amie avec le curé Duchaine. Depuis qu'elle vit à Saint-Ambroise, il semblerait qu'elle ait mis tout le village dans sa poche, expliqua Henry.

— Ben là, ma ferme est à qui ? Pis les animaux ?

Patient, Henry résuma la transaction.

— Légalement, la ferme est au nom de madame feu Romuald Barrette, le nom de femme mariée de ta sœur Marie-Ange. Moi, je n'étais que son avocat. Comme une femme peut pas s'occuper d'une propriété, elle t'a désigné comme gérant. Quant aux animaux, ils sont à toi.

— Que c'est que tu penses qu'on a fait depuis trois jours ? lui demanda François-Xavier. On a passé à travers le village pis à chaque homme qui a accepté de t'acheter une vache ou une poule, ben nous on a acheté un... morceau de gâteau ou ben une pointe de tarte.

— Ou un petit verre de bière... fit malicieusement Henry.

— La piastre sur la table, une bonne poignée de main, pis ben le bonjour, on se revoit à l'encan, résuma François-Xavier.

— Les animaux pis la ferme sont à Marie-Ange... mais je m'en occupe, résuma Ti-Georges.

— C'est ça ! approuva François-Xavier. Pis la banque a pas eu grand-chose. Un beau gros huit mille piastres et vingt.

— Vingt et... une, rectifia Henry.

— Y pouvaient ben avoir l'air enragé quand y sont partis... commenta Ti-Georges.

— J'te dirais, dit François-Xavier, que le gars de la banque avait un petit sourire en coin. Y m'a fait comprendre qu'y avait eu la main forcée par le représentant de la compagnie. Dans le fond, y était ben content.

— Le gars de la compagnie, lui, par exemple ! C'était de toute beauté à voir ! s'exclama Henry.

— On aurait dit qu'y venait d'avaler un porc-épic entier ! ajouta François-Xavier. Y était certain de te voir dépossédé de tout.

— La boucane lui sortait par les oreilles ! surenchérit Léonie.

— C'est vrai ! appuya François-Xavier. Pis mon Henry qui est resté ben calme pis qui lui a ordonné de l'appeler maître ou sinon il allait le poursuivre pour manque d'égard.

Tous éclatèrent de rire à cette remarque. Un peu après, Ti-Georges fronça les sourcils. Il regarda tour à tour ses voisins de table et jura :

— Ça m'prendra le temps qu'y faudra, mais j'vas rembourser Marie-Ange.

Avec douceur, Léonie lui répondit.

— Personne en doute, Ti-Georges.

— Trinquons ! dit François-Xavier. Au huit mille piastres et vingt… et une !

On remplit les verres et les trois hommes calèrent chacun le sien d'un coup sec.

Ti-Georges commençait à être ivre. Les deux autres hommes ne semblaient guère mieux.

— Dans une couple d'années, intervint sur le même ton l'avocat, quand toute cette magouille de compagnie va être finie, tu pourras racheter ta ferme pis la mettre à ton nom.

— Buvons ! dit François-Xavier en vidant un autre verre.

Ti-Georges et Henry ne se firent pas prier et l'imitèrent.

Elle était bien la seule à ne pas avoir trop bu, se dit Léonie en souriant à la vue de ces trois hommes fêter solidement leur victoire. Elle se leva et entreprit de préparer du café. Ils en auraient certainement besoin bientôt.

En s'essuyant la bouche du revers de sa manche, Ti-Georges, larmoyant, se mit à exprimer sa reconnaissance à ses amis.

— Merci, merci ben gros. Vous êtes ben, ben, ben fins. Moé qui pensais que vous m'aviez abandonné... Merci.

— T'as pas à nous remercier, lui rétorqua son beau-frère. C'est toute à cause de la compagnie ce qui arrive. C'est pas la charité qui a parlé aujourd'hui. C'est la fierté.

— La fierté, répéta à voix basse Ti-Georges.

Puis il se redressa. Un nouveau regard l'habitait. Il leva son verre.

— Buvons à la fierté. La fierté de vous avoir comme amis...

— À la fierté ! entonnèrent les deux autres hommes.

Ti-Georges se mit debout. Empreint d'émotion, il continua son toast.

— Pis à la fierté d'avoir une sœur généreuse comme Marie-Ange !

— À Marie-Ange !

— Pis de connaître une femme dépareillée comme matante !

Léonie se retourna.

— À matante Léonie !

— À Léonie !

Ti-Georges lui tendit à nouveau un peu d'alcool. Cette fois, elle accepta et le verre et l'hommage.

~ ~ ~

Rolande n'était pas au courant de tous ces événements. Penchée sur son petit Augustin, elle détaillait ce nouvel être minuscule. Il lui était étrange de tenir dans ses bras son bébé. Les premières heures après la délivrance, elle avait eu l'impression d'être coupée de toute émotion. Puis, un sentiment de protection et d'amour infini avait grandi en elle. Elle remerciait le Bon Dieu que son bébé ne semble pas avoir trop de traits paternels. Au contraire, il lui rappelait un de ses jeunes frères. Elle sourit et s'apprêtait à donner le sein à son nouveau-né quand la porte de la chambre s'ouvrit à toute volée. Elle s'empressa de refermer son corsage.

— J'viens voir mon petit-fils, annonça sans manière son beau-père.

Comme s'il était roi et maître, l'homme s'approcha du lit et se pencha sur sa bru. De sa grosse main, il caressa la tête de son petit-fils. Rolande savait qu'il n'y avait aucune affection derrière ce geste. Son beau-père s'organisait tout simplement pour lui toucher la poitrine. Le souffle court, le visage déjà rougeaud, l'homme se pencha avec l'intention de déposer un baiser sur le front du bébé. Rolande se tassa, donnant un coup de coude à son beau-père. Il se redressa, mécontent. Prenant son courage à deux mains, la jeune fille murmura :

— J'aime pas que vous rentriez dans ma chambre de même, monsieur Belley, je vous l'ai déjà dit.

Pendant un moment, l'homme sembla réfléchir. Puis il tourna les talons. Rolande se sentit soulagée. Mais avant de quitter la pièce, monsieur Belley se retourna, la main sur la poignée, et dit d'une voix rauque :

— C'est chez nous icitte. Fais-toé à l'idée, ma p'tite, que j'demanderai pas la permission pour rentrer à quelque part... Pis que j'vas toucher pis prendre c'que j'veux quand j'veux. Icitte, toute est à moé.

Il appuya ses paroles d'un regard concupiscent. Il quitta enfin la pièce.

Rolande fondit en larmes. Tout le long de sa grossesse, elle avait été protégée par son état qui semblait refroidir son beau-père. Maintenant, elle savait ce qui l'attendait.

~ ~ ~

Sous un soleil de plomb, Jean-Marie souleva le lourd outil et une fois de plus abattit la masse sur le moyeu de la batteuse à foin.

— T'as pas frappé assez fort ! Arrête de forcer du nez, bateau ! s'écria son père qui tenait le ballant de la machine agricole.

Sous la rebuffade, Jean-Marie redoubla d'ardeur mais l'élan démesuré le fit dévier de sa cible. Son père eut tout juste le temps de retirer sa main pour ne pas se la faire écraser.

— Ciboire ! Tu veux-tu me rendre infirme moé itou ?

Ti-Georges lança un regard furieux à son fils aîné avant de se détourner vers la grange à l'intérieur de laquelle Elzéar était en train de nettoyer les harnais. D'une voix tonitruante, il ordonna :

— Elzéar, viens icitte tout de suite !

L'adolescent apparut, une guenille à la main.

— Vous m'avez appelé, son père ?

— Remplace ton pas bon de frère. Y a manqué m'estropier.

— Mais, son père... commença Jean-Marie.

— Tais toé pis va-t-en à l'étable continuer l'ouvrage d'Elzéar. J'ai jamais vu un manchot de même. Des mains de canard... Depuis que t'es petit, tu fais jamais rien de droite. On sait ben, avec une patte folle...

De rage, Jean-Marie lança la masse au loin, prit le linge souillé des mains de son jeune frère et se dirigea en claudiquant vers les chevaux. Fulminant, il attrapa le pot de graisse laissé ouvert par Elzéar.

Son paternel allait regretter ses paroles. Il allait voir... Cela faisait plus d'un mois que l'encan avait eu lieu et il n'avait pas trouvé les mots pour lui annoncer sa décision de partir pour les États-Unis. Le fait qu'ils aient pu garder leur ferme en fin de compte avait changé les arguments qu'il avait élaborés. Il ne pouvait plus justifier son départ par une bouche de moins à nourrir. Et puis, il s'était dit que son père avait tellement d'ouvrage qu'il ne pouvait le laisser. Il avait donc décidé, à son grand regret, de reporter son départ et son projet de mariage avec Rolande. La colère montait de plus en plus et il frottait en vigoureux va-et-vient au point d'abîmer le cuir du licou. Pourquoi, mais pourquoi est-ce qu'il prenait la peine de se sacrifier ? Pour qui ?

Son père n'en avait rien à faire qu'il reste ou pas. Il grommela :

— Maudite marde de maudite marde ! J'vas sacrer mon camps d'icitte moé pis le père y va s'en mordre les doigts de m'avoir parlé de même. Y va se rendre compte que j'en abattais de l'ouvrage… pour une patte folle… pour un infirme !

Il allait cesser de l'encombrer, il allait lui dire sa façon de penser. Et tout de suite à part de ça.

Il jeta son attirail de nettoyage par terre et retourna dehors. D'un pas décidé, il alla se planter devant son père. Celui-ci releva les yeux et voulut sourire à son fils. Il se savait trop dur à l'endroit de son plus vieux et il regrettait ses paroles. De ce temps-ci, il se sentait prêt à exploser à la moindre occasion. Il était frustré. Il était veuf depuis sept mois et en comptant les derniers temps de la maladie de sa femme, son abstinence forcée durait depuis presque un an. Cela aurait mis les nerfs de n'importe quel homme à rude épreuve. Ti-Georges soupira et voulut s'excuser à son fils, mais celui-ci ne lui en laissa pas le loisir. Les mains sur les hanches, en colère, Jean-Marie lui lança :

— L'infirme a oublié de vous dire qu'y sacrait son camp d'icitte, demain… Non, pas demain, à soir, pis qu'y va être ben content de pus vous voir la face !

Ti-Georges se releva, enragé, et regarda son fils. Elzéar observa l'un après l'autre les deux hommes se défier.

— Que c'est que t'as dit ? gronda le plus vieux, les poings serrés.

— Vous êtes pas sourd à ce que je sache, son père. Je m'en vas faire de l'argent aux États. Pis après j'vas revenir pis me marier… me marier avec…

Ti-Georges ne laissa pas son fils finir sa phrase. En deux enjambées, il prit Jean-Marie par le collet et le souleva de terre.

— Elzéar, rentre à maison, ordonna Ti-Georges sans regarder son autre fils.

Effrayé, ce dernier obéit et partit à la course avertir sa grand-tante Léonie du drame qui se préparait.

La femme se précipita dehors. Elle s'immobilisa au bas de la galerie, ne sachant trop comment intervenir dans cette délicate situation.

Ti-Georges tenait toujours Jean-Marie. Une envie de frapper ce gringalet de fils le démangeait. Après d'interminables secondes, il prit conscience du regard terrifié de son plus vieux, de sa difficulté à respirer. Comme un éclair, des images de sa propre enfance lui revinrent à la mémoire. Il se revit, au même âge que Jean-Marie, avoir peur de son père Alphonse qui le rudoyait. Il s'était pourtant juré, s'il avait des enfants, de ne pas être comme lui... Que Dieu lui vienne en aide, ce qu'il venait de faire était aussi terrible... C'était comme si le diable le possédait.

Ti-Georges ferma les yeux. Il ne voulait pas être un deuxième Alphonse Gagné, il s'y refusait ! Il pouvait chasser ce mal filial en lui, il le pouvait, il le devait !

Doucement, il relâcha sa prise.

Léonie soupira de soulagement.

Jean-Marie toussa un peu et jeta à son père un regard blessé.

— Y est pas question que tu partes, déclara Ti-Georges d'un ton bourru. J'ai pas les moyens de me passer d'une paire de bras...

Il radoucit son ton et ajouta :

— Tu vas voir, on a eu un mauvais départ mais astheure tout va ben aller. Notre ferme a va devenir grande pis prospère pis tout ça va être à toé, conclut-il en donnant une grande claque dans le dos de Jean-Marie.

Le jeune homme ne dit rien.

Le père se sentait imbécile et inadéquat. Si sa Marguerite était encore de ce monde, aucune de ces chicanes n'arriverait ! Il avait trop de tension en lui, il était fatigué, ses enfants avaient besoin d'une mère... il avait besoin d'une femme.

Il prit sa décision. Sans plus se soucier de Jean-Marie, il déclara :

— J'm'en vas me changer. J'ai affaire au village.

Il se dirigea à grandes enjambées vers la maison.

Il passa à côté de Léonie sans dire un mot, un air déterminé sur le visage. Il enleva ses vêtements de travail et revêtit ses habits du dimanche. Il se coiffa soigneusement les cheveux et pesta en nouant sa petite cravate. Avec détermination, il retourna à la cuisine dans laquelle Léonie était revenue, décontenancée par l'attitude de son neveu. Ti-Georges regarda sa tante et lui dit :

— Matante, j'm'en vas m'absenter une couple de jours. Il me manque une pièce importante pour la ferme, j'm'en vas la chercher.

~ ~ ~

Ti-Georges fut parti une semaine entière. Léonie était folle d'inquiétude et n'avait de cesse de demander à Jean-Marie ce que son père avait dit à propos de cette fameuse pièce manquante. L'adolescent ne comprenait pas. Après le départ de son père, il avait réussi à réparer la machine et il ne voyait vraiment pas de quoi il pouvait s'agir.

La réponse arriva enfin le soir du 19 juin 1934. Quand Léonie, qui avait passé son temps à surveiller par la fenêtre le retour de son neveu, reconnut enfin l'attelage de Ti-Georges qui s'engageait dans l'entrée de la ferme, elle lança un petit cri et sortit, suivie de Jean-Marie, sur le perron. Se protégeant les yeux du soleil couchant, Léonie s'aperçut que Ti-Georges était accompagné. Une femme, vêtue d'une simple robe pâle de coton, un grand chapeau sur la tête, était assise à sa droite. Elle tenait dans ses bras un paquet. Le cheval allait au pas et c'est très lentement que Ti-Georges s'approcha de la maison. Quand, enfin, il commanda à sa jument grise d'arrêter, juste devant de la maison, et que la femme releva la tête, Léonie la reconnut. Jean-Marie aussi.

— Rolande ! s'écria Léonie en descendant les marches.

Ti-Georges s'était dépêché de sauter en bas de la voiture et d'aider sa passagère à descendre. Léonie, heureuse, s'exclama :

— Oh Ti-Georges, quelle bonne idée tu as eu de nous emmener Rolande en visite !

Jean-Marie détailla la jeune femme. Rolande était différente. Elle semblait avoir vieillie et était encore plus belle. Il accrocha son regard et lui fit un sourire éclatant de bonheur. Celle-ci lui en offrit un timide en retour. Elzéar était parti à sa pêche du soir, à laquelle il avait droit quand toutes les corvées étaient finies. Léonie était intraitable et il n'était plus question qu'il disparaisse sans crier gare. Les autres enfants étaient tous au lit. Là-dessus aussi, Léonie était d'une rigueur sans pareille. À sept heures précis, chaque enfant devait avoir les yeux fermés.

Tandis que sa tante embrassait affectueusement Rolande, Jean-Marie s'approcha et retint la jument qui s'impatientait. Après une si longue absence, l'animal rêvait de retrouver enfin son écurie.

Léonie se pencha vers le paquet que Rolande tenait encore contre son cœur.

— Je suppose que c'est monsieur Augustin Belley !

Rolande découvrit le bébé et Léonie put l'admirer.

— Ah le beau petit homme ! s'extasia Léonie. J'avais assez hâte de le voir.

Ti-Georges débarqua la valise de la jeune femme et fit signe à Jean-Marie d'aller dételer.

Léonie s'adressa à son neveu.

— Pis, Ti-Georges, as-tu trouvé ce que tu cherchais ?

Ti-Georges déposa le bagage par terre et, les mains sur les hanches, un peu timide tout à coup, il répondit :

— Oui, matante, la v'là la pièce manquante.

Curieux, Jean-Marie, qui emmenait doucement l'attelage vers l'écurie, se détourna pour voir de quoi il s'agissait.

— Rolande est pas rien qu'en visite, continua Ti-Georges en reprenant de l'assurance. Astheure, le bébé s'appelle Augustin Gagné.

Léonie eut un hoquet de surprise. Jean-Marie, lui, un mouvement de recul. La jument s'ébroua de mécontentement. Léonie et Jean-Marie regardèrent, ahuris, le couple.

— Rolande pis moé, on s'est mariés à matin à Péribonka.

~ ~ ~

L'univers de Jean-Marie s'écroula. Personne ne se rendit vraiment compte de son désarroi. Tout de suite après l'annonce de son remariage, Ti-Georges lui fit signe à nouveau de s'occuper de l'attelage. Les nouveaux mariés s'engouffrèrent dans la maison, escortés de timides vœux de bonheur de Léonie. Jean-Marie put à loisir aller panser sa déception dans la grange. Presque sans s'en rendre compte, il libéra le cheval de sa charge, lui retira sa selle et son harnais et le fit entrer dans sa stalle. Le cœur battant, les tympans bourdonnants, il appuya son front sur le rebord de l'enclos. Il avait la nausée, il était désorienté. Il avait envie de s'enterrer vivant... Ce n'était pas possible. Sans savoir pourquoi, il eut le réflexe d'aller dans le coin de la grange. Il savait qu'il trouverait là une des fameuses bouteilles cachées par son père. Cela lui procurerait un oubli provisoire vital à cet instant. En grimaçant, il but une grande rasade du flacon. À la nuit tombée, quand Elzéar rentra de la pêche et qu'il vint ranger son matériel, son attention fut attirée par un drôle de gargouillis. Encore de la vermine, se dit l'adolescent.

Découragé, il garda le fanal qu'il avait emmené avec lui. Il adorait pêcher au crépuscule et il n'était pas rare, comme ce soir, qu'il reste jusqu'à la complète noirceur. C'était à ce moment qu'il faisait ses plus belles prises. De sa main libre, il échangea sa perche contre la fourche à foin accotée sur le mur. Lentement, pointant son arme devant lui, il s'avança sans faire de bruit. Le seul rat que le halo de sa lanterne éclaira fut son grand frère Jean-Marie en train de sangloter tout bas, la tête entre les jambes. Elzéar, mal à l'aise, resta un instant immobile à se demander quoi faire. Il remarqua le flacon de rhum et se dit que

Jean-Marie risquait gros si leur père apprenait qu'il buvait en cachette. Elzéar aussi avait ses petits secrets comme de cacher du tabac près de la crique où il pêchait...

Jean-Marie remarqua la présence de son frère. Se mouchant le nez de sa manche, il pleurnicha :

— Elzéar, papa... y... y...

Le jeune pêcheur eut peur. Est-ce qu'il était arrivé quelque chose à leur père ? Sa grand-tante Léonie, qui les avait fait prier toute la semaine pour veiller sur Ti-Georges, avait-elle eu raison de s'inquiéter ? Il avait eu un accident, il était mort ! Elzéar se mit à trembler. Après sa mère, il perdrait son père... non...

— Y est revenu...

« Ouf, au moins, il est vivant. »

— Pis... y s'est remarié...

Elzéar essayait d'analyser ce que son frère laissait échapper par bribes. Il déposa la fourche et, un genou à terre, l'éclaira de plus près.

— Que c'est que t'as marmonné ? Le père s'est remarié ?

— Oui... Avec ma Rolande !

Les pleurs de Jean-Marie redoublèrent d'intensité.

— Quoi ? Quelle Rolande ? Matante Rolande ?

Jean-Marie grommela un autre oui. Le jeune frère se redressa. Il hésita, puis avec un haussement d'épaules abandonna son frère à son ivresse. Elzéar rentra à la maison en pensant à sa mère. Elle lui manquait terriblement et sa tante Rolande ne lui arrivait pas à la cheville. Mais si cela pouvait rendre son père un peu plus de bonne humeur, pourquoi pas ! Non, vraiment, il ne comprendrait jamais son frère... Jean-Marie faisait toujours des drames pour pas grand-chose !

~ ~ ~

Jean-Marie laissa une courte note disant qu'il était parti aux États-Unis, pas plus. On ne se rendit compte de son absence que le matin suivant l'arrivée de Rolande. Ti-Georges fut un peu surpris, puis décréta qu'il ne voulait plus entendre le nom de Jean-Marie dans sa maison. Son fils l'avait abandonné, alors on allait le considérer comme mort. Léonie se douta un peu de la raison. Elle avait surpris le regard blessé de l'adolescent lorsque Ti-Georges avait annoncé son remariage. Elle pria longuement pour que le fils de son neveu retrouve la paix de l'esprit. Après une longue conversation avec son confident, le curé Duchaine, elle prit la décision de laisser les nouveaux mariés tranquilles. Sa mission à Saint-Ambroise était terminée. Elle retournait vivre à Montréal. Si jamais monsieur Morin lui démontrait encore un peu d'intérêt, qui sait, peut-être que cette fois, elle ne le repousserait pas. Peut-être était-ce la raison de son retour à la ville ? Qui sait... Les voix de Dieu sont impénétrables...

~ ~ ~

Un homme heureux, voilà ce qu'était Ti-Georges. Il avait retrouvé avec une indicible jouissance le chemin qui mène au creux d'une femme. L'homme est fait pour avoir une compagne dans la vie et dans son lit. Mais que Dieu lui pardonne, jamais Marguerite ne lui avait jamais autant échauffé les sangs que cette deuxième épouse. Marguerite, au lit, était comme un morceau de bois mort. Comme un de ceux que Ti-Georges retrouvait immanquablement lorsqu'il avait besoin de marcher sur la grève du lac quand il habitait sur la Pointe. Ce bois était lisse et doux, ni chaud ni froid. Elle restait couchée sur le dos à attendre qu'il ait terminé en pressant un mouchoir parfumé sur son nez, geste qu'il n'avait jamais compris. Il se rendit compte que son mariage avec Marguerite n'avait pas comporté de réel amour. Cela avait été une relation empreinte seulement de respect pour la mère de ses enfants. Avec Rolande, il sut ce qu'était la passion, celle qui chavire l'esprit et le corps, qui transporte dans un univers insoupçonné de sensations qui font perdre tout contrôle de sa propre personne… La première fois, il s'était couché sur elle, dans la seule position qu'il connaissait. Il s'était étendu tout doucement pour ne pas la brusquer. Il la sentait craintive, apeurée. Tout à coup, il s'était traité de fou, qu'il était beaucoup trop vieux pour elle. Il avait regretté la folie qui l'avait pris d'aller lui demander sa main. D'aller expliquer au curé de là-bas l'urgence de sa situation. Un pauvre veuf laissé avec des enfants en bas âge… Et une belle-sœur, veuve elle aussi, avec un petit bébé à sa charge. Tous avaient été d'accord que c'était là la solution idéale et on avait fait exception à tout afin de les marier rapidement. Il avait plongé ses yeux dans ceux de sa nouvelle épouse et lui avait fait un sourire d'excuse. Il s'était rappelé qu'il ne lui avait pas forcé la main, qu'au contraire, elle avait accueilli sa demande avec surprise mais aussi un réel empressement. Il avait caressé la douce joue de Rolande et s'était mis à jouer avec une mèche de ses longs cheveux noirs. Rolande avait essayé d'être courageuse et lui avait souri en retour, étonnée que son mari lui offre ces marques d'affection, elle qui n'avait connu que l'agression et la rudesse.

Afin d'alléger sa conscience, Ti-Georges s'était empêché d'aller en elle tout de suite comme il en avait l'habitude avec sa première épouse. À la place, il avait suivi du bout des doigts les contours du visage de Rolande. Peut-être avait-il fait ce geste un peu aussi pour apprivoiser ces nouveaux traits sur lesquels il se pencherait dorénavant. Il avait laissé glisser son doigt sur la bouche encore enfantine de Rolande. Celle-ci avait eu le réflexe de vouloir se mouiller les lèvres et sa langue était venue lécher par accident le bout du doigt de l'homme. Ti-Georges en avait eu la respiration coupée. Avec son doigt humide, il avait continué son exploration et était descendu le long du cou, était passé par-dessus la robe de nuit et avait tracé des arabesques sur un des seins de la jeune femme, toujours sans la quitter des yeux. Il avait penché la tête et attrapé, à travers le tissu, un de ses mamelons. La respiration de Rolande s'était accélérée. Sa poitrine était gonflée de lait. Quand elle nourrissait son fils, elle avait une drôle de contraction dans le bas du ventre, mais là, ce que Georges lui faisait, c'était indescriptible. Sa succion déclenchait en elle un genre de douleur plaisante, une sensation qui la faisait serrer les jambes tellement cela était fort. Il fallait qu'il la soulage, il fallait qu'il la touche, là, oui, comme ça, oui, c'était ce qu'elle voulait, Georges, oui, là en dedans d'elle, c'était gonflé, elle voulait qu'il frotte, qu'il...

Pour la première fois de sa vie de femme, Rolande avait connu la jouissance. Pour la première fois de sa vie d'homme, Georges l'avait offerte... et cela avait tout changé.

~ ~ ~

Léonie revint à temps pour le fameux bal des petits souliers dont sa fille adoptive lui avait parlé en long et en large dans ses dernières lettres. François-Xavier était venu la chercher à la gare et Léonie regarda son rouquin de gendre conduire prudemment la voiture automobile appartenant à monsieur Morin.

— Après les chevaux de Saint-Ambroise, ça fait drôle de voir tous ces drôles d'engins. J'm'habituerai jamais, j'pense, à ces moteurs, commenta la femme.

Elle devait hausser la voix pour se faire entendre.

Une automobile les dépassa et son gendre dut donner un coup de volant pour l'éviter. Léonie eut terriblement peur.

— Maudit Montréal ! Maudite vie de fou ! s'écria François-Xavier en colère contre l'imprudent conducteur.

Léonie allait lui faire remarquer son écart de langage mais se retint. Son gendre semblait si taciturne. Il était clair qu'il était malheureux. Il n'y avait que sa nièce qui ne s'en rendait pas compte. Léonie avait cru que de le faire venir à Montréal et de lui offrir du travail serait suffisant, mais il fallait se rendre à l'évidence qu'elle s'était fourvoyée. Léonie se dit que c'était là le signe qu'elle attendait. Dieu venait de lui indiquer sa prochaine mission sur terre. Elle allait s'organiser pour rendre le bonheur à François-Xavier. Ce fut avec sérénité qu'elle se laissa cahoter sans plus aucune crainte jusqu'à sa maison.

~ ~ ~

Julianna s'impatienta. Son mari ne parvenait pas à détacher son collier.

— Attention de pas le briser ! lui répéta-t-elle. C'est le seul souvenir que j'ai de Marguerite pis j'y tiens.

— Je le sais ben, dit François-Xavier. Arrête de gigoter, j'vas l'avoir.

— On est toujours ben pas pour arriver en retard au bal !

— Je l'ai ! s'écria François-Xavier.

Il retira le bijou et le tendit à sa femme. Elle alla le ranger et prit celui offert par Henry. De nouveau, elle demanda l'aide de son mari, mais cette fois afin de refermer le fermoir. En soupirant, François-Xavier s'exécuta. Nerveuse, elle rabroua son mari.

— Attention de pas me décoiffer ! J'ai assez eu de mal à me friser égal !

Une fois son cou paré, elle alla encore s'admirer dans la glace.

— Ce collier est tellement chic. Henry a du goût… C'est le plus beau cadeau que j'aie jamais reçu !

François-Xavier se retourna et ouvrit la porte de la chambre. Avec impatience, il lui demanda si elle était enfin prête.

— Presque… répondit-elle. Y me reste qu'à réchauffer ma voix et on pourra y aller, expliqua-t-elle en entreprenant quelques vocalises.

— Ma-ma-ma-ma-ma-ma-maaaaaaa, mi-mi-mi-mi-mi-mi-miiiiiiiiii, mo-mo-mo-mo-mo-mo-moooooo…

François-Xavier secoua la tête de découragement et referma la porte sur cette étrange et peu agréable pratique. Il alla s'asseoir dans un fauteuil du salon attendre sa femme. Elle n'avait cessé de lui reprocher qu'ils allaient être en retard et voilà qu'elle prenait le temps de faire des ma-me-mi-mo-mu. Toutes ces préparations pour ce bal qui duraient depuis des semaines le dépassaient. Une grande robe pour sa femme, beaucoup trop décolletée, presque indécente à son goût… Il trouvait que Julianna ressemblait à une poterie dans cette tenue, comme celle dans laquelle on met des fleurs. Et le petit habit pour Mathieu… On avait transformé son fils en pantin déguisé. Ce fils avec lequel il ne réussissait pas à établir un contact. Avec Pierre, cela allait. C'était un enfant normal, mais Mathieu, lui… Il ne jouait presque pas dehors, passait son temps, sérieux, derrière son piano.

François-Xavier se leva et regarda par la fenêtre la vie grouillante de Montréal. Il était vraiment contre nature d'élever ainsi des enfants en ville, leur terrain de jeu se résumant à une ruelle et des trottoirs. Il pensa à Laura qui avait été si malade. Il n'oublierait jamais l'angoisse ressentie lors de ces terribles nuits à craindre le pire. Ce devait être l'air, cet air qui puait, étouffait… Au bord de son lac, les grands vents chassaient les saletés, ici, la pourriture s'amoncelait sous les perrons, dans les caniveaux, dans les caves. Les rats étaient maîtres à Montréal. Tout cela avait bien pu avoir une influence sur la santé de sa Laura. Il se revit, enfant, construire des châteaux sur la plage de sable ou des cabanes dans la forêt. Aller à la pêche, travailler fort avec son père qui lui apprenait les rudiments de la ferme et lui transmettait ses valeurs. «Ce qui mérite d'être bien fait se doit d'être bien fait», lui répétait Ernest. Lui, il n'avait rien à apprendre à ses fils. Ni comment traire une vache, ni comment atteler, ni comment fabriquer du fromage… rien. Il était inutile ici. Il retira de son cou la petite croix de bois. Il la fit tourner entre ses doigts. En lui donnant, Ernest lui avait dit de se fier à la lumière de l'objet, que celle-ci le guiderait. Il pressa le pendentif contre ses yeux. Au loin, il entendait toujours Julianna effectuer ses vocalises.

Il se revit au port l'après-midi même. Il avait vu un marin aux cheveux roux, lui ressemblant… en plus vieux. Il avait suivi l'homme.

Celui-ci s'était engouffré dans une taverne à deux rues du port. L'établissement arborait une enseigne typiquement irlandaise. Il fallait qu'il parte de cette ville qui le faisait mourir à petit feu. Il fallait qu'il emmène ses enfants loin de cet enfer, il fallait qu'il parle à Julianna. Il retourna à la chambre.

— Julianna...

— Ba, ba, ba, ba, ba, ba, baaaaaaaaa...

— Julianna... y faut qu'on parle.

— Bi, bi, bi, bi, bi, bi, biiiiiiiiii...

— Julianna !

— Ah François-Xavier, tu vois ben que tu me déranges !

— Y faut qu'on parle, répéta-t-il. C'est ben important.

— J'ai pus le temps de toute façon... J'vas aller chercher Mathieu pis on s'en va.

— Y faut qu'on parle avant de partir ! insista François-Xavier.

Il la prit par les épaules.

— François-Xavier ! Tu m'fais mal !

Il la relâcha.

— Julianna, écoute-moé. J'veux qu'on reparte vivre au lac... qu'on se reparte une petite ferme.

— Ah non ! À chaque année tu me parles de retourner à cette vie...

— C'est sérieux, Julianna.

— Pis avec quel argent ?

— On pourrait se débrouiller, en travaillant fort, ensemble...

— Tu as le don de toujours tout gâcher ! Ce soir, c'est la soirée la plus importante de ma vie ! Tu me parleras de tes maudites affaires une autre fois.

Et Julianna sortit en coup de vent.

~ ~ ~

Marie-Ange avait préparé un goûter en l'honneur de la prestation du petit Mathieu et de Julianna au bal. Mademoiselle Brassard, monsieur Morin et Henry avaient été invités à se joindre à la famille. Marie-Ange n'avait pas été offusquée de ne pas aller au bal. Se pomponner et jouer à la grande dame n'était pas son fort. Elle avait pris soin des enfants et de Mathieu lorsqu'on était venu le reconduire dès son mini-récital terminé. Elle avait préparé, pour souligner l'événement, un gros gâteau que les frères et sœurs avaient partagé. Elle avait essayé de questionner Mathieu, s'informant comment s'était passé sa prestation. Il s'était contenté de répondre qu'il avait fait une erreur à un passage.

— C'est pas ben grave, mon chou, lui avait dit sa tante.

Il l'avait regardée comme si elle avait dit la plus grosse énormité qu'il ait entendue. Après avoir couché les cinq enfants, Marie-Ange avait mis la maison en ordre et préparé sa réception.

Ses invités arrivèrent un peu après minuit. Il était temps ! Marie-Ange dormait debout et s'était surprise à ronfler un peu, assise dans la chaise berçante. En attendant du bruit à la porte d'entrée, elle s'efforça de refouler un bâillement et « de se remettre les yeux dans les bons trous ». Le petit groupe s'installa au salon et, sans attendre, Marie-Ange leur servit les agapes préparées à l'avance. Monsieur Morin offrit des cigares aux hommes et cela ne prit guère de temps avant qu'un nuage à l'odeur épicée ne plane dans la pièce. Henry avait apporté du champagne et fit sauter le bouchon. Ils purent causer à leur goût. Évidemment, Julianna raconta en détail toute la soirée et décrivit les robes des participantes, critiquant certaines, vantant d'autres, et n'eut de cesse de revenir sur la performance de Mathieu. Elle en était si fière. François-Xavier trouvait Julianna lassante mais il ne disait mot. Il s'était royalement ennuyé pendant toute la durée du bal. Il ne savait pas danser ces valses et autres pas compliqués, ses souliers vernis lui avaient blessé les pieds et tout ce bavardage autour de lui était pour lui si insignifiant. Que son fils joue bien du piano, ce n'était pas cela qui en ferait un homme... Il accepta le verre de champagne que Henry lui tendait. L'avocat avait semblé si à l'aise, lui, évoluant dans cette sphère guindée de la société comme si c'était la chose la plus naturelle du monde.

Marie-Ange plongea le nez dans sa flûte de champagne et le huma d'un air méfiant. Elle n'avait jamais bu de cet alcool. Elle y trempa le bout des lèvres et aima ce goût sucré. Elle était bien contente d'avoir pensé à organiser cette petite fête. Évidemment, elle se serait passée de la présence de monsieur Morin, mais Léonie avait insisté pour l'inviter. Marie-Ange prit une autre gorgée du pétillant breuvage. Elle s'en faisait trop. Après tout, un rat se chassait à coup de balai…

On parla un peu de tout, de la politique, de la crise, de la femme Dionne, en Ontario, qui avait donné naissance à cinq filles au mois de mai dernier, des quintuplées.

— Des quoi ? s'étonna Marie-Ange.

— Cinq bébés d'un coup, on appelle ça des quintuplés, expliqua Henry. Je l'ai lu dans le journal.

— Mais ça se peut juste pas ! Ta feuille de papier, a parle à travers son chapeau !

On revint sur l'encan de Ti-Georges et sur son récent mariage. Henry expliqua de long en large à monsieur Morin les ficelles de leur plan. Albert les complimenta sur le dénouement et redit à tous à quel point il admirait Léonie d'avoir ainsi aidé son neveu.

— Madame Léonie, disait Albert, est d'une telle générosité envers son prochain. Une chance que je tiens les cordons de la bourse du magasin car on aurait fait faillite il y a longtemps.

Il se mit à rire d'une drôle de façon. Marie-Ange se dit que cela n'avait certainement pas fait l'affaire du gérant que Léonie donne de l'argent à Ti-Georges l'été dernier.

Avec son beau parler et ses manières distinguées, monsieur Morin était l'élégance même. Tiré à quatre épingles, longiligne, arborant une fine moustache, il dégageait l'assurance d'un homme qui possède de l'argent. Léonie rougit un peu. Toute la soirée, le gérant avait multiplié les compliments à son égard. C'en était même un peu trop. Elle sourit poliment à Albert et celui-ci s'enorgueillit. Plus la soirée avançait, plus monsieur Morin démontrait de l'attention à sa patronne. Depuis le retour de celle-ci, le gérant avait bien ressenti le changement chez la femme. Il ne laisserait certainement pas passer cette nouvelle ouverture.

Mademoiselle Brassard, pour sa part, était digne d'elle-même. Portant toujours son chignon qu'aucune mode ne lui ferait défaire et ses lunettes, elle sirotait son thé comme une grande dame de la haute société. Elle avait refusé le champagne d'un air pincé. Elle ne parla pas beaucoup et ne fut pas longue à les remercier et à leur annoncer qu'elle rentrait chez elle. Seul celui qui aimait sans être aimé en retour reconnut la détresse de mademoiselle Brassard sous ses airs de politesse. Henry lui jeta un regard de pitié. Puis il tourna son attention vers Julianna. Il la revit, en train de chanter, le visage en émoi, les mains gantées, appuyant la mélodie de gracieux gestes. Il y a de ces hommes qui ont décidé de n'aimer qu'une seule femme dans leur vie. Henry était de ceux-là. Pourtant, s'il se laissait aller à se sonder et à se dire la vérité, il devait admettre que, dans le fond, cela faisait son affaire. Tant que Julianna était inaccessible, il pouvait se permettre d'espérer et il ne prenait pas le risque qu'elle lui dise non. D'ailleurs, jamais il ne l'avait pris, ce risque. Même avant que Julianna ne rencontre son mari, jamais il ne l'avait demandée en mariage et si François-Xavier n'était pas arrivé dans le portrait, il était probable que Julianna en serait encore réduite à attendre la demande. Henry revint sur terre et se fit répéter la question qu'on venait de lui poser. François-Xavier était depuis plusieurs minutes en pleine discussion avec monsieur Morin au sujet du fameux mouvement de retour à la terre.

— J'te demandais, mon Henry, répéta François-Xavier, si tu penses que Taschereau va régler le problème des chômeurs avec son retour à la terre ?

Henry se força à se concentrer sur le sujet.

— Quitter la ville pour tous ces hommes, c'est peut-être mieux que de mourir de faim avec leur famille. Pour une fois, je peux dire que je suis d'accord avec notre premier ministre.

Monsieur Morin avait un point de vue différent.

— Notre gouvernement serait plus avisé d'investir dans les petites compagnies comme la nôtre pis de nous aider à verser des salaires plutôt que de pousser des familles à cultiver la terre. De toute façon, je vois pas quel homme sensé voudrait aller jouer au colon.

— Moé j'en connais, dit François-Xavier.

— Ben ils ont pas toute leur tête ! s'exclama le gérant. Mais c'est peut-être ça le but du gouvernement, nettoyer la ville des bons à rien pis des idiots. Dans le fond, c'est pas fou cette idée !

François-Xavier lança un regard noir à monsieur Morin qui, trop occupé à rire de sa remarque, ne se rendit compte de rien.

— Ça doit pas être facile de tout laisser pour recommencer à neuf avec peu de moyens, fit remarquer Henry.

— Mon père était un colon, dit François-Xavier. Quand il a pris sa terre sur la Pointe, il a tout fait de ses mains. Ça prend de l'intelligence pour faire une ferme prospère à partir d'une forêt sauvage… Y a ben des hommes qui se croient plus fins pis plus intelligents que d'autres pis qui dureraient pas un mois comme colon…

Monsieur Morin ne se sentit pas visé. Imbu de lui-même, il fit comprendre que la conversation ne l'intéressait plus et laissa les deux hommes poursuivre sans lui. Il en profita pour se pencher vers Léonie et lui demander si elle n'avait pas froid. Elle répondit par la négative. Depuis tant d'années qu'il la convoitait… Somnolente, Marie-Ange étudia, à travers ses yeux mi-clos, le comportement de l'homme. Était-ce l'effet du champagne qui la faisait déraisonner ? Elle se dit qu'après tout, si cela prenait un monsieur Morin dans la vie de Léonie pour que celle-ci perde enfin son visage de sainte martyre, eh bien pourquoi pas ! Fermant complètement les yeux, elle se laissa bercer par le son des voix.

Léonie avait suivi l'exemple de mademoiselle Brassard et s'était contentée d'une tasse de thé. Plutôt silencieuse, elle réfléchissait à la cour évidente qu'Albert lui faisait. Ce n'était pas Ernest et son cœur ne battait pas la chamade pour lui, mais c'était un homme sage qui avait su prendre soin du magasin. Il était vaillant, distingué et pieux. Peut-être que le curé Duchaine avait raison... Si le Seigneur jugeait bon de lui donner un compagnon, avait-elle le droit de le refuser? Mais quelque chose en elle n'arrivait pas à concevoir une vie intime avec Albert.

Exubérante, Julianna se comportait comme la vedette de la soirée. Les applaudissements et les louanges l'avaient enivrée, encore plus que les verres de champagne. Elle se sentait belle et au-dessus de tout. Elle étudia son époux. Il ne lui avait fait aucun compliment, ni sur sa beauté ni sur son talent. Les yeux d'Henry avaient brillé en se posant sur son décolleté qu'elle avait voulu à la limite de ce qui était permis. Henry avait baisé sa main et l'avait félicitée... Henry avait dansé avec elle et lui avait donné l'impression d'être la chose la plus précieuse au monde, un bijou rare, une déesse, la sensation d'être la seule femme du bal. La tête lui tournait un peu, l'alcool lui donnait un sentiment étrange. Les sons étaient différents, elle entendait très fort sa voix à elle, les autres étant en sourdine. Son champ de vision s'était rétréci. Elle se mit à fredonner, puis se dirigea vers le gramophone. Elle fouilla dans la pile de disques, hésita puis porta son choix sur le 78 tours de Joseph Beaulieu. Elle déclencha le mécanisme et revint au milieu du salon. Le son déchirant des violons résonna.

Marie-Ange maugréa.

— Ah non, pas le beugleux de Beaulieu! C'est pénible pis là c'est vrai, j'vas m'endormir...

— Oh! Marie-Ange, c'est une si belle chanson d'amour, rétorqua Julianna. Écoute... «Mignonne, laisse-moi t'aimer. Voici mon cœur, mon cœur qui chante...»

Mêlant sa voix à celle du baryton, Julianna se mit à danser sur place, toute seule, au milieu du salon. Henry l'admirait du coin de l'œil tout en écoutant François-Xavier qui lui parlait maintenant de la future saison de hockey. Sans s'excuser, Julianna interrompit leur conversation et interpella son mari.

— François-Xavier, viens danser... minauda-t-elle.

— Julianna, laisse-moé tranquille. J'danse pas, tu l'sais.

— Oui, je le sais, fit-elle avec un air boudeur.

Elle se tourna alors vers Henry et se pencha sur lui d'une manière suggestive.

— Pis toi Henry, tu diras pas non... tu peux jamais me dire non...

Avec un petit gloussement, elle le força à se lever et à l'enlacer.

Julianna n'avait pas beaucoup d'équilibre et Henry n'eut d'autre choix que de resserrer son étreinte sous peine de voir tomber la jeune femme un peu ivre.

— Mignonne, chantonna Julianna, voici mon cœur, mon cœur qui rêve...

Le couple dansa un peu.

— Mignonne, toi que je n'ose chérir... Laisse-moi souffrir... Voici mon cœur, mon cœur qui t'aime...

Léonie ramena subtilement sa fille à l'ordre.

— Julianna, j'ai un p'tit peu froid ce soir, l'humidité... Va me chercher mon châle, veux-tu ma fille ? Je l'ai laissé dans la cuisine, je crois.

Julianna accepta et se dirigea, un peu chancelante, vers le corridor. Mais avant de s'y engager, elle se retourna à demi et s'adressa à Henry.

— Oh tant qu'à aller dans la cuisine, j'aurais besoin des services d'un homme... Viens m'aider Henry, ordonna-t-elle avant de quitter la pièce sans même s'assurer que l'avocat la suivait, comme si cela allait de soi.

Celui-ci, gêné et surpris par la demande, hésita un instant, cherchant l'approbation des autres. Monsieur Morin avait repris son discours interrompu par la demande de Léonie et la femme semblait l'écouter attentivement. Marie-Ange fouillait à son tour dans les disques à la recherche de celui de La Bolduc, son préféré. Au moins, le rythme endiablé la tiendrait éveillée. Et les paroles de la chanteuse étaient un peu plus intelligentes que ces bêtises de cœur qui chante… François-Xavier s'était levé et lui tournait le dos, perdu dans la contemplation de la ville. L'homme roux semblait regarder quelque chose de bien important par la fenêtre. Henry haussa les épaules et alla à la cuisine. Il y trouva Julianna, penchée au-dessus de l'évier, respirant à petits coups. Henry s'empressa auprès d'elle et inquiet lui demanda :

— Ça va ?

Elle se retourna en prenant une grande respiration. Elle était un peu pâle mais reprit vite des couleurs. Elle répondit en riant :

— J'ai juste eu un peu mal au cœur tout à coup, j'ai trop mangé de gâteau, je pense.

— Hum, c'est plutôt le champagne. T'es pas habituée…

— Je comprends, j'en avais jamais bu avant !

— Tu voulais que je t'aide pour quoi ?

— Hein ? fit-elle, l'esprit dans le brouillard.

— Tu m'as demandé de venir t'aider, une job d'homme, t'as dit…

Elle lui fit une drôle de moue.

— Je m'en souviens pus… C'est disparu, comme ça, pouf ! C'est drôle, tantôt je m'en souvenais pis là, pus rien pantoute ! Danse encore avec moi.

Elle s'accrocha au cou d'Henry et lui murmura :

— Dis Henry, j'ai vraiment bien chanté ?

Comment lui résister ?

— Je te l'ai dit, Julianna. J'ai été transporté au paradis sur les ailes de ta voix…

Comment lui résister !

— C'est vrai, tu m'as dit ces belles choses. Tu me dis toujours des belles choses…

Comment lui résister…

— Pis ma robe, tu la trouves belle ?

Comment lui résister ? C'était humainement impossible…

Henry se pencha vers la jolie bouche.

Léonie entra juste à ce moment :

— Henry !

L'avocat rougit jusqu'aux oreilles. Surprise, Julianna se mit à rire.

— J'avais besoin d'Henry pour quelque chose, mais je m'en souviens pus pantoute pourquoi ! C'est drôle, hein, marraine ?

Léonie vint elle-même dénouer les bras de Julianna qui ne résista pas, semblant ne pas trop se rendre compte de ce qui se passait. Libéré, Henry s'enfuit au salon.

— Oh marraine, j'ai… j'ai pas trouvé votre châle…

— T'as pas cherché ben loin, ma fille… fit remarquer sèchement la femme en prenant le vêtement sur le dossier d'une chaise. D'ailleurs, reprit Léonie mécontente, je pense que tout ce que t'as cherché, c'est le trouble.

— Chus une adulte, marraine, on a le droit de s'amuser un peu, rétorqua la jeune femme d'un air boudeur.

— Drôle de jeu. Allez viens, on va retrouver nos invités.

— J'vas prendre un peu d'air avant.

— Comme tu voudras, t'es une adulte d'abord… persifla Léonie avant de la laisser seule.

Au fond de la cuisine, une porte de service menait à la sortie arrière de l'immeuble. Julianna s'assit sur la première marche et regarda le ciel étoilé. Cette bouffée d'air frais lui rendit les idées beaucoup plus claires et lui fit le plus grand bien. Elle n'était pas si ivre que cela, elle jouait un peu la comédie. Elle avait eu une envie folle de savoir si Henry allait l'embrasser, s'il pourrait lui résister. Évidemment, si celui-ci l'avait fait, elle se serait récriée. Peut-être… Elle écouta les bruits de la nuit montréalaise. Elle aimait cette ville, le rire des passants, les cris des adolescents, le sifflement d'un train, le miaulement d'une chatte en chaleur... Julianna sourit. Depuis l'après-midi, elle avait un secret.

Quand Julianna retourna à la veillée, elle semblait beaucoup plus maîtresse d'elle-même. Henry n'osa pas la regarder et piqua du nez sur la partie d'échecs entamée avec François-Xavier. Le mari de Julianna était un piètre joueur et était lent à déplacer ses pièces. François-Xavier ne releva même pas la tête de l'échiquier quand Julianna s'assit près de Marie-Ange et se resservit un peu de champagne. La Bolduc turlutait et chantait l'histoire d'un propriétaire « pas mal écornifleux ». Marie-Ange tapait du pied et des mains en riant des paroles comiques.

— Ah, Julianna, tu vois, ça, c'est de la vraie musique, dit-elle la chanson terminée.

Les deux sœurs se mirent à s'asticoter bruyamment sur la définition de la vraie musique. François-Xavier essaya de se concentrer plus fort sur sa partie. Il détestait ce jeu. Il visualisait un coup, anticipait le suivant et le suivant et ainsi de suite jusqu'à ce qu'il ne se souvienne plus de son coup de départ et alors il recommençait le même manège. Il soupira. Sa femme le déconcentrait. Elle parlait fort et obstinait sa sœur qu'un harmonica n'était pas un instrument de musique. Il prit sur lui et comme à son habitude ne dit rien. Il la laissa parler de l'avenir de grand musicien qui s'ouvrait pour Mathieu, du fait qu'on l'avait approchée l'après-midi même pour discuter de la possibilité de cours privés pour l'enfant et d'études musicales, à Paris, peut-être, on ne sait jamais...

— ... quand il sera plus vieux bien sûr... Pis moi, quand j'ai chanté, Marie-Ange, j'aurais voulu que tu sois là. J'pense qu'on a applaudi pendant deux bonnes minutes ! C'est vrai Henry, hein ?

L'avocat fit signe que oui. Il était encore tout remué par la scène de la cuisine. Ce baiser... Il avait été à un cheveu d'embrasser Julianna, une femme mariée ! Et Léonie qui les avait surpris. Il n'attendait plus que le moment propice pour s'éclipser... mais dès son retour dans le salon, François-Xavier lui avait offert de disputer une partie d'échecs et il n'avait su trouver les mots pour refuser. Julianna continua sur sa lancée et s'adressa à tout le monde et à personne en même temps. Marie-Ange ne l'écoutait plus, ayant refermé les yeux. La Bolduc s'était tue et plus rien ne la tenait éveillée.

— Le lieutenant-gouverneur lui-même m'a dit qu'y avait jamais entendu une plus belle interprétation de Haydn.

Personne ne releva la remarque. Monsieur Morin s'était enhardi à prendre la main de Léonie et il lui murmurait à voix basse Dieu sait quoi! Son mari et Henry étaient penchés, face à face, sur le plateau de jeu comme si plus rien d'autre n'existait. Sa sœur semblait s'être endormie!

Julianna sentit la colère monter en elle. D'une voix forte, elle annonça d'une traite :

— Pis tenez-vous bien, on m'a proposé de devenir professeur de chant au Conservatoire national de musique !

Un silence se fit. Toutes les têtes se relevèrent et les regards convergèrent vers Julianna ; même Marie-Ange sortit des limbes.

Avait-elle réellement dit cela ? Avait-elle laissé échapper son secret ? «Oh Julianna que t'es bête !» se dit-elle. Cela devait être à cause du champagne. Elle savait qu'il serait délicat de l'annoncer à François-Xavier sans que celui-ci monte sur ses grands chevaux, aussi avait-elle décidé d'agir en douceur. Et voilà qu'elle n'avait pu se retenir et qu'elle avait lâché cela sans délicatesse !

— Quoi ? réagit Léonie, un poste de professeur ?

— Oui, répondit Julianna d'une petite voix, n'osant regarder son mari. Pour l'automne. Oh pas beaucoup d'heures mais...

— Professeur, c'est-tu comme une maîtresse d'école ? demanda Marie-Ange.

— Ben, pas vraiment, je montrerais juste à chanter...

— Parce qu'on montre ça, comment chanter ? s'étonna sa sœur. Moé, j'pensais que c'était comme pour les p'tits oiseaux, y en a quelques-uns qui chantent bien pis d'autres qui criaillent.

— Félicitations Julianna, c'est une grande nouvelle ! parvint à dire Henry d'un ton presque naturel.

— Au Conservatoire national… C'est un emploi très prestigieux, commenta monsieur Morin.

— Ah ben j'en reviens pas, continua Marie-Ange, on montre à chanter à du monde !

Pendant cet échange, Julianna jetait de timide coups d'œils à son mari. Le visage dur de celui-ci exprimait une profonde colère. Elle connaissait son homme, il gardait toujours le contrôle de lui-même, mais quand il explosait, sa furie était grande.

Elle eut un petit gloussement et essaya de changer de sujet.

— Oh, je vous ai pas raconté quand le sénateur a marché sur la robe de la femme avec qui il dansait…

Tout à coup, François-Xavier se leva et envoya valser le jeu d'échecs. Julianna eut un sursaut et se leva, le cœur battant. Les poings fermés, ignorant les pièces tombées par terre, son époux dit d'une voix sourde :

— Tu vas pas aller travailler à c't'école de musique.

— François-Xavier, on en reparlera demain… le supplia presque Julianna.

— Non, répliqua fermement François-Xavier. On en reparlera pas, ni demain ni jamais.

Tout le monde était mal à l'aise.

— Bon ben, moi, commença monsieur Morin en se levant à son tour, je crois qu'y est l'heure que je vous dise le bonsoir.

— Je vous raccompagne, Albert, dit Léonie en joignant le geste à la parole.

En silence, Henry avait ramassé quelques pièces du jeu. Une à une, il laissa tomber le roi, la reine et le fou des pions blancs sur la petite table et dit :

— Euh, si ça vous dérange pas, monsieur Morin, nous allons faire la route ensemble.

Marie-Ange décréta qu'elle dormait debout et qu'elle se retirait elle aussi. La tempête grondait dans le salon et elle préférait se mettre à l'abri.

Resté seul, le couple se fit face. Julianna avait perdu tout air suppliant et semblait maintenant être autant en colère que l'homme.

— Belles manières devant le monde, siffla-t-elle.

— Ah ben, tu t'es pas vue, toé ? Tu sais même pu tenir ta place.

— François-Xavier, tu exagères !

— C'est toé qui vas trop loin ! Une mère, ça reste avec ses enfants.

— Parlons-en des enfants, t'es jamais là ! T'as pas dit un mot de gentil à Mathieu !

— Y a assez de toé pour lui enfler la tête !

— Y a un don ! Y va aller loin dans vie, lui !

— Ah bon, pis que c'est que tu veux dire par là...

— ...

— Parle, ciboire !

— Recommence pas à sacrer comme un gars de chantier.

— C'est vrai que je parle jamais assez bien pour madame. Avec madame, il faudrait dire des « moi » comme monsieur Morin !

— Y a pas de mal à bien parler comme du monde. C'est pas parce qu'on est né pour un petit pain qu'on doit le rester !

— T'es en train de dire que chus pas grand-chose, Julianna... c'est ça ? dit François-Xavier les dents serrées.

Cette dispute était ridicule et ne menait à rien. Julianna sentit qu'elle avait dépassé les limites. Sa colère tomba un peu. Elle perdait le contrôle de la situation. D'habitude, elle réussissait à avoir les arguments qui lui donnaient le dernier mot et qui faisaient en sorte que François-Xavier perde la partie. Cette fois, c'était différent. Elle avait un handicap à cause de la façon non préméditée dont cela avait commencé.

Il y eut un lourd silence que brisa François-Xavier d'une voix sourde.

— C'est-tu d'être avec Henry qui te rendrait heureuse, Julianna ? dit-il, terriblement en colère, en s'avançant, menaçant.

Julianna cherchait désespérément une façon de reprendre l'avantage de cette querelle.

— Parce que t'as juste à rester avec ton Henry si c'est ça. Tu seras presque mariée avec…

Julianna était sidérée. Elle faisait un cauchemar ou quoi ? Son mari lui parlait de… de… séparation ? Non, il voulait la quitter ? Non ! C'était affreux, épouvantable, c'était péché ! Les larmes aux yeux, Julianna recula un peu en hochant la tête de gauche à droite, elle perdait vraiment pied, elle allait s'évanouir ou… ou mourir là, comme ça… Il la jetait dans les bras de Henry !

François-Xavier était maintenant à six pouces d'elle. Il ne criait pas. Elle aurait préféré qu'il hurle, mais il hachait menu ses mots comme il hachait son cœur. Il reprit :

— Parce que pour moÉ, dit-il en appuyant sur la dernière voyelle, c'est fini, Julianna.

— François-Xavier, dis pas ça… Ç'a pas de bon sens ! C'est terrible ce que tu dis… supplia la jeune femme.

— Tu penses-tu que je me sus jamais rendu compte de ce qui se passait entre toé pis Henry ?

— Y a… y a rien entre Henry pis moé.

— Attention, Julianna, tu retrouves ton vieux parler !

Elle se rebiffa un peu.

— Moé ou moi, que c'est que ça peut ben faire ? François-Xavier, je le sais pas pourquoi t'es fâché de même, si c'est juste à cause du poste de professeur, je voulais t'en parler… pis j'ai déjà dit non, mentit-elle.

— Chus un gars bonasse, Julianna, mais astheure ça va faire. Écoute-moé ben, vivre icitte, j'haïs ça, pis j'vas partir coloniser une terre… Avec mes enfants, déclara-t-il en tournant le dos à sa femme.

Calmement, il alla ramasser les dernières pièces du jeu d'échecs. Il prit un cavalier et d'un geste brusque s'en servit pour faire tomber la reine.

— Quoi ? s'exclama Julianna.

— Si tu veux me suivre... dit-il en se retournant à nouveau vers elle mais cette fois avec un air détaché et glacial.

Il haussa les épaules et termina sa phrase.

— ... c'est à toé de voir.

~ ~ ~

Après avoir souhaité un rapide bonsoir à Albert et Henry, Léonie s'était empressée de revenir vers le salon afin de fermer les doubles portes. Un couple pouvait se disputer mais à l'abri des oreilles indiscrètes. Après avoir fait glisser lentement les cloisons, elle n'avait pu se retenir de s'adosser au chambranle et de suivre l'altercation verbale. Quand François-Xavier parla d'Henry, elle eut un hoquet d'horreur et se signa plusieurs fois. Elle se mit frénétiquement à prier.

« Seigneur Dieu tout-puissant, chus votre instrument, guidez-moé, montrez-moé quoi faire... »

Et le Seigneur lui répondit. Quand son gendre déclara qu'il avait l'intention de devenir colon, elle sut à l'instant précis ce qu'elle devait faire. D'un air décidé, elle ouvrit les portes et s'interposa entre les deux époux.

— Si tu veux rester à Montréal, tu peux... répétait François-Xavier à sa femme.

— Ta femme va te suivre, déclara Léonie d'une voix empreinte d'émotion.

Julianna s'était affaissée sur une chaise, complètement atterrée, essayant d'assimiler les terribles paroles de son mari. Elle avait seulement voulu le rendre jaloux, le faire réagir, le forcer à lui faire des compliments, se venger de son indifférence. Encore une fois, il ne se battait pas pour elle, encore une fois, il lui tournait le dos, tout simplement, il la rejetait. Julianna, défaite, laissa sa tante intervenir sans réagir.

François-Xavier regarda l'intruse et haussa les épaules en signifiant qu'elle pouvait dire ce qu'elle voulait. Il ne croyait plus à son mariage.

— Oui, François-Xavier, Julianna va te suivre, répéta fermement Léonie. Une femme se doit d'être aux côtés de son mari pis de tout faire pour le rendre heureux.

Doucement elle s'approcha de l'homme qui, les mains dans les poches, regardait par la fenêtre le paysage de sa vie ratée.

— Dieu vous a unis. Rien peut défaire les liens du mariage… Ton père Ernest, y doit pleurer ben des larmes à cause de tes paroles.

François-Xavier regarda Léonie un moment, une expression indéchiffrable au fond des yeux.

— Laissez mon père en dehors de ça, répliqua-t-il après un moment. Il voulut quitter la pièce. Léonie le retint.

— Attends, mon gars… J'ai quelque chose à vous dire, à toé pis Julianna. Chus rendue vieille pour des enfants qui courent partout. J'aimerais ben retrouver un peu de tranquillité. Pis peut-être que j'vas me remarier… J'veux pus que vous habitiez icitte.

Julianna eut un hoquet de surprise.

— Marraine !

Sa mère adoptive la rejetait aussi. Elle se sentit trahie. Elle avait envie de pleurer mais essayait de toutes ses forces de se retenir.

— On va s'organiser pis vous allez retourner vivre au Lac, continua Léonie d'un ton ferme.

François-Xavier tenta encore une fois de quitter le salon. Pour lui, tout cela n'était que des paroles en l'air. Il voulait mettre le plus de distance possible entre lui et sa femme.

— J'ai pas fini, François-Xavier.

L'homme obéit et s'immobilisa. D'une main lasse, il se frotta les yeux.

— Je t'en ai pas parlé, mais vu que j'ai aidé mon neveu Ti-Georges à s'acheter une ferme, ça serait rien que normal que je fasse pareil avec vous autres.

— Vous nous devez rien pantoute. Vous en avez assez fait comme ça, dit François-Xavier.

Léonie essaya de le convaincre.

— J'vas vous verser votre héritage tout de suite !

François-Xavier refusa.

— J'veux pus de votre argent. J'vas faire comme mon père et partir de rien. Je m'en vas défricher une terre pis j'emmène mes enfants avec moé ! Que Julianna reste avec vous !

De nouveau, il voulut quitter la pièce mais Léonie s'interposa physiquement.

— Allons, François-Xavier… Ton père avait pas la responsabilité de jeunes enfants pis d'un bébé. Y survivraient peut-être même pas dans des conditions aussi difficiles ! Calme-toé un peu pis écoute-moé…

Léonie réfléchissait à toute allure. Elle connaissait son gendre et savait que seul le désespoir l'aveuglait et le faisait s'accrocher à ce projet de colonisation. Quant à sa fille adoptive, jamais elle ne pourrait réussir à surmonter une vie de pionnier.

Nerveusement, elle se mit à marcher de long en large, en face de son gendre. Dieu lui fit penser à une solution, lui donnant les idées au fur et à mesure qu'elle les énonçait.

Elle s'enflamma.

— Quand j'étais à Saint-Ambroise, j'ai eu connaissance que le couple Dallaire, y se cherchait un homme engagé. Y ont une grande terre pis y ont perdu leurs deux fils à la guerre. Y ont pas d'autres enfants. Y ont même deux maisons, chacune à un bout du lot. Je pense que c'était le plus vieux qui s'était construit en vue de son mariage. Les Dallaire, y te vendraient ou loueraient une maison, chus certaine… En tout cas, demain, j'vas entrer en contact avec monsieur Dallaire pis toute devrait être réglé rapidement. Si Dieu le veut, ça devrait fonctionner.

Elle reprit son souffle et s'arrêta de marcher.

— Ben… si ça fait ton affaire comme de raison, François-Xavier. C'est toé qui mènes. Y me semble que ça aurait ben du bon sens. Tu serais voisin de Ti-Georges en plus. Pis tu pourrais économiser ton salaire pis te repartir une fromagerie… Y va avoir ben de l'ouvrage qui va t'attendre mais vaillant comme t'es, chus pas inquiète.

Au début, François-Xavier avait écouté Léonie exposer son plan sans grandes attentes. Maintenant, il la regarda comme si… peut-être… oui, il pouvait y croire… Ses paroles avaient dépassé sa pensée. Oui, il voulait quitter Montréal mais jamais sans Julianna. Il l'aimait… Ces derniers temps, il avait beau regarder autour de lui à la recherche d'une solution, il ne voyait jamais rien. À Montréal, il se sentait pris au piège. Il ne pouvait s'embarquer sur un navire et tout laisser derrière lui. Malgré la tentation, il n'était pas comme cela. Il ne pouvait pas vraiment non plus songer à devenir colon et emmener ses enfants. Il savait très bien que cela aurait été dément. Et il ne voulait plus de l'argent de Léonie pour résoudre ses problèmes. Il y avait peut-être une porte de sortie en fin de compte.

— Ça va marcher, François-Xavier, j'en suis certaine, réaffirma Léonie en se rendant compte que l'homme changeait d'attitude. Toé, ta femme pis tes enfants allez être bien là-bas.

Elle se tourna vers Julianna.

Celle-ci venait d'éclater en sanglots.

~ ~ ~

Tout se déroula très vite. Monsieur Dallaire accepta sans hésiter. Il se faisait vieux et il avait vraiment besoin de quelqu'un. Ils pouvaient prendre possession de l'ancienne maison de son fils. Il avertit cependant que celle-ci ne comportait presque pas de meubles. Léonie remit une petite somme d'argent à François-Xavier.

— Pour t'aider à vous installer. J'ai le droit de gâter mes petits-enfants, lui dit-elle sans lui laisser le choix d'accepter.

Sans plus tarder, on mit en branle le déménagement. Léonie était un peu triste du départ de sa Julianna, mais il était plus que temps que sa fille prenne son mariage en main. L'éloigner de Montréal, de Henry et de ses tentations d'émancipation ne pouvait être que béné-fique. De plus, Marie-Ange avait pris la décision de suivre la petite fa-mille. Celle-ci s'était bien trop attachée aux enfants de sa jeune sœur pour les laisser partir sans elle. Ayant fait don de ses économies pour la ferme de son frère, elle n'avait plus les moyens de voyager comme elle l'avait rêvé. Monsieur Morin, lui, jubilait et il ne put réussir à ca-cher sa joie d'avoir Léonie à lui tout seul. Ce fut à peine s'il eut la po-litesse de faire remarquer qu'il perdait un bon employé en la personne de François-Xavier.

Pierre était très excité à l'idée de déménager à Saint-Framboise comme disait Laura en déformant le nom de son futur village. Il vou-lait tout savoir sur ses cousins Gagné et sur cet oncle, son parrain. Il n'en avait aucun souvenir, mais il avait tant de fois entendu pro-noncer son nom. Quant à Mathieu, il n'eut qu'une inquiétude : allait-on apporter le piano ? François-Xavier répondit que l'instrument n'é-tait pas à eux et qu'un jour, il en achèterait un nouveau. Sa mère était soudainement sortie un peu de son mutisme pour répliquer : « Ben oui, quand les poules vont avoir des dents ». Mathieu n'avait pas compris. Yvette, elle, fronçait les sourcils et suivait comme son ombre sa tante Marie-Ange. Ce grand dérangement la troublait et l'attitude déprimée de sa mère, qui n'était plus que l'ombre d'elle-même depuis l'annonce du grand départ, n'arrangeait rien.

C'est vrai que Julianna ne parvenait pas à se ressaisir. Toute sa vie, elle s'était sentie en sécurité. Gâtée, elle avait mené le monde par le bout du nez et s'était ri des petites embûches qu'elle avait traversées. Sa marraine était toujours là à réaliser ses désirs, à pourvoir à ses fan-taisies. Et son mari… Elle croyait qu'elle aurait pu lui dire ou faire n'importe quoi, que rien n'aurait jamais brisé leur amour. Elle croyait maîtriser sa vie, comme si celle-ci était un jeu dont elle pouvait tirer les ficelles à son gré. Elle était certaine de son pouvoir de séduction, de son emprise sur son mari. De l'importance qu'elle avait pour lui. Elle prit conscience que depuis qu'elle était toute petite, elle croyait que le soleil ne brillait que pour elle. Pour la première fois de sa vie, elle venait de recevoir une dure leçon. Quand on prend la vie et les sentiments des autres comme un jeu, on ne gagne pas toujours. Elle avait perdu.

Quand Henry apprit la nouvelle du départ, il vint leur dire au revoir et leur souhaiter bonne chance. L'avocat fut soulagé de voir qu'il était accueilli comme si la soirée du bal n'avait jamais eu lieu. Léonie le fit entrer amicalement dans la cuisine et lui offrit le thé. François-Xavier l'avait toisé un instant.

Il prit conscience à quel point sa relation avec le premier prétendant de sa femme avait changé au cours des dernières années. Toutes ces discussions politiques autour d'une bière, les parties de hockey auxquelles ils avaient assisté côte à côte et pendant lesquelles c'était à celui qui hurlerait le plus fort. Ce que l'avocat avait fait pour Ti-Georges et pour le comité de défense... François-Xavier se dit qu'il y aurait probablement toujours une part de jalousie en lui, mais que le respect et l'amitié profonde qui s'étaient tissés ne pourraient pas s'étioler. Henry faisait partie de la famille maintenant. Sans qu'il s'en rende compte, son rival était devenu un frère. Il était le parrain de Mathieu et comme un oncle pour les enfants. François-Xavier eut honte de cette jalousie. Il pouvait faire confiance à Henry, il en était certain.

D'un geste un peu maladroit, il prit Henry dans ses bras et lui fit une accolade en disant :

— Nos rencontres vont me manquer, mon ami… Mais pas les parties d'échecs.

Il ajouta :

— T'es mieux de venir nous voir à Saint-Ambroise.

— Je n'y manquerai pas certain, répondit Henry.

Julianna, émue, regarda les deux hommes s'étreindre. Elle essaya de ne pas montrer son trouble quand elle vint, à son tour, enlacer affectueusement l'ami de la famille.

— Tu vas être le bienvenu... Pis essaie de te trouver une bonne fille ! J'voudrais que tu sois heureux...

En s'allumant une pipe, François-Xavier étudia son épouse. Sa colère était tombée depuis longtemps. Il était fait ainsi. Calmé, il voulait seulement que les choses s'arrangent, que tout aille pour le mieux entre lui et Julianna... Mais il ne savait comment l'aborder. Depuis la terrible scène du salon, elle était triste, éteinte. Au contraire de ses bouderies précédentes, cette fois-ci, elle n'avait pas la même attitude. Elle continuait à lui adresser la parole et à vaquer à ses tâches seulement, elle semblait détachée de tout. Elle ne le regardait jamais dans les yeux. Il était devenu invisible pour elle. Ce n'était pas qu'elle l'ignorait, non. C'était difficile à expliquer... On aurait dit qu'il n'avait plus de consistance pour elle. Avant, elle lui aurait fait sentir son ressentiment, en brusquant l'assiette qu'elle aurait déposée devant lui ou en lui lançant des regards meurtriers et en lui parlant sèchement jusqu'à ce qu'ils fassent la paix... Aujourd'hui, François-Xavier se demandait si réellement la réconciliation serait possible. Lui, en tout cas, n'avait pas la moindre idée de ce qu'il pouvait faire pour y parvenir. Il avait essayé de lui parler, de revenir sur les propos de la dispute. Comme toujours, les mots se bloquaient en lui. Il s'était fait tendre envers elle. Elle l'écoutait sans sembler vraiment l'entendre, le regard lointain, avec une telle tristesse au fond des yeux que François-Xavier abandonnait. Puis elle s'excusait, prétextant une tâche quelconque à faire. Sa femme était devenue inaccessible, voilà, c'était cela. Il pouvait lui parler, la toucher, même lui faire l'amour comme la nuit précédente, Elle était comme les volutes de fumée qui sortaient de sa pipe... Des spirales blanches d'apparence épaisse que l'on ne peut ni saisir ni retenir.

~ ~ ~

Léonie fut très occupée, surtout que mademoiselle Brassard avait demandé un long congé, pour la première fois de sa vie. Elle avait prétexté une parente malade au chevet de laquelle elle voulait aller. Léonie dut donc passer ses journées au magasin afin de remplacer sa vendeuse.

Le grand jour arriva et toute la petite famille s'apprêta à embarquer à bord du train. Marie-Ange portait Jean-Baptiste et tentait de le tenir réveillé pour que le bébé dorme le plus longtemps possible lors du long trajet. Sur le quai, elle offrait un drôle de spectacle, captivant l'attention de son neveu par des mimiques et des grimaces plus expressives les unes que les autres, une fillette de six ans agrippée à sa jupe qui scrutait avec épouvante l'immense engin fumant. Car Yvette n'avait rien voulu savoir de lâcher sa tante, ne serait-ce qu'une minute. Laura était blottie dans les bras de son père. Pierre était tout fier de s'être vu octroyer la responsabilité de transporter une trousse de voyage, celle que Julianna tenait à garder près d'elle dans le wagon et contenant des menus articles dont elle croyait avoir besoin, entre autres une guenille de coton qu'elle avait pris soin de mouiller et d'enrouler dans un morceau de cuir. Ainsi, elle pourrait débarbouiller les mains et le visage de ses enfants lorsque ceux-ci videraient le contenu du panier à pique-nique que Julianna tenait à deux mains, aidée de Mathieu qui ne disait pas un mot. Léonie, aux côtés d'Albert, les embrassa à tour de rôle et sortit son mouchoir pour essuyer une larme tandis qu'elle les regardait monter à bord.

Léonie songea qu'elle avait négligé ses petits-enfants et c'était avec regret qu'elle les voyait partir loin d'elle. Petit Pierre, gêné mais curieux de tout, Yvette qui donnait déjà des ordres, le sensible Mathieu, la fragile Laura, et Jean-Baptiste, ce beau gros bébé dont on avait toujours envie de croquer les joues. Tandis que la locomotive commençait à souffler et qu'elle répondait aux signes d'au revoir des enfants qui agitaient leurs mains par la fenêtre, Léonie eut, en un bref examen de conscience, la lucidité de reconnaître qu'elle avait une fâcheuse tendance à gâcher des années entières de sa vie. Elle avait refusé de tenir son rôle de grand-mère et maintenant qu'elle l'aurait fait avec joie, c'était impossible. Elle envoya un baiser du bout des doigts vers le train qui déjà accélérait et sortait de la gare. Pourquoi saisir l'importance d'une chose seulement quand on la perd ?

~ ~ ~

Julianna installa Mathieu près de la fenêtre du wagon, se disant que le voyage serait moins ennuyant pour le petit garçon. Sur la banquette d'en face, Marie-Ange s'était assise entre Pierre et Yvette et avait abandonné l'idée de tenir Jean-Baptiste éveillé. Julianna s'adossa plus confortablement. À côté d'elle, son mari en fit autant, changeant d'épaule Laura qui somnolait déjà. Julianna regarda à l'extérieur, apercevant les immeubles qui défilaient devant eux. Les yeux dans le vague, elle dit adieu à Montréal et à sa vivacité stimulante et créative. À Henry dont elle soupçonna qu'il garderait probablement ses distances. Adieu aussi à un avenir glorieux pour Mathieu, à un sort différent pour ses filles... Adieu à tout ce qui aurait pu être... Elle ferma les yeux. Jeune fille, elle s'était jetée sans y penser dans l'aventure du mariage, grisée par la certitude qu'elle pourrait façonner son milieu à sa guise, ne prenant pas conscience qu'elle épousait, pas juste un homme, mais un nom, un métier, une identité complète... À Montréal, elle pouvait être Julianna la cantatrice, elle existait. Au Saguenay-Lac-Saint-Jean, elle ne redeviendrait rien qu'une madame François-Xavier Rousseau. C'était comme pour Rolande, sa nouvelle belle-sœur. Elle était passée de madame Paul-Émile Belley à madame Georges Gagné. Voilà, comme ça, comme si Marguerite n'avait jamais vécu. Quand on était une femme mariée, on mourait et on pouvait se faire remplacer. Julianna se dit qu'elle aurait pu être une

Catherine ou une Marie, quelle importance, on se souviendrait seulement qu'il y avait eu une madame François-Xavier Rousseau. Son mari avait été fromager, il serait fermier, elle, ne serait que madame François-Xavier Rousseau. Et si sa marraine, qui pourtant avait longtemps eu une vie propre en tant que Léonie, prenant des décisions, devenant propriétaire d'un magasin, cette unique Léonie, si jamais elle se remariait, elle aussi disparaîtrait. À sa place, il y aurait une madame Albert Morin. C'était exactement comme cela qu'elle se sentait... en train de disparaître... comme la ville au loin. Il était temps qu'elle vieillisse et qu'elle s'efforce de devenir madame François-Xavier Rousseau. Mais pour cela, elle devait dire adieu à l'ancienne Julianna et à ses rêves.

~ ~ ~

Lorsqu'ils revinrent de la gare, Léonie, silencieuse, ne s'aperçut pas tout de suite qu'Albert ne se contentait pas de la déposer et de repartir mais qu'il la suivait jusqu'à sa porte d'entrée et semblait bien déterminé à la suivre à l'intérieur. Elle se retourna et lui sourit.

— Cela va me faire ben drôle une maison vide...

Albert sauta sur l'occasion.

— Si vous vouliez, ma chère Léonie, elle ne serait pas vide longtemps.

— Oh Albert, je vous en prie... Parlons pas de ça aujourd'hui.

Albert eut un geste d'impatience avant de se raviser et de susurrer à l'oreille de celle qu'il convoitait :

— Ma très chère Léonie, une... hum... tasse de thé me rafraîchirait... les idées.

Léonie, gênée, se déplaça un peu de côté et haussa un sourcil devant l'allusion de l'homme.

— Albert, je... chus ben fatiguée... je... ferais une sieste, fut la seule excuse qu'elle trouva.

Possédant un double de la clé de la maison, Albert s'en servit et poussa Léonie à l'intérieur. Il referma la porte derrière eux et retira son chapeau comme s'il était déjà maître chez lui.

— Ma chère, dit-il en revenant près d'elle, une sieste... me sied très bien.

L'acculant contre la porte, Albert se mit à l'embrasser avec maladresse.

Léonie se débattit un peu. Elle n'avait pu s'empêcher de frissonner de répulsion au contact de l'homme. Albert se recula, fier de lui, certain d'avoir ému la femme.

— Je plaisantais pour la sieste... chère Léonie.

Sans attendre, il se dirigea au salon et prit place dans un des fauteuils. Léonie fut témoin de son soupir d'aise tandis qu'il allongeait ses jambes devant lui.

— Ma chérie, apportez-moi un bon thé, je vous prie.

Léonie était estomaquée. De nouveau, elle haussa un sourcil, puis elle se dit qu'après tout, il avait eu la gentillesse de l'accompagner à la gare et que cette expédition matinale n'avait pas été de tout repos. Elle alla lui préparer sa boisson. Lorsqu'elle revint avec le plateau contenant le service à thé, elle eut à peine le temps de le déposer sur la petite table basse qu'Albert revint à la charge. S'étant levé, il tentait de l'embrasser à nouveau. Léonie se retint pour ne pas crier. Là encore, Albert mit fin à son baiser avec un air de profonde satisfaction. Il se rassit, tel un roi dans son trône, et fit signe à Léonie de le servir.

Encore une fois, elle haussa un sourcil.

— Maintenant, je veux une réponse à ma demande. J'ai été patient...

Effectivement, le lendemain du bal, Albert était venu lui rendre visite et l'avait suppliée de l'épouser. Elle lui avait demandé un temps de réflexion.

Léonie s'éclaircit la gorge.

— Vous êtes un homme bien, Albert... Mais...

— Ah non ma chère, je n'accepterai pas de mais ni de non.

— Albert, je ne crois pas...

— Vous ne pouvez me refuser cette union, insista l'homme.

— Ben voyons, vous exagérez !

L'homme la reprit dans ses bras et cette fois se fit plus insistant. Il l'embrassa dans le cou, de petits baisers rapides et mouillés, tout en lui disant à quel point il n'était pas bon qu'une femme reste seule, qu'elle devait dire oui à sa demande, ne plus hésiter... Il la pressait contre son corps...

Cette fois, Léonie eut un réel sentiment de dégoût. Avec fermeté, elle le repoussa et refusa de l'épouser. Monsieur Morin la regarda d'un air étrange. Il rectifia sa tenue et, calmement, reprit place dans le fauteuil. D'un ton menaçant, qui donna des frissons dans le dos de Léonie, il dit :

— Ne m'obligez pas à vous forcer la main... Je détiens des informations sur votre passé que vous n'aimeriez certainement pas voir étaler au grand jour.

— Que c'est que... que vous voulez dire par là ? s'étonna-t-elle.

— Que je suis au courant pour Julianna et monsieur Morgan...

Léonie devint blême et se laissa tomber dans le fauteuil d'en face. Monsieur Morin eut un méchant rictus.

— Bon, nous allons pouvoir convenir d'une date de mariage tout en prenant notre thé.

~ ~ ~

La voix perçante d'Yvette tira Julianna de ses pensées dépressives. Elle garda les yeux fermés et écouta sa fille discuter comme une adulte avec Marie-Ange. Celle-ci lui parlait de l'époque où elle-même était petite et vivait sur une ferme comme celle qui les attendait à Saint-Framboise.

— Pis vous aussi matante, vous tiriez la vache par la queue quand elle avait un bobo ?

— Ben non, personne tire les vaches par la queue !

— Ben oui, vous le dites tout le temps ! tempêta l'enfant.

— Que c'est que tu m'radotes là encore, toé !

Yvette prit un air sérieux et, pointant du doigt à tour de rôle sa tante, ses frères Pierre et Jean-Baptiste ainsi qu'elle-même, elle récita :

— Ma petite vache a mal aux pattes, tirons-la par la queue, elle ira bien mieux dans un jour ou deux.

Marie-Ange pouffa de rire.

— C'est une comptine que ma maman m'avait montrée, expliqua Marie-Ange.

— Vous avez une maman ? s'étonna Yvette. Est où ?

Marie-Ange jeta un œil sur Julianna. Les souvenirs affluèrent et elle revit le jour maudit de la naissance de sa petite sœur. Elle répondit d'un ton un peu triste.

— Ma maman est morte, ma puce.

— C'est quoi, une maman morte ? questionna Yvette qui n'avait jamais connu la perte d'un être cher.

— Ben... euh... Une maman morte, c'est une maman qui te donne pus de bisous pis qui te coiffe pus les cheveux ou ben... disons que c'est une maman qui fait dodo mais pour toujours.

— A se réveille jamais ?

— Jamais.

Yvette sembla réfléchir un moment. Puis, comme un ressort, elle se précipita sur Julianna, grimpa sur elle et se mit, avec ses petites mains, à lui frotter le visage en criant :

— Maman, maman, réveillez-vous, vous êtes mourue, j'veux pas que vous soyez une maman morte !

Julianna, surprise par cette crise, essaya de raisonner sa fillette.

— Ben voyons donc Yvette, arrête, chus pas morte, voyons !

Yvette se calma et étudia sa mère attentivement, semblant vouloir s'assurer que celle-ci était bien réveillée.

— Vous me donnez pus de bisous pis vous coiffez pus mes cheveux... dit-elle avec des pleurs dans la voix.

Elle mit ses bras autour du cou de sa mère et enfouit son visage dans son cou.

Julianna reçut ces paroles comme une gifle. Elle prit conscience à quel point elle avait sombré dans la dépression ces dernières semaines et combien elle avait été une piètre mère. Sa pauvre petite fille la croyait morte. Julianna se sermonna. Cela ne lui ressemblait pas de se laisser aller autant. Elle devait se ressaisir. Elle pouvait encore reconquérir l'amour de son mari. Elle ne voulait pas faire pleurer ses enfants. Elle réconforta sa fillette et se mit à jouer dans ses boucles tout en lui donnant des tas de baisers. Par-dessus la tête d'Yvette, elle échangea un regard avec sa sœur. Marie-Ange ne fit aucun commentaire mais son expression en disait long. Julianna la traduisit par : « Bienvenue dans le monde des adultes, ma petite sœur ». Pierre, effrayé par l'attitude d'Yvette, s'était blotti contre sa tante et la fixait d'un air abasourdi. Mathieu s'était collé contre sa mère et Laura s'était réveillée en sursaut. Seul Jean-Baptiste ne se rendit compte de rien et continua à dormir. Bouleversée, Julianna sentit la main de François-Xavier se refermer sur la sienne. Elle se tourna vers son mari et le regarda intensément. Elle lut dans ses yeux une muette supplique qu'elle déchiffra aisément. Elle connaissait la question. Elle connaissait la réponse. Une douce chaleur l'emplit et un sentiment de bien-être l'enveloppa lorsqu'il se pencha vers elle pour lui murmurer à l'oreille :

— Julianna... J'arrêterai jamais de t'aimer... même si je le voulais, j'pourrais pas...

François-Xavier lâcha la main de Julianna et, à la place, étendit son bras autour d'elle et cala sa femme contre lui, l'air heureux. Enfin, tout irait mieux... Une nouvelle chance s'offrait à eux. Pour la première fois depuis l'inondation du lac, il eut l'impression de mieux respirer. Julianna referma les yeux mais de bonheur cette fois. Marie-Ange eut un long soupir de satisfaction et, avec Pierre, observa le paysage. Julianna ne songea pas à chicaner Yvette de l'avoir réveillé, au contraire...

TROISIÈME PARTIE

Pierre se dépêcha de s'habiller. C'était une journée si spéciale. La veille, sa mère lui avait préparé les vêtements qu'il devait porter. Bien pliés sur la chaise l'attendaient un pantalon court, une chemise à carreaux et des bas noirs qui lui montaient jusqu'aux genoux. Ses souliers bien nets et reluisants étaient cordés à côté. Pierre essaya de calmer sa nervosité et alla se poster à la fenêtre. Il huma à pleins poumons l'air frais de la campagne et admira les champs qui s'étendaient à perte de vue. Sous les combles, leur maison comprenait quatre petites pièces. Comme son frère Mathieu, il avait sa chambre à lui tout seul. Yvette et Laura en partageaient une, et la quatrième accueillait leur tante Marie-Ange. Jean-Baptiste était encore dans un berceau dans la chambre de ses parents située en bas, près de la cuisine. Pierre éprouvait tant de bonheur à être déménagé ici. Cela faisait plusieurs semaines déjà qu'ils avaient quitté Montréal et il venait de vivre le plus bel été de sa vie. Toutes ses journées, il les passait dehors à jouer. Il partait à travers champs en courant et allait rejoindre la maison de son parrain située de l'autre côté du bois. Quelle sensation de liberté il éprouvait lorsque, du plus vite qu'il le pouvait, il remontait la petite vallée, descendait jusqu'au ruisseau et le traversait en équilibre sur des pierres grises ! Le vent lui chatouillait les joues, jouait dans ses cheveux. Quel plaisir lorsqu'il s'arrêtait pour cueillir des poignées de bleuets et les engouffrer d'un seul coup dans sa bouche ! Quelquefois, il s'immobilisait. Fermant les yeux, il écoutait ce magnifique langage de la nature, quelques oiseaux, un bourdonnement, un murmure de feuillage... Pas une fois son chemin ne l'ennuya. Il y avait toujours quelque chose à découvrir, un petit animal, un insecte bizarre, une piste mystérieuse, une plante inconnue. Seul le sentier dans la forêt l'effrayait. Pour se donner du courage, il l'empruntait en chantant à voix haute. On lui avait dit que le fait de chanter fort pouvait tenir à l'écart les ours et il craignait tant d'en rencontrer un et de se faire dévorer tout rond ! Par chance, il n'y avait pas long à faire et l'étroit chemin débouchait rapidement derrière la ferme de son oncle. Près de la grange, il y retrouvait son cousin Delphis qui l'attendait avec impatience. Pierre ralentissait son allure, empruntant un pas dégagé comme s'il venait de flâner en chemin. Son cousin Gagné n'avait qu'un an de moins que lui et ils s'étaient bien accordés dès leur première rencontre. Pierre se souvenait encore de la drôle d'impression qu'il avait ressentie en découvrant sa parenté. Il n'avait aucun souvenir d'eux, il était bien trop jeune lorsqu'ils avaient quitté le Lac-Saint-Jean. Évidemment, ses cheveux rouges comme ceux de son père avaient fait sensation.

Ceux de ses frères et sœurs tiraient beaucoup plus sur le blond et se teintaient à peine de reflets roux. Mais sa chevelure à lui était d'une vraie couleur carotte. Entre cousins, il découvrit le plaisir de partager des jeux. Avec Yvette cela avait toujours été difficile, tout virait à la confrontation. De toute façon, c'était une fille. Et son frère Mathieu... et bien... Pierre était mal à l'aise avec lui. Il vous regardait d'une si étrange manière. En plus, tout ce qui faisait ricaner Pierre, comme un malencontreux pet pendant la messe, faisait à peine sourciller Mathieu. Son cousin et lui avaient des fous rires inextinguibles rien qu'à prononcer le mot. Delphis devait l'attendre. En ce matin de septembre 1934, ils ne pourraient jouer comme à l'accoutumée. Ils devaient se rendre à l'école du rang pour la rentrée des classes. Si au moins, ils n'avaient pas été obligés de traîner chacun leur petite sœur avec eux ! Sophie et Yvette allaient être en première année et les deux cousins avaient la responsabilité de les surveiller.

Pierre se rendit compte qu'il risquait d'être en retard pour son premier jour de classe. Yvette la parfaite, comme il surnommait sa sœur, devait être prête. Il se dépêcha de s'habiller et dévala les escaliers rejoindre les autres. Sa mère l'attendait à la cuisine, un bol de gruau tiédi sur la table. Yvette mangeait déjà, le visage fermé et boudeur. Jean-Baptiste dormait dans son berceau. Mathieu semblait encore dans la lune et Laura se faisait prier de prendre une cuillerée par Marie-Ange. Comme d'habitude, son père était déjà parti travailler sur la ferme.

— Une bouchée pour matante May, disait sa tante en ouvrant la bouche toute grande.

Laura trempa à peine les lèvres dans le gruau.

— Z'aime pas ça.

Marie-Ange s'impatienta. Elle laissa retomber la cuillère sur la table. Laura recommençait ses sempiternelles jérémiades comme à tous les repas.

— Que c'est que ça peut faire que t'aimes pas ça, du gruau, tu manges pour grandir, Laura Rousseau, pas pour le plaisir ! Tu vas rester chicotte toute ta vie !

— Pierre pis Yvette, je vous ai préparé un bon dîner, dit Julianna. Je l'ai mis dans ce gros sac de coton, oubliez-le pas !

— Comment a s'appelle déjà notre maîtresse d'école, maman ? demanda Yvette tandis que Pierre prenait place à la table.

— Mademoiselle Potvin, répondit-elle.

Julianna alla prendre le peigne au-dessus du poêle et mit un peu d'eau dans un bol. Elle s'approcha de son fils et, trempant le peigne, elle entreprit de lisser la tignasse rouge.

— Delphis dit qu'elle est laide comme un pou pis qu'elle a toujours un air de bœuf, fit remarquer Pierre tout en attaquant son déjeuner.

— Allons Pierre, chus certaine que mademoiselle Potvin est ben gentille, le reprit sa mère. Tu n'auras qu'à être poli pis sage.

— J'ai pus faim, maman, dit tout à coup Yvette en repoussant son bol qu'elle n'avait presque pas touché.

Une boule de nervosité l'étreignait et l'empêchait d'avaler quoi que ce soit. Yvette détestait l'inconnu. Elle aimait contrôler son univers et, pour ce faire, il lui fallait en connaître les paramètres. Commencer sa première année d'école lui semblait une épreuve insurmontable. Ces derniers jours, Delphis n'avait cessé de leur décrire leur future enseignante comme une sorte de sorcière. Quand elles avaient joué ensemble, la veille, Sophie et elle en avaient longuement parlé. Assises près de la mare aux grenouilles, les deux cousines s'étaient tenues par la main et s'étaient juré d'être braves et de ne pas pleurer. Mais ce matin, ce courage lui manquait. Pierre se leva de sa chaise.

— Moé itou, j'ai pus faim.

— Vous partirez pas le ventre vide ! s'écria leur mère.

— J'veux pas y aller de toute façon, déclara Yvette, tout à coup, un air buté sur le visage.

Marie-Ange leva les yeux au ciel.

— Ah non, tu vas pas nous recommencer tes saintes lamentations !

— J'veux pas aller à l'école, un point c'est tout ! s'écria Yvette en se levant de sa chaise et en tapant du pied.

Si François-Xavier n'avait pas été à l'étable de monsieur Dallaire en train de s'activer aux corvées, il aurait certainement fait remarquer à quel point Yvette ressemblait à sa mère. Le même petit nez en l'air, les yeux lançant des éclairs. Julianna se reconnut dans cette version miniature d'elle. Elle sourit.

— Allons Yvette, depuis quand t'as peur de quelque chose ?

— J'ai pas peur. J'ai juste pas envie…

— Ah bon !

Pierre, fort de son expérience de ses deux premières années d'école à Montréal, essaya de la rassurer. C'était très agréable, l'école. Il y avait plein de beaux livres, des belles images et la maîtresse vous faisait faire plein de beaux projets. À son école de Montréal, il avait vu une collection de papillons rares, épinglés dans un cadre de vitre.

Il y en avait un si beau, d'un bleu royal, il ne se souvenait plus de son nom.

— Ben moé, chus sûre que j'aime pas ça, l'école, dit Yvette.

Marie-Ange s'impatienta.

— Yvette, tu changes de face pis tu vas à l'école un point c'est toute ! On a le lavage qui nous attend pis y a apparence de pluie.

La tante poussa littéralement les deux enfants dehors.

— Attendez, s'écria Julianna, votre bouche est sale !

Elle mouilla de salive le coin de son tablier.

— Voilà, fit-elle après avoir débarbouillé ses deux enfants. Votre maîtresse va vous adorer.

Pierre se défit de l'étreinte de sa mère. Souriant, il se mit en route. Yvette lui emboîta le pas, la tête baissée.

— Pierre, cria Julianna, attends ta sœur !

La larme à l'œil, Julianna regarda s'éloigner ses deux plus vieux. Découragée, Marie-Ange rabroua sa sœur.

— Franchement Julianna, faire simple pour des enfants qui vont en classe. Tu les couves ben trop.

— Marie-Ange, laisse-moé donc élever mes enfants à ma manière ! se fâcha Julianna.

La jeune femme défit son tablier et, d'un air rageur, elle le lança sur une chaise en ajoutant :

— Finis de t'occuper du déjeuner, je monte faire les lits !

« Non, mais quel caractère ! » se dit Marie-Ange. Elle fit une nouvelle tentative afin de convaincre Laura d'avaler son repas. La petite pinça les lèvres et refusa obstinément d'ouvrir la bouche.

« Pis a l'a donné à ses filles ! »

~ ~ ~

À l'étable, François-Xavier aperçut, par la porte ouverte, son fils et sa fille en route pour l'école. Il leur fit signe de la main et se remit à son ouvrage. Il avait tant à faire pour préparer leur premier hiver à Saint-Ambroise. Il n'en avait pas encore parlé avec Julianna, mais il serait obligé de monter aux chantiers. Cela n'avait rien de réjouissant, hélas, il ne pourrait faire autrement. Alors il devait mettre les bouchées doubles en prévision de sa longue absence. Surtout qu'il devait s'assurer du bien-être des Dallaire en même temps. La santé de monsieur Dallaire n'était pas très bonne. Quand Léonie lui avait suggéré de louer la maison de son fils, le vieil homme avait remercié le ciel! Ils commençaient à craindre pour leurs vieux jours sans enfants pour prendre soin d'eux. Ils avaient donc offert à François-Xavier de loger gratuitement dans la deuxième maison. Moyennant un maigre salaire, il avait été entendu qu'en échange, le jeune homme vaquerait aux travaux de la ferme et effectuerait quelques menus services. La terre n'avait rien de remarquable et avait été mal exploitée depuis des années. Depuis la mort de leurs fils, le couple n'avait gardé que l'essentiel pour survivre. À peine quelques animaux et un champ de pâturage. Le reste était à l'abandon. Les tâches de François-Xavier n'étaient pas très lourdes. Pour commencer, cela irait. En économisant, il pourrait songer à se trouver autre chose. En tant qu'engagé, il avait du temps libre. Il pouvait ainsi donner un bon coup de main à son ami Ti-Georges. Comme tous les jours, François-Xavier passerait l'après-midi là-bas.

La ferme de son beau-frère était sur la bonne voie. Son remariage lui avait permis d'éponger ses dettes et d'investir sur sa terre. La petite veuve Rolande n'était pas arrivée les mains vides! Le départ de Jean-Marie avait provoqué une lourde perte et l'aide de François-Xavier était la bienvenue. Ses pensées retournèrent vers son fils Pierre et il se demanda l'effet que cela lui ferait si son enfant lui tournait le dos ainsi. Cela devait faire mal. François-Xavier se dit qu'au moins son plus vieux était manifestement heureux de leur nouvelle vie. Saint-Ambroise, c'était loin de ce qu'il voulait laisser à ses enfants, mais c'était mieux qu'une enfance à Montréal. Ici, leur jardin produirait des légumes frais. Ils avaient le grand air, de l'espace, des découvertes, des cousins. Il sourit en prenant conscience que c'était lundi. Certainement que sa fille Laura embarquerait en catimini dans sa charrette pour aller avec lui chez les Gagné. C'était devenu un jeu. Une fois par semaine, afin de décharger sa femme en cette journée de lavage, il faisait mine de ne pas voir la petite cachée en arrière et, rendu à la ferme de son beau-frère, il feignait la surprise en disant :

— Ah ben, j'ai-tu la berlue, moé là ? Y a une grosse souris dans ma carriole !

Laura rigolait et se laissait déposer à terre avant de courir à la rencontre des jumeaux qui s'étaient déclarés chevaliers servants de la fillette. Rien d'étonnant à cela. Tout le monde adorait Laura. François-Xavier le premier. Il ne pouvait rien refuser à l'enfant. Peut-être était-ce dû à la délicatesse de l'enfant et au fait qu'elle avait été si malade, bébé. Il se dépêcha de terminer sa besogne. Il avait hâte d'embarquer sa souris.

~ ~ ~

Cette enfant était irrésistible. Marie-Ange fondit devant la moue qu'arborait sa nièce Laura.

— Matante May, a l'aime pas ben ben le gruau, confia-t-elle à la fillette à mi-voix. Mais dis-le pas à ta mère…

Julianna était montée faire les lits. Elle avait le champ libre. La tante se leva, alla chercher une galette et la donna à l'enfant. Avec bonheur, Laura accepta le gâteau. Marie-Ange sourit devant le caprice de l'enfant. Elle en tendit une à Mathieu. Celui-ci la refusa. Tout à coup, l'attention de la femme fut attirée par un drôle de bruit provenant de l'étage. Elle fronça les sourcils puis en comprit la signification.

— Surveille ta sœur pis le bébé, dit-elle à Mathieu.

Elle monta l'escalier et se dirigea vers la chambre de Pierre. Elle avait vu juste. Étendue sur le lit de celui-ci, Julianna sanglotait.

— Bon, c'est toujours ben pas parce que je t'ai dit que tu couvais trop tes petits que tu pleures comme une Madeleine ? demanda l'aînée en s'asseyant sur le bord du lit.

Julianna se redressa et fit signe que non. Marie-Ange prit un mouchoir propre dans la poche de son tablier et le tendit à sa jeune sœur.

— Qu'est-ce qu'y a d'abord ?

Julianna se jeta dans les bras de sa sœur en pleurant de plus belle.

— Chus malheureuse, Marie-Ange !

Celle-ci berça sa jeune sœur comme une enfant. Doucement, elle lui demanda :

— C'est-tu à cause de Henry ?

Julianna se recula un peu.

— Non, oui, non… oui, je le sais pus ! balbutia-t-elle.

— Julianna, des fois tu m'fais penser à une p'tite fille…

— Chus pas une p'tite fille ! se défendit-elle.

— T'aimes ton mari, ça se voit comme le nez en pleine face ! Quand tu regardes ton homme, tes yeux brillent, reprit Marie-Ange.

— C'est vrai, j'aime François-Xavier très fort, admit Julianna en se calmant. Mais des fois, j'ai l'impression d'aimer Henry aussi, avoua-t-elle dans un souffle.

— Ben non, la rassura sa sœur. C'est des idées que tu t'es mis dans la caboche. Un cœur, ça appartient juste à un homme quand l'amour est le vrai. Pis toé, tu l'aimes vraiment ton mari. Je peux-tu te parler franchement ?

— Comme si tu t'étais déjà gênée ! répondit avec tendresse Julianna.

— C'est sur ta vie de princesse que tu pleures à matin.

— Ma vie de princesse ?

— La grande vie que tu menais à Montréal, tes belles robes, la galanterie de Henry, danser pis chanter à un bal…

Julianna resta silencieuse. Marie-Ange reprit.

— La vie, Julianna, c'est pas une fête où tu t'étourdis de champagne. C'est des enfants qui demandent de ton temps, qui sont malades des fois, qui partent à l'école, qui grandissent…

— Je sais ça !

— C'est un mari à rendre heureux, une maison à tenir à l'ordre…

— Ben oui, le lundi, le lavage, le mardi, le repassage, le mercredi, le reprisage, le jeudi… commença Julianna sur un ton sarcastique.

— J'connais les jours de la semaine, la coupa Marie-Ange. C'est important que t'apprennes à tenir une maison, sinon tu y arriveras jamais icitte !

Depuis leur arrivée, Marie-Ange avait tout pris en main. Elle avait établi un horaire de tâches. Le jeudi, c'était le grand ménage, le vendredi, on cuisinait pour la semaine, et le samedi, c'était pour compléter ce qui n'était pas fini. D'un air renfrogné, elle ajouta :

— J'serai pas toujours icitte à tout faire à ta place ! Astheure que Ti-Georges m'a remboursée, j'pourrais enfin partir faire le tour du monde !

Julianna eut un hoquet.

— Oh non, Marie-Ange ! S'il fallait que tu partes… je… j'mourrais !

— Julianna…

La jeune femme se rendit compte à quel point sa réaction était puérile. Elle prit sur elle et dit :

— Je m'excuse, Marie-Ange. J'ai pas le droit de te demander de rester quand tu pourrais aller visiter d'autres pays. T'as raison, chus trop gâtée… C'est tellement difficile de vivre icitte !

— Allons, tu fais pas si pitié que ça ! T'as juste à te décider, Julianna, pis ça va mieux aller. Au lieu de nourrir ton malheur de larmes, souris pis fais pousser ton bonheur.

Julianna regarda sa sœur.

— J'vas essayer, promit-elle. Mais aide-moé encore un peu. Une couple de mois…

— Ben oui... Le monde peut encore attendre Marie-Ange !

~ ~ ~

— Ah ben, j'ai-tu la berlue, moé là ? Y a une grosse souris dans ma carriole !

La fillette rigola et se dépêcha de courir jusqu'à la maison de son oncle. François-Xavier y entra à la suite de Laura et, se découvrant la tête, salua poliment sa nouvelle belle-sœur Rolande. Il était gêné en sa présence. Il faut dire que la jeune femme était si timide qu'elle créait ce malaise uniquement par son attitude. Il y avait le fait aussi que Ti-Georges lui avait parlé, à demi-mot, du plaisir inégalé que le couple avait au lit et des images lui venaient à l'esprit lorsqu'il posait les yeux sur Rolande. Il avait honte de telles pensées surtout que Rolande était très gentille. Elle se comportait en deuxième mère pour les enfants nés de Marguerite. Samuel surtout l'avait prise en affection ; le bambin de quatre ans la suivait partout et prenait soin d'Augustin, son demi-frère, comme la prunelle de ses yeux. Ti-Georges arriva dans la cuisine en compagnie d'Elzéar et souhaita le bonjour à l'arrivant. François-Xavier fut surpris de la présence de son neveu.

— T'es pas à l'école ? s'étonna-t-il.

— Ben non, mononcle, répondit avec fierté l'adolescent. Papa vous l'a pas dit ? J'reste aider sur la ferme astheure. J'ai treize ans, chus un homme !

François-Xavier n'eut aucune difficulté à comprendre pourquoi il avait été laissé dans l'ignorance de ce fait. Ti-Georges se doutait très bien que François-Xavier et Julianna désapprouveraient une telle décision. S'il y avait une chose qu'Ernest lui avait laissée en héritage, c'était l'importance de l'éducation.

— Y en sait ben assez de même, marmonna Ti-Georges. Pis toute la ferme va y revenir, ça fait qu'y est aussi ben d'apprendre comment bien la faire rouler...

François-Xavier ne répondit pas et se contenta de tourner sa casquette entre ses mains. Il changea de sujet. Il s'adressa à la jeune
femme.

— T'es ben sûre, Rolande, que ma Laura te dérangera pas ?

— Ben non voyons ! J'entends pas les jumeaux quand a l'est là !

— Pis j'te jure que c'est rare ! surenchérit Ti-Georges avec bonne
humeur.

François-Xavier suivit Ti-Georges et Elzéar à l'extérieur. Tous
trois se dirigèrent vers le côté de la grange. Ils avaient prévu commencer la construction d'un enclos d'hiver pour les moutons que
Ti-Georges s'apprêtait à acquérir. Rolande voulait de la laine au
printemps prochain.

— C'est une tricoteuse pis une tisseuse, ma Rolande, avait fièrement déclaré Ti-Georges au cours de l'été. J'viens d'y acheter un
beau métier à tisser. A dit qu'a va nous faire les plus belles couvertes
du pays. Vous viendrez voir comment ça marche rondement !

Quand Rolande, assise sur le banc de bois devant l'énorme machine à tisser, avait fait une démonstration de son art à Julianna,
celle-ci s'était exclamée que cela ressemblait un peu à un piano. Des
jeux de pédales, des cordes et en plus, Rolande créait une mélodie,
rythmée et joyeuse au fur et à mesure qu'elle passait la navette et
qu'elle ramenait vers elle les cordeaux.

François-Xavier se dit que Julianna devait s'ennuyer d'avoir un
piano. Ils ne pouvaient se permettre une telle dépense en ce moment. Elle devrait se contenter de jouer la musique des tisserands.
François-Xavier se concentra sur son travail. C'est lui qui avait dessiné les plans de l'enclos. Tandis qu'il mesurait une planche et qu'il
faisait sa marque à l'aide du gros crayon noir de menuisier, qu'il plaçait sur son oreille, il se dit qu'il avait hâte au printemps pour tondre
la toison de ces bêtes. Ce serait intéressant. Il vérifia à nouveau sa
mesure. « Vaut mieux y voir à deux fois que de s'en mordre les
doigts » disait son père.

Il s'apprêta à scier la planche quand cette tâche lui fit penser à une de ses nombreuses conversations avec Henry. Ils étaient attablés devant une bière et les deux amis discutaient une fois de plus de politique. Henry parlait encore en mal de Taschereau, disant que lui et ses libéraux étaient au pouvoir depuis 1920 et que ce parti faisait ce que bon lui semblait. Leur façon d'agir n'était pas étonnante ! Henry s'enflammait de plus en plus. Il avait dit :

— Ce n'est pas croyable ! J'vais te confier quelque chose que pas grand monde sait, François-Xavier. Ceux qui ont obtenu le contrat pour construire la centrale de Beauharnois, tu sais une centrale hydroélectrique, comme au lac Saint-Jean, cette compagnie a versé 864 000 piastres dans la caisse électorale de notre beau parti libéral pour l'avoir, ce contrat-là. Les libéraux, ils scient la planche sur laquelle ils sont assis. Quand ça va craquer, ils vont tomber de haut !

François-Xavier avait rétorqué que d'après lui, les libéraux n'étaient pas de bons capitaines de bateau. Ils étaient censés être au pouvoir pour tenir le gouvernail et les diriger avec adresse. Au lieu de cela, le pouvoir d'être à la barre les grisait, et les entraînait droit vers les récifs…

Ti-Georges le sortit de ses pensées en lui demandant pour la deuxième fois si cette planche était pour aujourd'hui ou pour demain.

— On va être encore là à la mi-carême !

François-Xavier s'assura de faire dépasser un peu sa marque et, appuyant fermement sur la planche pour la garder en équilibre, y alla de vigoureux va-et-vient bien droits sur la ligne tracée. Il savait exactement quelle pression exercer pour faire une coupe parfaite. Le morceau coupé tomba et alla rejoindre le petit tas de sciure qui s'accumulait depuis le début des travaux.

Un peu plus tard, ils firent une pause. Ti-Georges regarda son ami en lui tendant une cruche d'eau. Profitant du fait qu'Elzéar était parti dans la cave chercher un pot de clous, il décida de jaser un peu.

— Julianna va ben ?

— Ben oui, comme d'habitude, répondit François-Xavier.

— Ben tant mieux, ben tant mieux… Pis Marie-Ange itou ?

— Tu les as vues pas plus tard qu'hier à messe, Ti-Georges !

— Oui, oui, mais des fois…

— Marie-Ange est en pleine forme.

— Ben tant mieux, ouais, ben tant mieux… Pis les dernières nouvelles de Léonie ?

— Les mêmes que tu sais. A parle de mariage avec monsieur Morin.

— C'est ben tant mieux, ça… ben tant mieux… Pis Henry ?

François-Xavier perdit patience.

— Ti-Georges, ça va ?

— Moé, ben oui !

— Bon ben tant mieux ! railla François-Xavier.

— J'ai reçu une lettre de Jean-Marie, avoua Ti-Georges.

— C'est ça que t'avais encore à tourner autour du pot ! Que c'est qu'y écrit ?

— Ben… Y va ben. Y a pas de job nulle part. Y revenu au Canada mais dans l'Ouest.

— Pis que c'est qu'y dit d'autre ? Y explique-tu pourquoi y est parti ?

— Pas vraiment. Y me souhaite ben du bonheur avec Rolande.

— Y laisse-tu une adresse ?

— Ouais, une famille chez qui y loge.

— Tu vas y répondre, j'espère ?

— J'ai rien à y dire !

François-Xavier laissa passer un moment.

— J'le sais que c'est pas facile, Ti-Georges. Mais c'est ton fils…

— C'est lui qui a sacré le camp sans rien dire !

— Un coup de tête de jeune… Tu m'feras pas accroire que t'as jamais rêvé de partir quand t'avais l'âge de Jean-Marie !

— Peut-être ben, mais j'ai fait mon devoir de fils, moé! J'ai pas laissé le père avec toute la charge sur le dos à cause d'une petite chicane. Pis moé, j'en aurais eu des vraies raisons de crisser mon camp!

— Y devait avoir les siennes, Ti-Georges. On les connaît juste pas.

— Bon v'là Elzéar qui revient. Y est mieux d'avoir ben regardé pis de me rapporter mes clous. Y est assez coq-l'œil cet enfant-là. Y voit jamais rien!

Ti-Georges alla à la rencontre de son fils en maugréant. François-Xavier secoua la tête.

«C'est à se demander qui est le plus aveugle dans cette famille!» songea-t-il en voyant son ami rudoyer son garçon qui revenait bredouille. Léonie avait raconté la dispute survenue entre Jean-Marie et son père quelques semaines avant la fuite du fils. François-Xavier se promit de faire attention à ses enfants. L'enfance est la fondation d'un adulte. La malmener y laisse des fissures qui peuvent affaiblir toute la structure.

~ ~ ~

Ah, le lundi, jour de lessive! Julianna était dehors et décrochait le lavage de la corde à linge. Sa nouvelle vie était beaucoup plus rude que tout ce qu'elle avait jamais connu. Par chance, contrairement à la semaine précédente, il y avait eu un beau gros soleil et un bon vent toute la journée. Les chemises et les pantalons avaient eu tôt fait de sécher. Elle pouvait se permettre une pause. Laura avait accompagné son père chez Ti-Georges et Mathieu s'amusait tranquille à chasser les papillons. Elle avait installé Jean-Baptiste à l'ombre d'un arbre sur une couverture. Son bébé se comportait en petit prince. Quand il voulait quelque chose, il souriait en tendant les bras, certain qu'on allait accéder à ses moindres désirs.

Julianna repoussa une mèche de ses cheveux rendus longs et la glissa derrière son oreille. Elle se laissa tomber près de son bébé. Elle joua un peu avec lui puis se mit à étudier son nouvel environnement. Elle était si déçue... La maison n'avait rien de commun avec le château de la Pointe que son mari avait bâti pour elle, il y avait une décennie de cela. La demeure qu'ils louaient au couple Dallaire avait été visiblement construite avec peu de moyens. La guerre était venue mettre fin abruptement au projet de mariage du fils aîné de leurs propriétaires et la construction était restée inachevée. « Oh, elle était habitable ! », comme le lui avait fait remarquer madame Dallaire. Sauf que les planchers intérieurs étaient faits de grossières planches de bois brut pleines d'échardes et qu'ils devaient encore grimper sur une grosse roche et des madriers afin de pouvoir accéder à la porte d'entrée ! Le fils Dallaire n'avait pas eu le temps de construire une galerie. François-Xavier lui avait promis d'y remédier. Il était peu commode de risquer une chute chaque fois qu'ils entraient chez eux. La maison ne comportait même pas de lucarne, seulement un toit mansardé avec deux minuscules fenêtres de chaque côté. La demeure était située un peu en retrait de celle des Dallaire, à l'extrémité ouest de la terre. Il n'y avait aucune commodité. Pas d'électricité, rien. Julianna avait l'impression d'être enterrée vivante.

Sur la Pointe, elle s'était sentie une châtelaine dans son domaine. À Saint-Ambroise, des servantes étaient mieux logées qu'elle, le conte de Cendrillon à l'envers. Même si François-Xavier et elle s'étaient réconciliés, il y avait quelque chose de changé dans leur relation. Ce n'était plus l'amour inconditionnel du début, celui que rien n'aurait pu ébranler. Julianna se dit que Marie-Ange avait raison. Elle devait essayer de rendre heureux son époux. Elle l'aimait tant... Cet amour ne rendait pas les choses plus faciles. Au moins, son mari était beaucoup plus souriant depuis leur installation à Saint-Ambroise. Même s'il n'était que l'engagé des Dallaire, il semblait adorer sa nouvelle vie. Il aimait l'emmener veiller chez Ti-Georges. Ils laissaient les enfants sous la bonne garde de Marie-Ange, attelaient le cheval et partaient en direction du rang voisin.

Julianna n'appréciait pas plus qu'il le fallait ces soirées. Marguerite lui manquait et Rolande était si jeune, si jolie… Julianna se sentait tellement vieille à côté d'elle. Elle restait mal à l'aise de voir son frère se comporter en mari avec la jeune femme. Surtout que celui-ci semblait avoir enterré sa première femme dans tous les sens du terme. Dans le fond, cela la peinait que son frère se soit remarié si rapidement même si la plupart des veufs avec de jeunes enfants en faisaient autant… Ti-Georges nageait dans le bonheur avec sa jeune épouse. Était-ce ce qui la choquait le plus ? Son frère traitait Rolande comme si elle était la merveille du monde. Tandis qu'avec Marguerite, il n'y avait guère eu de marque d'affection. Et ce silence concernant le départ de Jean-Marie. Ti-Georges n'admettait pas que l'on parle de son fils aîné. C'était comme s'il n'avait jamais existé.

Elle se releva. De nouveau, elle jeta un regard anxieux vers la route. Julianna surveillait le retour de ses deux enfants. Elle trouvait qu'ils retardaient beaucoup trop. Elle avait hâte de savoir comment s'était passée leur première journée à l'école de Saint-Ambroise. Julianna ôta quelques pinces à linge, les coinça entre ses lèvres et entreprit d'enlever un autre vêtement qu'elle déposa dans son grand panier en osier. Enfin, au bout du chemin, elle aperçut les deux enfants qui s'en revenaient. Au contraire du matin, Yvette avait pris les devants et transportait le sac du dîner et des livres d'école. Pierre suivait, à pas lents, la tête baissée.

Julianna courut jusqu'à leur hauteur.

Pierre s'arrêta de marcher et, du bout des pieds, se mit à gratter la terre. Yvette hésita.

— Que c'est qui se passe ? demanda la mère. Vous avez une face d'enterrement.

La fillette répondit crûment.

— J'le savais que j'aimerais pas l'école !

— Bon… Pis pourquoi ?

— Notre maîtresse… C'est une face de rat !

— Yvette !

Il fallait vraiment qu'elle ait une discussion très sérieuse avec Marie-Ange ! Elle chicana l'insolente.

— Rentre à la maison tout de suite pis monte te mettre à genoux à côté de ton lit !

La fillette ouvrit de grands yeux d'étonnement. Jamais sa mère ne l'avait punie ainsi ! Yvette vint pour répliquer mais, au ton sévère de sa mère, sut qu'elle était mieux de s'abstenir. Elle obéit et les laissa seuls. Doucement, Julianna releva le menton de son fils et scruta son visage. Il était au bord des larmes.

— Dis-moi ce qui s'est passé.

Pierre inspira profondément et marmonna.

— J'veux pus jamais y aller...

— À l'école ?

— J'veux retourner à Montréal ! murmura l'enfant.

Pour que son fils lui tienne ce discours, c'était grave. Lui qui ne passait pas une journée sans lui vanter le plaisir qu'il avait d'habiter à Saint-Ambroise.

— Y va falloir que tu m'dises pourquoi.

— Parce que... parce que tout le monde riait de moé, maman ! Y sont nu-pieds, expliqua l'enfant.

— Pierre, c'est pas ben grave. Toi, t'as la chance d'avoir des souliers.

Tout à coup, les larmes retenues jaillirent en même temps qu'un flot de paroles.

— Y m'ont traité d'affreux à cause de ma cicatrice pis je les ai entendus qui disaient que c'était le diable qui avait des enfants aux cheveux rouges... que je faisais peur aux filles pis... c'est pas comme mon école à Montréal, j'veux pus jamais y aller, maman, jamais !

Julianna prit son enfant par les épaules.

— Voyons, Pierre, calme-toi un peu. Chus ben certaine que c'est pas si grave que ça. C'est parce que les autres te connaissent pas encore comme il faut. Quand ils vont se rendre compte comment t'es un petit garçon gentil, ils vont être tes amis. Pis y te diront plus des choses méchantes, tu vas voir.

— C'est ça que Delphis y dit, se consola l'enfant.

— Tu vois ! En tout cas, ta maîtresse, a les a chicanés, j'espère. C'est pas gentil de se moquer de quelqu'un.

Pierre resta silencieux.

— Ta maîtresse d'école, p'tit Pierre, tu lui as-tu dit qu'ils étaient pas fins les autres ?

— Non.

— Ben demain j'vas y aller avec toi pis j'vas lui dire.

— Non ! Maman... la maîtresse... a le sait.

— Comment ça ?

— C'est elle qui a ri de moé en premier, avoua Pierre.

— Quoi ?

— Quand on est arrivés, expliqua l'enfant en reniflant, mademoiselle Potvin, a l'a posé des questions aux nouveaux, pour voir ce qu'on savait pis ce qu'on savait pas. Pis moé, j'ai levé ma main à chaque fois. C'était bébé la-la, ses questions ! Pis je savais toutes les réponses !

— Pis ? demanda Julianna.

— Pis a l'a dit que j'me prenais pour un p'tit Joe connaissant.

— A l'a dit ça ?

— Oui, pis a l'a dit que je m'donnais des grands airs avec mon beau linge pis mes souliers vernis pis que j'parlais pointu à la française pis que j'me prenais pour un prince...

— Ah ben, franchement !

— ... le prince des carottes.

— Quoi ? A t'a traité de prince des carottes ?

Pierre fit signe que oui, soulagé d'avoir confié ses malheurs à sa mère. Il reprenait espoir. Elle ne laisserait pas passer une telle injustice ! La Potvin allait voir qu'on ne traitait pas un Rousseau de cette façon !

Sa mère était indiscutablement en colère.

— A doit être rien que jalouse parce que t'en sais plus qu'elle. Allez viens, on rentre. Quand ton père va revenir de chez ton oncle, j'm'en vas y raconter ça. Tu vas voir, ton père, y va faire quelque chose pis a va s'excuser.

~ ~ ~

Cependant, la réaction de François-Xavier fut loin d'être celle escomptée. Quand Julianna avait relaté en détail la mésaventure de son fils et l'attitude inexcusable de la maîtresse, François-Xavier, éreinté de sa journée, avait écouté les longues récriminations de sa femme qui répétait pour la troisième fois au moins « qu'elle n'en revenait pas que cette maîtresse ait osé dire ça à leur fils ». Yvette avait corroboré la version de Pierre. Julianna ne décolérait pas et c'est en silence que les enfants avaient soupé. Même Marie-Ange ne savait trouver les mots pour apaiser sa sœur. Au dessert, exaspéré, François-Xavier avait décrété qu'ils en parleraient plus tard quand les enfants seraient endormis. Le soir, dans leur chambre à coucher, Julianna attaqua le sujet.

— En tout cas, la Potvin, j'ai hâte d'y voir la face quand tu vas y parler dans le blanc des yeux demain.

— J'ai jamais dit que j'irais voir la maîtresse à Pierre.

— Comment ça ? Ah ben non, François-Xavier Rousseau ! Si tu penses que tu vas faire comme si rien s'était passé.

— Marie-Ange a raison, notre garçon, tu le couves trop.

— C'est pas vrai, je...

— Laisse-moé parler !

Julianna prit son air boudeur et entreprit de faire de l'ordre sur une commode qui n'en avait pas besoin.

— Moé itou, j'me sus fait agacer parce que j'étais roux ! Y va s'habituer... Y faut qu'y apprenne à se défendre.

— On parle pas de niaisage d'enfant, on parle d'une maîtresse d'école qui donne pas l'exemple !

— J'irai toujours ben pas lui dire comment faire sa classe !

— Ben non, on sait ben ! Ça te dérangerait même pas que nos enfants marchent nu-pieds !

— J'en avais pas de souliers quand j'allais à l'école pis chus pas mort ! dit François-Xavier en se préparant à se coucher. Y a juste à pas en mettre.

Il bâilla, épuisé.

— François-Xavier, c'est pas vrai que mes enfants vont avoir l'air pauvres !

— Julianna, on est pauvres !

Le mari changea d'idée et se rhabilla. Tout en mettant ses bretelles sur ses épaules, il maugréa :

— Y me manquait rien que ton chiâlage à soir. Maudit que c'est plaisant pour un homme !

— François-Xavier...

— On est pauvres ! répéta François-Xavier en colère. Tellement pauvres qu'y faut que j'monte aux chantiers cet hiver !

— Aux chantiers !

Ce n'était pas ainsi qu'il avait pensé annoncer sa décision à sa femme. Il s'était emporté. Il radoucit son ton.

— Un jour, j'vas me racheter une fromagerie pis pour ça, y faut ben que l'argent rentre !

— Si on était restés à Montréal aussi, lui reprocha Julianna.

Il oublia ses bonnes intentions et haussa de nouveau le ton.

— C'est à Saint-Ambroise qu'on vit astheure pis pour un bon boutte de temps. Pierre peut ben avoir de la misère... Lâche-le ! Y va falloir qu'y s'endurcisse ! Sa maîtresse, c'est à lui de s'organiser avec elle. Y est toujours en train de baisser la tête pis de se cacher dans tes jupes !

— Y veut pus y aller, à l'école !

— J'm'en vas y parler pis fie-toé sur moé qu'y va y aller, à l'école, nu-pieds si y veut, mais y va y aller !

~ ~ ~

Pierre alla à l'école. Il se demanderait longtemps comment il avait fait pour se rendre jusqu'à la petite bâtisse du rang. Dix fois, il fut tenté de rebrousser chemin et d'aller se terrer dans un trou à tout jamais. Il n'avait pas le choix. Son père avait été inflexible. Il lui avait tenu un discours un peu décousu, comme quoi il se ferait manger la laine sur le dos toute sa vie s'il n'apprenait pas à relever la tête. Qu'il fallait qu'il devienne un homme, à l'âge où il était rendu. Le jeune garçon avait reçu ces conseils paternels sans trop vraiment saisir ce que ces belles paroles changeaient à la situation. Tout ce que Pierre avait compris, c'était que son père, au lieu de le défendre, l'obligeait à retourner se faire humilier, le condamnait à brûler dans l'enfer de mademoiselle Potvin. Son père avait continué en lui parlant du respect qu'il devait avoir pour lui-même avant d'en attendre des autres, que cela ne tombait pas du ciel mais s'imposait, par la force de caractère. Pierre avait perdu tout espoir de ne plus jamais revoir la « Potvin, face de rat » de sa maîtresse. Il avait écouté poliment son père conclure son sermon par un « Pis sors des jupes de ta mère ». Resté seul dans son lit, Pierre s'était senti si misérable, si désemparé. Comment faire pour affronter le monde le lendemain ?

Ce qui le sauva fut la présence de sa sœur Yvette et de ses cousins Gagné qui restèrent à ses côtés. Lorsqu'ils arrivèrent devant l'école, les autres élèves les dévisagèrent et se mirent à ricaner. La maîtresse devait être à l'intérieur. Yvette, Sophie cachée derrière son dos, lança un regard méprisant à la ronde. Delphis leur fit un sourire gêné en voulant dire : « Ben voyons, les gars, c'est mon cousin ! »

À partir de cette deuxième journée d'école, les clans furent formés. Les cousins et les autres… Tenant Sophie par la main, Yvette affrontait les ennemis du regard, avec des paroles et parfois des coups de pied. Pierre fuyait leurs quolibets, pliait sous les grimaces, recevait les coups. Somme toute, on laissa les filles tranquilles. Ce fut une autre paire de manches pour les deux cousins. Les autres enfants, en plus de faire damner « Pierre le balafré, Pierre le prince des carottes, Pierre le p'tit Joe connaissant », se mirent à traiter Delphis aux cheveux frisés de « mouton peureux, mouton suiveux et mouton affreux… »

Cela dura plusieurs semaines puis les enfants se lassèrent. La plupart des élèves avaient tout de même un bon fond et ne trouvèrent plus rien d'amusant à blesser les cousins. Surtout que Mademoiselle Potvin était continuellement sur le dos de Pierre et qu'elle se révélait de plus en plus méchante. L'ostracisme envers le nouveau lors de la rentrée scolaire, encouragé et alimenté par leur maîtresse, se transforma en un sentiment de pitié général pour ce gêné de rouquin qui devait, presque tous les jours, recevoir des coups de règle sur les doigts, se faire ridiculiser devant tout le monde ou encore se faire cracher des bêtises par leur institutrice. Cela créait un tel climat de tension dans la classe que bien des élèves commencèrent à s'en plaindre à leurs parents mais du bout des lèvres. Pas un adulte ne prit cela au sérieux. Les élèves n'osèrent aller plus loin au cas où cela ne vienne à l'oreille de l'enseignante. Tous la craignaient tellement.

Sauf Yvette qui ne baissait jamais les yeux devant le regard acéré de la femme. Elle répondait, avec toujours beaucoup d'aplomb, aux questions de mademoiselle Potvin. Ce courage força l'admiration. On aurait pu croire que la maîtresse aurait cherché à casser la personnalité récalcitrante d'Yvette et pourtant, elle ne jeta son dévolu que sur Pierre. Si mademoiselle Potvin n'avait pas eu cette attitude envers lui, ses compagnons de classe auraient passé par-dessus la couleur de ses cheveux et ils auraient joué ensemble au ballon ou à la cachette. Mais le regard méprisant que lançait mademoiselle Potvin quand elle sortait sonner la cloche et qu'elle s'apercevait qu'un autre enfant avait osé se tenir avec le prince des carottes les tenait à distance.

Cette situation devint invivable pour Delphis et celui-ci se mit à délaisser son cousin pour aller jouer lui aussi. Pierre ne lui en tenait pas rigueur. Il comprenait. Yvette continuait à le protéger. Tous les jours de la semaine, il se rendait à l'école comme on se rend à l'abattoir. Il rentrait la tête dans les épaules et laissait l'institutrice se défouler sur lui, endurant les sévices et les réprimandes. Il avait ordonné à Yvette de ne rien dire à la maison. Leur père étant parti aux chantiers, leur mère avait déjà assez de soucis.

Les Fêtes de Noël lui apportèrent un doux répit et c'est avec joie qu'il passa ce long congé à la maison, à jouer dans la neige avec ses frères et sœurs. Mais hélas, il eut beau prier et prier, le temps ne s'arrêta pas et il dut reprendre, en cette nouvelle année 1935, le chemin tant détesté qui menait à l'école. Mademoiselle Potvin retrouva avec délice son souffre-douleur et redoubla de perfidie. Pierre avait beau se rappeler les paroles de son père le soir de sa première journée d'école et essayer de relever la tête, il n'y parvenait pas. Pourquoi avait-il les cheveux roux et une cicatrice? C'était trop injuste! Et pourquoi mademoiselle Potvin l'haïssait-elle tant? Même le grand Bérubé, le cancre de la classe, avait droit à un traitement plus charitable de la part de la méchante femme. À douze ans, celui-ci était un cas désespéré et passait son temps à tirer les tresses de la fille Savard assise devant lui et pour qui il avait le béguin. De temps en temps, Mademoiselle Potvin appelait le pauvre Bérubé à son bureau et, sortant la grande règle de bois, en assenait plusieurs coups mais sans plus. Elle frappait en silence, sans y mettre de passion, comme si elle se devait de le faire, un point c'est tout. Elle avait même une expression de lassitude. Comme s'il s'agissait d'une leçon de géographie. Alors Bérubé grimaçait un peu, faisait semblant d'avoir bien mal et retournait à son pupitre en faisant un clin d'œil aux autres élèves. Il avait la paix pour plusieurs semaines. Avec les années, Bérubé avait appris que le meilleur moyen de s'en sortir était de simuler la douleur et de contenter ainsi la maîtresse.

Quand c'était Pierre qu'elle plaçait à côté de son grand bureau de bois, c'était avec un réel plaisir qu'elle le frappait. Pierre détestait cette maîtresse. À la fin de cette interminable année scolaire, toutes les nuits du mois de juin, Pierre rêva qu'il arrivait au dernier jour d'école et qu'on lui apprenait que la femme était morte. Il se mettait à danser de joie. Mais au réveil, il désenchantait et il recomptait désespérément le nombre de jours le séparant des vacances d'été.

~ ~ ~

Marie-Alma Potvin, assise derrière son bureau de bois, scrutait les enfants en train de faire un exercice d'arithmétique sur leur ardoise. Elle avait exigé le silence et guettait le moindre signe de désobéissance. Est-ce que la journée allait enfin se terminer ? C'était la fin de juin. Il ne manquait que la visite de l'inspecteur d'école, prévue pour la semaine suivante et elle aurait deux longs mois de paix. Marie-Alma détestait faire la classe. Son salaire était ridicule, sa tâche beaucoup trop lourde et les enfants insupportables. L'école était petite, on passait l'hiver à y geler. L'odeur des mitaines mouillées, séchant près du poêle, lui levait le cœur. L'été, on étouffait de chaleur et la sueur de tout le monde rendait l'air irrespirable. Sans parler de sa minable chambre à l'étage où elle mourait de solitude. C'était le seul choix qui s'était présenté à elle, à part devenir religieuse, quand son fiancé l'avait laissée tomber. Un fiancé aux cheveux roux.

~ ~ ~

Grâce au ciel, les vacances arrivèrent et Pierre retrouva son bonheur. Il y eut deux grands événements cet été-là. Le premier fut la naissance d'un nouveau petit frère, une journée de juillet. Ils avaient été réveillés tôt le matin et leur père les avait entassés dans la charrette pour aller les mener chez leur oncle Georges. Il n'était revenu les chercher que tard le soir, l'air heureux, annonçant qu'un autre garçon qu'ils nommeraient Léo était arrivé. Le lendemain, Pierre avait été autorisé à aller embrasser sa mère dans sa chambre. Il avait été surpris de la voir couchée, son gros ventre des derniers mois disparu et dans un petit berceau, un bébé endormi. C'était drôle, à Montréal, il ne se souvenait pas comment Jean-Baptiste était né. Il ne comprenait pas trop. Il avait bien vu sa mère, le ventre comme un rocher, se tenir le bas des reins, se plaindre que ce bébé donnait des coups de pieds et l'empêchait de digérer comme il faut. Il en avait donc déduit qu'il y avait quelque chose dans le ventre de sa mère. Et ce quelque chose devait être un bébé mais... ce bébé était entré par où ? Et pour sortir, il s'y était pris de quelle façon ? Tout ce qui concernait les naissances tenait du plus grand secret. La chambre de leurs parents leur était interdite, et juste le fait d'y être à ce moment lui faisait un drôle d'effet. Il aurait aimé savoir, poser des questions à sa mère, mais jamais il n'aurait osé. Au printemps, il avait entraîné Delphis avec lui jusqu'à l'étable où il savait que son oncle était pour s'occuper des veaux à naître. La porte du bâtiment était bien close sur ces mystères. Les adultes leur avaient interdit d'approcher, cependant la curiosité de Pierre était si grande. Les vaches avaient un gros ventre comme sa mère... Ils s'étaient rendus sur le côté de la grange. Pierre savait qu'en grimpant sur un tas de vieux bois, il atteindrait un interstice assez grand pour voir ce qui se passait à l'intérieur. Malheureusement, le dos de son oncle, penché sur la vache, lui cachait tout. Delphis, qui voulait également voir, n'arrêtait pas de le pousser pour qu'il se tasse et Pierre avait perdu l'équilibre. Sa chute avait fait tout un tintamarre et son oncle s'était approché de la fente. Pierre avait vu une partie du visage s'encadrer et la voix de l'homme en colère avait fusé :

— Pierre Rousseau, les corneilles vont te crever les yeux, mon curieux, si t'oses venir voir ce que t'as pas d'affaire !

Pierre s'était relevé et avait pris ses jambes à son cou, suivi de près par son cousin. Ce n'était pas assez d'avoir peur du Bonhomme Sept Heures s'il ne rentrait pas de jouer dehors ou des morts qui pouvaient venir lui tirer les orteils la nuit s'il ne dormait pas ou du diable qui allait l'emmener en enfer s'il n'était pas sage, maintenant il aurait peur des oiseaux noirs qui crevaient les yeux !

Après la naissance de Léo, le deuxième grand événement fut la fête préparée en l'honneur des soixante ans de sa grand-tante Léonie. Cela avait été une idée de sa mère. Elle disait qu'ainsi, sa marraine n'aurait pas le choix de venir en visite à Saint-Ambroise. Son fiancé, monsieur Morin, ainsi que Henry l'accompagneraient, étant invités également. Cette semaine-là, Pierre essaya de se tenir le plus loin possible de la maison où sa mère était tellement énervée. Comme elle n'avait pas le droit de faire de gros ouvrage, vu ses relevailles, elle donnait à tout le monde des ordres et Pierre étant le plus vieux, c'était lui qui se retrouvait pris avec mille et une corvée ! Sa mère voulait que tout soit parfait dans la maison pour accueillir la grande visite.

~ ~ ~

— Bateau, fais attention, François-Xavier, tu vas nous faire avoir un accident !

Ti-Georges et son beau-frère étaient en route pour aller cueillir les trois visiteurs à la gare de Jonquière. C'était la ville la plus proche de Saint-Ambroise où le train s'arrêtait. Henry, Léonie et monsieur Morin devaient déjà être arrivés et les attendre. Ti-Georges avait insisté pour que François-Xavier soit le conducteur de son tout nouvel achat dont il était si fier. Un bon gros camion Chevrolet Maple Leaf flambant neuf d'un rouge éclatant avec une plate-forme arrière.

— C'est toé qui as l'honneur de conduire, lui avait-il dit en lui lançant les clés du camion.

Ce n'était pas vraiment par grandeur d'âme que Ti-Georges lui laissait la place derrière le volant, mais tout simplement parce qu'il ne savait pas conduire. Enfin pas encore tout à fait. Il s'était pratiqué un peu à Saint-Ambroise. Pendant cette tentative, il avait embouti deux piquets de clôture en cinq minutes ! Alors, il n'était pas question qu'il se rende jusqu'à Jonquière. François-Xavier, lui, avait pris de l'expérience à Montréal. Sauf que les rues de la ville et les routes de campagne, c'était deux mondes ! François-Xavier se concentrait pour éviter tout accident. Descendre les côtes lui donnait des sueurs froides, les monter lui donnait le vertige… En plus, Ti-Georges ne cessait de lui faire des commentaires sur sa conduite et de l'avertir de prétendus dangers. François-Xavier perdit patience et se rangea sur le bord du chemin.

— Bateau, que c'est que tu fais ?

— C'est pas conduisable avec toé à côté de moé ! T'es en train de m'rendre fou !

— C'est pas ma faute, tu t'en vas tout croche !

— J'ai-tu le choix ? C'est plein de roches !

— Pis les trous, t'es obligé de les pogner ?

— C'est pas des chemins, c'est des passoires !

— T'as juste à aller moins vite !

— Ben conduis toé-même d'abord !

Les deux hommes se turent, boudeurs, chacun regardant droit devant soi. Ils se jetèrent un coup d'œil puis se mirent à rire. Ils étaient de vrais enfants !

— Remets-nous en chemin, François-Xavier. On est déjà en retard, j'dirai pus un mot.

Le conducteur reprit la route. Ti-Georges faisait mine d'être détendu et sifflait un air enjoué.

— C'est encore pire quand tu fais ça !

— Faudrait que tu saches c'que tu veux, bateau !

Il regarda le paysage en gardant le silence. Quelques minutes plus tard, il jeta un coup d'œil au conducteur. Oubliant sa promesse, il s'écria :

— Bateau, François-Xavier, c'est pas une créature, mon camion ! Tu peux l'brasser un peu plus ! Le derrière du *truck* va nous dépasser si tu continues !

— Tu recommences ! Tu veux que je rentre dans une clôture moé itou !

— C'est à peine si j'ai touché aux piquets !

— Ben oui, t'en as juste cassé deux !

— Y étaient pourris !

— Comme le conducteur !

Ti-Georges marmonna quelque chose de pas très catholique. François-Xavier soupira. Il aurait préféré être passager. Il craignait tant de briser une pièce du véhicule... Il savait très bien la somme astronomique que Ti-Georges avait dû débourser pour ce camion. Rolande avait beau lui avoir procuré un bon montant venant de son premier mari, son beau-frère n'était toujours bien pas John D. Rockefeller ! Avec les frais que la maladie de Marguerite lui avait causés, les problèmes juridiques, la ferme qu'il équipait à la fine pointe de la technologie, François-Xavier se demandait s'il en resterait d'ici l'année suivante. Enfin, Ti-Georges devait savoir ce qu'il faisait.

— J't'avertis, c'est toé qui prends le volant pour revenir ! marmonna François-Xavier.

— Certain que j'vas conduire ! Ça sera pas pire qu'avec toé comme conducteur. Pis toé, tu monteras dans la boîte en arrière.

— Au moins, j'aurai pas à t'endurer.

— Mais tu vas avoir mal au derrière à soir !

François-Xavier reprit :

— Coin de fou ce Saguenay. Plein de côtes. Voir si ç'a de l'allure ! Sur le bord du lac, au moins, on avait de belles grandes étendues.

— Vaut mieux des côtes que des plaines inondées par exemple.

— Oh Ti-Georges, des fois, j'me dis que je verrai jamais la fin de c't'histoire-là. Toé ça va ben, tes affaires. J'dis pas ça par jalousie, chus ben content pour toé, Ti-Georges, tu le sais mais...

— Mais t'as pus de fromagerie...

— J'regarde les enfants que ma Julianna me donne pis j'me dis que j'ai rien à leur laisser. Mon Pierre grandit tellement vite...

— Décourage-toé pas. Dans une couple d'années, tu vas être remis sur les rails.

— P't-être ben...

— Rolande itou, a va m'en donner un fils.

— Ta femme est en famille?

Ti-Georges eut une drôle de mimique.

— J'trouvais que j'en avais déjà en masse mais la nature, que c'est tu veux qu'on y fasse! Surtout que ma Rolande, a donne le goût de l'honorer plus que de raison...

— Ti-Georges! s'indigna François-Xavier.

— Ah ben bateau! Si entre gars on peut pus parler de nos émoustillages! Tu te rappelles-tu quand tu faisais les beaux yeux à la p'tite Boulianne, on avait l'âge de ton Pierre, neuf ans je pense?

— Ti-Georges, commence pas, j'ai une côte à descendre, moé, pis tu vas te retrouver à nager dans la rivière si tu m'asticotes encore.

— J'arriverais au train avant toé!

— Vas-y donc à pied si t'es pas content!

— Maudite bonne idée!

Ce fut ainsi jusqu'à Jonquière.

~ ~ ~

Sur le bord du quai, la marraine de Julianna attendait, assise sur sa valise, tandis que monsieur Morin faisait les cent pas en sortant sans cesse sa montre de son gousset afin d'y scruter l'heure.

François-Xavier gara bruyamment le gros camion et souhaita la bienvenue au couple. La froideur de monsieur Morin le surprit.

— On est ben en retard… On est désolés, s'excusa François-Xavier.

Léonie l'embrassa affectueusement.

— C'est pas grave, mon cher.

Ti-Georges serra sa tante contre son cœur.

— C'est la faute à ce branleux de François-Xavier. Si c'est moé qui avais conduit mon camion, on aurait été là à l'heure des poules.

François-Xavier préféra ne pas répondre. À la place, il le présenta à monsieur Morin, resté un peu à l'écart, manifestement mécontent d'avoir attendu.

— François-Xavier, monsieur Gagné, les salua-t-il en retour, d'un petit signe de tête sec.

— Ah ben, c'est-tu là l'heureux élu ?

Monsieur Morin détailla Ti-Georges comme s'il était un va-nu-pieds. Léonie, mal à l'aise, s'éventait avec sa main. Il faisait très chaud.

— J'ai l'infime honneur d'être le fiancé de votre tante, oui.

François-Xavier intervint.

— D'ailleurs, laissez-moé vous dire mes félicitations, vu que j'ai pas eu l'occasion de le faire encore.

Ti-Georges ne s'offusqua pas de l'attitude guindée du nouveau fiancé.

— Pis, quand est-ce que vous convolez en deuxième noce comme moé, matante ?

Léonie bredouilla.

— Oh ! la date est pas encore fixée…

Monsieur Morin sembla retrouver un peu de bonne humeur.

— Votre tante aime me faire languir. Rien que pour la fiancer, j'ai dû lui forcer la main.

La femme baissa les yeux. François-Xavier trouva ce comportement étrange. Habitué à un monsieur Morin affable et à une Léonie sûre d'elle, il se posa des questions… Il se dit que cela devait être la gêne de ce futur mariage.

— Henry est pas avec vous ? demanda Ti-Georges.

— Y est parti à la recherche de cigarettes, répondit Léonie. Vu que vous arriviez pas...

— On s'excuse encore, matante, répéta François-Xavier.

À ce moment, Ti-Georges aperçut l'avocat qui s'en revenait.

Les trois hommes, contents de se revoir, se mirent à bavarder ensemble.

Monsieur Morin les interrompit sèchement.

— J'aimerais bien ne pas coucher sur ce quai de gare... Ne sommes-nous pas attendus à... comment déjà ce nomme cet endroit ?

— Saint-Ambroise, l'aida Léonie.

— Ah oui ! c'est cela, Saint-Ambroise. Nous pourrions nous mettre en route, non ?

François-Xavier acquiesça.

— Vous avez raison, monsieur Morin.

— Ah non ! s'objecta Ti-Georges. Y est pas question qu'on reparte sans s'être arrosé le gosier un peu ! Avec la chaleur qu'y fait, j'meurs de soif, moé !

Henry proposa :

— Y a une taverne pas loin, mais madame Léonie aurait pas le droit...

— Une broue. Hum, bateau j'en rêve...

— Gênez-vous pas pour moé, dit Léonie.

Son fiancé la rabroua d'un ton méprisant.

— On dit « moi », ma chère. Vous le savez très bien pourtant.

Léonie rougit de honte et se rebiffa.

— Ça m'a échappé... Vous en ferez pas un drame !

François-Xavier vint à sa rescousse.

— Allons matante, c'est la même chose pour moé. Julianna me reprend depuis des années, mais ça me rentre pas dans la tête.

— C'est vrai que votre «fille adoptive» a de bien belles

551

manières, fit Albert. On se demande de qui elle tient cela…

Léonie comprit le message. Son fiancé lui rappelait leur accord. Le silence contre une alliance. Léonie était lasse… Elle se demandait s'il lui serait possible de jouer la comédie pendant ce séjour à Saint-Ambroise. Cet affreux avant-midi où Albert avait dévoilé un côté de lui insoupçonné lui revenait sans cesse à la mémoire. Comment quelqu'un peut-il réussir à cacher sa vraie personnalité pendant des années ? Elle était au courant qu'il avait travaillé pour John auparavant lorsque celui-ci avait encore son entreprise maritime. À son arrivée à Montréal avec un bébé dans les bras, elle avait été si reconnaissante que l'ancien employé de John vienne lui offrir son soutien. Elle lui avait soumis son projet de magasin. Il avait paru surpris, elle s'en souvenait, avant de reprendre contenance et de lui promettre de l'aider à lancer l'entreprise.

Il avait trouvé un autre emploi, lui avait-il dit, sans donner de détails. Albert lui avait assuré que ses fonctions lui laissaient assez de temps libre à consacrer à La belle du lac. Au magasin, il avait été son allié, son pilier. Elle s'était reposée sur lui pour tout. Petit à petit, il était devenu indispensable. L'engager comme gérant allait donc de soi. Elle avait même été flattée de ses attentions. Maintenant elle comprenait pourquoi… Il savait pour John. Enfin, une partie seulement. Albert croyait que Julianna était la fille illégitime de John. Léonie ne l'avait pas détrompé. Qu'il soit au courant que son ancien patron lui avait versé autant d'argent était une chose, mais si en plus, il apprenait que cette paternité avait été une pure escroquerie cela serait encore pire… D'un côté ou de l'autre, elle était prisonnière de cet affreux péché commis il y a tant d'années. Si Albert dévoilait à Julianna ce qu'il croyait être le secret, sa fille adoptive serait démolie et Léonie devrait lui révéler la vérité. Si elle avouait à Albert que John n'était pas le père, elle devrait aussi expliquer son chantage. La seule solution était d'épouser ce… ce… cette face de rat !

— Excusez-moi, dit-elle à son fiancé. Vous avez raison, Albert, je vais surveiller mon langage.

Monsieur Morin afficha une expression de satisfaction. Léonie reprit :

— Allez à votre taverne, les hommes. Moi, je vais en profiter pour faire des achats. Je voudrais ben gâter ta petite famille, François-Xavier. Dis-moi, ma Julianna a l'aurait-tu besoin de quelque chose en particulier ? Pis les enfants, qu'est-ce qui leur ferait plaisir ?

Avant que François-Xavier ne puisse répondre , monsieur Morin intervint.

— Allons, ce voyage entraîne déjà assez de dépenses comme ça. Ce serait pas raisonnable.

Léonie rougit de plus belle.

— Juste des cadeaux pour les enfants…

En soupirant, Albert ouvrit son portefeuille et compta avec soin quelques dollars.

Depuis leurs fiançailles, Albert avait décrété qu'il gérait également les dépenses personnelles de la femme.

— Ma chère Léonie, vous avez un trop grand cœur ! dit-il avec un sourire crispé. Si on l'écoutait, elle gâterait la terre entière ! Voilà, faites-en bon usage. Vous devriez en avoir assez pour m'acheter un chapeau neuf et vos petits cadeaux.

Il remit l'argent dans les mains de Léonie qui regarda le peu de billets d'un air contrit. La somme équivalait à peine au prix d'un chapeau. Celui-ci fit comme si tout cela était naturel et expliqua :

— Imaginez-vous donc qu'un garnement courait partout dans le train et qu'en plus, il s'est assis sur mon chapeau ! Regardez, il est tout déformé ! Sa mère ne disait pas un mot ! Il aurait mérité une leçon !

— Albert, ça paraît même pas ! le contredit Léonie.

— Voyez le mauvais pli, il est fini ! s'exclama-t-il en montrant la preuve. Ma chère Léonie n'a aucun goût de toute façon, n'est-ce pas Léonie ? ajouta-il.

Elle baissa les yeux et répondit :

— Vous avez raison, Albert... Je... je l'avais pas ben regardé, astheure, je le vois le mauvais pli, comme vous dites. Ouais, je le vois ben là.

Henry s'éloigna un peu, excédé. Jamais il n'avait trouvé un voyage plus ennuyeux et pénible que ce trajet Montréal-Jonquière. Monsieur Morin allait le rendre fou et il devait fournir un immense effort pour ne pas le remettre à sa place. Ses fiançailles ne lui faisaient pas. Henry n'avait jamais apprécié cet homme plus qu'il ne fallait, mais jamais ce dernier ne s'était montré sous un jour aussi désagréable !

François-Xavier et Ti-Georges échangèrent un regard perplexe. Si au moins monsieur Morin avait fait de l'humour. De toute évidence, ce n'était pas le cas. Albert chassa un insecte de sa main et s'impatienta. Il annonça à nouveau l'heure tardive.

Silencieusement, on embarqua les bagages à l'arrière du camion. À pied, le petit groupe se dirigea vers la taverne. Devant l'établissement, il se sépara. Après avoir promis de les retrouver au même endroit, un peu plus tard, Léonie continua son chemin tandis que les quatre hommes s'engouffraient dans le sombre repaire masculin.

Quel soulagement pour Léonie de se retrouver, enfin, un peu seule ! La présence d'Albert lui pesait et si Julianna n'avait pas insisté pour qu'il vienne... Il dépassait les bornes ! Non seulement il tenait les cordons de la bourse serrée mais en plus, il la ridiculisait devant les autres ! Il était abject ! Une sourde colère au cœur, elle étudia les magasins qui s'offraient à elle, vit au loin l'enseigne d'une mercerie pour hommes et s'y dirigea. Au coin de la rue, elle vit une église à quelques pas de là. Elle changea ses projets et entra dans cette maison de Dieu. La fraîcheur et la quiétude des lieux la calmèrent immédiatement. Elle retira ses gants, trempa le bout des doigts dans l'eau bénite, se signa et alla s'agenouiller.

« Seigneur Dieu, guidez-moé, envoyez-moé un signe. Chus perdue. Je comprends pas ce que vous attendez de moé. Je vous en supplie, faites-moé un signe. »

Pendant que Léonie priait, les hommes essayaient de détendre l'atmosphère.

— À la bonne vôtre ! fit Ti-Georges en levant son verre de bière.

Il cala sa chope d'un trait. Tout en exhalant bruyamment sa satisfaction, il essuya de sa manche la mousse blanchâtre qui auréolait sa bouche.

— Hum… C'est étonnant mais cette bière est buvable, déclara Monsieur Morin après avoir goûté du bout des lèvres le blond breuvage.

— Y a rien de meilleur, ajouta Ti-Georges en faisant signe au tavernier de lui en servir une deuxième.

— C'est vrai que ça rafraîchit, admit Henry.

— Y en a beaucoup dans le vieux port de Montréal, des pubs comme ici, commenta Albert qui fréquentait ce genre d'endroit. Les Irlandais auront pas rien qu'apporté la vermine !

François-Xavier, qui n'avait pas encore dit un mot, détourna la conversation de ce sujet qu'il n'appréciait guère. Il chassa la vision d'un homme roux lui ressemblant étrangement. Il s'adressa à son ami de Montréal.

— Pis Henry, quand est-ce que tu te présentes comme premier ministre ?

— Il faudrait que je commence par être député, répondit l'avocat. Sérieusement, je préfère rester dans l'ombre. C'est plus pratique pour faire bouger les choses.

Ti-Georges commenta.

— Moé, la maudite politique, j'veux rien savoir ! Bleu ou rouge, c'est une gang de menteurs pis de pourris.

— Si tout le monde pensait comme toi, Ti-Georges, on serait aussi ben d'abandonner le pays pis de le redonner aux Indiens, rétorqua Henry.

— J'comprends Ti-Georges, dit François-Xavier. Ça devient décourageant... Après ce qu'on a vécu. On a essayé de se défendre pis nos gouvernements nous ont trahis.

— Je le sais bien, François-Xavier... J'espère qu'un jour, tu auras à nouveau une fromagerie.

— Ce serait peut-être un investissement auquel je pourrais songer, dit tout à coup Albert.

— Quoi ? s'étonna François-Xavier. Une fromagerie ?

— Pas n'importe laquelle, expliqua l'homme en buvant tranquillement sa bière. Lorsque Léonie et moi, on va être mariés, je pourrais vraiment mettre, mettons... hum, la moitié de la somme dans la fromagerie de mon... gendre.

— Votre gendre ? s'exclama François-Xavier qui n'était pas certain de bien comprendre.

— C'est vrai que matante Léonie est comme la mère de Julianna...

— Juste comme... susurra Albert d'un ton bizarre.

— Vous avez ben dit la moitié ? vérifia François-Xavier.

— Oui mon cher. Quand je serai marié comme de raison. Pour que ce soit un investissement dans la famille. Si ça fait votre affaire, c'est conclu pour moi.

François-Xavier hésita.

— Ben, c'est ben certain que ça ferait mon affaire ! Mais c'est une grosse somme, monsieur Morin...

— Appelle-moi Albert.

— Albert... La moitié. C'est ben tentant...

L'investisseur se recula sur sa chaise et à travers ses yeux mi-clos étudia le visage de François-Xavier. Il sentait la réticence de celui-ci. Albert se dit qu'il devait faire plus attention à cacher son jeu. Il ne voulait pas perdre le contrôle de la situation. Depuis qu'il avait laissé tomber son masque envers Léonie, il lui était très difficile de le remettre. Il était impératif qu'il épouse Léonie. Depuis quelques années, il accumulait une petite fortune personnelle qu'il dépensait au fur et à mesure... Le problème, c'était que l'argent provenait, de façon détournée, du magasin... Il avait été très prudent jusqu'ici en falsifiant les comptes. Avec la crise, il avait dû se résigner à prendre des risques. Il y avait des gens autour de lui qui commençaient à le soupçonner. Il se sentait épié, surveillé... Oh! pas par cette idiote de Léonie qui était loin de se douter de quoi que ce soit. Non, par des gens bien plus menaçants. L'enjeu était si gros. Il était devenu nerveux. Lorsqu'il serait marié et que tout lui appartiendrait, il n'y aurait plus de problème. Sauf qu'il avait beau exercer de la pression sur sa patronne, celle-ci reportait sans cesse la date du mariage. Il était sur la corde raide et devait faire preuve de finesse. Heureusement qu'il avait pu lui forcer la main avec cette histoire d'enfant illégitime. Il se rappelait l'attitude décomposée de John Morgan quand il avait pris connaissance de la lettre envoyée par sa jeune maîtresse. Elle lui faisait part de la naissance de Julianna et demandait, contre son silence, beaucoup d'argent. Cher monsieur Morgan... Il avait été pitoyable. Son patron lui avait pleuré dans les bras comme un bébé. C'est qu'il l'aimait, sa belle du Lac-Saint-Jean. Hélas pour lui, il était déjà marié et sa riche épouse américaine aurait eu tôt fait de le larguer si elle avait eu connaissance de ses écarts.

Albert avait été surpris que l'Américain cède au chantage de la jeune femme. Il lui aurait été très facile de la réduire au silence... Son patron avait toujours été un mou, un faible. Monsieur Morgan lui avait exposé ses intentions. Il laissait à sa jeune maîtresse une maison au Lac-Saint-Jean et celle de Montréal qui abritait son logement et les bureaux de la compagnie maritime. Il fermerait cette dernière. Albert avait eu un instant de frayeur. Il allait se retrouver sans emploi? Monsieur Morgan l'avait rassuré. L'Américain lui avait confié qu'il venait d'acquérir une nouvelle entreprise, dans un tout autre domaine, située elle aussi à Montréal, et il lui avait offert d'en superviser le bon fonctionnement pendant son absence. Il avait juré qu'il reviendrait dans le courant des prochaines années, qu'il tenait à garder un lien avec Montréal. Il lui avait également demandé de surveiller les alentours de la maison de Montréal. Si jamais la jeune femme y venait, Albert devait le mettre au courant à l'instant même. Il serait récompensé de ses services par un généreux salaire. Albert avait à peine haussé un sourcil. Ces riches Américains avaient de drôles de manies… Quand la jeune maîtresse avait débarqué à Montréal, Albert avait été agréablement surpris. Cette Léonie était encore plus jolie qu'il l'avait imaginé. Il était allé se présenter. Ce fut quand la jeune femme lui avait parlé, de façon naïve, de son projet de magasin que le plan avait germé dans sa tête. Il serait agréable de mettre la main sur tout ce que l'amant avait laissé à la jeune femme. Il lui serait facile de faire semblant d'être amoureux d'elle. Sauf que Léonie s'était montrée complètement fermée à ses avances. Il avait eu beau s'évertuer à se montrer indispensable, avenant et patient, il était clair que jamais, Dieu seul savait pourquoi, elle ne consentirait à l'épouser. Il avait donc changé son fusil d'épaule. Dans le fond, c'était pour le mieux. Il avait le champ libre pour ses petites magouilles sans s'encombrer d'une épouse. Aujourd'hui, il avait fait un très gros coup. Elle devait l'épouser. Il avait été contraint de la menacer pour y arriver. Au début, l'idée de ce voyage à Saint-Ambroise avec sa fiancée lui avait franchement déplu. Il ne fallait pas qu'il perde l'avantage. À Montréal, Léonie, coupée de sa famille, était sous son emprise. Ici, avec cette Marie-Ange qui semblait voir clair dans son jeu… Il prit une gorgée de bière. Son silence passait pour une marque de respect envers François-Xavier. Comme s'il ne mettait pas de pression pour que l'homme accepte sa généreuse offre de financement. Alors que c'était lui qui réfléchissait et qui se disait qu'après tout, ce voyage pouvait se révéler bénéfique. François-Xavier lui offrait le levier qui lui manquait pour accélérer le mariage.

— Cela ne serait qu'une aide financière, reprit Albert. La fromagerie serait sous ton entière gouverne. Tu rembourseras avec tes profits.

François-Xavier ne savait plus trop quoi penser... Une petite voix intérieure lui disait que cet homme avait quelque chose de louche mais d'un autre côté, il serait le mari de Léonie. Ravoir sa fromagerie. Enfin... Il fit taire ses appréhensions. Il chercha l'approbation sur le visage de Ti-Georges et de Henry. Ceux-ci haussèrent un peu les épaules en voulant dire : « Pourquoi pas ! »

— J'accepte, monsieur Morin... euh Albert.

Celui-ci fit mine d'être désintéressé. Il fallait qu'on croie que ce n'était que par bonté d'âme qu'il agissait ainsi. Il répondit :

— C'est une sage décision.

— Vous le regretterez pas. Vous le savez comment chus vaillant pis honnête !

— Mais oui ! L'honnêteté, c'est si important, répliqua monsieur Morin.

François-Xavier se laissait gagner par les émotions. Dans sa tête, il imaginait déjà l'avenir.

— J'en reviens pas ! J'vas ravoir ma fromagerie ! Avec cette mise de fonds, dans environ deux ans, j'vas être capable de la construire !

— Tu vas devoir convaincre Léonie de se presser pour le mariage. Je ne pourrai, hélas, t'aider si je ne suis pas marié.

— J'peux vous rédiger un contrat si vous voulez, offrit Henry.

Monsieur Morin répondit sèchement.

— Ma parole est un contrat.

Henry n'insista pas.

— Bon, comme vous voulez.

— J'en reviens pas encore. Merci Albert ! C'est la première bonne nouvelle depuis longtemps. On s'est battus pour rien pendant des années...

— Allons, mon ami, dit Henry, même si le comité de défense existe plus, ça veut pas dire que vous vous êtes battus pour rien. Je te

l'ai toujours dit, un jour Taschereau va avaler ses dents! s'enflamma-
t-il.

Monsieur Morin donna son avis:

— Mon cher Henry, je trouve que vous allez un peu fort dans vos
déclarations. Notre chef libéral est le meilleur que l'on puisse avoir!
Et j'espère qu'il sera au pouvoir encore longtemps.

Henry manqua s'étouffer avec sa bière. Il rétorqua:

— Avec tout le respect que je vous dois, monsieur Morin, il faut
pas voir plus loin que le bout de son nez pour voter libéral de nos jours.

Les deux hommes aux idées opposées se toisèrent un instant.
Henry reprit.

— De toute façon, le prochain gouvernement ne sera pas libéral.

— Vous parlez à travers votre chapeau, répliqua Albert. Jamais ce
vulgaire Duplessis ne sera premier ministre!

— Vous verrez bien, monsieur Morin… Il va certainement avoir
des élections l'automne prochain. Le vent va tourner, j'en suis certain. J'aurais préféré que ça soit Gouin qui rentre mais en tout cas.
Tout plutôt que les vendus de libéraux.

— Paul Gouin, ce traître? s'écria Albert. Quand on sabote son
propre parti, on mériterait la prison!

— Les libéraux se sont sabotés eux autres mêmes. Gouin a juste
vu clair!

François-Xavier s'interposa dans la conversation. Ti-Georges se
contentait de regarder, amusé, l'avocat et le guindé se quereller.

— J'en ai perdu des bouttes! C'est qui, ce Gouin?

Henry lui expliqua.

— C'est un dissident du parti libéral. Il a fondé un nouveau parti,
l'Action libérale nationale. Leur programme était très bien, mais ils
ont fait alliance avec le parti conservateur.

Albert eut un rire méprisant.

— Alliance ou pas, on a rien à craindre des petits nationalistes
progressistes!

— Si jamais, pis je dis bien si jamais, affirma Henry, les libéraux rentrent encore cet automne, ça va être très faible comme majorité pis je vous jure que ça va être rien qu'un dernier sursaut. Taschereau va avoir des comptes à rendre…

Ti-Georges commanda une troisième bière. En riant, il dit :

— J'commence à comprendre les créatures de pas vouloir que ça parle de politique dans les veillées !

— Julianna dirait que c'est pas très civilisé pis que ça tourne toujours au vinaigre, dit François-Xavier.

Bon prince, Henry avoua qu'il se laissait toujours emporter par ces discussions. Il offrit la trêve à monsieur Morin en même temps qu'une autre consommation.

— Pis en parlant de civilisé, je vais arrêter à Québec en revenant, annonça Henry.

— Vous reviendrez pas jusqu'à Montréal avec Léonie et moi ? demanda Albert.

— Non, mon ami Jean-Charles Harvey m'attend. On va passer quelques jours ensemble. Les derniers temps ont pas été faciles pour lui.

— C'est le journaliste qui a été mis à l'index ? questionna François-Xavier.

— Oui, on a fait nos études de droit ensemble. Sauf que lui n'est pas devenu avocat mais journaliste et écrivain. Son roman *Les demi-civilisés* est pourtant de qualité, soupira Henry.

— Julianna a lu celui que tu lui as fait parvenir, dit François-Xavier. Certains passages l'ont fait rougir.

— L'avez-vous lu, monsieur Morin ? s'informa Henry.

— Oui, j'avoue que la curiosité fut la plus forte. Tout Montréal ne parlait que de ce roman que l'évêque de Québec avait banni.

— Monsieur Morin, c'était un péché mortel que de lire ça ! blagua Henry.

— Je sais, ne le dites pas à Léonie…

— Il faudra que vous pensiez à cacher celui que je vous ai donné, avertit Henry.

— Tu penses ben que Julianna voulait pas qu'un enfant mette la main dessus ! Y est plus que ben caché, je pense qu'a peut même plus le trouver elle-même.

— Quand je vais raconter ça à Jean-Charles, dit l'avocat.

Ti-Georges bâilla. Il s'ennuyait ferme. Il eut une idée.

— Connaissez-vous l'histoire des patates ? dit-il.

— Bon, Ti-Georges a envie de nous conter une *joke* ! fit François-Xavier. On en a pour toute la journée.

— Est pas longue ! C'était une fois deux vieilles bonnes femmes qui s'en vont dans le champ de patates pour ramasser, ben, des patates comme de raison. A s'appelaient Gertrude pis Germaine. Pis là Gertrude pis Germaine, a ramassent des patates pis des patates…

— T'as dit qu'elle était pas longue…

— Bateau François-Xavier, laisse-moé la conter ! Ça fait que Gertrude pis Germaine ramassent des patates pis des patates, pis tout à coup, la Gertrude a sort de la terre deux grosses bateau de patates. A les montre à Germaine en disant : « Regarde, on dirait les couilles de mon Joseph ! » Germaine, a les trouve ben grosses. A répond : « Oooohhh, y a les couilles grosses, ton Joseph ! » Gertrude a dit : « Ben non, mais elles sont aussi sales ! »

Le tavernier et les autres clients qui avaient écouté la blague éclatèrent de rire à l'unisson avec Henry et François-Xavier. Même Albert se permit un rictus.

Ah, lieu béni que ces tavernes où l'on pouvait tout se permettre !

— Ti-Georges, t'as pas d'allure, lui fit remarquer son beau-frère.

— J'en connais une ben plus salée, dit Ti-Georges voulant continuer à divertir son public.

François-Xavier l'en empêcha.

— Ah non ! on a pas le temps, Léonie doit nous attendre dehors.

Le tavernier fut bien peiné de voir les quatre hommes se lever et quitter son établissement. C'était payant des clients comme ce Ti-Georges qui mettait de l'ambiance. Ça buvait solide pis ça faisait boire les autres… Il alla ramasser les verres sales. En ricanant il se dit qu'il faudrait qu'il se souvienne de cette farce de couilles sales !

~ ~ ~

Léonie n'était pas au rendez-vous. Elle s'était recueillie longuement à l'Église et n'avait pas vu le temps passer. Elle ne comprenait pas les signes du Seigneur et priait avec ferveur afin que son maître l'éclaire. Elle croyait être revenue sur le bon chemin. Elle pensait qu'en aidant son prochain, elle réparait ses fautes. Elle eut un frisson. Albert la dégoûtait. Elle ne supportait plus ses airs mielleux. Hypocrite ! Comment avait-elle pu être aussi aveugle ? se répétait-elle. Il avait bien caché son jeu et son double visage. Qu'allait-elle faire ? Elle faisait tout ce qui était en son pouvoir pour gagner du temps. Si elle avait été convaincue que cette demande lui venait du Seigneur, elle serait déjà remariée à l'heure qu'il était. Mais elle n'avait pas vu le signe divin. Peut-être était-ce le Malin qui mêlait les cartes… « Seigneur, faites-moi seulement un signe et j'accepterai votre volonté ». Elle se releva et s'apprêta à sortir du saint lieu. Elle n'aurait jamais le temps d'acheter le chapeau d'Albert, se dit-elle. En passant près du tronc, elle décida tout à coup de faire un don à la paroisse. Avec un doux sentiment de vengeance, elle enfouit tous les billets qu'Albert lui avait remis dans la petite fente prévue à cet effet. Son cher fiancé ne lui avait-il pas dit d'en faire bon usage ?

~ ~ ~

La célébration du soixantième anniversaire de naissance de Léonie eut lieu le dimanche après-midi suivant. Hélas, c'était une journée pluvieuse et les enfants ne pouvaient jouer dehors. Julianna, qui avait prévu dresser une grande table à l'extérieur et imaginé une scène champêtre digne des grands dîners bourgeois, dut se rendre à l'évidence que ses projets étaient à l'eau. Tôt le matin, le nez à la fenêtre, elle avait espéré que le temps se dégagerait, mais les paroles de monsieur Dallaire et le ciel plombé ne lui avaient pas donné beaucoup d'espoir. La veille, au crépuscule, elle s'était rendue demander conseil à son voisin. Celui-ci était reconnu pour prédire le temps sans se tromper. Il avait cloué une petite branche de saule sur le coin de son hangar. D'un seul coup d'œil, il était évident que l'appareil météorologique pointait vers le bas. Prenant son rôle très au sérieux, monsieur Dallaire s'était penché, avait pris une poignée de terre entre les mains, l'avait laissée tomber, se releva, avait humé l'air des quatre points cardinaux, vérifié la couleur de la ligne d'horizon, écouté le bruit des insectes et des animaux, fait craquer ses doigts un à un avant d'annoncer officiellement à sa jeune voisine que le lendemain « avait apparence de pluie pis que ça lâcherait pas de la journée ».

— Pour une fois, le bonhomme Dallaire aurait pu se tromper, maugréa Julianna à l'adresse de Marie-Ange.

— Y faut faire avec la température ma p'tite sœur. Tu sais ce qu'on dit : août sans pluie fait maigrir la vache.

— J'avais prié pour qu'il fasse beau pourtant ! Une neuvaine pour rien !

— C'est le cas de le dire ! Déranger le Bon Dieu pour si peu.

— J'ai invité le curé ! On aura pas assez de place.

— Fais pas simple, Julianna, la maison est en masse grande pour caser tout ce beau monde.

— J'ai donc l'impression que ça va mal tourner cette fête-là...

— T'as-tu fini de bougonner ? Y faudrait se mettre à l'ouvrage pour que tout soit prêt tantôt.

— On pourra même pas ramasser des fleurs pour la décoration... continua à se lamenter Julianna. Pis y va falloir manger en dedans, faire deux tablées, pis on va avoir les enfants dans les pattes, pis avec mes relevailles on a tourné les coins ronds dans le grand ménage, pis...

— Julianna, arrête tes jérémiades, c'est toé qui fais pleurer le ciel !

Marie-Ange s'approcha de sa sœur et tendrement l'enlaça.

— J'te reconnais pas, t'as plus de rebondi que ça d'accoutumée ! Depuis quand ma sœurette se laisse décourager par un peu de pluie ?

Julianna déposa sa tête au creux de l'épaule de son aînée.

— Chus ben fatiguée à matin, Marie-Ange... J'ai pas accouché d'un bébé facile. Léo, y est pas fort pour faire ses nuits pis je me suis levée souvent pour surveiller la tourtière.

— J'viens d'aller lever le couvercle. A va être bonne sans bon sens.

— C'est le mets préféré de marraine.

— Le mien itou, surtout avec du lièvre dedans.

— J'espère qu'y va y en avoir assez d'une. On aurait dû en faire cuire deux !

— Est ben suffisante ! J'ai eu de la misère à la rentrer dans le four.

— Monsieur le curé est un bon mangeur, Henry aussi…

— Tes invités en manqueront pas ! Y a-tu d'autres choses qui te chicotent ?

— Ben…

— Ben ? demanda Marie-Ange en sentant l'hésitation.

Julianna baissa la voix pour ne pas se faire entendre de sa marraine qui dormait à l'étage. Léonie partageait la chambre de Marie-Ange. Monsieur Morin avait pris celle de Pierre et Henry, celle de Mathieu. Avec Jean-Baptiste, les garçons, chassés de leurs lits, étaient allés dormir avec leurs sœurs.

— Comment tu trouves monsieur Morin et marraine ? Il me semble qu'y sont pas heureux...

Marie-Ange savait ce que voulait dire Julianna. Depuis presque une semaine que la grande visite de Montréal était arrivée et on avait déjà hâte qu'ils repartent, enfin, que monsieur Morin s'en aille...

— C'est comme la pluie, Julianna. Tu y peux pas grand-chose. Va dans ta chambre te recoucher un peu, je prends toute en main à matin. Y reste presque pus rien à préparer avant de partir à la messe. Le plus gros est fait.

Marie-Ange prit sa sœur par les épaules, la fit pivoter et la poussa doucement vers la chambre. Celle-ci ne résista pas et s'en retourna au lit rejoindre François-Xavier qui profitait de ce seul matin pour paresser un peu. La plus vieille des sœurs Gagné regarda sa cadette refermer la porte derrière elle. Julianna n'ayant pas été élevée avec eux, Marie-Ange avait découvert cette personnalité au caractère changeant au cours des dernières années. Au début, elle avait mis cela sur le compte de l'enfantillage que d'être rayonnante un jour et sombre l'autre. Puis, à force d'apprendre à connaître Julianna, elle avait compris que ce n'était pas vraiment du caprice, mais plutôt de la sensibilité. Sa sœur était comme la branche de saule de monsieur Dallaire. Si tout n'était pas parfait autour d'elle, si les oiseaux ne chantaient pas, elle perdait sa vitalité et courbait la tête tandis que les autres jours, elle rayonnait. Julianna était ainsi, il fallait que le soleil brille dans les cœurs pour qu'elle soit heureuse.

~ ~ ~

Effectivement, la journée ne fut pas une réussite. Les nombreux enfants étaient excités. Les cousins et cousines ne savaient plus quels jeux inventer. Les femmes passaient leur temps à les réprimander et à les chasser de la cuisine ou du salon. Léonie avait prétexté une migraine pour expliquer son manque d'entrain. François-Xavier ne parlait que de son association avec monsieur Morin et celui-ci rétorquait que cela se ferait dès son mariage célébré. Après le repas de fête, Julianna avait fait transporter tous les bancs et toutes les chaises de la maison dans le salon. Au curé, on avait offert le meilleur fauteuil, il allait sans dire. Henry avait pris place à côté du religieux. Léonie ne parlait guère et se contentait d'un sourire poli en se tenant bien droite. Même Ti-Georges était mal à l'aise. Il n'était pas au courant que le curé serait de la fête. Débiné, il avait dû faire une croix sur son répertoire de blagues grivoises qu'il avait préparées toute la semaine. On ne pouvait les raconter en présence d'un homme d'Église. Lui qui avait prévu faire sensation comme à la taverne! Et Rolande qui était souffrante à cause de sa grossesse! Il l'entendait respirer à petits coups, essayant de contrôler ses nausées. Il n'avait qu'une envie, celle de rembarquer sa marmaille dans son camion et de passer un dimanche tranquille chez lui.

Pour sa part, le curé était inquiet de voir Léonie si abattue. En apprenant ses fiançailles, il avait cru la voir resplendissante de bonheur. Le curé Duchaine avait un réel attachement pour cette femme. Il la tenait en très haute estime. Il soupira un peu et refusa un autre sucre à la crème. Il jeta un œil sur la pluie qui tambourinait à la fenêtre. Il n'aimait pas ces journées de mauvais temps. Le bas de sa soutane devenait vite mouillé et cela lui donnait froid le reste de la journée. La seule consolation de ce dimanche était la présence de tous ces enfants. Il les adorait. Ils lui rappelaient ses petits frères et sœurs dont il s'ennuyait beaucoup. Quitter sa famille pour la prêtrise s'était avéré beaucoup plus difficile qu'il ne l'aurait cru. Et il regrettait, malgré lui, le fait qu'il ne serait jamais père. Il devrait s'en confesser encore et on lui répèterait qu'il était père de tous les enfants de Dieu maintenant. Il comprenait ces paroles mais, au fond de lui, les refusait. Il savait aussi qu'il ne pourrait jamais être abstinent sexuellement. Le soulagement solitaire, la nuit venue, lui était essentiel sinon il serait devenu fou. Il n'avait jamais rencontré une femme qui lui avait vraiment plu, alors il avait cru que l'appel de Dieu était pour lui. Il s'était engagé sur ce chemin tout tracé. Surtout qu'il rendait ses parents si fiers de lui! On lui dictait tout, l'heure à laquelle se lever, quand manger, quand prier, quoi prier, quoi penser... Les années avaient passé. Il était maintenant près de la trentaine et il regardait ce charmant tableau qu'offraient Julianna et Rolande, avec Jean-Baptiste et Augustin installés sagement sur leurs genoux, et il enviait les deux pères du salon. Pourtant, il y avait ce Henry, plus âgé que lui et célibataire, pour qui l'absence de paternité ne semblait pas être un problème. Alors pourquoi lui, un curé, ressentait-il si intensément ce vide ? Qu'est-ce qui se passait avec lui ? Le curé Duchaine aurait tout donné pour être sûr de lui et bien dans sa peau comme cet avocat semblait l'être. Il aurait aimé, lui aussi, avoir la liberté de discourir et d'émettre ses opinions sur la politique, la crise, les lois, les femmes et leur droit de vote... Il ouvrait la bouche pour répondre mais c'était l'avis de l'Église qu'il devait émettre, pas le sien. Il se sentait comme ces enfants qui apprennent par cœur le petit catéchisme. Le curé avait bien mémorisé les réponses, comme celle que c'était une aberration que les femmes puissent voter au provincial.

Marie-Ange avait sursauté et, les lèvres pincées, lui avait offert à nouveau du sucre à la crème.

— Monsieur le curé, j'peux pas croire que vous pensez ça, lui avait-elle gentiment reproché.

Monsieur Morin s'en était mêlé.

— Le curé Duchaine a parfaitement raison. C'est quoi cette folie des femmes qui veulent changer l'ordre normal des choses ? Si le Bon Dieu avait voulu doter la femme de raison, il ne l'aurait pas créée inférieure à l'homme.

Marie-Ange fulmina.

— Comme si on était pas capables de raisonner !

— Ma chère Marie-Ange, c'est la nature...

— Pis Léonie qui dirige un magasin depuis des années, a fait ça comment si a pas de jarnigoine ?

— Ah mais j'ai toujours été là pour voir à tout ! De toute façon, avec notre mariage, les choses vont enfin prendre leur place normale.

— C'est-à-dire ?

— Ma femme à la maison à s'occuper de tâches à sa hauteur.

— Comme ?

— Le ménage, les repas, le lavage… Enfin Marie-Ange, ce que toute femme peut faire !

Henry intervint.

— En 1911, il y a une femme qui a fait ses études d'avocat à Montréal. Annie Macdonald-Lagstaff… Oui je sais, c'est un drôle de nom… Toujours est-il qu'on est en 1935 et on ne lui accorde pas le droit d'exercer son métier.

Monsieur Morin s'exclama :

— Y manquerait juste des avocats en jupons ! On serait certains de perdre !

— Ben moi, je la connais personnellement, ajouta Henry, sérieux, pis a vaut trois bons avocats à elle toute seule.

Monsieur Morin regarda Henry comme s'il venait de dire la pire énormité.

— Vous êtes pas sérieux ?

— Mais oui…

— Eh bien, vous êtes complètement fou ! Fou et irresponsable ! Imaginez le chaos si les femmes se mettent dans la tête de faire des *jobs* d'homme. C'est ridicule, n'est-ce pas monsieur le curé ?

Mal à l'aise, le pauvre religieux chercha la réponse adéquate. Comment ne pas blesser les femmes présentes et calmer les hommes ?

— Y est bien certain… que Dieu créa l'homme à son image et que…

— Et la femme avec une côte d'Adam ! s'exclama Albert. Alors, vous voyez, des femmes, c'est pas grand-chose !

— La Genèse dit, continua le curé, Dieu les créa femme et homme… moi je pense que ça veut dire égaux.

— Savez-vous, commença Henry, que ce n'est que depuis 1929 que nos femmes canadiennes peuvent être appelées des personnes ?

— Qu'une créature soit appelée par la loi une personne ou pas, ça change rien au fait qu'elles soient beaucoup moins intelligentes que les hommes !

Marie-Ange regarda de travers le fiancé de Léonie. Elle bouillait de rage. Elle allait dire à cette « face de rat » sa façon de penser…

— Monsieur Morin, commença-t-elle la voix empreinte de colère, vous…

Julianna qui désespérait que sa fête ne soit un échec complet donna un coup de coude à sa sœur. Marie-Ange se contrôla et retint pour elle la suite peu aimable de sa phrase. À la place, elle poursuivit :

— …vous reprendrez ben un petit sucre à crème ?

Il fit signe que non, mais le curé, cette fois, s'empressa d'accepter la friandise et décida d'orienter le sujet sur une voie moins dangereuse. Il s'adressa à François-Xavier.

— Alors mon fils, votre vie à Saint-Ambroise vous plaît ?

— C'est toujours ben mieux que Montréal, vous savez, répondit celui-ci.

François-Xavier trouvait cette journée interminable. Il n'avait fait que rêver à sa fromagerie. Cependant, il se sentait tiraillé. Monsieur Morin lui faisait miroiter une association, mais elle était conditionnelle à son mariage avec Léonie, et François-Xavier se rendit compte que cela lui était beaucoup plus difficile à accepter qu'il ne l'aurait cru. Il ne pouvait s'empêcher d'imaginer son père adoptif, là, assis aux côtés de sa femme, souriant, heureux comme un roi, couvant Léonie de doux regards. Au lieu de cela, monsieur Morin pérorait et voulait se montrer intéressant. Il avait regardé sa maison comme si c'était le pire des taudis et il se plaignait du matin au soir des conditions difficiles et archaïques qu'il devait subir. Il avait mal dormi, à l'étroit dans le lit de Pierre, les enfants étaient

mal élevés et bruyants, aller à la bécosse était complètement dégoûtant, sans compter qu'il traitait les femmes de la maison, y compris
Léonie, comme de vulgaires servantes. « Léonie, ma chère, mon thé
est trop froid, mon thé est trop chaud, mon thé est trop sucré, pas
assez... » François-Xavier se retenait de le prendre au collet et de le
pousser dehors à coups de pied. Que s'était-il passé ? Où était le monsieur Morin d'antan ? Cela n'était pas possible ! Maintenant, quelques tournures de phrase, quelques gestes du temps de Montréal lui
revenaient à la mémoire. Ces petites incartades, il les avait vite oubliées, se disant que ce n'était rien. Et il était trop penché sur sa petite misère pour voir clair. Il avait presque envie de prendre la marraine de Julianna à part et de lui conseiller de rompre ses fiançailles.
Au lieu de cela, pour avoir sa fromagerie, il lui faudrait la convaincre
de se dépêcher à se marier... Si son père n'était pas mort, si la compagnie n'avait pas grugé sur ses terres, si...

Le curé reprit la conversation.

— Vous itou, madame Rousseau, vous devez être ben contente
d'être sortie de l'enfer de Montréal ?

Julianna glissa une mèche de cheveux derrière son oreille et bredouilla :

— Ben, vous savez monsieur le curé, Montréal, c'est pas comme
les gens d'icitte pensent...

— Ah non ? J'y ai jamais été, comme vous savez. Je viens de
Chicoutimi pis j'me suis jamais rendu plus loin que Québec.

Le curé se tourna vers l'avocat.

— Vous, monsieur Vissers, vous êtes pas tenté de vous installer
par chez nous ?

Henry était en train de s'allumer une cigarette. Machinalement,
il en avait offert aux femmes présentes qui avaient toutes refusé sous
le regard désapprobateur des autres hommes. Il n'y avait guère que
des femmes de mauvaise vie pour avoir une telle inconduite en public ! Ti-Georges en avait accepté une. Monsieur Morin, lui, avait

dédaigné les Sweet Caporal de Henry pour sortir ses MacDonald au menthol.

— Pas vraiment, monsieur le curé. Je vais me contenter de rendre visite à votre belle région de temps en temps.

— C'est un ben gros voyage que vous faites là en train.

— On va pouvoir venir plus souvent quand on va pouvoir traverser en automobile.

— En automobile jusqu'à Montréal ? Vous y pensez pas ! Juste aller à Québec par la route du petit parc de la galette, en plein été, ça relève du miracle !

— Vous verrez, monsieur le curé, vous verrez. Les automobiles, c'est l'avenir pis on va avoir une belle grande route qui va relier Montréal à votre région d'un bout à l'autre.

— On a la preuve que l'air de Montréal, ça embrouille une tête, hein monsieur le curé ? dit Ti-Georges. Ça pense tout à l'envers, cette race de monde là. S'y pleuvait pas tant, j'vous aurais emmené faire un tour dans mon camion. J'vous ai-tu raconté quand on est descendus à Jonquière la semaine passée ? C'est moé qui a conduit pour revenir !

Julianna entendit pleurer Léo. Elle quitta le salon et demanda à Yvette de surveiller son petit frère Jean-Baptiste. Rolande tendit Augustin à Marie-Ange et s'empressa de suivre sa belle-sœur. Pauvre Rolande, elle était blanche comme un linge et était disparue à tout bout de champ pendant la journée afin d'aller vomir. À cause de la pluie, Julianna avait été assez gentille pour lui installer dans sa chambre un bassin en émail qui servait aux enfants lorsqu'ils étaient malades. Julianna referma la porte de la chambre derrière elles, prit son nouveau-né affamé et s'installa dans la chaise berçante afin de lui donner le sein. Rolande s'assit sur le bord du lit et tint le bassin entre ses mains, la tête penchée au-dessus, respirant à grands coups. Ses premiers mois de grossesse seraient probablement toujours aussi difficiles, se disait-elle en prenant son mal en patience. Julianna lui sourit.

— C'est ben certain que la boucane de cigarette aide pas dans ces cas-là.

— Que ça sente les fleurs ou le diable, j'aurais mal au cœur pareil. Ma mère était comme moé. C'est de famille.

— T'as pas souvent de nouvelles d'eux autres, fit remarquer Julianna.

Rolande garda le silence.

— Ti-Georges m'a dit qu'y t'avait offert d'aller voir tes parents à Québec pis que t'as pas voulu.

— C'est vrai, répondit-elle gênée. Quand mon père m'a… donnée en mariage à Paul-Émile, j'me sus juré de pus jamais leur adresser la parole, confia Rolande.

Julianna sentit toute l'amertume contenue dans cet aveu. Elle revit l'image de la petite sauvageonne cachée derrière le fils Belley. Il était évident que la jeune fille ne s'était pas mariée par choix.

— Pis les grands-parents d'Augustin, monsieur pis madame Belley ? Y le voient pas ben ben grandir cet enfant-là.

— Je… j'ai pas vraiment envie de les voir eux autres itou y faut croire. J'sais que c'est pas chrétien, Julianna, mais c'est vous autres ma vraie famille astheure.

Gênée, Rolande décida de changer de sujet.

— Y est beau, hein, le camion à Ti-Georges ?

— Le camion ?

— Ben oui, j'pensais jamais être fière comme ça. Mon Ti-Georges, y commence à être quelqu'un à Saint-Ambroise.

— Tu sais, Rolande, tu rends mon frère ben heureux. J'te remercie ben gros pour ça.

— Ben voyons donc Julianna ! Me remercier de donner du bonheur à mon mari. C'est à ça que je sers, voyons ! Monsieur Morin avait raison tantôt. On devrait pas chercher à faire autre chose. C'est ça qu'on nous enseigne en tout cas, rendre notre mari pis nos enfants heureux. Tu penses pas comme ça toé, Julianna ?

La femme blonde pensait surtout qu'elle aurait aimé être professeur de chant. Elle aurait fait un bon travail…

— Des fois, j'trouve qu'on s'oublie trop, nous autres les femmes. Marie-Ange dit qu'y faut qu'on fasse changer les choses.

— C'est pas bon qu'une femme veuille être avocat comme un homme. Une femme, c'est fait pour faire des enfants, non? Y a pas personne d'autre que nous autres pour ça.

— Quand je pense que ça fait rien que six ans que la loi dit qu'on est des personnes… J'en reviens pas!

— Moé, j'ai pas compris ce que l'avocat a dit. Si on était pas des personnes, on était quoi?

— Pas grand-chose si tu veux mon avis… Pis j'pense qu'on est pas grand-chose encore… On est rien qu'un ventre pour faire pousser les bébés pis des seins pour les nourrir.

— Julianna! s'offusqua la jeune Rolande en rougissant devant les mots crus de sa belle-sœur.

Julianna sembla se souvenir à quel point la deuxième épouse de son frère était jeune.

— T'as ben raison de me chicaner, ma Rolande. Attends, j'vas recoucher mon Léo pis j'vas aller te chercher un morceau de pain. Y faut jamais que tu restes l'estomac vide, jamais. Tu devrais toujours te traîner quelque chose à manger dans les poches de ton tablier.

— Merci ben gros, Julianna.

Rolande eut une plus grosse nausée et se mit à vomir dans le plat. Julianna lui tint la tête en espérant presque que ce soit un garçon, ce bébé. Donner la vie à une fille n'était pas un cadeau à lui faire…

Elle revint seule au salon et expliqua que Rolande ne se sentait pas bien et qu'elle s'était allongée un peu.

Le curé en profita pour prendre congé.

— Je vous remercie beaucoup, madame Rousseau, pour votre invitation. Ce fut bien agréable mais y faut jamais abuser des bonnes choses.

Tout le monde se leva pour saluer cet invité de marque. Julianna alla lui chercher son chapeau et son parapluie. Ti-Georges déclara qu'il irait le reconduire dans son camion jusqu'au presbytère. Avec gratitude, le curé accepta. Il se tourna vers Léonie.

— Ma bonne madame Rousseau, dit-il en prenant affectueusement la main de celle-ci, j'aimerais bien que vous passiez me voir avant de repartir pour votre lointain Montréal !

— Avec plaisir, curé Duchaine. J'voulais justement me confesser pis vous demander votre avis sur... sur... enfin quelque chose de personnel.

— Je pense pas qu'on va avoir le temps, très chère, intervint monsieur Morin.

Ah non ! si Léonie croyait lui échapper… Il ne fallait pas qu'elle parle à ce curé !

— Je vous l'ai pas dit encore, mais j'ai décidé de prendre le train de demain au lieu de celui de samedi, ajouta-t-il.

Julianna venait de revenir avec les effets du curé. Elle s'étonna :

— Quoi, ben voyons donc marraine, vous étiez supposés rester au moins toute une autre semaine !

— C'est que monsieur Morin voudrait repartir avant, ma fille, répondit Léonie.

— Mais quand le curé demande à voir une de ses ouailles, il serait bien mal vu qu'on lui refuse ça, dit le prêtre avec un air de reproche à l'intention d'Albert.

Celui-ci ne se laissa pas démonter.

— On en a des curés à Montréal, des bons.

Léonie se rebiffa :

— Albert !

— Léonie, j'ai dit que je voulais repartir demain, répéta durement le fiancé.

Les yeux brillants de colère contenue, Léonie brava Albert. La présence du curé Duchaine lui remettait les esprits en place. Qu'il demande à la rencontrer était peut-être le signe qu'elle attendait.

— Y a pas grand-chose qui va m'empêcher d'aller voir monsieur le curé. J'aurai juste à y aller demain matin ben de bonne heure si ça vous convient, termina-t-elle en regardant le curé.

Celui-ci s'empressa de répondre.

— Ça me va fort bien, madame Rousseau.

Léonie en rajouta :

— Une future mariée a besoin de voir son curé… Vous êtes si pieux vous-même, Albert, vous viendrez avec moi. Vous pourrez vous confesser aussi. On partira après.

François-Xavier sourit. Il venait d'apercevoir la Léonie qu'il aimait, celle qui avait fait don de ce sens de la répartie à sa femme.

Albert était piégé. Il maugréa :

— Si vous insistez, ma chère…

— C'est donc le meilleur des deux mondes, fit le curé, heureux.

Il mit son chapeau, s'avança vers la porte extérieure et hésita.

— Oh mon cher, monsieur Rousseau, j'oubliais ! Il va falloir songer à construire une galerie avant qu'un accident arrive. J'ai failli me casser le cou tout à l'heure.

François-Xavier baissa le nez de honte. Léonie savait qu'il n'avait pas l'argent pour ces travaux. Elle profita de la présence du curé et, s'adressant à François-Xavier, elle lui dit :

— Ah ben, j'voulais justement vous faire un cadeau. Ça fait que demain, tu viendras au village avec nous pis on va acheter tout ce qu'il faut pour en construire une.

— Je pense pas que ce soit bien raisonnable, ma chère…

— Albert, si je décide de faire un cadeau à ma fille, je peux ben, non ? Le magasin est encore à mon nom ! se fâcha Léonie, perdant toute prudence.

Son fiancé la toisa avec dureté. D'un air faussement aimable, il abdiqua.

— Bien entendu, Léonie. Bon ben si ça vous dérange pas, j'ai de la misère à digérer un peu, moi. J'vais aller m'étendre. Vous me ferez monter une tasse d'eau chaude, ma chère Léonie, ordonna-t-il.

— Ben oui, mon cher. Vous avez la santé si fragile...

— C'est moé qui vas vous la monter, dit Marie-Ange. Pis je vas vous y mettre une couple d'herbes qui font des merveilles pour les problèmes de bile.

— Tu parles de ta recette secrète ? demanda Julianna, de connivence.

— Ben oui, celle qui décrasse de toutes les mauvaises cochonneries qu'on a dans le corps.

— Pour décrasser, ça décrasse, affirma Julianna.

— Ça va vous faire du bien, monsieur Morin, vous allez voir. J'vas vous en préparer un bon gallon. J'pense que vous avez ben de la saleté en dedans. C'est pas bon de garder tout ça...

— On vous reconnaîtra pus après notre traitement, continua Julianna. Venez vous coucher.

Albert avait les yeux ronds comme des billes. La bouche ouverte, il regardait tour à tour Julianna et Marie-Ange lui expliquer cette fameuse décoction. Le curé dit au revoir et prit congé. Il avait fort bien compris les sous-entendus des deux femmes et il se doutait très bien que monsieur Morin aurait fort à faire le lendemain à la bécosse qu'il dédaignait tant. S'amusant, il courut sous la pluie jusqu'au camion de Ti-Georges. Celui-ci l'attendait derrière le volant.

Albert fronça les sourcils mais disparut à l'étage sans rien ajouter. Léonie eut un drôle de rictus en le regardant monter l'escalier. Elle n'aurait pas dû perdre patience. S'il fallait que celui-ci mette ses menaces à exécution. Elle irait s'excuser. Demain, elle aurait une conversation avec le curé Duchaine et ils repartiraient pour Montréal. Il fallait que son fiancé garde encore son secret. Mais il tenait tellement à ce qu'elle l'épouse qu'il ne devrait pas y avoir trop de danger pour le moment, se rassura-t-elle. Quand même, elle toucherait un mot à Marie-Ange et l'empêcherait de concocter une tisane un peu trop purgative. Enfin, si jamais elle y pensait…

Julianna avait retrouvé toute sa bonne humeur. Elle cria aux enfants qui étaient montés jouer à la cachette, en haut dans les chambres, de descendre afin de laisser monsieur Morin se reposer. Les enfants dévalèrent l'escalier. Pour les consoler d'avoir cessé leur jeu, elle leur en proposa un autre.

— Vous savez ce qu'on va faire ? On va faire une ronde pis chanter la chanson du soleil. Y pleut tellement fort que vous allez tous bien chanter avec moi pour qu'y nous entende.

Les enfants, Marie-Ange et même le grand Elzéar formèrent une ronde autour de la table de la cuisine tandis que Henry et François-Xavier retournaient au salon discuter. La voix haute et forte de Julianna s'éleva. Les enfants connaissaient par cœur cette chansonnette. C'était un jeu que Julianna aimait faire lors des jours de pluie.

— Soleil, soleil, chauffe le monde, donne pas de la pluie mais du beau temps, soleil, soleil, chauffe le monde, donne-nous de la pluie juste de temps en temps !

Avec tout ce brouhaha, personne n'avait remarqué l'absence de Mathieu.

~ ~ ~

Dans la chambre de son frère Pierre, Mathieu s'était caché sous le lit, retenant sa respiration, certain que personne ne le découvrirait là. Quelqu'un referma la porte après être entré dans la pièce. Il croyait que c'était Elzéar qui le cherchait. À treize ans, son grand cousin se donnait toujours le droit de compter et de chercher. Puis il entendit sa mère leur ordonner d'arrêter de jouer et de descendre. Déçu mais résigné, il se glissa hors de sa cachette. Il fut surpris de se retrouver devant monsieur Morin et non son cousin. Albert était en train de dénouer sa cravate et de retirer son veston afin de s'étendre un peu. Il était hors de lui. Il eut un hoquet de surprise lorsque le petit garçon sortit de sous le lit.

— Mathieu, tu m'as fait peur !

— Je m'excuse, monsieur Morin, dit l'enfant en s'apprêtant à sortir.

— Pas si vite, l'en empêcha l'homme en le retenant.

Albert prit Mathieu par la main et le fit asseoir à côté de lui sur le lit.

— Ton parrain t'a gâté, y t'a donné un moyen beau cadeau pour tes six ans.

— Oui... un piano-jouet... parce que j'en ai pus. Mais c'est même pas un vrai.

— Moi aussi je pourrais te donner un cadeau.

Albert fouilla dans sa poche et en retira un peu d'argent.

— Tu aimes les sous ? Avec des sous tu pourrais acheter un vrai gros piano...

Mathieu tendit la main pour prendre l'argent. Albert retira la sienne d'un geste brusque.

— Avant, on va jouer à un jeu nous autres aussi. Si tu gagnes, t'auras ton cadeau. Mais faudra pas en parler à personne, parce que tes frères pis tes sœurs, y voudraient jouer aussi pis j'aurais pas assez de sous. T'es d'accord ?

Mathieu fit signe que oui.

Albert respira de plus en plus vite rien que d'anticipation. Il avait déjà une érection monstre comme il y avait bien longtemps qu'il n'en avait pas eue. Ce n'est certainement pas Léonie qui lui aurait fait cet effet. Il ouvrit la braguette de son pantalon, prit la main de l'enfant et le força à en recouvrir son membre.

— Chut ! Aie pas peur, c'est un jeu. C'est chaud, hein ?

Mathieu fit encore signe que oui de la tête.

L'homme ne parlait pas fort et avait pris soin de se mettre dos à la porte au cas où quelqu'un entrerait. Mais il les entendait chanter en bas. Cela lui donna une idée.

— Mon jeu, ça s'appelle faire chanter le petit oiseau. Tu vas

579

frotter, comme ça, oui c'est ça, avec ta main pis le petit oiseau va chanter, tu vas voir. Vas-y, frotte plus vite, vas-y, vas-y, envoye Mathieu. T'es beau, tu sais...

Mathieu n'aimait pas ce jeu. Il voulut arrêter.

— Non, tu continues! lui intima l'homme.

— Mais y chante pas l'oiseau! s'écria Mathieu en se dégageant d'un coup sec.

Albert se releva, en colère. Il prit la chaise et alla bloquer la porte.

Il revint sur ses pas, empoigna Mathieu et le bascula sur le ventre sur le bord du lit et lui mit une main sur la bouche. De l'autre il lui baissa les pantalons. À la vue du petit derrière rebondi, il se lécha les babines.

— Y va chanter l'oiseau, tu vas voir, il va chanter...

Albert ne fut pas long à éjaculer entre les fesses de l'enfant. Il ne l'avait pas vraiment pénétré. Il était resté sur le bord. Il prit son mouchoir et fit disparaître les traces de son méfait. Mathieu sanglotait doucement. Il releva les pantalons du garçonnet et l'assit sur ses genoux. Il essuya les larmes de Mathieu et lui remit ses sous. Puis il le menaça.

— Tu crois à l'enfer, hein, mon petit gars? Si jamais tu racontes à ta maman ou au curé ou à n'importe qui à quoi on a joué ensemble, je te jure que le feu de l'enfer va tomber sur votre maison et il va tous vous brûler... Tu as bien compris? Il va brûler ta mère, tout le monde! Jure-moi que tu vas rien dire, jamais!

— Je... je l'jure! répondit d'une voix tremblante l'enfant.

— Si tu dis quelque chose, y va arriver quoi?

— Le feu, y va toutes nous brûler...

— La peau va s'arracher de sur tes bras et de partout, comme quand ta tante a plumé les lièvres hier...

Mathieu écarquilla les yeux. Il avait détesté voir le lièvre, ce petit animal si beau, attaché la tête en bas, écartelé au dossier d'une

chaise. Sa tante Marie-Ange, en chantant, avait fait de rapides entailles puis, en partant du haut, avait retourné complètement la peau
du lièvre, mettant à nu un corps squelettique. Albert avait été témoin du dégoût de l'enfant tandis que les femmes préparaient
l'animal en prévision d'une tourtière.

— C'est ça... Ça va être notre secret... Bon astheure, va jouer et
si on te demande pourquoi t'as un drôle d'air, tu diras que t'étais resté
caché pis que personne t'a trouvé.

~ ~ ~

Le lendemain, le soleil brillait, presque narquois. Le ciel était d'un
bleu pur, sans aucun nuage. À la surprise de tous, monsieur Morin affichait une mine splendide lorsqu'il pénétra dans la cuisine en cette
heure matinale. Léonie était venu lui parler la veille, le rassurant sur
leur prochain mariage et lui suggérant de refuser poliment la tisane
préparée par Marie-Ange. De toute façon, lui dit-il, il ne ressentait
plus aucun malaise. Albert leur annonça son intention de rester à la
maison en fin de compte et de laisser sa fiancée aller seule à son
rendez-vous. Personne n'émit d'objection. Mais Henry se dépêcha
d'affirmer qu'il avait envie de se rendre au village lui aussi et de
donner un coup de main à François-Xavier. Marie-Ange, elle, s'empressa de proposer d'y aller avec Léonie. Elle ne pouvait plus rester
sous le même toit que la « face de rat. » Elle voulait également participer aux frais occasionnés par les travaux de rénovation. Son beau-
frère était orgueilleux et refusait toujours son aide financière. Grâce
au curé Duchaine, il ne pourrait, cette fois, rien trouver à y redire.

Julianna resta donc seule dans la cuisine avec le fiancé de sa mère
adoptive. Elle faisait presque pitié à voir lorsqu'elle dit au revoir au
groupe qui quittait la maison pour le village. Les enfants étaient encore tout ensommeillés et descendaient un à un déjeuner en souhaitant le bonjour à monsieur Morin. Sauf Mathieu. Quand Julianna

remarqua l'absence de son fils, elle s'excusa à son invité et monta à l'étage. Mathieu était encore couché, les yeux grands ouverts. Julianna, inquiète, s'assit sur le bord du lit et machinalement mit une main sur le front de son fils.

— Ça va pas à matin, mon p'tit homme ? lui demanda-t-elle gentiment.

Mathieu répondit, les larmes aux yeux.

— J'ai mal au ventre...

— T'as peut-être trop mangé hier...

Julianna repoussa les couvertures de son fils et se rendit compte qu'elles étaient mouillées. Elle s'étonna.

— T'as fait pipi au lit ? Ça t'était jamais arrivé !

Elle mit son fils debout dans sa jaquette détrempée et rapidement roula en boule les draps. Elle en fit un tas et les descendit à la cuisine. Elle revint avec une guenille mouillée. Elle s'apprêtait à aider son fils à retirer sa robe de nuit quand tout à coup, elle vit le visage de celui-ci se transformer en regardant vers le corridor. Julianna se retourna et fut surprise de voir monsieur Morin dans l'embrasure de la porte. Il offrit un beau sourire à Julianna.

— Je t'ai suivie, je voulais savoir si Mathieu se portait bien, expliqua-t-il.

Julianna reporta son attention vers Mathieu tout en répondant :

— Il a un peu mal au ventre pis il a eu un petit accident.

Monsieur Morin s'avança vers eux.

— C'est des choses qui arrivent.

Albert plongea son regard dans celui de l'enfant. Il y lut la peur et sut que Mathieu ne parlerait pas. Il fouilla dans sa poche et prit encore un peu d'argent. Il mit les pièces dans la main de l'enfant et lui dit :

— Tiens, ça va aller mieux avec un petit cadeau. Mais tu le dis pas, c'est notre secret, n'est-ce-pas ? Tu le diras pas ?

Mathieu fit signe que non. Albert se détourna vers Julianna et lui expliqua.

— Je voudrais pas que les autres soient jaloux... c'est pour sa fête.

En bas, les enfants, restés seuls, menaient un boucan d'enfer. Ils se chamaillaient et même Léo se mit de la partie en se mettant à pleurer de faim. Albert sourit à Julianna.

— Retourne à ton ouvrage, Julianna. Moi, je vais prendre soin de cet enfant. On s'entend à merveille tous les deux.

Julianna fut bien surprise mais accepta. Si elle ne redescendait pas à la cuisine rapidement, Dieu sait quel accident guettait un de ses enfants! Elle avait de l'eau qui bouillait sur la cuisinière, un gruau en train de cuire et qui brûlerait, un bébé qui s'étoufferait à force de s'époumoner...

— Merci, dit-elle avec gratitude. Vous êtes ben gentil. Mathieu, t'oubliera pas de dire merci à monsieur Morin. Ah, y faudrait qu'y fasse son pipi, le pot de chambre est en dessous du lit. Pis y sait où est son linge propre.

— Inquiète-toi pas, Julianna, allez, va.

Julianna sortit à la course de la chambre. Avec un regard désespéré, Mathieu voulut crier à sa mère de ne pas le laisser seul avec cet homme. Mais la vision du lièvre lui revint à la mémoire. Il déglutit. Un enfant ne peut rien faire quand il avait le malheur de croiser sur sa route un individu méchant et vicieux, certains diront malade. L'emprise terrifiante et cruelle d'un homme qui emmène de force un enfant dans son univers désaxé et déformé est le plus solide des bâillons. Sur ce nouvel axe qui est aux antipodes du sien, l'enfant n'a plus de voix, n'a plus de force. Il est emmuré vivant... et l'adulte se complaît à le maintenir en vie en lui insufflant de l'air empoisonné du mélange du secret et de la honte. L'enfant n'a aucun moyen de se sauver. Mathieu le savait très bien. Albert aussi. Le garçonnet grelotta et cela n'avait rien à voir avec l'inconfort de son vêtement mouillé. Albert sourit. Il se pencha et sortit le pot de céramique blanc. Il revint à l'enfant et lui retira sa jaquette humide d'urine.

— Va sur le pot, je vais te nettoyer après.

Mathieu obéit et alla se placer devant l'urinoir artisanal. Albert le contempla s'exécuter. Ce n'était pas croyable, une autre érection le prenait. Sans quitter des yeux le corps nu et tremblant de l'enfant, il recula jusqu'à la porte et sans bruit, la referma. Ce matin, il irait avec douceur. Il laverait ce petit pénis longuement, le frotterait... Le sien, il le mettrait sans doute dans la bouche de Mathieu... que cela sera bon... Mathieu serait sa chose, son jouet. Il serait sous sa totale emprise. Il ne pourrait le défier, lui tenir tête. Une voix intérieure lui disait de s'arrêter, de ne pas le faire, mais c'était plus fort que lui. Dommage qu'il repartait pour Montréal. En fin de compte, il ferait peut-être plaisir à Léonie et reviendrait sur sa décision de repartir plus tôt.

~ ~ ~

À partir de ce jour, au grand désespoir de Julianna qui se serait passée de ce surplus d'ouvrage, Mathieu fit pipi au lit tous les matins. Elle ne s'en fit pas trop. Marie-Ange lui avait assuré que bien des enfants avaient ce problème et que parfois cela durait jusqu'à l'âge adulte. Au début, elle crut qu'il avait une infection. À l'automne, elle mit cela sur la nervosité de commencer sa première année d'école, puis à l'hiver, sur la longue absence de son père. Cet hiver-là, cependant, il ne monta pas aux chantiers. Le curé Duchaine avait un cousin qui était trappiste au monastère de Mistassini. Cette petite ville, située au confluent des rivières Mistassibi et Mistassini qui alimentaient par le nord le lac Saint-Jean, abritait la congrégation de ces moines depuis la fin des années 1800. Grâce à cette parenté, le curé avait pu offrir à François-Xavier de se faire engager à la trappe pour le temps des glaces. Ce travail avait pour but d'emmagasiner des réserves de glace en prévision de la chaude saison. Pendant les mois de janvier, février et mars, François-Xavier s'esquinta à prélever une épaisse couche de la rivière glacée. Ils étaient vingt-cinq hommes et dix chevaux à se partager la tâche colossale. Des scieurs vigoureux qui découpaient d'énormes blocs carrés. Des chargeurs forts comme des bœufs qui les empilaient sur d'immenses traîneaux. Des charroyeurs qui les transportaient jusqu'à l'immense grange construite à cet effet. Des déchargeurs et des entreposeurs qui les cordaient en rangs bien serrés sur un lit de paille. Ce dur labeur s'effectuait pour un salaire quotidien de deux piastres par homme et de la moitié par cheval fourni. En ces trois mois d'hiver 1936, les hommes entasseraient 1542 morceaux bien à l'abri dans le bran de scie de l'entrepôt. François-Xavier avait entendu parler du fameux monastère mais n'y avait jamais mis les pieds. Il fut grandement impressionné lorsque, pour la première fois, il y pénétra. Le curé Duchaine l'avait averti du caractère singulier de cette congrégation qui se vouait à la règle de saint Benoît : « Ils seront vraiment moines s'ils vivent du travail de leurs mains... »

La vie monastique en était une de labeur. Les trappistes s'engageaient à devenir des travailleurs acharnés. Sur des milliers d'acres de terre, ils procédaient à la culture, à l'élevage et à maintes activités dont François-Xavier ne soupçonnait même pas l'existence. Comme cet élevage de renards argentés et de visons. Ou encore l'exploitation, l'été, d'une carrière ! Ils possédaient une fromagerie, un juvénat, une cordonnerie, des ruches, une scierie, une conserverie, des chevaux percherons, des poules pondeuses et bien d'autres choses que François-Xavier n'avait pu retenir, abasourdi par l'étendue et la diversification du domaine. Cela dépassait l'imagination. Sur ces terres cisterciennes, c'était un village entier qu'on retrouvait ! Un village sans femmes, il va sans dire et bien silencieux car les moines avaient fait vœu de silence perpétuel. Mais, comme le découvrit avec amusement François-Xavier, ces moines communiquaient par signes. Il semblait y avoir tout un code gestuel qui, pour le commun des mortels, ne voulait absolument rien dire et qui, pourtant, véhiculait bien des secrets pas toujours religieux entre les moines.

Julianna mourait d'ennui quand François-Xavier s'absentait ainsi. Non pas parce qu'elle n'était pas occupée, au contraire, mais son mari lui manquait viscéralement. Les longues soirées d'hiver n'étaient pas pareilles sans son homme en train de fumer sa pipe au coin du feu. Avec Marie-Ange, elles en profitaient pour tisser, coudre ou tricoter. Ti-Georges avait acheté un autre métier à tisser à Rolande, un modèle comprenant huit cadres au lieu de six. Julianna avait donc hérité du premier. La maison avait été réorganisée. Une des quatre chambres à l'étage, celle située à l'ouest pour profiter au maximum de la lumière , avait été transformée en pièce à tisser. Une chambre pour Laura et Yvette, une chambre pour Mathieu, Pierre et Jean-Baptiste. Léo dormait encore dans son berceau en bas et la dernière, pour Marie-Ange. En plus du métier, de l'ourdissoir et de tout l'imposant attirail que nécessitait le tissage, un rouet et un grand coffre de bois avaient été installés. Y étaient entreposés les trésors que les femmes confectionnaient.

Les deux sœurs aimaient bavarder à voix basse pour ne pas réveiller les enfants, au son de la navette qui glissait à chaque rang. La seule étape que Julianna détestait dans le tissage, c'était quand venait le temps d'ourdir. Elle trouvait fastidieux ce montage de fils. Elle n'avait jamais été très habile avec les chiffres et Marie-Ange se penchait pendant des heures sur un calcul complexe de nombre de rangs de couleurs et de longueurs savamment planifiés afin de créer un joli motif. Ensemble, elles parlaient de tout et de rien. Elles partageaient des recettes, des trucs, des petits secrets. Julianna fut surprise de s'être adaptée ainsi à la vie rurale. Le confort de la maison de Montréal lui manquait mais, somme toute, elle ne pouvait plus dire qu'elle était malheureuse comme à son arrivée. C'était un rythme de vie enveloppant et rassurant qui lui rappelait l'hiver passé avec Marguerite.

Au mois de janvier, cependant, Marie-Ange alla s'installer chez Ti-Georges pour plusieurs semaines afin d'aider Rolande qui venait d'accoucher d'une fille qu'on baptisa Antoinette. Julianna se retrouva bien seule dans la maison. Couchée dans son lit, elle écoutait le froid faire éclater les clous de la maison. Elle prit ses mains et se tâta le corps. Elle toucha ses seins, ils étaient beaucoup plus lourds et tombants qu'avant. Elle les fit descendre jusqu'à son ventre. Elle l'appelait son petit coussin. Il était un peu rond et n'était jamais redevenu plat. Elle se mit à rêver aux caresses de François-Xavier et ses mains s'égarèrent sur son sexe. Mais elle avait donné la permission à ses deux filles de dormir avec elle. Elle remit sagement ses mains le long de son corps et elle observa Yvette et Laura, dormant à sa gauche. Elle jeta un œil sur le berceau. Léo était lui aussi profondément endormi. Elle se releva et alla épier le sommeil de ses autres garçons. Elle borda Jean-Baptiste qui trouvait toujours le moyen de se découvrir les pieds. À côté de lui, Pierre était étendu, les bras repliés derrière sa tête. Elle se dit que son fils allait avoir dix ans au printemps. Dix ans, comme le temps passait vite... Puis elle se pencha sur Mathieu, couché seul, dans un autre lit. Julianna eut envie de le lever pour le faire uriner. Puis elle changea d'avis. Cela n'avait jamais fait de différence. Julianna s'agenouilla près du lit et pria une nouvelle fois pour que son fils guérisse et qu'il cesse de mouiller son lit. Elle ajouta à ses prières l'espérance que le printemps soit hâtif cette année afin de mettre un terme à sa solitude.

~ ~ ~

Ses prières furent entendues. Marie-Ange et François-Xavier revinrent au début du mois de mars. Les accidents nocturnes de Mathieu commencèrent à s'espacer et à la venue de la fin de l'école, au mois de juin, elle commença à espérer que ce problème était disparu définitivement. Marie-Ange avait raison. Il fallait juste laisser passer le temps et ne pas s'en faire. Le temps... À l'automne, l'année scolaire débute et l'on a l'impression d'avoir une longue année devant soi à pouvoir respirer un peu pendant que les plus vieux sont à l'école, et la première chose que l'on sait, ils sont là, devant soi, endimanchés,

excités, prêts à aller assister à la remise des prix de fin d'année…
Enfin, Yvette et Mathieu espéraient une récompense. Son petit
Pierre, par contre, c'était une autre histoire !

Julianna termina de coiffer Yvette. Méticuleusement, elle noua
un beau ruban blanc dans les cheveux blond-roux de sa fille.
Aujourd'hui, les commissaires venaient questionner les enfants et
Yvette affirmait qu'elle remporterait le prix de l'élève s'étant le plus
distinguée de l'année 1936. Tous s'étaient levés encore plus tôt ce
matin-là pour être certains que les enfants soient impeccables pour
cette journée si spéciale ! Mathieu, qui terminait sa première année,
ne semblait pas trop comprendre ce à quoi s'attendre. Yvette lui expliquait, pour la quatrième fois au moins, qu'en ce dernier jour
d'école, le curé Duchaine ainsi que les commissaires d'école seraient
assis à la place de la maîtresse Potvin et qu'ils poseraient de nombreuses questions pour voir s'ils avaient bien appris leur leçon.
Yvette savait tout par cœur, des tables de multiplication aux dates de
la découverte de l'Amérique ou de la bataille des plaines d'Abraham.
Elle épelait facilement des mots compliqués comme *d-a-m-n-a-t-i-o-n*
et pouvait réciter *Le Corbeau et le renard*. Il était rare de voir une
élève de deuxième année se démarquer autant. Dans la petite école
de rang, parmi la vingtaine d'élèves âgés entre six et seize ans, elle
était incontestablement la meilleure. Et cette supériorité lui donnait
une assurance presque insupportable !

Julianna prit le peigne et s'attaqua à la tignasse rousse de Pierre.
Elle soupira. Son aîné n'avait pas de très bons résultats scolaires.
Pierre eut un mouvement d'impatience. Il détestait que sa mère le
peigne ainsi comme un bébé. Demain, enfin, il serait délivré, l'école
serait finie, plus qu'une dernière journée à souffrir le martyre. Il regarda « Yvette la parfaite » qui, fière de sa robe et de sa coiffure, pi-
rouettait devant Marie-Ange en se vantant de revenir à la maison
avec la plus belle récompense. Il aurait aimé lui ressembler, avoir autant de cran qu'elle. Mais elle n'avait pas les cheveux complètement

rouges, elle, et n'arborait pas de cicatrice non plus. Julianna eut connaissance du regard jaloux que Pierre lança à sa sœur. Tout en le coiffant, elle lui dit gentiment :

— Allons, Pierre, l'important c'est que tu fasses de ton mieux. Pis peut-être que cette année, mademoiselle Potvin a va t'en donner une aussi, une image sainte.

Pierre ne se faisait pas d'illusion. Sa maîtresse d'école ne le récompenserait jamais autrement que par des punitions et des injures. Il avait appris à recevoir, selon la méthode Bérubé, les immanquables coups de règle sur les doigts et il y avait longtemps qu'il ne levait plus la main pour répondre aux questions de la femme. Il la détestait. Il était son souffre-douleur. Le seul point positif était que cela l'avait rapproché de sa sœur Yvette. Même s'ils continuaient d'être le feu et l'eau ensemble et qu'ils se chamaillaient pour des peccadilles, devant l'ennemi, ils étaient soudés. Yvette se faisait un devoir de l'escorter jusqu'à son pupitre avant de prendre place au sien. Elle était devenue son ange gardien. Une présence rassurante, une indéfectible alliée. Si, le matin, il n'aimait pas entrer le premier dans la sombre grange aux coins remplis d'ombres inquiétantes, Yvette passait en premier. Si Pierre avait peur d'aller à la bécosse à la noirceur, Yvette l'accompagnait et prenait les devants, la lanterne à la main. À l'école, le trio Rousseau et les deux cousins Gagné formaient toute une équipe. C'était Yvette qui avait forcé le groupe à se tenir ensemble aux récréations, défiant mademoiselle Potvin d'y voir un empêchement. Pierre, au moins, n'était plus seul maintenant à regarder jouer les autres enfants. Le temps des récréations rendait plus supportables ces affreuses journées de calvaire. Il avait craint que l'institutrice s'en prenne à son petit frère Mathieu quand celui-ci avait été en âge de commencer l'école. Il cherchait souvent des raisons à la haine de la maîtresse envers lui et il s'était mis à penser, étant donné qu'elle laissait Yvette tranquille, que c'était parce qu'elle n'aimait pas les garçons. Mais mademoiselle Potvin s'était contentée de détailler un instant le nouvel élève Rousseau avant de lui attribuer une place près de la fenêtre. Mathieu avait passé l'année à rêvasser en regardant au dehors. Et mademoiselle Potvin n'avait jamais trouvé rien à y redire. Pierre n'avait pas de doute. Certainement que sa sœur ferait honneur à la famille aujourd'hui. Elle répondrait à toutes les questions sans sourciller. Les commissaires et le curé la féliciteraient chaudement. Et ce soir, elle rapporterait précieusement à la maison un beau livre de géographie obtenu en récompense. Pierre resta silencieux. Il ne savait trouver les mots pour expliquer à sa mère de ne pas être déçue pour lui parce que la maîtresse ne lui donnerait pas d'image comme à tous les autres… Il l'aurait, sa récompense, et il n'y en avait pas de plus précieuse que ce beau congé d'été qui débuterait !

~ ~ ~

En fin de compte, la vie pouvait se révéler agréable à Saint-Ambroise ! Julianna se prélassait, accotée sur le garde de sa galerie neuve, profitant de la fraîcheur du soir d'été, quand le soleil brille encore mais qu'il a consenti à descendre un peu jouer avec la brise. Les deux plus jeunes étaient couchés et elle voyait les quatre autres courir et se pourchasser en riant, heureux et insouciants. À ses côtés, François-Xavier fumait une pipe en se berçant. Son mari était revenu plus serein de l'hiver passé chez les trappistes. Il avait trouvé un terrain parfait pour se construire une fromagerie, à l'entrée du village, et il commençait à croire enfin à la réalisation de son rêve. Il lui avait longuement parlé, comme il y avait bien longtemps que cela n'avait pas eu lieu. Julianna s'étant beaucoup ennuyée, elle l'avait reçu comme un roi, lui accordant beaucoup d'attention et oubliant ses récriminations. François-Xavier crut que le pire était derrière eux et que sa princesse lui pardonnait enfin leur déménagement. Sur les conseils de Marie-Ange, Julianna allaitait encore Léo afin d'éviter la famille. Après six enfants l'un derrière l'autre, Julianna se dit que cela serait bienvenu. Dans l'intimité, ce moyen de contraception naturel lui permettait de se laisser aller un peu plus. François-Xavier admira son épouse. Qu'elle était belle ! Il exhala une longue bouffée dans sa direction. Cela chasserait un peu les insectes. Ses pensées dévièrent encore vers sa future fromagerie. Il y avait un an que monsieur Morin lui avait offert son soutien financier. Le projet allait bon train. Après presque deux ans de fiançailles, Léonie et Albert avaient enfin annoncé la date de leur mariage. L'été prochain, le 21 avril 1937, le couple de Montréal convolerait en voyage de noces. François-Xavier sourit. Cela coïnciderait probablement avec la mise en chantier de la fromagerie. Avec l'argent accumulé jusqu'ici, il avait pu verser un dépôt sur le terrain. Il voulait se le réserver. Il avait trouvé l'emplacement idéal. Ce n'était pas très loin de la ferme et il pourrait continuer à travailler pour monsieur Dallaire. Cet hiver, il retournerait chez les trappistes faire de la glace. Il accumulerait ainsi la moitié convenue. Il ne manquerait plus que la part de monsieur Morin. Enfin, il commençait à croire à sa bonne étoile.

Julianna se tourna vers lui. D'un geste langoureux, elle remonta ses cheveux sur sa nuque. Ce mouvement alluma le désir en lui. Si cela n'avait été des enfants, il l'aurait prise dans ses bras et l'aurait emmenée sur-le-champ dans leur lit. Il aurait pris son temps pour la déshabiller. Il l'aurait voulu gémissante et abandonnée. Il aimait tant la voir hocher la tête de gauche à droite, les yeux fermés, gémissant tout doucement, chavirée de plaisir. Chaque fois qu'il l'aurait sentie proche de la jouissance, il aurait changé de caresse. Il serait devenu bourreau et lui aurait offert le plus doux des supplices. À la fin, il l'aurait soulevée et l'aurait assise sur lui, lui faisant enfourcher son membre en un seul coup. Il lui aurait tenu les hanches et se serait maintenu ainsi au plus profond d'elle quelques secondes sans bouger, avant de lui permettre de le chevaucher sauvagement. Il aurait été encore plus excité en voyant ses seins bouger au rythme du galop sensuel. Il n'aurait pas résisté. Il se serait redressé à moitié et en aurait pris un dans sa bouche, ses mains empoignant les fesses et…

— À quoi tu rêves encore, François-Xavier Rousseau ?

Julianna regarda son mari d'un air moqueur. Son mari se racla la gorge d'une drôle de manière. Il mentit.

— Je… je pensais à ma fromagerie…

— Ah oui ? fit Julianna.

Nonchalamment, elle se leva et vint se pencher devant son mari.

— Y a que ça dans ta tête… Tu me vois même pus… À croire que j'existe pus pour toi ! lui reprocha-t-elle gentiment en le taquinant d'un baiser furtif sur la joue. Je me mettrais toute nue, là devant toi, pis tu t'en apercevrais même pas… lui chuchota-t-elle à l'oreille.

François-Xavier se dit que témoins ou pas, il allait la basculer, là, dehors, et la prendre tout de suite.

Julianna s'assura de tourner le dos aux enfants et de la main se mit à caresser le torse de son mari, descendant de plus en plus bas jusqu'à recouvrir la bosse proéminente entre les jambes de François-Xavier.

— Pis c'est en pensant à ta fromagerie que tu t'es mis dans cet état-là ? fit-elle avec un petit gloussement.

François-Xavier avait l'esprit si embrouillé de désir qu'il prit un instant pour comprendre que son épouse n'avait pas cru un instant à son mensonge.

Julianna enleva sa main et abandonna son mari à sa frustration. Elle avait hâte à plus tard… Hum… Cette attente était délicieuse et troublante…

— Pis je suppose, reprit-elle, qu'avec tout ça, t'as oublié l'arrivée de Henry demain ?

— Henry, répéta François-Xavier encore étourdi d'émotions.

— On l'a pas vu depuis la fête de marraine l'été dernier.

— Ah oui, c'est vrai ! Je… j'avais pas oublié…

— T'es vraiment un mauvais menteur, François-Xavier Rousseau, l'agaça Julianna, persuadée qu'au contraire, son mari était loin de se souvenir que l'avocat venait séjourner à Saint-Ambroise. Pis si je couchais les enfants pis que je te disais que je m'endors de ben de bonne heure à soir, tu me dirais que t'as pas envie de venir au lit avec moi tout de suite ?

— J'te dirais que tu seras pas sur la veille de t'endormir cette nuit pis ça, c'est la vérité.

~ ~ ~

Comme convenu, Henry arriva de Montréal afin de passer quelques semaines avec eux. Il se relevait d'une pneumonie et le médecin lui avait suggéré de respirer l'air de la campagne. Julianna fut heureuse de le recevoir. Une fois de plus, la maison fut réaménagée. La chambre à tisser fut vidée pour placer le tout dans la cuisine d'été. Ils installèrent un lit à Henry et une commode. Julianna et Marie-Ange lui promirent qu'elles allaient le remettre sur pied. Voulant quand même garder un peu d'indépendance, l'avocat avait loué une automobile À son arrivée, les enfants lui firent la fête, sauf Mathieu qui resta un peu en retrait. Henry embrassa tout le monde, s'émerveillant sur le fait qu'ils avaient tous tant grandi en un an et s'approcha de son filleul.

— Ah ben ! un parrain qui a droit à du boudin ? Pour moi, j'ai un filleul qui pense que j'ai oublié sa fête de sept ans... non ? Bien attends, c'est certain que je t'ai pas oublié... attends.

Henry retourna à la voiture, en sortit une bonbonnière de métal et la tendit à Mathieu. L'enfant refusa.

— Prends-la Mathieu, c'est pour toi !

Henry jeta un coup d'œil inquiet à Julianna. Celle-ci lui fit signe qu'elle ne comprenait pas plus que lui la réaction de son fils.

— T'aimes pus les cadeaux, mon Mathieu ?

L'enfant répondit d'une drôle de voix :

— Pas quand y font bobo.

Amusé, Henry ouvrit lui-même la boîte et montra les bonbons à son filleul.

— Ça devrait pas te faire mal, à moins que tu en manges trop !

Julianna pressa son fils de remercier son parrain. Puis elle intima aux enfants de laisser « mononcle Henry » arriver tranquille.

— Attends, Julianna, j'ai... j'ai un autre cadeau, ajouta-t-il, un peu gêné en retournant à la voiture.

— J'espère que tu m'en voudras pas, Julianna, mais au garage où j'ai loué la voiture, ils étaient trois dans un carton. J'ai pas pu résister.

Et il revint cette fois-ci avec, dans les bras, un joli chiot. Les enfants eurent tous un « oh ! » d'émerveillement et d'attendrissement. Henry s'agenouilla devant Mathieu et lui dit :

— Ce cadeau-là, y te plaît plus ?

Mathieu fit signe que oui. Il regarda la petite frimousse poilue. Une oreille droite, l'autre pendante, le chiot était tout noir avec une tache blanche au poitrail et au bout de chaque patte. Mathieu tendit la main et le chiot la lécha.

— Il t'aime déjà. Tu vas l'appeler comment ? lui demanda Henry en déposant le chien dans les bras de son filleul.

Mathieu leva les épaules pour signifier qu'il n'en avait aucune idée. Puis le chiot délaissa les mains pour se consacrer au léchage du visage de son nouveau maître. Mathieu s'essuya la joue pleine de bave de l'animal. Il regarda Henry et proposa :

— Baveux ?

— Baveux ? répéta Henry. Va pour Baveux.

Julianna rassura Henry.

— C'est un merveilleux cadeau, Henry. Ça faisait longtemps que j'avais pas vu Mathieu heureux de même. Mais, continua-t-elle à l'adresse de son fils, je veux pas de p'tit Baveux dans la maison.

Il y eut un court instant de silence puis le double sens de sa phrase fut évident. L'hilarité gagna tout le monde. Seul Henry ne saisit pas ce qu'il y avait de drôle. Julianna lui expliqua.

— Par ici, quelqu'un de baveux, c'est une personne qui agace les autres de façon pas très gentille… Pis les enfants savent très bien que je tolère pas cette impolitesse. À Montréal, on dirait que ce genre de monde c'est un…

Elle chercha le terme exact. Henry proposa :

— Un fendant ?

— Oui c'est ça, un grand fendant ! Bon, en tout cas, je veux pas de chien dans la maison, ajouta Julianna d'un air sévère. Il va coucher dans le coin du hangar.

Tous les enfants partirent installer royalement le nouveau membre de la famille. Yvette sacrifia une couverture de poupée, Pierre, l'esprit pratique, alla remplir une écuelle d'eau fraîche, Laura lui apporta une poignée de framboises sauvages qui poussaient le long du mur au soleil. On rit d'elle, lui disant que les chiens, « ça mangeait que les cous de poulet pis les restants de table ». Laura se consola en mangeant à elle toute seule sa récolte, sans partager. Jean-Baptiste crut avoir une meilleure idée et arracha quelques brins de paille et les tendit au chien. Là encore on se récria en riant : « C'est pas un cheval ! » Quant à bébé Léo, c'est vers le chien qu'il ferait ses premiers pas quelques semaines plus tard.

Julianna averti Henry qu'elle avait préparé un souper en son honneur. Elle s'excusa de l'absence de Marie-Ange et de François-Xavier partis au village.

— Je t'attendais pas avant la fin de l'après-midi, lui fit-elle remarquer sans reproche.

— Oui, dit Henry. J'avais pensé m'arrêter dire bonjour à mon collègue de Chicoutimi, mais avec le petit chien, j'ai changé mes projets.

— Astheure, tu vas aller faire une sieste. T'es maigre pis encore blême.

Henry embrassa doucement Julianna sur la joue.

— C'est pas désagréable quelqu'un qui prend soin de moi… murmura Henry.

Julianna rougit un peu.

— Je sais, je joue à la mère … Allez, viens, on t'a préparé une belle chambre.

Henry monta derrière Julianna. Il était certain qu'il n'y avait rien de maternel dans l'attitude de la jeune femme, rien.

~ ~ ~

Le dimanche suivant son arrivée, Henry eut une folle idée. Il voulut que toute la famille et celle de Ti-Georges l'accompagnent au lac Saint-Jean se baigner. Il avait fait si chaud toute la semaine, même les enfants ne s'enduraient plus tellement c'était étouffant dans les maisons, rendant l'air de la nuit irrespirable. François-Xavier refusa. Il n'aimait pas penser à son lac et encore moins y aller. Il n'avait pas remis les pieds sur la Pointe depuis plusieurs années. Julianna se fit insistante, tempêta, quémanda, harcela. Il abdiqua. Ti-Georges se fit prier aussi mais pour une tout autre raison. Il avait prévu profiter de ce jour du Seigneur pour se débarrasser une fois pour toutes des « bebittes à patate » qui avaient envahi le jardin de Rolande. Depuis des jours sa jeune femme lui demandait de prendre le temps de régler ce problème qui risquait d'endommager sa récolte. Ces tubercules étaient si précieux pour nourrir la famille tout l'hiver. Les maudits insectes se multipliaient à vue d'œil et s'accrochaient aux tiges des plants. Julianna et Rolande se mirent à deux pour convaincre le cultivateur d'aller au lac et de remettre l'extermination à un autre jour. Rolande avoua qu'elle ne s'était jamais baignée de toute sa vie. Elle avait entendu parler de ces grandes plages de sable. Elle voyait cette aventure comme le voyage du siècle. Ti-Georges lui sourit tendrement. Julianna trouva l'argument décisif. Elle promit que dès le lendemain de leur sortie, elle résoudrait le problème de son frère. Mais elle ne voulut rien dévoiler de la façon dont elle s'y prendrait. Ainsi, un camion plein de Gagné riant, se chamaillant et une voiture louée conduite par Henry, débordant de Rousseau chantant à pleine voix et d'un petit chien qui fit honneur à son nom en détrempant la banquette, quittèrent, cahin-cahan, Saint-Ambroise pour se rendre à Saint-Gédéon, là où une plage sur le bord du lac Saint-Jean leur offrait des courses folles dans le sable, des éclaboussures d'eau fraîche et du soleil plein le visage. Bien entendu, on mit à l'abri bébé Antoinette Gagné, âgée de six mois, sous un parasol improvisé fait de vieux draps de cotons attachés à des branches coupées en guise de pieux. Les femmes avaient préparé un pique-nique digne d'un festin. Baveux courut de gauche à droite et aboya joyeusement. Mathieu et Laura lui lançaient un bâton dans l'eau, mais le chiot reculait chaque fois devant la vaguelette qui lui chatouillait les pattes. Yvette et Sophie jouèrent à s'arroser l'une l'autre en s'accompagnant de petits cris perçants. Ti-Georges se plaignit : « Maudit que c'est criardes des filles ! » Jean-Baptiste barbota un peu puis préféra creuser, à l'aide d'une cuillère prêtée par sa mère, un énorme trou qui se remplissait d'eau au fur et à mesure que le pauvre enfant essayait de le vider.

Les jumeaux enterrèrent Henry sous une montagne de sable que celui-ci fit trembler en rugissant pour se libérer. Elzéar oublia un instant l'ambivalence de ses quinze ans et joua comme un gamin à se faire une guerre de mottes de sable mouillé avec son jeune frère Samuel. Il en retrouva l'attitude désabusée quand, un peu plus tard, il accepta la cigarette que Henry lui offrit. L'adolescent feignit d'avoir fumé toute sa vie et expliqua sa soudaine toux par le fait d'avoir avalé une de « ces satanées mouches noires ». Augustin fut sage mais refusa de se laisser emmener dans l'eau par Ti-Georges. Le père adoptif le remit dans les bras de sa mère avec l'air de dire que cela était évident que cet enfant n'était pas le sien. Léo, lui, ne fut pas de tout repos, marchant à quatre pattes dans le sable, s'en fourrant dans les yeux, la bouche, pleurant, obligeant Julianna à se lever et à le tremper dans l'eau avant de le ramener à l'ombre pour la dixième fois au moins ! Delphis et Pierre ramassèrent les plus beaux cailloux et en ornèrent le magnifique château qu'ils avaient passé des heures à construire. Rolande avait l'impression de flotter sur un nuage et jura qu'elle n'avait jamais rien vu de plus beau que ce soleil qui se couchait dans l'eau, embrasant le lac, les nimbant d'une lumière orangée. On attendit le retour de François-Xavier. Celui-ci était disparu dès leur arrivée, leur disant qu'il s'en allait se promener sur la grève. Il avait marché, ainsi, seul, le long de la plage, pendant des heures, les mains dans les poches en ruminant l'amertume et l'ennui qu'il avait de la Pointe. Quand il revint, taciturne, il accepta avec joie, sous l'œil désapprobateur de sa femme, une lampée d'alcool que Ti-Georges avait pris soin d'apporter. Et l'on vit le cortège faire le chemin en sens inverse, tous les occupants dormant l'un sur l'autre sauf Henry et Ti-Georges, qui conduisaient prudemment, et François-Xavier qui avait la nostalgie au cœur.

~ ~ ~

Malgré la fatigue de tout le monde, le lendemain, Julianna mit à exécution son idée pour régler le problème des « bebittes à patate ». Pendant toute la journée passée au lac, tout un chacun avait bien essayé de deviner quel pouvait bien être le mystérieux plan de Julianna. Mystérieuse, celle-ci s'était contentée de rétorquer : « Ah ! Vous verrez ben demain. »

Tôt dans l'avant-midi, après les corvées, Julianna ordonna à toute la maisonnée de prendre chacun une chaudière ou un pot de confitures vide et de la suivre jusqu'à la ferme de Ti-Georges. On s'y rendit à pied en passant par le raccourci de Pierre. Henry avait beaucoup de plaisir et goûtait pleinement à cette vie simple, loin des tracas de son cabinet ou de son implication politique. C'était cette vie de fou qui l'avait rendu malade cet hiver. Il ne regrettait rien. Ce surmenage avait valu le coup. Ils avaient enfin eu la tête de Taschereau. Le ministre avait démissionné le mois dernier. Le

11 juin 1936 resterait une date mémorable pour Henry et ses amis. Ils avaient travaillé si fort... Henry aurait préféré que le dirigeant aille croupir en prison, mais il ne fallait pas trop en demander à une société régie par le clergé et par l'argent. Malgré tout les efforts fournis par les libéraux afin de protéger leur parti, l'enquête sur les comptes publics avait miné leur base. Henry y avait presque laissé sa santé, passant des nuits, avec ceux pensant comme lui, à travailler d'arrache-pied contre les libéraux. Ce séjour à Saint-Ambroise lui faisait le plus grand bien. Il avait poussé à bout ses limites physiques. Des réunions qui duraient jusqu'aux petites heures du matin, des rencontres secrètes avec des journalistes, des rédactions de rapport... Vraiment, il était temps qu'il se repose. Henry croyait profondément en l'indépendance du Québec. Et il n'était pas seul ! Hélas, leurs voix semblaient toujours se perdre et ne pas trouver d'écho. Pourtant, leurs discours étaient honnêtes, clairvoyants, respectueux, plein de bon sens, tandis que les libéraux trempaient dans la corruption, le chantage, les pots-de-vin et les mensonges.

Au moins, il n'y avait plus d'inquiétude à avoir. Joseph-Adélard Godbout avait remplacé son chef démissionnaire afin d'assurer l'intérim. Henry était certain qu'aux élections générales du mois d'août prochain, Duplessis et son Union nationale allaient accéder au pouvoir. Cela ne redonnait pas à François-Xavier et aux autres leurs terres, mais cela prouvait qu'il pouvait exister une forme de justice et que son métier d'avocat avait peut-être sa raison d'être, ce qu'il avait mis sérieusement en doute ces dernières années... Il avait eu vent que l'homme de la compagnie, celui qui, à Roberval, lors de l'inondation de 1928, avait refusé de prêter les barques, celui qui avait trompé le comité de défense en leur faisant miroiter un arrangement financier, celui qui s'était acoquiné avec la banque et l'avait poussée à procéder à l'encan de Ti-Georges, cet homme, vil artisan de l'injustice, se cachant derrière les arguments du pouvoir et choisissant le camp de l'argent, était mort. Il s'était pendu. Henry avait pensé le révéler hier à la plage, mais il s'était tu. Cet homme avait travaillé dans l'ombre, honteusement ; que sa mort reste dans l'ombre aussi. Il chassa ces troublantes pensées et protégea Laura qui venait de se cacher derrière son dos en pleurnichant :

— Z'ai peur, l'abeille a va me piquer, mononcle Henry.

— Ben non, ma puce, si elle se sent pas attaquée, elle te touchera pas. Une abeille, ça pique juste pour se défendre. La prochaine fois, tu bouges pas pis tu la laisses voler, promis ?

— Ze te l'promets.

Henry sourit. Il aurait dû tout abandonner, se marier lui aussi, vivre à la campagne. Et se moquer de qui serait au pouvoir… Certains croyaient que c'était du pareil au même, un parti ou l'autre, libéral ou conservateur, Godbout ou Duplessis, peut-être avaient-ils raison ? Peut-être que l'important, c'était de rassurer une petite fille et non de démasquer la fourberie d'un premier ministre…

~ ~ ~

Arrivée chez Ti-Georges, Julianna se transforma en véritable général. Elle fit prendre aux enfants Gagné le même attirail de seaux et de pots vides. Puis, elle ordonna à la troupe de la suivre au fond du jardin, à l'endroit où une dizaine de longs rangs de pommes de terre s'alignaient. Là, elle forma des équipes de deux, prenant la peine de placer un grand avec un petit pour essayer d'établir l'équilibre des forces. Ensuite, Julianna cala au bout de chaque rang un pot de vitre, remit un seau par équipe et les fit aligner à l'autre extrémité du rang. Ti-Georges bougonna, se demandant où sa sœur voulait en venir avec ses enfantillages et déclara qu'il n'avait pas de temps à perdre, lui ! Elle lui rétorqua d'être patient pour une fois et elle expliqua les règlements.

— On va faire une course. La première équipe qui remplit son pot au complet de bebittes à patate va gagner… euh va gagner une boîte de sucre à crème ! J'vas vous montrer comment faire.

Julianna prit un des seaux, le mit sous une branche d'un plant. Les pommes de terre étaient agréables à cultiver. Julianna avait un malin plaisir à les récolter. Le légume se cachait dans la terre et à chaque coup de pelle, c'était une joie de découvrir, tels des trésors enfouis, de nombreux tubercules. Elle revint à son concours.

— Alors vous secouez la branche pour faire tomber les bebittes dans le seau. Pis quand y est plein, vous courez le vider dans votre bocal. Pis fermez comme il faut le bouchon. C'est pas compliqué, attention, à mon signal !

Ce fut une folle débandade. Ti-Georges traita sa sœur de folle et refusa de prendre part au concours. Julianna traita son frère de saint Thomas. Elle lui promit qu'il serait étonné quand ses rangs de patates seraient nettoyés dans le temps de le dire. Ti-Georges ronchonna en s'en allant.

— Bateau, faire un jeu dans mes patates astheure. Comme si y manquait d'ouvrage...

Julianna laissa s'éloigner son frère en souriant. Pourquoi ne pas jouer tout en travaillant ? Ce n'était pas un péché tout de même ! En bon chef, elle alla de rang en rang surveiller et aider les équipes les plus faibles. Elle prit le temps d'observer le duo que formaient Henry et son Mathieu. Henry s'était avéré un ami précieux, un parrain attentionné, un avocat redoutable. Elle avait cru tout gâcher avec ses enfantillages lors de la soirée du bal et avait craint qu'il ne prenne ses distances. Heureusement, Henry n'en avait rien fait. Il n'était pas sur leur chemin pour rien. Il élevait leur esprit, leur faisait voir un peu plus clair

Avec Henry, elle pouvait émettre des opinions, il ne la faisait pas sentir comme une imbécile. Encore la veille au soir, ils étaient revenus sur le sujet de l'émancipation de la femme, le sujet préféré de Marie-Ange. Henry leur avait appris que depuis quelques années, les femmes avaient le droit de toucher leur propre salaire. On ne savait pas qu'avant, la paye d'une femme mariée était remise directement au mari qui la dépensait comme il le voulait. Il n'était pas rare qu'une pauvre ouvrière d'usine, travaillant dans des conditions inhumaines, ne voie jamais la couleur de son argent ! Julianna essaya de se souvenir… Comment en était-on venu à parler de la condition des femmes ? Ah oui, on avait discuté du futur mariage de Léonie et de ce que son union avec monsieur Morin impliquerait pour La belle du lac… Le cœur lui serra à la pensée de Léonie. Il y avait plus d'un an qu'elle ne l'avait vue. Leur correspondance était restée régulière, mais le contenu des lettres était devenu plus réservé, plus froid.

Julianna sortit de ses pensées au cri de Laura qui venait de renverser son bocal. François-Xavier se releva, prit son mouchoir et, retirant sa casquette, s'épongea le front en regardant, désolé, sa coéquipière pleurer sur sa déconvenue. Jamais il n'aurait cru participer à un jeu si enfantin. Il n'y avait que sa Julianna pour avoir des idées pareilles ! Sa femme était unique. Après onze ans de mariage, elle était encore un mystère pour lui. Il jeta un œil sur Henry. Aimait-il Julianna ? Elle aurait dû épouser ce premier prétendant. Il lui aurait offert la vie dont elle rêvait à Montréal. Il l'aurait laissée être professeur de musique. Quand François-Xavier l'avait épousée, il était fier de sa belle grande maison sur la Pointe, toute neuve, construite pour une princesse. Sa fromagerie était moderne, à l'avant-garde… Avec rage, comme chaque fois qu'il ressassait cet échec, il remit sa casquette. D'un léger signe de tête, Henry lui fit comprendre que lui aussi avait chaud. François-Xavier rassura sa fille Laura. Il lui dit que ce n'était pas grave, qu'ils rattraperaient leur retard, malgré l'accident, et il ajouta, en défiant Henry, que leur équipe serait gagnante. L'avocat releva le défi en invitant Mathieu à redoubler d'effort. Les deux hommes se mirent à travailler à une vitesse folle et s'acharnèrent à récolter les minuscules insectes avec une ardeur que seul l'envie de gagner un peu de sucre à la crème ne pouvait justifier.

~ ~ ~

Au mois d'août, le départ de Henry coïncida avec l'arrivée des premiers malaises ressentis par Julianna. Elle était enceinte de son septième enfant, malgré l'allaitement prolongé de Léo qui, à treize mois, prenait encore une tétée soir et matin. Cette nouvelle grossesse n'augurait rien de bon. Julianna n'avait aucune énergie. Elle ressentait des crampes dans le ventre comme avant ses menstruations. En plus, elle avait des pertes presque noires qui tachaient ses sous-vêtements. Elle fut soulagée que ses trois plus vieux reprennent l'école. Laura était pleurnicharde mais ne déplaçait pas d'air. Jean-Baptiste, on n'avait qu'à le tenir occupé à manger et il était heureux. Depuis que Léo marchait, ses coliques avaient un peu diminué et son dernier pleurait moins.

Noël fut tranquille. Julianna ne se sentait pas la force de tenir de grandes réjouissances. François-Xavier avait accepté l'invitation de Ti-Georges à venir réveillonner chez lui. Rolande les avait reçus royalement. Les cousins s'étaient bien amusés ensemble. Julianna s'était contentée de bercer Antoinette qui allait avoir bientôt un an. Elle s'extasiait à quel point cette petite-là était magnifique et calme comme un ange !

— Tout le contraire de mon Augustin, avait répliqué Rolande en voyant le fils né de son premier mariage faire des colères monstres pour un oui ou un non.

Antoinette, bien installée sur les genoux de Julianna, jouait avec une poupée que celle-ci lui avait tricotée à titre de marraine. Julianna refit des compliments sur la beauté de sa filleule.

— Elle est frisée comme son père mais à elle ça lui va bien, plaisanta-t-elle. Elle a vraiment beaucoup de Gagné dans le nez.

Assis à la table, François-Xavier accepta un autre verre de bagosse, l'alcool de fabrication artisanale que Ti-Georges s'était procuré, prohibition obligeait… Fatiguée, Julianna faillit s'endormir au rythme de la chaise berçante. À 31 ans, elle commençait à être trop vieille pour avoir des enfants. Elle était bien déterminée à tout faire pour que celui-là soit le dernier. Elle avait assez contribué à la revanche des berceaux. Même le départ de François-Xavier, qui s'en retournerait chez les trappistes après le jour de l'An, la désola moins. Le soir, elle n'avait jamais envie qu'il la touche et elle s'endormait dès que sa tête touchait l'oreiller. François-Xavier regarda sa femme à moitié assoupie. Il souhaitait, lui aussi, que ce bébé soit le dernier. Une famille nombreuse à nourrir en ces années de crise n'était pas une sinécure. Il était si proche de son but. Au printemps, Léonie et monsieur Morin se marieraient. Si tout allait comme prévu, cela serait son dernier hiver à délaisser sa famille. Il ressentit encore le même malaise à la pensée de monsieur Morin et sa dernière et désagréable visite. Allons, il s'inquiétait pour rien. Monsieur Morin devait avoir des qualités pour que Léonie désire l'épouser. En cette veille de Noël, à Montréal, les fiancés devaient réveillonner en amoureux.

~ ~ ~

Ce n'était pas le cas. Léonie avait invité Albert et mademoiselle Brassard à un petit souper de Noël. Le repas s'était déroulé presque entièrement en silence. Puis Albert s'était excusé, avait mis son manteau, son chapeau, les avait saluées et avait quitté la maison sur une vague explication. Mademoiselle Brassard s'offrit à aider à laver la vaisselle. Les deux femmes parlèrent à bâtons rompus. L'employée du magasin semblait pensive. Elle s'informa sur son avenir à La belle du lac, lorsque monsieur Morin en serait le propriétaire. Léonie lui assura que jamais elle ne pourrait se passer de ses services ! La femme la remercia du bout des lèvres, lui expliquant qu'il était si difficile de trouver un emploi de nos jours, qu'elle appréciait énormément leur confiance… qu'elle… qu'elle leur souhaitait bien du bonheur… Léonie eut soudain une révélation. Elle faillit laisser s'échapper une coupe de cristal. Mademoiselle Brassard était amoureuse d'Albert ! Cela expliquait tout ! Le départ précipité de mademoiselle Brassard à la soirée du bal, le congé qu'elle avait pris dans sa famille sans les prévenir, son attitude froide envers elle, la tension du souper, Albert qui s'était sauvé en plein soir de Noël... Comme elle avait été stupide ! Il s'était passé quelque chose entre les deux, cela était évident. Que devait-elle faire ? Avoir une conversation franche avec sa vendeuse ? Parler avec Albert et l'implorer de jeter son dévolu sur cette femme plutôt que sur elle ? Elle se tourna vers son invitée. Elle hésita. Mademoiselle Brassard dut lire sur son visage que sa patronne devinait la vérité. La pauvre femme balbutia :

— Chus désolée, madame Léonie... Je... je dois y aller aussi... Chus un peu souffrante.

Sans que Léonie ne dise un mot, mademoiselle Brassard s'empressa de prendre son manteau et de quitter la maison avec un dernier « Merci et Joyeux Noël. »

Léonie alla se mettre à genoux devant le crucifix de sa chambre et remercia le Seigneur de lui avoir envoyé enfin un signe pour l'éclairer. Dieu lui avait révélé les sentiments de mademoiselle Brassard envers Albert. Cela voulait dire quelque chose, mais quoi ?

Elle implora le Seigneur de lui envoyer un autre indice. Les jours qui suivirent, Albert ne donna pas signe de vie. Léonie s'isola dans la prière à essayer de comprendre ce que Dieu attendait d'elle. Elle parcourut les rues de Montréal et entra dans plusieurs églises. Une fois, elle se joignit même aux carmélites et assista à une messe dans leur couvent. Ayant eu vent que le frère André était souffrant, elle redoubla de ferveur et ajouta à ses prières celle du rétablissement du portier. Mais hélas, le saint homme décéda à la fin de la semaine à l'âge de quatre-vingt-onze ans. Albert trouva Léonie en pleurs et complètement dévastée. Il crut un instant que son absence en était la cause. Quand il apprit la raison de cette grande tristesse, se moqua de la femme.

— Se mettre dans un tel état pour un curé ! On meurt tous les jours, ma chère.

Quand elle lui demanda s'il viendrait avec elle assister à la cérémonie de l'enterrement, sa première réaction fut de dire qu'il n'irait certainement pas perdre son temps-là. Puis, à son grand étonnement, les journaux et la radio déclarèrent cet enterrement comme un grand événement. Albert se dit qu'il serait probablement bien vu qu'il y assiste. Léonie, qui avait décidé d'essayer de convaincre l'homme d'épouser mademoiselle Brassard et de revenir à de meilleurs sentiments envers elle, quitte à revoir les termes de la gérance du magasin et de trouver un arrangement à l'amiable, remit au lendemain des funérailles cet affrontement. Elle avait trop de peine pour le moment. Cependant, le matin du 6 janvier, un vent effroyable et un terrible verglas déferlèrent sur Montréal. Albert se ravisa. Il n'était pas question qu'il mette le nez dehors, bien vu ou pas !

Léonie brava la tempête. Il était rare qu'une pluie de glace tombe ainsi en janvier et elle vit, dans le déchaînement des éléments, un troisième signe divin. Elle avait reçu le deuxième la veille. Léonie avait fait la file pendant des heures afin de s'approcher de la crypte où était exposée, dans un cercueil ouvert, la dépouille de cet homme, petit de taille, géant de cœur. Enfin, cela avait été son tour et elle avait pu toucher de sa main droite la vitre qui protégeait le corps du défunt jusqu'au menton. On ne lui permit pas de s'attarder. mais ce bref recueillement fut pour elle une révélation. Elle se sentit complètement appelée et si elle avait pu, Léonie se serait étendue près du corps, aurait joint ses mains à celles nouées autour du chapelet et aurait fermé les yeux, des larmes de pur amour y perlant... Les gens derrière elle s'étaient un peu impatientés. À regret, elle avait laissé la place et ce fut comme si elle devait s'arracher à son port d'attache. Encore aujourd'hui, les spectateurs du défilé mortuaire exprimèrent leur mécontentement de se faire bousculer ainsi par cette femme arborant un air d'extase sur le visage. Elle tenait absolument à tout voir. Elle fendit la foule pour pouvoir atteindre le bord du trottoir. On devait tenir les chapeaux sous le vent féroce, les parapluies tournaient à l'envers, c'était comme si le ciel voulait que tous se découvrent pour un dernier hommage à son serviteur. Elle assista au départ du cercueil porté par les pompiers, les amis du petit portier. Quand elle reviendrait des funérailles, elle s'installerait à son secrétaire et écrirait une longue lettre à Julianna. Elle voulait lui raconter en détail cette journée. C'était d'une importance vitale pour elle de témoigner de ce moment historique. Ensuite, elle affronterait son fiancé. Elle en avait la force maintenant. Le frère André ne guérissait pas seulement les douleurs physiques… Elle avait compris les signes.

~ ~ ~

Julianna reçut la missive vers la fin janvier. Elle en fit avidement la lecture et sourit en mettant les mains sur son ventre. Sa marraine lui écrivait qu'en touchant la dépouille, elle avait demandé que le frère André intercède en sa faveur et protège sa grossesse difficile. Cela faisait plusieurs jours qu'elle avait cessé d'avoir mal au ventre. Elle se sentait beaucoup mieux et elle envisageait les deux derniers mois de façon beaucoup plus encourageante.

La fin de son terme arriva et le travail débuta. François-Xavier était encore chez les trappistes. Marie-Ange fit venir le médecin. Il ne put rien faire. Julianna accoucha d'un bébé mort-né. Ce fut un cauchemar. Quand le docteur était arrivé, souriant, il avait essayé d'écouter le battement de cœur du bébé à travers le ventre de Julianna. À son étonnement, il n'avait rien perçu. Il avait demandé à Julianna si elle avait senti bouger son bébé ce jour-là. Elle n'arrivait pas à se le rappeler. Que voulait insinuer le médecin ? Que son bébé était mort en dedans d'elle ? À plusieurs reprises, il avait réessayé, à l'aide de son stéthoscope, d'entendre quelque chose. Chaque fois, son visage exprimait une grande tristesse. Il était resté avec Julianna toutes les longues heures que prit son corps à expulser un petit cadavre gris, figé, qui avait donné à Julianna l'impression d'être en cire comme les statues d'église. Par acquis de conscience, le médecin chercha un battement de cœur. Pendant un moment, elle n'avait pas voulu croire le lugubre constat du docteur. Il s'était trompé, son machin ne fonctionnait pas, il était sourd ou son bébé ne faisait que dormir ! Mais le silence, le maudit silence lui avait enlevé tout espoir. Le silence de son ventre, le silence de son bébé une fois sorti, celui du médecin qui entourait son petit garçon mort-né dans une couverture, l'enlevait de sa vue, le remettait à Ti-Georges, appelé pour venir se débarrasser de la dépouille. Le silence dans lequel on l'avait entourée et laissée se reposer.

Elle dut pleurer en silence, se remettre de son accouchement en silence. Son fils fut enterré en silence, sans prêtre, sans cérémonie, sans parole d'adieu. Il serait à jamais dans les limbes et si Julianna n'avait jamais vraiment compris à quoi ressemblait ce fameux endroit entre le paradis et l'enfer, elle le sut. C'était le royaume du silence. Plusieurs heures après l'accouchement, Julianna prit son nécessaire à correspondance et commença une missive à l'intention de son mari. Elle avait à peine commencée qu'elle changea d'idée. Comment annoncer cette terrible nouvelle à François-Xavier ? Quels mots employer ? De toute façon, il risquait d'arriver en même temps que la lettre. Elle décida d'attendre son retour et de lui annoncer en personne la perte de leur enfant. Elle déchira la feuille, en prit une nouvelle et la destina à sa marraine. Elle avait envie de hurler que ses prières n'avaient rien donné, que ce n'était qu'un tas de mensonges, que ce n'était pas juste, qu'on refusait le baptême à son bébé parce qu'il était mort-né. Son bébé méritait un nom ! Il avait existé, il avait été aimé ! Alors, en une simple phrase, elle relata, tel un fait divers, la perte de son bébé et passa à d'autres sujets. Là aussi, le silence dicta ses mots. Elle parla de Léo qui avait toujours des difficultés avec la nourriture, écrivit que Jean-Baptiste, au contraire, était bien rondelet, que Laura commencerait l'école à l'automne et qu'elle se demandait comment sa chétive fillette se débrouillerait. Elle raconta à quel point Mathieu et son chien Baveux étaient inséparables et se réjouit que son fils semblait plus souriant et détendu mais qu'il resterait certainement toujours un solitaire. Et Yvette, que dire de sa Yvette qui ne cessait de l'étonner par ses remarques de grande personne. Elle raconta qu'on venait de fêter son neuvième anniversaire et que l'enfant était de plus en plus déterminée. Elle indiqua que Pierre allait avoir onze ans et que mademoiselle Potvin lui faisait toujours la vie dure à l'école. Elle rédigeait mécaniquement, comme on parle de la pluie et du beau temps. Elle donna des nouvelles de Ti-Georges et de Rolande, lui apprit que celle-ci attendait encore un nouveau bébé pour le mois de novembre et qu'elle vomissait autant qu'aux deux autres grossesses. Elle n'oublia pas Augustin et Antoinette, précisant qu'ils se portaient bien, et ajouta un mot sur les jumeaux, aussi malcommodes qu'avant, sur Samuel qui restait le même et sur Sophie et Elzéar. Elle se désola de ne pas entendre parler de Jean-Marie. Marie-Ange l'embrassait, le curé lui disait ses bonnes pensées, les Dallaire aussi. À la fin, elle ne sut plus quoi raconter, elle se prépara donc à conclure. Quand vint le moment de signer sa missive, un serrement la prit à la poitrine, et au lieu de l'habituel mot de courtoisie, elle écrivit en grosses lettres par-dessus tout son insipide texte : « VENEZ, JE VOUS EN PRIE ! » Julianna éclata en sanglots et signa de ses larmes l'appel au secours qui s'étalait de travers sur toute la largeur de la feuille.

~ ~ ~

Léonie s'affaissa sur le bord de son lit. Elle venait de recevoir la missive de Julianna. La teneur de sa lettre et la demande urgente que Léonie se rende auprès d'elle avaient donné un terrible choc à la mère adoptive. Julianna avait perdu son bébé. Comment se faisait-il que le frère André lui avait refusé cette prière ? Elle avait dû faire quelque chose de mal. On l'avait punie... Elle n'avait pas avoué toutes ses fautes… Elle tomba à genoux et, les mains sur son ventre, elle se mit à gémir. Elle avait été enceinte de John, il l'avait emmenée à Québec dans un lieu sordide. Il l'avait fait entrer dans une petite pièce. Il lui avait dit qu'il s'occuperait de tout mais qu'un bébé avant le mariage était une honte terrible, que son père le déshériterait. C'était l'année avant qu'elle ne découvre qu'il était marié. Elle avait eu si mal, elle avait tant saigné. Elle n'en avait jamais parlé avant aujourd'hui. Léonie se releva et se mit à geindre doucement tout en allant sur sa commode prendre son chapelet. Elle souffrait dans son âme. La poitrine lui serrait, elle avait du mal à respirer, elle ne sentait plus le bout de ses doigts.

Avait-elle mal interprété les signes ? Était-ce parce qu'elle essayait de rompre avec Albert ? Rien n'avait fonctionné. Sereine après l'enterrement du frère André, elle avait dit à son fiancé que celui-ci devrait envisager d'épouser mademoiselle Brassard à la place. Albert avait piqué une grande colère, jurant que même si lui et la vendeuse avaient eu une quelconque aventure, c'était Léonie qu'il désirait épouser. Elle lui avait rétorqué que cela ne se ferait jamais. Il l'avait encore menacée de dévoiler ce qu'il croyait être la vérité sur la naissance de Julianna. Elle l'avait imploré d'essayer de trouver un compromis. Elle était prête à lui verser plus d'argent, à lui offrir plus que la gérance du magasin, voire une association. Rien n'y fit ! Albert l'avait attrapée par les cheveux et s'était mis à la secouer. Léonie l'avait supplié de la laisser tranquille. Il l'avait frappée. Elle avait réussi à s'enfuir de la maison et avait cherché refuge au seul endroit qui lui était venu à l'esprit et où elle se savait en sécurité. Elle avait demandé asile au couvent des carmélites. Recluse, elle n'avait donné aucune nouvelle à personne. Elle y était restée un peu plus de deux mois, faisant un grand examen de conscience. Elle avait tant péché dans sa vie. Elle n'avait pas honoré père et mère, elle avait péché par la chair, elle avait soutiré de l'argent à un homme sous un faux prétexte, elle n'avait pas tenu ses promesses. Elle avait repris des forces et sa retraite lui avait redonné la paix de l'esprit. Elle venait de revenir chez elle en ce 15 avril 1937, déterminée à tenir tête à Albert. Elle lui ferait parvenir un message, lui donnant rendez-vous dans un restaurant ou un autre endroit public, et l'homme n'aurait d'autre choix que de se résoudre à la rupture. Son chantage n'avait plus d'emprise sur elle. Pendant sa réclusion, elle avait su que le seul moyen de s'en sortir était d'affronter ses démons. Elle avouerait la vérité à Julianna. Qu'elle avait fait croire à un homme qu'il en était le père afin de subvenir à ses besoins. Mais elle avait voulu attendre que Julianna ait accouché pour ne pas la perturber. Et voilà qu'une lettre l'attendait. Sa petite fille l'appelait au secours ! Julianna avait perdu son bébé… Léonie sut que c'était à cause d'elle.

Léonie se sentit aspirée dans le terrible tunnel du désespoir. Elle vacilla et se mit à égrener son chapelet avec ferveur. À ce moment, elle entendit une clé s'introduire dans la serrure de la porte d'entrée. Quelqu'un entrait dans sa maison. Le cœur de Léonie se mit à battre frénétiquement. L'intrus avança dans le vestibule et s'approcha de sa chambre.

— Léonie, je sais que tu es là…

C'était Albert. Oh Seigneur ! Dévastée, Léonie se dit qu'il devait encore venir la harceler pour le mariage. Elle ne sut comment ni pourquoi, mais ses jambes semblèrent s'activer d'elle-même et elle alla au-devant de l'homme. Quand la fuite est impossible, on se rend. Livide, elle fit face à son fiancé. Il lui jeta un coup d'œil rapide. Il se rendit au salon et se laissa tomber dans un fauteuil. Il avait une mine affreuse. Mal rasé, il avait les yeux bouffis, les vêtements froissés et sales. Il semblait au bord de la panique. Il était encore plus désemparé que Léonie. Machinalement, il retira son chapeau et ses gants et resta là, un moment, les yeux dans le vide. Il ne se rendit même pas compte de l'état dans lequel était Léonie. Il ne leva même pas les yeux sur elle. D'une voix blanche, sans préambule, il annonça :

— Les ouvrières de l'usine sont en grève.

— Quoi ?

Léonie s'attendait à tout sauf à cette remarque. Qu'est-ce que la grève d'une usine avait à voir dans tout cela ? Que se passait-il ? Albert avait-il perdu la raison ? Celui-ci retrouva tout à coup un peu de couleur et son expression changea. Il passa subitement à une grande rage.

— C'est à cause de ces deux garces ! lança-t-il en se relevant.

— Albert !

Il se releva et se mit à marcher de long en large. Léonie était stupéfaite. Complètement abasourdie, elle ne pensait même pas à fuir.

— Albert, répéta-t-elle. De… de quoi vous parlez ?

— Ces chiennes de féministes pis de communistes, cette Léa Roback pis cette Rose Pesotta, je les renverrais d'où ce qu'elles viennent, ces deux vaches !

— Albert, supplia Léonie, expliquez-vous !

Elle ne le reconnaissait pas. Il avait perdu cette façon empruntée de s'exprimer qui le caractérisait.

— Ça faisait longtemps qu'elles semaient le trouble pis qu'elles montaient la tête aux midinettes !

— Albert, je…

— Dix mille midinettes en grève ! Mesdames veulent la semaine de 44 heures pis des salaires de seize dollars. Rien que ça !

— Albert, de quoi vous parlez ?

— Des usines de textile.

— Je sais, j'avais compris mais…

— Tout le secteur des textiles est paralysé. Les grands *boss* américains ont commencé à débarquer… Tout va être surveillé…

Il se passa une main découragée dans ses cheveux.

— Albert, je vous suis pas pantoute…

— C'est la dernière chose qu'il me fallait ! s'écria l'homme en as-sénant un coup de poing dans le mur.

— Mon Dieu Albert, calmez-vous !

Il sembla remarquer la présence de la femme et un détail sur celle-ci. Il se dirigea rapidement vers elle et l'agrippa par les bras.

— Vous portez plus ma bague de fiançailles ? dit-il.

Il avait remarqué ! Léonie l'avait retirée lors de sa réclusion et l'avait offerte en don à la communauté.

— Bague ou pas, vous allez m'épouser, aujourd'hui, c'est la seule solution ! dit-il au bord de la crise de nerfs.

Léonie ne comprenait rien de rien à ce qui se passait. Cet homme était fou !

— Non Albert, jamais !

Elle devait appeler à l'aide !

— Lâchez-moé ou je crie !

L'homme eut un ricanement. Il la poussa le long du mur et l'y maintint de force par le poids de son corps. D'un bras, il l'étrangla à moitié. De l'autre, il mit la main sur sa bouche.

— Je vas te mâter, tu vas voir. T'es rien qu'une garce toi aussi. Quand j'vas avoir fini avec toi, tu vas me supplier de te marier…

On frappa à la porte. Le Seigneur venait à son secours.

Albert se tint immobile, semblant hésiter sur la conduite à suivre. Les coups redoublèrent. L'esprit de l'homme sembla sur le point de chavirer. Il relâcha un peu sa prise, ne gardant que la main en bâillon. Léonie suivit le regard d'Albert qui se dirigeait vers la sortie arrière. On frappa avec plus d'insistance. Léonie implora Albert des yeux. Il hésita puis sembla recouvrer un peu ses esprits. Il repoussa Léonie. Elle eut à peine le temps de remplir ses poumons d'air que la porte s'ouvrit à toute volée et qu'un homme entra.

Léonie resta interdite. Sous le choc, ses genoux la trahirent. Prise de faiblesse, elle se laissa glisser le long du mur. Albert ne broncha pas. Il fixait le nouveau venu d'un air hagard. Son sauveur s'empressa auprès d'elle et l'empêcha de s'affaisser. Léonie remarqua la courte barbe blanche soigneusement taillée, les nombreuses rides et les sourcils broussailleux. Ces différences ne l'avaient pas empêchée de reconnaître ce visage. Il y a des traits qui ne s'effacent pas de la mémoire et qui reprennent leur place comme si trente ans ne s'étaient pas écoulés. Son cerveau avait juste pris quelques secondes pour faire une mise à jour.

— John, mon doux Seigneur, John c'est toé ? balbutia-t-elle.

L'ancien amant de Léonie répondit en tendant une main calleuse vers la joue de celle-ci. D'une voix rauque, il répéta le prénom de la femme. Il avait gardé le même accent anglais qui l'avait fait chavirer autrefois.

Elle en eut un frisson.

— John... Que c'est que tu fais icitte ?

L'Américain lança un regard acéré à l'autre homme.

— Je suis arrivé à Montréal la semaine dernière.

Il fit une légère pause avant de reprendre d'un ton décidé :

— Il était temps que je vienne reprendre ce qui m'appartient. My God, yes, it was time.

~ ~ ~

François-Xavier quitta Mistassini. Il avait hâte de retrouver sa famille. Il avait accepté de rester chez les moines jusqu'à la mi-avril afin de leur dessiner les plans préliminaires d'une annexe à leur monastère. On avait eu vent de ses talents d'architecte. Il avait été peiné de retarder ainsi son retour et avait fait envoyer un télégramme à sa femme. Mais il ne pouvait cracher sur un revenu supplémentaire. Surtout que cela lui permettrait d'acheter des bottes aux enfants tel qu'il l'avait promis à Julianna sans toucher à la somme requise pour la construction de la fromagerie. Il était si heureux. Avec l'investissement de monsieur Morin, il pourrait aller de l'avant. Il poussa un long soupir. Cependant, il n'en avait pas assez pour offrir un piano à sa femme. Pauvre Julianna... De toute façon, avec les enfants, sa femme n'avait guère de temps pour jouer de la musique. Julianna avait certainement accouché depuis des semaines. Il pensa à ce nouveau bébé et se demanda ce qui l'attendait, un garçon ou une fille ?

~ ~ ~

Léonie resta sans voix. Revoir John après tant d'années déchaînait en elle mille sentiments contradictoires qui la paralysaient. Oh, bien sûr, quelquefois, elle s'était demandé si elle le reverrait jamais, mais le temps passant, cela ne devint qu'une fugitive pensée. Elle l'avait tant aimé, passionnément, à ne plus y voir clair. Enfin, elle avait cru l'aimer... Elle était si jeune alors. Cela avait pris Ernest sur sa route pour qu'elle sache ce qu'était vraiment l'amour. Toujours muette, Léonie se répétait les paroles de John : « Je suis venu reprendre ce qui m'appartient... » Parlait-il de son argent, de sa prétendue fille ou... d'elle ?

Albert devint si pâle que Léonie crut un instant que son fiancé allait également défaillir. Si John ne l'avait pas soutenue, elle aurait certainement perdu conscience. Elle tenait son cœur à deux mains comme pour l'encourager de continuer à battre, de ne pas se laisser atteindre, de rester sourd à toutes ces émotions trop fortes. Cela n'avait aucun sens... La lettre de Julianna, la folie d'Albert, le retour de John... Dans un brouillard, elle entendit Albert bégayer le nom du visiteur inattendu.

— Mon... mon... monsieur Mor... Morgan !

— Albert... Je ne vous dérange pas trop, j'espère ? persifla l'Américain.

Les yeux d'Albert allaient de gauche à droite comme s'il cherchait une porte de sortie.

Léonie reprit sur elle. Elle respira un bon coup et se redressa. John lui prit doucement le bras et continua à la soutenir.

— John, qu'est-ce que tu fais à Montréal ? eut-elle le courage de demander.

— *I told you before…*

La femme ferma un instant les yeux et supplia :

— Parle en français… murmura-t-elle.

En cet instant, c'eût été au-dessus de ses forces de se concentrer à converser en anglais. John se méprit et crut que cette demande faisait référence à leur ancienne vie commune. Il se souvint à quel point cela agaçait sa jeune maîtresse qu'il s'adresse à elle en anglais. Elle lui reprochait qu'il était injuste que cela soit toujours elle qui se force à ne pas parler dans sa langue maternelle.

Un air tendre adoucit éclaira le visage de l'Américain.

— Tu n'as pas changé… Ma belle petite Canadienne française… ma belle du lac…

Albert retrouva un peu d'assurance et s'interposa.

— Euh, monsieur Morgan… j'apprécierais que vous n'approchiez pas de ma fiancée.

John se mit à rigoler de façon méprisante.

— *I'm sorry, but it's so funny !* Oh ! Léonie, excuse-moi mais… C'est vraiment trop drôle, ces fiançailles !

Soudain épuisée, Léonie demanda d'une petite voix suppliante :

— Sortez de ma maison… tous les deux…

John regarda son ancienne maîtresse un moment sans rien dire puis, d'un ton teinté d'amertume, il murmura :

— J'avais imaginé notre rencontre autrement, au restaurant ou… *never mind…*

L'ancien amant de Léonie retrouva tout son aplomb. Sèchement il leur ordonna de le suivre au salon.

— *We have to talk,* ajouta-t-il.

Il connaissait les pièces, il avait habité cette maison, elle lui avait appartenu. L'Américain alla prendre place dans le fauteuil délaissé par Albert et s'y installa confortablement, le chapeau et les gants déposés sur le guéridon aux côtés de ceux de l'autre homme. Toute son attitude proclamait qu'il n'avait aucun doute qu'on allait lui obéir. Effectivement, Léonie et Albert l'avaient suivi.

Albert se laissa tomber dans un autre fauteuil, complètement défait. Il se tint la tête entre les mains. Léonie resta debout, attendant la suite. John s'adressa à Albert d'un ton narquois.

— Mon cher, mes félicitations pour tes fiançailles. Tu as bien veillé sur mes intérêts, comme je t'ai payé pendant toutes ces années.

— Je… comprends pas, John. Que c'est que tu veux dire par là ?

— J'ai toujours gardé un œil sur toi, ma belle. À partir du moment où on a été ensemble. À Roberval, monsieur Ouellette me tenait au courant de tout.

— Monsieur Ouellette, notre voisin d'en face ?

— Pourquoi tu crois que je t'ai donné la maison de Roberval ? Je voulais m'assurer de savoir où tu étais. Je me disais qu'avec le bébé de ta sœur à ta charge, tu y demeurerais certain.

— Le bébé de ma sœur ?

— J'ai fait ma petite enquête. *It was not difficult…* pas difficile, reprit-il en français, de savoir que l'enfant n'était pas le tien et que tu m'avais menti. Oh ! Léonie, me faire croire que tu avais eu une fille de moi. C'était vilain ! ajouta-t-il sarcastique.

Albert releva vivement la tête.

— Quoi ? Julianna… n'est pas votre enfant ? Mais… mais vous m'aviez dit que Léonie vous avait écrit…

— Que Léonie m'avait écrit pour me faire chanter par rapport à une soi-disant paternité, poursuivit à sa place l'Américain. *It was true.*

— Tu savais que je t'avais menti pour Julianna… balbutia Léonie.

À son tour, elle se laissa tomber dans un fauteuil.

— Mais pourquoi…

— *Why I said nothing?* Mais cela faisait mon affaire! Comme ça faisait mon affaire qu'Albert ne sache qu'une partie de l'histoire.

— Pis pourquoi la maison de Montréal? demanda Léonie.

John sortit un cigare de sa poche et prit le temps de l'allumer avant de reprendre ses explications.

— Ma femme, qui est morte maintenant, avait eu vent de... mes écarts au Lac-Saint-Jean, avant que tu ne le découvres toi-même. Elle exigea que je me débarrasse de la *business* maritime que j'avais montée à Montréal. Elle m'avait fait une grosse crise, et si je le faisais pas, elle aurait divorcé. J'avais rien avant de la rencontrer. J'aurais été ruiné... Elle savait pas que cette *business* de bateaux était pas grand-chose pour moi... Je visais bien plus *big* pis je venais juste d'acheter une belle petite usine de textile. Oh! c'était pas une grosse comme la Dominion Textile, mais elle allait me rapporter gros, j'en étais certain. Alors, il fallait que je trouve un moyen de rester propriétaire de mon usine sans que ma femme le sache. Ton mensonge m'a offert le... comment dire, le *perfect business*. Un prête-nom, le tien. *This way, no trouble!* Tu serais pas de danger! Une petite femme comme toi qui connaissait rien dans les affaires! J'ai fermé la *business* maritime, j'ai mis l'immeuble de Montréal à ton nom pour pouvoir m'en servir pis je t'ai donné la maison de Roberval pour toi... Pis si jamais tu venais vivre à Montréal, je savais où te trouver... Je voulais revenir bien avant, *you know... but life is life...*

John devint tout à coup songeur. Léonie voulait comprendre.

— Pis pourquoi tu payais Albert?

— Pour qu'il s'occupe de la *business* pour moi, le temps que les choses se tassent dans mon mariage. Il me servait d'intermédiaire. Je donnais les ordres pis il les faisait exécuter. Il était au courant de la lettre et je l'ai laissé croire que j'étais le père de ton bébé. Il devait rien te dire et te laisser t'amuser avec ce que je t'avais donné. Je pensais pas que tu pourrais t'en servir pis ouvrir un magasin. Tu m'as surpris, Léonie. La belle du lac... *Very pretty name....*

Léonie essayait de suivre.

— L'usine de textile… fait partie de celles qui sont en grève ?

Il acquiesça. Léonie regarda Albert. Celui-ci se rongeait maintenant les ongles.

— Ah cette grève ! Ça fait pas ton bonheur que je sois venu pour y voir, hein, Albert ? fit John en tapotant d'un geste nonchalant son cigare au-dessus du cendrier.

— C'est lors de la première, en 1934, que j'ai commencé à avoir des doutes sur toi, Albert. Il y a longtemps que nos travailleuses se plaignent. Mais en 1934, Albert a tellement insisté pour que je vienne pas à Montréal. Il disait que tout allait bien. *No problem…* C'est pendant cette grève que j'ai placé une couple d'hommes à moi dans la place.

— J'le savais qu'on me surveillait ! dit Albert en sacrant un coup de poing sur l'accoudoir de son fauteuil. C'est qui ? Je veux des noms ! exigea-t-il d'un air menaçant.

John le remit à sa place.

— *Shut up !*

Albert baissa la tête comme un chien piteux devant les remontrances de son maître.

— *Anyway*, reprit John, mes hommes ont commencé à m'envoyer des rapports sur tes agissements…

Léonie écoutait ses explications d'un air confus. Elle avait de la difficulté à se concentrer, encore sous le choc de toutes ces dernières heures. Elle interrompit l'Américain.

— C'est en 1934 qu'Albert m'a demandée en mariage, dit-elle d'un air songeur.

John poursuivit comme si de rien n'était.

— Ils ont pas trouvé grand-chose, à part qu'il donnait des bonus de travail à certaines jolies travailleuses en échange de leurs faveurs… *It was not a big deal !* Tous les contremaîtres d'usine le font. Je m'en suis pas trop inquiété. Cette fois-ci, je suis venu moi-même m'occuper de la grève pis voir à ma *business*…J'ai cru relever certaines erreurs dans les comptes de ma compagnie, dit doucement John d'un air détaché.

Albert releva la tête et nia tout.

— Je vois pas de quoi vous voulez parler !

— *I told you before, shut up* !

— Non, je me laisserai pas accuser de quoi que ce soit !

— Arrêtez, je… je comprends rien !

Léonie se triturait les mains. Cette histoire n'avait ni queue ni tête pour elle.

Albert se calma. Il devait garder le contrôle de lui-même. Cet Américain essayait de le faire parler. Il devait bluffer… Oui, c'était cela… Monsieur Morgan n'avait pas de preuves… Albert sortit de sa poche son étui à cigarette et en retira une.

John étudia l'attitude de l'homme. Il remarqua le tremblement des mains lorsque Albert se reprit à trois fois avant de réussir à allumer sa cigarette. Il allait réussir à le faire craquer, ce n'était qu'une question de temps. Cet Albert avait bien maquillé ses fraudes. L'Américain tourna son attention vers la femme. Léonie était atterrée.

— Je vais mieux expliquer, lui dit John.

— J'ai utilisé ton identité pour cacher ma *business* de Montréal à ma femme. Albert travaillait pour moi.

D'après John, pendant les vingt premières années, Albert s'était contenté de falsifier les comptes de La belle du lac. Il avait dépensé une partie de l'argent volé, mais il avait surtout joué à la bourse. Les placements d'Albert s'étaient avérés fructueux et il avait amassé un bon magot.

— *But, you know*, la bourse a fait « crash » en 1929, fit John en appuyant ses dires d'un bruit sec.

Léonie sursauta. L'Américain afficha une mine contrite. Il enchaîna en expliquant que suite à cet effondrement des cours de la bourse, Albert avait été ruiné.

— Un homme qui a possédé de l'argent, c'est comme un animal qui a goûté au sang, dit John.

Albert baissa les yeux. Son patron disait vrai. Il avait tout perdu. Il lui fallait se refaire une fortune et vite. Il ne pouvait revenir en arrière et se contenter d'une minable existence d'employé. Il laissa Monsieur Morgan continuer de dévoiler la vérité. Car tout cela était vrai. Oui, il avait voulu de l'argent. Il était habitué à un train de vie princier. Les sorties au restaurants, les beaux habits, tout cela était dispendieux !

— *No money anymore !* Le magasin, ça rapportait pas assez gros ! ajouta John.

Albert eut un rictus. Jamais il n'aurait pu rebâtir son avoir rien qu'en volant La belle du lac à nouveau. Le magasin aurait dû fermer ses portes tant le chiffre d'affaire avait chuté.

— Albert voulait beaucoup de *money*. Surtout qu'il avait une associée, une certaine mademoiselle Brassard…

— Mademoiselle Brassard, ma vendeuse ? s'exclama Léonie.

— D'après mes hommes, ce petit couple d'amoureux partageait plus qu'un lit…

Cela expliquait tout, se dit Léonie.

John vit qu'il avait fait mouche. Albert suait à grosses gouttes. Il continua, faisant attention de cacher son excitation de toucher au but.

— Albert a pensé à mon usine…

Son patron avait vu juste. Il fallait qu'il tienne le coup. Monsieur Morgan essayait d'obtenir une confession. Il ne l'aurait pas.

D'une voix calme et assurée, John poursuivit :

— Il a commencé à voler mon usine comme il avait fait pour le magasin. Cela a donné beaucoup de sous à Albert. Il a fait des gros coups. Il a changé des contrats, il a acheté le silence de certains banquiers…

… pour qu'ils ferment les yeux sur certaines transactions douteuses.

Il en avait donné des pots de vin. Pas rien qu'aux gens de la banque.

— Il a obtenu des contrats de confection de robes et de costumes en gonflant les chiffres.

On fait dire ce qu'on veut à des chiffres sur un bout de papier. Il en a trafiqué des factures ! Il avait doublé des commandes de tissu, simulé des pertes de lots de robes gâchées et tant d'autres magouilles.

— Il a travaillé fort à mon usine notre Albert ! fit l'Américain, sarcastique.

Très fort, encore plus que ce que son patron pouvait imaginer. Et ses efforts avaient portés fruit. L'argent avait rentré à la pelletée.

— Mais tout cet argent était pas très propre. *Big problem.*

Oui, cela avait été un problème. Il pouvait en utiliser un peu pour des menus achats, une automobile, quelques bijoux, une œuvre d'art ou deux… Pour le reste, il avait dû trouver une solution.

— C'est là que mademoiselle Brassard entre en jeu, continua John.

La vendeuse s'était avéré très utile. La sotte était amoureuse de lui. Il aurait pu lui demander la lune, elle lui aurait décrochée ! Alors, quand il fut question d'inventer de fausses transactions, de fausses clientes, elle avait à peine rouspété.

— Il y a eu cette première grève à mon usine, dit l'homme d'affaire.

Et il avait eu chaud que l'Américain vienne mettre son nez à Montréal. Il avait su le convaincre de ne pas se déplacer pour rien. Il avait eu raison. Toute cette agitation des travailleuses n'avait été qu'un feu de paille et tout était rentré dans l'ordre. À ce moment, il avait décidé de diversifier ses investissements. Il avait trempé dans toutes sortes de combines, plus louches les unes que les autres. Il avait investi dans l'immobilier, louant à de faux locataires. Il avait menacé des hommes de les chasser de leur logis s'ils ne lui rendaient pas de petits services comme de passer des colis suspects, tout afin de pouvoir blanchir son argent.

— Vous, vous êtes… rien qu'un minable, souffla Léonie à l'intention d'Albert.

Celui-ci se redressa. Jamais il ne laisserait une femme l'insulter. La hargne lui monta à la gorge. Oubliant toute retenue, il se leva et injuria Léonie.

— Écoutez qui parle! Une putain qui s'envoyait un Américain!

D'une voix sèche, John dit:

— *Never talk like that to Léonie, never!* Et assieds-toi!

Albert obéit. Il fallait qu'il reprenne contenance. Il avait peut-être encore une chance de s'en sortir. Avec véhémence, il rétorqua:

— Vous racontez n'importe quoi!

— Oh Albert, *goddamit!* Tu pensais vraiment que tu pourrais me voler sans que je voie rien?

Albert ne tint plus en place. Il se releva. Perdant tout contrôle de lui, il se mit à crier:

— Je vous ai rien volé, rien! C'était rien que normal que je prenne ma part. Ça fait plus de trente ans que vous me laissez me démener avec tout le trouble sur le dos. Ce magasin ridicule avec un nom ridicule, c'était un gouffre! Pis endurer cette idiote en lui faisant croire qu'elle était le patron! Avez-vous la moindre petite idée de ce que j'ai pu vivre pendant toutes ces années? Le savez-vous? Oui, madame Léonie, non, madame Léonie! Pensez-vous que j'avais vraiment envie de l'épouser? Au début, ça m'a pas traversé l'esprit. C'est après son veuvage. J'me suis rendu compte que tout aurait pu revenir à cet Ernest Rousseau. Y est venu à Montréal pour leur voyage de noces pis Léonie lui avait montré le magasin pis elle lui disait que tout était à lui aussi astheure, elle lui disait ça, dans ma face! Monsieur Morin est ben gentil, y va s'occuper de tout pendant qu'on va vivre sur le bord du lac Saint-Jean! Vous, John W. Morgan, c'était la même chose! Monsieur Morin va s'occuper de ma compagnie pendant que je reste aux États-Unis! Jamais un merci, juste un salaire de misère! Vous pensiez que je valais pas grand-chose, hein?

Vous pensiez que monsieur Morin était rien qu'un pauvre bougre qu'on pouvait utiliser à sa guise, hein ? Ben Albert Morin, y en a plus dans la tête que vous pensiez. Y a eu le génie de fouiller un peu dans les papiers de l'usine… Pis y a vu qu'y pouvait se servir de Léonie pour en tirer quelque chose, pis que personne s'en rendrait compte avant qu'y soit trop tard. Tout le travail que j'ai mis, que j'ai fait… tout l'argent que j'ai pris…

Albert se rendit compte de la portée de ses paroles. Il devint livide.

John, qui avait écouté cette longue diatribe sans broncher, eut un rictus de pitié.

— Pis tu pensais qu'en mariant Léonie, tu te mettais à l'abri ? Que l'usine te serait revenue ?

Albert fulmina.

— Oui, j'aurais eu l'usine ! Tout aurait été à moi !

— Tu t'es jamais demandé comment ça se faisait que j'avais rien dit quand elle s'est mariée la première fois ?

Albert fut moins sûr de lui tout à coup.

— Parce qu'on a eu la chance que le mari disparaisse vite… dit-il.

— Je vais t'expliquer certains petits détails, mon cher Albert. Je suis pas un imbécile. J'avais fait préparer par mon avocat un contrat au cas que Léonie se marierait. Seule la maison de Roberval et celle de Montréal lui revenaient. Rien d'autre. Et le mari n'aurait jamais eu vent de l'existence de l'usine et il n'aurait jamais pu mettre la main sur un sou de la *business*. On a communiqué avec moi lors de son mariage et tout a été transféré. Les années avaient passé et il n'y avait plus de problème avec mon épouse. L'usine est à mon nom.

Albert balbutia.

— C'est pas vrai ! Si j'avais épousé Léonie, j'aurais pas eu une cenne de l'usine ?

— Rien, *nothing* !

Albert sacra. Léonie récapitula :

— C'est pour ça que vous vouliez me forcer! Pis mademoiselle Brassard... elle vous aimait...

John intervint. Il en avait assez. Il voulait se retrouver seul avec Léonie.

— C'est assez, va-t-en maintenant. *Don't worry.* Je vais fermer les yeux sur tes... emprunts. Prends cela comme un bonus pour avoir si bien veillé sur ma Léonie.

Albert se dirigea vers la sortie. Il ne lui restait plus qu'à battre en retraite. Avant de franchir la porte, enragé, Albert eut un sursaut de fierté et cracha:

— Vous l'emporterez pas au paradis, vous deux! J'en resterai pas là. Vous avez aucune preuve contre moi pis vous allez voir que j'ai le bras plus long que vous pensez...

John se leva précipitamment et, avec une agilité surprenante pour un homme dans la soixantaine et d'une certaine corpulence, il empoigna Albert par le collet. Dans son autre main, il tenait toujours son cigare. Il en approcha dangereusement le bout incandescent devant un œil d'Albert.

— J'avais des doutes sur toi depuis des mois. Je le savais que quelque chose clochait. Je t'ai fait suivre à Noël, j'ai su comment tu t'es amusé à attacher des *little boys* pour jouer à saute-mouton avec eux. Moi et mes hommes, on aime pas ça ce genre-là, comme toi. Si tu veux pas savoir ce qu'on leur fait, tu vas disparaître de la *map, you understand?*

Léonie, qui les avait suivis, tremblait de tous ses membres; de peur devant cette violence et de dégoût face aux insinuations.

— *You understand?* répéta John.

Albert fit signe que oui. Satisfait, l'Américain le poussa dehors et claqua la porte après lui. Il se retourna vers Léonie.

— *Now, my dear*, on va passer aux choses sérieuses.

~ ~ ~

François-Xavier ouvrit la porte de la maison avec un air radieux. Sa famille se préparait à souper et les enfants se jetèrent dans les bras de leur père.

— Papa, vous êtes revenu !

Quand il put se dépêtrer de tous ces petits bras qui l'enlaçaient, une paire autour de chaque jambe, deux autour de la taille, une autour de son cou, il remarqua que Julianna lui tournait le dos et continuait à brasser quelque chose sur la cuisinière à bois. Marie-Ange, assise, était en train de nourrir à la cuillère le jeune Léo et le regardait d'un air gêné et peiné. Il retira ses bottes, demanda à ses enfants de le laisser arriver, alla embrasser son petit dernier dans sa chaise haute et enfin s'approcha de sa femme par derrière. Elle n'eut aucune réaction. Il se dit que son épouse devait le bouder et lui reprocher son absence plus longue que prévue.

— Bonjour ma princesse…

Tendrement il l'enlaça et lui donna un baiser dans le cou.

« Hum, comme elle m'a manqué, c'est pas croyable ! »

— Alors, ce nouveau bébé ? Y est dans la chambre ?

Un étrange silence lui répondit. Il regarda la tablée. Ses enfants piquaient tous du nez dans leur assiette sous le regard d'avertissement que leur avait fait leur tante Marie-Ange.

— Alors les enfants, vous avez-tu une nouvelle p'tite sœur ou bedon un nouveau p'tit frère ?

Julianna crispa les mains sur la cuillère de bois. Elle était en train de faire épaissir du lait sucré pour en faire un blanc-manger.

Marie-Ange se leva et s'approcha de sa sœur. Elle lui prit l'ustensile des mains.

— Julianna, emmène ton mari dans la chambre.

Julianna obéit à sa sœur, s'essuya les mains sur son tablier avant de le retirer et se dirigea vers la porte centrale du mur suivie de François-Xavier qui ne comprenait rien à ce qui se passait. Il referma la porte derrière lui.

Dans la cuisine, on garda le silence. Les enfants ressentaient la tristesse de leur mère, le désarroi de leur père et la gêne de leur tante. On entendait à peine le murmure monocorde de Julianna à travers la porte, puis une exclamation de François-Xavier suivie d'un grand sanglot déchirant. Les enfants se regardèrent l'un l'autre. Jamais ils n'avaient entendu leur mère pleurer ainsi.

François-Xavier sortit de la chambre, bouleversé et peiné. Il avait pris sa femme dans ses bras mais n'avait su trouver les mots pour la consoler. Il n'avait pu que l'étreindre en silence. Le choc de la nouvelle l'avait terriblement secoué. Pour un homme, un bébé reste irréel tant qu'il ne l'a pas vu... Et ce n'était pas comme si l'enfant avait vécu... Il avait laissé Julianna sangloter sur le lit et était sorti sans faire de bruit. Comme toujours, il avait pris la fuite. Il regarda ses enfants et essaya de les rassurer :

— Maman va se reposer un peu, a l'est fatiguée mais y a rien de grave...

Il se laissa tomber sur une des chaises, les larmes aux yeux.

Marie-Ange coupa un gros morceau de pain à François-Xavier et le lui tendit. Elle lui tapota la main en signe de réconfort.

— Après la pluie, le beau temps...

François-Xavier la remercia du regard.

Est-ce que sa vie ne serait qu'un perpétuel ciel de mauvais temps ? Il avait l'impression de vivre un éternel déluge. Il se força à feindre la bonne humeur autant pour rassurer les enfants que pour se convaincre que cela irait mieux.

— Pis le beau temps s'en vient, décréta-t-il d'un ton faussement enjoué. Demain, j'vas appeler monsieur Morin à Montréal pis papa va se partir une autre fromagerie, les enfants ! Pis toé, mon Pierre, tu vas apprendre à faire du fromage !

Les enfants rirent de soulagement. Jean-Baptiste demanda une deuxième portion et Laura pleurnicha pour ne pas finir son assiette comme sa tante le lui ordonnait. La vie continuait.

~ ~ ~

Les enfants jouaient dehors et il restait encore une bonne demi-heure avant qu'ils aient à rentrer. Bien installé à la table, François-Xavier était penché sur ses dessins.

Marie-Ange était sortie faire une promenade. Julianna reprisait des bas. Elle était revenue à la cuisine, se forçant à sourire, comme si elle n'avait jamais pleuré de sa vie.

— Julianna, viens voir ! J'ai mis la dernière main sur les plans de la fromagerie. Elle va ressembler à l'autre comme deux gouttes d'eau.

Julianna déposa son ouvrage et, sans grand enthousiasme, vint jeter un œil sur les dessins de son mari.

— Tu penses vraiment partir une fromagerie avec monsieur Morin ?

— C'est ben certain que c'est pas un homme que j'porte vraiment dans mon cœur, mais y fait juste amener la moitié de l'argent.

— Pis l'argent pour les bottes des enfants ? Pis pour mon piano ? Je suppose que tout va passer pour la fromagerie !

— C'est pour ça que chus resté plus longtemps chez les trappistes. On va pouvoir chausser les enfants ben comme y faut. Mais pour ton piano, y faut pas y penser.

— C'est pas grave, François-Xavier... dit Julianna avec un air détaché.

Elle alla appeler les enfants. Ils se coucheraient quinze minutes plus tôt ce soir.

~ ~ ~

Léonie se laissa emmener par la main comme une enfant au salon. John choisit la causeuse et s'installa à ses côtés.

D'une petite voix, elle supplia John de lui expliquer ce qui se passait.

L'homme dénoua sa cravate. Il était las tout à coup. Il n'était plus très jeune. Certains le voyaient comme un vieillard. Pauvre Léonie, elle semblait bouleversée! Il prit le temps de la détailler. Elle avait quelques années de moins que lui et pour son âge, elle était restée belle femme! Il ne savait trop à quoi s'attendre. Il était agréablement surpris de voir une taille encore fine, des seins encore galbés et haut. Il étira ses pieds devant lui. Il se rappela l'instant où il avait posé les yeux sur elle, à cet hôtel de Roberval. Cette petite femme de chambre lui avait tourné les sens. La passion qui l'avait soudain pris était inexplicable. S'il avait pu être libre, il l'aurait épousée la minute suivante. Lorsqu'il était à Montréal, elle le hantait et il devait se dépêcher d'aller la retrouver à Roberval sous peine de se consumer. Il aurait été prêt à n'importe quoi pour la garder toute à lui.

Il se pencha vers Léonie et lui reprit les mains. Tendrement, il lui dit à quel point elle était encore jolie. Léonie eut un mouvement de recul.

— Ma belle du lac... Quand tu vas tout savoir... *Listen to me.*

Et John raconta ces trente-trois dernières années. Il commença par son retour aux États-Unis en 1904. Après l'avoir quittée, pendant dix ans, il avait vécu avec une épouse qu'il n'aimait pas et chaque nuit, ses rêves n'avaient été que pour elle. Il aborda le sujet de la guerre et de son engagement militaire et son visage se transforma. Léonie y lut la souffrance. Il lui affirma que même loin de son pays et du Canada, caché dans des tranchées, de 1914 à 1918, ses pensées furent pour elle... Après la guerre, la grippe espagnole avait frappé et l'avait retenu prisonnier à Boston. Il décrivit cette terrible maladie qui avait emporté tant de gens, un de ses enfants, sa mère. Il lui confia la crainte d'être jeté encore vivant dans une fosse commune, écrasé sous des membres bleus, gris, des cadavres empilés. Le pire des ennemis se cachait derrière une simple poignée de main, une toux, un baiser et sévissait un peu partout sur la planète, au Québec aussi. John lui jura que ses prières n'avaient été que pour elle, pour qu'elle soit épargnée... John parlait et parlait, Léonie se contentant d'écouter. L'homme avait l'impression d'enfin pouvoir évacuer des années de tourmente loin de celle qui possédait son cœur. De toute sa vie, il n'avait eu que cette femme dans la peau. Et ce à quoi il aspirait le plus maintenant, c'était de finir sa vie à nouveau dans ses bras, qu'elle lui tienne la main lorsque la mort viendrait le prendre… pour que son dernier souffle ne soit que pour elle.

Oh, Seigneur Dieu ! Léonie était si troublée par les déclarations de John ! C'était cela le pire, pire que d'apprendre la vérité sur Albert, son hypocrisie, ses vices… Pire que d'apprendre que toutes ces années de culpabilité, elle les avait vécues pour rien. Il avait toujours su pour Julianna, il l'espionnait. Non, le pire, c'était que ses mots d'amour la troublaient…

Il l'attira à lui et la chaleur de son corps la remua. Elle avait tant besoin qu'on la prenne dans ses bras, qu'on prenne soin d'elle… Cela serait bon de se laisser couler au creux de cet homme et de le laisser prendre sa vie en main, afin qu'elle n'ait plus à penser, plus à affronter quoi que ce soit, qui que ce soit. Cependant, Dieu, dans sa miséricorde, lui vint encore une fois en aide. John lui avait lâché les mains pour lui faire un genre de petite chiquenaude sur la joue. Sur un ton de reproche, il lui dit :

— Tu nous as joué un sale tour quand tu t'es mariée avec ton colon du Lac-Saint-Jean. *What a surprise !* On n'a rien vu venir. *But you're mine…* Tu me trahiras plus…

Il voulut l'embrasser, mais ces dernières paroles avaient été comme une gifle pour Léonie. Il osait l'accuser de trahison quand c'était elle la victime dans tout cela ? Lui, Albert, mademoiselle Brassard… C'étaient eux, les traîtres !

Telle une soudaine tempête, la rage s'éleva dans son ventre. Toutes ces années de mensonge, de remords, de deuil, de perte, toute cette souffrance… Elle allait hurler, exploser…

Elle s'éloigna de John, et en furie, lui ordonna de sortir.

— J'en ai assez entendu. Tu sors d'icitte tout de suite !

L'homme fut surpris. Il était certain qu'il détenait encore une emprise sur elle. Il ne s'était jamais trompé sur les signes de son pouvoir.

Il lui avait fait la cour, il lui avait confié des choses qu'il n'avait jamais dites… Que signifiait ce revirement ?

— My God, Léonie, *what happened with you ?* Calme-toi.

— Tu m'as gâché la vie, tu as profité de moé, pis là tu reviens comme le diable en personne pis y faudrait que j'me calme pis que j'te laisse faire ? J'ai des petites nouvelles pour toé, my dear, enough is enough ! Chus pus la p'tite Léonie stupide que t'as connue pis qui croyait en tes belles paroles. Albert pis toé, chicanez-vous toute ce que vous voulez, moé j'en veux pus. Pis j'vas m'organiser pour pus jamais vous voir la face, c'est-tu clair ?

— Léonie… *please, listen to me…*

Elle hurla :

— Va-t-en ! Sors ! T'as-tu compris ? Disparais de ma vue !

Elle empoigna le chapeau et les gants et se mit à pousser littéralement l'homme vers la porte. Elle était hystérique.

— Tu vas-tu comprendre ? Laisse-moé tranquille ! Va-t-en ! *Go out ! Go !*

John n'eut d'autre choix que d'obtempérer. Léonie était dans un tel état ! Elle attrapait tout ce qu'il y avait sur son chemin et le lançait à la tête de l'homme. Un cendrier, un vase, une potiche. Elle envoya valser le guéridon, fracassa un cadre… John n'avait jamais été témoin d'une telle crise. Il essaya de la calmer tout en esquivant les objets.

— *It's OK,* Léonie. *It's OK…* Je… je m'en vais…

Il franchit la porte. Sur le palier, il remit son chapeau et se retourna vers la femme. Essoufflée, les cheveux défaits, celle-ci le regardait, immobile.

— T'es bouleversée, *it's OK. Take your time,* ma belle… Mais tu vas te remarier Léonie, avec moi. *When I want something, I get it,* lui dit-il.

En silence, comme vidée de toute substance, Léonie s'avança, les pupilles dilatées, sans expression sur le visage. Lentement, sans le quitter des yeux, elle referma la porte sur son passé.

~ ~ ~

Seule dans sa maison de Montréal, assise à son secrétaire dans sa chambre, Léonie termina sa lettre d'aveux à John. Elle n'avait caché aucun détails. Elle la cacheta et la mit sur la pile des nombreuses autres écrites pendant la nuit. Outre celles, polies, adressées à quelques membres de sa famille et quelques connaissances, il y en avait une plus personnelle pour Ti-Georges, une affectueuse pour Marie-Ange, une de gratitude pour Henry, une de pardon pour mademoiselle Brassard et une de compassion pour Julianna. Léonie faisait ses adieux. Cela lui avait pris des heures, presque toute la nuit de cette mi-avril, mais maintenant qu'elle avait terminé cette délicate besogne, elle se sentait mieux. Elle repoussa sa chaise et se leva. Lentement, elle retira sa robe de nuit et entreprit de se laver, à l'aide de son gant de toilette qu'elle trempait dans l'eau froide d'un bassin. Contrairement à l'expéditive toilette quotidienne, cette aube-là, elle procéda à ses ablutions comme à un rituel de purification. Elle commença par son visage. Passant le gant sur ses yeux, elle les fermait à jamais sur tant de choses... Le gant glissa le long de ses bras et elle s'enlaça elle-même en un geste douloureux. Cela était sa dernière étreinte... Le long de ses jambes, entre celles-ci...

À chaque passage du gant, elle lavait un péché, un souvenir, un désir. Frissonnante dans l'air frais du matin, elle laissa tomber le gant sur le dessus de sa commode et prit sa brosse à cheveux. Malgré elle, elle revit Ernest lui prendre des mains cette même brosse et la transformer en un instrument de caresse lors de leur nuit de noces. Ernest... Si elle n'avait pas rencontré John, son mari serait encore en vie... Léonie fit un effort et ferma son esprit à ses pensées. Elle était jeune et elle avait dansé avec le diable. Tout ce qui arrivait était sa faute... Elle lissa ses cheveux en un chignon serré qui lui rappela celui de mademoiselle Brassard. Dans sa lettre à cette dernière, Léonie lui affirmait qu'elle ne lui tenait pas rancœur. Le diable a tant de visages... celui de l'amour parfois. Elle l'informait aussi que La belle du lac fermait ses portes définitivement. Elle s'habilla, choisissant sa robe noire, celle des jours de deuil, et l'enfila. Elle ouvrit son coffret à bijoux, retira son jonc de mariage qu'elle portait encore malgré son veuvage et le mit dedans. Elle se voulait dépouillée. Du bout des doigts, elle fouilla dans la boîte. Que de menus objets gardés en souvenir au cours des années. Elle sourit en prenant dans le creux de sa paume une petite roche rosée. Elle venait du bord du lac Saint-Jean. C'était Ti-Georges qui la lui avait offerte. Elle se promenait sur la plage, avec son neveu de cinq ans, c'était le printemps... Le printemps de la mort d'Anna. Elle rejeta le trésor et se demanda si Ti-Georges suivrait son conseil et s'il pardonnerait à son fils Jean-Marie comme elle l'en implorait dans sa lettre. Elle referma le couvercle, ramassa son sac à main, le paquet de missives et sortit lentement de sa chambre.

Elle s'assura que tout était en ordre dans la cuisine. Elle eut un regard tendre en remarquant les dentelles que Marie-Ange avait mises sur chaque tablette pour faire plus joli. Partout, on reconnaissait son empreinte. Sa nièce avait décidé que la pièce manquait de gaieté et elle avait peint sur chaque armoire une délicate fleur violette. Puis elle avait confectionné de nouveaux rideaux à partir d'un tissu à carreaux que Léonie trouvait franchement laid. Elle imaginait la surprise de Marie-Ange lorsqu'elle découvrirait dans sa lettre que sa tante lui faisait don de la maison montréalaise. Les clés seraient chez le notaire. Elle alla au salon et pianota quelques notes discordantes. Elle n'avait jamais appris à jouer. Ah! sa Julianna... sa merveilleuse fille adoptive. Léonie avait longuement pesé ses mots en lui écrivant. Elle voulait tout lui avouer, en détail, puis elle se dit qu'il valait mieux ne pas la troubler. Elle lui parla plutôt de la perte de son bébé, lui dit qu'elle comprenait sa peine et la consola comme si elle avait été auprès d'elle. Elle avait entendu son appel au secours et même si elle ne serait plus là de corps, son amour l'engloberait pour toujours… Elle lui parla d'Anna, sa vraie mère, et lui rappela que la mort ne sépare pas ceux qui s'aiment.

Léonie prit une grande respiration. Sur la tablette du bas de la bibliothèque de chêne, près de la fenêtre, elle prit un grand album. Elle l'ouvrit et parcourut les photographies qui y étaient soigneusement insérées. Anna et Alphonse, Ti-Georges et ses frères et sœurs, Marie-Ange jeune adolescente, Julianna en robe de première communion, Julianna lors d'une représentation musicale… Ernest et François-Xavier posant avec fierté devant leur fromagerie, Ernest et elle, à leur mariage… Brusquement, elle délaissa ces souvenirs de papier et alla ramasser un morceau de tissu gris qu'elle venait d'apercevoir sous un des fauteuils. Elle reconnut un des gants appartenant à Albert. Il avait dû l'échapper. Elle alla devant le foyer et y alluma un feu. Dans les flammes, elle jeta l'accessoire. Que les feux de l'enfer brûlent la dernière trace de cette bête…

~ ~ ~

Julianna apporta une tasse de café à son mari et la déposa sur la table. Celui-ci, penché sur les plans de la fromagerie, la remercia d'un air absent.

Elle s'approcha.

— Chus en train de mourir d'inquiétude, François-Xavier, lui dit-elle. Y faut faire quelque chose !

François-Xavier releva la tête.

— Ben non Julianna, essaie de pas trop t'en faire…

— C'est pas normal ! reprit-elle. Il est arrivé de quoi à marraine, j'en suis certaine !

— Allons, calme-toé… Y doit y avoir une explication.

— Retourne au village pis téléphone encore ! le supplia Julianna.

— J'réussis pas à joindre personne… Ça répond pas au magasin ni nulle part…

— Appelle Henry !

— Mais oui, j'irai demain…

François-Xavier porta sa tasse à ses lèvres. Julianna se mit à faire les cent pas.

— J'pensais que marraine était en route pour icitte comme je lui avais demandé dans ma dernière lettre, mais a serait arrivée depuis longtemps… Chus certaine qu'y est arrivé quelque chose de grave.

— C'est vraiment étrange cette histoire, fit remarquer François-Xavier. En plus, il faut absolument que je rejoigne monsieur Morin.

— On s'en fout de monsieur Morin ! s'exclama Julianna en s'arrêtant de marcher.

— Si j'commence pas la construction de la fromagerie tout de suite, j'vas prendre trop de retard…

Julianna éclata.

— Ta maudite fromagerie ! J'en peux pus de t'entendre me casser les oreilles avec ça à longueur de journée ! Y a rien que ça qui compte pour toi ! J'en peux pus, tu comprends-tu, François-Xavier Rousseau, chus pus capable ! Ma marraine est peut-être morte pis toi tu penses à ta maudite fromagerie !

— Julianna…

En colère, la femme alla prendre les esquisses de la fromagerie, étalées sur la table de la cuisine. D'une main rageuse, elle se mit à déchirer les plans.

— Julianna ! Qu'est-ce que tu fais ? Arrête ! Julianna ! s'interposa François-Xavier.

Sa femme lui jeta les morceaux à la figure.

— Tiens, ta précieuse fromagerie !

— Julianna ! Calme-toé !

— Non j'me calmerai pas ! J't'écœurée de la vie que tu me fais mener icitte ! J't'écœurée que les enfants soient plus pauvres que tout le monde, qu'on mène une vie de misère !

— C'est pas ma faute calvaire ! sacra François-Xavier en ramassant les bouts de papier, essayant de reconstituer les plans.

— Oui c'est ta faute ! Tu m'avais promis de me rendre heureuse !

— Je fais mon possible ! cria-t-il. C'est la compagnie qui a toute inondé pis le gouvernement qui s'en est mêlé ! On en aurait de l'argent !

— C'est pas la compagnie qui te force à être marabout les trois quarts du temps ! C'est pas la compagnie qui t'empêche de me prendre dans tes bras, de me consoler, d'être là avec moé quand notre bébé est mort... C'est Ti-Georges qui l'a enterré je sais pas où ! On lui a même pas donné de nom !

Julianna s'écrasa par terre, se tenant le ventre à deux mains, pleurant à chaudes larmes. Elle répéta :

— On lui a même pas donné de nom...

François-Xavier resta sidéré un moment. Il laissa retomber les bouts de dessin et s'approcha de sa femme. Il s'accroupit auprès d'elle.

— Amédée, souffla-t-il.

— Quoi ? fit Julianna en reniflant.

— Moé, mon fils, je l'ai appelé Amédée...

— Amédée...

Gentiment, il repoussa une mèche de cheveux blonds qui s'était collée sur une joue mouillée de larmes.

— Oui, pis on va aller lui faire une croix pis l'enterrer comme du monde, ensemble.

— Pis on va lui faire une oraison ?

— Oui, viens, lève-toé, mon amour...

— Je m'excuse pour la fromagerie... Tu as travaillé si fort.

— J'les connais par cœur... Je pourrais la construire les yeux fermés. Les enfants vont rentrer, faut pas qu'y te voient dans cet état-là.

— J'avais écrit à marraine pour qu'a vienne me trouver. Chus certaine qu'est morte, François-Xavier, je le sens...

— Ben non, voyons... Léonie va retontir pis on va comprendre ce qui s'est passé.

— Tu penses ?

— Ben oui, fais-moé confiance un peu…

~ ~ ~

À genoux devant la flamme, Léonie fixa le tout se consumer. Elle se releva, reprit ses lettres et se dirigea résolument vers la porte d'entrée. La vision de John lui revint en mémoire. Elle l'entendit, la veille, lui jurer qu'elle allait se remarier avec lui. Elle imagina facilement la déconvenue de l'Américain quand il se rendrait compte qu'elle lui avait filé entre les doigts. Tout semblait clair maintenant. Après des mois passés dans les ténèbres, la lumière divine éclairait son chemin.

« Oh oui, j'vas me remarier… mais avec vous, Seigneur. Je serai une épouse fidèle et contemplative. »

Léonie était décidée. Elle referma la porte derrière elle et se dirigea vers la rue Carmel.

~ ~ ~

Julianna trembla de tous ses membres lorsqu'elle prit connaissance de la lettre de sa marraine. Elle regarda Marie-Ange pour voir si le contenu de la sienne tenait le même discours. Au visage défait de sa sœur, Julianna comprit que c'était le cas. Les deux femmes avaient sourcillé lorsque François-Xavier avait ramené du bureau de poste du village une lettre de Léonie pour chacune.

— A va se cloîtrer… murmura Julianna.

— … chez les carmélites, continua Marie-Ange.

— J'la reverrai pus jamais…

— A l'a viré folle…

— Dieu l'a appelée…

— Y a dû se passer quelque chose de grave, intervint François-

Xavier en regardant les deux femmes en train de lire avidement leur missive. Pis son mariage avec monsieur Morin ?

— Comment ça se fait qu'a l'a pas entendu avant, l'appel du Bon Dieu ? s'écria Marie-Ange en ne se préoccupant pas de la remarque de son beau-frère.

— On aurait jamais dû partir pour Saint-Ambroise aussi pis la laisser toute seule ! s'écria Julianna en se laissant tomber sur une chaise tout en continuant sa lecture.

— Elle était supposée se marier ! répéta François-Xavier.

— C'est ce qu'a dit qu'a fait… mais avec le Seigneur, dit Marie-Ange.

Ti-Georges débarqua à ce moment, une expression songeuse et une lettre à la main. Marie-Ange devina tout de suite.

— Toé itou, matante t'a écrit ?

— Bateau, a nous dit adieu comme si… comme si elle était morte…

— C'est tout comme, se désola Marie-Ange. Une cloîtrée, ça donne sa vie au Seigneur. A sortira jamais du monastère. A va passer ses journées en prière et en contemplation devant un crucifix.

Julianna se mit à pleurer. Ti-Georges dit d'une voix blanche :

— A me parle de Jean-Marie…

— Moé, a me laisse la maison de Montréal, dit Marie-Ange.

Julianna renifla. Elle prit son enveloppe et en fit glisser un petit objet noué à un ruban de soie.

— C'est l'alliance de maman Anna, dit-elle.

Ti-Georges regarda ses deux sœurs. La plus vieille lut dans les yeux de son frère le désarroi qu'elle-même ressentait.

— Si a peut être heureuse, murmura Marie-Ange. J'espère juste que le Seigneur est conscient de la chance qu'il a…

~ ~ ~

Pendant des jours, l'entrée chez les religieuses de Léonie fut le principal sujet de conversation des deux familles puis cela s'estompa. On n'avait plus envie d'en parler et de remuer la peine causée par cette décision. Julianna se replia un peu sur elle-même, ayant l'impression d'avoir perdu une mère mais de ne pas avoir le droit de la pleurer vu qu'elle n'était pas morte... Quant à son mari, il ressentait tant d'amertume pour son projet de fromagerie encore une fois reporté. Cela semblait égoïste de sa part de se désoler des ruptures de fiançailles de Léonie, alors il gardait le silence. On avait demandé à Henry d'aller vérifier au magasin et si possible de rencontrer Léonie. Celui-ci leur avait confirmé que La belle du lac affichait fermé et que la maison l'était également. Il n'y avait pas de traces de monsieur Morin ni de mademoiselle Brassard. Il avait questionné les voisins. Personne n'avait rien vu. Henry s'était présenté au couvent. Peine perdue, on lui en avait refusé l'entrée. Il avait répété à Julianna tout ce qu'il savait et avait promis de venir passer encore quelques semaines de vacances à Saint-Ambroise. Quand l'été arriva, il communiqua avec Julianna et lui demanda de l'excuser. Il ne pouvait tenir sa promesse de venir les visiter. En fin de compte, il ne prendrait pas de vacances cet été-là. La vie de l'avocat était un réel tourbillon. Il y avait une guerre civile en Espagne, des conflits entre pays un peu partout en Europe et on parlait d'une possible guerre prochaine.

Mais ce qui retenait Henry à Montréal, en cet été 1937, était Léa Roback. Cela, il ne le dit pas. Il avait rencontré la militante lors de la grève du textile en avril dernier, environ la même semaine que l'entrée au cloître de Léonie. La grève de la guenille, comme on l'appelait, avait pris une grande ampleur et Henry s'était impliqué à titre de bénévole aux côtés des midinettes. Il avait à cœur cette cause. Léa lui avait été présentée lors de la préparation d'une manifestation dans la rue. Aux côtés de Rose Pesotta, cette femme extraordinaire menait les travailleuses de l'aiguille vers la liberté. Née à Montréal dans une famille juive, Léa Roback refusait de vivre et de baisser la tête comme les autres femmes de son époque. Jeune fille, elle était partie étudier à Grenoble la littérature. Elle avait séjourné à New-York, ensuite en Allemagne où son frère résidait. Elle avait fait part à Henry de ses inquiétudes sur le mouvement antisémite qui grugeait ce pays. Profondément contre le nazisme qui s'implantait, elle s'était engagée dans le parti communiste allemand. Mais, menacée, elle était revenue à Montréal en 1932 et s'était tout naturellement jointe au nouveau parti communiste. Henry la trouvait unique et exceptionnelle. Il avait senti son cœur battre pour une autre femme que Julianna comme jamais il ne l'aurait cru possible. Elle était d'une intelligence si vive…

À sa grande déception, Léa ne semblait pas être disponible. Il chercha à savoir pourquoi. Cependant, Léa restait très secrète sur sa vie amoureuse. Il avait seulement appris que l'amour l'avait emmenée jusqu'en URSS, sans plus de détails. Léa se consacrait entièrement à sa lutte pour le droit des femmes et ce combat était tout ce qu'elle consentit à partager. Engagée depuis l'année dernière par l'Union internationale des ouvriers du vêtement pour dames, elle n'avait eu de repos tant qu'elle n'avait pas gagné cette grève. Comme elle s'exaltait quand elle lui décrivait les conditions horribles dans lesquelles ces femmes travaillaient ! Des lieux malpropres, pleins de cafards, des conditions d'hygiènes inexistantes. Des heures de travail inhumaines pour un salaire minable. Des mères, des sœurs, des enfants, cousant jusque tard dans la nuit afin de terminer l'ouvrage ramené de l'usine. Des filles obligées d'offrir des faveurs sexuelles pour éviter la mise à pied. Il y avait de quoi se révolter ! Léa l'avait étonné par sa détermination. Elle avait toujours été certaine de la victoire ! Henry avait été heureux d'être à ses côtés en cette journée historique. Après le succès des grévistes, leurs rencontres s'étaient espacées.

L'avocat envoyait de longues lettres à ses amis de Saint-Ambroise dans lesquelles il avait résumé les derniers événements. Il leur parlait longuement de politique. Le gouvernement conservateur de Duplessis l'avait tellement déçu. Il leur expliqua l'absurde nouvelle loi du cadenas et la chasse aux communistes de l'homme au pouvoir. Depuis le printemps, leur cher premier ministre autorisait la fermeture de tout lieu qui faisait de la propagande communiste. Léa se sentait pourchassée comme une sorcière. Henry avait honte de Duplessis qui menaçait d'envoyer son escouade rouge jouer à la police en apposant un cadenas sur la porte d'un édifice sur la seule allégation que « ça sentait le communisme ». Le sang de l'avocat ne faisait qu'un tour contre ces abus de pouvoir. Le ton de ses lettres était passionné. Il disait que la révolte couvait. Il ajoutait à ses envois une copie de quelques articles du journal *La Nation* qui venaient appuyer ses dires.

Henry faisait également souvent référence à l'abbé Lionel Groulx et à sa « génération des vivants ». Leur ami démontrait beaucoup d'admiration pour ce prêtre historien et nationaliste. Julianna faisait la lecture à haute voix de ses lettres. François-Xavier l'écoutait d'une oreille, calculant combien d'années il lui faudrait pour accumuler la somme manquante afin de construire sa fromagerie. Pierre préférait aller dehors et profiter au maximum de ces jours bénis de congé d'été. Yvette et Mathieu, cependant, écoutaient religieusement leur mère. La fillette de neuf ans ne saisissait pas toujours le sens du contenu mais elle devinait l'importance des mots. Mathieu, lui, ne rêvait que de son parrain qui était devenu son héros. Il se laissait bercer par la musicalité de la voix de sa mère et n'attendait que le moment final où, enfin, l'auteur des lettres offrait ses amitiés à toute la famille, un bonjour à son filleul et une caresse pour Baveux.

~ ~ ~

Septembre revint et Julianna vit partir quatre de ses enfants à l'école. Laura était en première année et Pierre se fit un devoir de l'escorter jusqu'à l'école. Sa petite sœur était si fragile et il l'avait toujours adorée. Malgré les prières du jeune adolescent, mademoiselle Potvin ne s'était toujours pas cassé le cou pendant l'été et était au rendez-vous de leur première journée de classe, debout sur le bord de la porte, les regardant avec autorité se regrouper et faire silence. Cette fois, Pierre ne baissa pas les yeux devant son institutrice. Il avait onze ans et la responsabilité de sa jeune sœur Laura lui insufflait le courage de braver sa maîtresse.

Mademoiselle Potvin cacha sa surprise devant la nouvelle attitude du garçon et resta silencieuse. Pierre cria victoire et poussa sa chance jusqu'à lancer un regard mauvais à l'institutrice. Il avait guidé Laura à l'intérieur d'un air protecteur, en voulant dire : « Celle-là, touchez-y jamais ». La maîtresse avait regardé la fillette pleurnicharde qui ne voulait pas lâcher la main de son grand frère et avait fait claquer le bout de sa langue en signe de désapprobation. Dans la classe, mademoiselle Potvin avait placé les plus petits en avant. Laura s'était donc vu désigner un pupitre dans la première rangée. Mademoiselle Potvin avait le dos tourné à ses élèves et avait entrepris d'écrire son nom au tableau. Laura se mit à se tortiller sur son banc et dit :

— Z'ai envie de pipi.

Les élèves pouffèrent de rire mais se turent rapidement lorsque que leur maîtresse se retourna, visiblement furieuse. Mademoiselle Potvin avait exigé qu'on lève la main pour aller à la toilette extérieure.

— Qui a dit ça ? demanda-t-elle.

Personne ne répondit, mais les yeux se tournèrent vers la nouvelle de première année.

— C'est vous, mademoiselle Rousseau, qui avez envie ?

La nouvelle élève acquiesça.

— Vous apprendrez, mademoiselle, que dans cette classe, on lève la main pour demander la permission de parler. Pis quand c'est pour aller à la bécosse, on la lève deux fois.

Elle s'était penchée sur Laura, l'intimidant du haut de son pouvoir.

— Alors, quand mademoiselle Rousseau aura z'envie, continua la maîtresse en imitant le zézaiement de la fillette, elle saura quoi faire.

Elle retourna au tableau. Laura hésita. Elle jeta un coup d'œil autour d'elle. Sa sœur Yvette lui fit signe de lever la main. Laura s'exécuta et brandit bien haut son bras. Mademoiselle Potvin se retourna et fit comme si elle ne voyait rien.

— Bon, je vais poser des questions pour savoir dans quelle année vous placer, dit mademoiselle Potvin.

Laura se cassa le cou et chercha son frère Pierre. Elle le trouva en arrière, dans la dernière rangée. Pierre lui fit signe avec deux de ses doigts. Laura comprit. Elle revint face à son institutrice et, cette fois, fit le geste à deux reprises. Elle attendit. Rien, la maîtresse ouvrait un de ses cahiers. Laura recommença son manège. Mademoiselle Potvin leva les yeux, se racla la gorge et débuta l'interrogatoire. La fillette se tortillait. Pierre toussota pour attirer l'attention de la femme. Mademoiselle Potvin fit la sourde oreille. Laura releva sa main bien haut, une fois, deux fois, trois fois, mais la maîtresse continua de l'ignorer. La petite fille s'immobilisa. Une coulée d'urine glissa le long de son banc puis dans l'allée. Quelques enfants murmurèrent entre eux. Laura baissa la tête de honte. Pierre fulminait. Il était certain que la maudite mademoiselle Potvin avait fait exprès. La maîtresse se tut et regarda la flaque. Avec un air de grande exaspération, elle ordonna à la fautive de se lever, d'aller chercher le seau et la guenille et de nettoyer son dégât. Méprisante, elle regarda la fillette s'exécuter tout en lui faisant la remontrance que pourtant, à ce qu'elle sache, elle parlait français et ce n'était pas sorcier de lever la main mais que c'était de famille, une famille de carottes et de navet... À quatre pattes, le derrière de sa robe mouillée, Laura, en larmes, essayait tant bien que mal d'assécher le plancher.

À la récréation du matin, les quatre enfants Rousseau et leurs trois cousins Gagné, car Samuel avait également commencé l'école, se regroupèrent. Pierre consola Laura tandis qu'Yvette déclarait qu'un jour, sa maîtresse pourrait s'étouffer avec sa craie. Mathieu se contenta de sourire tristement à sa petite sœur. Delphis dit qu'il avait peur de mademoiselle Potvin, que c'était une folle. Sophie approuva et Samuel donna un bec sur la joue de Laura. On la rassura et on lui promit que tout s'arrangerait, qu'il ne fallait pas qu'elle s'en fasse, ce n'était que son premier jour de classe, que les autres seraient différents. Mais toute la semaine, ce fut le même manège ou presque. La maîtresse faisait semblant de ne pas voir Laura demander la permission d'aller se soulager. Ne pouvant plus se retenir, celle-ci urinait sur son banc. Elle se voyait forcer de laver le plancher et de rester sale toute la journée. Le vendredi, Pierre aurait hurlé de rage. Du fond de la classe, il lançait des regards meurtriers à sa maîtresse tandis qu'elle ridiculisait sa petite sœur à cause de son défaut de langage. Laura venait de répondre : « Ze le sais pas, mademoiselle » à une question, et la femme l'avait imitée en répétant sa réponse. Plus tard, ce vendredi après-midi, Laura leva la main deux fois. Mademoiselle Potvin ignora la demande de la fillette et Laura s'échappa à nouveau. Quand la vieille fille s'en rendit compte, au lieu de son habituel mouvement d'exaspération en désignant la serpillière du doigt, elle courut jusqu'au pupitre de Laura. Elle l'attrapa par l'oreille et la tira violemment jusqu'à son bureau, la faisant presque trébucher en montant sur l'estrade. Laura grimaçait de douleur. Pierre se tenait à deux mains à son pupitre. Ne lâchant pas la fillette, de sa main libre, la maîtresse prit sa grande règle de bois et, l'élevant dans les airs, de sa voix aiguë, lui dit :

— J'ai été patiente avec toi, Laura Rousseau, mais là tu vas recevoir la correction que tu mérites.

D'un grand coup sec, elle abattit le morceau de bois sur les jambes de Laura qui s'agenouilla sous la douleur. La méchante femme ne lâchait toujours pas l'oreille de la pauvre enfant, ce qui la fit crier encore plus. Alors que la maîtresse s'apprêtait à frapper de nouveau, tout à coup, venant du fond de la salle, Pierre fonça sur elle et lui prit la règle des mains en criant :

— C'est assez !

Médusée, mademoiselle Potvin se redressa, libérant enfin la petite fille. Pierre poussa Laura vers son autre sœur et ordonna :

— Yvette pis Mathieu, allez vous-en à la maison tout de suite avec elle.

Laura s'était jetée en pleurant dans les bras d'Yvette. Mathieu se leva de sa place, prit ses sœurs par la main et obéit à Pierre. Ils sortirent en courant de l'école.

— Pierre Rousseau, redonne-moi ma règle tout de suite, dit la maîtresse en reprenant contenance.

Au lieu d'obtempérer, Pierre poussa de toutes ses forces le pupitre derrière lequel mademoiselle Potvin essayait de se mettre à l'abri et le fit basculer en un grand bruit sourd. Autour, les cahiers s'éparpillèrent, les livres tombèrent à l'envers. L'encrier se cassa. Pierre se retrouva le visage maculé de taches noires tel un guerrier indien prêt à la bataille. C'est d'ailleurs d'un air sauvage qu'il se tourna vers le reste de la classe.

— Sortez d'icitte ! aboya-t-il. Envoyez, Delphis, Sophie, Samuel, restez pas icitte, allez-vous-en, tout le monde ! Sortez !

Ce fut le brouhaha pendant un moment, les garçons et les filles se bousculant pour sortir les premiers, effrayés de la terrible colère de Pierre. Furieux, le garçon reporta son attention sur sa maîtresse qui, apeurée, avait reculé jusqu'au tableau.

— T'es rien qu'une criss de folle, lui murmura-t-il les dents serrées. Tu nous as assez fait manger d'la marde, là, c'est à ton tour.

Enragé, Pierre se mit à frapper l'institutrice à coups de règle sur le dos, les bras, la tête, partout où il pouvait l'atteindre. Le morceau de bois éclata finalement. Pierre cessa l'attaque, haletant. Il regarda d'un air méprisant la femme recroquevillée qui pleurait par terre et sans plus un mot quitta la classe. Il passa sans les voir devant quelques enfants qui, curieux, étaient restés sur le pas de la porte, pour être témoins de la scène. Il ne sut même pas comment il avait trouvé la sortie. Devant ses yeux, il n'y avait qu'un voile rouge de colère. Pierre ne se rendit pas à la maison mais alla directement au presbytère et demanda à voir le curé de toute urgence. Celui-ci accueillit avec étonnement ce jeune garçon au visage crispé qui tenait à la main une baguette de bois cassée.

— J'ai battu la maîtresse.

— Quoi ?

— J'ai battu la maîtresse, monsieur le curé.

~ ~ ~

On raconta qu'on avait vu le curé relever sa soutane si haut afin de courir plus vite vers l'école que bien des parties privées de son anatomie avaient vu la lumière du soleil. Il y eut bien des rumeurs dans le village. On dit qu'on avait retrouvé mademoiselle Potvin à moitié morte et qu'elle avait été battue avec une pelle. Des enfants jurèrent que de la boucane sortait des oreilles d'un Pierre possédé tandis qu'il frappait l'institutrice. Une chose était sûre, c'était que plus jamais mademoiselle Potvin ne fit la classe. Elle déménagea on ne sait où, ramenant avec elle une vilaine cicatrice à l'arcade sourcilière. Elle dirait à ses connaissances qu'elle avait frappé un mur. Une nouvelle institutrice la remplaça à pied levé mais émit une condition. Que ce dangereux de Pierre Rousseau ne remette pas les pieds dans sa classe. De toute façon, le jeune garçon n'y serait jamais retourné pour tout l'or du monde. Après être accouru à l'école, le curé Duchaine s'était rendu immédiatement à la maison des Rousseau et avait eu une grande discussion avec Julianna. Celle-ci se morfondait, ayant été mise au courant par Yvette et Mathieu qui lui avaient raconté une histoire décousue, entrecoupée des pleurs de sa Laura. Elle avait envoyé Marie-Ange chercher François-Xavier qui travaillait chez Ti-Georges. Julianna avait été soulagée quand elle avait vu le curé escorter un Pierre à l'air contrit. Son fils avait raconté toutes ces années d'école pendant lesquelles mademoiselle Potvin le punissait et le ridiculisait sans cesse. Yvette confirma que mademoiselle Potvin n'avait jamais touché à Mathieu ni à elle. C'était Pierre qui recevait les volées. Choquée, Julianna n'en revenait pas d'apprendre les mauvais traitements infligés à son fils. Elle savait la maîtresse dure, mais jamais à ce point. Indignée, Julianna eut envie de se rendre sur le champ à l'école affronter, face à face, cette affreuse femme qui avait osé toucher à son fils et traiter une fillette avec tant de méchanceté et… Le curé la calma et lui assura qu'il aurait une sérieuse discussion avec mademoiselle Potvin. Le curé se tourna vers Pierre et voulut savoir exactement ce qui s'était passé au cours des derniers jours. Pierre résuma la dernière semaine, détaillant le tourment de Laura. Laura ajouta : « la maîtresse, a l'était pas fine même si ze levais ma main deux fois ! » Le curé prit la petite fille sur ses genoux et regarda le bleu qu'elle affichait sur ses jambes. Pierre essaya d'expliquer que quand la maîtresse avait commencé à frapper Laura, sa petite sœur si fragile, qui avait été si malade bébé, que le frère André avait guérie, c'était comme si un gros nuage rouge l'avait enveloppé. Il ne voyait plus rien d'autre que cette sorcière et il ne savait pas s'il aurait pu s'arrêter si la règle ne s'était pas cassée et… Pierre se mit à trembler, les larmes aux yeux. Le curé lui mit une main réconfortante sur l'épaule.

François-Xavier arriva et Julianna reprit l'histoire. Il resta silencieux. À son tour, il n'eut qu'une envie : aller dire sa façon de penser à cette mademoiselle Potvin. Le curé Duchaine éleva le ton. Il comprenait la colère des parents envers l'institutrice pour son comportement indigne. Mais il ne pouvait la tolérer. Il répéta qu'en tant que curé de la paroisse, c'est à lui que revenait le devoir de régler la situation. Cela n'enlevait rien au fait que Pierre devait être puni. Il avait levé la main sur sa maîtresse. C'était très grave et peu importe toutes les bonnes raisons que l'enfant croyait détenir, cela était inadmissible. François-Xavier en convint. Il s'éloigna avec le prêtre afin de discuter de la sanction. François-Xavier confia au curé Duchaine à quel point il se sentait coupable de ne pas être intervenu avant. Il n'avait pas droit de regard dans les affaires d'école… Il ne croyait pas que c'était si grave. Pierre avait gardé le silence sur les sévices qu'il subissait.

— Tout cela est bien malheureux, se désola le curé.

— Cette femme a pas la vocation, monsieur le curé, dit François-Xavier.

— Peut-être bien. Cependant, Pierre a posé un geste fort répréhensible.

— Chus toujours ben pas pour le battre à mon tour ! s'écria-t-il. J'ai jamais levé la main sur un de mes enfants, monsieur le curé. Je commencerai pas aujourd'hui.

— Pierre doit être puni, réaffirma le curé Duchaine.

François-Xavier prit une grande respiration.

— Je vais m'en occuper… affirma-t-il.

D'un air déterminé, le père revint vers son fils. Le cœur battant, Pierre attendait le verdict.

La mâchoire crispée, François-Xavier toisa un moment son aîné avant de lui ordonner de venir avec lui. Avec résignation, Pierre suivit son père jusqu'à la grange. Julianna voulut intervenir. Le curé Duchaine l'en empêcha.

— Rentrez donc à la maison avec vos filles madame Rousseau. Votre mari sait ce qu'il a à faire.

Julianna lança un regard courroucé à l'homme en soutane. Jamais elle ne pardonnerait à François-Xavier d'avoir frappé Pierre, jamais !

~ ~ ~

François-Xavier tint sa promesse. Il s'occupa de punir son fils… mais à sa manière. Une fois dans la grange, sans un regard pour son fils, il s'était dirigé d'un pas ferme vers le mur du fond. Il y décrocha le fusil de chasse, prit la boîte de cartouche posée sur le rebord d'un montant de bois et revint vers Pierre. Il lui tendit le tout.

— Tiens, charge-le.

Pierre prit les munitions et hésita. Il n'avait jamais eu le droit de toucher l'arme auparavant, son père le considérant trop jeune encore.

— Prend le fusil pis va achever ta maîtresse ! lui ordonna son père. Y a pas de danger qu'il casse comme la règle de bois.

— Non… balbutia Pierre en secouant la tête de gauche à droite, choqué par les paroles de son père.

— Ça va être facile, dit François-Xavier d'une voix sourde.

— Non, papa… Je vous en prie… Je veux pas le faire.

— Regarde-moé, Pierre.

L'enfant s'était exécuté.

— Je sais que t'as voulu défendre ta sœur, reprit le père. On a beau penser avoir la meilleure raison du monde, on choisit pas la violence. Que t'utilises un bout de bois, tes poings ou un fusil, tu es responsables de tes choix. Tu comprends-tu ?

En sanglotant, Pierre fit signe que oui.

François-Xavier adoucit son ton.

— Y a pas un animal qui blesse ou tue par colère. Tu es entré dans cette grange en enfant qui savait pas. Tu vas ressortir quand tu seras devenu un homme qui sait choisir.

Emportant l'arme avec lui, François-Xavier se dirigea vers la sortie. Avant de quitter son fils, il ajouta :

— Tu prendras le temps qu'il faudra. Je veux pas te voir avant.

~ ~ ~

Pierre passa une semaine enfermé dans la grange. Yvette venait lui porter ses repas en silence. Elle n'avait pas le droit de lui adresser la parole. En fin de compte, cette réclusion se révéla une bénédiction. La solitude forcée lui permit de méditer sur la rage incontrôlable qui l'avait habité. Le premier jour, il avait passé par toute une gamme d'émotions. Il avait sangloté de honte, s'était révolté d'être enfermé, s'était apitoyé sur lui-même en trouvant injuste d'être ainsi puni. La première nuit, il ne dormit presque pas. La noirceur, les bruits inconnus, la peur le tinrent éveillé. Les jours suivants, il accepta de plonger en lui et de réfléchir profondément aux événements. Les paroles de son père tournaient dans sa tête. À la quatrième nuit, il bascula dans le monde étrange et symbolique des esprits. Peu de personnes se risquent dans cet univers ne voulant pas voir leur âme à nu. Pierre y voyagea et il fit la rencontre de ses guides spirituels. Il se promit de devenir maître de lui-même. Il commencerait par corriger sa timidité. Il fit le point sur ses cheveux roux et sa cicatrice. Il décida qu'il arborerait fièrement sa singularité. Il apprivoiserait ses peurs. Il craindrait encore le noir mais saurait que le jour vient toujours…

Pierre sortit de la grange profondément changé. Comme il n'allait plus à l'école, il se mit à suivre son père partout. Pierre voulut savoir un tas de choses, surtout sur le passé de son père. Pierre désirait connaître les moindres détails de la vie sur le bord du lac Saint-Jean. Il s'intéressa au fonctionnement d'une fromagerie et se dit qu'il aimerait bien faire ce métier. Alors François-Xavier se mit à raconter les années sur la Pointe, ses rêves et l'inondation. Il lui dessina la maison de la Pointe et Pierre eut une exclamation d'émerveillement. Cette tour était une idée merveilleuse ! Pierre se mit à imaginer lui aussi des plans. François-Xavier lui enseigna comment calculer une pente de toit, mettre en perspective une façade, prévoir les dégagements nécessaires et tout ce qui faisait les éléments d'un bon plan.

— Pis on pouvait grimper dans la tour pis tout voir le lac ?

— C'était si beau… Quand le soleil se couchait, tu aurais juré que tu avais sauté au milieu d'un feu de joie et que tu dansais sans te brûler sur le dessus des flots…

— Pis on l'appelait le château ?

— Oui, le château à Noé.

— Pis que c'est qu'elle est devenue, cette maison-là ?

François-Xavier hésita.

— Elle appartient à la compagnie. Comme toute la Pointe. Tu le sais, je te l'ai déjà expliqué.

— Mais la maison, qui c'est qui habite dedans ?

— Elle est abandonnée… comme les autres.

— Ah, fit tristement Pierre.

Il reprit, une lueur d'espoir dans les yeux.

— Peut-être qu'elle est pas vide ! Peut-être que c'est les oiseaux des bois qui l'habitent astheure…

— Peut-être, mon fils… Peut-être.

~ ~ ~

Pierre venait de vivre un merveilleux mois auprès de son père. Mais celui-ci allait repartir bientôt aux chantiers. L'adolescent avait apprécié connaître un peu plus son père. S'il n'avait pas été si jeune, il aurait aimé le suivre jusqu'au chantier. Pierre fut terriblement jaloux d'apprendre qu'Elzéar irait, lui. François-Xavier avait accepté d'emmener son neveu. Le jeune homme avait tellement insisté. Cet hiver, au lieu de faire de la glace dont les trappistes avaient cessé de faire l'entreposage, ayant modernisé le monastère à l'électricité, les trappistes lui avaient offert de bûcher sur leur propre chantier, au nord de la trappe. François-Xavier avait accepté avec gratitude. Il se dit que le contact de ces moines travaillants serait une bonne chose pour l'adolescent qui vivait mal l'absence de son grand frère.

Pierre fut triste de voir repartir son père. Cela était étrange de ne pas aller à l'école. Il en profitait pour étudier son petit catéchisme et apprendre par cœur tous les passages. Car le curé Duchaine lui avait promis qu'il marcherait au catéchisme au mois de mai comme tous les autres, qu'il ferait sa grande communion au mois de juin. Chaque année, dans tous les villages, pendant un mois, les enfants en âge de recevoir ce grand honneur étaient dispensés d'école. Tous les jours, ils se rendaient à l'église et recevaient l'enseignement du curé qui les aidait à mémoriser les commandements du livre religieux. De voir ce groupe marcher ainsi en direction de l'église avait donné son nom à cette tradition. À la fin du mois, les prêtres questionnaient les élèves et leur donnaient une note de passage. Pierre était bien décidé à réussir avec très grande distinction ce diplôme. L'incident avec mademoiselle Potvin avait été un point tournant dans sa vie. L'histoire avait vite fait le tour du village et on ne posait plus le même regard sur lui. Il cessa de baisser la tête et de raser les murs. Il arborait maintenant sa tignasse rouge comme un drapeau victorieux.

En plus d'étudier son catéchisme, il rendait service à la maison. Il coupait le petit bois, le cordait, le rentrait. Il allait souvent trouver son parrain. Il s'arrangeait pour être à la ferme lorsque ses cousins et sa cousine revenaient de l'école. Avec Delphis, souvent suivi de Samuel maintenant, ils partaient à l'aventure, jouaient dans le ruisseau à construire un barrage à la manière des castors, travaillant fort à déterrer les grosses roches, à les transporter jusque dans l'eau, à calfeutrer les fentes à l'aide d'un mélange de cailloux et de boue. Ils revenaient de ces travaux de novembre éreintés, les mains gercées mais heureux et fiers, ayant encore une brèche à colmater le lendemain ou un étage à ajouter ou à recommencer après avoir trouvé leur monticule tout écrasé par la force de l'eau qui refusait de se laisser dompter par trois gamins effrontés. Pierre eut la permission de dormir chez son parrain et il passa le plus clair de son temps là-bas. Il aidait sa tante Rolande, enceinte, en surveillant Augustin, Antoinette et les jumeaux qui, au grand désespoir de Rolande, ne commenceraient l'école que l'année suivante n'ayant eu six ans qu'au début du mois.

Hélène vint au monde le 11 novembre, le jour du souvenir. journée pour ne pas oublier les horreurs de la guerre, que l'on commémorait depuis quelques années. Ce fut Pierre qui partit chercher Marie-Ange. Celle-ci était restée à Saint-Ambroise, décrétant qu'elle n'irait pas s'enfermer toute seule dans une maison vide d'enfants à Montréal. Elle avait donc laissé le logement fermé et envoyait Henry s'en occuper régulièrement. Elle verrait plus tard quoi faire de ce cadeau. On ne savait jamais, peut-être que Léonie trouverait la vie du cloître beaucoup moins exaltante que prévu et qu'elle reviendrait sur sa décision. En ce cas, sa maison l'attendrait. Quand Pierre arriva, tout essoufflé d'avoir couru sans s'arrêter à travers champs, Marie-Ange devina tout de suite. Elle fit venir le médecin.

Tout se passa assez bien. Rolande avait la chance que ses filles soient de menus bébés, car elle était étroite de hanches. François-Xavier serait le parrain. À cause de son absence, on mandata monsieur Dallaire comme parrain de remplacement. Julianna fut la porteuse et Marie-Ange, la marraine.

Le dimanche suivant, la première bordée de neige importante tomba. Julianna décida d'aller passer la journée chez son frère pour y retrouver Marie-Ange qui aidait aux relevailles de Rolande. Les cousins s'amusèrent des heures dehors à se construire des bonshommes de neige, encouragés par les jappements de Baveux qui avait suivi Mathieu. Les enfants ne rentrèrent que pour se réchauffer les mains et les pieds rapidement gelés par les bas et les mitaines mouillés. Dans la maison, Marie-Ange aimait faire le concours des plus belles pommettes rouges. Chaque enfant qui venait se mettre au chaud attendait que sa tante vienne évaluer la couleur de ses joues avant de se déshabiller.

— Ah les belles pommettes à croquer ! disait-elle en empoignant le visage de l'enfant et en faisant mine de mordre chaque joue.

Marie-Ange regarda Julianna qui lavait la vaisselle, le visage encore empreint de son air triste des derniers temps. La mort de son bébé, la vie religieuse de Léonie, le départ de son mari… «Ça suffit!» se dit Marie-Ange en prenant une décision.

— Julianna, tu t'habilles pis tu vas jouer dehors avec les enfants, décréta-t-elle.

— Ben voyons, que c'est qui te prend! rétorqua Julianna, surprise par cet ordre.

Marie-Ange ne fit ni une ni deux, décrocha les vêtements de sa sœur de la patère et l'habilla sans ménagement, lui entourant la tête d'un châle avant d'enfoncer un bonnet de laine par-dessus.

— Tiens, tu gèleras pas des oreilles. Mets tes bottes pis envoye dehors. Chus fatiguée de te voir traîner l'âme en peine.

— Mais…

— Pis tu rentreras lorsque t'auras de belles pommettes rouges toé itou!

Et Marie-Ange la poussa littéralement à l'extérieur en criant:

— Tenez les enfants, sautez lui dessus!

Ses neveux et nièces hésitèrent. Jamais un adulte ne venait jouer dehors avec eux… Ce fut Baveux qui partit le bal. Ne se posant pas de question, le chien, content d'avoir une nouvelle amie pour jouer, sautilla en jappant devant Julianna. La femme se baissa et roula une boule de neige dans sa paume. Les enfants la regardaient toujours.

Le visage de Julianna s'éclaira.

— À l'attaque! hurla-t-elle tout à coup.

Julianna se mit à courir après les enfants, lançant sa boule, les bousculant. Les petits ne se firent pas prier et rétorquèrent en s'accrochant à ses jambes. Elle tomba à la renverse, sa robe et son manteau pleins de neige. Elle se secoua en riant, réussit à se dégager, refit une boule, visa Pierre et se fit clouer au sol.

Lorsqu'elle demanda grâce et qu'elle revint à l'intérieur, c'est en riant qu'elle se plaignit à sa sœur d'être rendue bien trop vieille.

— Chus tout essoufflée...

— T'as des belles joues colorées par exemple ! Tu vas gagner mon concours...

— Où est Ti-Georges ?

— Y fait une sieste. On dort pas gros la nuit icitte dedans. Hélène a une bonne voix.

— A va peut-être ben être chanteuse...

— Que Dieu nous en préserve ! Y en a assez d'une qui nous casse les oreilles dans la famille !

— Marie-Ange ! fit semblant de s'offusquer Julianna. Comment ça se fait que tu t'en vas jamais en voyage voir tes enfants aux États ? Ça serait un bon débarras.

— Vous pouvez pas vous passer de moé. L'hiver prochain par exemple, je pars faire le tour du monde !

— Ben oui, tu dis la même chose à chaque année pis tu vas pas plus loin qu'au village !

Marie-Ange attrapa le linge à vaisselle et fit mine de battre Julianna. En riant, la plus jeune des sœurs s'écria :

— Bon, on va s'en retourner chez nous, nous autres, j'pense... Tant qu'à être habillée pis les enfants itou, aussi ben en profiter.

Julianna embrassa sa sœur. Marie-Ange avait raison. Qu'est-ce qu'elle-même et Rolande deviendraient sans elle ? Julianna se demanda si Marie-Ange voyagerait jamais un jour comme elle en rêvait...

~ ~ ~

À la fin du mois des morts, un revenant fit surface. Ce fut le visage en sueur, se dépêchant d'enfourner ses pains, que Rolande referma la porte du four pour ouvrir celle de l'entrée en se demandant bien quel quêteux y frappait encore. Avec la crise économique qui s'éternisait, il était de plus en plus fréquent que de pauvres bougres viennent à leur ferme demander à boire, à manger, un peu de sou ou les trois...

Cet après-midi-là, le visage de la jeune femme se vida de ses couleurs lorsqu'elle reconnut le visiteur. Après trois ans d'absence, Jean-Marie était revenu. Il se tenait dans l'embrasure de la porte, un sac sur l'épaule, arborant une moustache et des traits beaucoup plus virils. À dix-huit ans, il n'avait plus rien à voir avec l'adolescent qui s'était enfui de la maison. Il sourit et demanda doucement à Rolande s'il pouvait entrer.

— Surtout qu'on est en train de faire geler toute la maison.

Rolande réagit enfin et lui libéra le passage. Un taureau l'aurait encornée que le choc n'aurait pas été plus brutal. La beauté de Jean-Marie, ses yeux, sa bouche, sa voix, sa stature... Elle se rappelait un adolescent pour qui elle avait ressenti de l'amitié. Elle retrouvait un homme qui lui inspirait, sans aucun doute, bien autre chose que ce chaste sentiment. Pour sa part, Jean-Marie avait une longueur d'avance sur elle. Depuis longtemps, il se préparait à cette rencontre. Malgré cela, il avait été renversé de voir à quel point son amour pour elle était encore aussi fort, sinon d'avantage. Comme elle était jolie... Comme il était douloureux de la revoir. Il dut prendre sur toute sa nouvelle maturité pour faire bonne figure. En boitillant plus que d'habitude, la fatigue accentuant son handicap, il alla s'asseoir sur un bout du long banc de bois qui tenait lieu de siège pour la table de cuisine. Il déposa son lourd bagage par terre et s'enquit si son père était là.

Rolande fit non de la tête, n'ayant pu recouvrer assez d'air pour réussir à parler. Puis, avec effort, elle lui dit que Ti-Georges passait la journée chez sa sœur Julianna afin de réaliser différents travaux en vue de la longue saison froide vu que François-Xavier et Elzéar étaient absents. Marie-Ange l'avait accompagné, emmenant avec elle les jumeaux. Les plus vieux étant à l'école, elle en profitait pour boulanger et faire cuire les pains qu'elle avait pétris le matin même. Rolande parlait vite et avec nervosité. Jean-Marie l'écoutait en souriant et prenait note mentalement des changements survenus pendant son absence. Surtout que jamais on n'avait répondu à ses lettres… Jean-Marie apprit donc le voisinage de son oncle.

La maison était parfumée de l'odeur unique de bon pain chaud. Jean-Marie demanda s'il y en avait de prêt. Rolande retira un linge à vaisselle sous lequel refroidissait une belle grosse miche dorée à point.

— J'en prendrais ben un morceau, avec du beurre… Si chus le bienvenu icitte, comme de raison.

Rolande se récria.

— Ben voyons donc, icitte, c'est chez toé !

Elle prit le grand couteau dentelé et s'appliqua à couper une épaisse tranche.

Avec Ti-Georges, ils avaient peu parlé de l'absence de son aîné. Elle savait qu'il en était peiné et surtout très fâché. Elle se demanda comment allaient se passer les retrouvailles entre le père et le fils. Tout à coup, un petit bout d'homme de trois ans sortit, tout ensommeillé, de la chambre de ses parents. Il regarda l'étranger avec curiosité. Jean-Marie devina l'identité du garçonnet.

— C'est ton Augustin ? Il a grandi en barouette.

Derrière l'enfant se pointa une fillette, encore un bébé. Jean-Marie porta un regard interrogateur à Rolande. Celle-ci lui répondit :

— C'est ta petite sœur Antoinette. Elle va avoir deux ans betôt.

Jean-Marie accusa le coup. C'était une chose d'avoir essayé de toutes ses forces de rayer de sa pensée les images de la femme qu'il aimait dans les bras de son père, mais lorsque le fruit de leur union se tenait devant lui ainsi… Il se leva, chancelant. Le pleur d'un nouveau-né fusa soudain. Rolande s'assura que les enfants ne pouvaient atteindre le couteau et se dépêcha d'accourir à cet appel. Elle revint avec le bébé tendrement lové dans ses bras.

— Ton autre petite sœur, Hélène… Elle a quinze jours.

C'en était trop.

— Excuse-moé, Rolande, j'vas aller chez mononcle François-Xavier…

Jean-Marie abandonna son bagage et le pain beurré sur la table et se sauva. Dans la cuisine, une jeune femme de dix-neuf ans, mère de trois enfants, venait de prendre conscience, pour la première fois, de ce qu'était le grand amour... Et combien était immense la douleur qui l'empoigna en se rendant compte qu'elle devrait à tout jamais y renoncer.

~ ~ ~

Georges était dans le hangar en train de vérifier l'attelage de la carriole à la demande de Julianna qui trouvait qu'une roue tournait carré, comme elle disait. Penché sur la roue de bois qu'il avait retirée de la voiture, avec un maillet, il tentait d'en redresser les rayons. Une ombre se profila derrière lui et son sixième sens, le vrai, celui qui très rarement se manifeste dans une vie, l'avertit de se relever doucement, de se retourner, d'encaisser le choc de voir son fils... son fils... là devant lui... changé, vieilli, mais au fond des yeux, la même lueur de petit garçon inquiet, peu sûr de lui. Ti-Georges respira un bon coup et mena silencieusement un des plus durs combats de sa vie. Son éducation, son caractère lui disaient de tourner le dos à cet ingrat, de le traiter de fils indigne, de l'ignorer, de lui dire qu'il était mort... Au contraire, son cœur, son âme et peut-être la voix de sa tante Léonie lui soufflaient d'ouvrir les bras, juste ouvrir les bras. Il ne sut le faire. Jean-Marie attendit anxieusement la décision de son père. Un moment auparavant, sa tante Julianna l'avait serré fort contre elle, émue, répétant qu'il avait grandi, qu'il était beau et Marie-Ange avait pleuré comme une Madeleine en faisant pareil. Ses tantes lui avaient montré où trouver son père et l'avaient regardé se diriger vers le bâtiment en essuyant leurs larmes avec le coin de leurs tabliers et certainement en priant, se dit Jean-Marie, le cœur battant.

— Ben reste pas planté là, dit Ti-Georges, tu vois ben qu'une autre paire de mains serait pas de refus.

Jean-Marie se dépêcha de tenir l'équilibre de la roue.

— Encore que si je me rappelle ben, t'as toujours eu les mains pleines de pouces.

— Vous seriez surpris, son père, répondit Jean-Marie avec aplomb.

Montrant ses biceps, il ajouta :

— J'ai pris ben du muscle là-dedans vous savez.

Ti-Georges sourit et, pointant du doigt la tête de son fils, il rétorqua :

— J'espère que t'en as pris là-dedans itou.

Peut-être que s'il y avait eu des témoins, s'ils n'avaient pas été seuls dans la grange, il ne se serait pas permis de tout lâcher et de prendre son « grand niaiseux de bateau de grand morveux de fils » dans ses bras et en cachette d'essuyer une larme, mais cela jamais personne ne le saurait, oh non personne !

~ ~ ~

Marie-Ange et Julianna préparèrent tout un souper en l'honneur du retour de Jean-Marie. Ti-Georges alla chercher sa femme et ses enfants et revint, souriant, s'installer au bout de la table. Il se mit à questionner son fils sur tout ce qui s'était passé pendant ses voyages. Jean-Marie essaya de ne pas poser les yeux sur Rolande ni de détailler sa silhouette lorsqu'elle alla s'enfermer dans la chambre pour nourrir la petite Hélène. Il était loin d'être un conteur coloré comme son père mais il tint en haleine son public par la diversité de ses anecdotes. Il en avait vu du pays ! Il était passé par les États-Unis, était revenu au Canada, faisant mille et un travaux pour gagner son repas et son gîte. Il avait réussi à se mettre un peu d'argent de côté, mais il n'avait pas fait fortune. Partout la crise frappait et les salaires étaient dérisoires. Souvent, il n'avait pas mangé. Étrangement, les plus généreux étaient les plus pauvres... Il avait vu des enfants pieds nus dans la neige faire les poubelles, des vieillards quêter ou vendre tout ce qu'ils possédaient. Dans les villes, c'était l'horreur, les gens se débrouillant moins bien qu'à la campagne, n'ayant pu jardiner ni engranger... Il ne restait jamais longtemps au même endroit. Le plus long séjour fut sur une ferme d'Ontario. Il se débrouillait maintenant très bien en anglais. En riant, il dit :

— Au début, j'vous dis que je comprenais rien... Nous autres, par icitte, au Saguenay-Lac-Saint-Jean, on est pas ferrés pour le parler.

Julianna surenchérit.

— À Montréal, toute est en anglais, ça fait longtemps. La *business*, toute !

— Astheure, dit Jean-Marie en poursuivant son idée, astheure, j'sais même pus si je rêve en français ou bedon en anglais !

— Bateau de bateau, rêver en anglais ! Voir si ç'a de l'allure ! dit Ti-Georges d'un ton coupant.

— Pis je lis *The Gazette* !

— Tu lis le journal en anglais ?

Rolande venait de ressortir de la chambre, la tétée finie, et s'était exclamée d'admiration devant ce qui pour elle représentait tant. Yvette s'en mêla.

— Matante Rolande, a sait pas ben lire. J'essaye de lui apprendre mais a l'a une caboche dans laquelle ça rentre pas !

— Yvette !

— Ben non, Julianna, c'est moé qui lui dis ça... pis c'est vrai, se désola la jeune femme. Les lettres y se mélangent toutes devant mes yeux, y ont la danse de Saint-Guy.

Ti-Georges vint à son secours.

— T'as pas besoin de caboche, ma femme. T'es jolie pis tu m'donnes de beaux enfants, pour une créature, c'est en masse.

— Georges ! s'indigna Julianna. Tu parles comme Albert Morin !

— Ben c'est vrai itou.

Jean-Marie s'informa qui était cet Albert.

On lui apprit l'histoire de Léonie et de son entrée au monastère.

Puis Marie-Ange, autant pour changer de sujet que pour ne pas laisser passer cet affront, accusa son frère.

— C'est à cause de bornés comme toé qu'on peut pas encore voter au provincial. Non mais retenez-moé quelqu'un ou je sors le rouleau à pâte pis je fais de la tarte avec sa caboche à lui !

— Wo ! la grande sœur, pars pas en peur !

— Que ça m'choque donc quand j'entends des affaires de même !

— Vous autres, les femmes, vous êtes en train de virer sur le capot, bateau ! C'est-tu ton retour d'âge, ma vieille, ou bedon que t'es veuve depuis trop longtemps ?

— Ah ben Georges Gagné !

— Marie-Ange, intervint Julianna, tu sais ben qu'y a rien à faire avec lui...

— Ben ça dépend pour qui, hein ma Rolande ! dit son mari avec une tape sur les fesses de la jeune femme.

Ah non, Georges avait encore exagéré sur la boisson et il commençait à tenir des propos grivois. Julianna envoya les enfants se coucher tout en lançant un regard noir à son frère. Celui-ci se servit encore à boire tout en minimisant la portée de ses paroles.

— Fais donc pas simple, Julianna, les enfants auraient pu veiller un peu. Leur cousin Jean-Marie qui revient, c'est pas rien, surtout qu'y lit l'anglais astheure !

Personne ne releva le sarcasme. Julianna se contenta de répliquer :

— Y arrive sept heures et quart, y est tard en masse.

Rolande rougit et baissa les yeux. Georges n'était quand même pas né de la dernière pluie. Il avait fort bien senti l'admiration et remarqué les yeux brillants de sa jeune épouse... presque du même âge que son fils... Des jeunes bien assortis... Il venait de prendre conscience que le départ de son fils avait coïncidé avec son remariage.

— Jean-Marie, t'es débarqué juste à temps, reprit Ti-Georges d'une voix plus dure. J'vas faire boucherie betôt pis j'étais ben découragé de pas avoir d'homme avec moé. Si tu peux servir à quelque chose...

— J'vas vous donner un bon coup de main, son père, lui assura Jean-Marie.

— J'me demande si un cochon ça couine en anglais quand on le saigne ?

— Ben moé aussi, j'irais coucher les enfants, dit Rolande. Demain, les jumeaux seront pas du monde si y veillent.

— Y tiennent de leur père, eux autres, dit Marie-Ange.

Georges se leva, donnant le signal de départ.

— Bon ben, we are partis, go home, right trou, plaisanta-t-il. À la revoyure everybody !

Rolande le soutint un peu tandis que Julianna lui tendait ses vêtements d'hiver. Marie-Ange prit le bébé et fit signe aux autres enfants de s'habiller en vitesse.

— Tu vois, ma Rolande... Moé itou je baragouine l'anglais.

~ ~ ~

Le soleil brillait depuis plusieurs jours mais le froid semblait s'être installé pour de bon. Encore une fois, toute la famille s'était regroupée pour cette grosse journée de travail. Faire boucherie demandait de la préparation et de l'organisation. Tout ceux capable de le faire, devait aider. Pierre était fier de se tenir avec son oncle et son cousin Jean-Marie. Le matin, premier levé, il descendit, en combinaison, et entreprit de rallumer le poêle. Il frissonnait dans l'air froid du matin. Il ouvrit la porte de côté, prit le tisonnier et brassa un peu les braises. La bûche de nuit n'était pas tout à fait consumée. Parfait, il n'aurait pas à mettre de papier journal. Il ne savait pas trop pourquoi mais il détestait rouler en boule ces feuilles pleines d'encre. Cela le faisait « gricher des dents » comme il disait. Il mit quelques morceaux de bois d'allumage et, penché sur l'ouverture, se mit à souffler doucement et de façon continue sur un tison noirci. Le morceau calciné rougeoya comme un cœur qui se remet à battre. Le feu reprit en petits crépite- ments qui annoncèrent à Pierre sa réussite. Satisfait, il referma soi- gneusement la porte de fonte. Au lieu de remonter s'habiller, il s'as- sura d'être seul, puis se mettant sur la pointe des pieds, s'examina devant le miroir de la cuisinière au bois. Scrutant son reflet, il crut voir des poils plus foncés en haut de sa lèvre. Yvette étant apparue, il mit rapidement fin à son examen pour faire comme s'il venait cher- cher le peigne et d'un air nonchalant se mit à se coiffer. Sa jeune sœur eut un sourire narquois.

— T'es ben fier-pet pour aller saigner du cochon...

— Laisse-moé donc tranquille pis fais de l'air.

— On est à pic à matin en plus ?

— Y a jamais moyen d'avoir la paix icitte, se fâcha Pierre.

Yvette vint se placer face à son frère et sérieusement se mit à l'examiner.

— T'as quelque chose là, dit-elle en désignant le dessous de son nez.

— Tu vois de quoi ? demanda Pierre avec espoir.

Il en était certain, oui, il commençait à avoir une moustache, comme son cousin Jean-Marie ! Yvette haussa les épaules comme si cela était évident.

— Ben oui, t'es sale.

Elle se détourna et entreprit de mettre la table pour le déjeuner. C'était une de ses tâches du matin.

— Tu devrais te laver, continua-t-elle, si tu veux pas faire peur à ton cochon pis qu'y se sauve.

Pierre lança le peigne à la tête de sa sœur.

— Pis toé pis tes deux pitons en dessous de ta robe, t'as l'air fine tu penses ?

Yvette resta un moment sans voix avant de laisser tomber sur la table le bol qu'elle tenait et de s'enfuir en pleurant vers la chambre de sa mère. Pierre soupira. Bon, il aurait droit à un sermon sur la montagne à matin !

Yvette le bouda le reste de la journée. Mais Pierre ne s'en fit pas. C'était le cadet de ses soucis. Il en avait eu assez à essayer de ne pas vomir quand ils avaient saigné le gros porc. Yvette s'était vu assigner la tâche de venir chercher le chaudron rempli de sang pour l'emmener à Rolande qui en ferait du boudin qu'on mangerait le soir même. Les chats de l'étable rôdaient autour d'eux, essayant de se voler un repas inespéré et inégalable.

Yvette adorait les chats et, chaque fois qu'elle venait chez son oncle, se faisait une joie d'aller les flatter. Quelques-uns étaient un peu sauvages et regardaient la fillette avec méfiance, ceux qui avaient reçu quelques coups de pieds de son oncle probablement. Au contraire de sa nièce, Ti-Georges n'éprouvait guère d'affection pour ces bêtes qui faisaient un boucan d'enfer lors des chaleurs des femelles. Mais enfin, ces bestioles faisaient leur boulot et chassaient les souris, les mulots et les rats qui autrement les infesteraient. Au début du mois d'octobre dernier, Yvette était partie à la recherche de sa chatte préférée, Minette, du nom original qu'elle lui avait donné. Elle l'avait trouvée, blottie dans le panier à guenilles dans le coin de la grange.

— Minette, c'est là que tu te cachais ?

La chatte avait émis un miaulement de reconnaissance puis s'était allongée plus confortablement. Entre ses pattes, trois chatons tétaient goulûment. Yvette avait passé l'automne à les contempler, les caresser, les prendre, les faire jouer et rigoler de leurs facéties. Un petit de la portée lui était particulièrement attaché. Lorsqu'elle arrivait, il venait au-devant d'elle. Yvette le prenait. Collé contre son oreille, il se frottait en ronronnant. Elle l'avait baptisé « Colleux » et était devenue sa maman.

Les hommes étaient maintenant en train de débiter un bœuf et Georges s'apprêtait à déposer un gros quartier sur la table improvisée faite de quelques planches posées sur deux tréteaux. Jean-Marie demanda à Yvette d'aller chercher une guenille propre. Elle obéit, s'excusa à Minette de la déranger, prit un linge et le ramena à son cousin. Elle ne se rendit pas compte que Colleux l'avait suivie, se dandinant sur ses petites pattes, la queue bien dressée, curieux de voir vers quel jeu la fillette l'emmenait. Georges prit la guenille et nettoya rapidement sa scie à viande. Puis il fit signe à son fils de mettre le morceau sur les planches. Yvette remarqua Colleux sous la table et se pencha pour l'attraper. Bandant ses muscles, Jean-Marie souleva le lourd quartier de bœuf et le déposa sur l'étal. Une planche mal ajustée fit renverser un des tréteaux et le morceau de viande tomba par terre. Yvette eut juste le temps de se pousser. Son chaton n'eut pas cette chance. Colleux fut écrasé à mort. Yvette lâcha un grand cri. Un peu plus et Georges se coupait tant la fillette le fit sursauter.

— Bateau Yvette, fais-moé pus jamais ça ! lui ordonna son oncle.

Jean-Marie se désola.

— Oh shit, j'ai écrasé un p'tit chat. Y est mort.

Yvette, la bouche ouverte, n'essuya même pas les grosses larmes qui roulaient sur ses joues. Georges ne perdit pas de temps. Il réajusta la surface de travail, cala un morceau aux pieds du tréteau, s'assura de son ballant et remit lui-même le quartier sur la table.

— Maudit Jean-Marie que tu travailles mal !

D'un coup de pied, il envoya valser le chaton au cou cassé.

Jean-Marie regarda sa cousine d'un air désolé et se remit à l'ouvrage. Yvette alla près du petit corps. Elle le prit délicatement dans ses mains. Elle sortit à la recherche de sa mère.

~ ~ ~

Julianna recouvrit ses épaules d'un châle de laine avant d'emmener sa fillette et son chaton mort à l'arrière de la maison. Malgré tout l'ouvrage que cette journée de boucherie occasionnait, elle laissa pleurer sa fille longtemps. Yvette disait qu'il s'appelait Colleux et qu'elle était sa maman. Julianna avait le cœur serré et pensa à Amédée. Prenant la situation en main, Julianna demanda à Pierre d'aller au hangar construire une petite boîte de bois pour servir de cercueil. Marie-Ange se moqua d'elle.

— Faire simple pour un chat, on aura tout vu.

Mais Julianna tint son bout et en attendant que Pierre revienne avec ce qu'elle avait demandé, elle parla doucement à sa fille.

— Ton chaton est parti au paradis, ma chérie… Là-haut, y est ben, y joue avec une balle de laine, pis y saute sur les nuages.

— J'veux pas! J'veux qu'y revienne, sanglota Yvette.

— C'est le Bon Dieu qui décide quand y vient nous chercher. Y faut apprendre à accepter ça. Y a rien qu'on peut faire. On pleure, on a ben de la peine pis après, ben… la vie continue. Tu te rappelles, dans le train, tu avais peur que j'allais mourir?

Yvette fit signe que oui.

— On va toutes mourir un jour. Ce qu'on sait pas, c'est quand… Y en a que le Bon Dieu vient chercher quand y sont des petits bébés. C'est pour ça que chaque jour, y faut faire attention. Y faut prier que le Bon Dieu vienne juste quand on est ben ben ben vieux. Mais c'est lui qui décide. Y a rien à faire…

Elle vit Pierre revenir et lui tendre une grossière boîte de bois toute croche, clouée à la va-vite. Elle le remercia, mit le chaton dedans et dit à son fils:

— Pierre, tu vas aider Yvette à enterrer son chat. La terre est pas encore trop gelée, tu vas pouvoir creuser. Fais le trou profond pis mets des roches dessus.

Julianna se dit qu'elle ne voulait surtout pas que sa fille voie un animal gruger les restes de son chaton. Elle s'adressa à sa fille:

— Pis Yvette, demande aux autres de venir avec toé, pis vous ferez une prière ensemble.

— C'est quoi que je dis ? demanda Yvette en reniflant.

— Tu dis que tu l'as aimé ben gros pis que t'aurais aimé ça le voir grandir pis devenir un beau chat pis... pis que tu sais qu'y va devenir le p'tit chaton préféré du Bon Dieu, baptisé ou pas... termina-t-elle à mi-voix.

— Y va être le p'tit Colleux du Bon Dieu, dit Yvette. Pis y va trouver ça ben drôle quand Colleux va se frotter contre son oreille...

— Oui, ma puce, on va l'entendre rire jusque sur la Terre pis quand le tonnerre va rouler, tu vas savoir que c'est Colleux qui est en train de ronronner.

~ ~ ~

Noël approchait à grands pas et la semaine précédant les Fêtes, Julianna reçut un cadeau tombé du ciel. On frappa à la porte en pleine heure de dîner. Bougonnant un peu sur les malappris qui la dérangeaient ainsi, elle envoya Pierre voir ce qu'on voulait.

— Maman, c'est deux messieurs pis y disent qu'y ont un cadeau pour vous.

Julianna s'avança.

— Entrez donc, voyons, les invita-t-elle.

— Merci ben madame... On est chez François-Xavier Rousseau ?

— Mon mari est pas là...

— On le sait ben, c'est lui qui vous envoye un cadeau.

— Un ben gros cadeau, dit l'autre homme.

Julianna ne comprenait pas. Ces deux hommes lui apportaient un cadeau au nom de François-Xavier ?

— Y faut vous donner cette lettre pis rien vous dire.

Julianna prit l'enveloppe qu'un des deux hommes lui tendait. Elle l'ouvrit et se mit à lire à haute voix.

« Ma princesse, les hommes qui sont là sont des amis de chantier. Ils avaient à descendre pour les Fêtes. Moé, j'aurais ben aimé être avec toé pis les enfants. J'ai tout organisé en cachette cet automne avant de partir. »

Les enfants étaient autour d'elle et l'écoutaient attentivement. Les deux hommes étaient retournés dehors. Julianna les regarda s'affairer de chaque côté d'un immense traîneau à bois, du genre que les hommes utilisent pour charger des troncs d'arbre et où ils grimpent debout sur la charge pour guider le cheval. Une bâche recouvrait quelque chose sur la plate-forme. Julianna reprit sa lecture tandis que les hommes dénouaient les câbles qui retenaient la mystérieuse charge.

— Maman, lisez tout haut ! s'exclama Pierre.

Julianna reprit :

« Les frères Vauvert sont obligés, à cause de la compagnie pis des dégâts d'eau, de fermer. Ils ont essayé, pendant toutes ces années de s'en sortir, mais ils ont pas réussi. »

Les hommes se lançaient les cordes de part et d'autre du traîneau et les enroulaient solidement.

« Ils vont déménager au printemps recommencer ailleurs. J'ai pensé que cette surprise te consolerait de la perte d'Amédée... Je t'aime ben gros... pis va voir dans le poulailler si les poules ont des dents... »

« ... si les poules ont des dents... » Qu'est ce que... Julianna releva encore les yeux. Les hommes venaient de retirer la bâche. À l'envers, les pattes vers le ciel, son piano l'attendait. Avec un cri de joie, elle tendit la lettre à Pierre et se mit à courir vers le fardier. Elle tendit la main vers la plate-forme et se mit à caresser le bois verni de l'instrument. Tout le reste était soigneusement recouvert de catalognes.

— Vous allez prendre froid, ma p'tite dame...

— Mon piano, c'est pas vrai, mon piano !

Les frères avaient bien préparé le déménagement du dispendieux instrument. À l'aide de cordelettes de tissu, ils avaient fermé le clavier et le couvercle. Entre les pattes, le banc reposait, également à l'envers, lui aussi bien attaché et rembourré de tissu.

Julianna fut vraiment touchée. Elle expliqua aux deux hommes comment défaire les pattes.

— Doucement là, là, faut surtout pas forcer, transportez-le dans le salon, tassez le divan, mettez-le dans le coin, là, là, une chance que le salon est grand, maintenant le dessus, non, non, laissez-le attaché, vous le tournez de côté, dou-ce-ment, cognez le surtout pas, voilà... Oui, mettez-le sur le tapis, là, là, à l'envers, on va lui remonter les pattes, pis après, il va falloir le tourner... Pour la dixième fois, les enfants, tassez-vous !

Les deux déménageurs furent patients et laissèrent madame Rousseau les surveiller. Il faut dire que c'était la première fois de leur vie qu'il voyait un tel piano. Bien trop gros pour rien. « Veux-tu ben me dire que c'est que ça donne d'avoir un bétail pareil quand un piano ordinaire fait la même affaire ! »

Julianna n'en revenait pas. Son piano, son piano était revenu ! Elle remercia les amis de son mari, les embrassa, leur servit à manger, pigeant dans les réserves de Noël, leur offrit chacun un pot de confitures.

— Si vous voulez quoi que ce soit d'autre...

— Allons, ma bonne dame, nous autres on a été payés par votre mari, c'est assez.

— On va s'en retourner, y fait noir de bonne heure pis on voulait remonter un chargement de bois.

— Vous retournez pas au chantier ?

— Ben non, on s'en va coucher à Jonquière.

Julianna leur souhaita bonne route et les embrassa encore. Elle venait à peine de revenir dans le salon admirer son instrument qu'un des deux hommes revint avec, dans les bras, le banc du piano.

— On s'en allait oublier ce petit bout.

Avec un signe de tête, cette fois, ils partirent pour vrai.

Julianna coupa les cordelettes une à une et retira les couvertures. Son piano était intact et n'avait pas une égratignure. Elle ouvrit le clavier, enfonça une ou deux touches, se délecta du son... Elle s'attaqua au banc, coupa les bouts de tissu et machinalement l'ouvrit. Car le banc servait aussi de coffre pour ranger les partitions. À l'intérieur, une autre lettre l'attendait ainsi qu'un cahier de musique flambant neuf. Elle commença par la missive. Elle était signée par un des frères Vauvert. Il expliquait que François-Xavier, depuis qu'il avait pris contact avec eux, avait fait don, chaque année, d'un généreux montant pour l'orphelinat. Pour les remercier de cela et du prêt de ce magnifique piano, la communauté lui faisait cadeau d'un tout nouveau cahier de chansons qui allait certainement lui plaire, *La bonne chanson* de l'abbé Gadbois.

Le frère lui souhait aussi ses meilleurs vœux de Noël et une bonne et heureuse année 1938.

Julianna ouvrit le cahier, le feuilleta, s'arrêta sur la chanson intitulée « Voulez-vous danser Grand-mère », s'installa sur le banc, plaça le livret sur son appui et déchiffra silencieusement la mélodie. Après un moment d'hésitation, elle se concentra et la joua. C'était un air facile et elle l'interpréta parfaitement du premier coup.

Ses enfants l'écoutèrent d'un air ravi. Ensuite Julianna passa à quelque chose de plus sérieux. Elle étira ses doigts, prit une grande inspiration et entama « Le clair de lune » de Debussy. Elle joua avec tout l'amour qu'elle portait à son époux la mélodie romantique la plus belle au monde. Les notes s'élevèrent et furent transportées par le vent jusqu'au chantier où la forêt la répéta en réponse au cœur d'un homme, qui, la hache à la main, se languissait de savoir si sa princesse l'aimait encore...

~ ~ ~

Peu de temps auparavant, Julianna avait reçu un autre présent. Madame Dallaire avait fait un peu de rangement dans son grenier et voulait faire de la place en se débarrassant d'une vieille machine à coudre de marque Singer. Elle en avait fait don à Julianna en lui disant que de toute façon, ses vieux yeux ne voyaient plus assez clair pour ce genre d'ouvrage. La machine fonctionnait encore très bien. Julianna l'avait fait transporter jusque chez elle. Elle s'était découvert une passion et s'était mise à confectionner tous les vêtements de sa famille. Ces dernières semaines, elle avait cousu des robes pour ses deux fillettes, ainsi que des chemises et des pantalons pour ses garçons. Pour elle, Marie-Ange et Rolande, elle avait fait trois jolies robes de soirée. Elle avait pris dans le catalogue de Dupuis Frères le modèle qui lui plaisait et l'avait modifié à sa guise, inventant un autre col, une paire de manches différente, un ornement original. Julianna avait travaillé fort et cousu tard le soir afin de les terminer pour le réveillon. Il ne restait plus que quelques détails à achever.

Deux jours avant Noël, Rolande vint faire le dernier essayage. Dans la chambre à coucher, la jeune femme, émue et vraiment ravissante, s'admirait dans le miroir de la commode. Julianna avait choisi soigneusement le tissu bleu royal au magasin général en sachant qu'il ferait ressortir les beaux cheveux noirs de la jeune fille. Le modèle était audacieux et à la mode. Rolande n'en revenait pas de se voir ainsi drapée dans un si beau vêtement. Marie-Ange, qui assistait à l'essayage, complimenta Julianna pour son magnifique travail.

— C'est encore plus beau que dans le catalogue.

— J'ai mélangé deux-trois robes pis j'ai ajouté des petites choses à mon idée. Pis c'est Rolande qui rend la robe belle. Comment tu fais pour rester si petite ? demanda-t-elle en feignant d'être jalouse devant la taille de guêpe de sa belle-sœur.

Ce n'était pas croyable, à croire que la maternité la faisait maigrir, elle. Marie-Ange, qui était bien enrobée, dit :

— Elle se démène du matin au soir, avec sa marmaille de huit. Pis là je parle pas d'Elzéar pis de Jean-Marie. Y sont rendus des hommes. T'as ben du courage, ben, ben du courage.

Rolande leva les épaules. Elle n'avait pas le choix, aussi bien faire avec.

— Merci beaucoup Julianna. J'ai jamais été aussi belle… Même pas à mes mariages.

— Pauvre puce, fit Marie-Ange. Tu l'as pas eu facile, toé !

— Mais astheure, chus ben heureuse avec votre frère ! s'écria Rolande, un peu nerveusement. Allez pas penser que je lui suis pas redevante ! Y… y est ben gros gentil avec moé pis y… y… est un bon mari…

Julianna l'interrompit, surprise de ce soudain plaidoyer.

— Voyons Rolande, on a rien dit nous autres !

— Non, j'sais ben…

— En tout cas, Ti-Georges va te trouver pas mal belle à Noël. Y en reviendra pas, ajouta Julianna en prenant les mesures du bas de la robe.

— Chus vraiment jolie ? demanda Rolande timidement.

— Une beauté ! lui confirma Julianna.

— Je lui imagine la face à mon frère quand y va la voir là-dedans, dit Marie-Ange. Les yeux vont lui sortir de la tête.

Rolande gloussa de bonheur. De nouveau, elle s'admira dans la glace. Ce ne fut pas le visage ébahi de Ti-Georges qu'elle imagina muet d'admiration, ce fut celui d'un beau jeune homme à la moustache…

~ ~ ~

Le chantier des pères trappistes n'étant pas trop loin, François-Xavier et Elzéar purent descendre passer le temps des Fêtes dans leur famille. Ils arrivèrent le matin du 24 décembre. À l'accueil que lui réserva sa femme, François-Xavier vit tout de suite que son cadeau lui avait vraiment plu. Au lit, ils firent l'amour passionnément, comme jamais auparavant. Neuf mois plus tard, quand Julianna accoucherait d'un autre garçon, bien vivant celui-là, il saurait que sa conception avait eu lieu en cette nuit de Noël et il demanderait à l'appeler ainsi même si on serait en plein mois de septembre. Julianna trouverait à redire et c'est le vieux prénom Zoel que porterait leur fils.

~ ~ ~

Henry leur avait également fait la joie de venir réveillonner avec eux. Il était arrivé juste un peu après son mari. Les yeux brillants de joie, il était débarqué du *snowmobile* qui servait de taxi l'hiver. Il avait regardé Julianna avec des airs de petit gars en lui demandant s'il dérangeait.

Julianna rayonnait de bonheur. Elle avait l'impression de revivre! Elle adorait les surprises, avait-elle répondu à Henry. La veillée chez les Rousseau fut mémorable. Les femmes étaient belles, les hommes en verve, les enfants heureux. Henry avait été agréablement surpris de trouver chez Jean-Marie un interlocuteur plus que valable. Le jeune homme avait une vision de l'avenir très avant-gardiste. Jean-Marie avoua qu'il lisait énormément. Pendant ses trois années de vagabondage, il avait lu tous les livres, journaux, revues qui lui étaient tombés sous la main. Il s'était rendu compte que le monde ne se résumait pas à ce qu'il croyait, qu'il y avait deux côtés à une médaille.

— Pourquoi est-ce que ce serait juste nous qui auraient la vérité pis pas les autres? Pourquoi c'est faire qui aurait rien que nous autres qui penseraient correct? Moé, j'dis qu'y a peut-être ben plus qu'une vérité, déclara-t-il.

Mathieu avait replongé dans la musique comme s'il ne s'était jamais interrompu. Il ne jouait pas les chansons du cahier. Il composait. Julianna lui avait donné du papier et lui avait appris à tracer les cinq lignes d'une portée, les clefs de sol et de fa, les notes. Elle savait que son fils était un prodige. Son oreille d'artiste reconnaissait le talent lorsque, impressionnée, elle écoutait les œuvres de son fils. Son cœur de mère, lui, y décelait de la détresse, un mal de vivre qu'un petit garçon de huit ans et demi n'aurait pas dû ressentir... Pendant la soirée, il fit un récital. On l'applaudit chaleureusement. Mais ce fut Julianna qui vola la vedette en entonnant des chansons de circonstance.

Henry avait encore gâté son filleul et lui avait offert tout un équipement de hockey. Des pieds à la tête, il était converti en un petit joueur des Canadiens de Montréal. Henry vit bien que tout cet ensemble ne signifiait pas grand-chose pour lui.

— Tu te rappelles notre équipe de hockey ? demanda Henry à François-Xavier.

Avec passion, les deux hommes parlèrent des Canadiens, de leur joueur préféré et de leur victoire de la coupe Stanley. Henry raconta la mort de Howie Morenz survenue l'année d'avant.

— Mourir d'une crise cardiaque, c'est vraiment trop bête, dit-il.

— Surtout qu'y s'était cassé une jambe juste un peu avant, dit son ami.

— Y en aura pus jamais comme lui, se désola Henry. Tu savais que pus jamais ils vont donner le numéro 7 à un joueur ?

Mathieu ouvrit de grands yeux ronds. C'était le numéro inscrit au dos de son chandail. Le lendemain, Henry eut l'idée de mettre sur pied une joute de hockey mémorable selon les règles de l'art.

— Est-ce qu'y a une patinoire pour jouer au hockey par ici ? demanda-t-il.

François-Xavier venait de revenir de l'étable et se préparait à déjeuner. Tout le monde avait déjà mangé. Les enfants étaient en haut avec Marie-Ange sauf Yvette qui essuyait la vaisselle que sa mère lavait et Pierre qui s'était assis aux côtés de Henry. Surpris par la question, François-Xavier lui répondit :

— Ben, les p'tits gars jouent dans le chemin tapé en avant de chez Ti-Georges. Pourquoi ?

Henry lui fit part de son idée. Prenant ce projet au sérieux, il demanda de quoi écrire. Avec ce que Julianna lui apporta, il planifia la journée en réfléchissant à voix haute, Pierre penché sur son épaule.

— On pourrait jouer dimanche prochain, oui, après la grand-messe. Bon, qui joue contre qui?

Il forma les équipes. Les Rousseau contre les Gagné. François-Xavier, Pierre, Mathieu et lui contre Ti-Georges, Jean-Marie, Elzéar et Delphis. Non, Henry oubliait le handicap du plus vieux des enfants Gagné...

— Hum... Bon ben, Jean-Marie va garder les buts de son équipe.

Pour les Rousseau, l'avocat décida que ce serait lui qui jouerait à cette position.

— Je me suis levé avec un mal de rein. Je pourrais pas rester long-temps penché sur une rondelle, expliqua-t-il. Mais ça me laisse juste trois joueurs pour se faire la passe... Ça sera pas une grosse *game*...

— J'peux jouer moé itou, mononcle Henry.

Il leva les yeux de la feuille sur laquelle il gribouillait une pati-noire imaginaire et des X pour représenter les joueurs. Un instant, il regarda, interdit, Yvette qui venait de s'offrir comme joueuse. Il chassa cette idée sans prendre la peine d'y répondre et revint à ses équipes.

— On pourrait peut-être demander à des voisins... Y doit ben avoir des p'tits gars dans le bout qui viendraient jouer, marmonna-t-il.

— Papa! insista Yvette, j'aimerais ça pouvoir jouer...

François-Xavier, qui mangeait en silence en laissant son ami pré-parer la journée, répondit à sa fille que ce n'était pas à lui de décider.

— C'est Henry le grand *boss* dans cette affaire-là. Moé, je m'en mêle pas...

Julianna secoua l'assiette au-dessus de son eau de lavage et la tendit à Yvette. S'essuyant les mains sur son tablier, elle intervint.

— Pis moé aussi, Henry, j'haïrais pas ça faire partie de l'équipe. Chus une Rousseau, non?

Cette fois, Henry dut cesser ses calculs et prendre la peine de répondre. Il chercha le secours de François-Xavier. Celui-ci se contenta de soulever les épaules avec une mimique qui voulait dire : « Débrouille-toi, mon vieux... »

Dans le fond, François-Xavier riait dans sa barbe et s'amusait fermement en se demandant comment l'ami de la famille allait se sortir de ce pétrin. Quand Julianna avait une idée dans la tête...

— Ben voyons Julianna, on parle de sport ! Une vraie partie de hockey, c'est pas pour les filles. Vous êtes pas assez bonnes.

« Oh, oh... mauvaise réponse » se dit François-Xavier en trempant son pain dans son bol de gruau.

— Ah ben Henry Vissers, j'pensais que t'étais moderne ? Pis dans le fond, tu serais rien qu'un vieux croûton aux vieilles idées ?

— Un vieux croûton ? s'étouffa Henry.

L'air désolé, Julianna prit à témoin sa fille et taquina l'avocat.

— J'te dis que c'est pas drôle de vieillir pour un homme, ma Yvette. Ça approche de cinquante ans pis...

— J'ai à peine 42 ans !

— Ça commence à perdre ses cheveux...

— Hein, c'est pas vrai !

— Pis ç'a mal au dos... C'est pas un bâton de hockey que ça te prendrait, c'est une canne de tit-vieux.

— Surtout, dis rien, François-Xavier, aide-moi pas, maugréa Henry à l'adresse de son voisin de table.

François-Xavier fit signe qu'il ne pouvait parler, que ce n'était pas sa faute, il avait la bouche pleine.

— De toute façon, que je perde mes cheveux ou pas, la question est pas là. Les filles, ça joue pas au hockey, pis ça jouera jamais, un point c'est tout !

Marie-Ange, qui venait d'arriver de faire les lits, fulminait.

— Ah ben, quand on parle trop à travers son chapeau, on s'étouffe pis on devient rougeaud !

Julianna vint auprès de lui.

— Pis monsieur l'avocat, y peut-tu me dire dans quelle loi on retrouve ça ?

Henry ne sut que répondre.

— Bon ben on peut jouer d'abord.

— Non, refusa l'avocat. Parce que j'arriverais pas dans mes équipes. Si Yvette pis toi vous jouez, ça va faire six contre quatre pis ça marche pas ! dit-il.

Marie-Ange offrit la solution.

— Ben chus sûre que si Yvette joue, Sophie va vouloir jouer itou...

— Ça fait six Rousseau contre cinq Gagné, ça marche pas encore, dit-il de mauvaise foi.

— Excusez-moé, mais moé, chus pas une Rousseau pantoute, mais une Gagné, rétorqua Marie-Ange.

Tout le monde marqua un instant de surprise.

— Matante May, jouer au hockey ? pouffa Pierre qui avait écouté en silence.

— As-tu quelque chose à dire contre ça, mon petit gars ? dit Marie-Ange d'un ton menaçant.

Henry abdiqua et en souriant dit à Pierre sur le ton de la confidence :

— À ta place, je dirais pus rien. On serait mieux de prendre exemple sur ton père. C'est un homme sage qui sait quand se garder du pain dans la bouche.

— J'peux peut-être pas voter encore, mais j'vas au moins compter un ou deux buts dans ma vie ! s'exclama Marie-Ange.

~ ~ ~

C'est ainsi que deux équipes de six contre six se retrouvèrent chez Ti-Georges le dimanche suivant. Henry et Pierre avaient fabriqué des bâtons pour tout le monde. Pour la rondelle, ce fut plus compliqué.

On n'en vendait pas à Saint-Ambroise et Henry ne voulut rien savoir que l'on se serve de crottins de cheval comme substitut, trouvant cela bien trop dégoûtant.

— C'est avec ça qu'on joue tout le temps, mononcle Henry! s'était écrié Pierre. Les filles ont ramassé les plus belles! ajouta-t-il en désignant plusieurs excréments bien cordés un peu plus loin, aux pieds de Marie-Ange et de Sophie.

— Jouer avec des crottes gelées, jamais!

Ce fut le curé Duchaine qui régla la question. Il arriva en traîneau à cheval, les traits affichant une bonne humeur évidente. Il débarqua et alla au-devant de Henry.

— Alors, Monsieur Vissers, on ne vous a pas appris à demander au ciel pour être exaucé?

— Monsieur le curé!

— J'ai entendu dire au village que vous cherchiez ceci?

Le prêtre sortit de sous son manteau un objet de forme ronde.

— Une rondelle!

— Je suis un homme d'Église, mais j'ai déjà été un p'tit gars, vous savez. J'adore jouer au hockey! Je me suis permis de venir me joindre à vous!

Henry prit la rondelle et le remercia.

— Nos équipes sont complètes… ajouta-t-il. À moins que vous remplaciez une femme? pensa-t-il à haute voix.

Marie-Ange, d'un coup de bâton de hockey, lui envoya à la figure une des crottes de cheval. La rondelle de fumier manqua de peu le prêtre et alla frapper de plein fouet le dos de Ti-Georges qui, penché, finissait de pelleter, avec François-Xavier, l'espace qui servirait à la joute.

Il se redressa et regarda l'obus d'un air dégoûté.

— Qui a fait ça? demanda-t-il.

Marie-Ange se mit à rectifier le foulard de Sophie d'un air innocent.

Le curé reprit :

— J'ai une meilleure idée : avez-vous un arbitre ?

— Euh, non, j'y avais pas pensé… avoua l'organisateur.

— Bien, vous en avez un astheure, pis vous pouvez être certain de son impartialité !

Henry regarda avec consternation l'homme en soutane aller saluer François-Xavier et Ti-Georges. Un peu découragé, il laissa les équipes se placer. Des femmes, des fillettes et un curé comme arbitre… Toute une partie en perspective !

Il n'y avait pas de lames de patins pour tout le monde alors il avait été décidé que tous joueraient en bottes. Rolande tirait un traîneau de bois dans lequel elle avait chaudement installé Antoinette. Avec Laura, Samuel, Jean-Baptiste, Augustin et les jumeaux, ils constituaient les spectateurs. La jeune femme ne resterait que pour le début de la partie. Elle devrait rentrer pour s'occuper d'Hélène, qui n'en avait plus pour longtemps à dormir.

— Alors, les Rousseau, on tremble dans nos culottes ? cria Ti-Georges à ses adversaires avant la mise au jeu.

Au nom de son équipe, François-Xavier répliqua :

— On a juste peur de tellement réussir de buts qu'on pourra pus les compter !

Le curé Duchaine tint la rondelle au-dessus de sa tête. D'une voix forte, il annonça :

— Attention, à vos jeux, c'est parti !

Du fond de son but, fabriqué avec des bidons de lait, Henry n'en crut pas ses yeux. C'était la mêlée générale. Il ne fut pas long à comprendre que les femmes s'étaient donné le mot pour jouer avec leurs propres règles, où tous les coups semblaient permis. Les fillettes s'accrochaient aux jambes des adultes, les empêchant ainsi de recevoir une passe. Marie-Ange poussait et retenait par le bras François-Xavier qui criait au curé de sévir, que ce n'était pas juste ! Julianna prit la rondelle entre ses mains et courut jusque devant le but adverse. D'un air coquin, elle regarda un instant son neveu Jean-Marie et, d'un petit coup sec, elle compta un but! Ti-Georges s'époumona et hurla à la tricherie. Henry délaissa son but et alla rejoindre les joueurs qui devant Jean-Marie parlaient l'un par-dessus l'autre. Même l'arbitre en robe noire y allait de son point de vue.

— Mon but est bon! tempêtait Julianna.

— Non, on a pas le droit de prendre la rondelle dans les mains! intervint Henry.

— On le savait pas, monsieur l'avocat. Il fallait le dire avant. Le point est bon!

— Tout le monde sait ça! C'est du hockey!

— Excuse-nous Henry, on est rien que des pauvres femmes sans cervelle!

Le point fut gardé, contre la promesse de jouer comme il faut. Henry retourna en maugréant à son but. Le curé n'eut pas le temps de redonner le signal de mise au jeu que Julianna repoussa la rondelle, avec son bâton cette fois, entre les deux bidons!

L'équipe des Rousseau sauta de joie. On repartit la polémique. Le but ne comptait pas, la mise au jeu n'avait pas été faite. Julianna fit son fameux sourire et dit:

— Ah! bon… C'est quoi, une mise au jeu?

Le point fut conservé. C'était donc deux à zéro pour les Rousseau. Ti-Georges bougonnait et commençait à dire que s'ils avaient un gardien de but qui n'était pas une passoire, ça irait mieux. Jean-Marie répliqua qu'il voudrait bien y voir son père, qu'il ne ferait pas mieux! Le jeu reprit. Elzéar réussit à attraper la rondelle et fit une remontée remarquable jusqu'au but de Henry. L'avocat ne put rien faire quand la rondelle passa au-dessus de son épaule.

2 à 1.

Ti-Georges félicita chaleureusement son fils. Delphis et Pierre se démenaient comme des diables pour essayer de seulement toucher la rondelle. Baveux avait décidé de jouer aussi et le petit chien jappait et sautillait entre les joueurs. Ti-Georges sacra après la bête qui l'avait fait trébucher. Mathieu, engoncé dans son costume des Canadiens, alla s'asseoir sur un banc de neige au bord du chemin, emmenant avec lui son ami Baveux. De toute façon, c'était un jeu stupide et ennuyant. Le curé allait de gauche à droite, gesticulant devant les nombreuses fautes commises. François-Xavier réussit à se démarquer et, seul, fila jusqu'au but des Gagné. 3 à 1.

Ti-Georges alla invectiver Jean-Marie, le traitant d'incapable, affirmant que n'importe qui aurait pu arrêter ce tir. Le curé Duchaine essaya de lui faire entendre raison, mais Ti-Georges était sourd aux paroles de l'arbitre. Jean-Marie lança son bâton.

— Ben gardez-le, votre but !

Les Gagné perdirent ainsi un joueur qui, fâché, retourna à la maison.

Ti-Georges prit place devant le but et relança ses adversaires.

— Venez-vous en, les Rousseau ! Astheure, y en passera pus une ! Envoyez, le grand Ti-Georges va toutes les arrêter !

Pauvre Ti-Georges, il n'avait pas terminé sa phrase que ce fut Yvette qui compta un but sans qu'il ne la voie venir. Il ne s'était pas méfié de ce petit bout de femme. Il faut dire que Julianna lui avait caché la vue en se mettant face à lui et que son équipe était en désavantage numérique.

4 à 1.

~ ~ ~

Fâché, Jean-Marie avait abandonné la patinoire et s'était rapidement engouffré dans la maison. Rageusement, il retira ses bottes et ne décoléra pas tandis qu'il allait devant le poêle se réchauffer. Rolande, qui venait de terminer de déshabiller les plus petits, entreprit d'enlever son propre manteau. Les jumeaux étaient déjà partis en haut jouer avec Laura. Samuel, Jean-Baptiste et Augustin se chamaillaient en une parodie de joute de hockey, se disputant non pas une rondelle mais une patate volée dans la chaudière de sous l'évier. Antoinette dormait toujours dans le traîneau que Rolande avait laissé en avant sur le perron.

— Tu rentres toé aussi ? lui demanda-t-elle intriguée.

— Chus pas assez bon pour le père...

— Georges est juste comme Baveux... Y jappe mais y mord pas.

— Laisse-moé t'aider, offrit Jean-Marie en voyant la jeune femme essayer de se dégager d'une manche.

D'un air timide, elle le remercia de son aide.

— Ce manteau est trop petit pour moé... J'reste pognée dedans à chaque fois.

Jean-Marie s'attarda plus longtemps qu'il n'aurait fallu. Il huma les cheveux de Rolande, sentit la chaleur de son corps, s'approcha dangereusement de la peau de son cou...

Rolande s'écarta légèrement, grisée de ce moment d'intimité.

— Passe-moé le linge d'Augustin pis des autres, j'vas aller accrocher tout ça.

Jean-Marie l'aida à transporter manteaux, tuques, foulards et mitaines dans le bas-côté où ils suspendirent le tout sur des crochets de bois.

Ils revinrent à la cuisine et Rolande entreprit de faire réchauffer une chaudronnée de soupe.

— Ça va ben mourir de faim, c'te gang-là après avoir joué dehors, dit-elle.

Jean-Marie vint derrière la jeune cuisinière et jeta un œil sur le contenu de la casserole.

— Hum, de la soupe aux pois, ma préférée...

Rolande continua de brasser doucement le mélange épais tout en rougissant de la proximité de l'homme.

— Rolande, chuchota Jean-Marie, oh Rolande ! quand t'as marié le père...

— Jean-Marie, non... l'implora-t-elle à voix basse.

Elle tremblait. Jean-Marie se pencha tout près d'elle et huma la senteur de la jeune femme, s'enivrant de cette odeur dont il était privé.

Il l'aimait. Ce n'était pas une simple passion physique, il avait connu des femmes. Il l'aimait. Il avait trouvé son âme sœur, rencontré sa moitié. Il l'aimait… et c'était réciproque, il le sentit aux frissons de Rolande, à sa respiration, à sa voix enrouée…

En fermant les yeux de douleur, il murmura :

— J'vas repartir ben loin…

Rolande opina.

— Je sais, répondit-elle.

~ ~ ~

Ti-Georges sentit la colère monter en lui. Son équipe perdait. Tout à coup, Marie-Ange se retrouva en possession de la rondelle. François-Xavier et Julianna, d'un commun accord, firent semblant de ne pas réussir à arrêter leur adversaire. Marie-Ange ne se rendit pas compte de l'aide apportée. Elle se démenait, concentrée et, tout essoufflée, parvint à arriver devant le but gardé par Henry. L'avocat rencontra le regard de Julianna et comprit sa muette supplique. Il décida de laisser glisser la rondelle entre ses deux pieds. Le gardien maladroit échangea un clin d'œil complice avec ses coéquipiers. Ti-Georges jubila et annonça le nouveau pointage.

4 à 2.

Au grand étonnement de tous, Pierre réussit à intercepter une passe et il fonça littéralement jusqu'au but adverse. Ti-Georges eut juste le temps de se pousser sous peine de se faire crever un œil tellement la rondelle entra avec force dans le but.

5 à 2.

Le curé Duchaine décréta que c'était la fin de la période. Ti-Georges répliqua que c'était la fin de la partie et d'une partie qui ne comptait pas. La prochaine fois, dit il, on ferait des équipes qui tiendraient debout et les femmes ne joueraient pas !

— Ben voyons Ti-Georges, lâcheux…

Mauvais perdant, Ti-Georges s'en retourna en bougonnant et en laissant échapper des mots pas très catholiques. Dépités, les joueurs se rassemblèrent. Ils s'accordèrent à dire qu'ils s'étaient bien amusés et qu'il était temps d'aller se réchauffer à l'intérieur. Julianna invita le curé à se joindre à eux et à venir prendre un petit remontant.

Le curé Duchaine accepta. Il reprit sa rondelle.

— J'espère, monsieur le curé, dit Marie-Ange, qu'on vous a pas trop choqué ?

Le curé fit une drôle de mimique à sa paroissienne. De sa main, il désigna ses cache-oreilles. En parlant fort pour faire semblant que cela le rendait dur d'oreille, il cria :

— Quoi ? Vous dites ? J'entends rien avec ces trucs-là !

— C'est aussi ben, monsieur le curé, aussi ben, répondit Marie-Ange. Des hommes, quand ça joue au hockey, ça oublie toute leur chrétienté… Ça pourrait se battre jusqu'au sang pour cette petite rondelle-là.

~ ~ ~

— Je sais, répéta Rolande. Y vaut mieux que tu repartes.

En fermant les yeux de souffrance, elle se laissa aller contre Jean-Marie. À ce moment, Ti-Georges entra en coup de vent dans la maison. Il s'arrêta un instant, jaugeant la situation. Rolande se remit à brasser vigoureusement la soupe. Jean-Marie alla vers la fenêtre et regarda le chemin.

— Pis, on gagne-tu ? demanda-t-il d'un ton ironique.

Il ne serait pas mal à l'aise. Il n'avait rien à se reprocher. Jamais il ne toucherait à la femme de son père. Il lui avait fait ses adieux, tout simplement. Ti-Georges regarda tour à tour son fils et sa jeune épouse. Il commença à retirer ses vêtements d'hiver.

— Je sais pas à quoi a pensé Henry en te faisant jouer. Y le savait que t'as une patte folle pourtant !

— Ben voyons, j'étais gardien de but !

— Même là, c'était trop te demander !

— Bon ben, j'vas aller voir dehors si j'y suis, moé, dit Jean-Marie en remettant ses bottes.

— Fais donc ça, pis va donc voir jusqu'aux États…

~ ~ ~

La nouvelle année 1938 commença avec une vague de froid sans pareille. On n'allait à l'extérieur que par obligation. Les petits furent gardés bien à l'abri et on surveillait de près les tuyaux de poêle qui serpentaient au plafond pour ne pas avoir de feu de cheminée. On chauffait tellement pour essayer de ne pas geler dans les maisons que la chaleur des tuyaux faisait cloquer la peinture des plafonds. Le vent glacial trouvait le moyen de s'engouffrer par la moindre fente et partout on sentait des courants d'air. Le plancher avait même une couche de frimas dans les coins. On devait se chausser de plusieurs épaisseurs de bas de laine pour pouvoir circuler. En raison de ces 38 degrés Fahrenheit sous zéro, le jour de l'An avait été plus sage que d'habitude. On ne s'était pas éternisé sur le parvis de l'église et les invitations s'étaient faites moins nombreuses. Le 2 janvier au soir, ce fut pire encore. Lorsque même le vent dehors abdique et laisse régner le froid en maître, l'homme doit se résigner et se mettre à l'abri.

En haut, dans les chambres à coucher de la maison de Ti-Georges, les enfants s'étaient blottis les uns contre les autres Pierre qui séjournait chez son parrain, s'était retrouvé coincé entre Delphis et Samuel. Dans leur sommeil, ses cousins s'étaient recroquevillés contre lui. Dans le lit voisin, Augustin et les jumeaux ronflaient doucement. Dans la chambre d'à côté, Sophie tenait sa demi-sœur Antoinette étroitement enlacée entre ses bras. Inconfortable et ayant un peu mal à la gorge, Pierre était le seul des enfants à ne pas dormir. Les yeux ouverts, il écoutait le bruit des voix qui montait du salon. Son oncle Georges et ses cousins Elzéar et Jean-Marie y discutaient. Il avait eu connaissance que sa tante Rolande avait souhaité une bonne nuit aux hommes avant de se retirer dans sa chambre du rez-de-chaussée prendre soin de bébé Hélène. Pierre avait entendu les pleurs de la petite qui s'étaient rapidement tus.

Pierre était déçu... À cause du froid, ils n'avaient pu jouer au hockey. En plus, sa gorge le faisait de plus en plus souffrir. Il tendit l'oreille. Son cousin Jean-Marie haussait le ton et s'obstinait avec son père comme d'habitude.

— J'vous l'dis, son père, l'avenir est dans les patates! Écoutez-moé pour une fois! Avec le sol sablonneux de la terre, y faudrait faire pousser rien que ça...

— Bateau, j'haïs les patates! J'ai ben assez de misère avec mes dix rangs. Demande à Elzéar, on perdrait toute notre argent rien que pour les bebittes à patate.

Elzéar approuva en bâillant. Lui et l'agriculture... Il était bien content que son frère aîné soit revenu. Son père lui faisait peser lourd sur les épaules qu'un jour la ferme lui reviendrait. Maintenant, au moins, il serait libre de partir à l'aventure lui aussi. Il devait remonter aux chantiers dès le lendemain si la température le permettait. Cependant, il n'avait guère aimé l'expérience et avait été déçu. La vie de camp de bûcherons n'était pas pour lui. Il avait espéré que ces grands espaces lui offriraient une sensation de liberté mais au contraire, il se sentait encore plus piégé là-bas que sur la ferme. Tout autour ce n'était que d'immenses forêts. Qu'il se tourne à gauche, à droite, il savait que toute civilisation était à des milles de là. Il s'était rendu compte qu'il y étouffait. Il avait l'impression que les arbres se refermaient sur lui, lui barraient le passage. Ce dont Elzéar rêvait, c'était pouvoir aller où ses pas le mèneraient...

Jean-Marie, enflammé par son idée, essaya de convaincre son père.

— Son père, chus certain d'avoir raison. Vous pourriez avoir une belle compagnie si vous vous lanciez dans les patates à grande échelle.

— C'est pas parce que t'as vu un peu de pays qu'y faut que tu te penses un grand Joe connaissant ! T'as jamais eu raison sur quoi que ce soit, j'vois pas pourquoi tu commencerais.

— On sait ben, je fais jamais rien de correct pour vous, son père... Mais prenez le temps de m'écouter comme y faut.

Ti-Georges avait beau essayer de faire taire la jalousie ressentie envers son fils, il n'y avait rien à faire. C'était plus fort que lui. Il avait besoin de rabaisser son fils... Il aurait voulu être parfait, ne pas ressembler à son propre père. Cette recherche de perfection ne lui laissait guère de latitude et le rendait intransigeant.

— Pis tes poches de patates, à qui c'est qu'on vendrait ça ?

— C'est là qu'y faut être prêts, son père. Vous vous en rendez peut-être moins compte par icitte, mais la guerre est à nos portes !

— La guerre ? fit Elzéar, intéressé par ce sujet-là.

— Partout on parle rien que de ça, affirma Jean-Marie.

— Une autre guerre... marmonna pensivement Ti-Georges.

— En tout cas, moé je m'engage tout de suite si y a une guerre, déclara Elzéar.

— Guerre ou pas, les patates, c'est des idées de fou ! décréta le père.

— Vous ferez ben ce que vous voudrez. De toute façon, vous savez que je reste pas par icitte... dit Jean-Marie.

— Quoi, tu vas repartir ? demanda Elzéar.

Plusieurs coups frappés à la porte vinrent les déranger.

— Bon, qui c'est qui peut ben se pointer si tard avec c'te frette-là en plus ? maugréa Ti-Georges en demandant à Jean-Marie d'aller répondre.

L'aîné des fils revint avertir son père qu'il avait fait entrer deux quêteux qui demandaient l'hospitalité.

— Bateau, la maison est pleine à craquer... Qu'ils aillent frapper à une autre porte !

Jean-Marie insista.

— Y sont gelés comme des cretons. Y en a un qui se sent pus les pieds. Y sont avec un traîneau à chiens.

— J'veux ben faire la charité à mon prochain, mais on a pas de place bateau ! J'peux pas en inventer !

— Ben voyons papa, on peut pas les laisser dehors... insista Jean-Marie. Y peuvent pas aller plus loin, y sont fatigués, leurs chiens veulent pus avancer.

— Envoye-les dans la grange.

— Papa, c'est pas un frette normal dehors... Y faut qu'y se réchauffent pis leurs chiens feraient peur aux animaux.

— Fais à ta tête, viarge... mais tu t'en occupes. Pas question que tu déranges Rolande pour eux autres.

Jean-Marie retourna à la porte de la cuisine et parla avec les deux pauvres hommes. Pierre entendit les deux étrangers remercier chaleureusement son cousin et s'inquiéter de leurs chiens. Jean-Marie eut l'idée d'installer les quatre bêtes dans la cuisine d'été. Pierre mourait de curiosité. Il n'avait jamais vu de chiens esquimaux. Il imaginait une bête immense... blanche comme la neige... Sans faire de bruit, il se dégagea de son inconfortable position et, pouce par pouce, repoussa le bras de Delphis et la jambe de Samuel qui le maintenaient prisonnier au milieu du lit. Sur la pointe des pieds, il alla se poster au haut des escaliers, caché derrière le poteau de la rampe. Il vit les hommes revenir avec les chiens qui étaient loin de ressembler à ce qu'il croyait. Les pauvres bêtes étaient agitées et semblaient reconnaissantes qu'on leur offre enfin un abri. L'espion put apercevoir les quêteux. Le plus vieux arborait une longue barbe poivre et sel, et sa moustache était pleine de glaçons. L'autre avait un visage cuivré et des traits austères. Ils suivirent son cousin Jean-Marie jusqu'à la pièce du bas-côté, chicanant à voix basse leurs bêtes et les poussant à l'intérieur de la pièce en leur ordonnant « to stay and be quiet ». Elzéar était venu rejoindre son frère et restait dans le cadre de la porte de la pièce, une lampe à l'huile à la main, afin d'éclairer un peu ces invités de la dernière heure. Jean-Marie et les étrangers ressortirent, portant dans leur bras des couvertures de cheval entreposées dans la pièce depuis qu'on les avait remplacées par des neuves. Jean-Marie escorta tout le monde au salon.

Pierre descendit au pied des marches. Sa gorge était en feu et il aurait bien aimé pouvoir boire quelque chose.

Dans le salon, Ti-Georges ne fut pas très accueillant mais il laissa son fils étendre les épaisses couvertures par terre. Au moins, ces voyageurs sans le sou ne semblaient pas trop sales.

— Pis, où c'est que vous allez comme ça avec vos chiens ? demanda leur hôte.

— Là où le vent nous pousse, répondit mystérieusement celui à la barbe.

Pierre écoutait, blotti dans le coin de la cuisine, près du salon. Face à lui, le poêle à bois dégageait une belle grosse chaleur. Il se demandait si l'autre homme était un indien. Il ne parlait pas et gardait un visage de marbre.

— Pis d'où c'est que le vent vous a amenés ?

— On vient du nord.

Elzéar s'excusa, il devait aller à la bécosse. Il franchit le salon, vit Pierre et lui demanda ce qu'il faisait là. Son cousin hésita un peu. Se souvenant d'avoir eu cet âge, il haussa les épaules, et alla se vêtir chaudement. Il maugréa qu'il fallait être mal pris en maudit pour aller aux toilettes dehors. Décrochant un fanal, il sortit dans le soir glacial. Pierre sentit sur ses pieds nus un courant d'air froid.

Il replia ses jambes sous lui pour se réchauffer. Il devrait remonter se coucher, se dit-il. Tout à coup, il y eut du fracas dans la pièce du bas-côté. Pierre se demanda ce qui avait pu causer le bruit. Les hommes sortirent du salon. Quand son oncle s'aperçut de la présence de son filleul, il l'apostropha.

— Que c'est tu fais deboute, toé ?

Les deux quêteux jetèrent à peine un œil sur l'enfant. Celui qui semblait le chef décréta :

— Ce sont les chiens, j'm'en vas voir.

L'indien alla se réchauffer les mains au-dessus du poêle. Jean-Marie l'accompagna. Ti-Georges regardait toujours son filleul, attendant sa réponse.

— Je... j'ai mal à ma gorge pis...

Son oncle lui ordonna de retourner se coucher. L'homme à la barbe ouvrit la porte de la pièce d'été et craqua une allumette. Un des chiens vint à sa rencontre traînant derrière lui un bidon renversé, paniqué par le bruit du lourd récipient de métal. L'allumette lui brûlant les doigts, le barbu la jeta par terre.

Tout se passa tellement vite. Le bidon contenait du naphta. L'allumette enflamma ce dérivé du pétrole hautement volatile. Pierre eut le temps d'apercevoir les flammes rampantes, gloutonnes, se jeter avidement sur les murs, ne prenant même pas le temps de déguster leurs agapes. Elles se faisaient compétition à savoir qui franchirait en premier la ligne de la porte. Sa tante Rolande, alertée par le bruit, apparut, en robe de nuit, à l'entrée de la chambre, demandant à son mari ce qui se passait. Georges fut le premier à réagir devant le danger. Il cria qu'il fallait aller à l'étable et en rapporter les couvertures des chevaux, qu'on pourrait réussir, vite, à étouffer les flammes ! Jean-Marie ne pensa qu'à la femme qu'il aimait et alla à la rencontre de Rolande. Il lui intima de prendre le bébé et de sortir mais celle-ci, les yeux rivés sur les flammes, était hypnotisée. Elle balbutiait : « Les enfants, il faut sortir les enfants. » Les flammes couraient vite et, ayant traversé la porte, hésitaient maintenant entre grimper l'escalier pour s'attaquer à l'étage ou aller vers la cuisine et y dévorer les armoires. Georges secoua son fils.

— Envoye, viens avec moé à l'étable !

Jean-Marie quitta à regret la jeune femme, tout son cœur n'ayant qu'une envie, celle de la prendre dans ses bras, de la protéger, de la mettre à l'abri. Georges le tira par la manche et le força à le suivre. Dans les secondes qui suivirent, Pierre eut la vision fugace de deux ombres devant lui, celle de l'Indien et du barbu. Ensuite il vit sa tante Rolande faire quelques pas vers les escaliers, regarder en haut avec des yeux paniqués, jeter un coup d'œil vers la chambre où Hélène dormait, reporter son attention à l'étage, hésiter, tout cela en quelques secondes. La fumée piquait les yeux, la chaleur des flammes était déjà presque insupportable. Sa tante n'eut pas le temps de prendre une décision. Ti-Georges venait d'ouvrir la porte exté-rieure à toute volée et courait, suivi de Jean-Marie, jusqu'à l'écurie. Grâce à cet apport d'air inespéré, le feu trouva un deuxième souffle. Il alla chercher du renfort. Deux autres bidons de naphta consti-tuaient la réserve de combustible requise pour l'hiver. Le feu rugit un cri de victoire et sa force explosa. Certain de sa domination, il partit à la conquête de toute la maisonnée. Sous le souffle, Rolande fut projetée contre la cuisinière et fut assommée. Pierre discerna la forme de sa tante, drôlement recroquevillée par terre. Il regarda vers l'étage et crut percevoir des pleurs. Le feu avait pris possession de toute la cage d'escalier, croquant chaque marche de pin, comme de vulgaires amuse-gueules. Le feu s'en allait allègrement vers le plat de résistance. Pierre, à moitié étouffé, vit sa porte de sortie, laissée grande ouverte par son oncle. Que quelques pas et il y serait. Son instinct de survie le poussait à les franchir, sans regarder derrière lui. Il entendit gémir sa tante, qui reprenait ses esprits.

— Les enfants... mon bébé...

Hélène, dans son berceau, dans la chambre, à l'opposé de la voie libre... Pierre ne sut pas quelle force le poussa à se diriger vers le fond de la cuisine plutôt que d'emprunter la sortie de secours. En tous-sant, il se dirigea à tâtons vers la chambre. La fumée était de plus en plus dense. Il se cogna contre le lit, avec sa main en suivit le rebord, chercha le berceau. Il ne le trouvait pas, il ne pourrait plus résister longtemps... À l'aveuglette, il tenta de se situer. Il traversa par-dessus le matelas et avec ses mains, tâta le vide... toujours le vide, rien que le vide... Soudain, il frappa un objet qui tangua sous le coup. Le berceau ! Il tâtonna et réussit à prendre le bébé. Il ne savait pas si elle était vivante. Elle ne pleurait pas et semblait molle comme un chiffon. Il la tint précieusement contre lui et essaya de se rediriger vers la porte. Il laissa une main frotter tout le long du mur et lui servir de guide. Arrivé près de son but, il sut qu'il ne pourrait passer. Le feu lui bloquait le passage. Pierre s'immobilisa. Le terrible ennemi joua la carte de l'intimidation, projetant au visage de Pierre une fumée étouffante. Le garçon battit en retraite. Le feu était si arrogant qu'il prit la peine de mirer sa puissance et de faire jouer la longueur de ses flammes dans le reflet de la fenêtre. Cela permit à Pierre de pouvoir se diriger rapidement vers l'ouverture dans le mur. Il déposa Hélène à ses pieds et essaya de remonter le châssis. Mais le mécanisme était bloqué. Le feu, ricanant devant la futile tentative de sa proie de se sauver, s'avança lentement vers Pierre, menaçant, riant de le voir acculé, presque à portée. L'élément cessa un moment sa progression. Allait-il dévorer en premier le bébé, à la chair tendre, à la peau douce, ou ce garçon de presque douze ans, plus musclé... Le feu dansa sur place de vive anticipation, du délice qu'il se mettrait sous la langue.

Pierre manqua se rendre. Qui le guida une fois de plus ? Était-ce Dieu ? Toujours est-il que l'enfant sentit comme une aura autour de lui qui lui insuffla une force surhumaine. Il pivota à moitié et, à l'aide de son coude, il fracassa la vitre qui céda en laissant un trou béant aux pointes acérées. Le feu ragea. Pierre n'eut que le temps de se pencher, d'attraper par ses langes le bébé et de le lancer, le plus loin possible, par la fenêtre brisée. Le bruit sourd que le paquet fit en tombant dans la neige passa inaperçu parmi les craquements sinistres de la maison en train de brûler. Cependant, le feu ne laisserait pas se sauver si facilement ce garçon. Sans plus se retenir, il attaqua.

Il avait cru pouvoir lentement cerner sa cible, danser autour de lui, le lécher lentement, mais il devait se rendre à l'évidence et sauter dessus avant qu'il ne s'échappe à son tour. Le feu tenta de le retenir par les pieds, lui mordant les jambes, le fouettant dans le dos... Pierre tomba dans la neige et roula sur lui-même afin d'étouffer les flammes qui consumaient le bas de sa jaquette. Il souffrait. Il s'était fait de profondes entailles en fracassant la vitre pour pouvoir passer. Il releva la tête et vit le petit paquet, inerte, devant lui. Avec ce qu'il lui restait de force, il rampa sur les coudes, ses jambes brûlées refusant de bouger, maculant la neige de longues traînées rouges, et se déplaça, pouce par pouce, vers sa cousine. Il priait et priait: «Faites qu'elle soit pas morte, faites qu'elle soit pas morte! » Épuisé, il arriva enfin à tendre les doigts vers le bébé, solidement emmailloté de plusieurs couvertures. Rien ne bougeait. Il l'attira à lui et le blottit contre son cœur. Son esprit dériva. Il tourna la tête d'un côté et vit la maison et le feu qui y rugissait par toutes les fenêtres. Il eut l'impression d'apercevoir une ombre dans celle de l'étage, un visage grimaçant, appelant muettement à l'aide. Il tourna sa tête de l'autre côté. Ses yeux se posèrent sur un ciel étoilé, majestueux, calme et sur le contour des arbres de la forêt au loin. Étrangement il ne ressentait plus aucune douleur, ni le froid glacial de l'extérieur, ni la chaleur ardente que la maison dégageait. Il faisait partie de la neige. Il n'était plus qu'un flocon parmi tant d'autres, qu'une petite étoile de glace.

~ ~ ~

Plus tard, beaucoup plus tard, quand Georges serait en mesure de raconter cette terrible soirée, quand les mots pourraient sortir de sa poitrine, il dirait que lorsqu'ils revinrent de la grange, lui et Jean-Marie, il était impossible de retourner à l'intérieur de la maison. Elzéar les avait rejoints et les trois hommes, paniqués, ne surent un moment quoi faire. Georges essaya de rentrer mais Jean-Marie le retint en criant que c'était impossible, le feu était trop fort ! Il se recula un peu et cria de tous ses poumons pour que ses enfants à l'étage ouvrent la fenêtre des lucarnes, sautent dans ses bras. Il pensa à l'échelle, la vit sur le toit, inutile, hors d'atteinte. Il envoya Elzéar chercher du secours. Le jeune homme partit à la course vers la maison de son oncle. Il ne pensa pas à atteler les chevaux. Empruntant le chemin éclairé par la lune, il courut et courut…

Georges décida de faire le tour de la maison. Il envoya Jean-Marie du côté gauche tandis qu'il prenait l'autre. La neige était abondante et malgré la température très basse qui l'avait durcie, il était difficile pour les deux hommes d'avancer. Quand Georges parvint du côté ouest, il vit tout de suite le corps étendu, reconnut Pierre et essaya de courir dans la neige, ne réussissant qu'à trébucher. Il avait les mains et les pieds gelés. Il n'avait pas pris la peine de s'habiller. Jean-Marie, également à peine vêtu, ne put poursuivre et rebroussa chemin. Tremblant, désespéré, il ramassa une des couvertures rapportées de l'écurie et recula jusque sous la grande épinette qui bordait l'entrée de la maison. Il s'enveloppa de l'édredon et s'accota sur le tronc. En pleurant, il regarda, horrifié, la maison se consumer. Il fixait la porte d'entrée en priant, espérant, implorant qu'une silhouette en sorte. Georges réussit à se rendre près de son filleul. Des éclats de verre scintillaient dans la neige. Il ne se rendit pas tout de suite compte que l'enfant tenait quelque chose sous lui. Ce n'est qu'au moment où, doucement, il retourna Pierre que Georges aperçut le bébé. Avec la couverture de cheval qu'il n'avait pas lâchée, il recouvrit les deux seuls êtres qui semblaient s'être sortis du brasier. Assis dans la nuit glaciale, Hélène dans les bras, la tête de Pierre sur les genoux, Georges hurla.

Longtemps, on raconterait, dans le village, après cette terrible tragédie, qu'on avait entendu cette longue plainte à des milles à la ronde.

~ ~ ~

Au chevet de son fils, Julianna, inquiète, suivait à la lettre les directives du docteur. Les jambes de Pierre étaient gravement brûlées, de même que le bas de son dos. Dans un bassin d'eau bouillie, elle trempait des linges que Marie-Ange avait fait bouillir. Son Pierre avait perdu beaucoup de sang et le docteur avait dit que les prochains jours seraient cruciaux. Le curé avait donné les derniers sacrements. L'enfant était gravement blessé et il y avait de fortes chances qu'il s'ajoute à la liste de ces pauvres enfants décédés si tragiquement. Pour sa part, Hélène était sauvée. On parlait de miracle. Julianna avait encore peine à prendre conscience de l'horreur. Les paroles de son mari lui revenaient toujours en mémoire, tournant en un carrousel... Lorsqu'il était revenu de la ferme de Georges, hagard, portant Pierre dans ses bras, François-Xavier était entré, suivi d'Elzéar, de Jean-Marie et de Ti-Georges, Hélène serrée sur son cœur.

— Où sont les autres ?

— Y en a pas d'autres, avait-il répondu d'une voix blanche.

« Y en a pas d'autres. Y en a pas d'autres. Y en a pas d'autres. Y en a pas d'autres... »

Julianna reporta toute son attention sur son fils qui avait gémi. Il passait son temps à perdre conscience. Elle était fatiguée. Elle avait passé la nuit auprès de lui. À l'aube, le curé, le docteur et les hommes étaient retournés sur les lieux du drame. Les autres enfants dormaient encore sauf Yvette qui, réveillée par le bruit inhabituel, venait de descendre et de s'enquérir de ce qui se passait. Assise à côté de sa mère, elle berçait Hélène tandis que Marie-Ange s'affairait à découper d'autres languettes de drap qui serviraient de pansements propres. Yvette embrassa la petite tête aux cheveux noirs d'Hélène. Elle regarda son frère Pierre, allongé, blessé. Son cœur se serra. Elle l'aimait tant... Elle aurait dû le lui dire plus souvent. Elle ne comprenait pas trop tout ce qui s'était passé. Sa mère lui avait seulement dit, d'une voix étranglée par l'émotion, qu'il y avait eu un feu à la ferme de son oncle Georges et que Pierre avait été brûlé en sauvant

Hélène. Yvette prit son courage à deux mains et posa la question qui la démangeait depuis tout à l'heure :

— Où sont les autres ?

Julianna cessa d'éponger le front de son fils. Les larmes jaillirent de ses yeux. Elle murmura à sa fille la seule réponse qu'elle put.

— Y en a pas d'autres…

~ ~ ~

Les ruines fumaient encore. François-Xavier, et Henry encadraient Ti-Georges. Jean-Marie et Elzéar se tenaient en retrait avec le curé et le docteur. Quelques voisins s'étaient rassemblés. Tous se tenaient immobiles devant le désastre. On aurait pu les croire en prière ou en recueillement, mais si on y regardait de plus près, ces hommes étaient tout simplement sous le choc. Sept enfants et une jeune mère étaient décédés… Une telle ampleur dépassait la capacité d'adaptation qu'un être humain peut avoir face à des événements tragiques.

On respecta le silence de Georges. Ti-Georges prit une grande inspiration et lentement s'approcha des décombres. Plus tard, des boîtes seraient apportées, et c'est par la grosseur des crânes que l'on essaierait d'identifier les morts. Les quêteux étaient disparus comme s'ils n'avaient jamais existé. On expliquerait que personne n'avait rien pu faire. Le naphte était si dangereux. Il avait donné au feu un pouvoir immense. Le combustible, combiné avec le poêle qui surchauffait, l'état de la vieille maison de bois sec et l'air glacial qui s'était engouffré par la porte ouverte, avait provoqué un incendie dévastateur qui n'avait laissé aucune chance. En prévision des grands froids, on avait calfeutré les fenêtres, ce qui en empêchait l'ouverture mais hélas, également la fuite des enfants…

— Viens, Georges, on reste pas là. Ça donne rien… Viens… On retourne chez nous, proposa François-Xavier.

Ti-Georges refusait de bouger. Il avait la folle impression que ses enfants sortiraient des cendres, se secoueraient et diraient : « Coucou papa, on vous a joué un bon tour, hein ? » Les jumeaux seraient fiers de leur coup, Sophie lui sauterait au cou, Delphis le regarderait avec un demi-sourire... Samuel aurait voulu jouer encore... Mais non... Ils étaient allés retrouver leur maman Marguerite... Et Rolande et ses autres enfants... Augustin qu'il avait aimé comme le sien, Antoinette, si mignonne... Il se sentait tellement coupable : si seulement il avait pensé à prendre les couvertures dans le salon au lieu de courir à l'étable...

Tout à coup, Jean-Marie tomba à genoux dans la neige, sanglotant. Ses petits frères et sœurs étaient morts. Rolande était morte. Son amour, sa vie. Il l'aimait...

Georges se tourna vers lui comme au ralenti. Sans crier gare, il s'approcha de son fils et se mit à le rouer de coups de pied en vociférant :

— C'est ta faute, criss de calvaire de fils... C'est ta faute... J'voulais pas les faire entrer, ces quêteux-là... Je les aurais jamais laissés attacher leurs damnés chiens près du naphta. Tout le monde sait ça que c'est dangereux ! C'est ta faute ! T'as-tu compris ! Y fallait les envoyer dans la grange ! C'est à cause de toé qu'y sont tous mort ! À cause de toé ! Enfant de chienne de maudit infirme à marde ! J'veux pus jamais te voir !

Henry et François-Xavier essayèrent de retenir Ti-Georges et de l'éloigner de Jean-Marie. Le fils pleurait et recevait les coups sans se débattre. Il avoua :

— Je l'aimais... Je l'aimais...

Ti-Georges se calma et repoussa ses deux amis. Il regarda Jean-Marie d'un air méprisant et lui dit :

— Moé aussi, criss...

~ ~ ~

697

Henry ramena Ti-Georges et Elzéar à la ferme de Julianna. François-Xavier resta avec Jean-Marie. Doucement, sans poser de questions, il aida son neveu à se relever.

— Jean-Marie, reste pas à terre. Lève-toé, mon grand…

Le curé s'approcha d'eux et offrit son bras. À deux, ils soutinrent le jeune homme éploré.

— Jean-Marie, reprit François-Xavier, j'pense pas que c'est une bonne idée que tu viennes à maison… Y faut laisser du temps à ton père…

— Tu t'en viens avec moi au presbytère, décida le curé Duchaine.

Jean-Marie fit signe que non.

— Je… J'vas m'en retourner en Ontario ou… je… je…

— T'es pas en état de voyager… Va chez le curé.

— Non, j'veux partir…

— Jean-Marie, attends, j'ai peut-être une idée. Que c'est que vous en pensez, curé Duchaine, si Jean-Marie allait chez les trappistes ?

— C'est une excellente idée, François-Xavier.

— Chez les trappistes ? demanda Jean-Marie.

— Oui, confirma son oncle. Tu vas voir, tu vas être ben. Tu pourras rester le temps que tu voudras là-bas, chus certain. Le temps d'avoir un peu moins de peine… Pis que ton père oublie ce qu'y t'a dit.

Jean-Marie regarda François-Xavier dans les yeux.

— J'ai pus de père… Pis vous le savez très bien, mononcle.

~ ~ ~

Pierre souffrit le martyre. Il dut rester couché jusqu'au mois de mars, les jambes attachées en l'air. On venait le débrider tous les jours. On craignait l'infection. Il avait sauvé Hélène qui, elle, ne gardait aucune séquelle. Après les funérailles, un couple du village se présenta à la porte de Julianna et offrit de prendre le bébé. Ils n'avaient jamais eu la joie d'avoir un enfant. Julianna pleura. Elle dit à Ti-Georges qu'elle pouvait garder le bébé. Cependant, avec la famille nombreuse qu'elle avait et un grand brûlé comme Pierre, elle se résigna à accepter la décision de son frère surtout qu'elle était à nouveau enceinte. Elle ne dormait presque plus. Mathieu faisait des cauchemars et ne parlait que du feu de l'enfer. Elle craignait l'incendie et surveillait le moindre bruit suspect. Julianna avait l'impression qu'elle allait devenir folle ! Une autre semaine passa et Marie-Ange se rendit compte qu'elle ne pouvait se résoudre à laisser Hélène, sa filleule, à des étrangers, aussi gentils soient-ils. Elle prit sa décision et offrit à Ti-Georges d'élever Hélène comme sa propre fille. Son frère hésita. Il passait toutes ses journées à se bercer dans la cuisine de Julianna, à regarder dehors, l'âme en peine, dévasté. De voir ses neveux et nièces courir, jouer, juste être vivants lui était déjà intolérable. Il ne voulait pas vraiment avoir Hélène en plus. Maladroitement, il essaya d'expliquer comment la présence de la petite survivante lui ferait trop mal. Marie-Ange comprit et proposa de partir s'installer à Montréal dans la maison léguée par Léonie.

Ti-Georges accepta. La vie se permettait le caprice de recréer la même situation. Et une marraine, sa filleule dans les bras, prit le train pour la grande ville. Henry fit le voyage avec elles et fut d'une très grande aide pour les installer dans la maison de Montréal.

En fin de compte, Georges décida de quitter Saint-Ambroise. Il se trouva un emploi à Jonquière et emménagea dans un logement avec Elzéar. Le nom de Jean-Marie fut à nouveau banni. Le cousin du curé Duchaine avait ouvert les bras au jeune endeuillé. Pierre se dit qu'il n'était pas le seul à se remettre de ses blessures… Seul Elzéar semblait bien s'en sortir.

Couché sur le dos, Pierre avait le temps de se faire bien des réflexions. Sa sœur Yvette se transforma en véritable garde-malade pour lui. Elle l'aidait à manger, voyait à ce qu'il ne manque de rien, lui faisait la lecture. Qui a dit qu'un chien et un chat ne pouvaient pas s'entendre ? On lui avait préparé un lit de malade dans le coin de la cuisine et Pierre surprit plusieurs fois sa mère pleurer lorsqu'elle le croyait endormi. Elle pleurait tous ces départs… Ceux dans la mort, mais aussi ceux de sa mère adoptive, de Jean-Marie et de Marie-Ange. Julianna avait été bouleversée lorsque sa grande sœur lui avait fait part de son intention de déménager.

— Mais Marie-Ange, élever un bébé ! Tu voyageras jamais ! s'était écriée Julianna.

— Je le sais que tu trouves ça ben dur. Ah non, y a assez eu de larmes dans cette maison…

Julianna se retrouva bien seule. Son mari était très distant, comme s'il ne savait comment gérer toutes ces émotions. À moins que ce ne soit elle qui délaissait François-Xavier… La maison comme un hôpital, la tristesse, le manque d'argent… Mathieu qui avait recommencé à mouiller son lit, à son âge ! Rien n'allait bien ! Toute la planète allait mal ! On parlait de la guerre quotidiennement. C'était comme si un énorme nuage noir restait toujours au-dessus de leur tête et les suivait partout.

Pierre fit enfin quelques pas. Ses membres étaient raides, sa peau, ses muscles. Quand vint son douzième anniversaire, au début d'avril, il fut gâté comme jamais. Il reçut une chaîne en or avec, en pendentif, une petite croix. Sa mère lui expliqua que son parrain avait contribué afin de le remercier d'avoir sauvé Hélène. Le curé passait beaucoup de temps auprès de lui. Pierre aimait beaucoup cet homme de Dieu et il se dit que le religieux y était pour beaucoup dans son rétablissement. Il le traitait en homme, avec respect et même une certaine pointe d'admiration. Le curé se réjouissait des progrès de Pierre et de sa réadaptation. Le religieux lui offrit de loger au presbytère pour tout le mois de mai, le temps de marcher au catéchisme. Cela serait beaucoup plus facile et donnerait également un répit à sa pauvre mère qui semblait au bord de l'épuisement. Pierre aima son séjour au village. C'était l'endroit le plus calme qu'il ait jamais connu ! À la fin du mois, il reçut son diplôme avec une « mention de très haute distinction ». Il garderait une photographie de cette journée, son brassard blanc au bras, son habit neuf, mais au fond des yeux une telle tristesse...

Cette tristesse ne le quittait presque jamais plus et teinta toute son adolescence. Sa tante Marie-Ange lui avait dit avant de partir pour Montréal : « Tu vas voir, à 18 ans, tu vas courir les filles pis tu te souviendras pus de rien le soir de tes noces ! »

Pierre en doutait vraiment.

C'était comme s'il n'avait pas le droit d'être heureux, lui. Qu'il ait survécu lui donnait en retour le devoir d'être malheureux pour toujours. Oh ! bien sûr, le temps avait aidé, Pierre avait repris ses activités. L'hiver, il avait patiné et joué au hockey pendant des heures ; l'été, il avait pêché et couru à travers champs, mais ses années d'adolescence furent revêtues de tristesse et de solitude. Le deuil de toutes ces vies...

Une chance que ses petits frères et sœurs étaient là. Il arrivait un nouveau bébé dans la famille presque chaque année ! Comme si sa mère avait voulu remplacer toutes ces cruelles absences. Il y avait eu Zoel, ce frère au drôle de nom, puis Adélard et Barthélemy. Trois autres garçons ! Cela faisait dire à sa mère qu'elle avait mis au monde une équipe de hockey complète ! Yvette était désespérée ! À chaque naissance, sa première question était :

— Pis c'est-tu encore un garçon ?

À sa grande déception, la réponse était toujours affirmative.

De temps en temps, Pierre allait passer quelques jours auprès de son parrain. Son oncle Georges n'était plus le même homme. Il était devenu taciturne.

De plus, la guerre avait éclaté. Pauvre Pierre. Il pouvait résumer son adolescence en rationnement d'essence ; avec l'engagement d'Elzéar, en inquiétude, sans compter l'oncle Henry, devenu soldat et blessé dans une bataille. Permission, rapatriement, armée de l'air, armée de terre, chute de la France, avancement des Alliés, pertes de vies humaines, effort de guerre, conscription…

La conscription… On ne parlait que de cela.

Depuis que le Canada était entré en guerre avec l'Allemagne, le 11 septembre 1939, le peuple était divisé. Certains réclamaient le service militaire obligatoire, d'autres le refusaient. Le premier ministre du Canada, William Lyon Mackenzie King, avait bien appris la leçon de la première guerre quand la conscription avait ébranlé l'unité nationale. Il procéda à un référendum, le 27 avril 1942, où ceux en faveur de la conscription l'emportèrent. King essaya de tempérer : « Pas nécessairement la conscription, mais la conscription si nécessaire. »

Julianna avait hurlé et piqué une de ces crises.

— Non ! Jamais ! avait crié Julianna. Y est pas question que mon fils aille se faire tuer l'autre bord de l'océan ! C'est un miracle qu'il soit encore vivant, le Bon Dieu l'a pas sauvé pour rien !

Elle ne décolérait pas.

— Y a assez d'Elzéar qui s'est engagé, on a même pas de nouvelles de lui ! Pierre est encore un enfant ! C'est pas vrai, y a pas une loi qui va obliger mon fils à aller se battre ! Y a assez de volontaires ! Mon fils sera pas soldat, un point c'est tout !

C'était au début de l'automne 1943. Tout le monde disait que, bientôt, King jugerait la conscription nécessaire… Pierre avait dix-sept ans. Il fut convenu que l'adolescent monterait dans un chantier, un des plus éloignés, en haut du lac Saint-Jean, et qu'il s'y cacherait sous un faux nom pour ne pas être repéré lorsque ses dix-huit ans arriveraient en même temps que sa lettre d'engagement. C'est ainsi que l'existence de Joe Dubois, jeune bûcheron, commença.

~ ~ ~

Les adieux de Pierre à sa famille furent déchirants. Comme on ne voulait pas trop que cela se sache, Julianna et les autres enfants ne vinrent pas à la gare. Julianna prépara le repas préféré de son garçon, et ses frères et sœurs lui dirent un mot gentil. Ils ne savaient pas quand ils le reverraient. Pierre devrait peut-être rester caché pendant des années !

François-Xavier voulut accompagner son fils jusqu'à Roberval. Ils allaient prendre le train ensemble jusque-là, puis Pierre continuerait jusqu'au chantier tandis que François-Xavier... François-Xavier ferait un pèlerinage. Il avait décidé de retourner sur la Pointe. Cela faisait vingt-cinq ans que sa mère naturelle Joséphine était décédée. Il voulait aller se recueillir sur sa tombe et sur celle d'Ernest. Ensuite, il se rendrait peut-être jusqu'à son ancienne fromagerie. Il irait voir si le château à Noé était encore debout. Il en ferait le tour, entrerait dans la maison abandonnée. Probable que bien des souvenirs lui reviendraient à la mémoire... Peut-être grimperait-il dans la tour, une dernière fois...

Dans le train, le père et le fils s'assirent face à face. Ils se ressemblaient tellement ! La même chevelure, les mêmes yeux, « avec le nez retroussé de sa mère... » se dit François-Xavier.

Oui, ils se ressemblaient, mais son fils avait déjà connu en dix-sept ans plus d'épreuves que bien des gens. François-Xavier revit la naissance de son aîné. Il s'était senti si fort, invincible comme le chevalier à l'armure magique des histoires de sa Fifine... Il était certain qu'il offrirait à son fils ce qu'il y avait de mieux. Il soupira et fouilla dans sa poche. Il en sortit un petit paquet et le tendit à son Pierre.

— C'est tout ce que je peux te donner, mon grand.

Pierre sortit d'un mouchoir une liasse de billets de banque.

— C'est beaucoup trop !

— Tu vas en faire bon usage, mon garçon, j'en suis ben certain.

Pierre le remercia.

— J'ai quelque chose d'autre aussi, ajouta François-Xavier en lui en tendant un deuxième.

Cette fois, Pierre en sortit une croix de bois qu'il reconnut tout de suite. Son père lui avait montré ce précieux objet à quelques reprises.

— Elle te revient astheure, la croix de ton grand-père…

— Elle est si belle, dit Pierre ému.

— Mon père m'avait dit que sa lumière me guiderait… J'espère qu'a va t'aider pis t'éclairer quand tu seras dans le doute… Parce que… y fait ben noir des fois dans la vie, tu le sais…

François-Xavier, le cœur serré, regarda son fils. Il aurait tant voulu le protéger. Lui éviter toute souffrance, que sa vie ne comporte que des moments de joie, que de rire… Il avait appris qu'il n'y a pas de lumière sans ombre, que là où se trouve le bien, le mal n'est jamais très loin ; qu'il n'y a pas de vie sans mort, de mort sans vie. L'eau et le feu doivent exister tous deux. Là où Dieu bâtit son Église, le Diable bâtit sa chapelle.

Pierre regarda son père. Il se sentait comme un petit garçon. Il avait envie de pleurer, il aurait voulu que son père le berce, le rassure, le protège. Qu'il le prenne sur ses épaules et qu'il lui dise qu'il n'y avait pas de danger, qu'il ne tomberait jamais, qu'il ne se ferait pas mal… Qu'il ne l'abandonne pas dans ce monde où l'on devait changer d'identité et se cacher pour survivre, où l'horreur frappait une nuit de janvier, où la mort venait ravir des enfants, où des pères reniaient leurs fils…

— Papa… Vous m'oublierez pas ?

François-Xavier lut dans les yeux de son fils une question qu'il connaissait bien.

— Ta mère pis moé, on arrêtera jamais de t'aimer… Même si on voulait, on pourrait pas… Ça, doutes-en jamais.

À suivre

Annexe

DISCOURS DE MONSIEUR ONÉSIME TREMBLAY PRO-
NONCÉ LE 11 NOVEMBRE 1926 AU CONGRÈS DE L'UNION
CATHOLIQUE DES CULTIVATEURS DE LA PROVINCE DE
QUÉBEC (U.C.C.)

Messieurs,
Celui qui devait traiter la question de « l'agriculture et l'industrie »
étant absent, on m'a demandé de donner des explications sur l'état
des choses au Lac-Saint-Jean, où l'industrie qui produit de l'électricité est présentement en conflit avec l'industrie agricole.

Je commencerai par un aperçu de l'histoire de la région. À son
début, le lac Saint-Jean était le plus isolé des comtés de la province
de Québec. Les premiers colons devaient portager sur leur dos ou en
canot... On a vu des femmes faire 10 et 12 milles avec leur bébé dans
les bras pour se rendre sur leurs lots. (Je connais une de celles-là,
Mme Joseph Larouche, qui est morte il n'y a pas longtemps, presque
centenaire). Puis nous avons eu un mauvais chemin de voiture pendant 30 ans conduisant à Chicoutimi, qui avait communication par
eau pendant l'été, mais qui restait renfermé comme nous pendant
tout l'hiver... Les débuts furent donc pénibles, et les colons manquè-
rent de bien des choses. En 1870 vint le « grand feu », qui dans une
journée dévasta toute la région, depuis le nord du lac jusqu'en bas de
Chicoutimi. De Roberval à Kénogami il n'est pas resté dix maisons.
On a vu plus d'une famille passer deux semaines entières sans abri

sur les grèves du lac. Les semences avaient péri. C'était partout la plus profonde misère. Sans le secours que la charité des autres places a promptement envoyé, plusieurs seraient morts de misère. Pas un seul colon n'a quitté le comté.

Ils se sont remis à l'œuvre. Dieu a béni le courage de ces pionniers ; d'autres colons sont venus ; les paroisses se sont établies...

Plus tard est venu le chemin de fer qui a amené une ère de prospérité. Nos établissements ont grandi à vue d'œil. Des paroisses se sont organisées tout le tour du lac. En peu d'années nous avons fait un des plus beaux et des plus riches comté de la province. Notre région agricole fait l'envie et l'admiration de tous ceux qui viennent la visiter. On ne cesse pas d'en faire toutes sortes d'éloges. Elle a mérité d'être appelée par un de nos grands hommes d'état « Le grenier de la province de Québec ».

Mais lorsque nous commençons à envisager l'avenir avec confiance, que nous commençons à recevoir la récompense de tant d'années de dur labeur, voilà qu'une compagnie étrangère obtient un privilège comme il ne s'en est jamais donné dans aucun pays du monde, un privilège sans précédent : celui d'inonder une partie de nos terres pour augmenter le nombre de forces d'un pouvoir hydraulique. Cette compagnie développe un pouvoir d'eau qui peut lui donner plus de 200,000 forces sans nuire à personne ; pour lui permettre d'en obtenir davantage, on lui a permis d'élever le niveau du lac et d'envahir par l'eau des étendues considérables de nos meilleures terres. On a permis à une industrie de dévaster l'agriculture.

Je ne crains pas d'affirmer que jamais l'agriculture n'a été attaquée aussi considérablement et aussi violemment qu'elle l'est maintenant au Lac-Saint-Jean. Le comté du Lac-Saint-Jean est un comté agricole ; il est appelé à devenir aussi un comté industriel en même temps, vu les nombreux pouvoirs d'eau qu'il y a autour du lac.

Nous aimons donc à voir l'industrie s'implanter dans notre région, puisque l'industrie doit contribuer pour sa part au développement de la région. Mais nous ne voulons pas qu'elle nuise à l'agriculture. Nous ne sommes pas opposés à l'industrie, pas du tout ; nous sommes opposés au dommage qu'elle nous cause.

En 1915, lorsque cette question de monter le niveau du lac a été soulevée, nous avons protesté par des requêtes signées par un grand nombre de colons, appuyées par les conseils locaux et par les conseils de comté, et présentées au gouvernement. Nous avons aussi écrit dans les journaux.

Dans nos requêtes et nos écrits, dans toutes nos démarches, nous avons demandé de ne pas permettre que le niveau du lac soit monté, mais que les écluses soient faites « de manière à conserver quelques pieds de niveau à la chute la plus voisine du lac », afin que l'écoulement des eaux du lac continue à se faire normalement. Nous avons donné les raisons de nos demandes ; nous avons énuméré les conséquences qui s'ensuivraient, les dommages que cela causerait à des centaines de cultivateurs, vu l'étendue des terres basses autour du lac, le tort qui serait fait à la région par la glace, qui se trouverait augmentée en superficie et retardée à disparaître le printemps.

Tout ce que nous avons allégué dans nos requêtes avant les barrages se réalise maintenant à la lettre comme si nous l'avions photographié à l'avance. Nous ne sommes pas des prophètes ; mais nous avions l'expérience d'un petit barrage qui avait été fait il y a plus de 50 ans. Ce barrage retardait la baisse des eaux après les crues du printemps. Alors de grandes étendues de terrains étaient devenues impropres à la culture parce que l'eau y restait trop longtemps ; en des endroits où le bois avait poussé très gros, la forêt a toute péri... Nous avons fait des requêtes auprès du gouvernement fédéral qui nous a permis de faire disparaître ce petit barrage : il s'est fait un changement considérable. Après le gouvernement fédéral, pendant 40 ans, a donné souvent de l'argent pour débarrasser l'entrée de la Décharge afin de permettre à l'eau de baisser plus rapidement. Nous avons vu le bois pousser où il avait péri les années précédentes ; et l'effet au point de vue de l'agriculture a été très sensible. Au témoignage d'un pionnier — l'un de ceux qui ont travaillé à la démolition des petits barrages —, dans la seule paroisse de Saint-Méthode, plus de 75 lots sont aujourd'hui en culture qui ne l'auraient jamais été si la Décharge était restée en partie bouchée.

Pour la glace, nous l'avons vu chaque printemps... Et tous les calculs d'ingénieurs ne valent rien contre les faits, que nous avons constatés chaque année depuis que la région est ouverte.

C'est sur des raisons sérieuses que nous nous appuyons. Et nous protestons vigoureusement non pas contre le projet de barrer la Décharge, mais seulement contre le projet de monter le niveau du lac.

Nous n'avons jamais demandé de détruire ni d'arrêter l'industrie ; nous sommes assez ouverts pour comprendre que l'industrie a sa place et peut faire du bien, mais nous avons demandé de lui poser une limite ; de ne pas changer l'état normal du lac. C'est contre l'excès que nous nous sommes opposés.

Nous avons toujours maintenu nos protestations...

Tout à coup nous apprenons que les barrages se font... À nos inquiétudes, le gouvernement a répondu et répété que nos droits étaient garantis par les contrats, que le niveau du lac ne serait pas affecté... les desseins de la compagnie étaient tenus secrets : nous ne pouvions rien dire...

Voilà qu'au mois de juin, après les semences, sans que personne nous en demande la permission, sans que personne nous en donne avis, l'eau envahit nos terres.

Nous protestons. Nous écrivons aux ministres : pas de réponse. Nous venons en délégation pour demander des explications et réclamer l'évacuation de l'eau : le gouvernement répond : « Ils sont maîtres chez eux. — C'est ce que nous voulons, que chacun soit maître chez soi. Nous voulons être maîtres chez nous ; et nous voulons que le gouvernement intervienne pour faire libérer nos terres envahies malgré nous ».

Les ministres ont refusé de nous écouter. Quand nous avons écrit, ils ne nous ont pas répondu. Quand nous sommes allé les voir ils nous ont reçu par des faux-fuyants et ont cherché à nous diviser entre nous pour se tirer d'affaire. Ils n'ont pas répondu à seule de nos demandes ; ils n'ont pas réfuté une seule de nos objections ; mais ils ont cherché à esquiver la difficulté en jouant sur les mots et en faisant dévier la discussion.

Nous n'avons pas trouvé chez nos ministres la loyauté et la franchise. L'honorable premier ministre a avoué devant la délégation qu'il avait commis une erreur en permettant d'inonder nos terres : mais il a refusé de s'engager à la réparer.

Il a prétendu qu'il ne pouvait pas forcer la compagnie à baisser l'eau. Il nous a dit : « Le gouvernement est lié avec la compagnie par un contrat depuis 4 ans ». Je lui ai répondu : « Vous avez un contrat avec moi depuis 50 ans. Vous m'avez vendu une terre ; je vous l'ai payée ; vous m'avez donné ma quittance et ma patente bien avant la venue de ces messieurs... Ces contrats que vous avez avec nous, les cultivateurs, et, qui sont confirmés par une possession de 20, 30, 40 ans, est-ce qu'ils ne vous lient pas ? Pouvez-vous vendre à d'autres ce que vous nous avez déjà vendu et qui nous appartient depuis des années » ?... À cela le ministre n'a rien répondu ; mais il est resté décidé à garder son contrat avec la compagnie.

Les requêtes que nous venions porter aux ministres et qui étaient appuyées par tout le comté, demandaient au gouvernement de faire évacuer nos propriétés et de faire réparer les dommages causés : tout ce que nous avons pu obtenir, c'est que des arbitres viennent fixer la valeur des dommages faits à la récolte de l'année. Nos ministres ont montré que les 45,000 Canadiens-Français [*sic*] qui habitent le comté du Lac-Saint-Jean pèsent bien peu dans leur estime à côté d'un millionnaire étranger.

Nous voyons chez nous la répétition du scandale du Nord-Ouest. Des arpenteurs sont arrivés sur les terres des Métis : ils ont divisé les terres habitées, bouleversé les propriétés, et une partie de ces terres ont été données à des colons étrangers venus d'ailleurs. Les Métis ont réclamé pendant un an en vain. Voyant que le gouvernement ne daignait pas leur répondre, ils se sont soulevés. Ils ont été accusés de révolte et vaincus. Le gouvernement d'Alors, pour se donner raison, a sacrifié la tête d'un brave patriote... Peu de temps après, on a rendu aux Métis ce qu'ils avaient réclamé en vain... — Nous voyons chez nous la même chose : des étrangers se rendent maîtres de nos propriétés... C'est le scandale qui se répète, avec cette différence que les terres des Métis restaient à l'agriculture et au pays tandis que les nôtres sont anéanties sous l'eau, et cette différence encore, que les Métis n'étaient que « squatters » tandis que nous sommes propriétaires.

Telle qu'elle est, la question n'est pas réglée du tout. Elle ne le sera jamais si on ne la règle pas selon la justice.

On a dit : Vous allez être indemnisés ; on va payer les dommages. — Il y a des dommages qui ne se payent pas. Quand un homme, par des années de travail, a organisé sa carrière et qu'il a assuré l'avenir de ses fils autour de lui attachés au sol malgré toutes les tentations de la ville, qu'il se réjouit de les voir sous ses yeux mener une vie sérieuse, honnête, chrétienne... Et que tout d'un coup, à cause de la ruine d'une partie du domaine de la famille, il en voit un ou deux, ou ses filles prendre le bord de la ville, exposés à tous les dangers pour leurs corps et pour leurs âmes, il se passe dans le cœur d'un père et d'une mère quelque chose que l'argent n'est pas capable de compenser. La désorganisation d'une carrière, surtout le démembrement d'une famille, ce sont des choses qui ne peuvent être évaluées ni dédommagées.

Il y a encore les torts qui atteignent les organisations paroissiales et municipales, les fromageries, les routes, etc. Qui est-ce qui va évaluer cela ? Comment peut-on réparer tout cela ?

Une autre cause de difficultés graves et interminables, où le cultivateur aura toujours le dessous, c'est que l'élévation du lac fait que nous devenons voisin de la compagnie. Elle a le lac, nous avons la terre. Chaque fois que pour obtenir plus de rendement elle s'avisera d'excéder la limite fixée, nous souffrirons de nouveaux empiètements. Nous nous plaindrons. Le gouvernement nous répondra comme maintenant qu'il est lié par son contrat. Il faudra plaider ou bien endurer sans rien dire. Pouvons-nous consentir à devenir ainsi esclaves d'une compagnie ?... Jamais !

Cette compagnie a commis un acte criminel. Le code criminel dit : « Si quelqu'un, individu ou compagnie, empiète sur la propriété d'un particulier, il commet un méfait ; et le propriétaire peut toujours exiger l'évacuation de sa propriété envahie et la démolition des ouvrages... » C'est le devoir du gouvernement de faire respecter la propriété et de punir les violateurs de la justice.

Pour une bouteille de boisson vendue en contravention, on mobilise la police, on institue un procès et le coupable est condamné. Mais si c'est une compagnie qui s'empare de la propriété non pas d'un seul mais de centaines de cultivateurs, sans permission, sans avis, on n'agit pas ; bien au contraire on prend sa défense, on appelle cela du « progrès industriel »...

J'ai assisté il y a peu d'années à un congrès de colonisation, où à propos de la désertion des campagnes, un de nos hommes politique disait : « Le but de cette réunion est d'étudier les moyens à prendre pour enrayer un mal qui va grandissant, l'abandon de la terre ; le plus grand des dangers actuels, celui qui nous conduit à la ruine ». C'est vrai ; il n'avait jamais dit plus vrai. Mais trois mois plus tard on entreprenait les travaux qui devaient faire disparaître la paroisse de Saint-Cyriac.

On a trouvé des gens pour dire que cette paroisse ne valait rien. J'ai été appelé à m'en occuper, et chiffres en main j'ai pu voir qu'elle était une des plus riches : toutes dettes publiques et privées payées, cette paroisse avait $300,000.00 de surplus.

J'ai vu à cette époque trois municipalités autour de Montréal en faillite, liquidées par la Métropolitaine. Ça ne valait pas Saint-Cyriac! Cette paroisse, autrefois si prospère est aujourd'hui sous l'eau, anéantie, et ses habitants dispersés aux quatre vents du ciel. Que c'est triste, messieurs, de voir l'église fermée, isolée et vide sur un îlot... pour le profit d'une industrie; le mort silence à la place de l'activité... et du bonheur de tant de nos gens!

D'après ce que je puis voir, à Saint-Cyriac, à Saint-Cœur-de-Marie et autour du Lac-Saint-Jean, il va disparaître de la terre de quoi faire vivre mille familles qui trouveraient chez elles un travail qui ne peut pas faire défaut et un avenir assuré. Tout cela remplacé par des machines et quelques hommes pour les surveiller... Pour expédier le pouvoir ailleurs, en nous faisant subir les conséquences. Voilà ce que cela nous donne.

Encore une fois je veux bien être compris. Ce que nous voulons, nous les cultivateurs du Lac-Saint-Jean, ce n'est pas la ruine de l'industrie, comme tant de gens mal intentionnés essaient de le faire croire, c'est la préservation de l'industrie agricole. Nous ne voulons pas empêcher le développement des pouvoirs de la Grande-Décharge; nous voulons seulement qu'il soit limité, de manière à ne pas nuire à l'agriculture. Si vous voulez vous en convaincre, consultez toutes nos requêtes, tous les documents de nos démarches sur ce sujet depuis 1915.

Maintenant que nos terres sont envahies, nous les réclamons. Nous refusons à être chassés comme des sauvages des propriétés que nous avons acquises deux fois, par notre argent et par notre travail. Aux étrangers qui nous disent: « Allez vous installer ailleurs », nous répondons: « Allez, vous autres, chercher ailleurs le surplus de pouvoir que vous voulez vendre; ne prenez pas ce qui nous appartient ». Au gouvernement, nous disons: « Faites-nous rendre justice; si vous avez vendu plus de pouvoir que la Grande-Décharge peut en donner sans nous inonder, remplissez vos engagements en concédant d'autres pouvoirs d'eau; il y en a tant sur les tributaires du Lac-Saint-

Jean que dans cinquante ans, il en restera encore qui ne seront pas utilisés ».

Nous avons besoin de l'appui de la classe agricole de la province. Car ce n'est qu'auprès de la classe agricole que nous trouverons secours et protection. La compagnie est puissante, et elle a avec elle, toutes les puissances d'argent ; la plupart des professionnels sont portés pour la compagnie qui a plus de moyens que nous de les intéresser ; le gouvernement est compromis et mal disposé à notre égard ; nous n'avons pour nous ni l'argent ni les hommes ni le temps pour faire le travail nécessaire à la défense de nos droits.

Mais nous sommes bien décidés à lutter jusqu'à la mort s'il le faut. Cela en vaut la peine. Car nous ne luttons pas seulement pour rester maîtres sur nos biens ; nous luttons aussi pour la défense de nos droits, pour empêcher que la classe agricole soit sacrifiée avec mépris à l'ambition des puissances d'argent. Notre cause est patriotique et nationale. Nous avons droit de réclamer l'appui de tous ceux qui comprennent que la cause de la justice est la cause de tout le monde.

Si une nation étrangère venait s'emparer du plus petit village dans notre pays, on verrait aussitôt les chefs de l'état s'émouvoir, sommer l'envahisseur de se retirer, et forcer tous les citoyens à prendre les armes pour défendre la patrie attaquée. Notre cause est celle-là. Nous luttons pour empêcher que l'étranger nous arrache de force un coin de notre patrie qui nous est cher, auquel nous tenons comme à la vie. Chacun de nous aurait pu vendre à qui il aurait voulu sa part du sol ; personne ne consentira à s'en laisser dépouiller, ni à voir l'étranger s'installer chez nous malgré la justice et malgré nos droits.

Source : NÉRON, Gisèle et SASSEVILLE, Véronique, *Blessure d'une terre*, Comité de promotion de la Pointe Taillon.